BESTSELLER

Biblioteca

LUIS MONTERO MANGLANO

La Mesa del rey Salomón

DEBOLS!LLO

Primera edición en Debolsillo: junio, 2016
Segunda reimpresión: diciembre, 2016

© 2015, Luis Montero Manglano
© 2015, Penguin Random House Grupo Editorial, S. A. U.
Travessera de Gràcia, 47-49. 08021 Barcelona

Printed in Spain – Impreso en España

ISBN: 978-84-663-2954-5 (vol. 1162/1)
Depósito legal: B-7.341-2016

Compuesto en Revertext, S. L.

Impreso en Novoprint
Sant Andreu de la Barca (Barcelona)

P 329545

Penguin
Random House
Grupo Editorial

A mis padres, Carol y Luis.
A mis hermanos, Carla, Almudena e Íñigo

No tengo nada más que decir aquí, a menos de confesar (lo que sería todavía menos apropiado) que estoy seguro de que a nadie, al leer esta historia, podrá parecerle más real de lo que a mí me ha parecido al escribirla.

Charles Dickens, *David Copperfield*

Buscad y hallaréis.

Evangelio según san Mateo

*S*hem *Shemaforash*. El Nombre de los Nombres.

¿Quieres saber cómo empezó todo? Podría contártelo, desde luego, pero conozco una historia mejor.

Cuando era niño, mi padre solía llevarme a ver museos. A otros niños los llevaban al parque de atracciones, o al zoo, o simplemente a ver una película al cine. Mis compañeros del colegio llegaban el lunes a clase y hablaban de lo estupendo que había sido ver *Las Tortugas Ninja* o la cantidad de veces que habían vomitado en El Gusano Loco. Yo no decía nada. Me daba vergüenza admitir que había pasado el fin de semana viendo cuadros de gente vestida con trajes raros.

Creo que a mi padre le sucedía una cosa parecida. Algo me dice que él también habría preferido soltarme durante noventa minutos delante de una pantalla gigante, y así tener una excusa perfecta para no darme mucha conversación; sin embargo, siempre me llevaba a los museos. Yo no entendía por qué.

No veía a mi padre muy a menudo. Que yo sepa, mi madre y él ni siquiera llegaron a vivir juntos. Él era piloto; mi madre, arqueóloga. Creo que hay una curiosa historia de cómo se conocieron una noche, lo hicieron sin condón y nueve meses después vine yo al mundo. También podría contarte esa historia, pero conozco una mejor.

Shem Shemaforash, ya sabes.

Entre mis padres nunca hubo curas ni concejales, no había papeles, sólo acuerdos de viva voz propios de una pareja que se veía muy moderna y civilizada. Mi madre quería criarme sola, pero no aducía derechos de exclusividad. A veces, aquel hombre que se ganaba la vida pilotando aviones y al que yo llamaba «papá» (de la misma forma que podría haberle llamado «Fernando», o «Manuel», o incluso «Salomón») se presentaba en casa y me sacaba a la calle. A ver museos.

Siempre a ver museos.

Yo me aburría, claro. No era más que un niño, y tampoco tenía tanta confianza con aquel buen hombre como para confesarle lo poco que me motivaba esa actividad. «Sé bueno mientras estás con tu padre», solían decirme. Y yo hacía eso: ser bueno. Era un niño obediente.

Deambulábamos los dos juntos por los pasillos interminables del Museo del Prado, mi padre con aspecto de querer decir algo y no saber muy bien qué, y yo mirando hacia aquellos cuadros inmensos, con esos ojos que tienen los niños, que parecen más grandes que su propia cabeza.

A veces mi padre señalaba algún cuadro y decía un nombre: «Mira, eso es de Velázquez… Ese otro es de Rubens… Ese de ahí de Goya…», y yo no podía explicarme cómo era que, si esos cuadros ya tenían dueño, éstos no los tenían colgados en sus casas.

Había uno que me impresionaba especialmente. Grande como una pared, en él había un caballo tremendo y montado encima un niño. Muchos años después supe que era el retrato ecuestre del príncipe Baltasar Carlos, de Velázquez, pero en aquel entonces sólo veía a un chaval que parecía estar pasándoselo muchísimo mejor que yo.

Recuerdo que señalé el cuadro y le pregunté a mi padre quién era ese niño.

—Es un príncipe…

—¿Y cómo se llama?

Entonces mi padre se arrodilló delante de mí para mirarme a los ojos y me respondió:

—¿Quieres conocer su historia? Podría contártela, desde luego, pero conozco una mejor.

Aquel día oí hablar por primera vez de la Mesa de Salomón. *Shem Shemaforash.*

Es probable que tú seas como aquel niño, que en su vida había oído hablar de un rey llamado Salomón. Hijo de David, de la casa de Isaías, de la tribu de Judá. Tercer Rey de Israel y el monarca más sabio y poderoso de su época. O al menos eso decía mi padre.

Casi mil años antes de Jesucristo, Salomón heredó el trono de Israel. Quería ser el más grande de su linaje, si bien no era un reto demasiado importante, dado que la mayoría de sus ancestros no habían gobernado más que sobre un puñado de cabras.

Jerusalén era una ciudad pequeña, desértica. Salomón se propuso hacer de la capital de su reino la ciudad más espléndida del mundo. Levantó un templo, sobre cuyos cimientos aún hoy se sigue rezando entre lamentos. Construyó un palacio inmenso en cuyo interior albergó un trono elevado sobre nueve escalones y sostenido por una pareja de leones de oro. Frente al trono, Salomón colocó un suelo hecho de plata tan bruñido como la superficie de un lago.

Así empezaba la historia. En este punto, yo ya me había olvidado del niño tonto subido al caballo.

La fama de Salomón cruzó fronteras y llegó a reinos lejanos. Un día, Salomón recibió la visita de una reina cuyos labios eran como hilo de grana, sus mejillas como pedazos de granada tras un velo y sus pechos como gemelos de gacela. Eso es lo que dice el *Cantar de los Cantares.*

Aquella reina tan hermosa provenía de una lejana tierra llamada Saba. Su nombre era Lilith.

Sin embargo, a Salomón le habían llegado rumores de que aquella mujer albergaba oscuras intenciones con respecto al monarca: que no era quien decía ser, y que se trataba ni más ni menos que de una bruja descendiente de los últimos *nefilim*, los titanes con los que Yahvé pobló la Tierra antes de crear al hombre. Los *nefilim* eran tan crueles, tan brutales y tan lascivos que Dios aborreció aquella primera creación y ordenó a sus ángeles que los exterminaran a todos, en una guerra que duró miles de años.

En esta parte, aquel niño de ojos enormes escuchaba ya totalmente rendido a la historia. De esto no le hablaban en sus clases de religión del colegio.

Para comprobar si la reina de Saba era o no una bruja *nefilim*, Salomón urdió un engaño. Esperó a la reina sentado en su trono, tras aquel suelo de plata. Cuando la reina Lilith llegó ante su presencia, encontró aquel pavimento tan límpido y brillante que pensó que era un estanque de agua, así que se levantó el bajo del vestido para tocar el suelo con el pie y comprobar si era realmente líquido o sólo una ilusión. En ese momento, Salomón vio que la reina no tenía pies humanos, sino unas horribles zancas de palmípedo, igual que un pato.

Así que, como suele suceder en las historias, la bella dama no era más que una bruja mentirosa.

Salomón, en fin, hizo lo que cualquier otro hombre habría hecho en su situación: ignoró el horrendo pie de pato y se concentró en aquello que había de tobillo para arriba. Bruja o no, el envoltorio era más que apetecible. Por otro lado, ahora que había descubierto que la reina poseía toda clase de poderes arcanos, el rey decidió emplearlos en su beneficio.

Enamoró a Lilith con dulces palabras («como panal de miel destilan tus labios, néctar y leche hay bajo tu boca…») y extrajo de ella todos los secretos de sus artes esotéricas. La reina se enamoró de Salomón sin remedio.

Finalmente, Salomón logró obtener de la bruja *nefilim* el más valioso de sus conjuros. El instrumento cabalístico que daría al monarca un poder como nadie jamás había tenido desde que Dios creó al hombre con un puñado de barro. Un poder que ni siquiera los ángeles, los arcángeles y demás potencias celestiales poseían.

Shem Shemaforash...

Lilith diseñó para Salomón una mesa en cuya tabla talló el secreto del *Shem Shemaforash*. Al tener aquel fabuloso objeto, el monarca de Israel pudo controlar fuerzas que jamás habría imaginado: obtuvo gloria, sabiduría y riqueza; así como el dominio sobre el secreto divino de la creación.

Shem Shemaforash.

Sin embargo, la reina no tardó en darse cuenta de que Salomón la había engañado, pues no la quería a ella sino a su magia.

De esta historia obtuve el único consejo que me dio mi padre sobre las mujeres: nunca las hagas enfadar.

La bruja *nefilim* aprovechó la oscuridad de la noche para ejecutar su venganza. Oculta en las sombras, penetró en el tabernáculo del Templo de Salomón y robó el más preciado tesoro del pueblo de Israel: el Arca de la Alianza. No contenta con ello, la reina de Saba lanzó una maldición sobre la descendencia del rey y sobre todo aquel que usara la Mesa.

Sólo la desgracia y la muerte aguardarían a quien pretendiese acercarse al secreto del *Shem Shemaforash*.

Con el Arca en su poder y la maldición entre sus labios, la reina abandonó a Salomón y nunca más volvió a saberse de ella.

La maldición, claro está, se cumplió. Salomón vio cómo su reino se despedazaba en luchas internas, y acabó sus días comido por la amargura y el remordimiento («vanidad de vanidades...», escribió en el Eclesiastés). A su muerte, sus hijos Roboam y Jeroboam disputaron por el trono y el antaño próspero reino se partió en dos.

Como ya se sabe, a los judíos no les fue mucho mejor después de aquello.

—¿Y qué ocurrió con la Mesa? —preguntaba siempre el niño de ojos grandes, a quien el retrato del caballo ya no le interesaba en lo más mínimo.

Entonces mi padre, muy ladino, miraba el reloj, me ponía la

mano sobre la cabeza y decía que ya se estaba haciendo tarde, que en otra ocasión terminaría de contarme la historia.

Después de aquel día, empecé a tener más ganas de ver a mi padre. Aparecía tras varios meses de ausencia, a veces más de un año, y me llevaba a algún museo. Yo señalaba cualquier pieza expuesta y preguntaba lo primero que se me venía a la cabeza. Su respuesta era siempre la misma:

—¿Quieres conocer la historia? Podría contártela, desde luego, pero conozco una mejor.

Era como un juego.

Siglos después de la muerte de Salomón (siglos antes de la última vez que mi padre me llevó a un museo), la ciudad de Jerusalén fue conquistada por el Imperio romano. Los romanos saquearon el Templo y se llevaron todas sus riquezas: candelabros de oro de múltiples brazos, telas de seda, petos de plata cuajados de joyas… y una mesa. Una mesa que, se decía, poseía un secreto (*Shem Shemaforash*) capaz de otorgar poderes extraordinarios.

La Mesa fue llevada a Roma como un valioso botín de guerra. Los más sabios eran conscientes de la importancia de aquel artefacto, pero, por desgracia, nadie quedaba en el mundo que supiera cómo hacerla funcionar.

Tiempo después de aquello, una sombra de amenaza oscureció las fronteras orientales del Imperio: ejércitos de hombres que vestían con pieles y se adornaban con el cráneo de sus enemigos muertos en combate. Hablaban un idioma incomprensible que a los refinados oídos latinos sonaba como un borboteo grotesco. Los romanos los llamaron «bárbaros».

Los bárbaros saquearon Roma. Por primera vez en cientos de años, la urbe fue sometida por un ejército invasor. Su brutal rey, Alarico, pudo hacerse con los tesoros de aquella ciudad fabulosa, pero a él sólo le interesaba uno, uno cuya historia había escuchado en las lejanas estepas que fueron su hogar, susurrada al calor de las hogueras, entre el vaho de la noche y al abrigo del sudor de los caballos.

Shem Shemaforash.

Alarico se llevó la Mesa. Después de aquello, el Imperio romano no tardó mucho tiempo en desaparecer.

—¿Y qué pasó después? —preguntó el niño, aunque ya lo era un poco menos.

Después llegó la hora de volver a casa.

El juego se prolongó durante algún tiempo. Mi padre llegaba de pronto, sin avisar, y me llevaba a un museo, cualquier museo, a mí ya no me importaba porque sabía que, estuviera donde estuviese, mi padre acabaría contando la única historia que parecía gustarnos a los dos.

La repetía. Narraba las mismas cosas dos veces y a menudo tenía que volver a empezar, porque sus visitas eran cada vez más espaciadas y ambos olvidábamos entre una y otra qué parte de la historia era la última que me había contado. Sin embargo, el protocolo siempre era idéntico. El juego tenía sus normas.

—¿Sabes qué representa ese cuadro?

Recuerdo perfectamente que aquél en concreto era *Saturno devorando a sus hijos*, de Goya. Aún sigo sin saber si era o no una especie de ironía cósmica.

Mi padre esta vez no se arrodilló, porque ya era capaz de mirarme a los ojos sin necesidad de hacerlo.

—¿Quieres conocer la historia? Podría contártela, desde luego, pero conozco una mejor.

Décadas después de que el Imperio romano colapsara, los descendientes de Alarico, ahora llamados visigodos, se habían establecido felizmente en Francia.

La paz visigoda era continuamente amenazada por sus vecinos, los merovingios. Gente extraña, aquellos merovingios, que se decían descendientes de un monstruo marino. También ellos habían oído hablar del secreto del *Shem Shemaforash*, y sus reyes, que tenían fama de brujos, llevaban tiempo anhelando apoderarse de la Mesa de Salomón.

Los visigodos fueron derrotados en una gran batalla, pero, antes del fin, un grupo de fieles nobles logró escamotear la Mesa

17

de las codiciosas manos merovingias y cruzar en secreto los Pirineos para ponerla a salvo.

Allí, lejos de sus enemigos, los visigodos refundaron su reino y erigieron una nueva capital a la que llamaron Toledo.

Los visigodos sabían que, tarde o temprano, nuevos enemigos llegarían del otro lado del mar o de las montañas, atraídos por el secreto de la Mesa de Salomón y con la idea de controlar su poder. Trazaron un plan para mantenerla oculta para siempre. Nadie la utilizaría jamás, y así la venganza de la reina de Saba no llegaría a cumplirse.

San Isidoro, obispo de Sevilla, un hombre especialmente versado en la historia de la Mesa, así como en otras muchas leyendas y arcanos, recibió el encargo de los reyes de Toledo de ocultar la Mesa.

El santo obispo recordó una vieja tradición hispana según la cual Hércules, hijo de Zeus, había construido un palacio subterráneo de jade y mármol bajo la ciudad de Toledo. Allí fue donde enterró el regalo envenenado que la reina de Saba le hizo a Salomón.

La Mesa quedaría oculta en el más profundo pasadizo de las Cuevas de Hércules, tras un laberinto de salas y corredores. La puerta al subterráneo estaría bien cerrada, y todos los reyes visigodos tendrían la obligación de añadir un candado al portón.

«Y si alguno —escribió Isidoro—, ya fuere por ignorancia, sed de poder o simple estulticia, se atreviere a violar el secreto tan fuertemente custodiado, sepa que en lo profundo de la cueva no hallará sabiduría y riqueza alguna, sino sólo la Ruina de Hispania y el Terror de Terrores: *Lapidem Unguibus*.»

Mi padre no supo explicarme cuál era aquel «terror de terrores», ni qué significaba *Lapidem Unguibus*. Ahora ya lo sé, y cómo llegué a saberlo es una historia bastante buena.

Pero conozco una mejor.

A pesar de las advertencias de Isidoro, no tardaría mucho tiempo en aparecer un monarca lo suficientemente ambicioso o torpe como para ignorarlas. Se llamaba don Rodrigo.

Rodrigo, último rey de los visigodos, rompió los candados que tan celosamente habían colocado sus antecesores en la puerta de las Cuevas y se sumergió en las profundidades de la tierra, en busca de los secretos de Salomón. No tenía miedo ni a la Ruina de Hispania ni al Terror de Terrores, o bien estaba demasiado desesperado como para reparar en él; ya por entonces su reino se iba a pique.

Tras deambular a solas por un sinfín de oscuros pasillos, Rodrigo llegó a una sala redonda iluminada por antorchas. Según había escrito Isidoro, era la primera de las cuatro salas que precedían al lugar donde se encontraba la Mesa. Y era también la sala en la cual se encontraba la Ruina de Hispania.

Temeroso pero decidido, Rodrigo penetró en aquel lugar, intuyendo siluetas entre las sombras. Acercó su antorcha a la pared y allí vio dibujado un enorme mural que representaba una batalla. En ella, un ejército de visigodos caía masacrado frente a extraños enemigos con la cara velada.

Al mover la antorcha, Rodrigo descubrió un pedestal en medio de la sala. Era una vieja columna romana partida por la mitad, tan ancha que un hombre no podía abarcarla con los brazos. Había un objeto sobre la columna.

Rodrigo se acercó lentamente e iluminó aquel objeto.

Era una espada. Una vieja espada herrumbrosa que podría haber estado sobre esa columna desde que la Tierra apareció flotando en el Universo. Cubierta de polvo y telas de araña, la hoja de la espada se curvaba igual que una media luna.

Rodrigo sostuvo el arma en su mano y, de pronto, una asfixiante sensación de terror absoluto se apoderó de todo su ser. Gritó y dejó caer la espada. El monarca se llevó las manos a la cabeza y salió corriendo de aquel lugar, perseguido por espantosas alucinaciones. En ellas se veía vencido por un ejército de hombres embozados y ojos oscuros, y una espada de hoja curva le cercenaba el cuerpo en dos. Al caer de espaldas al suelo, lo último que veían sus ojos antes de cerrarse para siempre era una media luna brillando en el cielo.

Los libros de Historia dicen que don Rodrigo desapareció tras la aplastante derrota que sufrieron sus ejércitos ante los musulmanes en la batalla de Guadalete.

No me importa lo que digan los libros; para mí lo que ocurrió está claro: me lo contó mi padre, en la sala de un museo, frente a un cuadro grotesco de Goya.

Al llegar a este punto de la historia yo pregunté, como hacía siempre:

—¿Y qué ocurrió con la Mesa?

Y mi padre, también como siempre:

—Ya es un poco tarde, ¿no crees? Será mejor que te lleve a casa.

De haber sabido entonces que no iba a volver a verle, habría insistido un poco más para que me contara el final.

Meses después, mi padre moría al estrellarse el avión que pilotaba.

No recuerdo muchas cosas de él y me avergüenza un poco reconocer que, en realidad, no lloré demasiado su pérdida. Sentí mucho más el no saber el final de una buena historia que el perder a un padre que nunca fue otra cosa salvo una presencia puntual.

Ahora, no obstante, siento mucha pena por él. Estoy seguro de que le habría encantado conocer cómo termina la leyenda de la Mesa de Salomón, y a mí me habría gustado ser quien se lo contara esta vez, porque ahora ya lo sé.

Es una buena historia. De verdad. ¿Te apetece escucharla?

Te aseguro que no conozco ninguna mejor.

PRIMERA PARTE

La Patena de Canterbury

1

Verdugo

Canterbury, cielo plomizo. Calles angostas. La sombra de una catedral. Estudiantes, pubs y bicicletas. Muchas bicicletas. Vivir en Canterbury sin bicicleta es como vivir en el Ártico sin trineo.

Yo tenía una estupenda. Una Firestone de 1937 de color rojo. Tenía la barra curvada y el manillar hacía la silueta de una cornamenta. La encontré en el fondo de una tienda de chamarilero, en Guildhall Street, poco después de mudarme a Canterbury. El tipo de la tienda me cobró casi cien libras. Creyó que estaba haciendo un buen negocio, pero no tenía ni idea del tesoro que acababa de venderme.

Era lógico suponer que semejante belleza con ruedas se convertiría pronto en un bien más que codiciado. Canterbury es una de las ciudades más seguras del Reino Unido (al menos eso dicen los folletos de los albergues universitarios), pero en un lugar en el cual uno de cada dos habitantes es estudiante, tener una bici de coleccionista aparcada en la calle significa una grosera invitación al robo.

Para mi desgracia, yo vivía con el más rastrero ladrón de bicicletas de toda la ciudad: Jacob, mi compañero de piso.

Él tenía uno de esos cacharros plegables que venden en los grandes almacenes deportivos. Fea como una prótesis, estaba tan castigada y machacada que hacía unos ruidos espantosos cuando circulaba sobre los adoquines de las calles peatonales. Podías oír la llegada de Jacob desde kilómetros de distancia; era como si estuviese a punto de arrollarte un alud de cubos de basura.

Jacob y yo trabajábamos en el mismo sitio. Nuestros horarios coincidían, pero él solía salir mucho antes que yo por las mañanas. Inglés hasta la médula, Jacob no perdonaba un buen desayuno, mientras que yo me conformaba con lavarme las tripas con un zumo y tirar hasta media mañana. A causa de esta diferencia, Jacob madrugaba mucho más que yo y, por lo tanto, solía irse antes a trabajar.

Al parecer, Jacob consideraba que la Firestone del 37 no pertenecía a su legítimo dueño, sino más bien a aquel que salía antes de casa por las mañanas. Al final, y a pesar de las cien libras que religiosamente pagué a aquel chamarilero de Guildhall Street, era yo el que terminaba yendo a trabajar con el renqueante trasto plegable mientras Jacob se pavoneaba por la ciudad con mi bici de coleccionista.

—Lo siento, estaba tan dormido cuando salí que ni siquiera sabía en qué bici me estaba montando...

Era la excusa favorita de aquel orgulloso descendiente espiritual del conde de Elgin. El conde de Elgin, por cierto, fue el inglés que se largó de Atenas con los frisos del Partenón. Aun así, al menos no se los birló a su compañero de piso.

De modo que aquella mañana, una vez más, cuando salí por la puerta de la casa de Tower Way en la que vivía con la versión ciclista de Arsenio Lupin, me encontré con que otra vez tendría que ir a trabajar con aquella monstruosidad plegable, envuelta en cadenas a una farola.

Maldije a Jacob por lo bajo y decidí vengarme. Subí corriendo a nuestro piso, entré en su habitación y, sin ningún remordimiento, me agencié su iPad. Lo mínimo que me debía aquel sinvergüenza era algo de música de acompañamiento camino del trabajo.

Era una lástima que sus gustos musicales fueran tan opuestos a los míos. Mientras bajaba traqueteando la cuesta de Tower Way, intentando que la bici de Jacob no se me deshiciera entre las piernas, la alegre de voz de Cindy Lauper me aseguraba que las chicas sólo quieren divertirse.

Eran las ocho menos cuarto, y yo debía estar en el museo a las ocho. El cielo lucía un elegante color gris británico. Empezó a chispear cuando apenas había recorrido unos metros del camino.

Nueve meses viviendo en Canterbury te acostumbran a que la lluvia sea algo tan propio de la ciudad como la catedral o las hordas de turistas de fin de semana, de modo que apenas fui consciente de aquella llovizna mientras bajaba las cuestas de High Street.

Iba rápido. No quería llegar tarde porque aquel día tenía una visita a primera hora, de modo que sorteaba a los viandantes sin apenas tocar el freno e ignorando los semáforos.

Canterbury es un lugar con bastante encanto. El casco viejo de la ciudad amurallada está repleto de callejuelas flanqueadas por casitas bajas, con fachadas de ladrillo y madera. Muy inglés. Era fácil imaginarse tras cualquiera de esas fachadas a una esponjosa ancianita tomando su té de la mañana, mientras se esforzaba por averiguar quién disparó al vicario en la biblioteca del coronel.

La ciudad recibe a lo largo del año una marea de turistas, que aprovecha explotando su cruento pasado medieval. En todos los hoteles invitan a hacer recorridos temáticos por la catedral y las ruinas del castillo. Hay decenas de tiendas de recuerdos en las que, por un buen puñado de libras, puedes comprarte una réplica espantosa de la vidriera de la catedral en la que se representa el asesinato de Thomas Beckett, una edición en rústica de los *Cuentos* de Chaucer (que, como ocurre con la mayoría de los libros clásicos, todo el mundo compra pero nadie lee) o un póster con las caras de los reyes de Inglaterra desde Guillermo el Conquistador hasta Isabel II. A los turistas les encanta.

La última ocurrencia de la oficina de turismo era la de celebrar algo llamado «Festival de Chaucer». Desde días atrás, las calles se habían ido llenando con carteles que anunciaban el programa de festejos y prometían una experiencia tan vívida como un viaje a través del tiempo, hacia los oscuros días de la Edad Media.

En Butter Square habían levantado una serie de casetas adornadas con toldos de franjas de colores. En ellas vendían las mismas tonterías que en las tiendas habituales, sólo que en este caso podías ser atendido por un tipo vestido de trovador o una mujer intentando hacer las veces de mesonera. También había espectáculos callejeros: bufones, malabaristas, incluso un pregonero que solía vocear siempre que yo intentaba echarme la siesta.

Los alumnos de todos los grupos de teatro de la ciudad (y en Canterbury hay muchos, créeme; tiene tres universidades) se habían entregado al Festival de Chaucer con verdadero entusiasmo. A menudo improvisaban representaciones que no aparecían en el programa de festejos. En los últimos días era habitual pasear tranquilamente por el centro y toparse de bruces con un auto de fe en el que un par de zapatillas deportivas asomaban bajo la sotana de los monjes inquisidores, justas de nobles en las cuales los contendientes llevaban relojes de pulsera, o un simple grupo de tres o cuatro chicos, apenas disfrazados, que hacían lecturas dramatizadas de algún relato de Chaucer. A veces pedían propina al terminar, pero normalmente lo hacían sólo por diversión.

Yo los veía a menudo cuando iba a trabajar, montado en mi bici. Aquel día no fue una excepción. Mientras atravesaba la ciudad pasé junto a un hombre vestido como un verdugo, que incluso llevaba al hombro un hacha de cartón. Salía de una panadería dando bocados a un grasiento dónut.

El verdugo estaba tan concentrado en su desayuno que no me vio venir. Ni siquiera me oyó, y eso sí que me resulta más difícil de creer porque la bici de Jacob armaba un escándalo de mil demonios.

Le grité para que se apartara, pero fue demasiado tarde. Embestí al verdugo medieval con todo el ímpetu del siglo XXI y los dos caímos rodando al suelo. Recuerdo el sonido de las piezas de la bici de Jacob, mezclado con la voz de Cindy Lauper y un exabrupto de boca del verdugo.

—¡Joder…!

Cualquier expatriado se emociona al oír tacos en su propio idioma, y mucho más si salen de labios de un verdugo del siglo XIV.

—¡Lo siento! ¿Estás bien? —pregunté en español.

El verdugo se puso en pie y se descubrió la cara. Era joven, pero aun así parecía algo mayor para pertenecer a uno de los grupos de teatro universitario. Esperaba no haber arrollado a un actor contratado para los festejos; puede que lo hubieran considerado como un ataque a un funcionario público.

—Sí… Sí; estoy bien, gracias —respondió, sólo que esta vez lo hizo en inglés. A continuación miró al suelo, hacia un montón de migas aplastadas sobre un charco—. Oh, mierda. Mi dónut…

De nuevo hablaba en español.

Lo miré durante un par de segundos, algo desconcertado. Después oí un reloj dando las ocho. El Misterio del Verdugo Bilingüe tendría que esperar a mejor ocasión. Lancé una disculpa y volví a subirme en la bici.

Por algún motivo le eché un último vistazo antes de alejarme pedaleando. Quería quedarme con su cara.

Quizá ya entonces tenía el presentimiento de que no sería la última vez que nos veríamos.

La Casa Museo de Sir Aldous Weinright-Swinbourne se encontraba fuera de la ciudad amurallada. Era lo que por aquellas tierras llaman un *manor*, lo cual al parecer tiene su importancia, a pesar de que un nativo madrileño como yo sería incapaz de distinguir un *manor* de un *hall* o de un *court* aunque le fuera la vida en ello. Para un inglés, la palabra «mansión» resulta insoportablemente difusa.

Yo llevaba trabajando en la Casa Museo desde que llegué a Canterbury pero aún me sentía incapaz de pronunciar correctamente el nombre de Aldous Weinright-Swinbourne. A la mayoría de mis compañeros ingleses les ocurría lo mismo, de modo que nos referíamos a ella simplemente como Museo Aldy.

Entre las obligaciones de mi trabajo se encontraba la de saberme la vida y obra de sir Aldous etcétera etcétera como si lo hubiera conocido personalmente. Sir Aldy fue un orgulloso coronel británico que combatió a las órdenes del duque de Wellington. En Waterloo, sir Aldy ganó una batalla pero perdió una pierna (o un brazo, o algún otro miembro que ahora soy incapaz de recordar), tras lo cual se retiró a su ciudad natal de Canterbury, construyó su *manor*, y dedicó el resto de sus largos días a coleccionar arte de poca monta. Siglos después, un descendiente cualquiera se hartó de pagar los elevadísimos impuestos reales que acarreaba el mantenimiento de la propiedad y alcanzó un acuerdo con el gobierno para transformar la mansión en un pequeño museo.

Por las quince libras que costaba la entrada, cualquier turista despistado podía contemplar con sus propios ojos cómo vivía un auténtico noble rural inglés. Era como visitar el decorado de una película de Jane Austen.

Aparte de la ingente cantidad de mobiliario georgiano de la mansión, en ella se mostraban algunas de las chucherías que sir Aldy había atesorado en vida. No era una colección demasiado impresionante, pero casaba bastante bien con los muebles. Había unos cuantos cuadros de cierto valor que sir Aldy obtuvo después de luchar en España contra Napoleón, y algunas de las antigüedades eran ciertamente interesantes.

Una de aquellas antigüedades fue la causa de que yo viviera en Canterbury.

Cuando terminé mi licenciatura en Historia del Arte pasé un largo período de tiempo sin trabajar. Después de enviar mi currículum a las mejores hamburgueserías y grandes almacenes y comprobar que, incluso a ellos, mi licenciatura en humanidades les impresionaba bastante poco, decidí rendirme a los consejos de mi madre y comenzar un curso de doctorado.

Yo sabía que no tenía madera de doctorando; me aburren las bibliotecas, y aún sigo sin tener claro cómo se hace correctamente una referencia. Sin embargo, como mis opciones eran escasas, caí en la trampa.

Un doctorando que no sabe muy bien sobre qué hacer su tesis es carne de cañón departamental. Los diferentes profesores y catedráticos a los que consulté me eludían como a una enfermedad contagiosa. Sólo uno de ellos fue lo suficientemente honrado como para mirarme por encima de sus gafas y soltarme:

—Señor Alfaro, es evidente que usted no tiene el más mínimo interés por obtener un doctorado. Le falta disciplina. No tiene madera de investigador.

Tenía toda la razón.

En mi universidad, el Departamento de Arte Medieval tenía fama de ser un reducto de causas perdidas. Allí fui a parar, después de ser rechazado por casi todo el claustro docente.

Mi madre tenía muchos compañeros de promoción en aquel departamento. Una catedrática adicta al tabaco negro, que había sido compañera de piso de mi madre cuando ambas estudiaban en Roma, me tomó bajo su cuidado como si yo fuese una especie de reto personal.

—¿Sobre qué te gustaría investigar, muchacho? —No sé por qué, siempre me llamaba «muchacho».

—No lo sé... ¿Algo sobre catedrales?

La buena mujer aspiró su Ducados como si quisiera llegar hasta el filtro de una sola calada.

—Te propongo algo mejor —dijo al fin—. Es un proyecto muy bonito, y llevo tiempo queriendo encontrar un alumno lo suficientemente interesado como para llevarlo adelante. Escucha: cerámica vidriada de época califal cordobesa, ¿qué te parece?

—Apasionante, por supuesto.

—Magnífico. Te diré por dónde puedes empezar…

Es probable que la razón por la cual dediqué todo mi empeño a una investigación que odiaba con toda mi alma tenga que ver con algún tipo de afán de superación, o de ánimo de demostrar algo a alguien. Yo creo que, simplemente, no tenía otra opción. Y, además, ya estaba harto de deambular entre departamentos igual que un mendigo.

Un tiempo después, aquella catedrática adicta al tabaco negro me reunió en su ahumado despacho.

—Muchacho, ¿qué sabes sobre la Patena de Canterbury?

Por aquel entonces sabía más de lo que me habría gustado. Era una pieza que se mencionaba en la mayoría de los libros que había tenido la oportunidad de consultar. Casi todos los especialistas coincidían en que la Patena de Canterbury era una de las muestras más exquisitas de la pericia de los maestros cordobeses en el trabajo de la cerámica vidriada.

Se trataba de un plato de grandes dimensiones, más bien una bandeja. Toda su superficie estaba cubierta por una sola capa de esmalte de vidrio en un estado de conservación perfecto, sin fisuras ni desconchones. Se decía que no había otra pieza igual en el mundo.

Los intentos de datación de la pieza no habían sido concluyentes. Algunos expertos afirmaban que fue hecha en torno al siglo x; otros, los menos, aventuraban que podría tratarse de una pieza muy anterior. Yo había leído un artículo escrito por un tal Warren Bailey en el que aseguraba que la pieza fue hecha en el siglo VIII, en un taller de Damasco, no en Córdoba. Cuando se lo dije a la catedrática, ésta emitió un resoplido envuelto en humo de tabaco.

—Chorradas —sentenció—. Bailey no era más que un diletante, no tenía ni pajolera idea de lo que decía… No obstante, el problema de la datación de la pieza sigue estando ahí. Sería bueno que hicieras alguna hipótesis en tu trabajo.

—Estoy seguro, pero para eso tendría que poder ver la pieza al natural, y no a través de fotos en blanco y negro.

La pieza, no se sabe muy bien cómo, apareció en el tesoro de la catedral de Sevilla, donde estaban usándola como patena. Los expertos pensaban que pudo haber sido parte de un tesoro recuperado por el rey Fernando III el Santo después de arrebatar Sevilla a los musulmanes en 1248.

Lo que sí se sabía sin lugar a dudas era que, en el siglo XIX, el rey Fernando VII le regaló la Patena al duque de Wellington, en agradecimiento por la ayuda prestada durante la guerra de Independencia. Siendo rigurosos, «regalo» era un término un tanto equívoco: Wellington se llevó la Patena de Sevilla, junto con otra serie de piezas, sin pedirle permiso a nadie. Fernando VII se limitó a sancionar el hecho consumado.

En cualquier caso, el duque de Wellington no pareció mostrar mucho interés por aquel puñado de recuerdos que se llevó de España de forma unilateral. Al llegar a Inglaterra, Wellington regaló la Patena junto con otras piezas de menor valor a uno de sus ayudantes de campo, de nombre impronunciable.

Correcto: sir Aldy en persona.

Así que hasta donde yo sabía en aquel momento, la Patena criaba polvo en algún ignoto museo de Canterbury.

—Tengo una buena noticia para ti —me dijo la catedrática—. El Departamento ha firmado un convenio con la Fundación Sir Aldus Wain… Worren…, en fin, con el museo donde se exhibe la Patena. Podría conseguirte un contrato temporal de prácticas en ese lugar y permiso para estudiar y fotografiar la pieza. Para ti sería una magnífica oportunidad, en muchos sentidos.

—¿Tendría algún tipo de beca?

—Esto no es Harvard, muchacho; es una universidad pública.

—Entiendo; pero mientras viva en Canterbury tendré que comer tres veces al día.

—Las prácticas serán remuneradas… Además, si pretendes ganarte la vida como historiador del Arte, te recomiendo que reduzcas al mínimo tu número de comidas diarias.

Acepté, ¿qué otra cosa podía hacer? La catedrática realizó

todas las gestiones con una rapidez que demostraba hasta qué punto quería perderme de vista durante una buena temporada. Las prácticas en Canterbury durarían un año y, al regresar a Madrid, habría reunido todo el material necesario para terminar mi tesis.

Supongo que algún día tendré que concertar una cita con aquella catedrática y explicarle con calma qué fue lo que salió mal en Canterbury, y por qué mi tesis doctoral sobre cerámica vidriada de la época califal cordobesa sigue hibernando en el disco duro de mi ordenador.

2

Danny

Até la bici de Jacob con una cadena a la verja de entrada del Museo Aldy mientras empezaba a caer una densa lluvia.

Corría cuando atravesé el hall de entrada, apartando sin miramientos a los pocos visitantes que esperaban en la taquilla. Jacob estaba en la puerta, con cara de no haber roto un plato en su vida. Al cruzarse nuestras miradas vocalicé lentamente la palabra «capullo» y seguí mi camino. Él se encogió de hombros, arqueando las cejas.

Nunca me hice demasiadas ilusiones sobre la naturaleza de mis prácticas remuneradas en aquel lugar. Ya sabía que no era el tipo de contrato en el que te dan una bata blanca y te codeas con peces gordos, mientras manoseas piezas de valor incalculable en un taller de restauración.

Mi labor en el museo dependía de lo que llamaban «Departamento de Protocolo», lo cual no era sino una forma pretenciosa de denominar al Servicio de Atención al Visitante.

Nada más firmar mi contrato me entregaron un horrible traje de chaqueta negro con el anagrama del museo bordado en un bolsillo; un uniforme tan acogedor como el atuendo del asistente de unas pompas fúnebres. Después de un uso continuado por decenas de trabajadores, la chaqueta y los pantalones tenían las coderas y las rodilleras brillantes como el charol.

Durante las primeras semanas mi labor consistió en estar junto a la puerta de entrada, dar los buenos días e indicar de vez en cuando cómo se accedía al primer piso o por dónde se llegaba a los servicios. Nada que un cartel bien escrito no pudiera hacer, y por mucho menos dinero que el que yo cobraba.

Nuestros jefes utilizaban continuamente el término «proactividad» que, traducido al lenguaje común, significaba atosigar al visitante para justificar tu sueldo. Yo, al igual que la mayoría de mis compañeros, me limitaba a permanecer de pie dando aburridos paseos de un lado a otro. Algunos incluso escuchaban música a escondidas pasando el cable de los auriculares bajo el cuello de la chaqueta.

Cuando la dirección del museo pidió voluntarios para enseñar algunas salas a los visitantes a modo de recorrido guiado, yo me ofrecí sin pensarlo dos veces, a pesar de que no incluía bonificación salarial alguna. Cualquier cosa me parecía mejor que permanecer quieto en un pasillo durante horas.

Los grupos eran en su mayoría escolares poco interesados o bien asociaciones de amas de casa o de jubilados. Estos últimos eran los mejores, ya que a veces, si te encontraban muy inspirado (o bien si les recordabas a alguno de sus nietos), podían dejarte alguna propina. La dirección del museo prohibía tajantemente aceptarlas, pero nadie hacía caso, y en realidad tampoco lo controlaban demasiado.

Aquella mañana yo debía hacer de guía para la Sociedad de Veteranos de Canterbury. Enseñar el museo a un montón de excombatientes de Dunkerque parecía una forma bastante emocionante de empezar la jornada.

Me dirigí a la sala de personal. Ésta era un cuartucho mal ventilado, mal iluminado, con taquillas que no cerraban del todo y un bidón de agua que siempre estaba vacío. Me puse la chaqueta y la corbata. A continuación regresé al mostrador de la entrada para encontrarme con mi grupo.

Todas las taquilleras del Museo Aldy eran mujeres, y todos los trabajadores de Atención al Visitante, hombres; nunca supe si por casualidad o por alguna caduca política de empresa. Tanto unas como otros eran personal muy joven que tenían la palabra «eventual» tatuada en la frente. Casi todos eran estudiantes de los centros universitarios de la ciudad que se pagaban el alquiler de sus residencias con aquel trabajo. Muy pocos habían cumplido más allá de la veintena, lo cual a mí, que ya me acercaba a las tres décadas de existencia, me hacía sentir como un viejo.

Yo conocía a todas las taquilleras del turno matinal, que era el mío. Sin embargo, aquella mañana me encontré con una chica que no me sonaba de nada.

Debían de haberla contratado recientemente, porque estaba seguro de que, de haberla visto antes, me acordaría de ella.

Experimenté un golpe de pura atracción física. Lo que había en ella no sé explicarlo, sólo sé que destacaba igual que una gota de vino sobre un mantel blanco. Puede que la causa de ello fuera que, a diferencia de las lechosas y evanescentes británicas que pululaban a mi alrededor, ella tenía un aspecto agresivamente mediterráneo, con su piel tostada y el pelo de color negro sin fondo.

La chica me miró.

El mundo no se detuvo, ni mi corazón se aceleró, pero recuerdo perfectamente que pensé: «Vaya…».

Sonreí. Me acerqué hacia ella.

—Hola, ¿eres nueva?

Ella me miró con una total, absoluta, completa y definitiva ausencia de interés.

Tenía unos ojos muy grandes rodeados por unas pestañas espesas y oscuras, como de estrella de cine mudo, y sus pupilas eran de color terroso.

—¿Tú eres el guía para la Sociedad de Veteranos?

—¿Sabes que no es elegante responder a una pregunta con otra? —dije sin dejar de sonreír. No sé por qué, aquello sonaba más ingenioso y encantador en mi cabeza.

—Eso es otra pregunta —repuso ella. «Idiota», pudo haber

añadido perfectamente—. Bien, ¿eres o no eres el guía de la Sociedad de Veteranos? Los tengo esperando en la puerta.

Mi estrategia de conquista rápida se había desmoronado bajo aquella pasiva hostilidad. Mi sonrisa se esfumó y traté de rehacerme como pude.

—Soy yo, soy yo… —dije—. Me llamo Tirso.

No me gusta decir mi nombre a la ligera. Pocos entienden que mi madre sea una enamorada de la literatura del Siglo de Oro español (aun así podría haberse decantado por Francisco, como Quevedo, o por Luis, igual que Góngora… Soy incapaz de entender a qué demonios vino lo de Tirso). Lo único que quería era prolongar el mayor tiempo posible aquella primera toma de contacto.

Una chispa de interés iluminó por un segundo sus ojos. En sus labios se dibujó una media sonrisa burlona.

—¿Tirso…? —Y lo pronunció bien, marcando la «r», no como hacían todos los ingleses, que se la comían sin misericordia—. No hay plazo que no se cumpla, ni deuda que no se pague.

—¿Qué?

—Citaba *El burlador de Sevilla*.

—Oh, sí, claro… —Sonreí, azorado. La conversación tomaba extraños derroteros—. En realidad, no la escribí yo, ¿sabes? Fue otro Tirso diferente.

—No me digas… —Ella suspiró, paciente, y volvió a actuar como si yo fuera parte del mobiliario—. Tu grupo está en la puerta.

Fijó la vista en algo que estaba oculto tras el mostrador y dio por finalizado el diálogo. Yo regresé al mundo real y salí en busca de los veteranos. Por el camino, me acerqué a Jacob, que validaba entradas en el acceso principal. Decidí que si los veteranos habían sobrevivido a una guerra, no les mataría esperar un par de minutos más.

—¿Quién es la de la taquilla, la nueva?

—¿Eh…? Ah, ésa… Ni idea. Estaba aquí a primera hora. ¿Por qué lo preguntas?

—Es muy guapa.

—¿Tú crees? —Jacob le echó un vistazo sin mucho entusiasmo—. No sé, puede... Parece bastante extranjera.

Usó el mismo tono de voz que si hubiera dicho «ciega» o «coja de nacimiento». Sólo un inglés es capaz de pronunciar la palabra «extranjera» haciendo que suene como una minusvalía.

—¿Igual que yo, quieres decir?

—No, tú no, no tanto —respondió él, azorado—. En fin, no quería decir que...

—Déjalo. ¿En serio no la habías visto antes? Puede que venga del turno de tarde y esté haciendo una sustitución.

—No lo creo. Conozco a todas las taquilleras del turno de tarde. A ésta no la había visto nunca hasta que me la encontré en la puerta al llegar. Estaba hablando con un tío.

—¿Un tío? ¿Qué clase de tío?

—Ni idea. Creo que era uno de esos *freaks* del Festival de Chaucer. El muy gilipollas iba vestido como un verdugo medieval. Con una capucha negra en la cabeza y todo. En cuanto me vieron llegar dejaron de hablar y se fue cada uno por su lado. Lo mismo era su novio.

La última frase me resultó irritante. Como no supe qué responder, decidí atacar al mensajero.

—Te has vuelto a llevar mi bici.

—¿Por eso me has llamado «capullo» al entrar?

—Sí. Y también tengo tu iPad. Por cierto, tu música da asco.

—Menudo humor tienes esta mañana. —Jacob dirigió su mirada hacia un grupo de ancianos de aspecto iracundo que esperaban al otro lado de la entrada. Me sonrió de forma artera—. Disfruta de tus veteranos de guerra.

—Capullo.

Él se rió alegremente y siguió con su trabajo. Le di la espalda y me marché a recoger a mi grupo.

Deambulé por los pasillos de la casa de sir Aldy, recitando mecánicamente fechas y datos seguido por un renqueante pelotón de excombatientes. Notaba que la mayoría de ellos estaban conmigo en presencia, pero no en espíritu.

Normalmente no solía afectarme aquella falta de interés; después de todo, era lo habitual. No obstante, aquel día me habían robado la bici, había atropellado a un verdugo del siglo XIV y una chica fascinante me había dispensado el mismo interés que a una polilla de armario. Estaba de mal humor.

Al llegar a la Galería Norte, donde se exhibían la mayoría de los cuadros importantes del museo, me detuve para soltar el discurso habitual.

—Lo que ven aquí es la colección de pintura española. Entre las piezas hay obras de Murillo, Carreño de Miranda, Claudio Coello y un bodegón de Sánchez Cotán. La mayoría de estos cuadros fueron expoliados durante la guerra de Independencia española, hacia 1808...

Uno de los veteranos, un tipo tieso como un fusil que llevaba un abrigo Barbour y una gorra de cuadros, emitió una irritante tosecilla.

—Disculpe —dijo con un tono condescendiente propio de las personas de cierta edad—. Querrá usted decir «obtenidos».

—No, señor; he dicho «expoliados». Creo que ésa es la palabra adecuada cuando ninguno de sus dueños legítimos entregó las obras de forma voluntaria.

—Seguramente está usted mal informado, joven. —Fantástico. Había topado con un listillo. Siempre hay uno en cada grupo—. Según tengo entendido, el Estado español ratificó la venta de todas estas obras hacia 1860; al menos eso es lo que dice aquí.

El veterano blandió uno de los folletos gratuitos que se entregaban a la entrada, a modo de prueba irrefutable.

Era un buen momento para callarse y continuar la visita, pero el veterano me había cogido en un mal día.

—Deje que le haga un matiz: en 1808 estos cuadros fueron saqueados de diferentes conventos y monasterios de España. La excusa era que no cayeran en manos de los franceses, pero, cuando la guerra terminó, parece que nadie se acordó de devolver los cuadros a su lugar de origen. —El anciano del Barbour quiso decir algo, pero yo estaba embalado—. Sesenta años más tarde, la mayoría de aquellos conventos ya no existían porque habían sido desamortizados a consecuencia de la Ley de Mendizábal de 1837, de modo que ya no había nadie que pudiera reclamar estos cuadros como dueño original de los mismos.

—Entonces me está usted dando la razón.

—No. He dicho que no había nadie que pudiera reclamar oficialmente los cuadros, no que no se hiciera dicha reclamación. En 1860 el Estado español presentó una petición formal a los herederos de sir Aldous para que los cuadros fueran devueltos y pasaran a formar parte del patrimonio museístico nacional. Se inició un litigio, que era falso desde su comienzo pues los herederos de sir Aldous jamás tuvieron la más mínima intención de desprenderse de las obras. Tras un pleito interminable, una sentencia judicial decretó que los herederos de sir Aldous pagarían por el conjunto de las obras un total de… siete mil quinientas pesetas, o lo que es lo mismo, trescientas libras esterlinas.

—De 1860 —interrumpió el anciano, airado—. Un valor que hoy en día sería muy superior.

—Exacto. Sus trescientas libras esterlinas de 1860 hoy equivalen a unas doce mil. En resumen, que esta colección de cuadros se tasó en el mismo precio que le costaría comprarse hoy un Chevrolet de segunda mano. Pero, según usted, no estamos hablando de expolio.

Las mejillas del tipo se colorearon de indignación.

—¡Por supuesto que no! Como usted acaba de decir, la venta fue totalmente legal. El precio que se pagara por los cuadros, por bajo que fuera, no la convierte en un expolio. —Quise responder, pero el anciano no me lo permitió—. Si el Estado español fue incapaz durante siglos de mantener seguro su patrimonio, entonces merecía que cayera en manos de personas que lo cuidasen con más diligencia.

Algunos de sus compañeros emitieron exclamaciones de apoyo («eso es, muy bien dicho, así se habla…»). Mi abúlico grupo de veteranos se transformaba poco a poco en un piquete de exaltados patriotas. Un par de ellos manifestaron en voz demasiado alta que preferían un guía más riguroso. Traté de continuar la visita, pero el grupo me ignoró por completo y empezaron a dispersarse.

De pronto me vi solo delante de un montón de cuadros.

Entonces escuché una gélida voz a mis espaldas:

—¿Puede venir un momento a mi despacho, señor Alfaro?

Y comprendí que el día aún podía empeorar.

El señor Lewis Ron Hubbard era mi superior inmediato en el museo. Un hombre que rondaba los cuarenta, cuadriculado y frío. La clase de burócrata de rango intermedio que piensa que si él no hiciera su trabajo, el mundo se hundiría en un caos inimaginable. No me era simpático, y estoy seguro de que yo a él tampoco. Creo que el hecho de que, por alguna extraña razón, fuese incapaz de recordar su nombre (siempre le llamaba «señor Howard») no favorecía en absoluto nuestra mutua estima.

El señor Hubbard tenía la detestable costumbre de deslizarse en silencio por las salas del museo para controlar a sus trabajadores. Como una alimaña buscando una presa en la maleza. Que el señor Hubbard te convocase a su despacho nunca era señal de buenas noticias.

—Siéntese, por favor, señor Alfaro —me dijo, mirándome con sus ojos grises y saltones—. Acabo de ver algo que no me ha gustado en absoluto.

—Lo siento, señor Howard. —«Mierda»—. Hubbard.

Él fingió no haber oído.

—Supongo que es consciente de que a los miembros de la Fundación Sir Aldous Wainright-Swimbourne —el muy desgraciado pronunció el nombre correctamente y del tirón— les disgustaría mucho saber que sus guías contratados utilizan la palabra «expolio» para referirse a sus fondos museísticos.

—Lo sé, señor, me hago cargo. Le pido disculpas.

—Me consta que no es la primera vez que ocurre.

—Le aseguro que sólo ha sido un lapsus.

—Ha defendido usted su lapsus con mucho ardor, señor Alfaro. Espero por su bien que el grupo no presente una reclamación. —El señor Hubbard entrelazó los dedos sobre la mesa de su despacho y, con tono monocorde, prosiguió—: Por el momento dejaré esto en una simple llamada de atención, pero le aconsejo que tenga cuidado, no habrá ninguna más. Me permito aclararle que el suyo no es un contrato blindado.

—Por supuesto, señor. Muchas gracias. ¿Puedo seguir con mi trabajo?

—Aún no. En realidad no era éste el motivo por el cual le he pedido que venga. Esta mañana he recibido respuesta a su petición a la junta directiva para fotografiar la Patena de Canterbury. Los miembros de la junta han dado su permiso.

Magnífico. Y sólo habían tardado nueve meses en hacerlo. Casi había llegado a olvidar el motivo por el que estaba en Canterbury.

—Gracias. Es una excelente noticia. ¿Cuándo podré hacer las fotografías?

—No durante su jornada laboral, como es lógico. Dejaré todo preparado para que pueda entrar en el museo después del cierre. Un miembro de nuestro personal de seguridad lo acompañará en todo momento. —Hubbard sacó un papel de un cajón de su escritorio y me lo entregó—. Aquí tiene las condiciones en las que se harán las fotografías, así como la lista del material que puede y no puede utilizar. Si viola cualquiera de estas condiciones, el museo estará en su derecho de revocar el permiso y prohibir la publicación de cualquier tipo de imagen que haya podido obtener, bajo pena de acciones legales.

—Le aseguro que tendré mucho cuidado.

—Señor Alfaro: la Patena de Canterbury es una de las piezas más valiosas de nuestros fondos. Espero que sea consciente de la enorme muestra de confianza que supone el haberle otorgado este permiso.

Era difícil saber si Hubbard compartía o no dichas muestras de confianza. Como de costumbre, no transmitía ninguna emoción. Prometí una vez más que sería cuidadoso y me apresuré a salir de allí. Empezaba a hacer frío en aquel despacho.

—¿Qué les has hecho a los veteranos? Parecía como si alguien les hubiera robado la pensión.

Jacob acababa de asaltarme en cuanto asomé la cara por el recibidor.

—Por lo visto, aquí no les sienta nada bien que improvises un poco sobre el guión.

—Debes tener más cuidado. Uno de ellos ha ido a la taquilla a poner una reclamación sobre ti. —Puse los ojos en blanco—. Tranquilo. La nueva le ha parado los pies… Voy a tomarme ahora mi primer descanso, ¿te vienes a fumar un cigarrillo?

—Claro. Ve tú delante. Ahora te alcanzo… Quiero darle las gracias a la chica nueva.

Mientras Jacob se marchaba, me acerqué hacia la taquilla. La chica nueva leía algo tras el mostrador. Carraspeé un par de veces para llamar su atención.

Ella me miró y dejó escapar una sonrisa a medias.

—Vaya, pero si es el extranjero insidioso.

—¿Cómo dices?

—Perdona, así es como te ha llamado uno del grupo de veteranos. Estaba muy enfadado. Me ha costado bastante calmarlo.

—Te lo agradezco. Me habría metido en un lío si llega a ponerme una reclamación.

—Ha sido un placer. Era un viejo impertinente. —Me miró a los ojos, esta vez con una actitud mucho más amable que la primera vez que hablamos—. Me ha contado lo que les has dicho. ¿Acostumbras a provocar siempre a las visitas de esa forma?

Yo me encogí de hombros.

—Es igual. En el fondo ese viejo estúpido tenía razón. Según el valor de mercado de la época, la mayoría de esos cuadros no valían mucho más de lo que pagaron por ellos. Casi todos esos pintores no empezaron a revalorizarse hasta décadas después.

—Lo sé. Entonces ¿a qué venía eso del «expolio»?

—Da igual que alguien pagara por los cuadros; fueron robados, ¿no es así? Si sir Aldy no se los hubiera llevado, ahora estarían en un museo español.

—¿Crees que es allí donde deberían estar?

—No lo sé… —Suspiré, un poco cansado del tema—. Es probable que ese anciano estuviera en lo cierto: si los españoles no nos preocupamos por conservarlos, quizá no los merezcamos. Tampoco parece que nos importe mucho recuperarlos.

La chica sonrió para sí, como si yo acabara de aludir a un chiste privado que sólo ella podía entender.

—En realidad no puedes estar seguro de eso.

—¿Acaso tú sí?

—Pareces un chico listo, pero deberías estar un poco más convencido de las cosas que dices.

—¿A qué te refieres?

—No me hagas caso, sólo pensaba en voz alta… ¿Puedo ayudarte en algo más?

—Ya que lo mencionas, me gustaría saber tu nombre.

Ella iba a responder, pero en ese momento llegó a la taquilla un grupo de escolares y dejó de prestarme atención.

Me di la vuelta para ir al encuentro de Jacob. Apenas di unos pasos, oí que golpeaban el cristal de la taquilla a mi espalda.

Los escolares seguían allí, armando barullo, pero ella me miraba. La mano con la que había golpeado el cristal para llamar mi atención señaló hacia la placa identificativa de su pecho.

BIENVENIDO, MI NOMBRE ES:
Danny

Yo asentí y levanté una mano mostrando el pulgar.

3

Malabarismos

A mediodía terminé mi turno; me marché a casa para comer y echar una pequeña siesta. Poco antes de las cinco de la tarde, cogí mi bici y pedaleé de regreso al museo.

Era casi de noche y el ambiente en la calle era tranquilo. Canterbury no es precisamente la ciudad que nunca duerme.

Por el camino me crucé con un par de grupos del Festival de Chaucer que interpretaban sus papeles con un número bastante escaso de espectadores. Era un día de entre semana y de temporada baja, así que más bien parecían estar ensayando para cuando llegaran los turistas del sábado y la ciudad se animase un poco.

Cuando llegué al museo, los últimos visitantes salían por la puerta con aire perezoso. Uno de los vigilantes de seguridad estaba cerrando el acceso. Lo conocía de vista. Se llamaba Roger. Calvo, panzudo y cargado de hombros. A menudo tosía como si la garganta se le fuese a partir en dos.

—¿Qué quieres? —me preguntó desabrido al verme—. El museo está cerrado.

Saqué el permiso que llevaba en el bolsillo y se lo entregué.

—Soy Tirso Alfaro. Tengo autorización para hacer unas fotos de la Patena. El señor Hubbard me dijo que viniera a esta hora.

Roger acercó el documento a los ojos para verlo mejor.

—Espera un momento. —Cogió un *walkie talkie* que lleva-
ba prendido del cinturón y se lo pegó a los labios—. Victor 1 a
Victor 2. Aquí Victor 1, ¿me recibes? Cambio… —Un crujido
desacompasado sonó a modo de respuesta. Roger suspiró—.
Victor 2, ¿me recibes? Cambio… ¿Victor 2? Cambio… ¡Mierda,
Sean, responde de una puta vez…!

El aparato crepitó una vez más y luego emitió el sonido de
una voz.

—Aquí Victor 2. Te recibo. Cambio.

—Ya era hora; ha llegado el de las fotos de la Patena. Voy a
acompañarle. Te quedas al cargo de la consola. Cambio y cierro.

—Ok. Recibido, Roger. Cambio y cierro.

Al observar semejante jerga, se podría pensar que el tal Roger comandaba un sofisticado grupo de vigilantes que interac-
tuaban entre sí como las piezas de un reloj. Sin embargo, aquel
abuso del alfabeto radiofónico internacional no me engañó: todos los trabajadores sabíamos que el Museo Aldy recortaba en
medidas de seguridad. Por las noches, después del cierre, sólo
dos vigilantes se encargaban de la supervisión del edificio; los
justos para dar una vuelta por las salas de vez en cuando y vigilar
que los adolescentes del pueblo no bebieran litronas de cerveza
en el portal de entrada.

Roger me hizo pasar y luego cerró la puerta. Me condujo
hacia un mostrador, junto a las taquillas, y me entregó un papel
prendido a una carpeta de anillas.

—Pon ahí tu nombre, número de identidad y la fecha. Tendré que quedarme con tu carnet… Oye, tu cara me suena, ¿no
eres uno de los que trabaja en Protocolo en el turno de mañana?

Una vez que me hubo ubicado en su memoria, Roger se
mostró un poco más afable. Firmé en el registro y después lo
acompañé hasta los niveles inferiores del museo.

La antigua bodega de la casa de sir Aldy había sido recon-
vertida en sala de exposición gracias a un par de muros de pla-
dur, algunos focos y unas cuantas vitrinas insulsas. En una de

esas vitrinas, la que ocupaba un lugar destacado al fondo de la sala, se exhibía la Patena de Canterbury. El resto de piezas eran un batiburrillo de objetos de valor irregular: desde una colección de cajas de rapé del siglo XVIII hasta un conjunto de estatuillas de jade chino, de época manchú, no más antiguas que la propia casa en la que estaban expuestas.

Según el permiso que me había entregado Hubbard, podía fotografiar la Patena y tocarla (siempre y cuando usara guantes de algodón), pero en ningún caso podía moverla de su expositor.

Antes de montar el trípode para hacer las fotos, decidí tomarme mi tiempo para observarla de cerca.

Después de haberme familiarizado con toda clase de aparejos de cerámica vidriada, tenía que reconocer que aquélla era una pieza muy notable. Se trataba de un diseño de hipnótica sencillez: un simple plato redondo cubierto por completo de una capa de esmalte de color verde esmeralda que brillaba con destellos rojizos al darle la luz.

Había un par de cosas que llamaban la atención de aquel objeto. En primer lugar, su total ausencia de diseños decorativos. La mayoría de las piezas que yo había estudiado solían estar adornadas con motivos florales, geométricos o epigráficos. En ésta no había nada de eso, sólo una superficie lisa y perfecta, sin un solo arañazo. Alrededor de la Patena había una filigrana de plata dorada con piedras semipreciosas engastadas en la técnica del cabujón. Por lo que había leído, sabía que aquella filigrana era un añadido posterior, del siglo XVI o XVII.

Otro detalle destacable era la perfección conseguida en el efecto del vidriado. La técnica de la cerámica vidriada es muy antigua; los babilonios ya la utilizaron para elaborar los ladrillos de sus templos y palacios.

No es una técnica compleja; cuando la base de terracota de la cerámica se calienta a la temperatura adecuada, adquiere la consistencia de un esmalte, el cual puede ser coloreado añadiendo a la cerámica diferentes óxidos. El verde intenso de la Patena, por ejemplo, se obtiene a partir del óxido de cobre.

La mayoría de las piezas de cerámica vidriada tienen un brillo muy vistoso, pero el de la Patena era muy superior a cualquier cosa que yo hubiera visto hasta entonces, y ninguna fotografía podía hacerle justicia. Por más que lo intentara, sería incapaz de captar aquel destello rojizo que chispeaba sobre el verde intenso de la pieza. Era como si, además del óxido de cobre, los artesanos hubieran utilizado algún otro elemento secreto.

Empleé mi tiempo en medir la Patena, hacer varias anotaciones y compararla con algunas fotografías de otras piezas similares que había traído conmigo. Quería sacarle el máximo partido, pues no sabía si me darían permiso otra vez para estudiarla tan de cerca.

Al cabo de un rato, comencé a oír a mi espalda suspiros de impaciencia por parte de Roger.

—¿Te queda mucho? —preguntó.

—Todavía tengo que hacer las fotos.

Roger resopló. Balanceó el peso de su cuerpo de un pie a otro y miró varias veces su reloj.

—Escucha, yo aún tengo que hacer algunas rondas por ahí, ¿sabes? Supongo que puedo dejarte a solas sin problema, ¿verdad? Quiero decir, no vas a hacer ningún estropicio ni nada de eso. Tú trabajas aquí; si te dejo solo y pasa algo, a los dos se nos caerá el pelo.

—Prometo tener cuidado. Y si me preguntan, diré que estuviste conmigo todo el tiempo.

Era justo lo que Roger quería escuchar.

—Estupendo. No tardes demasiado. Cuando termines lo dejas todo como está y me buscas en la Sala de Control para firmar el parte de salida. Está en este mismo piso, al final del pasillo, junto a la escalera. No tiene pérdida.

—Entendido. Gracias, Roger. No te preocupes, puedes ver por la cámara de seguridad todo lo que haga.

—Esta sala no tiene cámaras de seguridad.

—¿Y eso?

—¿Yo qué sé? Pregúntale a los de arriba. A lo mejor se gastaron el dinero que cuesta en esos bonitos uniformes que lleváis los de Protocolo. —Emitió una carcajada llena de flemas y se marchó, dejándome a solas.

Yo tomé unas cuantas notas más y luego preparé la cámara. Hice varias fotos hasta que obtuve un resultado que me satisfizo.

Al cabo de un rato recogí la cámara y me marché de allí, dejándolo todo como estaba.

Fui a la sala de monitores. Allí encontré a Roger en compañía del otro vigilante del turno de noche, un muchacho llamado Sean de rasgos indios. Roger estaba sentado frente a una vieja mesa de oficina de metal, leyendo un suplemento deportivo, mientras Sean vigilaba los monitores de las cámaras de seguridad.

—Ya he terminado —anuncié.

—Perfecto. Firma el parte.

Me pasó una lista y luego se puso a buscar mi carnet de identidad en un cajón. De vez en cuando oíamos a Sean, que se reía por lo bajo, mirando uno de los monitores.

Roger me dio mi carnet y yo le devolví el parte. De pronto Sean soltó una carcajada.

—¿Se puede saber qué te pasa? —preguntó Roger.

—Roger, tío, tienes que ver esto; es genial… ¡Mira, ahora lo hace con una mano!

—¿De qué coño estás hablando?

Sean señaló uno de los monitores.

—Ahí fuera, en la entrada. Ese tío es un genio.

Roger se aproximó a la pantalla. Yo me coloqué discretamente a su espalda para curiosear por encima de su hombro.

El monitor mostraba la imagen captada por una de las cámaras exteriores de la puerta de entrada. Se podía ver a un hombre que, en aquel momento, hacía malabarismos con bolas. Tenía una mano detrás de la espalda y con la otra lanzaba bolas al aire y las volvía a recoger.

El hombre vestía con el atuendo de un verdugo medieval. Estaba casi seguro de que era el mismo al que había arrollado con la bici aquella mañana.

—¿No es increíble? Lleva haciendo esas cosas al menos diez minutos —dijo Sean, divertido—. Debe de ser uno de esos actores contratados para el festival.

Aún no me explico por qué a ninguno de ellos le pareció raro que aquel tipo se pusiera a hacer malabarismos a solas justo delante de la puerta del museo, y al caer la noche.

Roger rió.

—¡Es como uno de esos del Circo del Sol!

¿ Los dos vigilantes miraban embobados al verdugo a través del monitor.

Entonces el artista dejó de efectuar sus juegos malabares y se quedó de pie, mirando a la cámara.

Hizo una reverencia.

—Mira, sabe que tiene un público entregado —dijo Roger sonriendo.

En ese momento el verdugo echó el brazo hacia atrás y lanzó una de las bolas directamente hacia la cámara.

La imagen se convirtió en una pantalla de nieve.

—Pero ¿qué…? —exclamó Roger. Sean se puso en pie de un brinco—. ¡Qué cree que está haciendo ese gilipollas!

En la entrada del museo había dos cámaras. Los dos vigilantes centraron su atención en el monitor conectado a la que aún funcionaba. El verdugo seguía ahí. Al instante vimos cómo hacía otra reverencia, se acercaba a la cámara y levantaba hacia ella el dedo medio de su mano derecha.

Sean soltó un taco y salió de la sala de monitores a la carrera. Estaba furioso.

—Voy a enseñarle a ése a tocar los huevos con las cámaras de seguridad.

—Espera, voy contigo… —Roger me miró antes de salir por la puerta tras Sean—. No te muevas de aquí, ¿me has entendido? ¡Y no toques nada!

Los vigilantes se marcharon. Yo me apresuré a observar por el monitor de la otra cámara. El verdugo seguía allí, quieto, con las manos cruzadas sobre el pecho.

Como si estuviera esperando.

Aparecieron los dos vigilantes. Sean se lanzó hacia el verdugo y éste se apartó con un movimiento tan rápido que apenas pude verlo. Se colocó de espaldas al guardia y le dio una patada en el trasero que lo tiró al suelo. Roger gritaba y gesticulaba. Sean intentó levantarse, pero el verdugo saltó sobre él apoyando el pie sobre su espalda, con movimientos felinos. Parecía la escena de una comedia de cine mudo. El verdugo aterrizó frente a Roger, hizo un gesto hacia él, como una serpiente a punto de dar un mordisco, luego se echó hacia atrás y levantó la mano.

Le había quitado a Roger la pistola.

Roger, fuera de sí, señaló hacia él gritando algo. Sean se había levantado. Trató de abalanzarse sobre el verdugo pero éste parecía tener un cuerpo hecho de goma. Evitó al vigilante con facilidad y, antes de que el hombre pudiera darse cuenta, se colocó tras él y le encañonó la pistola a la nuca.

Yo contuve el aliento.

En mi cabeza preví la imagen de los sesos del pobre Sean desperdigándose por la entrada del museo.

Pero el verdugo levantó la pistola y echó a correr.

Sean seguía arrodillado en el suelo, con la cabeza intacta. Solté un suspiro de alivio.

Roger braceaba y gritaba. Ayudó a su compañero a ponerse en pie y los dos salieron a la carrera tras los pasos del verdugo. Desaparecieron del campo de visión de la cámara y la escena se quedó vacía.

Retrocedí sin poder apartar la vista del monitor. No estaba seguro de qué significaba exactamente lo que acababa de ocurrir.

De pronto oí pasos fuera de la sala de monitores. Alguien bajaba por la escalera que comunicaba con el sótano.

Esperaba que fueran los vigilantes. Más bien deseaba con todas mis fuerzas que fuesen ellos, aunque sabía perfectamente que aquellos pasos eran demasiado furtivos.

Era alguien que no quería ser visto. Ni oído.

La puerta de la sala de monitores estaba entreabierta. Me asomé con cuidado, tratando de otear por el pasillo. Desde mi posición podía ver los últimos peldaños de la escalera. Di un respingo al ver dos pies que bajaban.

Apareció una figura pequeña, completamente vestida de negro. Llevaba la cabeza cubierta con un pasamontañas que sólo dejaba ver dos ojos brillantes. La figura no reparó en mí. Se puso a caminar por el pasillo con movimientos lentos y pausados, tratando de hacer el menor ruido posible.

Mi mente se quedó en blanco. No podía apartar la vista de aquel silencioso fantasma negro, y mi cabeza parecía negarse a elaborar el más básico pensamiento. Me sentía como un animal al que un coche sorprende al cruzar la carretera.

De repente, la figura desapareció de mi vista. Yo seguía sin poder moverme. Sin poder pensar. Creí oír algo, pero no estaba seguro de si el ruido venía del pasillo o bien eran los latidos de mi corazón retumbando en mis oídos. Al cabo de un tiempo que me pareció eterno, la figura negra volvió a materializarse en mi campo de visión.

Sólo que esta vez tenía algo entre sus manos. Algo redondo que, aún en la penumbra, lanzaba destellos verdes y rojos.

Mi cerebro al fin comenzó a procesar.

La Patena. Estaban robando la Patena.

Actué antes de poder pensar en lo que estaba haciendo: abrí la puerta y me encaré directamente con aquella figura negra.

—¡Eh! ¿Qué haces con eso?

Sus ojos me acuchillaron desde el fondo del pasamontañas. No supe si era rabia lo que transmitían o una sorpresa inmensa. Por un segundo nos quedamos congelados, mirándonos mutuamente.

Aparte de delatar mi presencia, no tenía ni idea de qué se supone que debía hacer yo a continuación.

El ladrón lo tenía mucho más claro: dio media vuelta y echó a correr por la escalera, saltando los peldaños de dos en dos, sujetando la Patena contra su pecho.

Fui tras él, obedeciendo un impulso imprudente. Después de todo, aquel ladrón no parecía peligroso, aunque sí condenadamente rápido.

Lo seguí hasta el recibidor de la entrada y luego a través de los pasillos del primer piso. Estaba en mejor forma que yo, pero el tener que llevar la Patena a cuestas ralentizaba su carrera.

Al llegar a una de las salas de la parte trasera del museo, vi cómo se dirigía hacia una cristalera que comunicaba con un jardín exterior. Uno de los cristales estaba desmontado en el suelo. De inmediato supuse que el ladrón se había colado por ahí mientras el verdugo distraía a los guardias de seguridad.

El ladrón salió corriendo hacia el jardín.

Lo perseguí hasta la calle. No se veía un alma y el sonido de nuestros pasos hacía eco en las fachadas de las casas. Yo grité, esperando llamar la atención de alguien, pero en aquella zona despoblada nadie podía o quería escucharme.

Empezaba a dolerme el costado. Mi cuerpo no estaba acostumbrado a aquellos imprevistos alardes de actividad. El ladrón torció por una calle oscura y yo fui tras él, aunque tenía la certeza de que jamás podría darle alcance.

Al girar la esquina casi me di de bruces con él.

Era una calle sin salida. El ladrón estaba de espaldas frente a una pared, con la Patena apretada contra su pecho, respirando agitadamente.

Me detuve. Apoyé las manos sobre las rodillas y nauseé una bocanada de aire.

—Escucha… —dije casi sin aliento—. Escucha, por favor… Yo sólo… Sólo…

El ladrón se lanzó contra mí. Me golpeó con la cabeza en un costado y caí de espaldas al suelo. Traté de recuperarme lo más rápido que pude, aunque sentía que mis pulmones estaban a punto de rasgarse igual que un saco viejo. Por fortuna, la intención del ladrón no era darme una paliza, algo que podía haber hecho sin encontrar ninguna resistencia, dado mi agotamiento. Cuando caí al suelo vi cómo escapaba de nuevo hacia la calle.

Me puse en pie y quise reanudar la carrera, pero de pronto alguien me agarró por el cuello y me obligó a darme la vuelta.

Era el verdugo.

Su cara estaba cubierta por aquella estúpida capucha negra. No tenía ni la más remota idea de dónde podía haber aparecido. Quizá nos había estado siguiendo hacía tiempo.

El verdugo me empujó con fuerza y caí al suelo sobre mi trasero. Cruzó los brazos sobre el pecho y dio un par de pasos hacia mí.

Entonces me habló.

—Lo siento de veras, amigo —dijo—, pero ésta no es tu guerra.

Recuerdo su puño lanzarse directamente contra mi cara. Luego, un dolorido viaje al mundo de la inconsciencia que no tengo ni idea de cuánto duró.

Mi cabeza volvió a recuperar su correcto funcionamiento al cabo de un rato, que bien pudieron ser tres segundos o quizá tres horas.

No había rastro del ladrón ni del verdugo. Sólo un gato temeroso que, al ponerme en pie, corrió a esconderse detrás de un contenedor de reciclaje.

Me dolía mucho la nariz. Al tocarla comprobé que, al menos, no estaba sangrando.

Mi momento de heroísmo había pasado, con más pena que gloria. Era hora de poner el asunto en manos de profesionales.

En Canterbury hay varios puestos de policía (quizá es por eso por lo que presume de ser la ciudad más segura de Inglaterra). Encontré uno unas cuantas manzanas más lejos de donde me encontraba y le conté mi historia a un hombre uniformado que no parecía mucho mayor que yo.

El policía me dejó a solas y, al cabo de un rato, volvió con un compañero. Me pidieron que los acompañara al museo para verificar mi declaración. Nos subimos en uno de los coches patrulla y, después de unos minutos, llegamos a la casa de sir Aldy.

El lugar rezumaba una insultante tranquilidad, como si fuese el último sitio de la Tierra en el que a alguien se le ocurriría cometer un crimen. Los policías y yo salimos del coche y llamamos a la puerta del museo.

—Miren —dije señalando hacia la parte superior de la puerta—, allí es donde está la cámara de seguridad que inutilizaron los ladrones.

Uno de los policías echó un vistazo, sin demasiado interés.

—No parece que esté rota...

No supe qué responder.

La puerta se abrió y en el umbral apareció Roger, el vigilante.

—Ah, eres tú, ¿vienes a por tu cámara? —me dijo. Luego reparó en la presencia de los policías—. ¿Qué ocurre aquí?

—Este hombre acaba de denunciar un robo en el museo —respondió uno de los agentes—. Sólo queríamos comprobar que está todo en orden.

La cara de Roger dibujó un gesto de extrañeza.

—¿Un robo? Lo siento, agentes, no sé qué decir... Hemos tenido un pequeño altercado con un gamberro vestido de fantoche hace un rato, pero ya lo hemos espantado. Que yo sepa, aquí nadie ha robado nada. —Roger me miró—. Has debido de asustarte un poco, muchacho.

—En absoluto. Yo mismo lo he visto hace un momento... ¡Incluso he perseguido al ladrón durante un buen rato!

Roger miró a los policías y luego a mí. Luego sacudió la cabeza de un lado a otro.

—No. Te aseguro que no han robado nada.

Empezaba a imaginar oscuras conspiraciones en las cuales el personal de seguridad del museo jugaba un siniestro papel. Uno de los policías preguntó a Roger sobre el altercado que acababa de mencionar.

—Había un tipo haciendo tonterías en la puerta. Lanzó una especie de pelota de madera contra la cámara y el golpe hizo que se soltara el cable de conexión. Mi compañero y yo salimos detrás de él y el tipo escapó. Nada importante. Sería un borracho o algo así, pero les aseguro que en ningún momento entró en el museo.

—Claro que no —repuse yo—. Ése no fue el que se llevó la Patena, fue otro, seguramente un cómplice. Se coló por una de las cristaleras de la galería.

—¿Podemos entrar a echar un vistazo? —preguntó uno de los policías. Roger torció el gesto, contrariado.

—Pueden pasar si quieren, pero tengo que avisar al señor Hubbard, el responsable. Y no creo que le guste que la policía ande merodeando por aquí a causa de una bobada.

Los agentes me pidieron que les enseñara el lugar por donde había entrado el ladrón. Les guié por el interior del museo hasta la cristalera que comunicaba con el jardín. Roger, que venía con nosotros, encendió las luces.

La cristalera estaba intacta.

—¿Ésta es la ventana que dice que desmontaron los ladrones? —preguntaron los policías. Uno de ellos se acercó y trató de abrirla.

—Es inútil —dijo Roger—. Esa ventana no se puede abrir. El picaporte está sellado con silicona. Lleva así años.

—La… La desmontaron —balbucí yo—. Ellos la desmontaron. Se lo aseguro: yo salí por esta puerta detrás del ladrón.

—Y ahora está montada —dijo el policía.

—Eso parece —musité yo.

—Entiendo.

Uno de los agentes deambuló por la sala dirigiendo miradas al azar aquí y allá.

—¿Qué dijiste que se habían llevado? —me preguntó su compañero.

—Una patena. Una patena de esmalte y plata dorada.

El policía se dirigió a Roger:

—¿Sabe a lo que se refiere?

—Sí. Es una de las piezas de la exposición.

—¿Podría indicarnos el lugar donde se exhibe normalmente?

Roger encabezó la marcha hacia el sótano. A medida que nos íbamos acercando, me iba poniendo más y más nervioso. Empezaba a tener un mal presentimiento.

El vigilante encendió los focos de las vitrinas que expulsaron chorros de luz sobre las piezas expuestas. Al final de la sala, sobre la vitrina más grande, la Patena de Canterbury se veía enorme y brillante, con aspecto de algo que lleva ahí desde el principio de los tiempos.

Uno de los policías se acercó hacia la Patena. La inspeccionó. Luego se volvió hacia mí.

—¿Ésta es la bandeja que dices que se han llevado?

Me sentí el más estúpido de los seres humanos. Por mi mente empezaron a desfilar decenas de explicaciones para lo que estaba ocurriendo, algunas de ellas tremendamente absurdas.

Me aproximé a la Patena con cuidado, como si pudiera morderme. Sentía sobre mí la mirada afilada de los policías.

Abrí la boca, queriendo decir algo.

Mis ojos volvieron a fijarse en la Patena. Me situé delante y la contemplé con calma a la luz del foco. Moví la cabeza de un lado a otro buscando algo que no acababa de encontrar.

—¿Y bien? —preguntó el policía.

Yo le miré, muy serio.

—Es falsa —respondí.

Aquel día establecí un nuevo récord entre los trabajadores del Museo Aldy: dos veces convocado al despacho del señor Hubbard en menos de veinticuatro horas.

Al señor Hubbard lo habían sacado de su casa en mitad de la noche. Quizá estuviera sentado delante del televisor en calzoncillos, con un cuenco de sopa de sobre encima de los muslos; pero el muy cabrón había sido capaz de presentarse en el museo en menos de quince minutos, con aspecto de haber estado pulcramente guardado en un armario lleno de alcanfor desde la última vez que lo vi, aquella misma mañana.

Sólo que esta vez parecía bastante más enfadado.

Los policías se marcharon al darse cuenta de que no había caso por ninguna parte. Era probable que yo me ganase algún tipo de sanción por hacer perder el tiempo a las fuerzas del orden con mi elaborado cuento de ladrones de guante blanco. No pensaba en ello. Lo único que hacía era repetir una y otra vez que aquella Patena era falsa.

Y lo era. No albergaba ninguna duda.

Los vigilantes regresaron a su puesto y el señor Hubbard me llevó a su despacho. Se sentó frente a mí, mirándome con un par de ojos que podrían haber cortado el cristal.

—¿Qué ha ocurrido aquí?

—Ya se lo han explicado: esta noche alguien se ha llevado la Patena de Canterbury.

La expresión de Hubbard no se alteró.

—Señor Alfaro, acabo de ver la Patena con mis propios ojos. Los vigilantes de seguridad han visto la Patena. Dos agentes de policía han visto la Patena. *Usted* acaba de ver la Patena. ¿Eso no le dice nada?

—Eso que está en el sótano no es la Patena, es una copia.

—Acabo de inspeccionar la pieza, junto con la policía, y puedo asegurarle que es idéntica a la que habitualmente mostramos en la exposición. ¿Podría justificar sus palabras de alguna manera, señor Alfaro?

El esmalte verde de la auténtica Patena titilaba como un rubí. La cosa que había en su lugar era un simple plato pulido de color verde. Estaba tan seguro de ello que no podía concebir que nadie más hubiera notado la diferencia.

Traté de explicárselo a Hubbard hasta que me di cuenta de que, en realidad, a él no le interesaban mis impresiones en lo más mínimo.

—Está bien, señor Alfaro. Imagino que esta noche habrá sido muy intensa para usted. Le sugiero que vuelva a su casa y descanse. Espero que mañana…

—Mañana esa Patena seguirá siendo falsa. Y tarde o temprano alguien se dará cuenta, y entonces será su responsabilidad, no la mía.

No debí haber interrumpido a Hubbard. De haber llevado puesto mi uniforme, me habría callado como de costumbre. Pero en aquel momento no me sentía como su empleado, sino como alguien con más sangre en las venas que él y que no soporta que lo traten como si fuera estúpido.

Hubbard se quedó en silencio, quieto, mientras inspiraba aire por la nariz lentamente.

—Le voy a dejar clara la situación, señor Alfaro: nadie ha robado en el museo. Nadie se ha llevado la Patena. La pieza que está en el sótano no es una falsificación.

—No es cierto, yo vi cómo la robaban. La pieza es falsa.

Los labios de mi superior se fruncieron.

—Ya veo. —Hubbard suspiró—. Adolece usted de un serio problema de actitud, señor Alfaro. Es una falta que vengo observando desde el día en que comenzó a trabajar en el museo. No es proactivo, es descuidado en sus obligaciones, provoca a nuestros visitantes y ahora… Francamente, no le entiendo, ¿qué sentido tiene inventarse esta historia absurda? —Quise responder, pero no me lo permitió—. Es igual; sea cual sea la respuesta, no me interesa. No es éste el comportamiento que estamos dispuestos a tolerar en un trabajador responsable. Lo siento.

—¿Qué quiere decir?

—Quiero decir que no se moleste en venir mañana. Su contrato queda rescindido por sus reiteradas faltas en el cumplimiento de su trabajo. —Se echó hacia atrás sobre el respaldo de su silla y me miró a los ojos. Por primera vez vi algo parecido a una expresión en el fondo de sus pupilas: era regocijo—. Está usted despedido, señor Alfaro.

4

Contraseña

Despedido. Tan sólo dos meses antes de terminar mi contrato de prácticas. No era consciente de haberlo hecho tan mal.

Mi primera reacción fue la de crearme una elaborada historia de conspiraciones en la cual el señor Hubbard orquestaba el asalto de su propio museo y, al verse descubierto, se deshacía del único hombre valiente e inteligente capaz de desenmascararlo.

Yo, a grandes rasgos.

Tras una noche de sueño me di cuenta de que esa idea era ridícula. En primer lugar, L. R. Hubbard no era alguien tan interesante como para ocultar la sofisticada personalidad de un ladrón de obras de arte. Por otro lado, debía admitir que mi entrega como trabajador del Servicio de Protocolo había sido bastante mejorable.

En resumen: llevaba tiempo buscándomelo.

Seguía convencido de que la Patena era falsa, y de que un verdadero ladrón se felicitaba por el éxito de un trabajo bien hecho. No obstante, era poco lo que yo podía hacer al respecto; nadie creía mi versión de la historia y yo no tenía ganas de jugar a Don Quijote y los molinos de viento.

Me planteé brevemente la posibilidad de buscar otro trabajo en la ciudad, pero no tardé en darme cuenta de lo poco que me seducía seguir viviendo en Canterbury. Lo que yo de verdad quería era regresar a Madrid.

Saqué un billete de avión, dándome sólo un par de días de margen para seleccionar aquellas pertenencias que me cupieran en una maleta y decirle a Jacob que se buscara otro compañero de piso. Jacob se mostró bastante contrariado. Pero se le pasó el disgusto en cuanto le dije que podía quedarse con la Firestone.

El día antes de mi marcha pasé la tarde a solas en el piso de Tower Way poniendo en orden mi equipaje. Era viernes, y Jacob se había ido a Londres a pasar el fin de semana con su familia. Tendría una despedida solitaria, pero no me importaba.

Llamaron a la puerta. Pensé que quizá podía ser Jacob, que en un extraño arranque de sentimentalismo había cambiado sus planes para poder despedirme en el aeropuerto, agitando un pañuelo blanco.

No era él. Era Danny, la nueva taquillera del museo. Ignoraba cómo había obtenido mi dirección.

—Hola, Tirso. —Estaba en el umbral de la puerta. Parecía algo cohibida—. ¿Vengo en mal momento?

Sin duda. Mis pintas otorgaban una nueva dimensión al término «vestido de andar por casa», ya que tenía casi toda mi ropa en la maleta.

—En absoluto. Pasa, por favor… —Me eché a un lado, rezando para que no reparase en el montón de platos sucios sobre la pila de la cocina—. Siéntate… ¿Quieres tomar algo? Debe de quedar alguna cerveza en la nevera…

Ella permaneció de pie con las manos metidas en los bolsillos de su cazadora de cuero negro.

—No, gracias. En realidad sólo he venido a despedirme. Jacob me lo ha contado esta mañana. Lo siento de veras.

—Gracias… Tampoco es el fin del mundo. Era un trabajo de mierda.

—Aun así. Es muy injusto. No te lo mereces.

Me gustaba que fuera amable conmigo. Aunque no dejó de

parecerme extraño; después de todo, sólo habíamos hablado un par de veces.

—¿Qué piensas hacer ahora? —preguntó ella—. ¿Tienes algún plan?

—Aún no lo he pensado. Volveré a casa, terminaré mi tesis doctoral… La verdad es que no soy de los que le dan demasiadas vueltas a las cosas; prefiero improvisar.

—No me cabe duda.

Se hizo un silencio breve, durante el cual traté desesperadamente de pensar algo ingenioso que pudiera decir. Ella había venido a despedirse, eso demostraba que yo le importaba un poco… Sólo un poco, al menos. No podía desaprovechar aquella oportunidad.

—Tú eres española, ¿verdad? Igual que yo.

—Muy observador, ¿cómo lo has sabido?

—Ningún inglés pronuncia mi nombre sin comerse alguna letra, y tú no lo haces. ¿De dónde eres? ¿De Madrid? Lo digo porque quizá podríamos vernos por allí alguna vez… Ir a tomar algo, ya sabes.

Noté cómo se me encendía la cara. No era tan bueno para esa clase de cosas como yo creía: mi voz me sonaba horrendamente insegura. Ella sonrió, sin mirarme.

—Tentador…, pero no creo que fuera una buena idea.

—Entiendo. No pasa nada.

—No me interpretes mal, Tirso. Me encantaría que nos viésemos alguna vez, pero… —Se encogió de hombros, sin saber cómo terminar aquella frase. Luego sacó un papel doblado del bolsillo de su cazadora y me lo entregó—. Toma. Te he traído esto. Es una oferta de trabajo que he visto hace poco. He pensado que te podría interesar. Espero que no te importe.

Le agradecí la molestia, algo desconcertado. Me pareció un buen detalle. Raro, pero bonito.

—Será mejor que me vaya. Seguro que aún te queda mucho equipaje por hacer.

Pensé en insistir para que se quedara, pero tenía la impresión de que ya no había nada más que pudiéramos decirnos. Ella lo había dejado bastante claro. Sería para siempre la Chica del Museo que Me Dio Calabazas.

—Espero que tengas un buen viaje, Tirso. Y te deseo mucha suerte.

Me dio la espalda y se marchó. Yo me quedé unos segundos en la puerta sin saber qué pensar de aquella fugaz visita.

Volví a entrar en el piso y me senté en el sofá. Todavía tenía el papel que Danny me había dado. Parecía el recorte de un periódico. Estaba escrito en español.

OFERTA LABORAL

Si tiene entre 25 y 45 años, una licenciatura o doctorado en humanidades, conocimientos de idiomas y disponibilidad para viajar, OFRECEMOS: trabajo bien remunerado para cubrir una plaza en el sector público. Consulte la página web www.cnb.gov.es para obtener más detalles.

«Plaza en el sector público», es decir, un contrato de funcionario. Mi madre estaría orgullosa de mí. En el recorte no había más datos sobre la oferta.

Fui a mi dormitorio, encendí el ordenador portátil y me conecté a internet. Después tecleé la dirección web que aparecía en el anuncio.

Apareció una pantalla totalmente negra, sin emblemas ni logotipos de ninguna clase. Lo único que se podía ver era un aséptico mensaje escrito con letras blancas.

POR FAVOR, TECLEE CLAVE DE ACCESO

En la esquina inferior izquierda de la pantalla, en letras muy pequeñas, se podía leer: «Dir. Webmaster: Calle de los Hermanos Bécquer, n.º 1. Madrid».

No había nada más.

Le di un par de veces a la tecla del ratón, pero en la pantalla no se produjo ningún cambio. Tecleé un puñado de palabras al azar, sin obtener ningún resultado. Intrigado, releí varias veces el recorte que me había dado Danny buscando algo parecido a una clave de acceso, pero no encontré nada.

Como página de información, dejaba mucho que desear; como broma, resultaba absurda. Aquel estúpido anuncio parecía una tomadura de pelo fruto de una mente aburrida.

Frustrado, apagué el ordenador y volví a ocuparme de mi maleta.

El vuelo de easyJet Londres-Madrid aterrizó a la hora prevista en el aeropuerto de Barajas. Había salido de Gatwick a las seis y media de la mañana, así que aún me encontraba bastante amodorrado al tomar tierra. Además, se me habían taponado los dos oídos.

Todavía no me había despejado del todo cuando salí a la zona de llegadas del aeropuerto. De pronto oí una voz que deseé fuera producto de mi imaginación.

—¡Tirso! ¡Aquí, hijo!

Dar media vuelta no era una opción, como tampoco lo era el volver a meterme en la zona de recogida de equipaje, así que respiré hondo y me preparé para un primer encuentro con mi madre.

La doctora Alicia Jordán tenía muy buen aspecto para ser una mujer que ya había sobrepasado el medio siglo de existencia. Todavía tenía frescos en mi memoria los días en que al vernos juntos nos tomaban por hermanos.

Cuando daba clases en la universidad, su aula siempre estaba llena a rebosar, incluso con una alta participación de oyentes que sólo acudían por el placer de escucharla; y era citada en los agradecimientos de decenas de ensayos y publicaciones sobre arqueología, siempre con palabras demasiado lisonjeras. Hacía tiempo que ya no impartía clases, pero seguía en contacto con la mayoría de sus alumnos, que la adoraban. Después de todo, ella había pasado más tiempo con ellos que conmigo.

Antes que nada, debo aclarar que yo quiero a mi madre, y estoy seguro de que a ella no le resulto del todo antipático. El principal problema de la doctora Jordán es que no es de esa clase de mujeres con un fuerte instinto maternal.

Digamos que yo aparecí en su vida sin ser invitado. Exageraría si dijese que fui lo que se suele llamar «un hijo no deseado», pero sí que resulté bastante imprevisto.

Cuando mi madre conoció a mi padre ella era una aspirante a catedrática con un espléndido futuro. Por entonces ya había publicado varios libros que aún hoy siguen figurando en todas las bibliografías básicas, y se había ganado a pulso el odio de sus misóginos colegas de profesión (señal inequívoca de que valía mucho más que todos ellos). Era una mujer joven e independiente entregada en cuerpo y alma a su carrera.

Yo no entraba en sus planes.

Teniendo todo esto en cuenta, siempre le estaré agradecido a mi madre por que decidiera darme una oportunidad. Es probable que otra en su situación me hubiera mandado de vuelta al lugar de donde vine. Ella no lo hizo.

Supongo que mi madre considera que, con haber tomado esa decisión, ya cumplió con todas las obligaciones que la naturaleza le exigía. Apenas cicatrizó su herida de la cesárea, empezó mi peregrinaje por todo un catálogo de tíos lejanos y postizos que cuidaron de mí hasta que tuve la edad suficiente para desfilar por distintos internados, mientras ella viajaba de un lado a otro mimando el desarrollo de la carrera que con tanto esfuerzo había parido. Aprendí muy pronto que su trabajo era el hijo favorito que acaparaba la mayor parte de su cariño.

A veces, ya fuera por aburrimiento o bien porque alguna película vista en el cine le tocaba una fibra sensible, se olvidaba de su trabajo y pasaba alguna temporada larga conmigo, jugando a ser madre. Era un juego del que se aburría pronto. La alternancia entre desidia absoluta y cariño impostado no dejaba de resultarme desconcertante.

No tenía ni idea de qué hacía en el aeropuerto aquella mañana. Ni yo le había pedido que viniera ni ella me había dicho que me esperaría.

Se acercó a mí con una sonrisa apagada. Estaba muy morena, sin apenas maquillar. Llevaba el pelo sujeto en una sencilla coleta y vestía con un par de vaqueros desgastados. Empecé a prepararme mentalmente.

—Me alegro de verte, Tirso. Tienes buen aspecto.

—Gracias. Tú también —respondí, escueto.

—¿Ése es todo el equipaje que traes? Bien… Vamos. Tengo el coche en el aparcamiento. —La seguí con resignación a lo largo de la terminal, sin apenas decir palabra. Ella lo compensaba hablando sin parar—. Supongo que estarás cansado del viaje. Un buen desayuno te sentará bien. En casa hay de todo. Te he preparado tu cuarto para que te instales a gusto.

—¿Mi cuarto? ¿Qué cuarto? —pregunté. No vivíamos juntos desde que entré en la universidad. Hasta donde yo sabía, mi madre residía en un apartamento en el centro de un solo dormitorio.

—Es un poco largo de explicar… ¿Qué tal si antes me cuentas cómo te ha ido por Inglaterra?

—No muy bien, teniendo en cuenta que he vuelto porque me han despedido.

—Ah, sí, eso. Hijo, quiero que sepas que no te culpo en absoluto por lo ocurrido. Yo he vivido varias temporadas en Londres, como ya sabes, y conozco lo cuadriculados que pueden llegar a ser esos ingleses.

Me era indiferente si me culpaba o no, pero me alivió bastante comprobar que no iba a darme ningún sermón sobre la responsabilidad, la diligencia o alguna cosa parecida.

Nos subimos al coche. Mi madre es una mujer adinerada, no sólo porque sus ingresos son bastante elevados, sino porque nunca ha tenido gustos caros y es una buena ahorradora. Aún seguía conduciendo el viejo Seat Ibiza que tenía desde hacía años.

De camino a la ciudad fui desgranando poco a poco los detalles de mi estancia en Canterbury. Despaché mi despido del museo en unas pocas palabras, pues no me apetecía hablarle sobre el robo que presencié o que creí presenciar.

Finalmente llegamos al centro, donde estaba la casa de mi madre. Era un moderno piso de alquiler, en plena calle de Fuencarral, enfrente de unos multicines y sobre un establecimiento de Taco-Bell.

Mi madre aparcó el coche en un garaje y, desde allí, subimos a un bonito piso con vistas a la calle. En el interior se percibía un intenso olor a desinfectante perfumado. La casa lucía una decoración pulcra pero impersonal, como si hubieran copiado las fotografías del catálogo de una tienda de muebles. Busqué alguna foto mía colgada en la pared o sobre algún aparador, pero no la encontré.

—¿Te gusta? —dijo mi madre al entrar—. Cada semana viene una mujer a limpiar. Ven por aquí, te enseñaré tu cuarto.

Me condujo hasta un dormitorio que, al igual que el resto de la casa, tenía aspecto de estar sin estrenar. Los muebles eran de madera clara, y las paredes estaban decoradas con maquetas de barco enmarcadas y enormes tablones con fotografías de vistas nocturnas de ciudades. No resultaba más acogedor que una habitación de hotel.

—Todos esos armarios están vacíos —dijo mi madre—. Si traes algo de ropa sucia puedes dejarla en el cesto del baño y la asistenta se encargará de lavarla. En ese otro armario hay toallas limpias, por si quieres darte una ducha. El baño está justo en la puerta de al lado.

Estuve tentado de darle una propina y colgar en el pomo de la puerta el cartel de NO MOLESTAR. En vez de eso pregunté:

—Y tu dormitorio ¿dónde está?

Ella evitó mi mirada.

—Oh, es que yo no voy a quedarme… Verás, resulta que ha

ocurrido algo… inesperado. Acabo de volver de Barcelona de impartir un seminario. Alquilé este apartamento nada más llegar. He pagado todo un año por adelantado.

—¿Un año entero? Eso es mucho tiempo…

—Tenía la intención de dedicarme a trabajar en un nuevo libro. Sin embargo acaban de ofrecerme la posibilidad de dirigir una excavación cerca de Toledo. Es un proyecto muy ilusionante, y no sé por cuánto tiempo tendré que estar allí… Debería mudarme a Toledo durante algún tiempo. Por desgracia, ya no puedo recuperar la fianza de este piso, de modo que he pensado que podrías habitarlo. Me fastidiaría mucho que todo ese dinero se perdiera.

Cualquier hijo consideraría un privilegio que su madre le regalase un año gratis de alquiler. Pero yo sabía que, de no ser por la amenaza de despilfarro (una palabra que a mi madre le horrorizaba), ahora mismo no estaríamos teniendo esa conversación. Ni siquiera habría venido a buscarme al aeropuerto. No había cariño en su gesto, sólo el temor a un gasto inútil.

—Gracias. Estaré bien aquí.

—Magnífico. Me alegra que dejes que te preste un poco de ayuda mientras pasas el bache. Es mi obligación.

Dicho por ella sonaba como si fuera una especie de mantra que deseaba interiorizar. Bien, estaba en su derecho. Lo cierto es que actuaba con buena fe, aunque sus motivos fuesen tan poco sentimentales.

—Sí. Bien… Bueno… Me gusta mucho… La casa y todo eso…

Ella le echó un vistazo a su reloj.

—¿Sabes? Aún tengo tiempo para que desayunemos juntos antes de regresar a Toledo. — Fuimos a la cocina americana que había en el salón y ella empezó a trastear buscando un tostador y algo de zumo y café—. Quizá algún día quieras venir a ver la excavación. Es un proyecto muy bonito.

Se le iluminaba la cara cuando hablaba de trabajo. Incluso parecía aún más joven. Entendía por qué sus alumnos la veneraban. Transmitía tanto entusiasmo que, en momentos como ése, casi me hacía olvidar años de maternidad más que cuestionable. Es una lástima: si hubiera conocido a mi madre en otras circunstancias, seguro que habríamos sido buenos amigos.

—¿Qué es lo que vas a excavar? —pregunté.

—Un yacimiento en el castillo de Montalbán. ¿Lo conoces?

—¿No es esa fortaleza templaria que está cerca de Melque?

—Exacto. En realidad la presencia templaria es muy tardía, de principios del siglo XIII. Siempre se tuvo la seguridad de que la fortaleza ya existía en tiempos de la dominación árabe, pero no había ningún documento que lo corroborase. Hace poco, por casualidad, se encontró lo que parece ser el arranque de un túnel que transcurre bajo los cimientos del castillo, y que podría pertenecer a la etapa de construcción más primitiva... ¿Quieres un poco de té?

—No, gracias. —Soy alérgico al té pero, naturalmente, ella es incapaz de recordarlo—. Sólo zumo.

—Toma, sírvete. Bien, el caso es que, tras un primer análisis del terreno, se descubrió que en realidad no hay un solo túnel, sino toda una red de ellos. Ahora estamos haciendo varias catas para tratar de averiguar hasta dónde llegan y cuántos hay en total.

—Eso suena muy interesante.

—¿Verdad que sí? Piensa en las posibilidades: no sólo puede servirnos para datar con precisión la fecha en que el castillo fue levantado, sino que es probable que también corrobore una tesis que llevo defendiendo mucho tiempo. ¿Recuerdas aquel libro que escribí hace años sobre el tema?

Estudio sobre el conjunto medieval de la Puebla de Montalbán: Iglesia de Santa María de Melque y Castillo de San Martín. Sí, lo recordaba. El día que mi madre acudía al acto de presentación de aquel libro yo estaba siendo operado de apendicitis. Tenía diez años. Vino a verme al hospital un par de días después. Trajo muchas fotos del acto.

—Me suena de algo —respondí—. Decías que la iglesia de

Melque y el castillo estaban comunicados por túneles subterráneos.

—Exacto. —Ella dejó escapar una carcajada—. La mitad del Departamento de Arte Medieval se me echó encima como una manada de hienas. ¡Poco menos que dijeron que veía visiones! Si esta excavación demuestra lo que yo sospecho, más de uno de esos viejos se va a atragantar con la papilla, ya lo creo que sí.

—Me alegro por ti. Espero que tengas mucha suerte.

—Gracias, hijo. Para mí es muy importante. Hará que estés orgulloso de tu madre.

La verdad: ya lo estaba. No podía evitarlo, pero de algún modo lo estaba. Como madre era un desastre, pero había que ser muy mezquino para no reconocer que era una mujer notable.

—Pero no hablemos más de mí —zanjó ella—. El recién llegado eres tú y yo no hago más que quitarte protagonismo.

—Lo que yo tenga que contar seguro que es mucho menos interesante.

—No quiero agobiarte, pero ¿has pensado lo que vas a hacer ahora que no tienes trabajo?

—Me gustaría darle un empujón a mi tesis doctoral —respondí sin ningún entusiasmo. La idea de sumergirme de lleno en el mundo de la cerámica califal me deprimía bastante—. Mientras tanto, puede que surja algo.

—Desde luego, tu tesis es muy importante, y me alegra que quieras tomártela en serio. No obstante, entiendo que necesitas volver a ganar un sueldo lo antes posible. Quizá yo pueda echarte una mano con lo del trabajo.

Me asusté.

—Te lo agradezco, pero no sé si encajaría bien en tu excavación…

—Por supuesto que no; siendo yo tu madre, podrían acusarme de nepotismo. Yo me refería a otra cosa.

Cogió su bolso y buscó algo en su interior. Sacó un papel con un correo electrónico impreso y me lo pasó.

—Hace un par de días alguien circuló esto por el servicio de intranet de la universidad. Quizá te pueda interesar.

Leí el correo, al principio sin mucho interés. Después me sorprendí por aquella extraña casualidad: era exactamente la misma oferta de trabajo que Danny me había pasado antes de irme de Canterbury. Redactada en idénticos términos y con la misma falta de información.

—No creo que me sirva. Ya conocía este anuncio y me temo que no es más que una especie de *spam*.

—¿Estás seguro? La mayoría de las ofertas que nos llegan por el intranet son bastante interesantes, no suele colarse correo basura.

—Cuando te llegó este anuncio, ¿recuerdas si iba acompañado de alguna clave de seguridad o algo parecido?

—¿Una clave...? No, no había nada de eso. ¿Por qué lo preguntas?

Saqué mi ordenador de la maleta y lo llevé a la cocina. Mi madre y yo mirábamos la pantalla mientras lo encendía y tecleaba la dirección web del anuncio en la barra de Google.

Ella chistó con aire reprobador. Yo había aprendido a identificar ese sonido como el preludio de una crítica. La banda sonora de mi madre. Yo lo odiaba.

—¿Qué ocurre? —pregunté.

—Nada, es sólo que... ¿Aún sigues usando Google?

—¿Algún problema?

—Ninguno, si eres de los que disfrutan de la nostalgia del pasado. ¿Por qué diablos no utilizas Voynich, como todos los que vivimos en el siglo XXI? ¿Y todavía usas Windows como sistema operativo? Deberías comprarte un ordenador con Zipf.

—¿Ahora trabajas para Voynich a comisión?

Ella debió de notarme molesto. Hizo el gesto de cerrarse la boca con una cremallera y me dejó que siguiera manejando la barra de Google en paz. No tardó en aparecer aquella pantalla en negro que solicitaba una clave de acceso para poder continuar.

—Qué raro... —dijo mi madre, mordisqueándose un me-

chón de pelo que se había soltado de su coleta—. Sí que es raro…
Espera, deja que pruebe con… —Escribió algo en el teclado,
pero la pantalla no cambió.

—¿Qué has puesto?

—Nuestro código de seguridad de intranet. Pensé que quizá
podía ser eso. Es curioso, ¿por qué alguien haría circular por el
departamento una oferta de trabajo a la que sólo se puede acceder con una clave restringida? No tiene sentido.

—Ya te lo he dicho: debe de ser un *spam*.

Mi madre no estaba muy convencida.

—¿Has visto esto? —Señaló la parte inferior de la pantalla—.
«Dirección Webmaster: Calle de los Hermanos Bécquer, n.º 1.
Madrid.» Esto sí que me parece extraño; en esa dirección está la
sede central de la Banque Nationale de Paris. Es una especie de
palacete que ocupa casi una manzana entera.

—¿Estás segura?

—Del todo. Una amiga mía vive justo al lado, en la calle
Serrano. He pasado por delante montones de veces; no está lejos
de aquí.

—Banque Nationale de Paris… BNP. Se parece un poco a
CNB, puede que la oferta de trabajo venga de allí.

—No lo creo. El dominio «.gov» es un dominio estatal; la
dirección web de un banco privado no podría terminar de ese
modo.

—¿Tienes idea de a qué pueden corresponder las siglas
CNB?

Mi madre negó con la cabeza.

—En absoluto, o al menos nada que nos pueda llegar a través
del intranet de la universidad… No sé, ¿Centro Nacional de
Bibliotecas?… ¡Qué tontería! Eso ni siquiera existe… Esto es
de lo más intrigante, ¿no te parece?

La vena de investigadora de mi madre, hipertrofiada después
de décadas buceando en bibliotecas y yacimientos arqueológi-
cos, parecía haber encontrado una especie de reto personal en
aquel anuncio.

—Hermanos Bécquer… Calle de los Hermanos Bécquer… —repitió para sí misma, sin dejar de mirar la pantalla.

Al oírla me vino algo a la cabeza.

—Sem.

—¿Cómo dices?

—Una tontería de la que me acabo de acordar. Los dos hermanos Bécquer, Gustavo Adolfo el poeta y su hermano Valeriano, el pintor, solían publicar versos satíricos ilustrados denunciando la corrupción del gobierno de Isabel II. Los firmaban con el seudónimo de «Sem».

—Es cierto. Sem… Calle de los Hermanos Bécquer número 1… Número 1… ¿Sabes? El nombre del primer hijo de Noé, del número uno, era Sem…

—Lo sé: Sem, Cam y Jafet, ¿y qué?

—Demasiada casualidad.

Colocó los dedos sobre el teclado.

«Por favor, teclee clave de acceso.»

Mi madre escribió tres letras.

SEM

La pantalla cambió y en ella apareció una página diferente sobre la que destacaba un encabezamiento:

CNB. PROCESO DE SELECCIÓN DE PERSONAL
Por favor, lea atentamente los requisitos expuestos a continuación

Mi madre dio una palmada de triunfo.

—¡Ajá, ahí lo tenemos! —Me miró señalándome con el dedo—. Primera regla del investigador, Tirso: a menudo lo que buscas está justo delante de tus narices.

Apenas la escuché. Recuerdo que me quedé mirando la pantalla, con una leve sensación de recelo en mi interior.

Me preguntaba para qué tipo de trabajo sería una oferta que sólo podías leer tras haber resuelto un acertijo.

Mi madre se marchó haciendo vagas promesas de que volveríamos a vernos pronto. Le seguí la corriente, aun sabiendo que era bastante improbable que eso ocurriera. Tras una despedida apresurada, al fin logré quedarme solo.

Me di una ducha y me puse algo de ropa cómoda. Después, ya más despejado, le eché un vistazo a lo que habíamos descubierto entre mi madre y yo.

Aquella nueva página no era mucho más elaborada que la anterior: sobre un fondo blanco se veía el encabezamiento y, a continuación, una serie de requisitos.

Para el puesto de trabajo precisaban a alguien dinámico, con profundos conocimientos en el campo de las humanidades, a ser posible licenciado o doctor en Historia, Historia del Arte o Bellas Artes; si bien se añadía que cualquier otra licenciatura no era excluyente. Se exigía del candidato que fuese ciudadano español, mayor de veinticinco años y menor de cuarenta y cinco, que careciese de cualquier enfermedad o minusvalía grave, que fuese bilingüe en inglés, francés o alemán; no tener antecedentes penales y no estar inhabilitado para el ejercicio de funciones públicas. Al final había una cláusula escrita en letras más pequeñas: «Se valorará positivamente que el/la candidato/a sea soltero/a y no tenga cargas familiares de ningún tipo». Curioso.

Por último, emplazaba a los interesados a ponerse en contacto con un número de teléfono con prefijo de Madrid. No había ninguna especificación sobre la clase de trabajo que se ofrecía ni quién era la entidad convocante.

La única pista eran las letras CNB escritas en azul sobre un extraño anagrama que representaba una columna clásica partida por la mitad sobre la que flotaba una mano abierta, en llamas, y, dentro de la mano, un ojo. La columna estaba rodeada por una corona vegetal y sobre el conjunto destacaba una segunda corona, como la que decoraba los membretes oficiales del gobierno.

Dudé antes de llamar al teléfono que facilitaban. Seguía pensando que había algo extraño en aquel anuncio.

Finalmente marqué el número.

Casi de inmediato sonó una voz al otro lado. Era una voz de mujer.

—Museo Arqueológico Nacional, buenos días.

Las cosas empezaban a aclararse. Me tranquilizó saber que al menos había un organismo identificable y aparentemente serio detrás de todo aquello.

—Buenos días, llamo por lo de la oferta de trabajo.

—Lo siento, en estos momentos el museo no tiene abierto ningún proceso de selección de personal.

—Disculpe, debe de haber un error. Estoy viendo ahora mismo la oferta…

—El museo está cerrado por obras de remodelación. No está previsto que reanude su actividad hasta finales de este año o comienzos del próximo.

—Verá, yo me refiero a la oferta que aparece en la página del CNB.

La voz no respondió de inmediato.

—No cuelgue, por favor.

Oí un chasquido. La línea quedó en silencio durante un rato que me pareció demasiado largo. Después oí otra voz, esta vez masculina.

—Buenos días.

—Buenos días. Llamo por…

—Lo sé. ¿Puede decirme la clave de acceso?

—Es… ¿Sem?

—¿Cómo lo ha sabido?

La conversación empezaba a tiznarse de irrealidad, como un diálogo entre dos personajes de John le Carré.

—Bueno… Había una alusión a los hermanos Bécquer, y «Sem» era el seudónimo que solían utilizar… —titubeé—. También Sem era el primer hijo de Noé…

—De acuerdo —interrumpió la voz—. El proceso de selección es el día 4 a las ocho de la mañana y finalizará a media tarde. Tome nota de la dirección: calle Príncipe de Vergara, 51, ¿lo tiene?

—Sí. 51, correcto.

—¿Cuál es su nombre?

—Tirso Alfaro.

—¿Confirma su asistencia al proceso de selección, señor Alfaro?

—Sí, claro, la confirmo.

—En ese caso tendrá que traer una copia de su carnet de identidad, el de la Seguridad Social, una copia de su historia laboral, de su última declaración de la renta y un extracto de sus cuentas bancarias en el que se reflejen los movimientos de los últimos tres meses. ¿Podrá tener todo eso para el día 4?

—Sí, sí… Creo que sí, pero…

—Cuando llegue, simplemente facilite su nombre y su documentación a la entrada. Eso es todo.

—¿Podría saber en qué consistirá, más o menos, ese proceso de selección? ¿Es algún tipo de entrevista personal o…?

—En estos momentos no puedo facilitarle esa información.

—¿Y algo sobre el trabajo que ofrecen? En el anuncio no quedaba del todo claro.

—Tampoco puedo facilitarle esa información. Lo siento.

La persona que estaba al otro lado colgó el teléfono.

5

Voynich

El número 51 de la calle Príncipe de Vergara era un edificio bajo de dos plantas de aspecto ecléctico. Hay muchos edificios similares en Madrid, casi todos datan de principios de siglo, y suelen hallarse en barrios en los que a sus vecinos no les quita el sueño llegar a fin de mes.

Al acercarme a la puerta de entrada vi un cartel: COLEGIO DE SAN ANTONIO MARÍA DE LIGORIO. El tal colegio estaba vacío de alumnos; era domingo por la mañana, un día bastante extraño para llevar a cabo una selección laboral.

Llamé a un telefonillo y la puerta se abrió. Me vi en un recibidor, típico recibidor de colegio, con avisos sobre las actividades extraescolares y carteles con el menú del comedor colgados en la pared, junto a una serie de lemas edificantes escritos en cartulinas de colores: FUERTES EN LA VIRTUD, HACIENDO CAMINOS..., y cosas por el estilo.

El arco detector de metales y el guardia de seguridad no debían de ser elementos habituales en aquel colegio.

Le di mi nombre al guardia, así como la documentación que se me había solicitado por teléfono. Se quedó también con mi teléfono móvil y me dijo que podría recuperarlo al salir. Por último, me indicó por dónde debía ir para encontrar el aula donde se llevaría a cabo el proceso de selección.

El aula era bastante grande, más bien un salón de actos. Tenía varias filas de pupitres escalonadas, colocadas frente a un estrado en el que había una mesa y una pizarra verde, de las antiguas. No vi a nadie en el estrado.

Los pupitres, en cambio, estaban casi todos ocupados por hombres y mujeres de diferentes edades. Habría unas treinta o cuarenta personas. Todos en silencio, dirigiendo miradas hacia diferentes lugares del aula o calibrándose los unos a los otros de forma disimulada.

Me dirigí hacia un pupitre vacío en un extremo, junto a un joven vestido con una camiseta de manga larga y unos pantalones vaqueros. Pensé que a su lado mi atuendo, igualmente informal, no llamaría mucho la atención.

—¿Está libre este sitio? —pregunté.

—Todo tuyo.

—Gracias.

Sobre el pupitre había varios folios en blanco y un bolígrafo. Me quedé en silencio, esperando.

—¿Tienes hora? —me preguntó el de los vaqueros.

—Lo siento, no tengo reloj, y mi móvil se lo han quedado en la puerta.

—No importa. —Me sonrió de forma amable y me tendió la mano—. Me llamo Marc.

Lo miré con algo más de atención mientras respondía a su saludo y me presentaba. Parecía de mi edad. Llevaba el pelo muy corto, casi rapado, y tenía una expresión risueña y relajada. Sus ojos azules y grandes me miraban sin ningún asomo de recelo o de desconfianza, algo poco habitual cuando dos candidatos al mismo puesto laboral coinciden en un proceso de selección.

Tenía el cuello grueso y espaldas anchas, y los músculos se le marcaban bajo la camiseta. La clase de tío que podría aparecer retratado en una bolsa de Abercrombie & Fitch, luciendo ojos de cachorro y marcando abdominales. Estaba literalmente encajado en el pequeño espacio del pupitre, como si le sobraran brazos y piernas por todos lados.

77

—¿Eres de Madrid, Tirso? —me preguntó. Respondí que sí—. Yo he venido desde Barcelona. Espero tener suerte, no me gustaría haber hecho el viaje en vano.

—¿También viste el anuncio en internet?

—No. Alguien lo había puesto en el tablón de la biblioteca de la universidad donde trabajo… ¿Tardaste mucho en resolver la clave?

—No demasiado, aunque fue pura casualidad.

—Yo lo hice casi al instante —dijo. No me dio la impresión de que estuviera alardeando—. Me pareció una idea muy hábil, me refiero a lo de poner una clave de acceso oculta… Es como hacer una primera criba, ¿no te parece? Estoy seguro de que debe de ser un trabajo estupendo. Llevo meses esperando este día.

—¿Meses?

—Sí, vi la oferta en mayo. Desde que acabé la carrera no he conseguido ningún trabajo estable.

—¿Qué estudiaste?

—Una doble licenciatura en Antropología y Biología Humana.

—Vaya —dije impresionado. Al lado de eso mi modesta licenciatura en Historia del Arte parecía tan importante como un curso por correspondencia de Corte y Confección—. No sabía que en Barcelona tuvieran un programa de estudios semejante.

—No, en Barcelona no. Es un grado interdisciplinar exclusivo de la Universidad de Stanford. Yo estudié allí, aunque soy de Barcelona.

Arqueé las cejas y asentí cortés. He aquí un candidato a tener en cuenta, pensé. Esperaba que el currículum académico no tuviera mucho peso en aquellas pruebas, de lo contrario yo no tendría nada que hacer al lado de aquel empollón con pinta de ídolo de adolescentes.

En ese momento alguien entró en el aula y se colocó en el estrado para llamar la atención de los presentes.

Era un hombre joven, muy alto. Su torso tenía la forma de un triángulo invertido y sus rasgos eran secos, cortantes, como si tuviera la cara hecha de ángulos, a excepción de una boca pequeña de labios gruesos. Era moreno y miraba con los párpados ligeramente caídos, como alguien que acaba de despertarse en mitad de un sueño pesado.

El hombre vestía un traje negro, camisa blanca, y corbata larga y estrecha, del mismo color que el traje. Se subió al estrado, se desabrochó el botón de la chaqueta y se sentó sobre el borde de la mesa, en actitud relajada.

—Buenos días. Soy el señor Burgos. Les acompañaré a lo largo del proceso de selección y les explicaré todo lo que necesiten saber para poder llevarlo a cabo correctamente. Antes de comenzar, por favor, den la vuelta al folio que tienen encima de sus mesas. —Se oyó el bisbiseo de decenas de papeles al girarse—. Se trata de un compromiso de confidencialidad. Se estipula que ningún punto del proceso puede ser hecho público por ustedes una vez que concluya la selección. Están obligados a firmarlo si desean continuar con el proceso; en caso contrario, tendrán que abandonar el edificio.

Una chica que estaba sentada delante de mí levantó la mano.

—Lo siento, no se responderán preguntas a no ser que yo lo indique expresamente —dijo el señor Burgos. La chica bajó el brazo con timidez—. Tienen cinco minutos para leer el documento y firmarlo.

Eché un vistazo. Era un documento bastante escueto que iba directamente al grano. En resumen se trataba de un pacto de silencio redactado en jerga legal. Lo firmé, al igual que el resto de los candidatos.

Al cabo de un rato, el señor Burgos volvió a tomar la palabra:

—Por favor, vayan pasándolo de atrás adelante para que pueda recogerlo.

A continuación, nos dijo, se nos iba a hacer entrega de un test psicotécnico. Tendríamos cincuenta minutos para rellenarlo.

El test era un cuadernillo de varias páginas en las cuales había diferentes preguntas de todo tipo: series numéricas, de letras, combinadas, cuestiones sobre sinónimos, antónimos, analogías, ortografía, cálculo, razonamiento espacial, razonamiento deductivo…

Algunas eran muy simples y otras absurdamente enrevesadas. No sé exactamente cuántas pude responder en total antes de que transcurrieran los cincuenta minutos.

Después, sin apenas dejarnos tiempo para descansar la mente, un examen de idiomas: había una parte para evaluar nuestro nivel de inglés, otra de francés y otra de alemán. Podíamos escoger responder a todas ellas o sólo a una. Yo me limité a realizar la prueba de inglés. Estaba repleta de textos escritos en las más complicadas jergas técnicas, y muchas de las cuestiones se basaban en el conocimiento del habla coloquial.

Una hora después, el señor Burgos anunció una tercera prueba: conocimientos generales. Tuvimos noventa minutos para efectuarla. La mayoría de las preguntas versaban sobre cuestiones de historia y arte. Me sentí mucho más cómodo en esta ocasión; al hijo de la doctora Alicia Jordán es difícil hacerle una pregunta sobre humanidades que no sepa responder.

Tras aquella prueba vino otra. Muchos de los asistentes se agitaban incómodos en sus asientos, y algunos parecían necesitar con urgencia salir a que les diera el aire. Me preguntaba cuánto tiempo más pensaban tenernos ahí dentro.

La cuarta prueba era sencilla en apariencia. Primero había que rellenar una serie de datos personales.

Preguntaba algunas cuestiones familiares: nombre del padre y la madre, situación laboral de ambos. Nombre y número de hermanos (en caso de tenerlos), abuelos… Luego aficiones y gustos personales, desde los libros favoritos hasta las películas preferidas; países a los que se había viajado, si había sido por trabajo o por placer, si se prefería viajar solo o en compañía de amigos o parientes…

Ya muy avanzado el cuestionario, empecé a encontrar preguntas que me parecieron más estrambóticas:

Califique y razone su grado de acuerdo con los siguientes enunciados:

«El fin justifica los medios.»

«El Arte carece de nacionalidad.»

«El derecho de propiedad es equiparable al de posesión.»

Y varias frases más en sentido similar.

Era un test personal muy extraño. Me veía incapaz de imaginar qué tipo de trabajo valoraba en cualquier medida las respuestas a aquellas preguntas.

Tras unos noventa minutos, el señor Burgos recogió los cuestionarios y nos informó de que la prueba había terminado y podíamos marcharnos. La mayoría de los presentes acogieron la noticia con verdadero agrado. Yo entre ellos. Sentía verdaderas ansias por fumarme un cigarrillo y dejar la mente en blanco durante un buen rato.

Mi vecino de pupitre y yo salimos juntos a la calle. Marc quería saber qué tal me había ido con las pruebas. Contesté de forma vaga y luego le devolví la pregunta.

—Creo que me he defendido bien —respondió—. Tengo algunas dudas sobre la prueba de idiomas. Estoy más oxidado de lo que yo pensaba.

—Seguro que no; después de todo, hiciste la carrera en Estados Unidos.

—Oh, no es por el inglés… Y en cuanto al francés, tampoco tengo ningún problema. El alemán es lo que me preocupa, hace tiempo que no lo practico.

En aquel momento me di cuenta de que mi único papel en aquella selección era el de figurante. La única persona con la que había hablado tenía una doble licenciatura en Stanford y dominaba tres idiomas. No quería ni imaginar la clase de genios que se sentaría en el resto de los pupitres.

—Ha sido una experiencia curiosa, ¿no crees? —me dijo Marc cuando ya estábamos en la calle.

—Más bien intensa.

Marc se rió.

—Eso no te lo discuto… Bien, entonces ya nos veremos por ahí. —Me estrechó la mano—. Hasta otra, Tirso. Y suerte.

—Gracias. Lo mismo digo.

Nos fuimos cada uno por nuestro lado. No lamenté perderlo de vista. Era un chico amable, pero pensé que, en realidad, no me resultaba simpático. No era capaz de justificar el porqué. Simplemente, no me gustaba.

Un par de días después, recibí dos llamadas de teléfono. La primera, por la mañana. En la pantalla de mi móvil se veía un número de teléfono con más cifras de lo normal.

—¿Tirso Alfaro?

—Soy yo.

—Le llamo para comunicarle que ha sido elegido para pasar a la siguiente fase del proceso de selección laboral del CNB. La siguiente etapa se llevará a cabo el próximo lunes a las once de la mañana. Tiene usted que presentarse en esta dirección. Tome nota. —Cogí un lápiz de la entrada y garabateé las señas en el menú de propaganda de un restaurante chino—. ¿Lo tiene?

—Sí: calle Serrano, número 13.

—Correcto. Simplemente facilite su nombre al entrar y le indicarán lo que tiene que hacer. ¿Lo ha entendido?

—Perfectamente. Gracias.

—Señor Alfaro.

—¿Sí?

—Le aconsejo que lleve ropa y calzado cómodos.

La comunicación se cortó.

En la garganta se me quedaron atascadas un montón de preguntas.

Algo me rondaba la cabeza. Serrano, 13. La dirección me era familiar. Tras comprobarlo en un callejero, descubrí que eran las señas del Museo Arqueológico Nacional.

Por la tarde recibí otra llamada. Era de un compañero de mis días de facultad que ahora vivía en Valencia. Me dijo que había venido un par de días a Madrid por motivos de trabajo y que le apetecía quedar con un puñado de viejos amigos.

Desde que volví de Canterbury había descuidado bastante mi vida social, así que dije que estaría encantado de acudir a la cita.

Apenas mantenía el contacto con mis antiguos compañeros de estudios; los diversos matrimonios y destinos laborales habían hecho estragos en nuestra relación, otorgándonos a cada uno rutinas imposibles de coordinar.

Mi antiguo compañero mencionó de pasada los nombres de los que acudirían al encuentro de esa noche. Entre esos nombres estaba el de Silvia.

Silvia era un viejo recuerdo. No demasiado cómodo.

La primera novia no se olvida nunca. Si además es la única, entonces la marca que deja es igual que una quemadura en el pecho.

Era guapa, Silvia. Tenía el pelo castaño, casi rojo, y los ojos verdes, preciosos. La cara redonda y suave, con el número de pecas exacto sobre la nariz y los pómulos. Yo una vez, estando algo bebido, le dije que no eran pecas, que eran las motitas de canela con que la habían espolvoreado de pequeña, y que por eso era tan dulce. Se rió y me llamó cursi.

Sin embargo, recuerdo que la primera vez que besé sus labios habría jurado que sabían a canela.

Estuvimos juntos cuatro años. Los dos primeros fueron fantásticos: había largas conversaciones de madrugada, complicidad y sexo en lugares originales. El tercer año desaparecieron las largas conversaciones y el sexo dejó de ser tan sorprendente. En el cuarto año todo fue mal.

Tenía la sensación de que aquella chica alegre y extrovertida se había vuelto más silenciosa y apática. Hubo una época, muy mala, en la que llegué a obsesionarme con la idea de que estaba a punto de dejarme. Creo que ella tampoco se sentía feliz. Uno de los dos cortó por lo sano. No importa quién.

Hacía mucho tiempo que no pensaba en Silvia, y no estaba seguro de cómo iba a reaccionar al verla.

No estaba cuando llegué. Mis amigos habían ocupado una mesa dentro de un pequeño bar con aire castizo, en plena plaza de Olavide. Silvia aún estaba de camino, me dijeron.

Me senté y nos pusimos al día. Todos parecían tener mucho que contar y pronto me vi relegado a una cómoda posición de oyente.

Llegó Silvia. Sola. Constaté que seguía igual de guapa que siempre, aunque su estilo en el vestir se había vuelto un poco más conservador.

Nos dimos dos besos. Se alegraba de verme. Se sentó a mi lado y pidió una cerveza. Intercambiamos un par de bromas. No parecía sentirse incómoda ni cohibida por encontrarme allí, y eso me quitó un gran peso de encima.

Me relajé y empecé a disfrutar de la noche. Me reí con las historias de mis compañeros, recordé unas cuantas anécdotas y me animé con las cervezas. Al cabo de un rato ya había bebido el suficiente alcohol como para sentirme más locuaz.

El tiempo pasó volando, sin ser yo muy consciente. Después de las doce, muchos de mis amigos se marcharon. Estaba claro que quedaba poco de los antiguos juerguistas de los días de universidad.

Casi sin darnos cuenta, Silvia y yo nos habíamos quedado solos. Nos miramos y nos reímos, esperando el momento en que el otro se disculparía, se marcharía y pondría fin oficialmente a aquel reencuentro.

Quizá ella, como yo, pensaba que era la primera vez que estábamos los dos a solas desde que lo dejamos.

Fui yo el que di el paso inevitable.

—Parece que ya es un poco tarde, ¿no?

—Sí —dijo ella—. ¿Madrugas mañana?

Yo negué con la cabeza.

—Vacaciones del parado —respondí—. Todavía tengo que ver unos cuantos anuncios de la teletienda antes de irme a la cama.

Ella rió.

—Suena apasionante.

—¿Y tú?

—Día libre.

—¿En serio? ¿Tantas expectativas tenías puestas en esta noche?

—No. Ha sido casualidad: me quedaban un par de días de vacaciones y tuve que cogérmelos para no perderlos.

—Las casualidades no existen, eso es una señal para que te pidas la última cerveza antes de irte a casa.

No sé por qué dije eso. Puede que fuera el alcohol. No estaba borracho, pero sí bastante animado, y no me lo estaba pasando mal.

Silvia me dirigió una mirada pícara.

—Me atrevería con una copa, ¿qué me dices?

—La teletienda puede esperar. Últimamente los cuchillos japoneses no me impresionan como antes. —La miré—. ¿Santa Teresa?

—Y Johnnie Walker para ti.

Levanté mi jarra vacía de cerveza.

—Por las viejas costumbres.

—¿A quién llamas vieja? —Se fue a la barra a pedir las bebidas. Regresó con las copas y volvió a sentarse a mi lado.

—¿Quieres saber una cosa? —preguntó.

—Adelante.

—Hace siglos que no me voy de copas un lunes por la noche.

—Me cuesta creerlo. Antes lo hacías a menudo. Recuerdo que siempre decías que emborracharse los fines de semana era cosa de críos.

—Justo lo que éramos nosotros. Pero reconozco que en el fondo lo sigo pensando, aunque ya ni siquiera bebo los fines de semana.

—Me estás empezando a asustar… ¿Quién es usted y qué ha hecho con Silvia?

—La puse a trabajar en una malvada multinacional en horario de ocho a tres, cinco días a la semana. Creo que me odia por eso.

—¿Puedo preguntar qué malvada multinacional es ésa?

—Voynich. Ya sabes, cosas de internet.

Hice una mueca de desagrado. De pronto me había acordado de mi madre.

—Últimamente no hago más que oír ese nombre.

—Y lo oirás mucho más, créeme. Olvídate de Google, Microsoft, Mac y todas ésas. En unos pocos años Voynich revolucionará el mundo web tal y como lo conocemos. —En ese momento dibujó una expresión de repugnancia en la cara. Bebió un trago largo de su copa, como si quisiera enjuagarse el paladar—. Dios, escúchame: hablo como la maldita jefa de marketing… ¿Ves lo que han hecho conmigo?

Yo dejé escapar una carcajada.

—Dime una cosa: ¿cómo una chica que esperaba viajar por el mundo restaurando y tasando obras de arte acabó siendo la nueva profetisa de Voynich?

—En una palabra: dinero. ¿Sabes qué? Me gusta tener dinero. Si además tuviera tiempo para gastármelo, sería estupendo.

—Si te sobra siempre puedes hacerme un donativo. No es tan bonito como apadrinar un niño africano, pero seguro que mis dibujos son mejores.

Ella volvió a reírse. Recordé lo mucho que me gustaba hacerla reír. Las pecas de sus mejillas titilaban como purpurina.

—Tentador, pero no podría. Todo el dinero que gano va directo a una cuenta corriente destinada a sufragar un bonito piso, una bonita boda y un bonito viaje de novios.

Casi me atraganté.

—¿Te vas a casar?

—Lo haré algún día. Ya tengo el novio. Sólo me falta todo lo demás.

—¿Y por qué?

—Porque quiero —respondió ella—. La gente se casa, Tirso.

A la larga acabas necesitando a alguien con quien discutir todos los días, si no la vida resulta muy aburrida.

—Oh, bien... —dije algo desconcertado—. Pues... me alegro por ti. Enhorabuena.

—No descorches todavía el champán, ni siquiera tengo fecha. Es sólo un proyecto a largo plazo.

Nos quedamos callados un instante, en lo que amenazaba con convertirse en el preludio de un incómodo silencio. Ella se apresuró a cortarlo cambiando de tema.

—¿Y qué hay de tus expectativas laborales? ¿Has hecho alguna entrevista o entregado alguna solicitud?

—La verdad es que sí. Estoy metido en una especie de proceso de selección. Creo que tiene algo que ver con el Museo Arqueológico. —En ese momento recordé algo—. Tú trabajaste una temporada allí justo después de terminar la carrera, ¿verdad?

—Si a eso se le puede llamar trabajo... Sólo fueron unas prácticas de seis meses en el Departamento de Conservación. Estuve ahí hasta que cerraron el museo para su reforma. Cuando me marché ni siquiera se habían aprendido mi nombre.

—¿Te suena haber oído hablar sobre algo llamado CNB?

—¿CNB? —Silvia arrugó un poco la frente, haciendo memoria—. CNB... Qué curioso, el caso es que, ahora que lo mencionas...

—¿Sí?

—Se me había olvidado por completo. Es algo que comentó una vez una de las conservadoras del museo. —Bebió un sorbo de su copa—. No recuerdo su nombre, pero era una mujer muy agradable. A veces tomábamos café juntas al salir de trabajar. El día que terminé mi contrato faltaba muy poco para que el museo cerrase sus puertas y comenzasen las obras de remodelación, así que estuvimos hablando de eso. Ella estaba muy indignada.

—¿Por qué motivo?

—Por lo visto había podido echar un ojo a la partida presupuestaria dedicada al Departamento de Conservación. Decía que alguien había hinchado de forma escandalosa las cifras.

—¿En qué sentido?

—No recuerdo bien los detalles… Decía que en junta se aprobó una partida de varios miles de euros, pero cuando accedió al desglose de los gastos descubrió que sólo una parte muy pequeña de ese dinero estaba justificada en adquisiciones y mejoras concretas; el resto estaba siendo desviado para algo llamado «CNB». Me dijo que algunos compañeros de otros departamentos se habían quejado de lo mismo.

—¿Nunca se te ocurrió preguntar a qué se refería con el CNB?

Ella se encogió de hombros.

—¿Para qué? Era un museo nacional, estaba lleno de departamentos, y a muchos los denominaban por sus siglas.

—¿Y esa conservadora no tenía intención de denunciar aquellas irregularidades?

—No. La pobre se lo tomaba con una resignación un tanto patética… Parece que en la administración pública están acostumbrados a ese tipo de cosas y nadie levanta la liebre por pura dejadez. En realidad, creo que estaba más intrigada que molesta. —Silvia suspiró—. Un poco triste, ¿no te parece? Mi malvada multinacional tendrá todos los defectos que quieras, pero nadie mueve un solo céntimo sin que se sepa adónde va destinado.

Yo levanté mi copa, irónico.

—Brindo por Voynich y su honradez.

—Lo mismo digo —Silvia miró al fondo de su vaso—, pero para brindar necesito algo más que aire. ¿Por qué no te acercas a la barra y pides las dos últimas copas?

No fueron las dos últimas copas, sino las primeras de varias… Los minutos se fundían como hielo en un Johnnie Walker con Coca-Cola. Con cada trago el reloj se retrasaba una buena porción de tiempo, y, al cabo de muchos, parecíamos aquellos dos chicos de veinte años recién cumplidos que estaban empezando a conocerse. Al final de la última copa, comencé a preguntarme si sus labios seguirían sabiendo a canela, como la primera vez que la besé.

El bar cerró. Ya no quedaba nadie dentro salvo nosotros. Salimos a la calle. Calle de lunes de madrugada: vacía y silenciosa. Lo único que se oía era nuestra voz y nuestra risa. Puede que hiciese frío, pero yo no lo sentía; el alcohol me calentaba el cuerpo.

Empezamos a andar sin proponernos un rumbo concreto. Yo saqué un cigarrillo y lo encendí.

—Creía que ya no fumabas —me dijo.

—Soy débil. Volví a caer.

—Oh, Tirso, no… —dijo ella con un leve tono de reproche—. ¿Cómo es posible?

Dudé si responder a esa pregunta. No lo habría hecho de haber bebido un poco menos; abría un espinoso tema de conversación que habíamos rodeado durante toda la noche.

—Volví a fumar cuando lo dejamos.

Ella se detuvo. Me miró a los ojos y me colocó un mechón de pelo detrás de la oreja.

—Lo siento.

—Tranquila. No fue culpa tuya.

¿Seguíamos hablando de tabaco?

El temido silencio cayó sobre nosotros. Pero no era un silencio incómodo de palabras evitadas, más bien parecía una tregua para que pudiéramos medir lo que diríamos a partir de ese momento.

Me di cuenta de que estábamos dirigiéndonos hacia mi casa.

—¿Sales con alguien, Tirso?

—No, ahora mismo no.

Asintió, como si esperase aquella respuesta.

—Me he acordado mucho de ti —dije. Fue una tontería, pero sentía la necesidad de decir algo agradable.

—No, no lo has hecho, pero gracias de todas formas —respondió ella sonriendo—. En cambio yo sí que he pensado en ti. Algunas veces.

—¿Algunas veces?

—Me preguntaba si habrías encontrado lo que estabas buscando.

No me veía capaz de interpretar sus palabras. Demasiado whisky. Llegamos ante el portal de mi casa y me detuve.

—¿Vives aquí?

—Temporalmente.

—Bien. Pues llegó el momento de la despedida.

No se movió. Se quedó quieta delante del portal, sin dejar de mirarme. Yo no podía apartar la vista de sus ojos verdes ni de sus pecas de color canela, que parecían danzar a su alrededor.

Cerré los ojos y la besé.

Fue un beso largo y agradable. Nuestros labios eran dos viejos amigos que se abrazaban después de mucho tiempo sin verse.

Al terminar nos quedamos mirándonos sin saber muy bien qué hacer.

—¿Quieres subir? —pregunté.

—Creía que a estas horas tenías que ver la teletienda…

—Al cuerno la teletienda. Ya tengo demasiadas licuadoras. —Ella se rió y no pude evitar volver a besarla. Esta vez el beso no era como el anterior, fue algo más serio.

Abrí la puerta y entramos. No hubo palabras. Sólo besos en el ascensor, besos al entrar en el recibidor de mi piso y muchos más besos mientras nos dirigíamos hacia el dormitorio, despojándonos de prendas que nos estorbaban.

Después dejé de besar su boca y mis labios buscaron las pecas de sus mejillas. Besé su nariz, su cuello y su espalda. Besé su cuerpo, moviéndome por sus curvas con la seguridad propia del que ya ha estado antes en ese lugar. Era un buen lugar. Cómodo y acogedor.

Me hizo recordar que, en realidad, toda ella sabía a canela.

Me desperté al escuchar ruido en el dormitorio. Al abrir los ojos un rayo de sol atravesó mi cabeza de lado a lado. Sentía el cuerpo pesado y la boca seca, y parecía que tenía el cráneo lleno de arena.

Una resaca de manual.

Hay resacas, no obstante, que se reciben casi con gusto. Aquella mañana me sentía demasiado bien como para que un simple dolor de cabeza mitigase mi buen humor. En contra de lo que suele decir el mito, recordaba perfectamente cada detalle de la noche anterior. O, al menos, los más importantes.

Volví la cabeza. El otro lado de la cama estaba vacío. Me incorporé. Silvia estaba de pie, junto a la puerta. Tenía puesta su ropa y silbaba *Come on Eileen*, de los Dexys Midnight Runners. Siempre fue una de sus canciones favoritas.

Al verme despierto ella sonrió y se sentó en la cama, a mi lado. Me pareció una buena señal.

—Buenos días —dijo. Me acarició el pelo con la mano. Fue un tacto agradable—. Sigues roncando una barbaridad, ¿lo sabías?

—¿Sí? Pues tú también.

—Eso no es cierto —dijo ella, tirándome un almohadón a la cara.

—Ey, cuidado… Dolor de cabeza. Yo resaca.

—Qué mono. —Se inclinó y me besó la punta de la nariz. Luego se levantó de la cama y se puso a buscar por el dormitorio—. ¿Sabes dónde dejé ayer mi bolso?

—No lo sé… Quizá en alguna parte del recibidor…

—Podrías ayudarme a buscarlo —sugirió, y salió del dormitorio.

Bajé de la cama y me puse encima lo primero que saqué de mi armario. Fui al recibidor y la encontré colgándose su bolso del hombro.

—Aquí estaba. Supongo que lo tengo todo dentro… Si me dejase algo, ¿me avisarás, por favor? Ya pasaré a buscarlo cuando pueda.

—¿Te marchas? ¿No vamos a desayunar o… algo?

—Creo que es mejor que me vaya.

—Ya. Entiendo. —Traté de que mi voz no sonase hostil. No quería que ella pensara que le estaba reprochando nada—. Bebimos un poco y se nos fue de las manos, ¿verdad?

Ella se rió. Aquello me cogió por sorpresa.

—Anda, ven aquí. —Me tomó de la mano y me llevó hasta el sofá. Se sentó a mi lado y luego volvió a colocarme un mechón de pelo detrás de la oreja—. Antes no llevabas el pelo tan largo. Me gusta. Te sienta bien. —Quiso volver a acariciarme el pelo, pero yo me aparté—. Estás molesto conmigo.

—No lo estoy.

—Sí lo estás. Estás molesto porque piensas que estoy echando a correr. Pero déjame decirte que te equivocas. Desde el momento en que te vi al entrar en el bar supe que acabaría en la cama contigo, ¿y sabes por qué? Porque me gustas, Tirso. Me sigues gustando mucho. —Se encogió de hombros y extendió las manos—. Estoy colada por ti, ya ves. Pobre de mí. Por eso me voy. No quiero que vuelvas a hacerme a daño.

—¿Cuándo te he hecho daño yo?

—Estar contigo me hacía daño. Al principio no, lo reconozco. Luego empezaste a aburrirte. Tú no te dabas cuenta, pero así era. —Ella guardó silencio. Pensando. Escogiendo cada palabra—. Verás, Tirso, yo soy una chica corriente; mírame, trabajo en una oficina y hago planes de boda. Lo único que pido es un novio que me trate bien y una vida más o menos estable.

—Ésa no es la chica que yo recuerdo de cuando salíamos juntos.

—Tú salías con una universitaria con la cabeza llena de pájaros. Ésa no era yo, sólo mi versión postadolescente. Pero en alguna parte siempre estuvo alguien que quería un novio normal y una vida sin complicaciones. En el fondo lo sabías mejor que yo, por eso te aburriste de mí. Aquello me estaba matando.

—¿Nunca se te ocurrió pensar que también podría gustarme la chica que sólo quería un novio normal y una vida sin complicaciones?

—Ojalá hubiera sido así. Tú no puedes ser un novio normal

para nadie, Tirso. Llevas encima demasiada soledad para saber lo que es eso.

Aquella frase era demasiado grande como para que la pronunciara de la manera tan casual como lo hizo. Quizá ella no se daba cuenta de la carga de profundidad que estaba lanzando contra mi ánimo.

—Así que soy yo el que tiene un problema.

—¡Claro que no! —dijo ella, acariciándome la mejilla—. Eso no es tener un problema: hay mucha gente como tú, Tirso. Y también hay muchas mujeres que quieren estar con hombres como tú. El mundo está lleno de mujeres solitarias que buscan hombres solitarios. Eso es todo. En el fondo es muy sencillo: sólo tienes que buscar. Y, si te conozco bien, disfrutarás tanto de la búsqueda como del encuentro. Ése eres tú, Tirso: un buscador.

Se levantó del sillón y me dio un beso en los labios. Luego se apartó de mí y me dirigió una mirada cargada de cariño. No era la mirada de una antigua novia, era la de una vieja amiga.

—Yo no valgo para buscar. Prefiero conformarme con lo que tengo.

Me quedé sintiendo cómo poco a poco se desvanecía el calor de sus labios sobre los míos.

—¿Y qué se supone que es lo que estoy buscando?

—A alguien como tú, cariño. —Me sonrió—. A alguien como tú.

Silvia sacó una tarjeta de su bolso y me la dio. Yo la cogí sin mirarla: tenía mis ojos colgados de los suyos.

—Llámame si algún día te sientes demasiado solo —me dijo—. Charlar contigo siempre es divertido, me recuerda buenos tiempos.

Abrió la puerta. Se quedó un segundo parada en el umbral, mirándome a los ojos, como si quisiera memorizar bien mi rostro.

Luego levantó la mano para despedirse y se marchó.

Eché un vistazo a la tarjeta que aún tenía en las manos. Vi su nombre. Silvia Cano. Ella había escrito su número de móvil con

un lápiz. Le di la vuelta a la tarjeta y me encontré un desproporcionado logotipo cuya forma recordaba a una estrella aplastada,
hecha a base de doce franjas rojas y azules. Debajo había algo
escrito:

VOYNICH INC.
Secrets from Future

Desanimado, dejé caer al suelo la tarjeta. Estaba convencido
de que no volvería a ver a Silvia nunca más.

6

Archivística

Hacia mediados del siglo XIX, el patrimonio arqueológico hispano se encontraba disperso por varias colecciones sin ningún nexo común entre ellas: el Real Gabinete de Historia Natural, la Escuela Superior de Diplomática, la Real Academia de la Historia... y otra serie de instituciones similares con nombres muy largos y de función incierta.

En España el progreso solía regirse por un uso horario diferente al del resto de Europa; así, mientras la mayoría de nuestros vecinos de continente ya disponían de enormes y modernos museos en los que poder exhibir toda su quincalla patrimonial (ya fuera obtenida, comprada, excavada o, directamente, robada), por estas tierras aún lo teníamos todo hecho un desastre. Por otro lado, los arqueólogos españoles apenas escribieron unos pocos renglones en las páginas de los albores de la arqueología moderna: nosotros no desenterramos el Valle de los Reyes, no estábamos allí cuando Schliemann descubrió Troya, ni cuando Edward Herbert Thompson compró la hacienda de Chichén Itzá y llenó el Museo Británico con tesoros. Tesoros que los aztecas forjaron y los conquistadores españoles rescataron de siglos de olvido.

Tampoco estuvimos allí mientras un grupo de pioneros con afán de aventura descubrían en Mesopotamia las ruinas de Ur de

Caldea y cambiaban para siempre la historia de la arqueología; en este país estábamos ocupados escribiendo zarzuelas.

A mediados del siglo XIX, la cosa empezó a cambiar. En 1867, la reina Isabel II firmó un Real Decreto en virtud del cual todos los tesoros históricos de la nación debían recopilarse, clasificarse y exponerse en un museo similar a los que ya había en Europa. Era el momento de que España tuviese su propio Museo Arqueológico Nacional.

El diseño del nuevo museo fue encargado a un oscuro arquitecto llamado Francisco Jareño, ni mejor ni peor que otros muchos que, en aquel entonces, llenaban Madrid de ostentosos pastiches. La obra, que fue bautizada con el pretencioso nombre de Palacio de Bibliotecas y Museos, no fue terminada hasta 1895. Sus contemporáneos, muy piadosamente, dijeron que era de estilo neoclásico; en realidad vampiriza tantos momentos de la historia de la arquitectura que acaba por ser una especie de pesadilla conceptual. En su defensa puede decirse que era lo que estaba de moda en la Europa de aquel entonces.

Muy pronto las salas del Museo Arqueológico Nacional empezaron a llenarse de tesoros bastante vistosos: coronas votivas de oro, estatuas romanas, tumbas milenarias... Los españoles empezaron a hacer sus primeros pinitos en arqueología y a darse cuenta de que resultaba más satisfactorio etiquetar y mostrar un hallazgo que venderlo al mejor postor. Fueron necesarios muchos años de duro esfuerzo pero, finalmente, el Museo Arqueológico Nacional recopiló un fondo lo suficientemente sólido como para estar a la altura del resto de los grandes museos europeos.

Por desgracia, en algún momento de la Historia reciente, aquel dinamismo se perdió. El ya de por sí escueto presupuesto del museo se vio cada vez más y más reducido, hasta que llegó un punto en que apenas había suficiente para mantenerlo con vida, en un estado cercano al letargo.

Resultaba algo triste comprobar como en otros grandes museos del mundo las instalaciones se modernizaban a pasos agigantados, mientras que en el viejo y entrañable Arqueológico aún había etiquetas escritas con máquinas de escribir que databan de la época en la que aquello era el último grito en tecnología. Recuerdo que mi madre siempre se ponía de mal humor cuando, por algún motivo, tenía que ir a visitarlo.

—¡Es decadente! —solía decir indignada—. ¡No han tocado una sola vitrina desde que murió Franco, por el amor de Dios!

Exageraba, sin duda, pero había que admitir un cierto aire de dejadez y amodorramiento cuando se paseaba por sus salas. Más que un museo, empezaba a parecerse a un almacén.

Alguien con poder y capacidad de actuación debió de compartir las ideas de mi madre pues, casi de un día para el otro, el Arqueológico cerró sus puertas y emprendió un ambiciosísimo proyecto de remodelación cuyo objeto era transformarlo de arriba abajo. La idea fue acogida con entusiasmo. Por desgracia, una obra pública es como el amor: que algún día se acaba, pero no se sabe la fecha exacta, y de hecho hay amores que duran eternamente.

Cuando me fui a vivir a Canterbury, el museo llevaba ya años cerrado. Cuando regresé, la situación era la misma. Así pues, al acudir a la segunda fase de aquel misterioso proceso de selección laboral, me sentía algo excitado ante la posibilidad de poder entrar en el cascarón del Arqueológico y contemplar por mí mismo en qué estado se encontraba la tan publicitada obra de remodelación.

A las once menos cuarto de la mañana me presenté ante la verja que cerraba el acceso al museo. Había un montón de carteles anunciando la próxima reapertura para una fecha que había pasado hacía meses. La verja estaba cerrada y no se veía a nadie tras ella.

Apareció un vigilante de seguridad con pantalón negro y chaquetilla azul. Le expliqué el motivo de mi presencia y el guardia, sin apenas pronunciar palabra, me dejó pasar.

Crucé la pequeña zona ajardinada que había tras la verja y llegué ante los inmensos portalones del museo. Me recibió una mujer de mediana edad con gafas, que llevaba una bata blanca y una identificación plastificada colgada del cuello.

—Hola —saludó con gesto afable—. ¿En qué te puedo ayudar?

—Vengo para participar en un proceso de selección…

—Ah, sí, claro, los del CNB. Dime tu nombre, por favor. —Se lo dije, y ella consultó en una lista hasta encontrarme—. Perfecto, Tirso… ¡Qué nombre más bonito! Ya no se estila mucho, ¿verdad? ¿Te lo pusieron por algún pariente?

—No; fue una ocurrencia espontánea.

—Ya veo… Bueno, yo soy la doctora Julia Vela; encantada. ¿Te importa acompañarme por aquí, por favor?

Seguí a la doctora Vela por las antiguas salas del museo. El interior, aún en obras, lucía un aspecto blanco y radiante y olía intensamente a pintura. Por todas partes había bultos cubiertos con plásticos y expositores de cristal vacíos.

Llegamos a una enorme sala de distribución de varios pisos de altura. En el centro había una moderna escalinata y las paredes estaban cubiertas de madera pulida. Me impresionó; no se parecía en absoluto al viejo y cavernoso museo que yo recordaba de mis últimas visitas, y eso que aún estaba sin terminar.

La doctora Vela apreció mi asombro.

—¿Te gusta? Ésta será la nueva entrada del museo. El suelo es de mármol travertino y la madera viene del Sudeste Asiático. Se ha querido hacer un espacio completamente diferente: limpio, diáfano, alegre…

—Ha mejorado mucho, sí.

—Y eso no es todo. Con la nueva obra se han recuperado las cubiertas originales de acero y vidrio de los patios del museo… Bueno, no son las originales en realidad; ésas las quitaron en los años cuarenta, pero es una reproducción casi idéntica. Eso nos permitirá recuperar una gran cantidad de espacio expositivo.

La doctora me acompañó a través de salas y corredores, sin dejar de contarme detalles sobre la obra. Hablaba con mucho entusiasmo, como si estuviera presumiendo ante una visita de la reforma de su nueva y carísima cocina.

—¿Cuándo cree que será abierto al público? —pregunté.

—¡Uy, hijo, si yo lo supiera…! No soy más que una pobre funcionaria. Aquí cada día nos dicen una cosa distinta.

La doctora Vela, como muchos funcionarios, tenía tendencia a hablar mal de la administración. No tardó mucho en criticar la cantidad de tiempo que se habían demorado las obras, y, de paso, lanzar una serie de comentarios insidiosos sobre su elevado coste.

—No digo que el dinero gastado no luzca —dijo embalada en su chismorreo—. Pero ¡es una cantidad tan grande! Por ahí se dice que el presupuesto ha doblado al que se empleó para la remodelación del Museo del Prado y, la verdad, no me lo explico; aquí no se trataba de hacer un nuevo edificio, sólo de apuntalar el antiguo. Pero, en fin, estos políticos… Ya se sabe… Siempre inflando las cifras. Espero que nadie se lleve una desagradable sorpresa cuando alguien se ponga a hurgar en las facturas…

La doctora Vela dejó de quejarse por los presupuestos y volvió a glosar las maravillas de la nueva remodelación del museo.

—Tiene un aspecto maravilloso —dije—. Me gustaría mucho poder trabajar aquí.

—¿Aquí? No, los del CNB no trabajáis en las salas del museo.

Vi una oportunidad para sonsacarle algún dato a la locuaz doctora.

—¿Dónde nos movemos, exactamente?

—No tengo ni idea. Lo único que sé es que me llamaron por teléfono y me pidieron que os recibiera. La verdad, estoy un poco intrigada, ¿qué diablos es eso del CNB? ¿Sois de alguna subcontrata?

—¿Usted no lo sabe?

—No, ni yo ni nadie con quien haya hablando. Por aquí ves a esas extrañas personas con sus pases azules, yendo de acá para allá, como si el museo les perteneciera, y todos los jefes de departamento te dicen que debes atender a todo lo que pidan sin hacer preguntas… Es muy intrigante. Si te digo la verdad, esperaba que alguno de vosotros me pudiera sacar de dudas…

—Lo siento —respondí—. Pero nos hicieron firmar un contrato de confidencialidad.

—Oh, sí, eso es lo que han dicho todos… —Suspiró resignada.

Nos metimos en un ascensor. La doctora Vela sacó una llave de su bolsillo y la utilizó para accionar uno de los botones, justo debajo del último nivel del sótano. El ascensor comenzó a bajar y se detuvo con una leve sacudida al cabo de unos instantes. Al abrirse las puertas automáticas, me encontré con un largo pasillo que giraba a la derecha.

—Es aquí —dijo la doctora—. Tienes que ir hasta el fondo de este pasillo y, cuando te encuentres una puerta, llamar. Se supone que yo no puedo acompañarte. Mucha suerte.

Comencé a caminar en medio de un silencio iluminado por tubos de neón. Torcí al llegar a la esquina y vi, al final de otro largo trecho, una sencilla puerta sin indicaciones. Me dirigí hacia ella. La puerta se abrió con un movimiento brusco y apareció una chica joven, vestida con un traje de falda y chaqueta. La recordaba vagamente como una de las candidatas del anterior proceso de selección. La chica tenía el pelo desordenado y lloraba de forma histérica.

—¡No pueden hacer esto! —gritó dirigiéndose al otro lado de la puerta—. ¡Los denunciaré! ¿Me oye? ¡Pienso denunciarlos a la policía!

Cerró la puerta de un golpe y salió corriendo por el pasillo. Chocó contra mi hombro al pasar junto a mí.

—Hazme caso y sal de aquí corriendo. —Moqueó—. ¡Son unos psicópatas! «Prueba de Archivística», dicen… ¡Y una mierda!

Se secó las lágrimas de los ojos y siguió su camino sin dejar de gimotear. Dejé de escuchar sus sollozos al poco de torcer por la esquina del pasillo.

Interesante. Esperaba no estar participando en algo con lo

que abren la sección de sucesos en el telediario. Iba a seguirla para intentar consolarla de alguna manera, o al menos saber qué era lo que le ocurría exactamente, pero cuando doblé la esquina del pasillo no la encontré. Supuse que habría cogido el ascensor.

Algo acongojado, di media vuelta y regresé a la puerta.

Llamé con los nudillos y se abrió casi de inmediato.

El señor Burgos me saludó al verme. No iba vestido en esta ocasión de manera formal, sino que lucía un jersey negro de cuello vuelto y unos pantalones grises.

—He visto a una chica que… —dije señalando sobre mi espalda con el pulgar.

—Lo sé. Pase.

Entré en una especie de sala de espera con sillas de plástico clavadas a la pared. Había cuatro personas allí, todos candidatos de la última prueba. Entre ellos también estaba Marc, lo cual no me sorprendió.

Marc sonrió y me saludó levantando un poco la mano. Respondí a su saludo y fui a sentarme en un lugar libre. El señor Burgos, por su parte, se colocó detrás de una mesa plegable que había en una de las esquinas de la sala, justo al lado de una puerta de metal.

—Faltan todavía unos minutos para las once —dijo—, pero dado que todos los que habían sido citados a esa hora ya están aquí, podemos empezar. Esta fase es la última, de modo que sólo uno de ustedes será contratado. Quiero que se hagan cargo de todo lo que hoy está en juego. —Curioso. Parecía querer presionarnos de manera consciente—. Al proceso de hoy lo denominamos Prueba de Archivística. Es un proceso muy simple que no debería tener riesgos de ningún tipo; no obstante, estarán ustedes obligados a firmar este documento en el que asumen toda la responsabilidad de lo que les pueda ocurrir a partir de ahora.

Los candidatos intercambiamos algunas miradas interrogantes. Uno de ellos, el que parecía mayor, tomó la palabra.

—Disculpe, pero ¿podría explicarnos en qué consiste esa Prueba de Archivística antes de que firmemos nada?

—No, no puedo.

—Pero… no pretenderá seriamente que firmemos un compromiso de exención de responsabilidad sin saber el motivo.

—Ésa es la situación.

—Es ridículo; ni siquiera creo que sea legal. ¿Es que no hay un responsable con el que pueda hablar para pedir más explicaciones?

—Yo soy el responsable.

El candidato miró al señor Burgos con enfado. Se levantó de su silla y se fue hacia la puerta. Salió de la sala sin volverse. Otro candidato se levantó en silencio y se marchó también. El señor Burgos esperó unos momentos y luego se dirigió hacia los que quedábamos.

—¿Alguno más?

Algo en mi interior me decía (más bien me gritaba) que lo juicioso sería imitar a mis otros dos compañeros y largarme de allí.

Fue la curiosidad por saber qué me aguardaba tras aquel secretismo lo que me hizo ignorar mi sentido común y quedarme sentado sin decir palabra.

—Continuemos, pues —dijo el señor Burgos. Nos dio a cada uno un folio escrito por una sola cara con una línea de puntos al final, y un bolígrafo para que nos lo fuéramos turnando.

El señor Burgos recogió los documentos y luego se sentó detrás de la mesa plegable.

—Tirso Alfaro —llamó. Me levanté, intentando no parecer amedrentado, y fui hacia el mostrador—. Usted es el primero. Sígame.

Abrió la puerta de metal que estaba a su lado y me invitó a pasar. Lo último que vi fue a Marc levantando el pulgar hacia mí para darme ánimos.

Me encontraba en una sala inmensa iluminada por bombillas que colgaban del techo. Hasta donde podía ver, la sala estaba repleta de objetos de todo tipo. La mayoría, simples trastos: sillas viejas, mesas de oficina, cajas de embalar y rollo de plástico... Otros, en cambio, parecían piezas antiguas cuyo valor no era capaz de precisar a simple vista.

Los techos de la sala eran altísimos y en las paredes había estanterías de metal repletas de más chatarra y restos de material de oficina.

La sala tenía forma rectangular. No era capaz de precisar cuál podría ser su extensión concreta, pero estaba seguro de que todo mi piso de la calle de Fuencarral podría caber dentro y que aún sobraría espacio.

La puerta por la que acababa de entrar era blindada. No había picaporte por ningún lado, pero sí un pequeño altavoz con un botón en la pared.

—¿Qué lugar es éste? —pregunté.

El señor Burgos me entregó una carpeta que llevaba bajo el brazo.

—Es un viejo almacén del museo. Hace años se utilizaba como depósito, pero ahora sólo es un trastero.

—¿Y qué se supone que tengo que hacer ahora?

—La Prueba de Archivística mide su capacidad y rapidez para catalogar piezas de valor. Observe a su alrededor, Tirso; ¿qué ve?

Me puse tenso. Pensaba que la prueba empezaba con esa pregunta.

—Bien: hay una mesa de metal frente a mí, unas cajas de madera, encima de las cuales hay un monitor de ordenador, diría que un viejo modelo 386...

El señor Burgos emitió un leve suspiro de impaciencia.

—Relájese, Tirso. Sólo era una pregunta.

—Perdón. Supongo que la respuesta sencilla es: una sala llena de trastos.

—No va muy desencaminado. Ahora fíjese en las paredes, ¿ve unas puertas?

—Sí. —Veía tres en total, además de la que estaba a mi espalda.

—Cada una de ellas de acceso a un pequeño almacén, salvo la que está más cerca de nosotros, en la pared de la izquierda, que comunica con un depósito de libros. Lo que tiene que hacer es muy sencillo: en la carpeta que le acabo de entregar hay una lista con dos piezas de valor y tres libros. Cuando tenga todo lo que figura en la lista, salga de aquí y regrese a la sala de espera. Valoraré el tiempo que tarda y si ha recogido las piezas y los libros correctos. En eso consiste la Prueba de Archivística.

Lo miré con recelo. La aparente sencillez de la prueba no casaba con la firma de un documento de exención de responsabilidad y una candidata al borde del ataque de histeria.

—¿Eso es todo? ¿Seguro?

—Seguro. Por favor, abra la carpeta y asegúrese de que entiende correctamente la lista que le he entregado.

Así lo hice. En la carpeta había una simple hoja de papel mecanografiada.

Libros:

El Mensajero de las Estrellas, Galilei, Galileo.
El Martillo de las Brujas, Kramer, Heinrich & Sprenger, Jacob.
La Incredulidad Conquistada, Glanvill, Joseph.

Piezas:

1. *Eros Tensando su Arco*. Acquisti, Luigi, siglo XVIII. Alabastro. 25 cm.
2. *Martirio de san Quirico y Epifanía*, Frontal de Altar. Escuela catalana. Madera, siglo XII. 65 × 95 cm.

—¿Está todo claro? —me preguntó el señor Burgos.

—Creo que sí… *Eros Tensando su Arco* es una estatuilla, ¿verdad?

—Eso no se lo puedo decir. Se supone que parte de la prueba consiste en que lo sepa.

—Cuando lo tenga todo…, ¿sólo tengo que salir y ya está?

—Eso es. Hay un micrófono comunicador junto a la puerta. Cuando quiera irse, sólo apriete este botón y dígamelo. Yo le abriré desde el otro lado. De igual modo, si en algún momento quiere abandonar la prueba, sólo tiene que avisarme por el comunicador y yo le dejaré salir.

—Creo que lo tengo claro.

—Entonces le dejaré solo. Por cierto, le aconsejo que empiece buscando los libros en el depósito. Buena suerte, Tirso.

El señor Burgos se marchó.

Rechazar un consejo del señor Burgos me parecía una mala idea, así que, siguiendo sus indicaciones, me encaminé hacia la puerta que estaba en la pared de la izquierda. Era una simple puerta de madera con un picaporte bastante antiguo, de esos que aún tenían grandes ojos de cerradura.

Giré el picaporte un par de veces sin resultado. La puerta estaba cerrada con llave. Rodeé la sala hasta llegar a la pared del fondo, donde estaba la otra puerta. Ésta era más moderna. Traté de abrirla. Cerrada. Fui a la tercera y última, pero algo me decía lo que me iba a encontrar.

Cerrada también, por supuesto.

Me dirigí al comunicador que estaba junto a la puerta de metal y pulsé el botón. La voz del señor Burgos me respondió al otro lado.

—¿Algún problema, Tirso?

—Disculpe, pero las tres puertas están cerradas…

—Lo sé.

Me quedé esperando unos segundos a que dijera algo más, pero eso fue todo.

—Ya. Bueno…, ¿podría darme una llave o algo así?

—Las llaves están dentro del depósito de libros.

—Gracias. Lo que ocurre es que la puerta del depósito también está cerrada.

—¿Desea usted abandonar la prueba, Tirso?

—¡No! Yo no he dicho eso.

—Entonces le sugiero que entre en el depósito y empiece a buscar los objetos de su lista.

—Pero ya le he dicho que la puerta está cerrada.

—Repito: ¿desea usted abandonar la prueba? Es libre de hacerlo si quiere.

Inspiré. Empezaba a ver las cosas claras.

—Entiendo. No. No deseo abandonar por el momento, gracias.

La comunicación se cortó.

Me obligué a mí mismo a no desanimarme y traté de racionalizar: había una puerta cerrada y se esperaba que yo la abriese de alguna manera.

Traté de girar el picaporte de varias formas, y luego empujé con fuerza. La puerta temblaba un poco, pero no se abría. Acabé dando un par de golpes con el hombro, con cierta fuerza, pero la puerta, aunque vieja, era bastante recia. Dejé de hacerlo en el momento en que me dije a mí mismo que nadie podría esperar que yo derribase una puerta a golpes.

O al menos eso creía.

Suspiré. Me quedé mirando la dichosa puerta con los brazos en jarras. Pensé que era probable que la llave estuviese oculta en alguna parte de aquel montón de trastos.

Inspeccioné la cerradura para tratar de hacerme a la idea del tipo de llave que estaba buscando: era una cerradura antigua, con la forma de las que aparecen en las portadas de las novelas de misterio. La llave que abriese esa puerta habría de ser una llave muy grande.

Me agaché y miré por el ojo de la cerradura. No vi nada.

Caí en la cuenta de inmediato: si no era capaz de ver nada, era porque algo tapaba mi visión, lo cual seguramente indicaba que la llave estaba puesta en la cerradura… pero al otro lado de la puerta.

Había avanzado un paso: ya sabía dónde estaba la llave, el

problema era que mis posibilidades de acceder a ella eran tan reducidas como antes de localizarla.

Tuve una idea. Inspeccioné la puerta y me aseguré de que la rendija que la separaba del suelo era del tamaño adecuado. Después recorrí la sala llena de trastos hasta que encontré un puntero de metal extensible, parecido a la antena de una radio vieja; el abuelo de los actuales punteros de láser.

Podría serme útil.

Me arrodillé frente al ojo de la cerradura. Después cogí el papel donde tenía la lista de objetos que debía encontrar y lo pasé por debajo de la puerta, hasta la mitad. Desplegué el puntero de metal y, con cuidado, lo introduje por el ojo de la cerradura.

No quería pensar demasiado en si lo que estaba haciendo era muy inteligente o una soberana estupidez.

Toqué la llave con el extremo del puntero y empujé con suavidad. La llave empezó a moverse hacia atrás. Finalmente dejé de notar resistencia y oí, al otro lado de la puerta, cómo la llave caía al suelo.

Era hora de comprobar si mi idea había servido para algo.

Tiré de la hoja de papel que estaba en el suelo hacia mí. Se deslizó con facilidad bajo la puerta. Vi aparecer la llave, plácidamente posada sobre la hoja de papel, justo donde había caído tras empujarla con el puntero.

Apenas podía creer que hubiera funcionado. Me sentía el hombre más astuto sobre la faz de la Tierra, a pesar de que era un truco bastante viejo.

Cogí la llave y abrí la puerta sin dificultad.

El depósito de libros no era mucho más grande que una despensa. Un reducto pequeño de cuatro paredes forradas con estanterías de metal que se combaban bajo el peso de múltiples volúmenes.

Sólo me hizo falta un vistazo para darme cuenta de que ninguno de ellos estaba etiquetado. Al mirar la lista que yo tenía reparé en que junto al nombre del libro sólo figuraba el autor, pero no había ninguna otra referencia.

De modo que tendría que mirar libro por libro hasta encontrar el que buscaba.

No me pareció muy complicado, sólo tendría que tener paciencia y no despistarme, los libros no parecían estar ordenados siguiendo ninguna pauta en concreto. Sólo los habían colocado a su caer.

Empecé a leer los títulos en el canto: *Appendix Probi, Assertio Septem Sacramentorum, De Serpentes et Reptilia, Monetae Cudendae Ratio...* En ninguno de ellos aparecía el nombre del autor.

Todos estaban escritos en latín; sin embargo, en la lista que yo tenía los títulos figuraban en castellano.

Sonreí de medio lado. Era una simple prueba de idiomas. Burdo, pero eficaz.

Yo no había estudiado en Stanford, no tenía dos licenciaturas ni era trilingüe, pero el latín no era precisamente mi punto débil. Comencé a estudiarlo cuando aún estaba en el colegio, con resultados catastróficos: no era capaz de aprobar ni un solo examen a la primera. Se me atravesó, igual que a otros se les atraviesan las matemáticas o la química.

Aunque la química y las matemáticas no eran tampoco mi fuerte, en realidad.

En cualquier caso, a mi madre le daba exactamente igual tener un hijo incapaz de comprender el concepto de las derivadas o de las valencias, pero le resultaba humillante que fuera un zote declinando latinajos o identificando vocativos, dativos y acusativos. Harta de mis suspensos en latín, mi madre me obligó a apuntarme a una academia. Clases intensivas. Cinco días a la semana. Fue el verano más largo de mi vida.

Acabé odiando el latín con toda mi alma, pero en justicia diré que, a la fuerza, lo dominé, y bastante bien además. Después de aquel verano de pesadilla, era capaz de leer pasajes enteros de las Catilinarias o de la Guerra de las Galias casi de corrido, sólo atascándome en las partes más difíciles y, aun así, con un buen diccionario a mano, me desenvolvía con bastante soltura.

En definitiva: traducir tres simples títulos no me supondría un problema.

Empecé con el más sencillo: *El Martillo de las Brujas*, de Kramer y Sprenger. Ni siquiera tuve que molestarme en traducirlo, ya que era un libro relativamente conocido. El *Malleus Maleficarum*, escrito en el siglo XIV por dos paranoicos inquisidores alemanes que veían la mano del diablo en todas partes.

Lo encontré sobre una de las baldas inferiores. Lo cogí y lo dejé aparte.

El Mensajero de las Estrellas era el título del siguiente. Latín de primer nivel. Rebusqué un rato entre las estanterías hasta que localicé un volumen con las palabras *Siderius Nuncius* escritas en el lomo. Lo puse junto al *Malleus Maleficarum* y me concentré en buscar el último de la lista.

La Incredulidad Conquistada, de Joseph Glanvill. Con éste me atasqué. Mi latín estaba lo bastante oxidado como para que dudase en la forma de traducir correctamente aquel nombre. Saber el autor no me iba a ayudar, pues en los libros que había en el depósito sólo figuraba el título, ya fuera en la portada o en alguna de las páginas interiores.

Haciendo una traducción literal del título obtenía las palabras *vicit discredere*, pero no encontré ningún libro que se llamase de forma remotamente parecida.

El nombre del autor no me era del todo desconocido. En Canterbury había leído un par de libros sobre temas esotéricos. Fue por influencia de Jacob, que es de esas personas a las que les encantaría que las pirámides mayas hubiesen sido levantadas por marcianos, o que se pudiera fotografiar fantasmas con la cámara del móvil. Yo soy mucho más escéptico, pero reconozco que aquellos libros eran una buena lectura para coger el sueño por las noches.

En uno de ellos se mencionaba a sir Joseph Glanvill como uno de los pioneros del espiritismo. Glanvill creía que los espíritus vivían en una especie de cuarta dimensión, desde la cual podían comunicarse con sus seres queridos. Muchos de sus contemporáneos pensaban que estaba como una cabra.

Glanvill inventó el término «saduceísmo» para referirse a aquellos que ridiculizaban sus creencias. El nombre lo tomó de un personaje bíblico, Zadoq, el sacerdote que ungió a Salomón como rey. Los descendientes de Zadoq, los saduceos, no creían en la existencia de un más allá después de la muerte.

Eso era todo lo que sabía del autor. Bastante, pero no lo suficiente.

Traté de buscar algún libro entre los que había en las estanterías cuyo título pudiera parecerse mínimamente al que yo estaba buscando. No esperaba tener ningún éxito cuando, de pronto, mis ojos se toparon con un viejo y grueso volumen encuadernado en piel sintética. En la portada se podía leer *Saducismus Triumphatus*.

Lo habría apartado sin más de no haber recordado aquel término que inventó Glanvill: saduceísmo. Se parecía bastante a una de las palabras del título de aquel libro. Si traducía *triumphatus* de manera literal podía obtener las palabras «El Saduceísmo Triunfado». «Triunfado» puede ser sinónimo de «vencido»… ¿Y acaso Glanvill no acusaba a los seguidores del saduceísmo de no creer en la inmortalidad del alma?; es decir, ¿de ser unos incrédulos?

Forzando un poco la máquina, *Saducismus Triumphatus* podría perfectamente pasar como la fórmula latina del título *La Incredulidad Conquistada*. Como no tenía nada mejor, me convencí a mí mismo de que mi razonamiento era el correcto. Cogí el libro y lo abrí para hojearlo un poco, esperando encontrar algo en el texto que me confirmase que era el que yo buscaba.

Al abrirlo me di cuenta de que el libro estaba hueco. Habían recortado un espacio rectangular en las páginas, y dentro había dos sencillas llaves de metal.

Las llaves de las otras puertas del almacén, supuse.

No podía encontrar mejor prueba de que ése era el libro que andaba buscando. Con una amplia sonrisa de satisfacción, cogí los tres volúmenes y los taché mentalmente de la lista.

Crucé el almacén y me dirigí hacia la puerta que estaba en la pared opuesta al depósito de libros. La abrí con una de las llaves que encontré dentro del libro de Glanvill.

Me encontraba en el umbral de una sala cuyas paredes estaban cubiertas de baldas. En los diferentes estantes había decenas de tablas de madera pintada. De todos los tamaños y grosores posibles: desde aquellas que no eran más grandes que un paquete de cigarrillos hasta las que podían haber servido para hacer una mesa. Las tablas estaban pintadas con toda clase de motivos religiosos: iconos rusos, imágenes de vidas de santos, representaciones de Cristo en Majestad rodeado de apóstoles con caras serias… La variedad de estilos indicaba que procedían de épocas muy diversas.

No había que ser muy listo para darse cuenta de que entre aquellas tablas encontraría el frontal de altar que se mencionaba en mi lista.

Lo más llamativo de aquel cuarto no eran las tablas pintadas; todo el espacio estaba cruzado por cables de metal, cables que iban de una pared a otra, a diferentes alturas e inclinaciones; que unían el techo y el suelo, a veces en línea recta y otras cortando el espacio en diagonal. Se mezclaban entre sí, sin llegar a tocarse, formando una red de líneas cruzadas.

Uno de esos cables estaba junto a la puerta. Levanté la mano y lo rocé con el dedo.

Sentí una descarga fuerte, no intensa, pero sí lo suficientemente dolorosa como para que apartase la mano de inmediato.

Solté aire entre dientes, apretándome la mano contra un costado, mientras miraba el cable como si fuese un inocente perro que acabase de darme un mordisco.

Si quería entrar en aquella habitación, sería buena idea no

volver a tocar el cable. Me agaché y pasé por debajo, con cuidado. No calibré el movimiento de mi pierna derecha y rocé sin querer otro de aquellos cables con la pantorrilla. Di un respingo y solté un quejido. Al moverme toqué el cable que trataba de evitar con la espalda. Salté hacia delante y sentí como si me hubieran metido una aguja por la frente: había tocado otro cable con la cabeza.

Perdí el control. Empecé a moverme de forma frenética intentando salir de aquella maraña electrificada, pero lo único que conseguía era lanzarme contra los malditos cables y recibir más descargas. No sé cuántas pude encajar: una resultaba soportable, dos o tres ya eran muy dolorosas… Más de cinco eran un suplicio. Mi cuerpo se sacudía en espasmos de forma involuntaria y sentía como si un millón de púas estuvieran brotando bajo mi piel, además de un intenso dolor detrás de los ojos.

En algún momento fui capaz de verme fuera del cuarto, tirado en el suelo hecho un ovillo y con calambres por todas partes. Sentía la mandíbula crispada y era incapaz de abrir los ojos, que me lagrimeaban entre los párpados.

La sensación no debió de durar más de un par de minutos, pero a mí me parecieron siglos de angustia. Los calambres remitieron y el dolor se convirtió en un molesto hormigueo. Me puse en pie y miré el entramado de cables con los ojos encendidos.

«Cables electrificados», pensé… «¿A qué clase de enfermo se le podría haber ocurrido algo así?»

A mi cabeza regresó el recuerdo de la chica llorosa del pasillo. Las cosas empezaban a encajar.

Quise encender el comunicador e insultar al señor Burgos hasta que me quedase sin voz. Lo que me detuvo fue el imaginarme su voz apática preguntándome: «¿Desea entonces abandonar la prueba, Tirso?».

¿Qué clase de trabajo requiere probar tu capacidad de recibir descargas eléctricas? ¿Era realmente un trabajo o me había dejado engañar por un grupo de sofisticados bromistas sádicos?

El sentido común me decía que me largase de allí de inmediato, antes de que el vídeo «*Imbécil se fríe como una sardina en falsa prueba laboral*» alcanzara el millón de visitas en YouTube.

Sin embargo, otra parte de mí, la parte que corrió detrás de un ladrón de obras de arte en Canterbury, la parte que insistía en que la Patena que se exhibía en el Museo Aldy era una falsificación, me decía que tenía que haber algún sentido detrás de todo aquello.

Analicé la situación: el frontal de altar que me hacía falta se encontraba en algún lugar de aquel cuarto lleno de cables electrificados. El que hubiera diseñado aquella prueba había visto demasiadas películas de ladrones. Quizá esperaban de mí que me deslizase por entre los cables como una sombra hasta encontrar el frontal. Ágil como una gacela, silencioso como un gato, y toda esa parafernalia.

Ése no era mi estilo.

Me alejé del cuarto con los cables electrificados. Estaba seguro de que en alguna parte había visto un rollo de plástico para embalar. Lo encontré y comprobé el estado del plástico: grueso y recio, justo lo que yo necesitaba.

Un héroe habría sorteado los cables danzando entre ellos con elegancia, pero yo no soy un héroe: soy un hombre práctico y no demasiado preocupado por mi imagen. Lo que hice fue envolverme literalmente en plástico.

Rodeé todo mi cuerpo de embalaje, luego los brazos y las manos y, por último, me enrollé una tira de plástico alrededor de la cabeza. Cuando terminé, mi aspecto recordaba al de un alienígena de una película de serie B.

Con movimientos torpes regresé al cuarto de los cables. Toqué el que estaba más cerca de la puerta con mi mano envuelta en plástico. No sentí nada.

Sonreí. La idea funcionaba.

Me aseguré de que el grosor de los cables no era mayor que el del hilo de un teléfono. Era importante que no fueran muy recios, dado que mi plan no era sortearlos.

Era pasar a través de ellos.

Respiré hondo y me lancé de cabeza al interior del cuarto.

El primer cable se partió sin dificultad, los siguientes requirieron que empujara con algo de fuerza, pero también cedieron; los que estaban más alejados de la puerta eran más gruesos. Me vi de pronto rodeado de cables tensos que se clavaban sobre mi envoltorio de plástico, a la vez que empujaba con fuerza hacia la pared del fondo de la sala.

Todos los cables se partieron al mismo tiempo. La inercia me hizo lanzarme de cabeza contra la pared que estaba ante mí, arrollando la estantería que encontré a mi paso.

Fue un caos. La estantería, una escuálida estructura de metal, se vino abajo con todo su contenido; al hacerlo empujó la que estaba más cerca, que a su vez cayó sobre la que tenía al lado… Las estanterías se derrumbaron sobre mi cabeza y me sepultaron bajo un alud de tablas de madera.

Traté de cubrirme como pude levantando los brazos, pero eso no impidió que recibiera un par de buenos golpes en las piernas y en el torso. Una de las tablas me golpeó con la esquina encima de una ceja. Al llevarme la mano a la frente descubrí una herida que sangraba.

Me puse de pie, en medio de un lecho de tablas. Observé que algunas se habían roto con la caída. Esperaba que ninguna fuera demasiado valiosa. A continuación, me arranqué el improvisado traje de plástico. Los cables colgaban patéticamente rotos de techos y paredes y ya no constituían un peligro, siempre y cuando no me acercase demasiado.

Tenía el pelo enmarañado, la ropa cubierta de polvo y una herida sucia que sangraba en medio de la frente; pero sonreía con enorme satisfacción: lo había conseguido. A mi manera.

Los siguientes minutos los empleé en buscar el frontal que necesitaba, en medio de aquel desorden.

Después de desechar varios porque no correspondían con el estilo artístico que buscaba, o bien porque la imagen representada no coincidía con la que aparecía reflejada en mi lista, acabé escogiendo aquel que más se adecuaba a la descripción que yo tenía.

Dejé escapar un suspiro de satisfacción mientras contemplaba el frontal que tantos quebraderos de cabeza (literalmente) me había costado localizar. Por fortuna, el derrumbe de las baldas no lo había dañado.

Me coloqué el frontal bajo el brazo y salí de aquella habitación. Tras dejarlo junto a los libros que saqué del depósito, me dirigí hacia la puerta que me quedaba por abrir.

La última puerta era igual que la anterior. Me preguntaba qué clase de retorcido obstáculo encontraría al otro lado; sólo había un modo de saberlo.

Abrí la puerta y entré.

La habitación estaba completamente vacía salvo por una sencilla mesa de madera que alguien había colocado en el centro. Sobre la mesa había un recipiente de cartón parecido a una caja de zapatos. Me acerqué, con mucho tiento, esperando quizá que el suelo se derrumbase bajo mis pies o que el techo del cuarto empezara a descender.

Inspeccioné la caja. Tenía una etiqueta pegada en la que había algo escrito: «EROS TENSANDO SU ARCO, ACQUISTI, LUIGI, SIGLO XVIII. ALABASTRO. 25 CM». Justo la pieza que me faltaba, tal y como estaba descrita en mi lista.

¿Eso era todo? ¿Sólo tenía que abrir la caja?

Ojalá hubiera empezado por aquel cuarto en vez de por el de los cables electrificados.

La desconfianza hizo que me tomara mi tiempo antes de destapar la caja. La escruté por todas partes, buscando resortes o algo parecido; la toqué con la punta del dedo… La caja no se movía, parecía estar clavada a la superficie de la mesa.

La abrí.

Grité. Tiré la tapa de la caja y salí corriendo de la habitación.

Pulsé a golpes el botón del comunicador, varias veces, hasta que escuché la voz del señor Burgos al otro lado.

—Sí. Le escucho.

—Pero ¿qué clase de problema mental tienen ustedes? —grité.

—¿Quiere abandonar la prueba, Tirso?

—¡No! ¡Quiero que entre y se lleve lo que ha metido en esa caja!

—Lo siento. Eso no es posible.

—¿Qué?

—Si quiere lo que hay en la caja, tendrá que cogerlo usted solo. Yo no le puedo ayudar.

—¿Qué? —repetí—. Pero ¿qué...? ¿Qué?

—Si lo prefiere, puedo abrir la puerta y dejarle salir. En ese caso, la prueba terminaría para usted.

—¡Váyase al infierno, señor Burgos!

Golpeé el comunicador y me alejé de él.

Caminé haciendo círculos por el almacén, dando patadas a las cosas y sin dejar de meterme y sacarme las manos de los bolsillos. De vez en cuando miraba de reojo a la habitación donde estaba la caja sin poder reprimir un escalofrío.

Poco a poco recuperé la calma. Me dije que estaba actuando como un niño. Temblando, volví a entrar en la habitación. Me acerqué a la caja lentamente. Un paso. Inspiración. Otro paso. Espiración. La dichosa caja seguía abierta en el mismo lugar donde la dejé.

Cuando estuve todo lo cerca que fui capaz, asomé la cabeza al interior.

La figura de *Eros Tensando Su Arco* estaba dentro. Ése no era el problema. El problema era la serpiente de coral que se retorcía malignamente en torno a la estatuilla.

Odio las serpientes. Las odio. Estoy enfadado con Dios por haber creado las serpientes. Sólo pensar en sus pequeñas cabecitas triangulares y su cuerpo brillante y húmedo hace que sienta un cosquilleo en la nuca, como si en cualquier momento fuese a caerme una del cielo y fuera a enrollarse en torno a mi cuello, lamiéndome las orejas con su diminuta lengua bífida. Tengo pesadillas recurrentes en las que una serpiente enorme se lanza contra mis ojos para arrancármelos de un mordisco, mientras sisea igual que un escape de gas.

No pude sostener la vista sobre aquel repugnante animal más que un par de segundos. Me aparté al tiempo que un escalofrío me agitaba todo el cuerpo.

El reptil que siseaba dentro de la caja era de color rojo brillante, como si estuviera cubierto de sangre, y su cuerpo estaba adornado con anillos de color negro y blanco. Cuando se tiene una fobia irracional a alguna criatura, se aprende a conocer muy bien al enemigo; yo sabía que aquellos colores corresponden a los de la serpiente de coral. Y, sí, es venenosa. Muy venenosa.

Llenar un cuarto de cables que producen descargas eléctricas me parecía una broma ingeniosa al lado de aquello; después de todo, los cables podían producir dolor, pero aquel animal era capaz de matar de una sola picadura.

Eso no era ninguna broma.

Aquella prueba había tornado su cariz de reto a suicidio. Pensé seriamente que había llegado el momento de retirarse.

La idea del fracaso me llenó de rabia. Me había esforzado mucho por llegar hasta ese punto: había tenido que rescatar de mi memoria mis odiadas clases de latín y mis conocimientos sobre un oscuro filósofo espiritista, había recibido decenas de descargas eléctricas en el cuerpo, me había cubierto de plástico de embalar, me había hecho una herida en la cabeza después de que se me cayeran encima cuatro estanterías llenas de tablas de madera... ¿Y todo eso para nada?

Me sentí un perdedor. Un perdedor cobarde. Y aquella sensación, por un momento, fue más fuerte que mi fobia a las serpientes.

Le di vueltas a la cabeza, tratando de encontrar una forma de coger la estatuilla sin tocar la serpiente. No podía volcar la caja, pues estaba clavada a la superficie de la mesa, y las patas de esta última estaban sujetas al suelo mediante enganches de metal.

Se me ocurrió algo. Regresé al cuarto de los cables y cogí un trozo grande de embalaje plástico con el que me envolví la mano. No tenía forma de sujetar el plástico a mi piel, pero sólo necesitaba que me protegiera la mano durante un par de segundos: el tiempo justo para meter la mano en la caja, contener las náuseas, agarrar la estatuilla y salir pitando.

Esperaba que las capas de plástico en las que había envuelto mi mano fueran lo suficientemente gruesas como para protegerme en caso de que la serpiente me mordiera. Por si acaso, añadí más plástico, hasta que mis dedos apenas pudieron moverse.

Con el corazón agarrotado, regresé junto a la caja. Mentalmente tarareaba una canción para vaciar mi cabeza de cualquier atisbo de pensamiento racional e intentar sofocar el pánico.

Llegué ante la caja y levanté la mano. Temblaba.

Mis ojos miraban al vacío sin enfocar, como supongo que lo haría un soldado medio loco antes de lanzarse de cabeza contra un batallón, armado con un simple machete. Conté hasta tres, apreté los párpados y metí la mano en la caja.

Mis dedos se agarrotaron en torno a la estatuilla y me di cuenta de que había hecho algo mal. Puede que fuera el sudor que había empapado mi mano, o quizá los nervios hicieron que no asegurase el embalaje plástico como debiera; sea como fuere, mi rudimentaria protección contra mordeduras se resbaló de mi piel y de pronto pude sentir el tacto frío y viscoso de las escamas de la serpiente.

Sentí dos pinchazos en el dorso de la mano.

Grité como no recuerdo haberlo hecho nunca, y saqué la mano de la caja. Tenía la estatuilla fuertemente aferrada. Abrí los ojos y contemplé algo horrendo: la serpiente había clavado sus colmillos en la parte carnosa de mi dedo pulgar, y colgaba de mi mano como una repulsiva guirnalda.

Sacudí el brazo de forma histérica, pero la serpiente no estaba dispuesta a soltarme. Creí que el pánico y el asco iban a hacer que mi cerebro se dislocase igual que un hueso; de pronto, en medio del terror, tuve un chispazo de lucidez.

Agarré a la serpiente por la cola con mi mano libre y di una sacudida con toda la fuerza que fui capaz. La serpiente onduló como una cinta de gimnasia y su boca se abrió de golpe, soltándome la mano. La tiré al suelo y, sin pensar, empecé a pisotearla con frenesí.

El primer pisotón le aplastó la cabeza por casualidad; los otros diez o doce prácticamente la redujeron a pulpa.

Cuando se me pasó el ataque me quedé mirando los restos de la serpiente con los ojos vidriosos, jadeando igual que un corredor de fondo.

Luego me incliné a un lado y vomité todo lo que tenía en el estómago, hasta que al final sólo era capaz de producir náuseas biliosas.

Salí de aquel cuarto haciendo eses, como un borracho. Las manos me temblaban. El pecho me temblaba. Sentía las mejillas frías, como si toda la sangre de mi cabeza se hubiera evaporado.

Bajé la vista hacia mi mano y vi dos pequeños orificios de los que brotaba un hilillo de sangre.

«Mierda. Voy a morir.»

Desfallecido, me acerqué hacia el comunicador y pulsé el botón.

—Señor Burgos —dije; mi voz sonó extrañamente calmada, casi suave—. Quiero salir, por favor, ábrame la puerta.

—¿Está seguro?

Yo miré las dos pequeñas heridas de mi mano. Aún sangraban. Me preguntaba cuánto tardaría el veneno de la serpiente en hacer su efecto.

—Sí, creo que sí. —Sonreí. Estoy seguro de que debió de ser una sonrisa escalofriante, quizá parecida a la que esbozaría alguien antes de meterse el cañón de una escopeta en la boca.

—De acuerdo.

Se oyó un zumbido y luego el chasquido de un pestillo al descorrerse. Empujé la puerta con suavidad y salí del almacén.

7

Dónut

Aparecí en la sala de espera, sujetando mi mano herida contra el estómago y arrastrando los pies. No había nadie salvo el señor Burgos, que me esperaba de pie con los brazos cruzados sobre el pecho.

—¿Va todo bien, Tirso?

Yo me sobresalté. Lógico: mi estado era tal que habría podido tirarme de cabeza contra una pared sólo al oír el zumbido de una mosca. Miré al señor Burgos, como si estuviera a muchos metros de distancia de mí, y negué lentamente con la cabeza.

—No. La verdad es que no… —Levanté mi mano temblorosa—. Me ha mordido.

—¿Cómo dice?

—La serpiente. Me ha mordido.

El señor Burgos inspeccionó la herida con gesto grave.

—Ya veo. No se preocupe. Siéntese. Tomaré medidas de inmediato.

Obedecí con actitud dócil. Supongo que podría haberle gritado, insultado y amenazado con sepultarlo en demandas, tal y como hizo la chica del pasillo, pero lo único que quería hacer era contar los minutos que me quedaban de vida.

El señor Burgos sacó un botiquín de detrás de su mostrador. Lo abrió y buscó en su interior hasta encontrar algodón, esparadrapo y una botella de alcohol medicinal.

—Déjeme ver su mano —dijo. La tendí hacia él. Mojó un poco de algodón en el alcohol y me limpió la herida, luego puso sobre los dos pequeños agujeros otro pedazo de algodón y lo sujetó con una tira de esparadrapo—. Ya está.

—¿Qué?

—Si quiere puedo hacer algo con esa brecha que tiene en la frente…

—¿Alcohol y algodón? ¿Eso es todo? —pregunté levantando la voz—. No puedo creerlo… Esto… Esto es… ¡Increíble! —Me llevé las manos a la cabeza intentando encontrar las palabras adecuadas—. ¡Estoy en peligro de muerte! ¡Tengo que ir a un hospital de inmediato!

—¿Por un mordisco…? Usted no tiene perro, ¿verdad?

—¡Era una serpiente venenosa! —Le di una patada a una de las sillas—. ¡Una serpiente de coral! ¡Dios…! ¡Podría caer muerto al suelo en cualquier momento!

—Cálmese, Tirso. Si se refiere a la serpiente que estaba en la caja, no era más peligrosa que un lagarto común.

—¡Sé reconocer una serpiente de coral cuando la veo!

—En ese caso debería haberse dado cuenta de que era una simple serpiente rey, también conocida como falsa coral. A veces se asusta y puede morder, pero le aseguro que no es venenosa.

Lo atravesé con una mirada llena de desconfianza.

—¿Es cierto eso?

—Completamente. El orden de los anillos en la serpiente de coral es rojo, amarillo y negro; en la falsa coral es rojo, negro y blanco, ¿quiere comprobarlo?

—Lo veo difícil.

—¿Por qué motivo?

—Creo que la pisé… un poco.

—Oh, Dios; no la habrá matado, ¿verdad? —Yo evité su mirada de forma muy elocuente—. Maldita sea… —suspiró—, ¿por qué lo hizo?

—¡Creí que era una serpiente venenosa!

—Por favor, piense un poco: ¿cree que íbamos a encerrarlo en un almacén con un animal mortífero?

—No lo sé, dígamelo usted —respondí—. He estado a punto de electrocutarme en una de sus habitaciones.

—No exagere, sólo eran pequeñas descargas. Esos cables no habrían matado ni a un pajarillo.

—Pero ¿por qué? ¿Por qué? ¿Qué clase de trabajo es éste?

—Uno que precisa mucho autodominio, sangre fría y bastantes dosis de habilidad; justo las cualidades que pretendía evaluar en su prueba. Es sólo eso, Tirso: una evaluación. Nadie quería matarle.

—Joder, ¿y para qué era el test psicotécnico? —Suspiré airado—. ¿No hay formas más sencillas de evaluar todo eso que no impliquen hacer creer a la gente que le quedan unos minutos de vida?

—No es usted el que proyecta las pruebas, Tirso, sino nosotros.

—¿A quién se refiere con «nosotros»?

—Es suficiente —atajó el señor Burgos—. No puedo darle más explicaciones que al resto de los candidatos. No estoy autorizado para ello.

En aquel momento reparé en la ausencia de Marc y el otro candidato que se quedó en la sala antes de que comenzase mi prueba.

—¿Dónde están los demás? —pregunté.

—Ya han terminado sus respectivas evaluaciones. El señor Vilanova finalizó hace bastante tiempo, ya se ha marchado. En cuanto al otro… —El señor Burgos torció el gesto—. Al parecer, no le gustan las arañas.

—Creo que están ustedes para que los encierren, sean quienes sean…

El señor Burgos no respondió al insulto. Se parapetó tras la mesa plegable, recuperando su actitud fría de examinador.

—¿Ha podido encontrar alguno de los objetos que tenía en su lista?

—Sí. Todos —respondí desafiante.

—Bien. Eso quizá salve un poco su puntuación final. ¿Puedo verlos?

Me quedé sin palabras. Me di cuenta de que había dejado los libros y el frontal de altar en el almacén. La picadura de la serpiente me había hecho olvidar todo lo que no fuera salir corriendo a un hospital.

Puse la estatuilla de Eros encima de la mesa del señor Burgos. Por suerte, aún la tenía en la mano cuando salí del almacén.

—¿Eso es todo? —preguntó.

—También encontré los demás objetos. Están dentro. Si me abre la puerta otra vez…

—No. Imposible. Si no los ha traído con usted, no puedo darlo por válido.

—Pero ¡los encontré!

—Sí, y luego los olvidó. ¿De qué sirve eso?

—¡No es justo! —protesté—. Localicé todos los libros… ¡Se me cayó encima un centenar de tablas de madera tratando de recuperar el estúpido frontal! ¡Casi me abro la cabeza!

El señor Burgos respiró hondo. Juntó las manos sobre la superficie del mostrador y me miró a los ojos.

—Lo siento, Tirso, pero las condiciones de la prueba estaban claras.

—¿Significa eso que estoy descalificado?

—Yo no he dicho eso. Pero admito que sus posibilidades de seguir adelante son bastante reducidas.

—Entiendo… ¿Y ahora qué?

—Ahora váyase a su casa, póngase una tirita en la frente y trate de olvidarse de todo esto. Le llamaremos para decirle si el trabajo es suyo o no. —Los labios del señor Burgos se fruncieron un poco—. No debería decirle nada ahora, pero… En fin… Uno de sus compañeros lo ha hecho realmente bien…

—De acuerdo —dije—. Gracias. Supongo que puedo irme por el mismo sitio por el que vine.

Di media vuelta y me dispuse a salir de la sala de espera.

Cuando ya estaba en la puerta, el señor Burgos me llamó. Yo volví la cabeza hacia él.

—No lo ha hecho mal del todo. Sólo le ha faltado un poco de… sutileza.

Creo que le di las gracias, aunque sus elogios me importaban bastante poco.

Pasé los siguientes días en un lamentable estado de apatía. Intentaba olvidarme de mi desastrosa prueba laboral, de mi futuro sin objetivos, de mi casa vacía, de mi tesis doctoral a medio hacer…

No gastaba mucho dinero, pero tampoco tenía ingresos y los ahorros que había conseguido reunir en Canterbury no paraban de disminuir. Me sentía atascado y lo único que quería era dejar pasar el tiempo.

Cuando me acostaba, justo antes de cerrar los ojos, me prometía a mí mismo que al día siguiente pondría fin a aquella dinámica de desidia y comenzaría a planificarme un futuro. Siempre igual: «Mañana, en cuanto me levante…». Así todas las noches. Para lo mismo responder mañana, como dijo un tipo sabio en aquel poema.

Una de esas mañanas de promesas incumplidas el timbre del teléfono me despertó mucho antes de mi hora habitual. No era temprano, sólo las nueve y media, pero hacía días que no me levantaba antes de las doce.

Dejé que sonara bastante rato hasta que respondí.

—¿Hola? —dije con voz pastosa.

—Tirso Alfaro.

—Soy yo.

—Soy el señor Burgos. —Me puse tenso—. Ya puedo comunicarle el resultado de su prueba laboral. Preséntese a las once y media en Serrano, número 13.

—¿En el Arqueológico?

—Correcto. Como la última vez, diga su nombre en la entrada y le indicarán dónde debe dirigirse.

—Bien, entendido —titubeé—. ¿Podría adelantarme si…?

—No. No puedo. Tiene que venir aquí y recoger los documentos personales que entregó para la primera prueba de selección. Se le informará del resultado en ese momento.

El señor Burgos colgó sin despedirse.

Tiré el móvil sobre la cama y me froté los ojos para despejarme. Pensé que si querían que recogiese mis documentos personales eso sólo podía significar que ellos no los iban a necesitar en un futuro.

Me fastidiaba tener que ir hasta el museo para que me dieran la mala noticia en persona. Si el señor Burgos no hubiese colgado el teléfono, le habría dicho que podían convertir mis documentos en papel reciclado y dejarme dormir en paz.

Salí de casa con tiempo suficiente para llegar caminando hasta el museo. Había llovido durante la noche, pero el día levantó claro, con una saludable brisa fría de mediados de febrero.

Llegué al museo algunos minutos antes de la hora prevista. La verja de entrada estaba abierta porque había un camión descargando material de obra. Me colé discretamente y fui hacia la puerta principal. Allí, un vigilante de seguridad me detuvo.

—Lo siento, el museo está cerrado por obras. No se puede pasar.

—Soy Tirso Alfaro. Para lo del CNB —solté mecánicamente. Ya me había aprendido bien la lección.

Al pronunciar la palabra mágica (CNB, abracadabra) el vigilante me tachó de una lista y luego me pidió que lo acompañara.

Había mucha más actividad a mi alrededor que la última vez que estuve en aquel lugar. Varias personas con batas blancas deambulaban por las futuras salas de exposición, y algunas de ellas colocaban con cuidado piezas en las vitrinas. Había un sano ambiente de trabajo.

Suspiré en silencio. Me habría gustado poder formar parte de aquello.

El vigilante y yo nos metimos en un ascensor. Llegamos a un

nivel superior en el que había muchos pasillos y puertas. Todas las puertas estaban cerradas y no se oía ningún ruido.

El vigilante me hizo seguirlo. Había muebles de oficina viejos apilados contra la pared y varias máquinas expendedoras desenchufadas. Al llegar ante una de las puertas, el vigilante llamó y una voz desde dentro me invitó a pasar.

Entré en un despacho diminuto. Cuatro paredes blancas y una ventana sin cortinas. Como único mobiliario, una simple mesa de metal y dos sillas. El señor Burgos estaba sentado en una de ellas, de espaldas a la ventana. No había archivadores ni armarios. Ni siquiera una papelera. Daba la impresión de que ese despacho no se usaba a menudo.

—Buenos días, Tirso. Siéntese, por favor.

El vigilante se marchó, cerrando la puerta. Ocupé la silla libre que había frente a la mesa, de cara al señor Burgos. Sobre la superficie del escritorio no había nada más que una carpeta de plástico llena de papeles y una caja del Dunkin Donuts abierta, con una sola rosquilla en su interior, de esas cubiertas con una capa de glaseado rosa brillante.

El señor Burgos empujó la carpeta hacia mí por encima de la mesa.

—Aquí están sus papeles: declaración de Hacienda, extractos del banco, copia del DNI… En fin, todo lo que le pedimos en su momento. Por favor, compruebe que no falta nada.

Abrí la carpeta y eché un vistazo sin ver. Me daba igual si faltaba algo o no.

—Está todo.

—Bien. Antes que nada, quiero recordarle que el contrato de confidencialidad que firmó en su día aún sigue vigente. No puede ni debe contar nada a nadie sobre el proceso que acaba de terminar. ¿Lo tiene claro?

—Perfectamente.

—Estupendo. —El señor Burgos inspiró profundamente y luego colocó los brazos sobre la mesa. Al hacerlo movió sin querer la caja de dónuts con el codo—. Siento mucho tener que decirle esto, Tirso. Soy consciente de que se ha esforzado usted, y algunas de sus pruebas han tenido un valor muy alto, pero me temo que no ha superado el nivel que esperábamos para este trabajo.

Asentí con la cabeza.

—De acuerdo. Me hago cargo. ¿Puedo irme ya?

—Sí, claro. Espero que le vaya todo bien en el futuro. —Se puso en pie con la mano tendida hacia mí. Al hacerlo, golpeó sin querer la pata del escritorio con la rodilla. El mueble tembló y la caja del Dunkin Donuts, que estaba justo al borde de la mesa, se cayó al suelo. El dónut glaseado de rosa salió rodando hasta una esquina donde se llenó de polvo y pelusas.

—¡Oh, mierda…! ¡Mi dónut…! —exclamó entre dientes el señor Burgos.

Yo sentí como si algo me hubiera golpeado en la frente.

Paralizado, con los ojos muy abiertos, me quedé mirando cómo el señor Burgos se agachaba, recogía el dónut del suelo y trataba de quitar las pelusas que se habían pegado sobre su superficie azucarada.

«Oh, mierda. Mi dónut.»

Lo sentí casi como una experiencia extrasensorial. De pronto me vi en Canterbury, bajando la calle como una centella sobre la renqueante bici de Jacob. Un peatón arrollado. Una masa de migas mojadas en el suelo.

«Oh, mierda.»

«Mi dónut.»

Lo dijo en español. La misma voz.

«Mierda.»

«Mi dónut.»

La misma cara.

—Era usted —dije—. El verdugo. El verdugo de Canterbury.

No entiendo cómo no me di cuenta en cuanto le vi. Era la cara del hombre que atropellé con la bici de Jacob, la del hombre que hacía malabarismos con pelotas de madera ante la puerta del Museo Aldy. La del tipo que me dio un puñetazo cuando perseguía al ladrón de la Patena.

Era lógico que no hubiese relacionado al señor Burgos con aquel verdugo de inmediato. En Canterbury sólo vi su cara durante un instante, justo antes de alejarme con la bici. Lo último que habría esperado era volver a encontrarla en otro país, en un hombre vestido con serio traje de chaqueta. Pero en cuanto mi memoria encontró aquel recuerdo fugaz, ya no tuve dudas: era la misma persona.

El señor Burgos, o quien fuera ese tipo, se había quedado quieto al oírme. Aún tenía el dónut lleno de polvo en la mano.

—¿Cómo dice? —preguntó.

—Usted estaba en Canterbury —respondí—. Yo lo vi. Lo atropellé con mi bici. Y luego estuvo en el Museo Aldy por la noche, se peleó con los guardias de seguridad... ¡Me golpeó en la cara! ¡Estoy seguro de que era usted!

El (quizá) señor Burgos permaneció en silencio. Se acercó a la mesa y dejó el dónut a un lado. Me miraba a los ojos, estudiándome.

—¿En la cara, dice usted?

Me di cuenta de que él también acababa de reconocerme. Su actitud le delató: si se hubiera limitado a reírse y a decirme que seguramente me confundía con otra persona, me habría hecho dudar, pero se lo estaba tomando en serio. Muy en serio.

—Aquí. Justo aquí —dije señalándome el pómulo izquierdo—. Madre mía... Usted y esa otra persona, el tipo vestido de negro... ¡Entre los dos robaron la Patena de Canterbury!

—Me temo que está usted en un error —dijo.

Demasiado tarde. No le creí.

—No, no lo estoy. Yo le vi.

—Lo dudo. La Patena de Canterbury no ha sido robada. Sigue en su sitio.

Otro error por su parte. La Patena de Canterbury no era una pieza famosa, el Museo Aldy sólo era un pequeño museo local.

Una persona que no tuviera nada que ver con el robo ni con el museo ni siquiera sabría de lo que yo estaba hablando.

—La Patena que está en Canterbury es falsa. —Las piezas empezaron a encajar en mi cabeza—. Ustedes la cambiaron por la auténtica. No sé cómo… pero lo hicieron.

—¿Cómo está tan seguro de que es falsa?

Más errores. Debió haber fingido desde el principio que nunca había oído hablar de esa Patena y que jamás había estado en Canterbury, en vez de intentar averiguar qué era exactamente lo que yo sabía. El presumible señor Burgos se acusaba en cada palabra.

—Pude ver la auténtica Patena muy de cerca. Tiene un brillo especial: a pesar de estar cubierta de esmalte verde, emite reflejos de color rojizo. Eso no es habitual. La Patena que está ahora en Canterbury no hace eso.

El que decía llamarse señor Burgos espiró aire por la nariz, muy lentamente. Se quedó mirándome durante largos segundos en silencio. De pronto rodeó la mesa del despacho y se dirigió hacia mí.

Yo di un paso atrás.

Él pasó de largo a mi lado y se encaminó hacia la puerta. La abrió.

—No se mueva de aquí —ordenó.

Salió del despacho cerrando tras de sí. Oí claramente el sonido de una llave girar en su cerradura, justo al otro lado de la puerta. Salté hacia el picaporte y traté de abrir. Cerrado. Apliqué la oreja a la puerta y escuché unos pasos que se alejaban con premura.

Me habían encerrado en aquel despacho.

Encerrado. Prisionero, más bien. De un extraño señor Burgos que dedicaba su tiempo a libre disfrazarse de verdugo medieval y robar obras de arte en pequeños museos rurales.

Por mi cabeza empezaron a desfilar imágenes sueltas de todas las películas de espías y criminales que recordaba haber visto. Por un momento llegué a pensar que encontrarían mi cuerpo tirado en la zanja de unas obras. Ya veía la esquela: «Tirso Alfaro. Muerto por bocazas en la flor de la vida». Al menos esperaba que mi madre tuviera la decencia de asistir al funeral.

No supe el tiempo que estuve encerrado en aquel despacho. No llevaba reloj y se habían quedado con mi móvil al entrar en el museo. Tras desechar la idea de descolgarme por la ventana o tirarme de cabeza contra la puerta, decidí quedarme sentado en mi silla, aguardando.

Al cabo de un tiempo que se me hizo interminable, volví a oír el ruido de una llave en la cerradura de la puerta. Me puse en pie de un salto y me parapeté detrás de la mesa, lo más cerca posible de la ventana.

El verdugo señor Burgos entró de nuevo en el despacho, pero esta vez no estaba solo.

El hombre que lo acompañaba era alto; no más que el falso señor Burgos, pero lo parecía, porque su presencia era más imponente.

Las arrugas de su rostro delataban que era un hombre mayor. Su pelo, aunque abundante, era muy blanco; tanto, que casi parecía brillar, lo cual ayudaba para hacer que todas las miradas se concentrasen en su persona. Después, aquellas miradas caían irremediablemente sobre sus ojos, de un color azul tan transparente que sus pupilas parecían dos cuentas de hielo. A pesar de estar protegidos por el cristal de unas gafas sin montura, sus ojos destilaban tanto frío que podrían haber atemperado un vaso de whisky en pleno verano.

Aquellos ojos, combinados con su pelo pulcramente peinado, y un fino bigote blanco, que coronaba su labio superior igual que un ribete de nieve sobre un tejadillo, conferían al recién llegado una apostura solemne.

Vestía un traje de tres piezas color azul marino. En su atuendo había dos inesperados chispazos de color: tanto el chaleco que llevaba como la pajarita enhiesta bajo su cuello (tan tiesa que parecía hecha de metal) eran del mismo tejido de los típicos *kilts* escoceses.

El recién llegado sostenía un bulto redondo y plano bajo el brazo, cubierto por una tela blanca. Cuando entró en el despacho, el que se hacía llamar señor Burgos cerró la puerta y se quedó de pie junto a ella, de espaldas a la pared. El hombre del bigote dejó el bulto sobre la mesa metálica. Después me miró. Tuve la sensación de que alguien acababa de encender el aire acondicionado.

—Tirso, ¿verdad? —dijo con una voz profunda y grave—. Encantado de conocerte. Siéntate. Vamos a charlar un poco.

Tenía los modales de alguien acostumbrado a ser obedecido.

—Relájate —añadió, logrando en mí el efecto contrario—. No estés tenso. Sólo quiero que intercambiemos algunas impresiones.

—No sé quién es usted.

—Los nombres luego. Ahora me gustaría que le echaras un vistazo a esto. —Quitó la tela blanca que cubría el bulto que había traído consigo—. ¿Sabes lo que es? —Yo le miré con inmenso recelo y, tras un momento, asentí—. ¿Y bien? Puedes decírmelo, adelante. Sin miedo.

—Es la Patena de Canterbury.

—¿Estás seguro? —Volví a asentir—. ¿Dirías que es la auténtica Patena o una falsificación?

—Es la auténtica.

—¿Cómo lo sabes?

—El brillo. El esmalte es verde, pero al moverla emite reflejos de color rojo.

El hombre del bigote me miró un rato en silencio, sin alterar su expresión. Después cogió la Patena con cuidado y la movió de un lado a otro, observando el resultado. Dejó la Patena sobre la mesa y se dirigió al verdugo:

—Tiene razón. Es casi imperceptible, pero está ahí, y ninguno habíamos reparado en ello.

—Comprenderás que un destello rojo en una superficie verde no es un efecto en el que yo pueda reparar —dijo el verdugo con gesto hosco.

—Lo sé. Pero los joyeros debieron haberse dado cuenta. ¿Acaso no la contrastaron con la pieza original?

—Lo hicieron. Según ellos, tenían decenas de fotos.

—Ahí está el error: no podemos fiarnos de las fotos. Hay detalles que ni la mejor fotografía es capaz de captar. —El verdugo abrió la boca para decir algo, pero el del bigote lo hizo callar con un gesto—. No, no hay excusas que valgan, Burbuja. Y si las hay, tampoco quiero escucharlas ahora.

¿*Burbuja*? ¿Qué clase de nombre era ése?

El del bigote se volvió hacia mí.

—Bien, Tirso… Supongo que te estarás haciendo muchas preguntas. Te dejaré que formules un par de ellas.

Mi estado de confusión era absoluto. Acabé optando por lo más sencillo.

—¿Quién es usted?

—Puedes llamarme *Narváez*.

—De acuerdo, señor Narváez…

—No, no; nada de «señor». Sólo Narváez. Se sobrentiende que aquí todos somos señores. Evitaremos tener que repetirlo para que a ninguno se nos suba a la cabeza.

—¿Y el señor Burgos?

El aludido me respondió con un tono de voz cortante.

—Burbuja.

—¿Qué?

—Así es como me llaman. ¿Algún problema?

—En absoluto —me apresuré a responder—. Me parece de lo más… original.

—¿Alguna vez has intentado atrapar una burbuja con las manos? —me preguntó agresivo.

—De acuerdo. Burbuja. Bien. No hay problema. Lo tendré en cuenta.

Narváez intervino en ese momento:

—Como habrás supuesto, no existe ningún señor Burgos

salvo a modo de tapadera. —Narváez se sentó frente a mí y me miró a los ojos—. Te has metido de cabeza de un asunto serio, Tirso. No es fácil desenmascarar a Burbuja. Muchos hombres más preparados que tú no fueron capaces de hacerlo. —Narváez volvió la cabeza para hablar con Burbuja—. ¿Qué tal funcionó en las pruebas?

—Pasable, pero nada brillante. Alto nivel de inglés y de conocimientos académicos. El psicotécnico fue más bien normal, tirando a mediocre.

—Si hiciéramos mucho caso a lo que dice el psicotécnico muchos de nosotros no estaríamos aquí… ¿Y en Archivística?

—Un desastre: localizó los libros y el frontal de altar, pero se los dejó dentro del almacén. Además, destrozó el cableado eléctrico y mató a pisotones a Bridgitte.

—¿Bridgitte?

—Era la serpiente de Tesla.

—Le está bien empleado por meter a ese condenado animal ahí dentro… Y los cables electrificados…, ¿qué se supone que era todo eso? Parecía un maldito juego de campamento. Esas cosas no me parecen serias… En fin, Tirso, ¿qué vamos a hacer contigo?

Narváez se acarició el mentón mientras me miraba atentamente, como si fuera un espécimen bajo la lupa de un microscopio. El silencio se tornó pesado; tanto, que empecé a creer que los latidos frenéticos de mi corazón empezarían a escucharse como un redoble de tambores.

Al fin, Narváez volvió a hablar.

—Verás, Tirso; nos encontramos ante una situación, llamémosla, irregular. El proceso de selección ya ha terminado y nosotros ya hemos escogido a un candidato que superó con éxito todas las pruebas… ¿Cuál era su nombre?

—Marc Vilanova —respondió Burbuja.

—Por otro lado, los resultados de las pruebas de admisión señalan que tú no eras el más indicado para entrar en nuestro grupo.

—¿Eso significa que puedo irme ya a casa? —pregunté esperanzado.

—Nada más lejos. Acabo de mostrarte una pieza que, supuestamente, ahora se exhibe a muchos kilómetros de aquí, y has reconocido a Burbuja como uno de los participantes en nuestra última operación. Dejarte ir sin más sería, como mínimo, una imperdonable falta de rigor por mi parte.

Sus labios se curvaron de forma inquietante. Volvió a dejar caer uno de aquellos silencios que tan bien modulaba. Luego, con mucha lentitud, se introdujo una mano en el interior de la chaqueta.

Si alguien cree que soy un paranoico porque estaba convencido de que aquel hombre iba a sacar una pistola y vaciarme su cargador en la cabeza, sólo puedo decir en mi defensa que Narváez me pareció la clase de persona capaz de hacer algo así.

No fue una pistola lo que sacó de su chaqueta, sino un paquete de cigarrillos, y mentiría si dijera que, al verlo, no sentí un alivio inmenso.

Me dio la impresión de que Narváez reprimía una sonrisa.

—¿Fumas? —me preguntó.

Yo dije que sí con la cabeza. Él se metió un cigarrillo entre los labios y lo encendió. Luego me dio uno a mí. Lo agradecí con toda mi alma.

—Alfaro… Sí. Supongo que hay cosas que están escritas —dijo tras expulsar una densa bocanada de humo blanco—. Los exámenes de aptitud indican que hablas buen inglés y que dominas bastante bien tu campo académico… Has demostrado iniciativa y dotes de observación… Y al lanzarte detrás de Burbuja en Canterbury y, más tarde, acusarle de robo a la cara, demuestra algo: no sé si sangre fría, valor o simple falta de juicio; en cualquier caso, el juicio no es algo que abunde precisamente entre algunos de nosotros. No te mentiré: si no hubieras reconocido a Burbuja, ahora mismo no estaríamos teniendo esta conversación. Pero el caso es que aquí estamos, cara a cara, y que me cuelguen si no llevo demasiado tiempo en este tinglado como para no reconocer a un buscador en cuanto lo veo. En resumen: enhorabuena, Tirso Alfaro; el trabajo es tuyo, si es que aún lo quieres.

Tuve que asimilar con calma aquellas palabras. Repetírmelas mentalmente un par de veces para convencerme a mí mismo de que las había entendido correctamente.

La mano tendida hacia mí de Narváez era como el pomo de una puerta tras la cual se encontraba algo nuevo, excitante y tentador. Yo sólo tenía que girar, y la puerta se abriría. Era sencillo.

Estreché su mano con fuerza, mirándolo a los ojos. De pronto ya no me parecieron tan gélidos.

—Sí, claro que lo quiero… —Mis labios se curvaron en una sonrisa—. Por supuesto que sí.

Narváez asintió con la cabeza.

—Bien. Me alegra oír eso.

—Un momento… —dijo Burbuja—, ¿y qué pasa con Marc Vilanova?

—Nada. Tendremos dos nuevos buscadores.

—Demasiados novatos. No me parece buena idea.

—Fantástico. Lo recordaré el día que los subalternos se hagan con el mando y el caos reine en mi organización. Hasta el momento, os sugiero que guardéis vuestras impresiones para cuando os sean solicitadas. —Narváez me miró—. Bienvenido al CNB, Tirso Alfaro. Ahora, ¿tienes alguna pregunta?

—Sí, un par de ellas…

—Adelante. Te escucho.

—¿Podría decirme alguien qué demonios es el CNB?

Ruksgevangenis (I)

*E*l prisionero del ala psiquiátrica de la cárcel de Termonde fue sacado de su celda a una hora extraña.

Habían pasado las diez de la noche, lo que en el microcosmos carcelario equivale a plena madrugada. Mucho más en una prisión situada en pleno corazón de Bélgica, en un país donde muchos honrados ciudadanos duermen el sueño de los inocentes a horas semejantes.

El prisionero no dormía cuando fueron a buscarlo. Estaba tumbado sobre su cama, sin deshacer. Los prisioneros no deshacían nunca las camas salvo que no hubiera más remedio: de esa forma uno podía ahorrarse la tediosa labor de tener que rehacerla cada día. Era un hábito carcelario propio de los reclusos más veteranos.

Aquel prisionero lo era.

Tendido sobre la cama, el prisionero leía un manoseado ejemplar de *Renacimiento y renacimientos en el Arte Occidental*. Una de las obras referenciales de Erwin Panofsky. El prisionero podía recitarla casi de memoria de tantas veces como la había leído: le parecía un libro básico. Tenía el convencimiento de que debían incluirlo como material de lectura obligatoria en todas las escuelas del país, o mejor, del mundo. Un profundo conocimiento de la cultura y el arte de Occidente haría maravillas en *las nuevas generaciones. El prisionero estaba seguro de que más Panofsky y menos videojuegos rebajaría drásticamente las futuras tasas de criminalidad; así las cárceles no estarían tan saturadas y quizá él no tendría que compartir celda con alguien como Rupert. Un delincuente sexual y onanista compulsivo. El prisionero estaba harto de que aquel cerdo lo despertara en mitad de la noche jadeando igual que un perro mientras se la machacaba hasta hacerse sangre.*

Más Panofsky y menos videojuegos. Sí. Ésa era la solución.

Aprovechando un raro momento en que Rupert no se hurgaba la entrepierna, el prisionero disfrutaba de las disertaciones de Panofsky. Magnífico Panofsky. El padre de la iconografía moderna. Uno de los eruditos predilectos del prisionero. Quizá no tan lírico como Gombrich, y sin duda menos audaz que Robert Venturi; pero, aun así, uno de sus favoritos.

Cuando más enfrascado estaba en su lectura, apareció de pronto uno de los celadores. El prisionero pensó que le obligarían a apagar la luz, y seguramente obedecería. Aquella noche no le apetecía polemizar.

—*Gelderohde* —*llamó el celador*—. *Levántate y ven conmigo. Tienes visita.*

El prisionero creyó no haber escuchado bien.

—*¿A esta hora? ¿De quién?*

—*Si quieres saberlo, mueve el culo de una vez y ven.*

El prisionero no discutió. Raras veces lo hacía. Solía respetar la autoridad de los celadores, siempre y cuando ellos no abusaran de su paciencia.

Se levantó de su cama y fue en pos del guardia. Aquello le parecía muy extraño. Aquel día era sábado, y los sábados la hora de visita de los parientes y allegados terminaba a las cinco de la tarde. Sólo los abogados tenían el privilegio de visitar a los prisioneros más allá de esa hora y, en cualquier caso, nunca más tarde de las ocho y media.

Empezó a temer que fuera una especie de trampa. Ya había visto antes cosas similares: celadores resentidos, cuya salud men-

tal apenas era mejor que la de los presos que custodiaban, tomaban manía a algún recluso y le daban un escarmiento en mitad de la noche. Una falsa visita parecía una excusa muy buena para sacar a un preso de su celda, llevarlo a un lugar recóndito y hacerle pasar un mal rato. Algunos guardas sabían muy bien dónde pegarte para que estuvieras un par de días escupiendo sangre, sin dejar una sola huella en el cuerpo.

El prisionero desechó la idea al ver que, en efecto, el celador tomaba el camino hacia la sala de visitas.

Descubrió que no había nadie allí salvo una persona sentada en una de las mesas. No había más celadores que el que lo había acompañado, y aquello le pareció aún más extraño. Su asombro aumentó varios niveles cuando, de pronto, el celador lo dejó a solas con la visita.

—No hagas nada raro, ¿entendido? —dijo antes de marcharse—. Volveré en media hora. Ni un minuto más tarde.

Sin esposas, sin vigilantes y fuera de hora. Estaba claro que aquella visita no era un simple familiar ni un abogado.

Receloso, el prisionero se acercó a la mesa de la sala y se sentó frente a la persona que ocupaba una de las sillas. Su cara no le sonaba de nada.

La visita sonrió de forma amistosa.

—Ruksgevangenis —dijo a modo de saludo. El prisionero se quedó callado, sin comprender—. Es lo que pone encima de la puerta de entrada de este edificio… Ruksgevangenis. Me preguntaba qué significa.

—«Cárcel del Reino» —respondió el prisionero, cauto—. Es idioma valón.

La visita chasqueó los dedos.

—¡Oh, sí, claro! Flamenco… Cárcel del Reino, como Rijksgevangenis…, sólo que eso es holandés, aunque parece una forma un tanto arcaica de expresarlo, ¿no le parece?

—Ésta es una cárcel antigua.

—Eso he oído… ¿Construida en 1860?

—1863.

—Ya veo. —La visita miró a su alrededor—. Me alegra comprobar que las condiciones parecen mejores que las de aquella época. Por otro lado, es una lástima; me gustan mucho las cárceles antiguas, por supuesto, como mera atracción turística... ¿Ha estado usted en Escocia? Hay una preciosa en Inverary... Pero mi favorita es la de Melbourne. Algún día tiene que visitarla, si no la conoce ya...

—Australia no es uno de mis lugares favoritos.

La visita puso cara de consternación.

—Claro, qué falta de tacto la mía. ¿No fue en Australia donde lo atraparon?

—En Sidney —respondió el prisionero, esbozando una sonrisa tensa.

—Eso es, Sidney. Hace cuatro años. Asaltó usted la Galería de Arte de New South Wales... Un buen botín, según tengo entendido: la Lección de Anatomía de Françoise Sallé... ¡Qué bárbaro! No se conforma usted con poca cosa, ¿verdad? Lo que no acabo de entender es lo de las víctimas: ¿por qué matar a los dos guardias de seguridad?

El prisionero se encogió de hombros.

—Es más fácil que tratar de burlarlos.

—Sí, bien... Eso tiene sentido, pero ensañarse con sus cuerpos de esa forma... ¿Puedo preguntar a qué obedeció semejante carnicería?

—Está todo en el informe policial, puede consultarlo.

—Naturalmente, pero quería tener la oportunidad de conocer toda la historia de labios del propio Joos Gelderohde. —La visita lo miró con una impostada expresión de recelo—. Porque usted es Joos Gelderohde, ¿verdad? No me he equivocado de prisionero...

—Mi nombre artístico es Joos «el Valón», ya lo sabe. —Gelderohde dejó atisbar los dientes en una sonrisa muy poco alegre.

La visita lo estudió durante un instante. Un hombre de edad imprecisa, rasgos anodinos... Ni siquiera el color de sus ojos era definido: sus pupilas eran una pálida mancha que cambiaba de tono según la luz. En toda su cabeza no había un solo cabello, salvo sus cejas, tan rubias que resultaban invisibles a todos los efectos. El conjunto no era agradable a la vista. La cara de Gelderohde era blanca y carnosa, como si estuviera modelada en una bola de cera, sin huesos. Sus ojos eran grandes y saltones, de párpados gruesos, su nariz chata y aplastada, y su boca una larga línea apenas provista de labios.

La visita recordó el nombre por el que se conocía al prisionero en idioma neerlandés: Joos de Worm. Joos «el Gusano». Muy apropiado. Gelderohde no sólo recordaba vagamente a una lombriz, también era un hombre muy escurridizo.

—Ya que estamos con las presentaciones —dijo Joos el Gusano—, no estaría mal que me dijera con quién hablo exactamente.

La visita dejó escapar una risa entre dientes.

—«Somos legión...» ¿Conoce esa parte de la Biblia? Los demonios de Gerasa, que son condenados a poseer una piara de cerdos. —Mientras decía esto, sacó una tarjeta de su bolsillo y la colocó encima de la mesa, frente a él. Gelderohde la tomó y la inspeccionó. Sólo había una palabra escrita, a mano:

LILITH

—¿Quién es Lilith?

—«Como panal de miel destilan tus labios, néctar y leche hay bajo tu boca...» Dele la vuelta a la tarjeta. Mire detrás.

Gelderohde así lo hizo. En el reverso de la tarjeta había un símbolo, más bien un logotipo: una estrella de doce puntas, achatada, de color rojo y azul. Había algo escrito con letras de imprenta.

VOYNICH INC.
Secrets from future

Nada más. Gelderohde miró a los ojos de la visita.

—¿Cómo debo interpretar esto?

—Digamos que ahora tiene usted un amigo muy importante,

señor Gelderohde. Alguien que desea que preste un pequeño servicio para sus intereses. Sé lo que se está preguntando... «¿Podrá pagarlo?», y, créame, la respuesta es sí. Como habrá supuesto, esta reunión no ha resultado barata, pero aun así, aquí estamos: sin cámaras, sin guardias, sin oídos indiscretos... —*La visita mostró una amplia sonrisa de satisfacción*—. Oh, sí: su nuevo amigo puede comprar cualquier cosa. Incluido a usted.

—En ese caso, espero que también pueda comprar la forma de sacarme de aquí.

—Oh, bueno, es que nosotros esperamos que usted ponga algo de su parte. —*Gelderohde permaneció en silencio, escrutando a la persona que tenía ante sí*—. ¿No dice nada? Quizá es porque tiene la boca un poco seca...

La visita metió la mano de nuevo en su bolsillo y sacó un chicle. Se lo dio a Gelderohde, el cual hizo ademán de quitarle el envoltorio plateado. La visita lo detuvo con un gesto.

—Hágame caso: guárdeselo para una mejor ocasión.

En silencio, Gelderohde se metió el chicle en un bolsillo, siempre bajo la atenta mirada de su acompañante.

—¿Qué quiere usted de mí? —*preguntó*.

—Primero, comprobar si su reputación le hace justicia. Se rumorea que el trabajo en Sidney fue sólo la punta del iceberg. La National Gallery de Londres, el Centro Georges Pompidou de París, la Galería de Capodimonte de Nápoles, los Uffizi, el Met de Nueva York... ¿Cuánto hay de cierto en todo eso?

Gelderohde se inclinó hacia atrás, con recelo.

—Ni más ni menos que lo que usted quiera creer.

—Ya. ¿Sólo o en compañía?

—Me gusta ir por libre. Siempre.

—Se dice que se formó usted en una importante universidad. Que antes de dedicarse a coleccionar arte, digamos, por libre, era un catedrático respetado.

—¿Y nadie le ha comentado que como carne humana y que me asusta el agua bendita?

La visita dejó escapar una media sonrisa.

—Sólo una curiosidad: todas aquellas personas que dicen que mató…, ¿fue placer o necesidad?

—Eso es lo que están tratando de averiguar los psicólogos de la prisión. ¿Por qué no le pregunta a ellos?

—Ya lo hemos hecho; dicen que, aparte de un ladrón, es usted un sociópata con tendencias homicidas. Que es un peligro para sus semejantes.

Gelderohde mostró los dientes en una sonrisa. Tenía unos dientes pequeños y romos, apenas un hilo de puntas blancas que asomaban por unas encías descoloridas y gruesas.

—¿Quién no tiene problemas hoy en día, en esta sociedad deshumanizada y avasalladora? Mientras millones de personas se mueren de hambre, otros hacen dietas para estar más delgados. ¿En realidad no somos todos un peligro para nuestros semejantes?

—No soy quién para opinar. Sus nuevos amigos piensan que el fin justifica los medios… Pero hay una cosa que me gustaría dejar clara: les gusta el trabajo limpio. La sangre tiene un color muy llamativo. ¿Se ve capaz de trabajar con estas condiciones?

—Antes me gustaría saber de qué clase de trabajo estamos hablando.

—Algo que se le da muy bien y que ya hizo antes en la Tate, los Uffizi, Capodimonte, etcétera, etcétera. Entrar sin ser visto y tomar algo que no es suyo. Repito: ¿puede hacerlo?

—Dígame dónde hay que entrar y yo encontraré la manera.

La visita sonrió satisfecha.

—Magnífico. No obstante, antes de darle más detalles, me gustaría advertirle de que usted no será el único que estará buscando aquello que queremos. En este trabajo tendrá competencia.

—Si hablamos de la Interpol, eso no es competencia seria: en Sidney tuvieron más suerte de la que merecían. Y en cuanto a las mafias del mercado negro, sólo son una recua de aficionados. Conozco todos sus trucos.

—No. Me refiero a personas con menos escrúpulos que la Interpol y mucho más imaginativas que las mafias que trafican con obras de arte. —La visita cruzó las manos sobre la mesa y se inclinó hacia Gelderohde—. ¿Ha oído usted hablar del Cuerpo Nacional de Buscadores?

Gelderohde no respondió de inmediato. Sus labios se curvaron en una sonrisa y movió lentamente la cabeza de un lado a otro.

—Espero que sea un trabajo muy bien pagado... —comentó.

Los ojos de la visita brillaron de codicia.

—Lo será. De eso puede estar seguro: lo será.

SEGUNDA PARTE

La Máscara de Muza

1

Caballeros

En el mundo hay relatos veraces y relatos imposibles. Los imposibles son los únicos que merecen la pena.

A mediados del siglo XIX, España era un paraíso para los expoliadores. Franceses y británicos habían esquilmado el país de obras de arte durante la guerra de Independencia. Particularmente dañinos fueron los ejércitos napoleónicos, que destruyeron aquello que no pudieron llevarse consigo. (Si no puede ser nuestro, no será de nadie. *Sacrebleu.*)

Finalizada la guerra, la situación no mejoró. De Francia, de Gran Bretaña, de Alemania, de Estados Unidos…, de todas las potencias del mundo acudían a nuestro país viajeros cuyos bisnietos convertirían Mallorca en una colonia internacional. Ellos no buscaban sangría y paella (o, si era así, al menos no consta) sino una experiencia cercana a la aventura que pudieran compartir con sus colegas del Real Club de Caballeros mientras agitaban una copa de brandy en la mano. Para ellos, España era peor que el Salvaje Oeste: con bandoleros patilludos y guardias civiles haciendo de indios y vaqueros.

En un fabuloso ejercicio de condescendencia, se permitían incluso el lujo de reescribir nuestro propio folclore —como hicieron Prosper Mériméé o Washington Irving— lleno de moros aviesos y gitanas con navajas en el liguero.

Cuando regresaban a sus más civilizadas patrias, todos estos viajeros ávidos de experiencias acarreaban una mochila llena de estereotipos... y de obras de arte. Era sencillo: tan sólo había que localizar al comprador adecuado, porque en aquella España el pasado estaba en venta. No había claustro medieval, tesoro visigodo, pintura barroca o incluso castillo o catedral que no pudiera ser comprado a buen precio. Nadie hacía preguntas. Nadie ponía trabas. Sólo se aceptaba el dinero y se empaquetaba el producto, y para cuando llegaba la hora del arrepentimiento, el tesoro en cuestión ya hacía tiempo que criaba polvo en alguna vitrina de Londres, París o Nueva York.

Para tratar de poner coto a esa sangría, el gobierno de Isabel II puso en marcha una tímida política de protección y salvaguarda del patrimonio histórico y artístico de la nación. Se firmaron decretos, se construyeron museos, se financiaron yacimientos... Para gestionar las acciones legales necesarias para recuperar aquel patrimonio perdido, se encargó de ello a la Comisión de Antigüedades de la Real Academia de la Historia.

Hubo un caso arquetípico: el Tesoro Visigodo de Guarrazar. Encontrado en 1859 y malvendido a un coleccionista francés, la Comisión de Antigüedades hubo de sudar tinta, y sobre todo dinero, para poder recuperar al menos una parte del Tesoro. Aún hoy en día existen restos que permanecen en París, y mucho me temo que allí seguirán hasta que la Torre Eiffel no sea más que un amasijo de hierros oxidados.

Ése es el relato veraz.

El relato imposible dice que hubo barreras que la Comisión de Antigüedades no podía franquear, ya fuera por falta de dinero, por desconocimiento o porque el expoliador de turno se negaba a devolver la pieza. Isabel II, desesperada, decidió tomar cartas en el asunto.

La reina era bienintencionada, pero no muy lista. Puso el problema en manos del hombre con menos escrúpulos de la nación: el general Ramón María Narváez, duque de Valencia, «Espadón de Loja» y presidente del Consejo de Ministros.

No escaló tan alto el general haciendo uso precisamente de su honradez y buenas maneras, cualidades que vamos a suponerle, pero que no son las que lo han hecho célebre. Narváez era un guerrero, un hombre de acción; se había curtido sofocando revueltas y descabezando intrigas e intrigantes. Un hombre que cambió su espada por la pluma con la que firmaba decretos, y ambas siempre estuvieron bien afiladas y listas para defender el trono de Isabel.

En 1860 el general Narváez firmó el decreto más extraño de su carrera: la creación de un grupo especial de agentes al servicio del gobierno de España. Lo llamó «Real Cuerpo de Buscadores».

Pocos historiadores han mencionado ese Real Decreto, y los que lo han hecho siempre ha sido para defender su falsedad. Leyenda urbana, dicen. Mito histórico. Patraña. Relato imposible.

El decreto existe. Yo lo he tenido entre mis manos. Con fecha del 13 de agosto de 1860, sellado en el Ministerio de la Gobernación, con firma del presidente del Consejo de Ministros. La rúbrica de Narváez tiene la forma de una cuchillada.

El cometido del Real Cuerpo de Buscadores era uno solo: encontrar y recuperar todas aquellas piezas del patrimonio español que habían sido expoliadas de forma impune y traerlas de vuelta a casa.

El lema del Cuerpo es «Regresa».

No importa lo lejos que esté, no importa bajo cuántas llaves se guarde; no debe existir ningún tesoro en ningún rincón del mundo que el Real Cuerpo de Buscadores no pueda encontrar y recuperar.

Nadie supo en su día de la existencia del Cuerpo de Buscadores; sólo la reina y su general. El propio Narváez seleccionó y comandó al primer grupo. El gobierno les proporcionó la cobertura necesaria para su actividad y los fondos que pudieran desviarse, siempre en el más estricto de los secretos. Había algo que el Cuerpo de Buscadores no podía olvidar: su actividad era ilegal. Robaban. Robaban a ladrones, sí, pero en la mayoría de los tribunales del mundo eso no suele premiarse con cien años de perdón. Si algún buscador era sorprendido en la tarea, el gobierno de España no se haría en absoluto responsable de ella. Estaría solo, como cualquier otro criminal.

Latrocinio de Estado en toda regla. El Real Cuerpo de Buscadores llenó las cloacas del gobierno con obras de arte… y luego las colgó en un museo para que todos pudieran verlas.

Las primeras actividades del Cuerpo fueron escasas, pero fructíferas. Muchas de las piezas que hoy se exhiben en nuestros museos fueron en su día recuperadas por aquellos anónimos pioneros.

Narváez murió en 1868. Al desaparecer el puntal más firme de la reina Isabel, su trono se derrumbó. La soberana fue formalmente invitada a abandonar el país y España se convirtió de nuevo en un espinar de intrigas.

Llegaron malos tiempos para los intrépidos buscadores. Su existencia era tan secreta y la situación política tan inestable, que estuvieron cerca de desaparecer. Los propios archivos del Cuerpo no tienen más que legajos sueltos a partir de la muerte de Narváez, y se supone que durante algún tiempo llegaron a actuar sin apenas cobertura por parte del gobierno.

Sin embargo, por efecto de algún extraño milagro, el Cuerpo siguió existiendo, administrado por sus propios miembros, todos ellos rabiosamente fieles a la labor que en su día se les encomendó. Nunca llegaron a ser más de cinco o seis, a menudo incluso menos, todos ellos idealistas, locos o aventureros. Ladrones cubiertos de un noble envoltorio. Sus nombres hoy en día se han perdido y, con ellos, su oportunidad de ser héroes, aunque estoy seguro de que a ninguno de ellos le habría importado.

Fue el rey Alfonso XIII quien, de alguna manera, «resucitó» el Cuerpo. Se dice que su abuela, la reina Isabel, le habló de ellos cuando Alfonso era sólo un niño, y que el futuro monarca se prendó de aquella romántica historia de folletín. Sea como fuere, un Real Decreto del 2 de septiembre de 1918 (también secreto, por supuesto) estableció un nuevo estatuto para el Cuerpo y le confirió de mayor cobertura.

Con la llegada de la Segunda República y la posterior Guerra Civil la actividad del Real Cuerpo de Buscadores se interrumpió bruscamente. El primer gobierno republicano de Alcalá Zamora disolvió el Cuerpo, al parecer de manera provisional, mientras se redactaba una nueva Constitución para la República; luego nadie se acordó de volver a organizarlo después de 1931.

En 1939 el primer gobierno de la dictadura de Franco decidió volver a poner el Cuerpo en servicio. No se sabe muy bien de quién fue la iniciativa exactamente. La propia leyenda del Cuerpo asegura que tras la idea estuvo el ministro Pedro Sáinz Rodríguez, un extravagante personaje, monárquico furibundo y conspirador vocacional, quien se dice que había escuchado sobre la existencia del Cuerpo de labios del propio Alfonso XIII, ante una copa de martini en el bar del Gran Hotel de Roma, donde el monarca languidecía su exilio.

Se otorgó de nuevo vigencia al Real Decreto de 1918 sin apenas cambios, salvo en lo referido al nombre de la organización, ahora conocida como Cuerpo Nacional de Buscadores... o CNB. Desde entonces, ese mismo Real Decreto, al cual se le fueron añadiendo nuevos reglamentos con el paso del tiempo, es el que rige la normativa del Cuerpo.

Pedro Sáinz Rodríguez cayó pronto en desgracia ante los ojos del general Franco dada su irrefrenable tendencia a la intriga (o a las mujeres públicas, según otras versiones), y en el mismo año de 1939 desapareció discretamente del gobierno y se marchó a Portugal. Al parecer, sus sucesores no sabían muy bien qué hacer con aquel Cuerpo Nacional de Buscadores... Algunos incluso pensaron que no era más que un nido de conspiradores contra el Régimen y que lo mejor sería eliminarlo para siempre. El general Franco se hacía el gallego siempre que le hablaban de la posibilidad de disolver el Cuerpo. No decía ni que sí ni que no, sino más bien todo lo contrario. O no tenía ni idea de lo que le estaban hablando..., o lo sabía demasiado bien.

Lo cierto es que, poco a poco, el Cuerpo fue recibiendo cada vez más medios y mayor cobertura. En teoría no rendían cuenta de sus actividades más que al jefe de Estado, al de Gobierno y al ministro de turno del ramo cultural. Sólo a ellos y a nadie más. En la práctica era bastante difícil saber quiénes estaban realmente al tanto de su existencia.

Es probable que ese halo de secretismo salvase al Cuerpo tras el fin de la dictadura. Dado que casi nadie tenía muy claro quién o qué había detrás de aquella institución, era difícil otorgarle una filiación política concreta. Como parecía que, fuera lo que fuese que hacían, lo hacían bien, no molestaban demasiado y apenas costaban dinero; los políticos de la democracia decidieron dejar el Cuerpo donde estaba; después de todo, bastantes problemas tenían ya entre manos.

Se les otorgó una sede central en el Museo Arqueológico Nacional y se les dejó actuar con casi total independencia, como si nadie quisiera estar al tanto de cuáles eran sus actividades. Ojos que no ven...

Su organigrama se simplificó al máximo: un director era responsable único de su funcionamiento y actuaba como enlace ante difusas instancias gubernamentales, que llegaban tan alto como la propia imaginación quisiera disponer. A ese director pocas personas sabían de dónde lo sacaban, y de esas pocas la mayoría estaban convencidas de que venía del estamento militar, aunque sólo era una sospecha sin base.

El dinero para su mantenimiento salía de oscuras partidas presupuestarias sobre las que ningún partido político pedía explicaciones. El secreto era su principal arma y defensa, y los buscadores, tras una larga existencia, habían aprendido a esgrimirlo con auténtica maestría. Eran supervivientes natos.

Espías. Criminales. Agentes secretos. Ladrones. Cuerpo de élite. Aventureros. Lunáticos. Marginados. Conspiradores... De todo se les había llamado. Todos se equivocaban: no eran ninguna de esas cosas.

Eran buscadores. Estaban orgullosos de serlo.

Y ahora yo iba a ser uno de ellos.

Tardé bastante tiempo en conocer todos los detalles sobre el origen y la historia del Cuerpo Nacional de Buscadores, y aún hoy en día es mucho lo que ignoro y que puede que nunca llegue a saber.

Creo que fue mejor que Narváez no me contase todo de golpe. Lo más probable es que no le hubiera creído.

Poco a poco, fue desgranándome la verdadera naturaleza del Cuerpo. Siempre lo llamaba el Cuerpo, y a menudo se le escapaba lo de Real Cuerpo de Buscadores, como si de alguna manera lo de CNB no fuese con él. Sin embargo, de todas las expresiones que utilizó, la que me resultó más pintoresca fue la de «caballeros buscadores». A veces se refería de ese modo a los miembros del Cuerpo. Me pareció un término tan propio del ámbito militar, que me hizo considerar si Narváez no habría tenido un pasado castrense. No me atreví a preguntárselo. Narváez no parecía la clase de persona que encajaba con elegancia una indiscreción.

Hice muchas otras preguntas. A veces sus respuestas eran directas y otras evasivas, pero nunca me dio la sensación de que alguna de ellas no fuera cierta.

Estuvo mucho tiempo tratando de explicarme la clase de trabajo que me ofrecía. Cuando creyó que ya me había dado suficiente información, me miró a los ojos y me dijo:

—¿Entiendes sin lugar a dudas la clase de labor que hacemos en el Cuerpo?

—Creo que sí —respondí. Luego me atreví a añadir—: Recuperamos lo que nos pertenece.

—Un resumen muy certero —corroboró Narváez—. Escúchame bien, Tirso: si vas a ser un caballero buscador tienes que asumir que nuestras actividades basculan entre lo legal y lo ilegal. Somos una institución oficial, mantenida por el Estado, pero si cometemos algún error nadie va a dar la cara por nosotros… ¿Verdad, Burbuja?

—Prefiero no tener que recordar lo que pasó en Marruecos…

—Ya lo has oído —dijo Narváez—. Somos responsables de nuestros propios actos. Nadie nos pide cuentas porque nadie quiere saber lo que hacemos. Nos defendemos unos a otros, nos apoyamos y nos protegemos porque sólo dependemos de nosotros mismos. Es algo más que camaradería o que simple trabajo en equipo, ¿lo entiendes, Tirso? —Yo asentí con vehemencia—. Bien, porque si no entiendes esto o no estás dispuesto a asumirlo, no puedes ser uno de nosotros. Aquí hay riesgos. Riesgos de verdad. Vamos a entrenarte a fondo para que puedas afrontarlos, pero hay una parte importante que no te podemos enseñar: eso es algo que debe salir de ti.

—Me esforzaré todo lo que pueda —aseguré—. Pero, si le soy sincero, no estoy seguro de tener madera de agente secreto.

—En primer lugar: aquí todos nos tuteamos. En segundo lugar: nadie te pide que seas James Bond. Espías ya tenemos; hay un sitio en la carretera de La Coruña que está lleno de ellos. Mira a tu alrededor, Tirso: no estás en un búnker secreto ni hay cámaras de seguridad. Estás en un museo, ¿entiendes la diferencia?

—Sí… Supongo que sí.

—Pues no lo olvides. Que no te engañen los nombres falsos ni demás parafernalia: nuestro trabajo se basa en algo muy distinto.

—En realidad somos una especie de académicos —dijo Burbuja.

—¿Académicos? —pregunté. Burbuja se señaló el pecho con el pulgar.

—Dos licenciaturas y un doctorado. Hazme cualquier pregunta sobre arte, podría responderte en cinco idiomas distintos, y uno de ellos es una lengua muerta.

—Esperad un momento —advertí—. Yo no tengo dos licenciaturas… Ni siquiera he terminado mi tesis doctoral…

—¿En serio? Yo tampoco —repuso Narváez—. Lo que vamos a hacer a partir de este momento, Tirso, es descubrir qué es lo que puedes aportarnos. En cuanto lo sepamos, haremos de ti el mejor de los buscadores.

—El segundo mejor —corrigió Burbuja.

Deseaba creer las palabras de Narváez, pero no estaba tan seguro de mí mismo. Quise agradecer su voto de confianza mostrando todo el convencimiento que fui capaz.

—Me esforzaré por ser de utilidad.

—Tendrás que hacer más que eso: sólo el esfuerzo no basta —dijo Burbuja.

Narváez se puso en pie. A su espalda, Burbuja me hizo una señal discreta para que también me levantara. Después, Narváez me puso una mano sobre el hombro.

—Caballero buscador Tirso Alfaro —dijo con aire solemne—, ¿juras o prometes llevar a cabo cualquier labor que te sea encomendada por nuestro Cuerpo Nacional de Buscadores, en virtud del Real Decreto del 2 de septiembre de 1918 firmado por Su Majestad el rey don Alfonso XIII, en tanto no contravenga la normativa estipulada en dicho Real Decreto y lo dispuesto dentro del ordenamiento legal y constitucional vigente?

Dijo todo aquello sin hacer pausas. Yo apenas entendí una palabra. Narváez se quedó callado, con la mano sobre mi hombro, esperando una respuesta. Burbuja acudió en mi ayuda.

—Sólo di si juras o prometes.

—Yo… Lo juro.

Narváez dejó escapar una sonrisa seca y breve, como un disparo. Asintió con la cabeza y me palmeó en el hombro, con fuerza.

—Magnífico. ¿Algo que añadir, caballero buscador Tirso Alfaro?

—Estoy deseando empezar.

Era cierto. Quería formar parte de un grupo secreto de casi dos siglos de antigüedad, quería cumplir la noble labor de recuperar el patrimonio expoliado, llevar la Justicia a donde la Ley no podía llegar. Y quería un nombre en clave. Uno mejor que Burbuja.

Narváez me miró con satisfacción.

—Bien, pero reserva tu entusiasmo. Más adelante tendrás mayor necesidad de él. —Narváez consultó su reloj—. Lamento lo informal del acto; lo habitual es que sea más solemne, pero dadas las circunstancias, lo mejor es terminar cuanto antes las ceremonias y ponerse a trabajar. Burbuja, encárgate del nuevo buscador. Lo quiero mañana listo para empezar. —Nos miró a Burbuja y a mí y nos dedicó una inclinación de cabeza a cada uno—. Caballeros.

Después recogió la Patena y se marchó a paso firme. La habitación quedó extrañamente desnuda en cuanto hubo desaparecido por la puerta.

Al quedarnos solos, Burbuja no dijo nada. Permaneció de pie, de espaldas a la pared, con los brazos cruzados sobre el pecho y mirándome fijamente. La expresión de su cara no era amistosa.

Al cabo de unos segundos, emitió un largo suspiro y chistó con la lengua.

—Sígueme.

Salió de allí sin esperarme.

Empezaba a pensar que yo no le era muy simpático.

Burbuja no me dirigió la palabra ni una sola vez mientras caminé con él (más bien detrás de él) hacia el ascensor, ni tampoco mientras descendíamos hacia la planta principal del museo. Sólo de vez en cuando me lanzaba alguna mirada hosca para comprobar que aún lo seguía, y luego negaba levemente con la cabeza, como si le causara una gran decepción que no me hubiera desvanecido en el aire.

Fui tras él por todo el interior del museo. Nos cruzamos con varios trabajadores y personal diverso.

Al salir del ascensor, Burbuja se había prendido de la solapa de su chaqueta una identificación sin nombre ni fotografía. Era un simple rectángulo de plástico color azul con las letras «CNB» escritas sobre él. Reparé en que algunos miembros del personal del museo, al ver la identificación, súbitamente encontraban algo mucho más interesante en que distraer la mirada, por lo general, en el lugar más alejado a nosotros. Nadie nos saludó ni se dignó hablarnos. Daba la impresión de que éramos invisibles.

Atravesamos uno de los patios cubiertos, en el que habían montado el imponente monumento sepulcral de Pozo Moro. Desde allí accedimos a una sala de paredes de madera. A nuestro alrededor había varias vitrinas, tan grandes que un hombre habría podido caber dentro con facilidad. Algunas estaban vacías y otras cubiertas con telas negras.

En un lugar destacado de la sala vi una vitrina solitaria, también cubierta por una tela. Burbuja la apartó con mucho cuidado. Mientras lo hacía, miraba el contenido de la vitrina con una expresión cercana al arrobo.

—Hola, preciosa —susurró—. ¿Me has echado de menos?

Era evidente que no hablaba conmigo. Burbuja dejó a la vista la fabulosa estatua que albergaba en su interior aquella vitrina. El buscador la miró con una sonrisa en los labios. Luego, con un movimiento elegante, le lanzó un beso con la punta de los dedos. Me pareció que aquel sencillo gesto tenía una parte de ritual.

A continuación, Burbuja cruzó los brazos sobre el pecho y se dirigió a mí.

—¿Sabes qué pieza es ésta, novato? —me preguntó con mucho menos cariño que el que había dedicado a la estatua.

Por suerte conocía la respuesta. Era uno de los tesoros más emblemáticos del museo. Observé durante unos segundos su rostro indolente, enmarcado por dos majestuosas ruedas de piedra, que nos contemplaba con aires de milenaria mujer fatal.

—Es la Dama de Elche.

—*La* Dama. Sólo la Dama —me corrigió—. Quizá ya conozcas su historia: en 1897 fue encontrada por casualidad cuando unos obreros realizaban un desmonte en los terrenos de una finca privada. Meses más tarde, el Museo del Louvre la compró por cuatro mil francos y se la llevaron a París. —Burbuja encogió los labios en una expresión de rabia—. Vendida como una prostituta. Un robo consentido por cuatro mil malditos francos.

—Pero al final la devolvieron, ¿no? De lo contrario no estaría aquí.

Burbuja hizo una pausa antes de responder:

—Al estallar la Segunda Guerra Mundial se la llevaron al castillo de Montauban, cerca de Toulouse. En 1941 el gobierno español solicitó al gobierno francés de Vichy la devolución de la Dama. Franco y el mariscal Pétain mantenían una relación cordial, así que el gobierno español pensó que podía jugar esa baza. No sirvió de nada. Los franceses se negaron a desprenderse de ella. Fue entonces cuando intervinimos nosotros. —Una mirada de regocijo adornó los grandes ojos de Burbuja—. Cuatro buscadores… Solo cuatro. Se infiltraron en la Francia de Vichy con identidades falsas y sin ningún apoyo… ¿Te das cuenta de lo que se jugaban, novato? Colaboracionistas y nazis por todas partes; si hubieran atrapado a esos cuatro buscadores, los habrían acusado de espías. Piensa en el peor castigo que puedas imaginar y multiplícalo por dos: era la Europa de Hitler. No se andaban con bromas… Pero lo lograron.

—La rescataron —apunté yo.

Burbuja sonrió de medio lado.

—Buen matiz, novato. Sí, fue un rescate. La Dama cautiva en el castillo liberada por cuatro príncipes azules… En la misma operación, aquellos cuatro buscadores lograron recuperar también una de las esfinges íberas de El Salobral, varias piezas de los Tesoros de Osuna y de Guarrazar y la *Inmaculada de los Venerables*, que el mariscal Soult se llevó de Sevilla en 1813… ¡Y sólo eran cuatro! ¡Cuatro hombres como tú y como yo, valiéndose sólo de su ingenio y sus recursos! Dios, cómo me habría gustado ser uno de ellos.

Era la primera vez en mi vida que escuchaba una versión tan polémica sobre los avatares de la Dama de Elche. Como si hubiera sido capaz de leer mis pensamientos, Burbuja añadió:

—No encontrarás esta hazaña en ningún libro. Te dirán que el gobierno español hizo un trato con los franceses, que cambiaron a la Dama por un retrato de Mariana de Austria atribuido a Velázquez y un cuadro pintado por El Greco, idéntico a otro que está en Toledo. Es mentira. El gobierno francés jamás habría aceptado un trato tan poco ventajoso: la Dama vale mucho más que eso. Esas dos pinturas fueron entregadas después, cuando la Dama ya estaba en España, y sólo para evitar un conflicto diplomático de graves consecuencias. Los franceses se enfadaron mucho cuando se dieron cuenta de que les birlamos la Dama delante de sus narices. —Y con un brillo de picardía en la mirada, añadió—: Fue una bofetada a su orgullo. No hay nada que ofenda más a un ladrón que le roben sin que se dé cuenta.

Burbuja quedó en silencio, mirando a los ojos de la Dama, como si ambos compartieran un secreto; lo que, en cierto modo, así era.

—Eso es lo que hacemos, novato —dijo al cabo de un tiempo—. Nosotros, los caballeros buscadores, como nos llama Narváez. ¿Te crees capaz de hacerlo tú? ¿Te lo jugarías todo sabiendo que tu única recompensa será el olvido y el secreto? Nadie te agradecerá nunca nada, nadie sabrá jamás tu nombre, y si cuentas la verdad, te llamarán mentiroso. No hay dinero, ni fama, ni siquiera la satisfacción de quedarte con el premio. Tu único aliciente será la emoción de la búsqueda… ¿De verdad te crees capaz de hacerlo?

Había un marcado desafío en sus palabras. Quizá yo había hecho el juramento de Narváez, pero no el suyo. Tuve la firme sensación de que Burbuja quería asustarme.

Pero yo no tenía miedo, sólo impaciencia.

—Puedo hacerlo tan bien como cualquiera de los que me han precedido.

—Ya lo veremos. A partir de mañana tendrás que empezar a demostrarlo. —Se quitó aquella identificación de color azul que llevaba prendida en la solapa y me la dio—. Preséntate en el museo a las ocho en punto. Muestra esto al entrar y te dirán dónde tienes que ir.

Me dio la espalda y se alejó de mí, golpeando el suelo de madera con los tacones de sus zapatos.

Yo me quedé mirando la identificación. Me sentía confuso.

—¿Ya está? —le dije mientras se iba—. ¿Eso es todo?

Sin dejar de andar, Burbuja se volvió de espaldas.

—Todo no —respondió—. Aún te queda lo difícil. —Me apuntó con el dedo índice—. Tendrás que enfrentarte a Enigma.

Sonrió de forma extraña y volvió a darme la espalda por última vez, antes de desaparecer de mi vista.

2

Enigma

El vigilante revisó mi tarjeta de acceso por ambos lados un par de veces. En aquel momento entraban por la puerta del museo un grupo de electricistas que portaban gruesos rollos de cable.

—¿Eres del CNB? —me preguntó.

—Eso dice la tarjeta.

—Sí, claro. No se ven muchas de éstas por aquí… Pase azul —dijo impresionado mientras me lo devolvía—. ¿Me dejas que te haga una foto?

—Sí que es un momento especial para usted.

—Muy gracioso. Es para meterla en el archivo de seguridad. A los que tienen pases del CNB los tenemos fichados y les permitimos entrar y salir del museo cuando quieran y por donde quieran, sin preguntas; pero necesitamos saber qué cara tienen.

El vigilante me fotografió de frente y de perfil con su teléfono móvil. Cuando terminó, me pidió que lo siguiera. En ningún momento quiso saber mi nombre, lo cual me pareció llamativo.

Me llevó hasta un ascensor tan apartado que era difícil que alguien hubiera podido encontrarlo por casualidad. Junto a la puerta no había botones, sólo una ranura para leer tarjetas. El vigilante la señaló.

—La próxima vez que vengas no hace falta que pases por

seguridad —me dijo—. Vienes aquí, metes tu tarjeta y ya está. El ascensor baja directamente a vuestra «Bat-cueva».

Noté que había un leve afán peyorativo en su referencia a la guarida de Batman. A él debió de parecerle ingenioso, pues se rió entre dientes.

El vigilante regresó a su puesto. Yo entré en el ascensor. Tampoco había botones en la cabina. Cuando las puertas se cerraron, empezó a bajar por sí solo. Al cabo de un rato, las puertas se abrieron de nuevo y me encontré en una especie de recibidor muy amplio.

Las paredes eran de un color gris metálico y brillante, y la luz de los fluorescentes del techo les dotaba de un resplandor similar a la plata recién pulida. El suelo era de enormes baldosas negras, que me devolvían un reflejo de mí mismo a base de inquietantes tonos oscuros.

Enfrente de mí había un gran escudo hecho de metal, clavado a la pared. El escudo representaba una columna clásica partida sobre la que ardía una llama, y sobre el conjunto flotaba una corona real. Formando un círculo rodeaban al escudo las palabras CUERPO NACIONAL DE BUSCADORES. También pude distinguir las letras griegas ΠΙΔΩ, que no fui capaz de interpretar.

En aquel moderno ambiente de sobria opulencia, el techo era lo único discordante: sobre mi cabeza había una maraña de cables y gruesos tubos de aluminio de entre los que pendían los tubos de neón que iluminaban la estancia. Salvo por ese detalle, todo parecía nuevo, como recién construido, y ni una mota de polvo osaba perturbar la eficiente limpieza de aquel lugar.

Justo bajo el escudo de la pared había un amplio mostrador semicircular con superficie de cristal. Tras él se encontraba una mujer sentada en una silla.

Era joven, puede que de mi misma edad. Tenía la piel muy blanca y el cabello peinado en forma de suaves ondas cobrizas que caían en cascada sobre su hombro. Me acerqué tímidamente hacia donde estaba, pero ella no parecía haber reparado en mi presencia. Estaba muy concentrada observando la pantalla de un ordenador. Tenía los ojos verdes, muy grandes y al mismo tiempo ligeramente rasgados. No pude evitar pensar que había un cierto aire élfico en su mirada. Eran ojos de duende.

Me apoyé sobre la superficie de cristal del mostrador. Ella siguió sin hacerme caso.

—Hola... —titubeé—. Buenos días.

La joven me mostró la palma de su mano, sin apartar los ojos del ordenador.

—Un momento —dijo; luego, engolando la voz, añadió—: *En meget dejllig ven.*

—¿Perdón?

—*Jeg vil aldrig ryge...* Sí, claro, eso es fácil de decir.

Me asaltó una profunda sensación de irrealidad. La mujer me miró y sus cejas se unieron formando una expresión de extrañeza.

—¿Quién eres tú? —Y antes de que pudiera responder, añadió—: *Hvad hedder du?*

—¿Eso también forma parte de la pregunta?

La mujer ladeó la cabeza, como un pajarillo que acaba de ver algo muy interesante.

—Deja que adivine. Tú no hablas danés, ¿verdad?

—Eh... No, me temo que no, lo siento.

—¡Qué lástima! Entonces no me sirves. —Resopló haciendo que se agitara su flequillo—. Es realmente difícil encontrar a alguien que hable danés en este lugar: inglés, francés, alemán, italiano, ruso... Incluso griego clásico, pero nada de danés. Me pregunto por qué. A mí me parece un idioma muy musical... *Godaften!* —exclamó de pronto, haciéndome dar un respingo—. ¿Lo ves? Posee una resonancia muy poderosa.

—¿Eres danesa?

—¿Yo? No, qué va, soy de Santander.

—Entiendo.

—No lo creo, muy poca gente me entiende a la primera. —Suspiró e hizo girar su silla hasta situarse frente a mí—. En fin, se acabó la lección de idiomas por ahora… ¿En qué puedo ayudarte, cielo? Pareces un poco perdido.

Me abstuve de señalar que aquella conversación había contribuido bastante a que así fuese. En lugar de ello, le mostré mi pase azul.

—Me llamo Tirso Alfaro —respondí—. Soy… el nuevo, supongo.

—Vaya por Dios. No tendrías que haber dicho eso…

—¿Qué? ¿Que soy nuevo?

—No; tu nombre. No decimos nombres aquí abajo. Por cierto, yo soy Marian. —Es probable que detectase un leve desconcierto en mi mirada, porque luego se apresuró a añadir—: No, Marian no es mi nombre en realidad, sino el de un matemático polaco: Marian Rejewski, criptógrafo y creador del «código ultra», que fue decisivo para ganar la Segunda Guerra Mundial… Puedes llamarme Marian, si quieres; o también Atbash, que fue un método de cifrado de origen hebreo, quizá el más antiguo del mundo; otras veces prefiero que me llamen Des: son las siglas del *Data Encryption Standard*, un algoritmo de cifrado base utilizado por Estados Unidos desde 1976… En fin, creo que tengo algún nombre más que podría ofrecerte; si bien es cierto que últimamente suelen llamarme Enigma, por la máquina de claves que utilizaron los alemanes en sus submarinos, cuyo código, por cierto, fue reventado por Marian Rejewski. Y así volvemos a Marian y el círculo se cierra.

Hablaba de forma rápida y atropellada, como si las palabras le quemaran en el paladar. Al terminar, hizo un gracioso movimiento con la cabeza y me regaló una bonita sonrisa.

—Espera un momento… —dije—. ¿Tú eres Enigma?

—Puedo serlo, si quieres.

—Burbuja me habló de Enigma ayer; no esperaba que fuera… alguien como tú.

—Nadie se espera a alguien como yo. Por eso soy tan fascinante. —Enigma respiró hondo, se reclinó sobre el respaldo de su silla y me miró de arriba abajo, estudiándome—. Bien, así que tú eres el otro novato… No pareces gran cosa. En fin, veamos qué nos ha dejado la cigüeña…

Se puso en pie y salió de detrás del mostrador. Al hacerlo pude ver que llevaba puesto un vestido de una sola pieza, de color azul eléctrico; ni demasiado corto para ser obsceno ni demasiado largo para impedir disfrutar de la interminable línea ondulante de sus piernas.

Enigma me contempló durante un buen rato, con los brazos cruzados. Experimenté un sentimiento similar al que uno tiene cuando está en la consulta del médico, desnudo igual que un gusano, justo antes de ser sometido a humillantes chequeos.

—Estás un poco delgado. Hidratos de carbono. Eso es lo que necesitas, hidratos de carbono… Y en cuanto a esa camisa, no creo que haya mucha solución, salvo fuego y gasolina… —Acercó su cara hacia la mía—. Tienes unos ojos bonitos.

—Eh… gracias.

—Veamos si sabes cómo utilizarlos. —Regresó a su mostrador y sacó una pequeña libreta. La dejó caer sobre la superficie acristalada y le dio un golpecito con la uña de su dedo índice—. ¿Qué te parece esto?

Era un pasaporte español. Lo cogí y hojeé algunas páginas de su interior durante un par de minutos.

—Yo diría que es un pasaporte falso.

—No está mal. ¿Por qué crees que es falso?

—En los pasaportes españoles hay tres carabelas dibujadas en la parte interior de la cubierta; éste sólo tiene dos. Además, tiene treinta y seis páginas, cuando lo normal es que tengan treinta y dos y, por último, las tapas son azules, y no color burdeos.

—Punto para el equipo de los chicos. —Ella me quitó el pasaporte de las manos—. Pero podrías haberme impresionado si, además, hubieras mencionado el hecho de que el orden de los datos del dueño del pasaporte es incorrecto. Si además hubieras dicho que el número de serie tiene cuarenta y dos cifras en vez de cuarenta y una, que hay un error en el número de flores de lis que aparecen en el escudo de la primera página y hubieras reparado en que la fecha de expedición es anterior a la de caducidad, entonces no sólo estaría impresionada, habría *levitado* de emoción. Es mentira. Nadie puede levitar, no al menos en este continente. Pero lo que no es broma es que ese pasaporte falso era una chapuza, y tú sólo has encontrado tres errores. No obstante, me acabo de tomar mi *café latte* y estoy de buen humor, así que te daré otra oportunidad. Échale un vistazo a esto.

En esta ocasión me entregó un carnet de identidad. Yo lo inspeccioné por todas partes hasta que me dolieron los ojos.

—Éste es de verdad.

—Hoy no es tu día, ¿verdad, cariño? Respuesta incorrecta: falso. Punto para el equipo de las chicas.

—Pero ¡si no tiene ningún error!

—Claro que no lo tiene, porque lo he falsificado yo. Es perfecto en todos los detalles. —Me miró emitiendo un largo suspiro de paciencia—. Ay, Dios… ¿Qué vamos a hacer contigo? No hablas danés, me desvelas tu nombre, no logras impresionarme…, y además está esa camisa. —Enigma mostró los dientes en una expresión de repelús—. Debería mandarte al ascensor para que vuelvas al lugar del que has venido.

Por un momento creí que cumpliría su amenaza.

—Pero, por suerte para ti, tienes unos ojos bonitos. Sígueme. Te enseñaré tu nuevo lugar de trabajo.

Pocas personas saben que debajo del Museo Arqueológico Nacional existe toda una red de túneles subterráneos de más de un siglo de antigüedad. No todo ese submundo se encuentra bajo los cimientos del museo. En realidad, ocupa toda la manzana que delimita las calles de Serrano, Jorge Juan, Villanueva y el paseo de Recoletos. Antes del siglo XVIII, todo ese espacio era una huerta que pertenecía a los padres del Oratorio de San Felipe Neri. La llamaban «La Solana».

Sobre las coles, patatas y nabos de la huerta de La Solana, se levantó la primitiva Escuela de Veterinaria de Madrid, la cual, a su vez, fue derriba en 1866 para comenzar las obras del edificio que albergaría el Arqueológico y la Biblioteca Nacional.

Gran parte de esas estancias soterradas pertenecen a la primitiva Escuela de Veterinaria. En ocasiones, al realizar alguna obra en el lugar, todavía aparecen huesos de perros, vacas u otros animales; con gran susto de los obreros que topan con ellos, quienes, muy a menudo, creen haber hallado luctuosos restos de fosas comunes u olvidados cementerios de la época de la Inquisición. Como suele ocurrir, la realidad es menos interesante.

El Cuerpo Nacional de Buscadores utiliza como cuartel general dicho conjunto de galerías y depósitos. Es por esto que a estas instalaciones se las conoce con el oficioso nombre de «el Sótano».

Durante mucho tiempo el Sótano fue, fiel a su nombre, un oscuro y lóbrego agujero en el cual los buscadores trabajaban en condiciones bastante precarias. Hacia 1920 se elaboró con mucho secreto un proyecto para acondicionar las instalaciones y dotar al Cuerpo de Buscadores de un cuartel general en el que no tuvieran que compartir espacio con ratas y cucarachas.

La obra no se realizó de un día para otro, ni siquiera de una década para otra; el proyecto era demasiado ambicioso para los responsables de ejecutarlo.

Por fin, y gracias al período de bonanza económica que atravesó el país en la época previa a la crisis de las hipotecas, Lehmann Brothers y demás catástrofes financieras, el gobierno aprobó una enorme partida presupuestaria para convertir el Sótano en un centro de operaciones a la altura del siglo XXI.

Dado que la reforma había de ser secreta (como todo lo que rodea el CNB), se decidió que, al mismo tiempo, se emprendería una remodelación en el Museo Arqueológico. De ese modo las reformas llevadas a cabo en el Sótano pasarían desapercibidas y el dinero dedicado a dicha obra podría disimularse en el presupuesto para la puesta al día del Arqueológico.

Según me explicó Enigma, el verdadero motivo por el cual la rehabilitación del Arqueológico se había demorado más de lo previsto fue el retraso que tuvo lugar en la reforma del Sótano. Hasta que el cuartel general del CNB no estuvo listo, no se aprobó el comienzo de los trabajos en el museo.

El resultado no podía ser más satisfactorio. El Sótano que yo conocí en compañía de Enigma era un lugar moderno en el que los muros de gris plateado, las impecables mamparas de cristal (que, como membranas transparentes, separaban unas estancias de otras), y los suelos brillantes como espejos hacían olvidar que la luz del sol se encontraba muy lejos de nosotros.

Por todas partes vi imágenes del emblema del Centro: la columna, la llama con la mano abierta y la corona. Le pregunté a Enigma por su significado, pero su respuesta, aunque detallada, saltó a lo largo de tantos temas que al final apenas pude sacar nada en claro.

El eje del Sótano era un amplio distribuidor donde un gigantesco escudo del Cuerpo está grabado sobre las baldosas del suelo. Enigma me señaló algunas de las puertas de madera y cristal que había a nuestro alrededor.

—Ésa es la sala de reuniones. Preciosa, te encantará. El mobiliario lo escogí yo misma… Nada de bagatelas de tipo Ikea; diseño italiano de la mejor calidad. ¡Adoro Italia! ¿Tú no? Veamos, ése es el despacho de Burbuja. Si al pasar por delante ves que sale humo por la rendija de la puerta y percibes un cierto aroma como a colegio mayor, limítate a disimular y pasar de largo… Ya sabes —juntó las yemas de los dedos pulgar e índice y se las llevó a los labios—, pero yo no te he dicho nada. Burbuja me encanta. ¡Y cómo le sientan los trajes! Ah, sí: por aquí se va al Desguace; mejor dicho, nosotros lo llamamos «el Desguace»; para Tesla es «el Taller». Tú nunca lo llames Desguace en su presencia; no le gusta. —Quise preguntarle quién era Tesla, pero tratar de meter baza en su torrente de palabras era imposible—. Esta puerta es el Santuario, ¿me estás escuchando?

—Sí, el Santuario. Correcto.

—El Santuario es el despacho de Narváez. —Se detuvo en seco y me apuntó a la cara con el dedo—. Nadie entra en el Santuario, ¿entiendes? Nadie. Prohibido. Ahí es donde el viejo guarda el ataúd en el que duerme durante el día. Es broma. No duerme en un ataúd. Pero, en serio: no entres en su despacho. Y tampoco le llames «viejo». Lo odia. ¿Estás tomando nota de todo?

—Claro. No llamar «viejo» a Narváez. No lo olvidaré.

—Más te vale. Por lo general, el viejo es muy razonable, pero cuando se enfada, sangran las paredes. A ver, qué más… Sí: por ahí se va a la galería de tiro. Si te portas bien quizá te enseñe algo de puntería. Soy buena con la Baikal de calibre.22, aunque en general las pistolas de competición no me gustan demasiado. Prefiero la Desert Eagle de calibre.50…, pero la de cañón de seis pulgadas; las otras es que no me caben en el bolso. ¿Te gusta disparar?

—Yo… No lo sé, no lo he hecho nunca… ¿Los buscadores tenemos permiso para llevar armas?

—Buena pregunta. Lo consultaré —dijo ella—. Si quieres practicar puntería habla con Burbuja. Él es el que guarda las llaves de la galería de tiro y de la armería. Sólo hay un juego; cosa de seguridad, ya sabes… Veamos: por este pasillo se va a la sala de descanso. Tenemos una cafetera que produce un líquido al que no sabría cómo describir, así que te recomiendo el Starbucks de la vuelta de la esquina. Los cuartos de baño, al final de ese pasillo. —Enigma se paró de súbito delante de una de las puertas—. Ya hemos llegado.

—¿Adónde?

—Éste será tu camarote, marinero. —Enigma abrió la puerta y se hizo a un lado para que pudiera pasar—. Hola, Danny; no sabía que estabas aquí. Mira qué paquete tan mono me acaba de llegar en el ascensor. Te lo dejo para que lo abras.

Yo me quedé petrificado en el umbral. La chica que estaba dentro del despacho me miró y esbozó una sonrisa de medio lado.

—Tirso Alfaro —me saludó—. Qué pequeño es el mundo…

Danny, la atractiva taquillera de Canterbury. La Chica del Museo que Me Dio Calabazas. Uno de los pocos buenos recuerdos que guardaba de mi estancia en Inglaterra.

Pensé que jamás volvería a verla salvo que alguna improbable casualidad deseara cruzarnos un día (atravesando una calle, esperando un semáforo…). En el mejor de los casos ella me miraría un segundo, preguntándose de qué le sonaba mi cara antes de pasar de largo.

No obstante, allí estaba; en el corazón del Sótano. Sonriéndome con la expresión propia de alguien que acaba de gastar una broma que le ha salido redonda.

Ella no era la única cara conocida en ese despacho. Apoyado sobre una mesa estaba Marc, mi compañero en el proceso de selección y al cual no me alegraba tanto de volver a ver.

Enigma se marchó y nos dejó solos. Danny me señaló una silla.

—Por favor, siéntate. —Yo obedecí. No dejaba de mirarla en silencio, intentando encontrar desesperadamente algo que decir y que no sonase a frase hecha. Ella señaló a Marc—. Éste es el otro nuevo buscador.

Él me sonrió, amigable.

—Ya nos conocemos —indicó—. Te recuerdo de las pruebas de aptitud… ¿Qué tal, Tirso? —Se acercó y me estrechó la mano—. Me alegro de que nos hayan escogido a ambos.

—Fantástico —dijo Danny—, ¿no es una suerte que todos seamos conocidos? Esto será como un hermoso encuentro entre viejos amigos.

—¿Vosotros dos ya…? —preguntó Marc.

—Coincidimos una vez en Canterbury. Pero es una historia muy poco interesante. Bien, es un placer tener caras nuevas por aquí…, o al menos, casi nuevas. Hacía bastante tiempo que no aumentábamos nuestra pequeña gran familia, y dos miembros de golpe es todo un acontecimiento. Os deseo suerte a ambos. La vais a necesitar.

Danny nos explicó que aquel despacho sería nuestro cubículo (sí, utilizó el término «cubículo»). El lugar de trabajo que Marc y yo íbamos a compartir era una escueta habitación sin más mobiliario que un par de mesas con sus respectivas sillas de oficina. Sobre cada mesa había un ordenador portátil, cerrado, con el emblema del Cuerpo sobre la cubierta.

—Si necesitáis alguna cosa, hablad con Enigma. Ella se encarga del material —nos explicó Danny—. Podéis personalizar el cubículo como os apetezca, aunque os recomiendo que no traigáis plantas: aquí abajo no duran mucho… En fin, si tenéis alguna pregunta…

—De hecho, yo tengo bastantes —dije.

—Lo siento, Tirso, sólo era una expresión —respondió; luego hizo un gesto con la mano a modo de despedida—. Que paséis un buen día. —Nos miró de arriba abajo y, con una ironía casi agresiva en su tono de voz, añadió—: *caballeros buscadores*.

Después salió del despacho y Marc y yo nos quedamos solos.

Nos miramos. Él sonrió y dejó escapar un pequeño silbido de admiración.

—Menuda mujer… —comentó—. Con compañeras como ésta no me importaría trabajar también los fines de semana. ¿Has visto la película *Slumdog Millionaire*? Me recuerda a la actriz que aparecía… ¿Cómo se llamaba?

—Freida Pinto.

—¿Crees que estará saliendo con alguien?

—Ni idea, tendrás que consultarlo en la web del *Hollywood Reporter*.

—Sí, muy gracioso. Me refiero a Danny. ¿Crees que estará con alguien?

—Oh, seguro que sí… Una chica como ésa, ya sabes… Apostaría a que tiene una relación bastante seria con alguien, puede que incluso le gusten las mujeres.

—No… Yo creo que no… No me ha dado esa impresión… ¿Sabes qué? Igual me lanzo y… —Deslizó la palma de una de las manos sobre la otra, al tiempo que imitaba el ruido de una bala. Creo que capté el sentido de lo que quería decir.

—Quizá no sea una buena idea, ya sabes lo que dicen sobre las relaciones con compañeros de trabajo.

—Sí, ya, pero éste no es un trabajo como los demás. Y esa chica… Esa chica… Sería un crimen no intentarlo, al menos.

Tenía toda la razón. El problema era que, en ese punto en concreto, los dos parecíamos estar de acuerdo. Y aquello no ayudaba a que mi compañero me resultase más simpático.

No me apetecía seguir hablando con Marc sobre ese tema; en realidad, no me apetecía hablar con él sobre ningún tema. A pesar de ello, me esforcé por ser amable; íbamos a compartir aquellas cuatro paredes durante mucho tiempo, de modo que lo más inteligente sería tratar de establecer una relación cordial.

—¿Alguna idea sobre lo que se supone que tenemos que hacer ahora? —pregunté.

Él se encogió de hombros.

—Nadie me ha dicho nada; pensaba que a ti sí. —Hizo una pausa—. Cuando trabajaba como becario en el Departamento de Antropología de Stanford teníamos una máxima: cuando no sepas qué hacer, al menos finge que estás ocupado.

Dicho esto, abrió su ordenador portátil. Me pareció un buen consejo, así que imité su ejemplo.

Encendí la pantalla. Alguien se había tomado la molestia de crear un usuario con mi nombre; sin embargo, al intentar entrar en el sistema operativo me encontré ante un galimatías incomprensible.

—¿Qué demonios es esto? —exclamé—. Creo que a mi ordenador le pasa algo raro.

Marc se acercó a mi mesa y echó un vistazo a la pantalla del portátil. Al hacerlo, sonrió.

—No le pasa nada raro: es el Zipf.

—¿Qué?

—Zipf. Es el sistema operativo de Voynich. Supongo que tú estarás más acostumbrado a Windows o Mac; en Europa el Zipf aún no se usa mucho. Al principio es un poco árido, pero enseguida te acostumbras y, de hecho, es bastante mejor que cualquier otro. Te enseñaré cómo configurar tu usuario.

—Gracias —musité malhumorado.

Le cedí mi asiento y él empezó a trastear con el portátil. Mientras lo hacía, me comentó algo:

—Tu segundo apellido es Jordán, ¿verdad? Me fijé en ello el día que hicimos los exámenes para el trabajo… Por casualidad, ¿no tendrás algo que ver con Alicia Jordán, la arqueóloga?

—Es mi madre —respondí lacónico. Él me miró con cara de admiración.

—¿En serio? Vaya, eso es increíble.

«Sí, es lo mismo que piensa ella», estuve a punto de añadir. Preferí no hacerlo. No tenía intención de desnudar ante Marc mis miserias familiares.

—Asistí como alumno a un seminario que impartió en mi campus —prosiguió él—. Es una mujer admirable. Todos los días, después de las sesiones, nos invitaba a algunos alumnos a cerveza en la cantina de la universidad… ¡Pasábamos horas charlando! Mis compañeros y yo le teníamos mucho cariño. Cuando la veas, salúdala de mi parte. Puede que aún me recuerde… Incluso llegamos a intercambiarnos los e-mails.

Disimuladamente, lancé una mirada de odio a la espalda de Marc. Reconozco que no tenía mucho sentido que, de pronto, sintiera celos de hijo despechado, pero no lo podía evitar. En toda mi vida mi madre jamás me había invitado a un triste refresco en un bar para charlar aunque sólo fueran unos minutos; mientras que con Marc y otra recua de desconocidos se dedicaba a cerrar las tascas universitarias.

Era evidente que cualquier posibilidad de entendimiento entre Marc y yo se hacía cada vez más remota. Me pregunté si sería posible solicitar a mi nueva empresa un cubículo para mí solo.

—Esto ya está listo —dijo él—. ¿Quieres que te dé un par de nociones sobre cómo manejarlo?

A punto estaba de decirle dónde podía meterse sus nociones,

cuando alguien llamó a la puerta. Sin esperar nuestro permiso, Enigma se coló en el despacho. Al vernos, frunció los labios en un mohín coqueto.

—Míralos, qué ricos; cómo trabajan los nuevos. Siento la interrupción, chicos, pero el viejo acaba de presentarse. Todos los lunes, en cuanto llega Narváez, nos reunimos para discutir sobre el trabajo del resto de la semana. De modo que poneos guapos y seguidme si podéis.

La sala de reuniones del Sótano era una amplia estancia de planta ovalada y paredes cubiertas con paneles de madera clara. En algunos lugares había colgadas reproducciones de planos arquitectónicos antiguos y de artísticos cortes en sección de edificios monumentales.

La mayor parte del espacio estaba ocupado por una mesa en forma de elipse, con la superficie hecha de una sola pieza de cristal ahumado. Alrededor había sillas de sofisticado diseño contemporáneo. Imaginé que serían las sillas italianas de las que Enigma estaba tan orgullosa. Frente a la mesa, en una de las paredes, había una pantalla de plasma de más de cuarenta pulgadas de tamaño. En aquel momento la pantalla mostraba el emblema del CNB sobre un fondo azul.

Burbuja y Danny ya estaban allí, ocupando cada uno una silla. Burbuja nos dedicó una indolente mirada, ausente de todo interés. Lo cierto es que tenía aspecto de acabar de despertarse de un sueño profundo.

Marc y yo ocupamos un par de sillas libres. Enigma se quedó de pie, junto a la puerta. Burbuja se dirigió a ella:

—¿Dónde está el viejo? Creía que acababa de llegar.

De pronto, Narváez irrumpió en la sala, a paso marcial.

—El viejo ya está aquí —espetó.

Burbuja reaccionó como si hubiera recibido una descarga eléctrica. Se abrochó el botón de la chaqueta y se irguió muy tieso en su silla. Mientras tanto, Narváez ocupaba un puesto en la cabecera de la mesa. Al igual que el día anterior, vestía un traje de tres piezas combinado con un chaleco y una pajarita de cuadros escoceses. Dejó sobre la mesa un maletín que traía consigo y dedicó una mirada a los presentes.

—Buenos días a todos… Un momento, falta uno. ¿Dónde está Tesla?

—¡Aquí! —dijo una voz—. Aquí, perdón, perdón… Ya llego. Hola a todos, buenos días. Lo siento, siento el retraso, lo siento. De veras, perdón…

El recién llegado se disculpó varias veces mientras lanzaba tímidas sonrisas de un lado a otro y se sentaba en una de las sillas vacías. Parecía tener una habilidad especial para golpear todo aquello que hiciera demasiado ruido, ya fuera con sus pies o con la costrosa mochila vaquera que llevaba colgada del hombro.

Se trataba de un hombre alto y espigado. De sus cargados hombros brotaba un fino y largo cuello que él encogía, como si fuera una tortuga tímida. Debía de rondar los cuarenta años, puede que incluso fuera algo más joven. Su barba rala de color arenoso y la incipiente calva de su cabeza le hacían aparentar más años de los que en realidad tenía.

Dicha impresión quedaba compensada por sus ojos, de un juvenil tono azulado. Utilizaba unas gafas de pasta color rojo, con gruesos cristales de miope; y vestía una camisa de leñador desabrochada, dejando ver por debajo una camiseta negra con las palabras CALL OF DUTY: GHOSTS impresas en ella. Tanto la camiseta como la camisa pedían a voces un buen planchado.

Narváez le dedicó una severa mirada.

—Ahora que has decidido unirte a nosotros, ¿tenemos tu permiso para comenzar?

Las orejas del recién llegado adquirieron el mismo color que la montura de sus gafas.

—Claro. Lo siento. Lo siento mucho.

Narváez frunció los labios. Sacó un ordenador del interior de su maletín y lo conectó a un cable que salía de la pantalla de plasma.

En la pantalla apareció la fotografía de un objeto. Lo estudié con atención. Se trataba de una máscara hecha de metal brillante, quizá oro. El diseño era de tipo antifaz: sólo servía para cubrir la parte superior de la cabeza, dejando la boca y el mentón al aire. La superficie estaba adornada con signos trazados a buril, los cuales pude reconocer como caligrafía árabe. En el hueco para los ojos había dos placas transparentes de color verde, ignoraba de qué material estaban hechas, pero daba la impresión de ser algo más valioso que simple vidrio.

Narváez nos miró.

—¿Alguno de vosotros sabe lo que es esto? —Nadie respondió a su pregunta, de modo que continuó—: Se trata de una máscara ceremonial datada en torno al siglo v antes de Cristo. La factura y el estilo son similares a los de las máscaras encontradas en el Tesoro de Kalmakareh, por lo que los expertos piensan que puede ser de origen iraní. Al término de la reunión, Enigma os entregará documentación adicional sobre la pieza.

—Tengo una pregunta —dijo Burbuja—. Si la máscara es del siglo v antes de Cristo, ¿por qué está adornada con caligrafía árabe?

—Buena observación. En efecto, los caracteres son fragmentos del Corán. De esto deducimos que la pieza fue alterada en época islámica, pero no está claro cuándo exactamente... ¿Alguna idea?

—La caligrafía es muy primitiva: cúfico florido —respondió Burbuja—. La máscara debió de ser retocada en algún momento entre los siglos VIII y X después de Cristo.

—Eso es lo que opinan la mayoría de los expertos —dijo Narváez—. En esas fechas no sólo le añadirían la caligrafía, sino también las dos placas que cubren el espacio de los ojos. Se trata, por cierto, de dos esmeraldas talladas. A esta pieza se la conoce vulgarmente con el nombre de «Máscara de Muza», ya que se piensa que perteneció al caudillo musulmán Musa Ibn Nusair.

No fue necesario que diera más datos sobre el personaje, porque todos estábamos de sobra familiarizados con su historia:

en el año 711, un caudillo llamado Tariq cruzó el estrecho de Gibraltar con un puñado de bereberes para, en teoría, participar como aliado en la guerra civil que enfrentaba al rey visigodo don Rodrigo con otros aspirantes al trono. Cuando Tariq llegó a la península Ibérica, encontró tal desgobierno en el reino de Toledo que vio una magnífica oportunidad para transformarse de aliado en conquistador. Las tropas bereberes de Tariq avanzaron a través de la Península y el reino visigodo se desmoronó como el castillo de naipes que siempre había sido.

A los superiores de Tariq en Damasco no dejó de sorprenderles aquella inopinada conquista, que ni por asomo se encontraba en sus planes. En aquella época los califas omeyas estaban obcecados en penetrar en Europa a través de Bizancio, que para ellos resultaba mucho más factible. El califa decidió mandar a un árabe de pura cepa llamado Musa Ibn Nusair para que controlase la labor de los bereberes en España. Este árabe fue al que las crónicas hispanas posteriores llamaron «Muza».

No se sabe muy bien lo que ocurrió, pero, al parecer, cuando Muza y Tariq se encontraron en la Península, se produjeron serios roces entre ambos a causa del reparto de las riquezas capturadas a los reyes toledanos. Inquieto por las noticias de descontrolada rapiña que le llegaban desde España, el califa de Damasco llamó a capítulo a los dos caudillos. El califa pensaba que ambos estaban desfalcando gran parte del botín a sus espaldas.

En Damasco, Muza fue condenado a muerte, acusado de malversación. La pena finalmente se conmutó por el pago de una generosa multa y al caudillo se le prohibió regresar a España, ya denominada Al-Ándalus por los nuevos conquistadores. Poco después de la sentencia, Muza fue asesinado mientras rezaba en una mezquita. Una historia bastante turbia.

—No se sabe con certeza dónde obtuvo Muza esta máscara —explicó Narváez—. La primera noticia que se tiene de ella es que a su muerte la legó a su hijo Abdalá, y que luego éste la perdió en España.

»Un cartulario castellano del siglo XII menciona que cuando Alfonso VI recuperó Toledo en el 1086, encontró en el tesoro de la mezquita una máscara cuya descripción coincide con la que veis en la imagen. La siguiente referencia que se conoce aparece en un inventario del tesoro del Alcázar de Madrid, escrito en el siglo XVII. Después de eso, la pieza desaparece. Los expertos creían que se había perdido en el incendio que destruyó el Alcázar en 1734.

—Ya veo —intervino Danny—. Y, al parecer, antes de que se quemara tuvieron tiempo de hacerle una fotografía.

—Creo que es evidente que los expertos se equivocaron —dijo Narváez.

—¿De dónde ha salido esta foto? —preguntó Danny.

—Yo la encontré —respondió Tesla—. Rastreando *deepnet* con el programa Hércules. Una fuente anónima colgó esta imagen en un *eepsite* llamado «Vanguardia». Aún no he podido localizar a quién pertenece, pero algunos links I2P están compartidos con el sistema informático de Interpol. Seguiré rastreando con Hércules, a ver qué puedo encontrar.

—¿Podrías volver a explicar eso como si ninguno de los presentes hablara tu jerga de videojuego, por favor? —dijo Burbuja. Tesla suspiró.

—Es un soplo. —Miró a Burbuja con expresión hosca—. ¿Mejor así, o quieres que te lo deletree?

—¿Un soplo?

—Sí: alguien ha dado un soplo a Interpol a través de esa cosa mágica que va por los ordenadores y se llama internet.

—Capullo… —musitó Burbuja. Creo que fui el único que lo escuché, ya que yo estaba a su lado.

—El soplo dice que la Máscara va a salir a la venta en una subasta privada —intervino Narváez—. Aún no sabemos dónde ni cuándo.

Vi, sorprendido, que Marc levantaba la mano para hacer una pregunta.

—Perdón, quizá esté preguntando una tontería, pero ¿a qué nos referimos con eso de «subasta privada»?

—Bien, me alegra ver que uno de nuestros novatos decide adoptar una actitud más activa —comentó Narváez con acritud. Yo me agité incómodo en la silla—. ¿Alguien puede responder a su pregunta?

Danny explicó que se trataba de un evento al que sólo se puede acudir mediante invitación y en el que, por lo general, los precios de salida suelen ser mucho más altos. La mayoría de las veces las convocan personas anónimas con el apoyo de las grandes casas de subastas; no hay nada ilegal en ello, pero sí es bastante turbio, ya que la intención es la de evitar que las instituciones públicas puedan pujar por los lotes y así éstos van a parar a manos de coleccionistas particulares. Muchos delincuentes se sirven de las subastas privadas para blanquear dinero. Por otro lado, la mayoría de los lotes de estas subastas suelen provenir del robo o del expolio, aunque eso a los asistentes no les suele importar demasiado.

—Si la Máscara fue sacada del Alcázar de Madrid, es patrimonio español, no me importa cuántos siglos hace de eso —sentenció Narváez—. No podemos permitir que caiga en manos de cualquier capo del narco para que adorne su casa. A partir de ahora quiero que dediquéis todos vuestros esfuerzos en planear cómo podemos hacer para recuperar esta pieza. —Narváez se inclinó sobre la mesa, apoyando las manos en la superficie de cristal—. Danny, cuento contigo para que averigües cuándo y dónde saldrá la Máscara a la venta.

—Dame sólo un par de días —aseveró ella.

—Preferiría que fuera en la mitad de tiempo. —Cerró su portátil dando un golpe seco. El resto de los buscadores se disponían a salir de la sala—. Sólo una cosa más, por cierto… La Máscara es una de las piezas mencionadas en la Lista de Bailey.

Quise aprovechar aquella oportunidad para meter baza. No quería que Marc fuese el único novato en causar buena impresión.

—¿Qué es la Lista de Bailey?

En vez de responderme, Narváez se dirigió a Tesla:

—Tesla, éste es Tirso. Marc y él son nuestros nuevos buscadores. Encárgate de ponerle al día. Danny —la aludida miró a Narváez—, quiero que Marc te acompañe mientras buscas información sobre la Máscara. Enséñale cómo trabajas. ¿Alguien tiene alguna otra pregunta? —Nadie abrió la boca—. En ese caso, basta de cháchara y manos a la obra. Tenemos una pieza que traer de vuelta a casa.

3

LeZion

Mientras Narváez y el resto de los buscadores salían de la sala de reuniones, Tesla se me acercó, esbozando una leve sonrisa, y me estrechó la mano.

—Así que tú eres uno de los nuevos. Es un placer… Puedes llamarme Tesla. Supongo que estarás un poco aturdido con todo esto… No te preocupes, es normal. Todos hemos tenido que pasar por nuestro primer día.

Tesla nunca te miraba a los ojos al hablar; solía fijar la vista en algún punto como el botón del cuello de tu camisa o una de tus orejas. Además, siempre estaba jugueteando con algo entre sus dedos: normalmente un bolígrafo con el capuchón deformado a mordiscos, o un llavero que guardaba en su bolsillo y que tenía la forma de la *Estrella de la Muerte* de las películas de *Star Wars*.

A pesar de que era tímido y algo nervioso, me resultó simpático. Era más entrañable que Burbuja y menos perturbador que Enigma. Por otro lado, pensé que ningún hombre que a la edad de Tesla todavía luce con orgullo camisetas con nombres de videojuegos y llaveros de *Star Wars* podía ser mala persona.

Seguí a Tesla hasta la puerta de su despacho mientras él me contaba lo asustado que estaba el día que empezó a trabajar como buscador. Una vez allí, la abrió con una de las llaves que colgaban de su *Estrella de la Muerte* en miniatura. Luego dejó que pasara delante de él.

No era la idea que yo tenía de una oficina al uso. Aquel lugar recordaba más bien a un taller después de un terremoto. Había aparatos eléctricos destripados por todas partes, herramientas que yo no había visto jamás y, en el centro, un banco de trabajo cubierto de chatarra. Repartidos por todo el espacio, conté al menos cuatro ordenadores de los cuales salían más cables de los que cualquier máquina podría soportar sin que se fundieran sus circuitos. Todos ellos estaban encendidos y conectados a extraños aparatos. Aquí y allá vi latas vacías de Coca-Cola Zero y bolsas de patatas fritas a medio terminar. Había también chocantes elementos decorativos, como un muñeco con forma de conejo y con pequeños cuernos de ciervo en su cabeza. Muy inquietante.

—Bienvenido a mi oficina —me dijo al entrar—. Los demás lo llaman «el Desguace», ¡qué falta de tacto! Yo prefiero el término «Laboratorio»… Siéntate, debe de haber otra silla por algún lado… Si es que no la he desmontado para algo.

Encontré un taburete debajo de una pila de trozos de poliestireno. Me fijé en unos monitores que había sobre una mesa, frente a una pared. En las pantallas se veían imágenes en blanco y negro de las diferentes estancias del Sótano. Incluso pude ver a Burbuja charlando con Enigma en el recibidor.

—¿Y todas estas pantallas? —pregunté.

—Cámaras de seguridad. Que yo sepa, nadie se ha colado aquí jamás, pero más vale prevenir. Estas cámaras cubren todo el Sótano, salvo el despacho de Narváez. Además, gracias a unos pequeños ajustes, también podemos activar el sonido. Fíjate.

Apretó un botón del monitor en el que se veía a Burbuja y a Enigma, y sus voces enlatadas se escucharon con claridad:

—¿… *opinas de los novatos?*

—*No sé: Marc parece espabilado; el otro en cambio…*

Tesla se apresuró a cerrar el sonido, dejando en suspenso la apreciación de Burbuja.

—Lo dejaremos en silencio, mejor —dijo mientras se le encendían las orejas. Después se apresuró a distraer mi atención hablando de otra cosa—: ¿Te han dado ya tu portátil? Espero que te arregles bien con él. Es un último modelo, y le he hecho algunos ajustes a la placa base para que sea más rápido.

—Está muy bien, gracias. Aunque aún tengo que familiarizarme con el sistema operativo.

—Ah, sí, el Zipf… A todo el mundo le cuesta un poco al principio, pero en cuanto lo pilles, te preguntarás cómo has podido manejarte sin él todo este tiempo. Aquí todos nuestros programas son de Voynich: Zipf, Icon, Vmail, Voynich Voices, Ágora; aunque este último es sólo para dispositivos móviles… Estaría bien que primero aprendieras a manejar el buscador Voynich y luego, cuando lo domines, puedo enseñarte a usar el Vouter.

—¿Vouter?

—Vouter, sí —dijo él. Cogió una de las bolsas de patatas a medio terminar y empezó a dar cuenta de ella—. Es un software para navegar por *deepnet*.

—*Deepnet*… Antes, en la reunión, has comentado que fue ahí donde encontraste la foto de la Máscara de Muza. ¿Qué es eso? ¿Algún tipo de página web?

—No. Es… ¿Cómo te lo explicaría? Verás: imagina que la red es como una gigantesca ciudad. Las páginas web son como tiendas. Muchas de esas tiendas están en la calle principal, algo así como una especie de Quinta Avenida virtual. A todas ellas puedes acceder gracias a los buscadores habituales: Google, Yahoo, Bing… Sin embargo, la inmensa mayoría de las tiendas de la ciudad no están en la calle principal; algunas están en pequeñas callejuelas perdidas a las que es imposible llegar si no conoces la dirección exacta, otras están cerradas o tienen a la venta productos que no son nada recomendables, y unas pocas sólo se abren a los que conocen la contraseña para que les dejen pasar… A ese submundo es a lo que llamamos *deepnet*, y tiene el doble o el triple de tamaño que el internet que tú conoces. Los buscadores como Google o Voynich no pueden navegar por *deepnet*, para ello necesitas motores de búsqueda especiales: Vouter, por ejemplo. Tendrás que aprender a manejarlo porque, como acabas de comprobar, para nosotros *deepnet* es una valiosa fuente de información.

—Espero que no sea muy complicado… No se me dan muy bien los ordenadores. También mencionaste algo llamado «Hércules», ¿se trata de otro motor de búsqueda?

—No exactamente. El Hércules es una mejora del programa Vouter. Lo he creado yo mismo —dijo con un punto de orgullo mal disimulado—. Es… una especie de rastreador de enlaces, tardaría mucho en explicarte cómo funciona exactamente. Sobre todo es útil para colarse en dominios que poseen protocolos de exclusión.

—¡Vaya! —exclamé impresionado—. ¿Te refieres a la NASA, la CIA y ese tipo de sitios? —Tesla asintió, y yo añadí—: ¿Quieres decir que con esa cosa podría colarme, por ejemplo, en la web de un banco y transferir millones de euros a mi cuenta corriente?

Tesla dejó escapar una carcajada.

—Eso estaría bien, ¿verdad? Por desgracia, no; Hércules es sólo un rastreador, no puede alterar ni crear códigos fuente. Funciona más bien como un detective de la red… Por eso lo llamo «Hércules»: como Hércules Poirot.

Empezaba a sentir verdadero respeto por aquel buscador. A mi juicio, Tesla tenía algo de genio.

Le pregunté algunas cosas más sobre la misteriosa *deepnet* y las facultades de su Hércules. Él me incitó a plantearle cualquier duda que se me ocurriese, ya fuera sobre su habilidad como programador o sobre cualquier otro asunto del CNB en general. Yo aproveché para sacarle algo de información sobre mis nuevos compañeros.

De casi todos ellos tenía una buena opinión, aunque sobre Burbuja sólo hizo alguna apreciación neutra y vaga. Me dio la impresión de que no le tenía mucha simpatía. En cambio, de Narváez hablaba con auténtico entusiasmo.

—El viejo es un tipo increíble —me dijo—. Ya sé que puede parecer seco, pero que no te engañe: se partiría la cara por cualquiera de nosotros. Para él, esto es su vida.

—¿Cuánto tiempo hace que está al mando?

—No lo sé. Está aquí desde siempre… Aunque se cuentan historias sobre él bastante sorprendentes. Por ejemplo, se dice que no es español de nacimiento, que de joven pasó varios años en prisión y que antes de ser buscador trabajó para la Interpol.

—¿En serio? ¿Crees que todo eso es cierto?

—No, la verdad es que no; pienso que hay mucho de leyenda. —Tesla masticó una patata frita con aire reflexivo—. Sin embargo, puedes estar seguro de algo: el viejo tiene más recursos que nadie que yo haya conocido. Es difícil pillarlo por sorpresa… El viejo sabe cosas.

Quise averiguar qué tipo de cosas, pero, en vez de responder, Tesla se golpeó la nariz con el dedo, con aire misterioso.

Le pregunté sobre otro tema diferente:

—Al final de la reunión, Narváez dijo que la Máscara de Muza figura en algo llamado «la Lista de Bailey». ¿Sabes lo que es eso?

—Claro. Se trata de algo importante, pero es largo de explicar, antes debo ponerte en antecedentes. —Tesla dio unas palmadas para sacudirse las migas de patata frita de las manos—. Acércame ese portátil de ahí, ¿quieres?… No, ése no, el que está justo al lado, el que tiene la pegatina de Greendale Community College… Eso es. Gracias.

Le di el ordenador. Él lo abrió y se lo colocó encima de las piernas.

—Voy a contarte algo de historia, Tirso. Presta mucha atención, porque si quieres trabajar aquí, tendrás que conocer nuestros fracasos tan bien como nuestros éxitos.

Tesla abrió un archivo de imágenes y amplió una de ellas. En la pantalla del ordenador vi la fotografía en blanco y negro de un montón de cajas de madera metidas en un almacén. Tesla giró el portátil hacia mí para que pudiera verlo mejor.

—¿Sabes lo que es esto? —preguntó.

—Parecen cajas de embalar.

—Lo son, pero también es uno de los fracasos más sangrantes del Cuerpo Nacional de Buscadores. —Tesla golpeó la pantalla con el dedo índice—. Lo que hay dentro de estas cajas es el claustro del monasterio cisterciense de Sacramenia. Siglo XIII. Desperdigado en un puzle de centenares de piezas y guardado en un almacén del Bronx, en Nueva York. William Randolph Hearst lo compró en 1925.

—¿Compró un claustro de ocho siglos… entero? ¿Para qué?

—Le gustaba el arte y se lo podía permitir. Hearst tenía la intención de fundar un gran museo en California. Cuando las piedras llegaron a Estados Unidos, Hearst se arruinó, su proyecto de museo se abortó y los pedazos del claustro quedaron olvidados en el Bronx durante años. En los cincuenta el CNB estuvo a punto de recuperarlo, pero dos hombres llamados Raymond Moss y William Edgemon lo compraron y se lo llevaron a Miami. Ahora es una bonita atracción turística para los jubilados yanquis que van a Florida a broncearse el trasero. Como ves, para nosotros es un fracaso sin paliativos. Por desgracia, no es el único.

Pulsó una tecla del ordenador para cambiar de imagen. Me enseñó una serie de viejas fotografías y grabados que mostraban diferentes edificios y obras de arte.

—Ésta es la lista de la vergüenza: el convento de San Francisco de Cuéllar, comprado y desmembrado entre 1907 y 1927; hoy algunas partes se exhiben en Nueva York y otras sirven para tapar los agujeros del claustro de Sacramenia en Miami. Irrecuperable… Castillo de Benavente: comprado por Hearst en 1930; su paradero actual se desconoce. Irrecuperable… Monasterio de Óvila: comprado en 1931; las piezas están en algún lugar del Golden Gate Park de San Francisco, metidas en cajas de embalar. Irrecuperable… La rejería renacentista de la catedral de Valladolid: vendida en 1922; actualmente se exhibe en el Museo

Metropolitano de Nueva York, pero para que cupiera en la sala hubo que mutilarla. Irrecuperable... Colección artística del conde de las Almenas: un cabrón llamado Edward Byne se la llevó a Estados Unidos con la excusa de mostrarla en una exposición; cuando las piezas cruzaron el charco, Byne las vendió una por una hasta desmantelar la colección entera.

—Es terrible. No tenía ni idea...

—Ni tú ni casi nadie. —Pulsó una tecla. En la pantalla del ordenador apareció la foto en blanco y negro de un hombre de aspecto distinguido. Tenía el pelo blanco y un rostro amplio en el que destacaba una enorme nariz ganchuda. De sus gruesos labios brotaba un cigarro puro.

—¿Quién es éste?

—Éste es el mayor de todos los piratas: Ben LeZion. Amasó una fortuna con la venta de armas durante la Primera Guerra Mundial, y la utilizó para expoliar en España todo lo que fue capaz entre los años treinta y cuarenta. El daño que hizo aún está por valorar. Y éste... —apretó de nuevo la tecla del ordenador—, éste fue su brazo ejecutor: Warren Bailey.

Ahora en la pantalla se veía la fotografía de medio cuerpo de un hombre de unos treinta años, aunque su atildado bigotito, como una línea marcada a lápiz, le hacía parecer mayor. Tenía la cabeza erguida y la espalda recta; había en sus ojos algo huidizo. No miraba a la cámara.

—Ese nombre me resulta familiar...

—Claro que sí. Consulta cualquier enciclopedia especializada: te dirá que Warren Bailey fue un célebre arquitecto californiano que escribió decenas de artículos y libros sobre arte español. En 1936 murió atropellado por un coche. La esquela salió en todos los periódicos de la época: «Su muerte —decía— ha sido una verdadera desgracia, y una pérdida irreparable para el arte español»... Lo que no decía es que Bailey recorrió el país expoliando todo lo que encontró a su paso. Mediante compras fraudulentas y sobornos, se hizo con cuadros, tesoros, colecciones privadas y hasta edificios enteros. Todo por orden de su patrocinador, Ben LeZion, que era quien pagaba las compras desde su mansión en Chicago. Bailey hacía de ojeador. Aún nadie sabe con certeza hasta dónde llegó su rapiña... Lo más gracioso de todo es que está enterrado aquí, en Madrid. Te acompañaré a su tumba cuando quieras ir a escupir sobre ella.

—¿Esa Lista de Bailey tiene algo que ver con él?

—Así es. LeZion era un coleccionista compulsivo, todo lo que oliera a antiguo le interesaba. Como no era más que un aficionado, LeZion otorgó a Bailey carta blanca para que él seleccionase las piezas que pudieran resultar más valiosas. Bailey estaba muy bien relacionado en España y se servía de su tapadera como célebre hispanista para moverse con comodidad.

—Comprendo. Bailey era el experto y por tanto él sugería a LeZion lo que debía comprar.

—Exacto, salvo por la Lista.

Tesla me dio el portátil para que lo sostuviera, mientras él se sumergía en una pila de papeles precariamente amontonada sobre un montón de cajas. Al cabo de un rato, extrajo de ella un documento metido en una funda de plástico y me lo entregó.

—¿Qué es esto? —pregunté.

—La Lista de Bailey. Puedes echarle un vistazo.

Saqué el papel de su carpeta y lo leí. Era la copia escaneada de un documento manuscrito. En la parte superior había una fecha: 3 de septiembre de 1929. El texto estaba escrito en inglés.

MÁXIMA PRIORIDAD:

Akhbar Madjmu'a de La Rábida (Biblioteca del monasterio de La Rábida, Palos de la Frontera, Huelva).

Corografía Toledana de Pedro Juan de Lastanosa (Biblioteca privada del conde de Talayuela).

Chronicae Visigotorum de san Isidoro de Sevilla (Biblioteca del monasterio de Hoces, Guadalajara).

Mesa de Al Makkara (Palacio de los marqueses de Miraflores, Malpartida, Cáceres).

Lápida de Arjona (Cripta de la iglesia de San Juan Bautista de
 Arjona, Jaén).

Llave-relicario de san Andrés (Cámara Santa de la catedral de
 Oviedo).

~~*Patena de Canterbury*~~ (Pista falsa).

Máscara de Muza (Paradero desconocido).

Me sorprendió mucho encontrar citada la Patena de Canterbury. Quise saber por qué aparecía en esa lista y por qué estaba
tachada y con las palabras «pista falsa» garabateadas junto a
ella.

—A nosotros también nos gustaría saberlo —respondió
Tesla—. Esta lista ha sido un quebradero de cabeza desde que la
encontramos. La Lista no la redactó Bailey, sino LeZion en persona. ¿Por qué LeZion quería estas piezas en concreto? ¿Por
qué las consideraba de «máxima prioridad»? ¿Por qué una de
ellas está tachada, y qué significa lo de «pista falsa»? No tenemos ni idea.

Yo seguía pensando aún en la Patena. Después de todo, me
alcanzaba de forma personal.

—Por eso robasteis la Patena de Canterbury, porque estaba
en esta lista…

—No la robamos: la recuperamos —puntualizó Tesla—.
Pero sí, fue por eso. Narváez está intrigado con estos objetos.
Quiere saber por qué eran tan importantes para LeZion, así que
ha puesto mucho empeño en intentar encontrarlos todos.

—Según este documento, muchas piezas ya se encuentran
localizadas.

—En realidad no es así. La localización que figura es la de
1929, cuando LeZion elaboró la lista. Bailey tuvo oportunidad
de hacerse con gran parte de las piezas y enviárselas a su patrón
a Chicago.

—¿Cuántas habéis logrado recuperar hasta ahora?

—Sólo una: la Patena. —Miré a Tesla con expresión de sorpresa—. Sí, lo sé: es un fracaso. Da la impresión de que la dicho-

sa Lista está gafada. Siempre que hemos intentado recuperar alguno de estos objetos, alguien se nos ha adelantado.

—¿Qué quiere decir eso?

—Lo que oyes. Al parecer, no somos los únicos que estamos interesados en recopilar las piezas de la Lista; hay alguien más que está detrás de ellos.

—Eso suena bastante raro...

—En efecto, y no es algo a lo que estemos acostumbrados. Normalmente no tenemos que enfrentarnos a ningún competidor, pero en este caso se trata de alguien que siempre parece ir un paso por delante de nosotros; y lo más extraño de todo es que sólo se interpone en nuestro camino cuando se trata de la maldita Lista.

—¿De quién se trata?

—No lo sabemos. Alguien con recursos. —Tesla dirigió un par de nerviosas miradas a su alrededor, como si temiera que alguien pudiera estar escuchando—. Sin embargo, creo que el viejo sabe algo más que no nos quiere decir... No me preguntes cómo lo sé; es más bien una corazonada.

Volví a leer la Lista. Tenía la sensación de que había algo familiar en aquellos objetos inconexos. No era sólo por la mención a la Patena. Se trataba de algo más, un detalle en común al que no acababa de dar forma, como si fuera una palabra prendida en la punta de la lengua.

Quise preguntarle a Tesla cómo había llegado la Lista a manos de los buscadores, pero en ese momento alguien abrió la puerta del Desguace. Era Danny. Al hacerlo, golpeó una pila de accesorios informáticos, que se desparramaron por todas partes, entre las latas vacías y las bolsas arrugadas de patatas.

—¡Oh, por favor! ¡Llamad antes de entrar! —exclamó Tesla, consternado, mientras intentaba colocar aquellos trastos en su sitio—. ¡Algunas de estas cosas ni siquiera las he usado aún!

—Perdón —dijo Danny—. ¿Puedo robarte al novato unos minutos?

—¡Y mira esto! ¡Lo tengo desde hace sólo dos días! Tuve

que encargarlo por eBay a una tienda de Singapur. ¡Seguro que el golpe lo ha estropeado! —siguió lamentándose Tesla.

Danny puso los ojos en blanco y me hizo una señal para que saliera con ella. Tuve que pasar por encima de Tesla, que estaba de rodillas en el suelo intentando reagrupar sus piezas de ordenador.

—Me da escalofríos entrar ahí —me dijo Danny cuando ya estábamos fuera del Desguace—. Es como el interior de *Matrix*, pero con un montón de basura por el suelo… ¿Qué tal te va con Tes?

—Bien. Me gusta Tesla. Es simpático.

—Fantástico, pero procura que no te coma mucho la cabeza. Si se encariña contigo lo suficiente, te acabará convenciendo para que seas su pareja de *World of Warcraft*. —No fui capaz de detectar si hablaba en serio o bromeaba. Manejaba el sarcasmo con tanta seriedad que a menudo resultaba difícil encontrar sus límites.

Danny me entregó un *pen drive* con el emblema del Cuerpo.

—¿Qué es esto? ¿Un regalo de bienvenida?

—Trabajo —respondió—. Narváez quiere que los novatos empecéis a hacer algo de práctica mientras los mayores nos ocupamos de las cosas serias.

—Como buscar máscaras de carnaval.

Danny esbozó una sonrisa a medias.

—En este *pen drive* hay un archivo que contiene todos los datos personales que Marc reveló durante su prueba de admisión. A él le acabo de dar otro igual con los tuyos. —Ella me miró, burlona—. ¿De verdad que *La Isla del Tesoro* es uno de tus libros favoritos?

—Creía que las respuestas a aquel test eran confidenciales. ¿Esto no roza la ilegalidad?

—Si tienes interés en durar mucho con nosotros, será mejor que reduzcas tu frontera mental entre lo que es legal y lo que no lo es. Dormirás mejor por las noches.

—¿Qué se supone que debo hacer con esto?

—Investigar. Narváez quiere que encuentres alguna discordancia entre lo que Marc dijo y la realidad. «Disonancia» lo llama él. Marc hará lo mismo contigo.

—¿Y cómo voy a hacerlo?

—No lo sé. Eso es cosa vuestra. Demostradnos que sois chicos con recursos.

—Me parece que es algo malsano. No quiero espiar a Marc.

—No se trata de espiar, sino de poner a prueba tus capacidades de investigación. Lo más probable es que ni él ni tú hayáis ocultado nada en vuestras pruebas —ella me escrutó, interrogante—, ¿o estoy en un error?

—Por supuesto que no —respondí sosteniendo su mirada—. Pero ¿y si así fuera?

—Entonces Marc tendrá que descubrirlo y desvelarlo. —Danny suspiró—. No te lo tomes como una ofensa, Tirso; es sólo un ejercicio. Todos tuvimos que hacerlo cuando entramos en el Cuerpo.

—Me da igual. Sigo pensando que es… retorcido. No voy a hacerlo.

—Lamento decirte que no tienes elección: es una orden de Narváez. El viejo no quiere que los buscadores tengamos secretos entre nosotros.

Dicho esto, me dio la espalda para marcharse, pero yo la cogí por el antebrazo.

—En ese caso, explícame qué hacías en Canterbury, y por qué tengo la sensación de que te estás burlando de mí desde entonces.

—¿Por qué dices eso?

—Viniste a mi casa sólo para mostrarme aquel anuncio. Quiero saber por qué lo hiciste.

Danny me miró muy seria.

—Me ofende que pienses que he estado burlándome de ti.

—Burlándote, jugando conmigo… Llámalo como quieras.

Ella endureció el gesto. Por un instante creí que iba a dar media vuelta y a largarse. Quizá estuvo tentada de hacerlo.

—No tengo por qué darte explicaciones, pero ya que quieres saberlo: me sentía culpable.

—¿Culpable? ¿Por qué?

—Porque te despidieron.

—Pero eso no fue culpa tuya, fue... —De pronto caí en la cuenta—. Vaya, ahora lo entiendo: eras tú. La persona que se llevó la Patena del museo aquella noche, a la que perseguí, eras tú.

—No suelo hacer ese tipo de trabajos de campo. Eso es más bien cosa de Burbuja. Siempre tuve el presentimiento de que algo no saldría según lo previsto. —Danny torció el gesto—. Fuiste un imponderable.

—Bien. Me han llamado cosas peores. De modo que estoy aquí sólo porque querías darle gusto a tu conciencia.

—Estás aquí porque impresionaste a Narváez, y eso no lo logra cualquiera —replicó ella—. Además, ¿por qué haces preguntas si luego no estás dispuesto a aceptar las respuestas? Quisiste saber por qué te di el anuncio y yo te lo he dicho. —Extendió las manos con una expresión falsamente cándida—. Ya no hay secretos entre nosotros.

—No. Aún queda uno: tu nombre. Todavía no me has dicho tu nombre. No me parece justo; tú sabes el mío pero yo no conozco el tuyo.

—Ya sabes cómo me llamo.

—Sé cómo te llaman aquí, pero no qué hay detrás de eso.

Ella se rió, como si hubiera dicho una tontería muy graciosa.

—No hay nada detrás de eso. Danny es el diminutivo de Daniela. Es mi nombre en clave y mi nombre real. Algunas personas necesitan un alias para ocultar una parte de ellas, es como una máscara. Yo en cambio utilizo mi nombre real como máscara y como señuelo.

—¿Eso qué quiere decir?

—Quiere decir que si sólo conoces mi nombre, en realidad no sabes nada de mí.

Sonrió. A medias. Siempre a medias.

A continuación, me dio la espalda y se alejó por el pasillo.

Yo me quedé quieto, sin saber en qué pensar. Me sentía como un ratón que acaba de ser hipnotizado por una serpiente. Finalmente, alcé un poco la voz para hacerle una última pregunta antes de que se fuera:

—¿Qué tiene de malo que me guste *La Isla del Tesoro*?

—Nada, me parecería incluso atractivo… —respondió ella sin girarse ni detener el paso—, si fuese una niña de once años.

Después dobló una esquina y desapareció de mi vista.

4

Disonancias

Danny había prometido a Narváez que encontraría el paradero de la Máscara en dos días. Lo hizo en la mitad de tiempo.

Al comienzo de mi segunda jornada como buscador, Narváez volvió a convocarnos en la sala de reuniones para que Danny expusiera sus descubrimientos. En esta ocasión fue ella, acompañada por Marc, la que ocupó la cabecera de la mesa.

—¿Y bien? —preguntó Narváez—. ¿Qué has averiguado?

—Algo sobre los avatares de la Máscara desde la última mención documentada hasta el día de hoy —respondió Danny—. No desapareció en el incendio del Alcázar, como se pensaba, sino más tarde. La Máscara fue una de las piezas del Botín del Rey José.

Como no me atreví a preguntar en aquel momento qué era el Botín del Rey José (aún seguía padeciendo la timidez propia del novato), tuve que enterarme más tarde por mis propios medios.

El tal rey era José Bonaparte, hermano de Napoleón, a quien el emperador había coronado como monarca títere de España. Tras la victoria española contra los franceses en 1813, el rey José tuvo que salir corriendo a la frontera sin mirar atrás. Antes de abandonar el naufragio de su reinado, empaquetó cuantas joyas y objetos de valor pudo rapiñar del tesoro español y se los llevó con él a Francia. Quizá lo consideraba un justo finiquito por sus servicios. A eso es a lo que los buscadores llamaban «Botín del Rey José», el cual, después de dos siglos, aún seguía siendo una fuente inagotable de trabajo para el Cuerpo.

—De modo que la Máscara está en Francia —apuntó Burbuja.

—No es tan sencillo —dijo Danny—. Después de la caída de Napoleón, su hermano se llevó la Máscara a su exilio en Filadelfia. Allí la vendió a un terrateniente local. Sus herederos la conservaron hasta que el último murió sin descendencia en Beirut, en 1975. Legó toda su colección de antigüedades al Museo Nacional del Líbano, y entre ellas, la Máscara de Muza.

—Si la Máscara estaba en un museo de Beirut, ¿por qué los expertos pensaban que desapareció en Madrid en el siglo XVIII? —preguntó Narváez.

—Porque nunca llegó a exponerse ni a catalogarse. En 1975 estalló la guerra civil libanesa y el Museo Nacional fue saqueado durante los enfrentamientos entre cristianos y musulmanes. A partir de ahí, la Máscara empezó a circular por el mercado negro de antigüedades… —Danny hizo un prolijo relato de las vicisitudes de la Máscara desde que desapareció de Beirut. Estaba tan cuajado de referencias que, en algún momento, perdí el hilo de lo que estaba contando y no lo recuperé hasta el final. En resumidas cuentas, nos informó de que la Máscara iba a ser subastada en Portugal dentro de pocos días.

Narváez se acarició el bigote con el dedo índice. Parecía contrariado por la noticia.

—Eso nos deja muy poco tiempo de margen… ¿Estás segura de esa información?

—Marc lo está. Él fue quien la encontró.

Narváez le miró arqueando las cejas.

—¿Puedo preguntar cómo?

Marc carraspeó un par de veces antes de responder. A su lado, Danny le dedicó un leve asentimiento de cabeza para darle ánimos.

Sentí una primera y muy fina punzada de celos.

—Utilicé Hércules para rastrear el link I2P de la fotografía que Tesla encontró en *deepnet*. Es… Bueno, es complicado detallar cómo fui siguiendo el rastro… Había varios enlaces rotos y algunos eran circulares, pero después de un tiempo encontré el origen. Se trata de un donante anónimo localizado en Moscú.

—Espera un momento —interrumpió Tesla—. ¿Has utilizado Hércules… tú solo?

—Lo siento, no sabía que no me estaba permitido.

—A todos nos está permitido utilizar Hércules —dijo Burbuja—, pero no lo hacemos porque ninguno tenemos ni idea de cómo manejar esa cosa.

—Programa de rastreo, por favor —dijo Tesla, cortante; luego se dirigió a Marc—: ¿Quién te ha enseñado a usarlo?

—Nadie… Yo sólo… empecé a utilizarlo hasta que logré familiarizarme con el funcionamiento. No es muy complicado si ya sabes manejar Vouter.

—¿Dices que sólo te pusiste a usarlo y… ya está? —preguntó Tesla—. ¿Rastreaste los links I2P de *deepnet*, sorteaste los enlaces rotos y sacaste información de los circulares sin que nadie te explicara cómo hacerlo? *¿Y no te pareció complicado?*

—Queda ya claro que a Tesla le han impresionado tus habilidades —atajó Narváez—. Ahora continuemos, Marc. ¿Qué más obtuviste de tus pesquisas?

—Averigüé que la subasta será organizada por la Fundación Gulbenkian y que tendrá lugar en Lisboa. Danny y yo os hemos preparado un informe donde figura la fecha exacta. Como podéis ver, será dentro de pocos días. Entretanto, la Máscara se guarda en una cámara de seguridad en la sede del Banco Espírito Santo. Eso es todo.

—¿Eso es todo? —Tesla resopló. Era evidente que le parecía más que de sobra.

Yo sentí una segunda punzada de celos.

—Lo que aún no sabemos es en qué lugar de Lisboa tendrá lugar la subasta exactamente —añadió Danny—. No creo que se haga en la sede de la Fundación Gulbenkian: demasiado ostentoso para una subasta de este tipo. Pienso que la Gulbenkian querrá permanecer en el plano más discreto posible.

Burbuja se volvió hacia Narváez.

—¿Qué hacemos? ¿Debemos prepararnos para viajar a Portugal?

Narváez se puso en pie, abrochándose el botón de la chaqueta. El viejo daba la reunión por finalizada.

—No. Todavía no. Quiero sopesar antes qué otras posibilidades tenemos. Seguid rastreando lo de Lisboa, a ver qué más podéis sacar. Marc ha hecho una magnífica labor, así que aprovechemos al máximo sus resultados.

Burbuja fue el siguiente en levantarse y salir de la sala, pero antes tuvo tiempo de dejar caer una frase de forma intencionadamente casual:

—Veamos cuánto tardan el resto de los novatos en empezar a servirnos para algo…

Me encogí en mi silla, humillado.

La tercera punzada de celos dolió como una aguja ardiendo.

Cuando terminó la reunión me sentía demasiado ofuscado como para regresar al cubículo y encontrarme con Marc, así que salí a la calle a por un café.

Un corto paseo al aire libre me dio fuerzas para enfrentarme al resto de la mañana. Aún estaba de mal humor, pero al menos ya no me sentía tan humillado, y mis celos se habían atemperado.

Bajé al Sótano y aproveché que Enigma estaba enfrascada en la lectura de un libro (que me pareció una edición de *La Metamorfosis* en francés) para pasar a su lado discretamente. No estaba de humor para sus peculiaridades.

—Alto ahí —escuché a mis espaldas, cuando ya creía haber dejado atrás la zona de peligro—. ¿Es *latte macchiato* eso que huelo? —preguntó Enigma, acusadora. Me detuve en seco, con aire culpable, y ella me hizo una seña con el dedo para que me acercase. Cuando estuve junto al mostrador, me arrebató el vaso de café de las manos y le quitó la tapa. Echó un vistazo al interior y se mordió el labio inferior—. ¡Oh! ¡Y tiene virutas de chocolate por encima! Chico malo… —Le dio un sorbo al café y exhaló un gemido de placer. Sobre sus labios quedó una graciosa mancha de espuma, que se lamió con la punta de la lengua—. Tú sí que sabes lo que me gusta. No imaginas cómo te lo agradezco. —Me hizo un gesto indolente con la mano, como el de una emperatriz que pone fin a una audiencia—. Ya puedes irte.

A continuación, volvió a enfrascarse en su lectura.

Yo me quedé esperando en vano a que me devolviese mi café.

—¿Aún sigues aquí? ¿Es que acaso soy yo la única que trabaja en este sitio?

—Ese café… lo había comprado para mí…

—Sí. Lo sé —respondió ella sin levantar la vista del libro. No dijo nada más.

—¿Podría…? Ya sabes… ¿Podría llevármelo?

—No, no puedes. —Cerró su libro y me miró—. Si quieres tu café tendrás que decirme por qué estás de tan mal humor.

—¿Qué te hace pensar que estoy de mal humor?

—Tu lenguaje corporal es para mí como un libro abierto. Soy una experta en cinésica, nadie puede engañarme. Tus manos en los bolsillos, tus labios fruncidos, ese mirar cejijunto… ¿Qué te han hecho, cariño? A mí puedes contármelo: soy muy buena animando a la gente.

Podría haberme hecho el ignorante y dejarla sola con sus extravagancias, pero me resultaba imposible negarle nada a esos ojos verdes de elfo, engañosamente cándidos.

—La reunión de esta mañana no ha ido muy bien para mí.

—Entiendo… Todas las palmaditas en la espalda para Marc y nada para el bueno de Tirso, ¿verdad?

—¿Cómo lo sabes? Ni siquiera estabas allí.

—Puede que tú me veas en un solo lugar, pero mis ojos y mis oídos tienen el don de la ubicuidad. —Enigma me contempló con lástima—. No te desanimes, cielo; aún es pronto para eso, no llevas aquí ni dos días. Sí, ya sé que Marc es más listo que tú, tiene más iniciativa e incluso tiene mejor aspecto...

—Creo que no eres tan buena animando a la gente como piensas.

—... Pero déjame que te diga un secreto —prosiguió ella sin escucharme. Entonces se inclinó hacia mí, sobre el mostrador de su mesa, y acercó sus labios a mi oído, hasta casi rozarme la oreja con ellos. Luego susurró—: Tú me gustas mucho más.

Fue una sensación tan agradable que incluso llegué a cerrar los ojos por un segundo. A continuación se apartó y me sonrió. Y yo me sentí mucho mejor.

Después de todo, sí que era buena animando a la gente.

—¿En serio?

—Claro que sí. Ahora vuelve ahí y haznos sentir orgullosos.

—Lo intentaré, pero será difícil superar a Marc después de la reunión de esta mañana.

—Con esa actitud, desde luego. Veamos, déjame pensar... Ya lo tengo. El viejo os ha encargado que rastreéis vuestras pruebas de admisión para encontrar alguna disonancia, ¿verdad? Bien, ponte a ello con todo tu empeño. Saca sus trapos sucios.

—Ese estúpido ejercicio... —Suspiré—. Lleva atormentándome desde ayer... ¡No sé ni por dónde empezar!

—Sé que es un poco absurdo, pero el viejo está convencido de que es una buena práctica. Será mejor que encuentres algo, porque de lo contrario Narváez pensará que no te lo has tomado en serio.

—¿Y si no hay ninguna disonancia en los exámenes de Marc? No tiene ningún sentido que mintiera en sus respuestas; yo no lo hice, así que él tampoco encontrará nada en las mías.

—Oh, seguro que sí. Todos mentimos. Siempre. A veces a propósito y otras por ignorancia, pero todo el mundo miente en algo. Además, te equivocas. Sé que Marc ya ha encontrado una disonancia en tus pruebas.

—¿Qué? ¡No puede ser! ¡Yo no mentí en ninguna respuesta!

—Eso dices tú, pero, al parecer, sí que lo hiciste. Marc encontró algo sobre ti mientras rastreaba con Hércules en busca de la Máscara. Y, antes de que me lo preguntes, no sé de qué se trata.

Era ridículo. Marc no podía haber encontrado nada. Era imposible. Fuera lo que fuese lo que tenía, seguro que lo había inventado. Probablemente con la idea de ganar más puntos ante Narváez. Aquello me enfureció.

—Tienes que ayudarme —le supliqué—. Necesito dar con una disonancia en sus respuestas. Si pudieras echarme una mano…

Ella hizo un gesto de rechazo.

—Ah, no, ése no es mi estilo. Yo animo a mi equipo, pero no hago trampas por él. No obstante, si quieres hablar con alguien con menos escrúpulos, puedes probar suerte con Tesla… Le caes bien.

—¿Estás segura? ¿Cómo lo sabes?

—Ya te lo he dicho, cariño: cinésica. Todo está en el lenguaje corporal. —Súbitamente, volvió a adoptar su aire de Serena Emperatriz del Espacio de Recepción—. Y ahora márchate, está a punto de empezar mi hora del silencio.

—¿Qué diablos es…? —dije.

Ella se puso el dedo índice frente a los labios.

—¡Chisss!… Recuerda: mi hora del silencio.

Me hizo gestos con las manos para que la dejase a solas disfrutando de su mutismo.

Enigma.

Cuando regresaba hacia el cubículo con mi vaso de *latte macchiato* entre las manos, pasé frente a la puerta del Santuario. Me di cuenta de que estaba entornada.

El Santuario era el tabernáculo del cuartel general. Nadie entraba en el despacho de Narváez salvo que él lo pidiese expresamente, y eso era algo que muy raras veces hacía. Cuando Narváez tenía que hablar en privado con algún buscador solía hacerlo en cualquier otro lugar del Sótano.

La leyenda decía que dentro del Santuario no había nada, que era sólo un cuarto vacío y que era el propio Narváez quien fomentaba aquella barrera de misterio alrededor de esas cuatro paredes. Lógicamente, aquello no era más que un cuento para novatos, pero más adelante tendría ocasión de comprobar el inmenso valor que Narváez otorgaba al exquisito cultivo del misterio.

En mi segundo día como buscador yo aún no sabía muchas de estas cosas. Cuando al pasar junto al Santuario vi la puerta entornada y escuché voces que salían de su interior, no pude evitar detenerme, empujado por una morbosa curiosidad, y tratar de atisbar qué era aquello que con tanto celo se ocultaba a nuestros ojos.

Sigilosamente, me arrimé a la puerta. No estaba lo bastante abierta como para tener una vista amplia del interior del Santuario, pero sí lo suficiente como para poder escuchar las voces con claridad.

Al acercar el ojo a la fina rendija, vi (más bien intuí) la figura de Narváez. Estaba de espaldas a la puerta, con las manos enlazadas a la espalda y tieso como una estatua de cera. Había alguien más con él a quien no pude distinguir, pues quedaba fuera de mi campo de visión, aunque sí reconocí su voz. Era Burbuja.

Parecía irritado. Pasaba varias veces por delante de la rendija de la puerta, paseándose de un lado al otro. Narváez lo escuchaba sin alterar su postura.

—… pensando que ha sido un equivocación —decía Burbuja—. Sabes que jamás cuestionamos tus decisiones. Pero en esta ocasión no estamos seguros de que haya sido una buena idea.

—¿Hablas en nombre de tus compañeros o sólo te escudas en el plural para presionarme? —preguntó Narváez con voz calma.

—¡Jamás haría eso!

—Entonces ten el valor de responsabilizarte de tus propias opiniones. Nunca has sido un cobarde. No empieces a serlo ahora.

—Está bien: como dueño de mi propia opinión te digo que has cometido un tremendo error.

—En eso me temo que no estamos de acuerdo.

—Por Dios, abre los ojos y asume la realidad. Éste no es su sitio. Tirso Alfaro no es un buscador y no creo que lo sea nunca.

—Si no te conociera, diría que sientes una animadversión personal hacia él —dijo Narváez, siempre inmóvil—. ¿Es eso posible?

—¡Claro que no! De hecho, es su seguridad la que me preocupa. Este trabajo tiene riesgos… ¿Estás dispuesto a hacerte responsable de lo que le pueda ocurrir?

—Rotundamente, sí. Al igual que soy responsable de cualquiera de vosotros. También de ti.

Oí como Burbuja emitía un largo y profundo suspiro.

—¿Por qué haces esto? No es propio de ti confiar a ciegas en las personas.

—Ignoro por qué me formulas una pregunta cuya respuesta ya crees saber.

Burbuja no dijo nada. En vez de eso pude ver cómo dejaba caer los hombros en un gesto de rendición.

—No te confundas. Ser un buscador no es algo que se lleve en la sangre.

—Me sorprende que seas tú el que me diga algo semejante.

Se hizo un silencio tenso. Yo no veía a Burbuja por ninguna parte, así que me acerqué aún más a la rendija para intentar abarcar más espacio con la vista.

La puerta se abrió de golpe y Burbuja salió del despacho, cogiéndome desprevenido.

Tropecé y el vaso de café resbaló de entre mis dedos. Burbuja lo atrapó en el aire antes de que cayese al suelo y sin derramar una sola gota de su contenido.

Fue muy impresionante.

Me entregó el vaso con gesto desabrido.

—Mira por dónde andas, novato —me espetó. Después se alejó de allí bastante malhumorado.

—Lo siento, Tirso, pero no puedo ayudarte. El Ejercicio de Disonancia es algo que los novatos tienen que hacer solos.

Tesla se encogió de hombros con un gesto de disculpa y después siguió trabajando. Estaba fabricando alguna especie de dispositivo. En la cabeza llevaba puesta una cinta elástica con una linterna adosada a ella, y con dos diminutas agujas trataba de meter un cable fino como un hilo dentro de lo que parecía ser un pequeño cono hecho de plástico, no más grande que la yema de un dedo.

—Por favor, estoy desesperado.

Siguiendo el consejo de Enigma, me había presentado en el Desguace buscando la ayuda de Tesla. Por desgracia, él se mostraba reticente a prestármela.

—Me estás poniendo en un compromiso: si Narváez se entera de que te he ayudado se nos va a caer el pelo. A los dos. El viejo no lleva nada bien que le hagan trampas. —Tesla terminó de introducir el cable en el cono de plástico, con la delicadeza de alguien que teje una tela de araña. Después suspiró, se quitó la linterna de la cabeza, y me miró.

—¿Por qué le das tanta importancia? Es un ejercicio estúpido, un mero trámite. Cuando yo entré, tuve que hacerlo con Burbuja, y ni él ni yo encontramos nada el uno del otro, pero al viejo le dio igual. Lo único que él pretende es que hagas el esfuerzo, nada más.

—Enigma dice que Marc ha encontrado una disonancia en mis pruebas.

—¿En serio? ¿Qué hiciste, te quitaste años para parecer más joven o algo así?

—Todo lo que respondí en mis preguntas era cierto. Estoy seguro de que Marc se ha inventado algo.

—Eso no está nada bien… —musitó Tesla—. Ya ha tenido su momento de gloria esta mañana, ¿qué más quiere? Primero utiliza Hércules a mis espaldas, y ahora esto.

Detecté el tono de orgullo herido en su voz. Me di cuenta de que Tesla estaba escocido por que un novato le hubiera levantado las faldas a su criatura y hubiese desvelado sus secretos como si se tratara de un programa no más complicado que un juego de Tres En Raya.

Decidí aprovecharme de eso.

—También utilizó Hércules para encontrar una disonancia en mis pruebas… —dejé caer con intención.

Tesla frunció los labios. Podía imaginar sus dudas éticas revoloteando en el interior de su cerebro como un enjambre de pequeños *X-Wings* enfrentándose contra los malvados cazas imperiales de *La Guerra de las Galaxias*.

—Eso sí que no está nada, pero nada bien… —dijo—. Utilizar Hércules para buscar la Máscara tiene un pase; pero valerse de él para su propio beneficio… Supongo que, en vista de eso, no habría ningún problema en que te echase una mano. De ese modo la balanza quedaría equilibrada.

Le di las gracias con efusividad. Tesla encendió uno de sus ordenadores y me pidió el *pen drive* con los exámenes de Marc que Danny me había entregado el día anterior.

—Veamos —dijo mientras exploraba el archivo—, tenemos poco tiempo para encontrar alguna cosa. No tiene por qué ser nada importante; de hecho, lo más seguro es que no lo haya; sólo una pequeña incongruencia… ¿Por dónde empezar?

—Descartemos las pruebas de conocimientos generales, de idiomas y el test psicotécnico —dije yo, rememorando las pruebas que hicimos en su día—. Ahí no puede haber mentiras, sólo respuestas incorrectas.

—Eso nos deja el test personal. —Tesla abrió el archivo correspondiente y empezó a leerlo—. A ver… Domicilio, edad, fecha de nacimiento, nombre y profesión del padre, de la madre, hermanos… —Hizo girar con el dedo la rueda del ratón para avanzar a través del documento—. Libro y películas favoritas, aficiones… ¡Jesús!, no recordaba la cantidad de chorradas que se solicitan en este test. Me pregunto para qué se necesitará saber todo eso.

—Es inútil. De aquí no sacaremos nada en limpio… Aun en el caso de que, por alguna estúpida razón, Marc hubiera dicho que su libro favorito es *Cien años de soledad* para ocultar que sólo lee prensa del corazón, no hay forma de corroborar la disonancia. Es imposible saber si alguien miente o no en sus gustos y aficiones.

Tesla suspiró.

—A Danny se le dan bien estas cosas, en cambio a mí… —Se quedó un rato pensativo hasta que, finalmente, pareció encontrar algo que nos pudiera servir. Me señaló una pregunta cuyo enunciado decía: «Mencione a qué sitios ha viajado durante los últimos veinticuatro meses»—. Observa: aquí puede haber algo. Fíjate en su respuesta: Londres, Melbourne, Chicago, Edimburgo… Es un viajero consumado. A la gente que viaja tanto es normal que se le olviden algunos de los destinos que ha visitado en los últimos dos años. Ésa puede ser la disonancia que buscamos: un lugar al cual ha ido pero que no figura en su respuesta.

—¿Hay alguna forma de comprobarlo?

—Ya lo creo. Cuando se viaja, siempre se deja un rastro: billetes de avión, tarjetas de crédito, reservas de hotel… Pondré a Hércules a trabajar y veamos qué encuentra.

—¿Hércules también hace eso?

—Por supuesto —respondió él con orgullo—. Es el mejor rastreador del mundo.

El mejor rastreador del mundo era tan enrevesado y difícil de comprender como un grimorio medieval. Tesla trató de explicarme su funcionamiento, entusiasmado, mientras lo hacía gusanear por millones y millones de páginas web. Dejé de prestarle atención a los pocos minutos. Muy a mi pesar, me sentí admirado de que Marc hubiera sido capaz de aprender a utilizarlo de forma intuitiva.

Hércules no era tan rápido como yo me había imaginado. Tardó bastante tiempo en encontrar algo que pudiera sernos de utilidad.

—Creo que Hércules ha visto algo —anunció Tesla, golpeando la pantalla del ordenador con el dedo—. Mira esto.

Yo no vi nada más que un montón de números y cifras sobre un fondo negro.

—¿Qué es?

—He metido a Hércules a rastrear los sistemas Amadeus de diferentes compañías aéreas…

—Amadeus… ¿Como el compositor?

—Es el nombre de un sistema que utilizan las oficinas de ventas de aerolíneas de todo el mundo. Sirve para gestionar las reservas de los billetes. Hércules ha encontrado esto en el Amadeus de Virgin Airlines. —Yo me acerqué un poco más a la pantalla, pero seguía sin ver nada interesante en aquella fila de signos.

—¿Qué es exactamente lo que dice ahí?

—Según esto, Marc ha hecho varios viajes a Bélgica, no sólo en los últimos dos años, sino desde mucho tiempo antes. Fíjate, al menos ha viajado a Bruselas tres o cuatro veces al año. —Tesla se acarició la barba, pensativo—. Es raro… En su respuesta del examen no menciona ninguno de estos viajes. Y son demasiados como para que se trate de un simple olvido.

—¿Piensas que los ocultó deliberadamente?

—No me explico por qué haría algo así, pero… —Tesla se encogió de hombros—. En fin, lo importante es que ahí está tu disonancia. Ahora no tendrás que presentarte ante Narváez con las manos vacías.

Le di las gracias con todo el entusiasmo del que fui capaz, luego recuperé mi *pen drive* y salí del Desguace.

Marc estaba trabajando en su mesa cuando entré en el cubículo.

—Hola, compañero —me saludó al verme—. ¿Dónde estabas? No te he visto desde la reunión de primera hora de la mañana.

—Por ahí —respondí, lacónico, mientras ocupaba mi sitio.

Iba a preguntarle qué disonancia había encontrado sobre mis pruebas de acceso. Estaba impaciente por escuchar de sus labios la ridícula historia que estaba dispuesto a contar como auténtica.

No tuve oportunidad de hacerlo. Justo en ese momento, Narváez entró en el cubículo.

—Caballeros —saludó. Los dos nos pusimos en pie casi a la vez. Fue una reacción espontánea que sólo alguien como Narváez era capaz de provocar—. Por favor, sentaos; esto no es la Armada.

Narváez fue directo al grano.

—No quiero robaros mucho tiempo. Ayer se os entregó un archivo con vuestras pruebas de admisión para que localizaseis alguna posible incongruencia en las respuestas. ¿Tenéis ya algo que ofrecerme? —Ninguno quiso ser el primero en hablar, así que él escogió por nosotros—. ¿Tirso?

Contuve un nuevo impulso por ponerme en pie al oír mi nombre.

Evité mirar a Marc mientras le contaba a Narváez lo de los vuelos a Bélgica que aquél no mencionó en su prueba. El viejo me escuchó con atención y después hizo un leve asentimiento con la cabeza.

—Eso parece una disonancia, en efecto. Marc, ¿tienes algo que decir?

Al fin me atreví a mirar a mi compañero, de reojo. Vi que sonreía.

—Vaya… —dijo él. No parecía preocupado en absoluto—. Ni siquiera me acordaba de eso. Es cierto: viajé varias veces a Bruselas y no lo puse en la respuesta. En realidad, es una tontería: la familia de mi madre es belga, y mis tíos y abuelos residen en Bruselas. Siempre que puedo, voy a visitarlos. No lo incluí en el test porque entendí que la pregunta hacía alusión a viajes por motivos turísticos o profesionales. —Marc dejó escapar una sonrisa—. He ido tantas veces a ver a mis abuelos a Bélgica que para mí ya es algo cotidiano, ni siquiera lo considero un viaje de verdad, por eso no caí en mencionarlo.

Narváez asintió.

—En vista de ello, no estoy muy seguro de que sea una disonancia… Lo achacaremos más bien a un descuido.

No estaba seguro de si era un reproche hacia mí pero sin duda tampoco era una felicitación.

Me resigné a aceptar que mi labor no había sido muy brillante. Si me hubiera molestado en analizar los datos familiares de Marc, seguro que yo mismo me habría dado cuenta de que no existía ningún misterio en sus viajes a Bélgica. Al menos (me consolé) ya podía olvidarme de las malditas disonancias.

—Y bien, Marc, ¿alguna disonancia en las pruebas de tu compañero?

Yo me preparé para escuchar cualquier disparate.

Superó bastante mis expectativas.

—Sólo una —respondió Marc—. Estoy seguro de que no es importante, pero en el apartado «profesión del padre» Tirso respondió «piloto civil».

—Es que mi padre era piloto civil —repuse yo, hosco.

—El caso es que no he encontrado su nombre en la base de datos de ninguna aerolínea. Ni tampoco en los registros del SEPLA. Ni siquiera figura una licencia de piloto expedida a nombre de Enrique Alfaro en los históricos. Lo siento, Tirso, pero, según Hércules…, tu padre no era piloto civil.

Al escuchar aquello, mi reacción fue desproporcionada.

Quizá sea difícil de justificar, pero al menos me gustaría intentarlo.

A pesar de que de adulto no daba esa impresión, en mi adolescencia fui bastante agresivo. Incluso, en ocasiones, violento. No es algo de lo que me sienta orgulloso, pero tuvo su lógica, o al menos yo quiero creerlo así.

Crecí sin apenas raíces, con un padre ausente y una madre que, por lo general, me ignoraba. No tuve hermanos. Carecí de referencias que pudieran templar mi carácter en esa confusa etapa de revolución hormonal que es la adolescencia. Pasé aquellos años desfilando por diversos internados e institutos sin más disciplina que la impuesta por extraños. Para mí, la adolescencia se resume en forma de larga tempestad en la que me era más fácil, más cómodo y más rápido pelear que razonar.

Logré (no sé cómo) superar aquella etapa sin más secuela que una cierta tendencia a actuar por impulso en los momentos más inoportunos —como, por ejemplo, salir corriendo detrás de un ladrón embozado en Canterbury—. Sin embargo, el adolescente pendenciero nunca se fue del todo, siempre estuvo (y sigue estando) durmiendo en algún rincón de mi carácter, agotado por años de luchar contra todo y contra todos.

Cuando escuché a Marc (¡a Marc!) pronunciar el nombre de mi padre fue como si alguien hubiera despertado a patadas a aquel adolescente. Por si fuera poco, Marc había osado poner en duda la única cosa que yo creía saber sobre mi padre, un hombre al que jamás conocí más que a trozos y cuyo recuerdo me era cada vez más vago.

Yo nunca hablaba de mi padre. No por resentimiento (al menos creo que no), sino porque, simplemente, no sabía nada él. Pero cuando en los momentos más inevitables me veía obligado a mencionarlo, como mínimo tenía algo a lo que asirme. Algo sobre aquel extraño de lo que podía estar seguro: mi padre era piloto civil.

Mi Padre Era Piloto Civil. Era como un mantra, el cual me repetí muchas veces a lo largo de mi vida, en las circunstancias de mayor angustia, cuando llegaba a creer que mi padre sólo había sido un producto de mi imaginación.

Mi Padre Era Piloto Civil.

Y ahora, aquel desgraciado, aquel niño mimado con ancestros de carne y hueso repartidos por toda Europa, aquel triunfador que parecía empeñado en eclipsarme desde el momento en que se cruzó en mi vida, quería arrebatarme lo único que yo sabía (Mi Padre Era Piloto Civil) sobre un fantasma.

Por eso reaccioné de aquella forma.

Sentí una abrasadora explosión de rabia en el pecho. Salté sobre Marc y le agarré por el cuello de la camisa. Acerqué mi cara a la suya a tal distancia que habría podido arrancarle el mentón de un mordisco.

—Escúchame bien, porque creo que no me has entendido —siseé entre dientes. Y luego, separando mucho las palabras—: Mi. Padre. Era. Piloto. Civil.

—¡Tirso! —La voz de Narváez retumbó como un cañonazo. Eso fue lo que me hizo recuperar momentáneamente el control y soltar a Marc. De haber sido cualquier otra persona y no Narváez el que hubiese estado allí, aquello habría terminado de forma mucho más violenta.

Ya libre, mi compañero trastabilló hacia atrás, asustado.

—¡Maldita sea! ¿Qué es lo que te pasa? ¿Has perdido la cabeza?

—Basta, Marc —disparó Narváez—. Sal fuera.

La orden no admitía réplica. Marc se recompuso la ropa y salió del cubículo, sin dejar de observarme con expresión hostil. Yo le sostenía la mirada, amenazador. Una vez más, fue la presencia de Narváez la que me impidió hacer algo de lo que me pudiera arrepentir después.

Ya a solas, el viejo se acercó a mí. Irradiaba frío, como un gigantesco iceberg.

—Voy a hacerte una pregunta, y por tu bien espero que me guste la respuesta —me dijo—. ¿Tendré que volver a ver cómo un caballero buscador se lanza al cuello de otro dentro de mis instalaciones?

La actitud de Narváez no resultaba tan fría como para congelar mi rabia.

—Eso que ha dicho es una sucia mentira. Mi padre era piloto civil.

—¡Responde a mi pregunta!

Humillé la vista y, aún con los dientes apretados, masculle:

—Lo siento. No volverá a ocurrir.

—Promételo, júralo, tatúatelo en la frente para no olvidarlo si quieres; pero nunca, jamás, vuelvas a levantar la mano contra otro buscador. Y mucho menos en mi presencia. —Yo evité su mirada y él, ante mi silencio, continuó—: Tienes que aprender dónde estás. Algún día tu seguridad, puede que incluso algo más, dependerá de otro buscador; el lazo que os una debe ser sólido como el acero; de lo contrario, puedes llegar a pagarlo muy caro. ¿Me has entendido?

Yo asentí, en silencio. Todavía no estaba avergonzado por mi comportamiento. Aún sentía rabia; tanta, que apenas entendía las palabras de Narváez en medio de («mi padre era piloto civil, mi padre era piloto civil, ¡mi padre era piloto civil…!») mi ofuscación mental.

Puede que él lo percibiese. Como solía decir Tesla, «el viejo sabe cosas». Se acercó a mí y apoyó su mano sobre mi hombro. Era menos fría de lo que esperaba.

—Tirso —tuve la impresión de que en su rostro había una sombra de preocupación—, lo que Marc ha dicho sobre tu padre…

—Mi padre era piloto civil —corté desafiante. Me resultaba casi imposible pensar o decir nada que no fueran esas cinco palabras.

Narváez asintió con gravedad.

—Tienes razón —dijo—. Dejémoslo estar.

Se marchó del cubículo sin añadir nada más.

5

Gemelos

Cuando volví a casa, traté de hablar con mi madre telefoneándola a su excavación (no me molesté en llamarla al móvil: ella no lo encendía jamás). Tuve que probar suerte varias veces; al tercer o cuarto intento me respondió alguien que dijo que mi madre estaba ocupada y no podía ponerse al teléfono.

Horas después, la doctora Alicia Jordán tuvo a bien molestarse en saber por qué su único hijo estaba tan interesado en hablar con ella y me devolvió la llamada.

—Tirso, ¿qué es lo que ocurre? —me preguntó tras esbozar un saludo desganado. No parecía preocupada, sólo molesta—. Me han dicho que has estado llamando durante toda la tarde.

—Quiero preguntarte algo sobre Enrique.

Para nosotros sólo había un «Enrique». No solíamos utilizar la palabra «padre» referida a él. Creo que a ambos nos parecía incongruente.

—¿Y para eso tanta urgencia? Pensaba que era algo importante. ¿A qué viene de pronto ese interés?

No me molesté en responder a sus preguntas. Yo tenía las mías propias y resolverlas me parecía más urgente.

—¿En qué trabajaba?

—¿Cómo…? Era piloto. Piloto de aerolíneas, pero eso ya lo sabes desde hace…

—¿Estás segura de ello? ¿No me estás mintiendo?

—Claro que lo estoy. Sabes que yo nunca te he mentido, y mucho menos sobre Enrique —repuso ella, ofendida—. Además, ¿por qué habría de hacer algo así?

Decía la verdad. Fue fácil darse cuenta. Mi madre tenía razón en algo: ella nunca mentía. Lo hacía fatal: dudaba, balbucía, impostaba la voz… Era la peor actriz del mundo, de modo que si aseguraba con tanta firmeza que mi padre era piloto, era porque ella no albergaba la menor duda al respecto.

No supe qué decir. Tampoco estaba del todo seguro de por qué había querido hablar con ella. Alicia percibió mi silencio y añadió:

—Tirso, no sé qué te está rondando por la cabeza, pero estaré encantada de que lo hablemos con calma en un mejor momento; ahora tengo aquí una enorme cantidad de trabajo que requiere toda mi atención. Por favor, la próxima vez que me llames, que sea por algo más importante.

Rubricó sus palabras con una apresurada despedida y colgó el teléfono. Siempre que algo no le interesaba, lo espantaba sin miramientos.

Dejé de plantearme si lo que había dicho Marc sobre mi padre era cierto; tras hablar con mi madre, estaba seguro de que Marc había cometido un error.

«Eso fue lo que debí pensar antes de lanzarme sobre él en presencia de Narváez», me dije con amargura.

Me encontraba macerando estas ideas en la cabeza, cuando de pronto alguien llamó al timbre de mi puerta. Al abrir, me encontré con Danny al otro lado. Tuvo la mala suerte de venir a visitarme sin estar yo precisamente demasiado alegre, así que me temo que mi bienvenida no fue la más cordial.

—Hola —saludé desabrido—. ¿Qué haces aquí?

—Da la impresión de que vengo en mal momento.

—Disculpa. No quería ser grosero… ¿Quieres pasar?

—No estoy segura. Parece que hoy tienes los nervios a flor de piel, y Narváez no está aquí para contenerte.

—Puedes entrar, te aseguro que hoy no tengo intención de amenazar a más personas.

Al fin decidió entrar, mirando con curiosidad a su alrededor.

—De modo que es aquí donde vives…

—Sólo soy un inquilino coyuntural… ¿Has venido a traerme mi carta de despido?

—¿Por qué? ¿Por lo que ha ocurrido con Marc? Eso sería un poco desproporcionado, ¿no crees? No ponemos a nadie en la calle sólo porque la sangre se le suba a la cabeza.

—Narváez parecía muy enfadado.

—Créeme: cuando veas al viejo enfadado de verdad, lo sabrás. —Sin esperar mi invitación, se acomodó en un sofá y me miró de forma amable—. No le des tanta importancia a lo ocurrido. Esas cosas pasan entre buscadores más a menudo de lo que tú te crees.

—Pero Narváez dijo…

—Sí, ya; conozco el sermón del vínculo sólido como el acero. Lo repite siempre que tiene la oportunidad. Como ética está muy bien, muy elevada, pero cuando un grupo reducido de personas se ven obligadas a pasar juntas muchas horas al día, siempre acaban surgiendo roces. En un trabajo como el nuestro, las disputas son una forma habitual de liberar tensiones.

—Siento mucho lo ocurrido —dije sinceramente—. Perdí los papeles cuando Marc mencionó a mi padre. Es una historia complicada.

—No tienes por qué justificarte. Yo no te lo he pedido.

—Sin embargo, me gustaría hacerlo.

—No es necesario. —En silencio, Danny sacó un cigarrillo y lo encendió—. Conozco la historia de una niña. Una niña feliz y simple, como todas las niñas. Adoraba a sus padres, en eso tampoco era una niña original. Un día su madre se marchó. Nunca supo por qué, simplemente dejó atrás a su familia y no volvió a dar señales de vida. El padre de aquella niña, al no poder soportarlo, se suicidó. —Danny dejó escapar una sonrisa amarga—. Son los efectos secundarios de encontrar a «tu media naranja»: si alguien te la arrebata, te ves reducido a un ser a la mitad, y nadie puede vivir estando incompleto.

Danny hizo una pausa. Apagó el cigarrillo sin terminárselo y continuó:

—Sé una cosa: cada recuerdo que esa niña conserva de sus padres lo atesora como algo muy valioso. Probablemente no reaccionase muy bien si alguien tratara de empañárselos.

—¿Quién es esa niña? —pregunté, aunque ya intuía la respuesta.

Ella esbozó una de sus incomprensibles sonrisas.

—Podemos continuar más adelante esta conversación… o no. No quiero entretenerme demasiado y aún no te he dicho por qué he venido. Narváez quiere que me acompañes mañana a cierto lugar. Se trata de una encantadora platería que está en la calle de Postas. Muy castiza. Te encantará.

Me alegré de comprobar que, a pesar de todo, Narváez aún confiaba en mí lo suficiente como para encargarme una pequeña labor, aunque sólo fuera de acompañante.

—¿Qué es lo que vamos a hacer allí?

—Supervisar un encargo. Desde lo de la Patena de Canterbury, el viejo cree que tienes buen ojo para las falsificaciones y quiere que le eches un vistazo a algo. Ya lo descubrirás mañana.

Mientras decía esto, se dirigió hacia la salida y abrió la puerta.

—Mañana conocerás a Alfa y Omega —dijo antes de marcharse—. Debo advertirte que quizá los encuentres algo… peculiares.

—¿Quiénes son Alfa y Omega? ¿Otros buscadores?

—Más bien una especie de colaboradores externos…

Después me dio una dirección en la que nos encontraríamos a primera hora y se despidió.

Yo me quedé un rato preguntándome qué tipo de peculiaridades serían aquellas sobre las que tenía que estar advertido.

La calle de Postas es uno de esos castizos recovecos que une la Puerta del Sol con la Plaza Mayor. Una pequeña calle que se abre igual que una vieja cicatriz sobre un pedazo de cuero y que a todas horas huele a bocadillo de calamares. Tópico rincón de la Capital del Reino donde, curiosamente, lo único que no abunda son madrileños.

En ambas aceras de la calle de Postas existe un nutrido catálogo de pequeños comercios y tascas. Sea cual sea su antigüedad, todos tienen aspecto de llevar en el mismo lugar desde que el jubón era una prenda de moda y la alabarda, el último grito en armas de asalto.

Uno de ellos luce un escaparate angosto que más bien parece la ventana de un trastero. En los anaqueles se exhiben custodias de plata, medallas de cofradías, tallas de santos amanerados y vírgenes cónicas asfixiadas bajo el peso de coronas con perfil de cebolla. Sobre el escaparate, un cartelón negro con grandes letras de color blanco:

MUÑOZ-CAMARASA.
PLATERÍA. ORFEBRERÍA.

Y después, en letras más pequeñas, como si no fuera importante: CASA FUNDADA EN 1864.

La primera vez que me encontré frente a la joyería Muñoz-Camarasa tuve la sensación de que todo el escaparate estaba cubierto por una capa de polvo. Salvo por la quincalla de aspecto mate que se veía tras el cristal de la fachada, aquella tienda tenía aspecto tanto de joyería como de carnicería, pollería o cualquier otro tipo de comercio de barrio sin pretensiones.

Miré a Danny con gesto interrogante, como queriendo obtener confirmación por su parte de que no nos habíamos confundido de sitio.

—Pintoresco, ¿verdad? —dijo ella—. Procura no acercarte demasiado a las paredes si no quieres llenarte de polvo.

Danny abrió la puerta de entrada a la joyería. El repiqueteo de unas campanillas que colgaban sobre el dintel anunció nuestra llegada.

El interior rebosaba de curiosidades: imágenes de santos, muestrarios de telas moradas, rojas y blancas; medallas, escapularios, patenas… El lugar era pequeño, un poco agobiante, y olía intensamente a cera y a madera vieja.

Una pequeña puerta se abrió al fondo de la tienda y por ella apareció un hombre mayor. Era de muy corta estatura, hasta el punto que, más que un hombre bajo, parecía un enano demasiado alto. Llevaba puesto un traje negro, de exquisito corte, que hacía juego con su corbata, tan oscura como una línea de vacío puro en el centro de su enjuto pecho.

Tenía el pelo gris y abundante, bastante desordenado, el cual, combinado con las diminutas gafas apoyadas en la punta de su nariz y con su algodonoso mostacho, le daba un aspecto de pequeño profesor chiflado que tiene un buen sastre.

Al ver a Danny, el hombrecillo sonrió con el mostacho.

—Danny, eres tú… No te esperábamos tan temprano —dijo mientras colgaba en el cristal de la puerta un cartel donde ponía VUELVO EN 1 HORA—. No vienes sola, por lo que vemos… ¿Quién es tu acompañante? A éste no lo conocemos.

Me llamó la atención la curiosa forma en la que el hombrecillo hablaba de sí mismo en plural, como si lo acompañara otra persona que nadie más podía ver.

—Te presento a Tirso Alfaro —dijo Danny. Luego se dirigió a mí—. Tirso, éste es Federico Muñoz-Camarasa. Alfa. Uno de nuestros proveedores.

—Desde el principio de todo —añadió el aludido con un punto de orgullo—. El padre de nuestro abuelo fue uno de los primeros colaboradores del Cuerpo Nacional de Buscadores. Reclutado por el propio general Narváez en persona cuando fundó el Cuerpo, allá en tiempos de la reina Isabel II. Nuestra familia ha estado siempre al servicio de la causa.

—¿En serio? —dije impresionado—. ¿Todos erais buscadores?

—No buscadores, proveedores —puntualizó él—. Y los mejores de Europa. Nuestro bisabuelo perfecciónó su arte en el taller del mismísimo Carl Fabergé, en la corte de los zares; y nuestro abuelo fue profesor en el Sydenham Art College de Londres, donde enseñó al gran René Lalique la técnica que él luego haría célebre con el nombre de «vidriado opalescente». Los mismos secretos que nuestro padre heredó del suyo y que luego enseñó con gran maestría en el taller de Charles Lewis Tiffany, en Nueva York. Por nuestras venas corre la sangre de una estirpe de joyeros sin parangón en todo el mundo. Podríamos haber sido célebres, como Belperron, como Boivin, como Cartier; pero preferimos poner nuestro arte al servicio de los buscadores. No nos mueve la sed de fama sino el prestar un servicio a la posteridad.

Pronunció aquel pequeño discurso, más grande que él mismo, con tanto ardor como si lo hiciera subido a un pedestal. Danny lo escuchaba sin mostrar demasiado interés, como si ya lo hubiera oído varias veces antes.

—Exactamente, ¿qué es lo que proveéis? —pregunté.

—Vuestras herramientas de trabajo, jovencito —respondió—. Imagino qué es lo que habéis venido a buscar. Seguidme, os lo enseñaremos; lo tenemos guardado en el taller.

Alfa nos condujo a la trastienda y, desde allí, bajamos a un sótano bastante amplio, lleno de mesas de trabajo y herramientas que supuse serían adecuadas para labores de orfebrería.

Delante de una de las mesas había un hombre. Tuve que mirarlo con detenimiento para asegurarme de no estar ante una ilusión óptica: el hombre era una copia idéntica de Alfa en todos los detalles, salvo por el hecho de que su traje no era oscuro, sino de un tono beis muy claro. Parecía una versión en negativo del hombrecillo que acababa de recibirnos en la tienda.

Alfa nos presentó.

—Tirso: este es mi hermano Ángel. Puedes llamarlo Omega.

Gemelos. Alfa y Omega. Por supuesto. Ahora me explicaba por qué Alfa tenía la graciosa costumbre de hablar en plural, manía la cual, pude comprobar más tarde, compartía con su hermano, como si siempre se llevaran el uno al otro en el corazón.

Alfa vestido de negro riguroso y Omega de blanco roto. Preguntar cuál de los dos era el gemelo malvado resultaba toda una tentación al verlos juntos. No confiaba tanto en mi gracejo natural como para hacerlo, así que me limité a saludar a Omega con un cortés «encantado de conocerte».

—También puedes llamarme Ángel, simplemente —dijo él al tiempo que estrechaba mi mano—. Nuestros nombres no son ningún secreto para nadie; después de todo, figuran en la puerta de nuestro establecimiento.

—Sin embargo, y dado que estamos «de servicio» —completó Alfa—, creo más adecuado que utilicemos nuestros *nomes de guerre*.

—«Y si ellos me preguntan cuál es tu nombre, ¿qué debo responder? Y Él me dijo: diles que Yo soy El Que Es, y que El Que Es te ha enviado» —me dijo Omega. Luego sonrió—. Capítulo tres del libro del Éxodo.

—Lo que mi hermano y yo queremos saber es por qué nombre debemos llamarte… ¿O acaso Tirso ya es un alias?

Me resultaron muy pintorescos aquellos hombrecillos. Me hicieron pensar en una versión crepuscular de los gemelos Tweedledum y Twedledee de *Alicia en el País de las Maravillas*. Simpáticos, pero también algo inquietantes.

—Por desgracia, Tirso es mi nombre real.

—Entiendo —dijo Omega—. Danny: no debéis tardar mucho en darle un nombre. Un buscador de verdad *tiene* un nombre… «Que tu nombre perdure, que tu alma sea eterna y así tu cuerpo prevalecerá.»

—¿Otra cita del Éxodo? —preguntó Danny.

—No, «El Libro de las Respiraciones». Un texto funerario del Antiguo Egipto.

—Estaría encantada de ponerle un nombre ahora mismo si de esa forma podemos agilizar esta conversación, pero, como ya sabéis, eso es cosa de Narváez.

—Ah, sí —dijo Alfa—. El nombre de un buscador es como el galón de un combatiente: hay que ganárselo en acto de servicio. En fin —atajó—, nos estamos entreteniendo en lo accesorio. *Sed fugit interea, fugit irreparabile tempus,** como dijo Virgilio. Os enseñaremos lo que habéis venido a buscar.

Alfa utilizó una llavecita que llevaba colgada del gemelo de la camisa para abrir el candado de un pequeño armario que había en un rincón. Después, como ejecutando una ensayada coreografía, Omega sacó de su interior una caja de cartón que colocó encima de una mesa. Alfa abrió la caja y Omega extrajo de ella un objeto envuelto con una tela de raso. Lo sostuvo ante su hermano y éste apartó la tela con un gesto teatral.

—*Ecce Homo*** —dijo Omega— o mejor dicho, *ecce larva.* Aquí la tenéis.

Por segunda vez, mis ojos parecían engañarme en aquel taller; lo que Omega sostenía entre sus manos era la misma antigüedad que Narváez quería que encontrásemos y recuperásemos.

—¿Esto es… la Máscara de Muza? —pregunté.

—Buen trabajo, muchachos; habéis engañado a nuestro experto en piezas falsas —dijo Danny con hiriente ironía.

—¿Es una falsificación?

—Nosotros preferimos el término «réplica» —puntualizó Alfa.

Era una espléndida obra de arte. Apenas más ancha que la palma de una mano; un sencillo antifaz dorado con dos brillantes incrustaciones verdes en el hueco de los ojos. Toda su superficie estaba cubierta por un entramado de arabescos. Pequeñas abolladuras, imperfecciones sutiles y una lograda pátina sobre el metal le conferían el aspecto de antigüedad milenaria. Habría que ser un gran experto, puede que casi adivino, para darse cuenta de que esa pieza había sido terminada tan sólo unas horas antes.

---

* Y entretanto, fluye; fluye irreparablemente el tiempo.
** He aquí al Hombre.

—¡Increíble! —exclamé fascinado—. Una copia perfecta.

—Nos alegra oírlo —dijo Omega—. No ha sido un trabajo fácil. Especialmente los arabescos. Por fortuna contábamos con un raro grabado hecho a mediados del siglo XVII en el que aparecen reproducidos con gran detalle.

—El original debe de ser una obra magnífica —continuó Alfa—. Mientras trabajábamos en ella hemos estado haciendo cábalas sobre su origen. Creemos que es escita, seguramente.

—De hecho, hemos utilizado como modelo de elaboración las máscaras de oro del Tesoro de Kalmakareh. Es probable que la Máscara de Muza viniera de Irán.

—¿Y qué hay de los arabescos? —pregunté.

—Son más tardíos, por supuesto —respondió Omega—. Igual que las incrustaciones en los ojos. La caligrafía es de época omeya, alfabeto cúfico florido. Las piedras de los ojos están talladas en forma de cabujón, a la manera bizantina. Los orfebres de Damasco aprendieron grandes cosas de sus colegas de Bizancio.

—Las incrustaciones son muy logradas —observé—. ¿Qué es? ¿Algún tipo de vidrio?

Alfa se irguió muy digno, como si mi pregunta le hubiera escandalizado.

—¿Algún tipo de…? ¡Son esmeraldas, jovencito!

—¿Esmeraldas?

—Así es, y la máscara es de oro. Exactamente igual que la pieza original.

Aparté la mano de la pieza, como si temiera que al tocarla se fuese a deshacer en pedazos.

—Ya veo… —comenté—. Un objeto muy costoso.

—Por supuesto que lo es. Todas nuestras reproducciones lo son —dijo Omega—. ¿Nos tomas por aficionados? Escucha, jovencito, si alguien pretende falsificar un cuadro de Leonardo o un Van Gogh no baja a la tienda de la esquina y compra dos tubos de pintura acrílica y un lienzo de nailon. No, señor; investiga los pigmentos y los materiales que se utilizaban en la época y los reproduce hasta en el más insignificante de los detalles. Cualquiera puede copiar una obra de arte; pero reproducirla, *clonarla*… Oh, no; para eso hace falta un experto, y nosotros somos expertos.

—No somos falsificadores —apostilló Alfa—. Somos artistas.

«¿Quién mejor que un par de gemelos para dedicarse al sutil arte de la reproducción de antigüedades?», pensé.

—¿Para qué creéis que pudo servir esta máscara? —preguntó Danny. Manoseaba la Máscara sin tanta reverencia como yo. Supuse que estaría acostumbrada a ver cosas aún más increíbles en aquel taller.

—También hemos estado dándole vueltas a esa cuestión —dijo Alfa—. Los antiguos escitas usaban estas piezas como adornos ceremoniales o religiosos, pero no imaginamos para qué querría un musulmán de la época omeya un artefacto semejante.

—Es probable que sólo como adorno. Por eso le añadirían las esmeraldas en el hueco de los ojos —añadió Omega.

—Lo normal es que las máscaras sirvan para cubrirse el rostro —señaló Danny.

—Un disfraz muy costoso, de todas formas… Aunque es cierto que encaja perfectamente en la cara. No hemos podido resistir la tentación de comprobarlo —confesó Alfa.

—Produce un efecto muy curioso —añadió Omega inmediatamente—. Hace que se vea todo de color verde.

—¿Sabéis lo que dicen las inscripciones cúficas? —quiso saber Danny.

—Claro que sí —respondió Omega—. Dominamos muy bien el árabe clásico.

En realidad, era Alfa quien lo hablaba con soltura, aunque la costumbre de los gemelos de hablar siempre en plural podía hacer pensar otra cosa.

Según nos explicó Alfa, estudió árabe en el Instituto de Estudios Islámicos, al tiempo que Omega, perfeccionaba sus conocimientos de hebreo antiguo. Por lo visto, los hermanos se repartían las áreas académicas igual que dos chiquillos compartían la merienda.

Alfa fue señalándonos los arabescos de la pieza mientras nos hacía una traducción literal:

—Se trata de un texto sagrado. Dice: «Ésta es la Escritura exenta de dudas, como dirección para los temerosos de Alá que creen en aquello que está oculto. Yo te revelaré signos claros que sólo los perversos podrán negarte…», esta frase se repite varias veces. Luego: «Alá, Señor Nuestro, haz que nos baje del cielo una mesa servida para nosotros que sea, del primero hasta el último, motivo de regocijo y símbolo de tu poder». Eso es todo. Todas las frases pertenecen a la Segunda y Quinta suras del Corán. —A continuación, señaló un fragmento de las inscripciones—. Hay un detalle llamativo aquí, en la frase «yo te revelaré signos claros que sólo los perversos podrán negarte». En el Corán la cita no es exactamente así, sino que dice: «te hemos revelado signos claros y sólo los perversos pueden negarlos».

—¿Eso tiene alguna importancia? —preguntó Danny.

—No lo creo, pero no deja de parecernos extraño. Un musulmán no alteraría jamás la literalidad de una sura del Corán. Quizá se trate de un error involuntario de transcripción.

—¿Estáis seguros de que en la Máscara original el texto está alterado? —inquirió la buscadora.

—Por supuesto. Es una reproducción exacta —respondió Omega.

—Ya sabéis que a Narváez no le gusta que se reproduzcan las piezas usando como modelo solamente dibujos y fotografías.

—¿De veras? Entonces dile a ese viejo cascarrabias que nos traiga la pieza original… Pero, claro, sólo Dios sabe dónde ha estado esa cosa los últimos cuatrocientos años. —Alfa dejó escapar aire por la nariz, alterado—. Poner pegas. Lo único que sabe hacer es poner pegas. ¿Acaso le decimos nosotros cómo tiene que hacer su trabajo?

Danny se disculpó varias veces hasta que pudo calmar la irritación del pequeño joyero. Después, los gemelos nos embalaron la pieza para que pudiésemos llevárnosla al Sótano.

Cuando salimos de la tienda, ambos nos despedían con la mano desde el escaparate.

Danny dijo que estaba hambrienta y quiso tomar algo sólido en un bar cercano. Yo tenía prisa por regresar al Sótano; no me hacía gracia pasearme por Madrid con una máscara de oro y esmeraldas dentro de una bolsa de plástico, pero ella insistió.

—Tranquilo. No se puede robar a un ladrón.

—Parece mentira que seas tú quien me diga eso.

Nos metimos en una cafetería y pedimos algo de comer. Aproveché para hacerle la pregunta que me venía rondando por la cabeza desde que los gemelos nos enseñaron su pequeña obra de arte.

—¿Para qué necesitamos una Máscara falsa?

—Creí que después de tu experiencia en Canterbury ya lo habrías imaginado —respondió ella, antes de darle un pequeño sorbo a la taza de té que había pedido—. La utilizaremos para cambiarla por la Máscara auténtica. Igual que hicimos con la Patena.

Danny me contó algunos detalles sobre el modo de actuar de los buscadores que yo desconocía. Según ella, el cambio de las piezas originales por copias era un sistema habitual, de ahí que el trabajo de los gemelos fuera tan importante. Ellos proveían al Cuerpo de todas las reproducciones necesarias.

Yo mismo pude comprobar la eficacia de este método en Canterbury (y con negativas consecuencias para mi persona). Si la operación se hacía con eficacia, la pieza falsa servía como coartada para cubrir la retirada de los buscadores; nadie se alarma por un robo que, en apariencia, no se ha cometido.

Después, la pieza auténtica pasa por lo que Danny denominó como «período de sueño»: se oculta en los subterráneos del

Arqueológico hasta que, tras un tiempo prudencial, algún conservador del museo la encuentra «casualmente». Entonces se arma un poco de jaleo en la prensa, se lanzan un par de artículos especializados, se publica la opinión de algún experto… Finalmente, se llega a la conclusión de que la pieza «casualmente» encontrada siempre estuvo en poder del museo, y que el expoliador de turno fue engañado en su día, llevándose una copia. De ese modo la labor de los buscadores quedaba cubierta por el anonimato.

Me pareció un buen sistema, aunque algo retorcido. Cuando se lo comenté a Danny, ella se limitó a encogerse de hombros y a preguntarme si conocía una forma mejor de operar. Era una buena pregunta.

Había otra duda que estaba impaciente por resolver.

—Ahora que tenemos la Máscara falsa, ¿quiere decir que pronto habrá que ir a Lisboa y cambiarla por la auténtica?

—Es muy probable. Pero no haremos nada hasta que Narváez lo ordene. El viejo quiere ir con cuidado; ya hemos tenido algún problema con artículos de este tipo.

—¿A qué te refieres?

—A los objetos que figuran en la Lista.

No especificó a qué lista se refería, pero no fue necesario: para los buscadores sólo había una.

Le pregunté a Danny si ella, al igual que Tesla, también pensaba que la Lista estaba gafada.

—Puede ser… O puede que sea simple coincidencia el hecho de que alguien se nos haya adelantado siempre a la hora de recuperar los objetos de la Lista. No somos los únicos interesados en recuperar piezas de arte, aunque la competencia no posea unos fines tan elevados como nosotros. —Había, como siempre, un poso de sarcasmo en sus palabras. Sin embargo, lo siguiente lo dijo en tono más serio—: Las mafias de traficantes de antigüedades pueden ser peligrosas. La mayoría de la gente ignora de lo que son capaces.

—No deja de ser curioso que sólo hayáis tenido competencia con la Lista de Bailey. Cuando la leí, ninguno de los objetos que allí aparecían me dio la impresión de ser tan valioso como para interesar a las mafias de traficantes.

Ella hizo un gesto de indiferencia.

—A veces se obcecan con cosas extrañas.

—Quizá, si pudiéramos encontrar qué tienen esas piezas en común, lo veríamos todo más claro.

—Sin duda, pero ya hemos estudiado la Lista de todas las formas posibles, y a ninguno se nos ocurre por qué LeZion estaba tan obsesionado con aquel montón de trastos.

Me quedé un instante pensativo, rememorando la Lista. La primera vez que la leí, creí ver en ella algo que me había resultado familiar, pero aún seguía sin ser capaz de determinar de qué se trataba. Tampoco en aquella ocasión lo logré.

—¿Cómo encontrasteis la Lista? —pregunté.

—¿No lo sabes?

—Si lo supiera no te lo estaría preguntando.

—Vaya, esto va a ser divertido. —Entrelazó las manos y las apoyó sobre la superficie de la mesa—. Presta atención: Warren Bailey tenía un hijo, y Ben LeZion, una hija. Los dos se casaron y tuvieron un montón de críos. Algunos vivieron en Chicago y otros en España. De los hijos que vivieron en España, uno de ellos, el primogénito, se casó con una joven catalana. Es la tercera generación Bailey, ¿me sigues?

—Más o menos.

—Bien. El tercer Bailey y la joven catalana se mudaron a Madrid. Tuvieron un hijo, el cual se casó con una mujer de origen estadounidense. Poco después, los dos dieron a luz a una preciosa niña cuyos encantos no sería capaz de resumir en pocas palabras. Pasado el tiempo, encontramos a esa misma niña ya crecidita, tratando de recuperar todas las obras de arte que su tatarabuelo se llevó de este país. Fin de la historia.

—Espera un momento… ¿Tú eres esa niña?

—Sí, eso parece.

—Eres descendiente de Warren Bailey…

—Y de Ben LeZion. Ambos tatarabuelos por vía paterna. Este tipo de cosas te hacen creer en eso que la gente llama «Justicia Poética»: mis dos antepasados se dedicaron a esquilmar nuestro patrimonio y ahora yo me encargo de recuperarlo. No deja de tener su gracia.

—Así que eres una rica heredera… —comenté—. Me siento impresionado.

—Me agrada que te sientas impresionado por mí, pero puedes eliminar lo de «rica»: Ben LeZion murió en la ruina.

—¿Y eso por qué?

—La respuesta es sencilla: porque se lo merecía. La versión complicada dice que durante la Segunda Guerra Mundial hizo tratos comerciales con la Alemania nazi. Al terminar la contienda, sus enemigos en Estados Unidos, que eran muchos, lograron que se le imputase por crímenes de guerra. Le acusaron de colaborar económicamente con el Holocausto… a pesar de que él mismo era judío. Se libró, pero le costó su fortuna. Murió en 1948 en una residencia de ancianos, senil y olvidado. A sus descendientes no les dejó más que deudas y un montón de papeles.

—¿Qué heredaste tú, las deudas o los papeles?

—Lo segundo, por suerte. Una montaña de cartas y documentos personales. Ninguno de sus descendientes quería aquella basura y llegaron a mí de rebote. Estuvieron en mi casa criando polvo hasta que descubrí que podían ser bastante útiles para la labor del Cuerpo de Buscadores. Y realmente lo son, sobre todo las cartas que intercambiaron Bailey y LeZion entre los años treinta y cuarenta. Entre aquellas cartas fue donde encontré la Lista.

Danny echó un vistazo a su reloj y, al ver la hora, apuró lo que quedaba de su taza de té y pagó la cuenta.

Era el momento de regresar al Sótano y mostrarle a Narváez lo que los gemelos habían fabricado.

Cuando llegué al Sótano, lo primero que hice fue tragar algo de orgullo y pedirle perdón a Marc por mi comportamiento del día anterior.

Marc no sólo aceptó mis disculpas, sino que incluso me ofreció las suyas.

—No debí haber metido la nariz en tus asuntos familiares —me dijo—. Siempre son cosas delicadas. Por mi parte, está todo olvidado.

Me dio una afectuosa palmada en la espalda. Su nobleza de espíritu, lejos de satisfacerme, me enervó aún más. Parecía que era imposible sorprender a Marc en una debilidad, por humana que ésta fuese. Ahora, a su lado, no sólo me sentía mediocre; también me sentía mezquino.

Narváez nos convocó en la sala de reuniones para comunicarnos lo que debíamos hacer, ahora que ya teníamos la Máscara falsa.

—Os voy a mandar a Lisboa —nos dijo sin prolegómenos, según era su costumbre—. El tiempo se nos echa encima y hay que recuperar esa Máscara antes de que sea vendida. Dado que no podemos sacarla de la cámara acorazada del banco, tendréis que encontrar la manera de sustraerla durante la subasta y cambiarla por la copia que los gemelos nos han hecho.

—¿Quiénes iremos esta vez? —preguntó Burbuja.

—Danny, Tesla y tú. Os llevaréis a los novatos como sombra. Que observen atentamente vuestro trabajo, pero sin participar de forma activa. Enigma y yo os proporcionaremos apoyo desde Madrid.

—Siempre soy la que se queda en casa… —Enigma suspiró.

Después nos entregó a cada uno una carpeta de plástico. Dentro de la mía había un billete de avión con destino a Lisboa, expedido a mi nombre. Mi vena romántica quedó algo frustrada al darme cuenta de que no viajaría oculto por una sofisticada identidad falsa.

Narváez nos resumió el operativo. Danny y Tesla viajarían en coche, con la Máscara falsa, y se hospedarían en el hotel Marqués de Sa. Se había escogido aquel hotel en concreto por hallarse cerca de la sede de la Fundación Gulbenkian.

Burbuja, Marc y yo viajaríamos en avión, pero no juntos: Burbuja saldría aquella misma tarde y Marc y yo al día siguiente, en diferentes vuelos.

Los dos novatos nos alojaríamos en lugares distintos: él en una pensión situada en el Barrio Alto y yo en otra en la zona de Belém. Burbuja, por su parte, ocuparía lo que en la jerga del Cuerpo se denomina «un nido».

Allí donde los buscadores deben viajar de forma habitual pueden contar con un nido que les sirve de refugio. Según supe después, en Europa hay siete nidos en total: cuatro de ellos están en Londres, París, Roma y Lisboa; lugares donde se realizan misiones a menudo. Los otros tres nidos sirven para cubrir zonas de actuación amplias. Los buscadores acuden al nido de Berlín para trabajar en el norte de Europa y Escandinavia (cosa que no ocurre muy a menudo), al nido de Viena para cubrir el centro y este del continente, y al nido de Estambul para el área de los Balcanes y el Mediterráneo oriental.

Un nido es, por lo general, un simple piso vacío, a menudo no más grande que un estudio. El CNB los adquiere en alquiler figurando como arrendatarios inquilinos fantasma que pagan puntualmente cada mes, nunca se quejan por lo mal que va la calefacción ni molestan a los vecinos; por lo tanto, son el sueño de todo casero, que poco se molesta en saber mucho sobre ellos.

Si al trabajo de campo en cuestión acuden sólo uno o dos buscadores, lo normal es que utilicen el nido como alojamiento; si son más de dos, el protocolo habitual es dispersarlos, y en tal caso, el nido sirve como punto de encuentro.

El nido de Lisboa está situado en el Barrio Alto, una zona abundante en pisos de estudiantes de no siempre buena calidad. Ideal para pasar desapercibido.

—Esto es lo que quiero que hagáis —dijo Narváez—: encontrad el lugar en el que se va a realizar la subasta y después hallad la manera de infiltraros y haced el cambio de máscaras. No tenéis mucho tiempo, así que actuad con rapidez. Danny: cuando estés en Lisboa irás directamente a la Fundación Gulbenkian para indagar. Tirso será tu sombra. Los demás permaneceréis durmientes.

Ser la sombra de un buscador implica seguir sus movimientos y actuar de apoyo, pero sin llevar la iniciativa. La sombra obedece en todo momento al buscador al que acompaña, esté o no de acuerdo con su forma de actuar; según Narváez, es el único modo de evitar disputas estériles entre buscadores a causa de diferencias de criterio. La sombra puede sugerir, pero nunca tiene la última decisión. En mi caso, como simple novato, me limitaría a mantener los ojos bien abiertos y aprender todo lo que pudiera sin estorbar demasiado.

En un trabajo de campo, la organización de los buscadores sigue un esquema piramidal: todos son sombras de algún otro que es el que lleva la iniciativa. En Lisboa, Marc y yo ocuparíamos el escalafón más bajo. Tesla y Danny serían la sombra de Burbuja, el cual, en ausencia de Narváez, se encargaría de llevar las riendas de la operación sobre el terreno.

A pesar de que la base de la operativa se organizaba de forma sólida, no pude dejar de observar que los buscadores siempre dejaban un margen importante a la improvisación. Todo buen buscador ha de ser capaz de mantener un equilibrio perfecto entre iniciativa, imaginación y disciplina. Sólo así un trabajo de campo puede ser coronado con éxito.

Terminada la reunión, Tesla nos pidió a Marc y a mí que lo acompañásemos al Desguace. Una vez allí, desenterró un lector de tarjetas ISO de debajo de una pila de carcasas de DVD vacías. Casi todas eran películas de artes marciales. Tesla conectó el lector de tarjetas a uno de sus ordenadores.

—¿Tenéis aquí vuestros teléfonos móviles? —nos preguntó—. Bien. Abridlos y dadme vuestras tarjetas SIM.

—¿Para qué las necesitas? —quise saber.

—Voy a clonarlas —respondió. Cogió nuestras tarjetas y las

introdujo, por turnos, en el lector—. Es por seguridad. A partir de ahora, utilizaréis siempre las tarjetas clonadas… Además, resulta más barato que daros a cada uno un móvil de empresa —añadió haciendo una mueca.

—No lo entiendo —dijo Marc—. ¿Qué ventaja de seguridad nos aporta el utilizar una tarjeta clonada?

—Más de la que tú te crees. Normalmente, las operadoras utilizan XSim para clonar tarjetas SIM. Eso sólo sirve para volcar tus datos de una tarjeta a otra sin tener que cambiar de número de teléfono… Es un proceso habitual cuando cambias de teleoperador, por ejemplo.

—¿Qué diferencia hay en este caso?

—Que yo no me limito a clonar vuestras tarjetas, también les añado una serie de mejoras. Con las nuevas tarjetas nadie podrá localizar vuestra ubicación a partir de las llamadas que hagáis con el móvil; además, repele los programas de escucha e ignora la mayoría de los sistemas de barrido de seguridad que sirven para inutilizar las tarjetas comunes en embajadas, emplazamientos militares y sitios parecidos.

—¿En serio? —dijo Marc, asombrado—. ¿Y todo eso lo haces con XSim?

—Por supuesto que no —respondió Tesla, condescendiente—. Yo utilizo un programa desarrollado por Voynich: VTwin… al cual le he hecho unas mejoras de mi propia cosecha, naturalmente. El XSim tarda horas en volcar los datos de una tarjeta a otra. Con esta preciosidad yo puedo hacerlo en segundos.

—Tesla nos devolvió las tarjetas—. Tomad. Tendréis que crear un nuevo código PIN, sólo que ahora será de cinco cifras en vez de cuatro. Tened mucho cuidado de no olvidarlo jamás; si alguien trata de acceder a vuestro teléfono con el código incorrecto, al segundo intento la tarjeta se fríe igual que un huevo en una sartén… Metafóricamente hablando, claro. —Tesla apagó el ordenador—. Intentad no perderlas, pero si lo hacéis, no os asustéis demasiado: no es el fin del mundo. Puedo clonaros otra en cualquier momento, con el mismo número de teléfono y los mismos datos. Ahora está todo bien guardado —añadió dándole unas palmaditas a la superficie del ordenador.

Marc, que estaba fascinado por las posibilidades de las mejoras en el programa VTwin, le hizo unas cuantas preguntas más sobre su funcionamiento, las cuales no entendí en absoluto. Tesla se enredó en complejas explicaciones, encantado de poder compartir sus habilidades con alguien que parecía valorarlas en su justo mérito. Como hacía tiempo que ambos habían dejado de hablar en mi idioma, me retiré discretamente para regresar al cubículo.

Por el camino, me crucé con Enigma.

—Hola, caballero buscador —saludó con tono jovial—. ¿Nervioso por tu inminente bautismo de fuego?

—No demasiado. Sólo las típicas mariposas en estómago.

—Ah, sí… ¡La primera vez siempre es tan excitante! No sabes cómo empezar, no estás seguro de cómo vas a hacerlo, pero la impaciencia te consume por dentro. Y, al final, todo ocurre mucho más rápido de lo que imaginabas y te quedas con ganas de más… ¡Los novatos sois tan monos cuando estáis a punto de hacerlo! Se os pone ese brillo especial en la mirada.

Me revolvió el pelo con la mano y me guiñó un ojo. Luego siguió su camino.

No pude evitar preguntarme si habíamos estado hablando de lo mismo.

6

Sombras

Pasé la noche girando sobre mi colchón, persiguiendo el sueño sin alcanzarlo. Al día siguiente, solo, me dirigí al aeropuerto con la sensación de una tormenta en el estómago.

Mientras esperaba la salida de mi vuelo, empecé a dudar de que aquel trabajo estuviera hecho para mí. No dejaba de mirar de reojo a todas partes, nervioso, creyendo que cada hombre o mujer que se cruzaba en mi camino me espiaba con algún siniestro propósito. Mi sonrisa a la azafata cuando le entregué mi billete me pareció horrendamente tensa, y estaba seguro de que todo aquel que me miraba veía la estampa de alguien que ocultaba aviesas intenciones.

Pasé el viaje muy inquieto, y todavía estaba en tensión cuando aterricé en Lisboa, apenas una hora después del despegue.

Al salir del aeropuerto y verme reflejado en una mampara de cristal, decidí que, después de todo, mi aspecto era menos sospechoso de lo que me creía: con mi mochila al hombro y mis pantalones vaqueros había que tener mucha imaginación para ver en mí otra cosa que no fuera un viajero de paso. Aquello contribuyó en gran medida a sosegarme.

Salí a la calle. Mis instrucciones eran dirigirme a mi pensión en Belém y comportarme como un simple turista hasta que, de alguna manera, recibiera instrucciones del buscador al que hacía sombra.

Al encontrarme fuera de la fría luz de la terminal del aeropuerto, mi ánimo experimentó un cambio radical. Ya no estaba nervioso ni preocupado. Me sentía excitado, sí, pero por la impaciencia; tenía ganas de comenzar. Y, al mismo tiempo, exultante, como si guardase el secreto más importante del universo y aquello me hiciera estar por encima del resto de los viajeros y sus insulsas vidas.

Pobres, pensaba. Viajando de un lado a otro por vulgares motivos mientras que yo, aparentemente uno más de ellos, estaba inmerso en una gran aventura de final incierto. Como alguien que está a punto de arrojarse desde lo alto de un puente, con una cuerda elástica atada a la cintura, tenía miedo del primer paso, pero deseaba con todas mis fuerzas experimentar lo que ocurriría a continuación.

Fue la primera vez que sentí que realmente podría llegar a ser un buen buscador. Al salir de aquel aeropuerto, en Lisboa. Es algo que no olvidaré jamás.

De pronto sonó un mensaje en mi teléfono móvil: «Mostrador de Hertz. No tardes. D.».

Me apresuré a dirigirme a la zona donde se encontraban las compañías de alquiler de coches. No estaba lejos. Enfrente de la Hertz vi a Danny. Estaba apoyada en la pared, con las manos dentro de los bolsillos de su chaqueta de cuero negra. Llevaba puestas unas gafas de sol. Me acerqué.

—Gafas de sol dentro de la terminal y en un día nublado —dije—. Muy poco discreto, ¿no te parece?

—¿Quién eres tú? ¿Mi estilista? —repuso ella—. Dame dos besos.

—¿Qué? ¿Por qué?

—Porque acabas de aterrizar y te alegras de que una amiga haya venido a recibirte. Dame dos besos. —Obedecí. Cuando tuve mi cara cerca de la suya, ella me dijo, en voz baja—: Tienes que aprender a ser más natural, esto no es *Misión imposible*.

Después la seguí de regreso al exterior. Me llevó hasta un monovolumen estacionado en el aparcamiento.

—¿Dónde vamos?

—A la Fundación Gulbenkian —respondió. Me arrojó las llaves del coche por encima del capó y las atrapé al vuelo—. Sé una buena sombra y ponte tú al volante. Llevo horas conduciendo desde Madrid y estoy agotada.

En 1956 el magnate del petróleo de origen armenio Calouste Gulbenkian legó todos sus bienes al pueblo portugués. Gulbenkian fue un prolijo coleccionista de arte que enriqueció el patrimonio lisboeta con un museo compuesto por más de seis mil piezas de diferentes procedencias.

La Fundación Gulbenkian, que administra desde entonces la herencia de aquel filántropo funcionando como una entidad privada, dispone de museos, bibliotecas y auditorios repartidos por toda Lisboa, así como delegaciones en Londres y en París.

En Lisboa, la sede y museo de la Fundación se halla en el centro de la ciudad, en medio de un exuberante parque público situado junto a la Praça de Espanha, a orillas de un apacible estanque.

El edificio, una obra de 1969, tiene las sobrias líneas de la arquitectura propia del Movimiento Moderno: grandes estructuras de hormigón, acero laminado, amplias superficies de cristal… Todo ello dispuesto en forma de planos que se cortan unos a otros. A las puertas de la sede se contempla una estatua del propio Gulbenkian, plácidamente sentado sobre un pedestal de mármol, a la sombra de un gigantesco halcón hecho de hormigón. Casual a la par que majestuoso, por expresarlo de alguna forma.

Danny se sentó junto a la estatua de Gulbenkian. Los dos hacían una curiosa pareja. Levantó la cara hacia el sol, buscando sus rayos. Parecía una simple turista haciendo un receso.

—¿No vamos a entrar? —pregunté.

—No. Vamos a esperar a que alguien salga.

—¿Quién?

—Un hombre llamado Gaetano Rosa. Es conservador del museo de la Fundación.

—¿Hemos quedado aquí con él?

—Él no sabe que lo esperamos, y si lo supiera, lo más seguro es que saliese del edificio por la puerta trasera. —Danny hizo una pausa; luego, con la actitud de alguien que da más explicaciones de las que le apetecería, continuó—: Gaetano es un viejo conocido. Controla una rama menor de la mafia portuguesa que opera aquí y en España. Lo suyo es el tráfico.

—¿De arte?

—Sobre todo de mujeres. Controla toda una red de prostíbulos en Lisboa que se nutre de mujeres captadas por las mafias de inmigración ilegal… Pero resulta que nuestro amigo Rosa es un espíritu elevado: el tráfico de obras de arte es su verdadera afición; se dedicaría a ello en exclusividad de no ser porque lo que realmente le da dinero son las prostitutas.

No sé si me escandalizó más la deleznable ocupación del tal Gaetano Rosa o la absoluta falta de emoción con que Danny me hablaba de ello, como si en vez de un traficante de mujeres estuviese hablando de un inocente apicultor.

—¿Ese hombre trabaja como conservador de un museo?

—Una tapadera tan buena como otra cualquiera… Pareces molesto por algo, ¿puedo preguntar el motivo?

—No me gusta tener que tratar con chulos, por muy elevado que sea su espíritu. Ese tipo debería estar en la cárcel.

—Supongo que sí, pero, si así fuese, perderíamos uno de nuestros mejores informadores en Portugal.

—Lo protegéis a cambio de información —acusé.

—No lo protegemos, sólo ignoramos parte de sus actividades. —Danny suspiró—. ¿Qué quieres que te diga? ¿Que es horrible que trafique con mujeres? Sin duda. Ese cerdo debería haber aparecido muerto en una cuneta hace mucho tiempo. ¿Te sientes mejor ahora que sabes que no me cae simpático?

—Me gustaría poder ver esto con idéntico cinismo.

Danny me miró con dureza.

—¿Dónde crees que te has metido, Tirso? No somos justicieros, somos ladrones pagados por el Estado. Si lo que querías era luchar contra el crimen y proteger al débil, no haber aceptado la oferta de Narváez. En la policía siempre necesitan gente.

—Lo sé… Sólo es que cuesta adaptarse a un trabajo que pone a prueba mi ética casi a diario.

—Bienvenido a las cloacas. Será mejor que empieces a acostumbrarte al olor antes de que te ahogues por contener la respiración.

—¿Qué haremos cuando ese tal Rosa aparezca?

—Tendrás que seguirlo.

—¿Yo?

—Sí, tú: eres mi sombra, de modo que haz lo que yo te diga.

—Nunca he seguido a nadie.

—Sólo tienes que ponerte detrás de él e intentar que no te vea. ¿Realmente te parece tan complicado? No le quites ojo de encima hasta que yo te llame.

—¿Y si le pierdo?

—No lo perderás, créeme.

Ojalá yo hubiera estado tan seguro. Empecé a ponerme nervioso. Había supuesto que ese tipo de actividades requerían un entrenamiento previo, el cual yo no había tenido. Me vi preso de una incómoda desazón que me quitó las ganas de seguir hablando.

Pasaron unos minutos hasta que Danny llamó mi atención sobre un hombre que acababa de salir del edificio de la Fundación. Parecía un tipo normal, nada que ver con la imagen de un mafioso que yo tenía en mente: rondaba los cuarenta, moreno, alto y bien parecido, vestido con una chaqueta azul y pantalones negros. Alguien a quien nadie dedicaría un segundo vistazo.

—Ahí está —me dijo Danny—. Ve tras él.

—¿Qué hago si se sube a un coche?

Ella chistó la lengua, impaciente.

—No va a subirse a ningún coche. ¡Corre, o lo perderás!

Me empujó para que fuese tras mi objetivo. No me quedó más remedio que obedecer.

Apresuré el paso hasta colocarme a una distancia prudencial de Rosa. Él caminaba con aire distraído, sin ser consciente, en apariencia, de que había alguien tras sus pasos. Intenté ir tras él manifestando una actitud natural. A los pocos minutos, empezó a parecerme algo sencillo.

Seguí a Rosa durante un buen trecho a lo largo de la avenida de Berna, luego comenzó a callejear, como si caminase sin ningún objetivo. De vez en cuando se paraba ante un escaparate, lo que me obligaba a detenerme con brusquedad y fingir que contemplaba algún cartel de anuncio o me ataba el cordón del zapato.

Rosa deambuló entre calles y avenidas durante un tiempo. Parecía estar dando un simple paseo. Compró un periódico en un quiosco y se dirigió hacia un amplio parque público. Se sentó en un banco al sol y se puso a leer. Yo me situé junto a un árbol, a unos metros de él, fingiendo estar contemplando a un músico callejero que tocaba el saxofón.

Después de unos diez minutos, Rosa dejó de leer el periódico y caminó por el parque hasta una zona alejada, llena de árboles, alrededor de un pabellón con aspecto de estar abandonado. Se metió por detrás del pabellón. Fui tras él, apresurando el paso para no perderlo.

Al girar la esquina del edificio, alguien se abalanzó sobre mi espalda y me agarró las muñecas, inmovilizándome. Sentí un intenso olor a sudor y ropa usada, mientras unas manos húmedas me retorcían el brazo hasta hacerme daño. Algo punzante me presionó el costado.

No pude creer mi mala suerte: víctima de un atraco en mi primera misión de seguimiento. Danny se pondría furiosa.

Esperé a que mi atacante comenzase a hurgar en mis bolsillos buscando mi cartera, pero en vez de eso permaneció en silencio manteniéndome inmóvil. En aquel momento mi objetivo apareció de nuevo. Rosa salió de detrás de una de las esquinas del pabellón abandonado y se acercó a mí.

Empecé a darme cuenta de que aquello no era un simple atraco.

—*O que temos aqui? Um batedor de carteiras ou algo mais serio?* —preguntó Rosa. Mi captor localizó mi cartera en uno de mis bolsillos. La sacó de un tirón y se la lanzó a Rosa, que la cogió al vuelo. Éste la inspeccionó en busca de mi documento de identidad—. Tirso Alfaro... Un *viado* español. No te voy a preguntar por qué me estabas siguiendo porque me importa una mierda, pero deja que te dé un consejo: la próxima vez, hazlo mejor.

Rosa hizo una seña al hombre que estaba a mi espalda. Justo entonces recibí un puñetazo en la cabeza tan fuerte que me tiró al suelo. Mi captor se puso frente a mí y me levantó, agarrándome del pecho. Era un hombre de al menos dos metros, tan negro como mis propias expectativas sobre aquella situación.

El negro se dirigió a Rosa.

—*O que eu faço com isso?*

—Dale un par de razones para que no vuelva a seguir a quien no debe.

El gigante descargó un puñetazo en mi estómago. Caí de rodillas, con los ojos lagrimeando de dolor.

—Déjalo en paz, Gaetano; es su primer día —escuché.

Abrí los ojos y vi a Danny. Estaba de espaldas a Rosa y apoyaba la punta de una navaja sobre su cuello.

—*Merda... Pesquisadores* —siseó Rosa. Hizo un gesto al negro para que se apartase de mi lado.

—¿Estás bien, Tirso? —preguntó Danny. Yo sólo pude hacer un gesto con la mano mientras me ponía en pie, renqueando. Aún no había recuperado el aliento.

—Danny... —dijo Rosa. Inspiró profundamente con la nariz—. *Manifesto* de Yves Saint Laurent... Sigues fiel a tu aroma de siempre. Me alegro de verte.

—Seguro que sí —dijo ella sin soltarlo—. ¿Vas a dejar en paz a mi sombra o tengo que extirparte el hueso de la nuez para convencerte?

—Por favor, estamos entre amigos… —Danny apartó la navaja de Rosa, que se volvió hacia ella luciendo una atractiva sonrisa, si bien no era nada amable—. No entiendo a qué viene esta hostilidad; si querías un reencuentro, podrías haberte limitado a llamarme por teléfono. Conozco un restaurante magnífico en Alfama…

—Me encantaría, pero parece que te muestras muy escurridizo a la hora de concertar encuentros. Si no te conociera, pensaría que tratas de evitarnos.

—Nada más lejos, querida mía. Este juego de las acechanzas me resulta un tanto estrambótico… ¿Realmente era necesario?

—A la vista del resultado, yo diría que sí. Te tengo exactamente donde quería.

—¿De veras? ¿Y dónde es eso?

—A solas y obligado a responder a mis preguntas.

—Buen detalle. Pero espero que tu colega no se sienta ofendido por que lo hayas utilizado como cebo. Podría haberle hecho daño, y nada me hubiera causado más pesar.

—No te angusties por él: sólo es un novato.

—Eso no hace falta que lo jures. —Rosa suspiró y se arregló las arrugas de la chaqueta con aire digno—. En fin, supongo que la huida no es una opción.

—Lo es si quieres volver a casa con un brazo roto. Sabes que soy capaz.

—Siempre he considerado que una mujer con nociones de lucha cuerpo a cuerpo demuestra una lamentable falta de femineidad… Una pena, Danny: con lo hermosa que eres y lo bien que sabes moverte en circunstancias menos violentas.

—No tientes a la suerte, Gaetano. Estoy cansada y quiero terminar con esto rápido, de una forma o de otra.

Rosa mostró las palmas de las manos en actitud conciliadora.

—Está bien, está bien… Dime de una vez qué es lo quieres. ¡Dichosos buscadores! ¿Cuándo dejaréis de ser un permanente dolor de cabeza?

—La subasta privada de la Fundación Gulbenkian. ¿Dónde se va a realizar?

—¿Sólo es eso? ¡Dios! Creí que se trataría de algo importante. Tendrá lugar el viernes, en el Palacio de Venturosa, cerca de Sintra. Me encantaría llevarte como acompañante, pero la asistencia está estrictamente restringida: nada de criminales.

—Imagino que contigo cubrieron el cupo... ¿Cómo puedo conseguir una invitación?

—No puedes, ya te lo he dicho.

—Pero tú sí vas a asistir.

—Soy miembro de la Fundación, por supuesto que estoy invitado.

—Perfecto. Te diré algo: sospecho que ese día estarás en cama con una inoportuna gripe... Ya sabes lo traicionero que es el clima en esta ciudad. De modo que, ya que no podrás asistir, no tendrás ningún inconveniente en hacerme llegar tu invitación para que uno de nosotros se tome la molestia de cubrir tu ausencia.

—Tengo una salud de hierro, preciosa. ¿Por qué habría de hacer eso?

—Porque tu salud empeorará terriblemente si se nos ocurre informar a la policía portuguesa sobre tus locales de esparcimiento para caballeros.

Rosa dejó escapar una mueca de desagrado.

—Qué poco elegante por tu parte que saques a relucir ese tema... Está bien: os haré llegar mi invitación a vuestro cochambroso nido, pero te advierto de que no podréis hacer nada con ella: está a mi nombre.

—Deja que seamos nosotros quienes nos preocupemos por eso.

—Desde luego. ¿Alguna cosa más? Esta conversación empieza a resultarme cansina.

—Nada por mi parte. Siempre es un placer hablar contigo, Gaetano.

Rosa no respondió. Hizo una seña al negro y luego los dos se marcharon, cada uno por un lado.

Danny se acercó hacia mí.

—¿Nada roto? —me preguntó.

—Sólo mi orgullo... ¿Qué es eso de que me has utilizado como cebo?

—No te ofendas, Tirso, pero tendría que estar loca para encargar a un novato una misión de seguimiento. Estaba segura de que Gaetano te iba a descubrir, sólo quería que mantuvieras entretenido a su guardaespaldas para que yo pudiera acercarme a él sin tropiezos. Es imposible atraparlo a solas.

—Sin embargo parece que no es la primera vez que mantenéis un encuentro —dije yo, suspicaz.

—Eso, novato, no es de tu incumbencia. —Ella me regaló una de sus medias sonrisas. Quise detectar en esta ocasión un matiz más cálido que de costumbre—. Lo has hecho bien para empezar. Eres bueno encajando golpes... Quizá sea ésa tu habilidad especial.

No estuve seguro de si lo decía en serio o bromeaba.

Nos dirigimos al nido para encontrarnos con Burbuja y darle la nueva información. El nido de Lisboa se encontraba en una callejuela de edificios angostos y avejentados. Entramos en uno de ellos cuya portería desprendía un intenso olor a pescado. El nido estaba en el quinto piso. No había ascensor. Al subir la escalera nos cruzamos con un par de gatos que dormitaban en los rellanos.

Al llegar al último piso, Danny llamó a la puerta que estaba a la izquierda. Se oyó el sonido de un pestillo al descorrerse y después Burbuja apareció ante nosotros.

Me resultó muy chocante verlo sin el traje oscuro que con tanta elegancia solía lucir en el Sótano. Llevaba una simple sudadera con el emblema de un equipo de rugby, unos vaqueros y un par de zapatillas Converse. Parecía recién salido de una hermandad universitaria.

Nos franqueó el paso. El nido era un simple estudio, con

una cocina y un baño. Las esquinas de las paredes estaban cubiertas de manchas de humedad. El escaso mobiliario parecía estar a punto de deshacerse en un montón de serrín. Encima de una silla vi un cenicero en el que había un par de chustas de papel.

—Hogar, dulce hogar… —dijo Danny—. Había olvidado la clase de agujero que era este sitio. —Olisqueó a su alrededor. En el ambiente se percibía un leve aroma a tabaco, pero no precisamente del que venden en los estancos. Danny miró a Burbuja—. ¿Ya has marcado tu territorio?

—Sólo lo justo para no morir de aburrimiento mientras os esperaba —respondió él—. La inactividad me está matando. Espero que hayas conseguido algo.

—*Hemos* conseguido algo —respondió ella, remarcando el plural—. La subasta se hará este viernes en Venturosa. Es un palacio que está cerca de Sintra. ¿Lo conoces?

—¿Qué sé yo? Hay decenas de palacios alrededor de Sintra. Aquello es como una maldita pesadilla de Walt Disney. —Burbuja cogió un arrugado paquete de Camel de encima de la cama y se encajó un cigarrillo entre los labios. Mientras lo encendía, masculló—: ¿Cómo se ha portado el novato?

—Bastante bien. Es muy obediente.

—Al menos es un avance —dijo él, dejando escapar una bocanada de humo—. Sabemos el dónde y el cuándo. Sólo nos queda averiguar el cómo.

—¿Hablamos con Narváez?

—No, dejemos al viejo dormir la siesta en paz. Antes, sepamos todo lo posible sobre ese palacio. Novato.

Tardé unos segundos en darme cuenta de que se dirigía a mí.

—¿Sí?

—¿Conoces Lisboa?

—Bastante. Hice aquí una beca Erasmus hace algunos años.

Burbuja sonrió de medio lado, con sarcasmo. Por un momento me recordó a una de las sonrisas de Danny.

—Bien. Espero que permanecieras sobrio el tiempo suficiente como para aprender a moverte por la ciudad. ¿Conoces la Biblioteca del Ejército? Está en Alfama, junto al monasterio de San Vicente de Fora. —Le dije que conocía la zona. Él asintió—. Mañana a primera hora ve y encuentra cualquier cosa sobre ese palacio. Un plano no nos vendría nada mal.

—¿Quieres que lo acompañe? —preguntó Danny.

—No. Marc y tú probad suerte en la Biblioteca Nacional. Pondré a Tesla a trastear con sus maquinitas mientras tanto, a ver qué saca en limpio. Yo buscaré en los archivos del Palacio de Centeno.

El Palacio de Centeno es la sede de la Universidad Técnica de Lisboa, donde se encuentra la Facultad de Arquitectura. Estaba seguro de que Burbuja obtendría cosas más útiles allí que yo perdiendo el tiempo en un polvoriento archivo militar, pero me abstuve de decirlo en voz alta. Las sombras no cuestionan órdenes.

Burbuja dio por finalizado el encuentro. Yo me despedí. Danny se quedó con él para, según dijeron, discutir algunos planes de actuación.

Cuando bajaba por la escalera del edificio me di cuenta de que Burbuja no me había especificado qué debía hacer en caso de que encontrara algo importante sobre el palacio. Di media vuelta y regresé al último piso.

Al llegar junto a la puerta del nido, escuché la voz de Burbuja. Las puertas de aquel chamizo debían de ser finas como el cartón, porque su voz me llegó tan claramente como si estuviera a mi lado.

—Odio esto, pequeñita…

Me detuve en seco.

«¿Pequeñita…?»

Escuchar conversaciones privadas ya me había proporcionado alguna decepción, pero no pude evitar volver a hacerlo. Aquella voz no parecía la de Burbuja, sino la de un hombre mucho más joven, más cansado y, sobre todo, más débil.

—¿Por qué? Lo estás haciendo bien. Siempre lo haces bien.

La voz de Danny también sonaba diferente. Menos fría y distante que de costumbre.

—Aun así, lo odio. No me gusta hacer la labor del viejo. No es mi tipo de trabajo. Sirvo para ejecutar órdenes, no para planificar.

—Narváez confía en ti más que en ninguno de nosotros.

—Sí. Lo sé. Pero el viejo no siempre tiene razón.

Por un momento no escuché nada más. Sólo ruidos leves, como roces. De pronto, la voz de Burbuja, muy débil, casi un suspiro. Como un niño indefenso.

—Ocurra lo que ocurra, tú estarás a mi lado, ¿verdad, pequeñita?

—Siempre. No lo dudes.

La conversación empezó a resultarme demasiado íntima como para querer seguir escuchando. En silencio, pero tan rápido como fui capaz, me alejé de allí.

La iglesia de San Vicente de Fora corona el barrio de Alfama igual que una guinda barroca sobre un pastel de callejuelas, las cuales aún conservan la caótica planimetría de época musulmana.

Muy cerca de allí se encuentra la Biblioteca del Ejército, en un pequeño edificio que surge, como por sorpresa, en el recodo de una plazoleta empedrada, al final de un laberinto de cuestas imposibles.

Me presenté en la biblioteca a primera hora de la mañana, con el sueño aún colgando de las pestañas. Era su único visitante. El Cuerpo Nacional de Buscadores me había provisto (como a todos sus miembros) de un carnet de investigador expedido por la EUA,* del cual me serví para poder llevar a cabo mi labor sin trabas.

* European University Association (Asociación de Universidades Europeas).

Un amable bibliotecario se mostró encantado de entretener la mañana prestándome su ayuda. Le pedí cualquier información que pudiera darme sobre el Palacio de Venturosa, sin demasiadas esperanzas de obtener resultados.

Tuve un golpe de suerte: el Palacio de Venturosa había sido transformado en cuartel durante la época de las guerras liberales, entre 1828 y 1834, de modo que en los archivos de la biblioteca contaban con abundante material sobre el edificio. Empleé toda la mañana en estudiarlo a fondo.

El palacio fue levantado en la década de 1740 sobre un plano obra de João Frederico Ludovice, arquitecto de origen alemán y formación italiana. Analizando objetivamente los excesivos barroquismos del Palacio de Venturosa, costaba imaginarse a un alemán diseñando semejante frivolidad.

Ludovice ya había diseñado antes para el rey Juan V el Palacio Convento de Mafra, obra de mayor envergadura e igualmente desatada que Venturosa. Poco después de aquello, el monarca sufrió una embolia que le dejó medio cuerpo paralizado y lo incapacitó de por vida. No está probado que el diseño del Palacio de Mafra y la embolia de Juan V tengan relación alguna, pero la casualidad es sorprendente.

Sea como fuere, la corte de Lisboa se vio obligada a retirar de la escena pública al monarca: era poco digno que un rey hecho y derecho presidiera los consejos de ministros babeando por su boca torcida.

El ministro brasileño Alexandre de Gusmão se encargó de sujetar las riendas del gobierno mientras que al melancólico monarca le buscaban una residencia adecuada para que pasara los días de su forzoso retiro. Al arquitecto Ludovice le encomendaron los planos del nuevo palacio.

El edificio se levantó en Venturosa, lo suficientemente apartado de la capital como para que el rey no fuese visto a menudo, pero no tanto como para que el trajín de decretos pendientes de la real firma ralentizara las labores del gobierno. Tras la muerte del rey, el palacio apenas se utilizó salvo para alojar a algún visitante extranjero de relumbre. En 1830, en el contexto de la guerra civil portuguesa, los ejércitos absolutistas del rey Miguel I lo habilitaron como cuartel. Quedó seriamente dañado por los enfrentamientos y, al finalizar la guerra en 1834, el palacio fue abandonado. En el siglo xx el edificio era poco más que un cascarón hasta que la Fundación Gulbenkian lo adquirió y lo restauró para llevar a cabo actividades de carácter cultural y abrir al público sus dependencias.

Entre los diversos legajos consultados en la Biblioteca del Ejército encontré un libro escrito por un arquitecto militar llamado Fernando Severim. Era un volumen editado en 1875 donde aparecían varios planos del palacio. Los planos eran bastante detallados, justo lo que Burbuja me había pedido el día anterior. Solicité permiso al bibliotecario para escanear unas copias y, cuando hube terminado, llegó un mensaje de texto a mi móvil: «Ven al nido. Ahora. B.».

Era la hora de comer y yo tenía mucha hambre, pero la orden del mensaje no admitía interpretaciones. Salí de la biblioteca y fui caminando hasta el nido. No estaba lejos.

Burbuja y Tesla estaban allí. Burbuja me abrió la puerta. Ese día tampoco llevaba su traje oscuro, pero su atuendo era más formal que el que lucía la tarde anterior. Vi a Tesla sentado sobre la cama, trabajando con un ordenador portátil que sostenía sobre las rodillas. Había envases abiertos con el logotipo de un restaurante chino encima de una mesa, junto a la cama.

—Pasa —me dijo Burbuja nada más verme—. Si aún no has comido, creo que queda algo de pollo *kung pao* por alguna parte.

Lo que había dentro de los envases no olía demasiado bien, así que decliné su oferta. Burbuja me preguntó si había encontrado algo en la Biblioteca del Ejército y yo, muy satisfecho, le entregué el *pen drive* con los planos escaneados del palacio. Tesla los abrió en el ordenador.

—Buen trabajo, Tirso —me dijo Tesla—. Esto nos va a ser de mucha ayuda.

—¿Puedes sacar algo de esos planos? —preguntó Burbuja.

—Seguro que sí. Aún tenemos un par de días para prepararnos. Iré esta misma tarde a Sintra para investigar sobre el terreno.

—Bien… ¿Cómo va esa conexión?

—Ya casi lo tengo.

Burbuja me explicó que Narváez iba a ponerse en contacto con él y quería que yo estuviera presente.

Durante los trabajos de campo, Narváez raras veces se comunicaba con los buscadores salvo a través de escuetos mensajes de texto. Si el viejo quería hablar con Burbuja tenía que ser por algo importante.

Para establecer contacto con el Sótano, los buscadores utilizan un sistema de videoconferencia similar al que se empleaba en el ejército. De hecho se sirven del mismo satélite que usa para sus comunicaciones el ejército español. «Pirateo a los colegas de uniforme», lo llaman. Al parecer, en el Estado Mayor no son conscientes de que el CNB parasita sus señales de forma habitual.

—Ya está —anunció Tesla—. Aquí tenemos a nuestros chicos de Madrid…

Le dio la vuelta al ordenador para mostrarnos la pantalla. En ella pude ver la imagen de Narváez en la sala de reuniones del Sótano.

—Por fin os veo —dijo Narváez a modo de saludo—. ¿Por qué habéis tardado tanto?

—Lo siento —respondió Tesla—. Me ha llevado más tiempo del que esperaba piratear una señal de red decente. No había muchas donde elegir.

—¿Estáis en el nido? —preguntó Narváez—. Menudo antro… Pensaba que habíamos adquirido un nuevo nido en Lisboa el año pasado.

—Te confundes con París, me temo —intervino Burbuja—. Aquí seguimos usando la misma cueva que en tus tiempos de agente de campo.

Narváez frunció los labios en algo que podía interpretarse como una sonrisa.

—Ya veo. Espero que siga abierto ese restaurante que estaba al final de la calle. Servían la mejor sopa de marisco de toda la ciudad.

—¿Quieres que mande al novato a comprobarlo?

—¿Está Tirso contigo? —preguntó Narváez, buscándome con la mirada—. Bien, no perdamos el tiempo. Enigma acaba de interceptar una comunicación importante de la Brigada de Patrimonio Histórico de la Guardia Civil. Se ha localizado en Lisboa a Orlando Loureiro Acosta. Parece ser que está a punto de cerrar una venta de antigüedades robadas con un comprador anónimo.

—Mierda… —masculló Burbuja—. ¿No puede encargarse la policía portuguesa? A nosotros no nos sobra el tiempo para recados.

—Acosta aún mantiene su pasaporte diplomático venezolano y ni la Guardia Civil ni la policía portuguesa pueden actuar a tiempo para impedir esa venta. Debe hacerse una operación rápida y expeditiva, y tiene que ser hoy mismo.

Burbuja emitió un suspiro de contrariedad.

—Está bien… ¿Sabemos al menos dónde se va a llevar a cabo la venta?

—No, pero la Brigada de Patrimonio sí sabe dónde se aloja Acosta en Lisboa. Enigma os pasará las señas por e-mail. Es probable que Acosta guarde allí las piezas que se dispone a vender. —Narváez hizo una pequeña pausa—. Sé que no es el mejor momento para pediros esto, pero no olvidéis que también forma parte de nuestras obligaciones.

—Lo sé, lo sé… Haremos lo que podamos.

—Burbuja, encárgate de ello. Ya conoces a Acosta, así que sabes cómo tratarlo. Llévate a Tirso como sombra.

—Prefiero hacer esto solo. Acosta puede ser peligroso si se siente acorralado.

—No es una sugerencia, Burbuja. Llevarás una sombra. Los nuevos buscadores tienen que aprender cómo funcionan los trabajos de intercepción, y ésta será una buena oportunidad para ello. El resto que sigan con el asunto de la Máscara.

—¿Por qué Tirso precisamente? ¿No puedo llevar a Marc? —preguntó Burbuja, sin que le importase demasiado si aquella duda podía ofenderme o no.

—Tirso será tu sombra, y eso es todo lo que voy a añadir al respecto. Supongo que aún no has olvidado cómo acatar una orden.

Burbuja encajó el rapapolvo con resignación. Narváez se despidió de nosotros y cortó la comunicación.

—Fantástico —masculló Burbuja, metiéndose un cigarrillo entre los labios—. Acaban de nombrarme la maldita niñera de los novatos…

Tesla me dedicó una mirada comprensiva, pero no se atrevió a decir nada. Yo tampoco: Burbuja parecía estar bastante enfadado. Le dio un par de caladas a su cigarrillo y luego lo aplastó contra el cenicero, sin terminárselo.

—Espero que seas capaz de mantener los ojos abiertos y la boca cerrada. Vamos a salir de caza, y no quiero un ojeador que me espante la pieza.

Tesla se rió disimuladamente.

7

Acosta

A media tarde, justo cuando anoche-
cía, Burbuja y yo salimos del nido.
Seguí a mi compañero hasta el monovolumen con el que
Danny me recogió en el aeropuerto. En esta ocasión, también
tuve que ser yo el que condujera.

La dirección que Enigma nos había facilitado desde Madrid
correspondía a un edificio situado en la rua Áurea, cerca del
Elevador de Santa Justa, una imponente estructura de hierro decorada con aires góticos y que sortea la altura entre los barrios
de Chiado y Baixa Pombalina. El edificio al que nos dirigíamos
era un bloque de pisos decimonónico de aspecto decadente y
cuya fachada estaba cubierta de azulejos.

Burbuja se había mantenido en taciturno silencio a lo largo
de todo el trayecto. Al llegar a la rua Áurea me indicó que tomara una pequeña calle lateral, paralela al Elevador. Allí detuve el
coche.

—¿Qué hacemos ahora? —pregunté.

—Nada. Esperar a que anochezca.

—Ese tal Orlando Acosta..., ¿quién es?

—Loureiro —corrigió Burbuja—. Orlando Loureiro Acosta. Es un traficante de antigüedades. Uno especialmente escurridizo. Se supone que es agregado cultural del consulado de Venezuela en Barcelona, pero no es más que una tapadera. Desde

hace años se dedica a la venta ilegal de piezas arqueológicas. Debe de tener amigos importantes en su país, porque cuando el gobierno de Venezuela recibe alguna queja sobre él se limitan a cambiarlo de destino. La última vez que nos vimos las caras figuraba como agregado de prensa en el consulado venezolano de Bilbao.

—¿Ya lo conoces?

—Oh, sí; y seguro que él se acuerda de mí. Estoy harto de pararle los pies.

—Le dijiste a Narváez que podía ser peligroso… —mencioné intentando disimular mi inquietud.

—Más bien, imprevisible. —Burbuja me miró—. Haz todo lo que yo te diga y nada saldrá mal. Con un poco de suerte habremos terminado con esta mierda antes de la hora de cenar.

Nos quedamos dentro del coche, observando cada uno por su ventanilla. El buscador encendió la radio y recorrió el dial. Se detuvo en una cadena de música que emitía *Spanish Bombs*, de The Clash.

Después de un par de grandes éxitos del punk británico, cuando la noche ya había caído a nuestro alrededor, Burbuja apagó la radio y salió del coche. Yo le imité.

Nos dirigimos hacia el portal del edificio de los azulejos.

—Necesitaremos una llave para entrar —dije.

—Eso parece —repuso Burbuja.

Sacó un pequeño llavín de metal del bolsillo del pantalón y lo introdujo en la cerradura. Luego, con un movimiento muy rápido, le dio un pequeño golpe seco en la parte de atrás y lo giró. La puerta se abrió.

—¿Cómo has hecho eso? —pregunté asombrado. Él me dio la llave que acababa de utilizar.

—Esto se llama *bumping key*. Como ves, todos los dientes están cortados hasta el punto más bajo posible. Con este pedacito de metal puedes forzar casi todas las cerraduras de tambor que encuentres. Sólo necesitas un poco de maña. —Hice el gesto de devolverle la llave, pero él la rechazó—. Quédatela. Tengo decenas como ésa. Tú mismo podrías hacerte otra con una llave normal, una lima y bastante paciencia.

El interior del edificio tenía mejor aspecto que el exterior. El portal era antiguo, pero estaba muy cuidado y lucía un aire de casa señorial. Utilizamos el ascensor para subir hasta la última planta.

Sólo había dos puertas en aquel rellano. Nos dirigimos hacia la que estaba a la derecha. Burbuja echó un vistazo a la cerradura.

—Otro diseño Yale de tambor —musitó—. ¿Por qué se empeñarán en ponérmelo tan fácil…?

Burbuja me enseñó a utilizar mi llave *bumping*. Era asombrosamente sencillo, sólo requería un poco de maña para girar la llave casi al mismo tiempo que se le daba el pequeño golpe en la parte trasera. Al segundo intento fui capaz de abrir la puerta.

—¡Mira eso! —exclamé entusiasmado—. ¡La he abierto!

—Y el universo se detuvo para lanzar una ovación… —masculló Burbuja.

No parecía que hubiera nadie. Burbuja encendió la luz y se paseó por el recibidor, inspeccionando con la mirada.

El piso era amplio. Estaba decorado con muebles de diseño moderno que parecían caros. Al entrar, nos encontramos en un gran salón recibidor provisto de cocina americana. Casi toda una pared del recibidor estaba ocupada por un ventanal que daba a la calle. Una de las puertas comunicaba con un dormitorio y la otra con un cuarto de baño. Todo estaba limpio y en orden, apenas había rastros que indicaran que el piso estaba siendo habitado.

—Quédate junto a la entrada —me ordenó—. Si oyes que alguien se acerca, avísame.

El buscador empezó a hacer su trabajo. Primero buscó en el recibidor, pero no encontró nada que fuera de su interés; luego echó un vistazo en el cuarto de baño y, finalmente, pasó al dormitorio.

Cuando empezaba a aburrirme de estar de pie junto a la puerta sin hacer nada, detecté el sonido del ascensor al detenerse en nuestro piso. No me hizo falta avisar a Burbuja: él también lo había oído.

Lo miré, interrogante. Se puso el dedo índice frente a los labios y, con la otra mano, me indicó la barra de la cocina americana. Entendí que quería que me escondiese allí en silencio.

Obedecí sus órdenes. Él apagó la luz del recibidor y se colocó junto a la puerta de entrada, justo en el momento en que pudimos oír una llave al introducirse en la cerradura.

La puerta se abrió, ocultando a Burbuja. Desde la barra de la cocina, pude echar un vistazo al recién llegado. Era un hombre de mediana edad, vestido con una chaqueta y pantalones blancos y una camisa negra. Tenía la piel oscura y rasgos mestizos. Su cabello engominado brillaba bajo la luz de las farolas de la calle, que entraba a través del ventanal del recibidor.

Visualicé cada miembro de mi cuerpo como si fuera un bloque de piedra, quieto y silencioso, y contuve la respiración.

El hombre dejó caer sus llaves sobre un mueble junto a la puerta y entró. Cerró sin mirar atrás, por lo que no vio a Burbuja a su espalda. Siguió caminando hacia la puerta del baño. Cuando estaba a punto de entrar, se detuvo en seco.

Desde mi escondite reparé en qué era lo que le había hecho detenerse: la luz de la calle se filtraba por el ventanal de tal forma que proyectaba la sombra de Burbuja sobre la puerta cerrada del baño. Ignoro si el buscador se había dado cuenta de ello, pero el recién llegado sí.

Y no le gustó.

—Pero ¿qué vaina...? —exclamó. Se giró bruscamente y, al ver a Burbuja, sus ojos se abrieron en una expresión de sorpresa que casi resultó cómica. De pronto agarró un pesado cenicero de mármol que había sobre una mesa y lo arrojó a la cabeza del buscador, quien se agachó a tiempo para evitar el impacto.

El hombre comenzó a lanzar toda clase de objetos contra Burbuja, pero éste los evitaba igual que si ya supiera de antemano su trayectoria. Cuando el tipo se quedó sin proyectiles, mi compañero avanzó hacia él. La expresión de su cara no anunciaba nada bueno.

El hombre se metió la mano bajo la chaqueta y, con un deje histérico en su voz, gritó:

—¡Quédate ahí quieto! ¡Estoy armado!

Burbuja torció el gesto.

—No me hagas reír, Acosta. Jamás has llevado encima nada más peligroso que un bolígrafo.

Acosta sacó la mano de la chaqueta. Tenía una pistola agarrada entre los dedos, tan fuerte que pude ver el color blanco de sus nudillos. El pulso le temblaba de forma penosa.

Burbuja se detuvo. Arqueó las cejas, sorprendido, y, lentamente, levantó las palmas de las manos hasta el pecho.

—Vaya… Reconozco que eso no me lo esperaba.

—¡Cállate! —gritó Acosta. Con la otra mano sacó su móvil del bolsillo y trató de marcar un número—. Ahora vas a explicarle a la policía cómo hiciste para colarte en mi casa.

—Acosta, no seas estúpido. Ninguno de los dos queremos ver a un montón de policías por aquí haciendo preguntas.

El tipo dudó. Volvió a guardar el teléfono y levantó la pistola hacia la cara de Burbuja.

—Si no te marchas ahora mismo, dispararé.

—Está bien, está bien; tú ganas. —Burbuja empezó a caminar hacia la puerta, de espaldas—. Me estoy yendo, ¿lo ves? Ya me marcho.

Dio un par de pasos más, hasta llegar junto a la cocina. De pronto, agarró un taburete de metal y lo arrojó contra las piernas de Acosta. El traficante chilló y apretó el gatillo. Yo cerré los ojos, esperando oír el disparo.

No escuché nada.

Los pies de Acosta se enredaron con las patas del taburete y cayó al suelo de bruces. Burbuja se lanzó sobre él con los fugaces movimientos de una pantera. Lo levantó del suelo, sujetándole por el cuello con el brazo mientras con una mano le quitaba la pistola. Acosta forcejeaba como un gusano ensartado en un anzuelo.

—Eres un imbécil —dijo Burbuja, arrojando la pistola a un lado—. Un consejo: cuando apuntes a alguien con un arma, comprueba que el seguro no está puesto.

Burbuja tiró a Acosta encima del sofá y se colocó frente a él, de cara a la cristalera de pared, observando al traficante con los brazos cruzados sobre el pecho y una poderosa expresión de amenaza en el rostro.

Desmadejado, Acosta miraba a Burbuja, con expresión de terror.

—¡No tienes derecho a hacerme a esto! —chilló—. ¡Soy un ciudadano de Venezuela con pasaporte diplomático! ¡Ningún agente de la ley puede…!

—Qué mala suerte has tenido, amigo: yo no soy un agente de la ley.

Burbuja aplastó el puño contra la cara de Acosta, en un gesto casi tan rápido como un disparo. El traficante gritó de dolor y se cubrió el rostro con las manos.

—¡Mi nariz! ¡Mi nariz! —gimoteó con voz gangosa—. ¡Naguará, me rompiste la puta nariz, joder!

—Sigue gritando de esa forma y el próximo golpe irá directo a tus pelotas. —Acosta se calló—. Eso está mucho mejor. Quizá aún podamos hacer esto por las buenas… Novato, ven aquí.

Salí de detrás de la barra de la cocina y me acerqué a él. Acosta me miró, como un animal acorralado. Se había colocado un pañuelo sobre la nariz y tenía el pecho de la camisa manchado de sangre.

—¿Quién es éste? —preguntó al verme.

—Un amigo que quiere saber dónde has metido la mercancía que estabas a punto de vender. Si se lo dices, todo irá bien; si no… —Burbuja hizo crujir los nudillos—. En fin, ya sabes cómo va esto.

—No tengo ni idea de qué caraja me estás hablando.

Burbuja agarró a Acosta por una oreja, como si quisiera

reducir su cartílago a pulpa. Tiró de él hasta que lo hizo levantarse.

—Escúchame bien: ¿te parece que tenga ganas de perder el tiempo con esta basura? —le siseó en la oreja libre.

—¡De acuerdo, de acuerdo! —chilló Acosta, dolorido. Burbuja retorció aún más la oreja del traficante. Casi pude oír cómo crujía el cartílago. Por un momento temí que fuera a arrancársela de cuajo—. ¡En el frízer! ¡Está en el frízer! —gritó Acosta. Los ojos le lagrimeaban.

Burbuja soltó a Acosta, que se derrumbó sobre el sofá sin dejar de gimotear. El buscador hizo con la cabeza un gesto hacia la cocina.

—Mira en la nevera —me ordenó.

Fui hacia allí. Al abrir la nevera no encontré comida en ella: sólo una caja de poliestireno, como las que se utilizan en las pescaderías. La cogí y se la llevé a mi compañero.

—Vamos a ver qué tenías para cenar… —dijo él, y abrió la caja. Dentro había tres objetos envueltos en plástico y dos fundas de cartón con forma de tubo. Burbuja abrió uno de los tubos y sacó de su interior un mapa enrollado—. ¿Qué tenemos aquí? Vaya: uno de los ptolomeos robados de la Biblioteca Nacional en 2007… Chico malo… ¿Y esto? —se preguntó mientras desembalaba uno de los bultos. Era una estatuilla de bronce, con la forma de un joven que sostenía una cornucopia—. ¿De dónde ha salido todo esto? Y no me mientas, porque lo sabré.

—No lo sé, lo juro… —rezongó Acosta—. Me lo vendió un chamo que dijo que las había encontrado en el yacimiento de Clunia. No sabía que eran robadas.

—Claro que no… —dijo Burbuja. Abrió otro de los objetos envueltos y se quedó mirándolo unos segundos, con cara de extrañeza. Después me lo dio—. ¿Tienes idea de qué puede ser esto?

Se trataba una extraña pieza con forma de cilindro. Medía unos veinte centímetros y estaba hecha con algún tipo de metal dorado. Al inspeccionarla con detalle me di cuenta de que la superficie del cilindro estaba decorada con muescas en forma de escamas. En un extremo había dos pequeñas piedras brillantes, de color verde, y un pequeño agujero del que brotaban dos filamentos de metal.

—Parece una especie de… pez —dije yo. Me dio la impresión de que el cilindro no estaba hueco. Lo agité con cuidado junto a mi oreja y percibí un tintineo metálico.

Acosta se puso de pronto muy alterado.

—¡Dejen eso! ¡Eso es mío! ¡Devuélvanmelo!

Me pareció una reacción extraña. Apenas mostró ninguna emoción cuando Burbuja manipuló los otros objetos, pero éste en concreto parecía haberle puesto muy nervioso.

—Dime qué es esto y de dónde lo has sacado —exigió Burbuja. Acosta lo miró, desafiante.

—No tienes ni idea de con quién te estás metiendo, buscador. Harás bien en quitar tus asquerosas manos de esta chamba, si no quieres salir mal parado.

—¿A quién pensabas venderle todo esto?

—A alguien que va a enfadarse mucho si no obtiene lo que desea.

—En ese caso, me temo que tienes un problema. —Burbuja se acercó a Acosta, amenazante—. Dime quién era.

El traficante se apartó el pañuelo de la nariz y curvó los labios en una desagradable sonrisa cubierta de sangre.

—¿Quieres saberlo, pingo?

—Estás empezando a cansarme…

Acosta se rió entre dientes y dijo:

—Como panal de miel destilan tus labios, néctar y leche hay bajo tu boca…

Burbuja lo miró desconcertado. En aquel instante reparé en que los ojos de Acosta se desviaban durante un segundo hacia el pecho del buscador y su sonrisa se ensanchó.

Seguí la dirección de sus ojos y vi sobre la camisa de Burbuja un pequeño punto rojo.

Un pequeño y luminoso punto rojo.

—¡Cuidado! —grité.

Y en el mismo instante en que apartaba a Burbuja de un empujón, uno de los cristales de la ventana estallaba en pedazos.

Caímos al suelo. Escuché cómo el buscador dejaba escapar una exclamación de dolor y, de pronto, la pared que estaba detrás de nosotros se llenó de impactos de bala. Acosta empezó a reírse como un loco mientras la ventana seguía deshaciéndose en una lluvia de esquirlas de cristal.

Agarré a Burbuja por el cuello de la camisa y lo arrastré a cubierto, tras la barra de la cocina. El buscador se apretaba la mano contra el hombro. La tenía empapada de sangre. Acosta se levantó del sofá y salió huyendo del piso. Burbuja y yo nos quedamos con la espalda apoyada en la barra. El buscador tenía la cara deformada por un gesto de dolor.

Sobre nuestras cabezas estalló un jarrón de loza.

Me di cuenta de que aún tenía aquel cilindro con forma de pez agarrado en la mano. Me lo guardé en el bolsillo.

Yo respiraba a espasmos. Parecía que mi corazón quisiera escapársseme del pecho abriendo un agujero a golpes. Me volví hacia Burbuja.

—¿Estás bien?

—Joder... —exclamó el buscador entre dientes. Tenía la frente perlada de sudor, y la sangre empapaba su ropa—. ¿Qué diablos está pasando?

—Hay un francotirador... Creo que está en el edificio de enfrente —boqueé. Al ver que su rostro adquiría un tono ceniciento, me asusté—. Mírame... Burbuja... ¡Mírame! ¿Estás bien?

Él hizo esfuerzos por enfocar sus ojos en los míos.

—Tenemos que salir de aquí, novato.

—Está utilizando un visor con láser. Si nos apunta, podremos verlo. Sólo tenemos que ir corriendo hacia la puerta y...

—No. Yo no puedo verlo.

—¿Qué?

—¡Yo no puedo ver el maldito punto rojo! Tenemos que pensar otra cosa.

La mente se me embotó. El buscador tenía cada vez peor aspecto: la bala no le había dado en el hombro, como yo pensaba, sino en la parte superior del pecho. Estaba perdiendo mucha sangre.

—Sal corriendo cuando lo haga yo —dije.

Antes de que Burbuja pudiera replicar, salí de detrás de la barra y me lancé a la carrera hacia el cuarto de baño, en dirección contraria a la salida del apartamento. En el momento en que entraba en el baño, una bala impactó en la jamba de la puerta. Asomé la cabeza con cuidado, esperando que Burbuja hubiese comprendido mis intenciones.

Aliviado, vi al buscador arrastrarse con rapidez hacia la puerta del piso. Yo había logrado distraer al tirador, pero aún tenía que salir de aquel lugar sin llevarme una bala de recuerdo.

El diabólico punto de mira, rojo y brillante como una gota de sangre, seguía apoyado sobre la jamba de la puerta, esperando a que yo saliera. Al menos eso me permitía saber hacia dónde apuntaba el tirador.

Imaginé que alguien que precisa de una mira láser es porque no está seguro de su propia puntería, así que pensé que podría utilizar esa circunstancia en mi beneficio: me convertiría en un blanco móvil.

La distancia entre el cuarto de baño y la barra de la cocina era de unos pocos metros. Salí del baño a la carrera y me parapeté tras la barra. Un proyectil levantó un trozo de pared, a mis pasos.

Respiré hondo una vez, conté hasta tres y volví a salir de detrás de mi escondite, hacia la puerta. Reventó otro cristal de la ventana y sentí una bala pasar tan cerca de mi cabeza que pude oír cómo rasgaba el aire. Por suerte no me había equivocado en mi apreciación: nuestro atacante no era bueno persiguiendo blancos móviles.

Salí del piso. Burbuja se encontraba sentado sobre el suelo del rellano de la escalera. Su cara era pálida como una luna y respiraba de forma entrecortada. La parte derecha de su pecho estaba cubierta de sangre.

Me agaché junto a él y le ayudé a colocar su brazo sobre mis hombros. Le puse en pie y, juntos, nos marchamos de aquel lugar tan rápido como nuestros movimientos lo permitían.

A salvo, por el momento.

Metí a Burbuja en el coche. Mi primera intención era dirigirme al dispensario más cercano, entonces caí en la cuenta de que, con toda seguridad, los médicos querrían saber por qué el paciente lucía en su pecho aquel agujero de bala. No es fácil hacer pasar un disparo por un accidente doméstico.

—No vayas al hospital —me dijo el buscador, confirmando mis reparos. Pronunciar una sola palabra le suponía un enorme esfuerzo—. Llama a Danny. Deprisa.

Lo hice. Hablé con ella y le expliqué lo ocurrido de la forma más calmada que fui capaz. Ella mantuvo la sangre fría.

—¿Cómo es de grave? —me preguntó.

—No lo sé… La herida está a la altura del pecho. Él sigue consciente.

—Llévalo a esta dirección. Nos veremos allí. Toma nota.

Las señas que me dio correspondían a una calle del barrio de Moscavide, en el norte de la ciudad y cerca del puente Vasco da Gama. No estaba cerca de donde nos encontrábamos.

Guardo recuerdos vagos de aquellos momentos. Mi mente aún no había asimilado lo cerca que había estado de la muerte. Era la primera vez en mi vida que alguien trataba de matarme y eso es una experiencia difícil de asumir. En el ánimo deja una extraña mezcla de terror y excitación que sólo alguien que haya pasado por algo semejante podrá comprender. Por otro lado, la vida de un buscador estaba poco menos que en mis manos, y eso no ayudó a que me tomara las cosas con calma.

Cuando llegué a la dirección de Moscavide, Danny ya estaba allí, esperándonos. A partir de ese momento, ella tomó la iniciativa.

El lugar al que había llevado a Burbuja era una pequeña clínica privada atendida por un médico de origen español. No hizo preguntas cuando se encontró con el buscador hecho un despojo. Sin duda no era la primera vez que colaboraba con el CNB.

Mientras atendía a Burbuja en un dispensario, yo me quedé en una sala de espera vacía, sentado. Tenía la mente en blanco.

Danny se me acercó.

—Lo has hecho muy bien, Tirso. Muy bien. Sin tu ayuda es probable que Burbuja no lo hubiera podido contar. —Yo la miré. Estaba tan aturdido que apenas entendí sus palabras, entonces ella me puso la mano sobre el hombro—. ¿Tú te encuentras bien?

—Disculpa… Yo… Tengo que…

Salí de allí, casi a la carrera, y me metí en el primer cuarto de baño que encontré. Una vez dentro, vomité todo lo que tenía en el estómago entre violentas arcadas.

Sólo después de aquello me sentí como algo parecido a un héroe.

8

Venturosa

Burbuja pasó la noche en la clínica. Su herida era grave, pero no mortal. La bala había impactado en el pecho, justo debajo de la clavícula, pero sin tocar ningún hueso u órgano importante.

Pensar que, de no haberlo empujado yo a tiempo, el disparo le habría atravesado el corazón, más que hacerme sentir bien me provocaba escalofríos.

Al día siguiente de nuestro ataque, Burbuja regresó al nido con el brazo en cabestrillo. Desde Madrid, Narváez quiso que abandonara Lisboa, pero el buscador insistió en seguir adelante con la misión. Después de haber perdido a Acosta, un segundo fracaso en la misión de la Máscara le parecía humillante.

Así pues, mientras Burbuja seguía dirigiendo la operación desde el nido, el resto de los buscadores nos esmeramos todo lo posible en obtener resultados. Era una carrera contrarreloj.

El jueves, un día antes de la subasta, Tesla se puso en contacto con Marc y conmigo y nos reunió en el hotel donde se alojaba, a primera hora de la mañana. Cuando nos encontramos con él parecía estar muy contento.

—¿Qué ocurre? —le preguntó Marc—. ¿Alguna novedad?

Tesla sonrió.

—Ya sé cómo hacerlo —nos dijo—. Sé cómo podemos llevarnos la Máscara.

No quiso explicarnos nada más. Los tres utilizamos el monovolumen de alquiler para ir a Sintra. Tesla quería enseñarnos el interior del Palacio de Venturosa.

La escena del crimen.

El edificio era una pequeña fantasía barroca. Al contemplarlo no pude evitar pensar en un pastelillo hecho de piedra y estucos. Se trataba de una construcción cúbica, de cuatro pisos de altura, paredes de color amarillo pálido y ventanas de marco blanco rematadas con frontones triangulares. El palacio estaba plantado en medio de una amplia extensión de césped, junto a un pequeño lago.

En la fachada principal había un atrio de tamaño desmesurado que servía como entrada. Una fila de columnas blancas como el azúcar cubría la puerta de acceso y, sobre ella, destacaba una extravagante torre helicoidal cubierta de bulbosidades como pompas de merengue. En definitiva, una arquitectura algo indigesta.

Cuando llegamos a Venturosa, un goteo de visitantes con aspecto desorientado recorría el camino de grava que comunicaba la carretera principal con el acceso al palacio. Dejamos el coche en el aparcamiento de visitantes y nos dispusimos a entrar en el edificio como meros turistas.

Las habitaciones abiertas al público tenían un aspecto desolado. Apenas había un puñado de muebles criando polvo en los rincones, a menudo de un estilo que no se correspondía con las fechas en las que el rey Juan V habitó el lugar. Además de los muebles, unos pocos cuadros de artistas menores completaban los fondos exhibidos. En general, no daba la sensación de ser una visita imprescindible, lo cual quedaba refrendado por el escaso número de personas que encontramos.

El recorrido abierto al público no necesitaba más de veinte minutos para ser contemplado en su totalidad, el resto eran salas de exposiciones que en aquel momento estaban cerradas a causa de los preparativos para la subasta del día siguiente.

La visita finalizaba en el egregio salón comedor. Se trataba de una gran estancia cuyo techo estaba decorado con un fresco de Miguel Antonio de Amaral. El fresco representaba una apoteosis llena de dioses, alegorías y niños rechonchos con alas. Como sucede en casi todas las apoteosis barrocas, los personajes tenían aspecto de estar estorbándose unos a otros. Mucho más decorativos resultaban los amplios ventanales que comunicaban con el exterior, que ofrecían unas bonitas vistas del lago y los jardines del palacio.

Tesla nos señaló una mesa de madera que había en un extremo del comedor, sobre una especie de plataforma. Era una mesa muy simple, sin adornos, salvo por sus patas curvas rematadas en forma de garra. Era el único mueble que no parecía estar allí sólo para hacer bulto.

—Ahí está la clave —nos dijo Tesla, adoptando un tono confidencial.

—¿En esa mesa? —dije yo—. ¿Qué tiene de especial esa mesa?

—Lo descubrí gracias a los planos que encontraste en la Biblioteca del Ejército —respondió Tesla—. Ese mueble tiene una historia curiosa: el rey Juan V hizo que la construyeran específicamente. Las patas están clavadas a la plataforma sobre la que se encuentra. Ahí, junto a la pared, hay un mecanismo que al accionarse hace que la mesa descienda hasta las cocinas, sobre un pequeño ascensor. Ahora el mecanismo es eléctrico, pero en tiempos del rey Juan funcionaba con un sistema de manivelas y poleas, como una especie de montacargas.

—¿El rey se hizo construir una mesa móvil? —preguntó Marc.

—Juan V era un depresivo crónico. En 1742 sufrió una embolia que agravó su salud mental. A menudo no soportaba tener a nadie a su alrededor, ni siquiera a sus criados. Gracias a ese montaje los lacayos podían servir la mesa en la cocina y luego hacer que subiera hasta el comedor. Cuando el rey terminaba, activaba el mecanismo desde arriba y la mesa volvía a la cocina para que los lacayos retirasen el servicio. Hay un sistema parecido en una de las mesas del Palacio de Neuschwanstein, en Baviera, pero éste es más antiguo.

—Muy ingenioso —comenté—. Pero no veo en qué puede ayudarnos esa mesa.

—Os lo explicaré, pero no aquí. Cuando estemos en un sitio más discreto.

No había mucho más que ver en Venturosa, así que nos subimos al coche y regresamos a Lisboa.

Una vez allí, Tesla nos condujo hasta una pequeña tasca del Barrio Alto, junto a la Praça Luís de Camões. Dentro del bar había varias mesas ocupadas por estudiantes universitarios armando barullo, que compartían jarras de cerveza y botellas de *vinho verde* sin etiqueta. En una de las mesas vi a una chica joven, muy guapa, que bebía a solas un vaso de vino.

La chica nos miró al entrar. Me saludó y se quitó las gafas de sol que llevaba puestas.

Era Enigma.

Levanté las cejas, asombrado. Tesla, Marc y yo fuimos hacia la mesa donde ella estaba y nos sentamos a su lado.

Tesla se disculpó por haber llegado con retraso.

—No pasa nada —dijo Enigma, risueña—. He dado un precioso paseo por la plaza, he disfrutado de un buen vaso de vino… Me encanta venir a Lisboa. Es como ir de visita a casa de tus abuelos. —Nos dirigió una mirada a Marc y a mí—. ¿A qué vienen esas caras? La gente suele alegrarse más cuando me ve.

—Te hacíamos en Madrid, con Narváez —dije.

—Así era, pero, una vez más, he tenido que acudir al rescate. —Enigma colocó encima de la mesa dos bolsas que tenía a sus pies. Y dirigiéndose a Tesla, dijo—: Aquí traigo todo lo que me pediste.

—¿En estas bolsas? —preguntó él.

—Por supuesto. Las mejores toallas de todo Portugal. He comprado las suficientes para un ajuar, y para ti he escogido ésta. —Sacó una pequeña toalla de mano y se la dio a Tesla, guiñándole un ojo—. Podrás comprobar que con esta toalla se limpia cualquier rastro que desees eliminar.

Disimuladamente, Tesla desdobló una esquina de la toalla. Pude ver durante un instante fugaz que envuelto en ella había un sobre grande. El buscador sonrió y la guardó en una mochila que llevaba al hombro, decorada con el emblema de Batman.

—Gracias. No me explico cómo has podido tenerlo todo en tan poco tiempo.

—Porque soy la mejor. Me ofende que te sorprenda. —Enigma hizo un gracioso gesto con la mano para consultar la hora en su reloj—. En fin, tengo que dejaros. Mi avión despega dentro de tres horas.

—¿Te marchas? —pregunté yo. Me sentía extrañamente apenado por ello.

—Sí. Ha sido un viaje fugaz. Igual que el Séptimo de Caballería, aparezco, salvo la situación y regreso a mi Fort Lincoln particular. Ahora a vosotros os toca hacer los trabajos manuales.

Enigma se puso en pie y cogió sus bolsas de toallas. Antes de marcharse, se dirigió a Tesla.

—Saluda a Burbuja de mi parte… ¿De verdad se encuentra fuera de peligro?

—Por completo… Aunque de un humor de perros.

—Eso es bueno. En el mundo no hay tantos hombres guapos como para que nos podamos permitir perderlos. —Su voz adquirió un tono filosófico—. La belleza es efímera, pero eterno el dolor por su pérdida… —Luego nos miró sonriendo—. Buena frase, ¿verdad? Pues me la acabo de inventar.

—Cuando veas al viejo dile que no se preocupe, que aquí lo tenemos todo bajo control —dijo Tesla.

—Lo haré. Le gustará escucharlo: también él está de un humor de perros… ¿Alguno de vosotros podría ser un caballero y ayudarme a llevar estas bolsas hasta un taxi? —Hizo aquella pregunta mirándome a mí, por lo que no tuve más remedio que acompañarla hasta la calle, porteando sus toallas.

Cuando estuvimos en la plaza, fuera del bar, ella me estampó un beso en la mejilla. Me cogió totalmente desprevenido.

—¿Y esto? —pregunté.

—Por ser un héroe —dijo ella—. Y ahora, que nadie se atreva a llamarte «novato» en mi presencia.

Me había dejado una mancha de carmín en la cara. Sacó un pañuelo de su bolso y me la limpió, con cuidado, mientras me miraba a los ojos.

—Tienes unos pómulos muy afilados. Casi me corto los labios al besarlos... —Enigma lucía una expresión preocupada en su rostro—. Tened mucho cuidado, Tirso. Este trabajo está siendo más complicado de lo que parecía. Narváez está intranquilo.

—Tendremos los ojos bien abiertos. Creo que ya hemos cubierto nuestro cupo de incidencias en Lisboa.

—Nunca se sabe, cariño, nunca se sabe... —Se quedó unos segundos en silencio, pensativa—. ¿Qué fue lo que dijo Acosta cuando Burbuja le preguntó el nombre de su contacto?

No entendí por qué me planteaba aquella cuestión. Ella ya lo sabía: estaba en el informe detallado que hicimos justo después del ataque.

—Algo muy raro. Habló de un panal de miel, y de labios que destilan néctar, o algo así. No lo recuerdo bien.

—Como panal de miel destilan tus labios, néctar y leche hay bajo tu boca... El olor de tus vestidos como el olor del Líbano. Huerto cerrado eres, amada mía. Fuente cerrada. Fuente sellada.

—Eso es, justo.

—¿Conoces esas palabras?

—No. Nunca las había escuchado antes.

—Son versos del *Cantar de los Cantares*, escritos por el rey Salomón. Me pregunto... ¿por qué ese hombre los recitaría?

—No lo sé. Puede que sólo quisiera despistarnos para ganar tiempo.

—Sí. Puede —repuso inexpresiva. Luego, por segunda vez, dijo—: Tened cuidado, Tirso. Hay algo extraño en todo esto, y eso me inquieta. Las cosas raras no suelen inquietarme.

Después de decir aquello, vio un taxi libre que se acercaba a la plaza. Hizo un gesto para pararlo.

Le ayudé a meter sus bolsas de toallas dentro del vehículo («ay, Dios, ¿para qué habré comprado tantas toallas?», dijo). Volvimos a despedirnos y el taxi se marchó.

Me quedé viendo cómo desaparecía entre el tráfico matutino de la ciudad. Después regresé al bar a reunirme con mis compañeros.

Tras el encuentro con Enigma, Tesla nos llevó a Marc y a mí de regreso a su hotel. Fuimos a su habitación y allí pudimos hablar del plan que había elaborado para recuperar la Máscara, sin temor a oídos indiscretos.

—La subasta tendrá lugar en la misma sala donde está la mesa mecánica que os he enseñado —nos explicó—. Las piezas se guardarán en las antiguas cocinas del palacio, que ahora son depósitos de seguridad y se encuentran en el entresuelo. La mecánica será muy simple: la mesa del comedor baja al depósito, se colocan los lotes sobre ella y luego se acciona el mecanismo para que la mesa suba de nuevo al comedor. Se procede a la puja y cuando ésta termina, la mesa vuelve al depósito y se prepara el lote para entregarlo al comprador. Ahí es donde está el punto ciego.

—¿En el depósito? —pregunté.

—No, al contrario: el depósito y el comedor serán los espacios más vigilados esa noche. Me refiero al trayecto que hace la mesa entre los dos lugares. —Tesla nos mostró una copia de los planos que encontré en la Biblioteca del Ejército—. Fijaos: hay otro piso entre el comedor y el depósito, es una especie de almacén. En ese piso no hay cámaras ni vigilancia, y es muy sencillo acceder a él porque no está cerrado.

En ese momento empecé a vislumbrar cuál era su plan.

—Crees que podríamos cambiar las máscaras cuando la mesa pase por ese almacén.

—Sí… y no. Veréis: los lotes irán ordenados y cubiertos con una sábana tanto a la subida como a la bajada. A la velocidad a la que va la mesa no sería posible retirar la sábana, cambiar la Máscara falsa por la auténtica, asegurarse de que el lote no queda desordenado y volver a cubrirlo con la sábana.

—Sería necesario que la mesa estuviera detenida —apostilló Marc.

—Exacto. Pero hay una forma de hacerlo. En el sótano, en un pasillo que está junto al depósito, hay un panel de control. Si pudiera acceder a él, sería sencillo manipularlo para que la mesa se detuviera en el momento preciso.

—Tú lo has dicho: si pudieras acceder a él —repuse.

Tesla cogió el sobre envuelto en la toalla que Enigma le había dado en el bar. Lo abrió y de su interior sacó una tarjeta de identidad en la que aparecía su foto.

—Podré hacerlo con esto —nos dijo—. Es un pase de la empresa de mantenimiento que trabaja para la Fundación Gulbenkian. Mañana por la tarde, antes de que empiece la subasta, me colaré en el palacio haciéndome pasar por electricista. El panel de control del sótano está en un lugar poco concurrido. Puedo ocultarme allí hasta que empiece la subasta.

—Así que eso es lo que te ha traído Enigma desde Madrid —dijo Marc. Inspeccionó el pase. A simple vista parecía auténtico.

—No sólo eso. —Tesla sacó otra serie de documentos del interior del sobre. Nos los fue pasando para que pudiéramos verlos.

Además del pase de Tesla, había una invitación para la subasta a nombre de una mujer, y lo que parecía ser un billete de aparcamiento en el que figuraba el nombre del palacio y el logotipo de la Fundación Gulbenkian.

—¿Para qué necesitamos todo esto? —pregunté.

—La invitación está falsificada a partir de la que nos entregó Gaetano Rosa. Con ella, Danny podrá asistir a la subasta como una compradora más. Esto otro es un pase de aparcamiento. Todos los coches que lleven esto en el parabrisas pueden acceder a una explanada que hay en la parte trasera del palacio, donde aparcarán los miembros del personal del recinto que trabajarán durante la subasta.

—Entiendo —dije yo—. Danny se colará con la invitación y tú con el pase de electricista. ¿Qué haremos Marc y yo?

—Tú usarás el pase de aparcamiento para llevar nuestro coche a la parte trasera del palacio. Tendrás que estar ahí a las siete en punto.

—¿Y yo? —preguntó Marc.

—Tu labor es muy importante. Se trata de que lleves a cabo el trabajo que le habría correspondido a Burbuja si no hubiera resultado herido: tú te encargarás de cambiar la Máscara auténtica por la falsa.

—¿Cómo voy a colarme en el palacio? No veo más pases ni nada parecido dentro de ese sobre...

—No los necesitas. Durante la subasta, un restaurante se encargará de servir un pequeño catering para los asistentes. El restaurante ha contratado los servicios de una empresa de trabajo temporal para que aporte a los camareros. Enigma te ha incluido dentro de su lista. Tendrás que presentarte en el palacio mañana a las seis.

—¿Debo utilizar un nombre falso, o algo similar?

—No hay peligro en que utilices el tuyo. Sólo serás otro chico ganándose un pequeño sobresueldo haciendo de camarero. Nadie se fija en un camarero, sólo en lo que lleva en la bandeja.

—Entendido. Y, una vez esté dentro, ¿qué debo hacer?

—Prestad mucha atención. —Tesla sacó un bolígrafo y dibujó un rectángulo en un folio, luego trazó dos líneas a lo ancho del rectángulo y lo dividió en tres partes—. Imaginad que éstos son los tres pisos que recorre la mesa: en el más alto está el comedor; luego, en medio, el almacén donde detendremos la mesa y, por último, el sótano, donde está el depósito y el panel de control de la mesa, ¿lo veis? —Marc y yo asentimos—. Para llevar a cabo el cambio hacen falta tres personas: Danny, Marc y yo. Danny estará en el comedor, controlando la subasta. Yo, en el sótano, accionando el panel de control que detiene la mesa. Y, finalmente, Marc en el almacén. Tendrás que escabullirte aquí en cuanto tengas la oportunidad. Si lo haces con cuidado, nadie se fijará en ti: este piso está vacío, así que no hay nadie que lo vigile.

Tesla sacó una cajita de plástico de su bolsillo. Dentro había dos conos del tamaño de la yema de un dedo meñique. Estaban hechos de un material blando de textura similar a la cera. Yo ya los había visto una vez, en el Desguace, cuando le pedí a Tesla que me ayudara con el Ejercicio de Disonancia.

—¿Qué es esto? —preguntó Marc—. ¿Tapones para los oídos?

—Auriculares. Y esto —nos enseñó algo parecido a un alfiler de corbata— son micrófonos. Los he fabricado yo mismo. Pueden engañar a un detector de metales corriente, pero el alcance no es muy extenso. Marc, Danny y yo llevaremos cada uno un juguetito de éstos en la noche de la subasta. Con esto Danny puede comunicarse con Marc, en el piso inferior a donde ella se encuentra, pero no conmigo, que estoy demasiado lejos; de igual modo que yo puedo escuchar a Marc, pero no a Danny.

—De modo que no sólo tendré que cambiar las máscaras, también seré una especie de enlace entre Danny y tú —dijo Marc.

—Así es.

—¿Para qué son necesarios los micrófonos? —pregunté.

—Porque los lotes suben y bajan cubiertos por una sábana, y Marc no podrá saber en cuál de ellos estará la Máscara si Danny no se lo dice, de igual manera que yo no sabré cuándo llega la mesa al piso donde está Marc hasta que él no me avise.

Empecé a verlo claro. Tal y como decía Tesla, el plan era muy básico. La idea era que Danny avisaría a Marc cuando la puja por la Máscara hubiera terminado e hicieran descender la mesa para llevarla de regreso al depósito, de ese modo Marc se prepararía para hacer el cambio en cuanto la mesa apareciera por su piso. Cuando viera la mesa, Marc avisaría a Tesla, el cual la detendría el tiempo justo para que Marc pudiera cambiar la Máscara verdadera por la falsa.

—Tendrás que ser muy rápido —dijo Tesla, señalando a Marc—. Sólo podré detener la mesa durante treinta segundos. Ni uno más. Si el lote tarda demasiado en llegar al depósito, las personas que están allí abajo sospecharán que hay algún problema.

—Entendido. Treinta segundos.

Lo dijo con una seguridad envidiable, como si hubiera nacido para cambiar máscaras falsas por auténticas en medio minuto. Por una vez, no sentí ninguna envidia de que los buscadores lo hubieran preferido a él para esa labor en vez de a mí.

Tesla asintió con la cabeza.

—Perfecto. Cuando pase ese tiempo, volveré a accionar el mecanismo y haré bajar la mesa hasta el depósito.

Con ayuda de los planos que encontré, Tesla le explicó a Marc con detalle cómo colarse en el piso del almacén sin que nadie lo viera. También le explicó cómo introducir la Máscara falsa en el palacio, aunque ésa era la parte fácil: gracias a su forma curvada, Marc podría ocultarla bajo su ropa, pegada al costado con cinta adhesiva.

Cuando Marc tuvo claros aquellos detalles (los cuales asimiló con asombrosa sangre fría), quiso saber qué ocurriría una vez que hubiera hecho el cambio de máscaras.

—No te preocupes por eso —respondió Tesla—. No olvides que, si todo sale bien, nadie se dará cuenta del robo. Danny se irá tranquilamente por donde vino en cuanto acabe la subasta. Yo saldré por detrás del palacio y me reuniré con Tirso, que estará esperándome allí con el coche.

—¿Y yo? —preguntó Marc.

—En el almacén donde tú estarás hay un acceso a la bodega del palacio. —Tesla nos lo mostró en el plano—. Cuando tengas la Máscara, dirígete a la bodega. Allí hay una escalera que conduce a una puerta desde la que podrás salir al jardín. Nos ocuparemos de que la encuentres abierta. Cuando salgas, te reunirás en el coche con nosotros.

—¿Nadie notará que falta un camarero?

—No hasta que pase el tiempo suficiente, y aun así, mientras el cambio de máscaras se haya hecho correctamente y nadie se percate de que la verdadera ha sido robada, tu ausencia no tiene por qué llamar la atención.

Me di cuenta de por qué era tan importante sustituir la pieza original por una copia. Era un *modus operandi* bastante bueno. Mientras la Máscara siguiera en su sitio (ya fuese la copia o la original) el robo no habría tenido lugar, por lo tanto cualquier pequeño detalle fuera de lo corriente pasaría desapercibido.

Tesla nos dijo, casi como disculpa, que era el mejor plan que había podido diseñar con tan poco tiempo de margen.

A mí no me pareció una mala idea. De hecho, era casi brillante: un crimen perfecto. El buscador no había dejado nada al azar.

Fue una lástima que todo saliera tan espantosamente mal.

Como responsable del grupo, Burbuja tuvo que dar el visto bueno al plan de Tesla. No le entusiasmaba, pero, al igual que el resto de los buscadores, estaba de acuerdo en que era imposible pensar otra alternativa a esas alturas de la misión.

Lo que quedaba del día lo empleamos en memorizar todos los detalles del plan y prever cualquier contingencia. Burbuja incluso nos hizo memorizar los planos del palacio.

En el nido, Marc se dedicó a practicar el cambio de máscaras hasta que fue capaz de hacerlo en la mitad de tiempo del necesario. La presión por tener que llevar a cabo la parte más importante del plan no parecía hacer mella en él. No pude evitar admirar su temple: yo tan sólo tenía que conducir un coche a un aparcamiento y la ansiedad me devoraba por dentro.

Llegó el día clave. No mantuve contacto con ningún buscador en toda la mañana, ni ellos conmigo. Formaba parte del plan. Por la tarde, recogí el monovolumen de alquiler y me encaminé hacia Venturosa.

Eran las siete en punto cuando atravesé la entrada al palacio.

El corazón me palpitaba en las sienes cuando un vigilante de seguridad le echó un vistazo a mi pase de aparcamiento.

Estacioné el coche en el lugar indicado y me dispuse a esperar. Mentalmente imaginaba a Tesla ya dispuesto junto al panel, a Marc deslizándose como una sombra hacia el piso del almacén y a Danny entrando en el comedor con su magnífico vestido negro de tirantes, ondulando alrededor de su cuerpo igual que una bandera colgada de sus hombros.

Anocheció con rapidez. Yo cada vez estaba más nervioso. Encendía la radio. La apagaba. Cambiaba de postura a cada momento y no dejaba de mirar el reloj, hasta que tuve la impresión de que las agujas giraban hacia atrás. Decidí encenderme un cigarrillo para templar los nervios pero descubrí que me había olvidado el mechero.

Salí del coche. Hacía una bonita noche sin luna, fresca, oscura y repleta de estrellas que temblaban casi tanto como yo. Volví a mirar el reloj. Habría matado por fumar un cigarrillo.

A cierta distancia vi una silueta que paseaba. Era uno de los vigilantes de seguridad de la entrada principal. Tesla ya me había dicho que no me preocupara si veía a alguno, ya que solían ir a la parte trasera del palacio a fumar en sus descansos. En todo momento, me advirtió, debía actuar con naturalidad.

Decirlo era mucho más fácil que hacerlo. Ojalá no hubiera olvidado mi mechero.

El guardia me saludó con un gesto indiferente. Se retiró hacia una esquina para encenderse un cigarrillo.

No lo pude evitar. Me acerqué a él y le pedí fuego.

Era un muchacho joven, mucho más que yo. Tenía el aspecto de un adolescente con un disfraz de policía hecho en casa. Llevaba la chaquetilla desabrochada por la mitad porque le faltaba un botón, y la visera de la gorra estaba rota y reparada con cinta adhesiva. La porra que llevaba colgando del cinturón parecía un estorbo más que una amenaza. El muchacho se trabó con ella un par de veces al ir a sacar su mechero del bolsillo derecho del pantalón para darme fuego.

Al fin pude disfrutar de unas balsámicas caladas de tabaco. Le di las gracias y volví al coche. No quería revolotear demasiado junto a los guardias de seguridad, por muy inofensivos que éstos pareciesen.

La calma me duró lo mismo que el cigarrillo. Apenas arrojé la colilla por la ventana, volví a sentirme inquieto. Miré el reloj otra vez. ¿Había pasado mucho tiempo o demasiado poco? ¿Cuánto tendría que esperar?

Cerré los ojos y respiré hondo.

Alguien golpeó la ventanilla del coche. Me sobresalté.

Estuve a punto de arrancar el motor pensando que sería Tesla, pero no era él.

Era Burbuja.

Abrió la puerta del copiloto y se metió en el coche sin decir palabra. Lo hizo con cierta dificultad debido al cabestrillo que sujetaba su brazo.

—¿Qué haces aquí? —pregunté muy nervioso—. Creí que ibas a quedarte en el nido.

—No es mi estilo permanecer dando vueltas en un zulo a la espera de noticias. Necesito comprobar por mí mismo que todo sale bien.

—Pero… ¿cómo has llegado hasta aquí?

—En un taxi.

—Esto no estaba en el plan… —dije yo, cada vez más inquieto.

Él se quedó en silencio. Parecía que algo lo incomodaba.

—Quería asegurarme de cuidar bien de ti esta vez —me soltó, de forma un tanto abrupta.

—¿Esta vez?

—La otra noche… Cuando lo de Acosta. —Burbuja respiró hondo—. No tenía que haberte llevado conmigo. Era peligroso y yo lo sabía.

—Bien… —dije sin saber muy bien qué expresar—. Pero si no hubiera estado allí es probable que te hubiera ido mucho peor.

—Lo sé —dijo, y tras una pausa breve, añadió—: Gracias. Por salvarme el cuello.

Era la primera vez que me lo agradecía de forma oficial.

—No hay de qué. Sólo tuve suerte.

Él parecía no haberme escuchado. Ni siquiera me miraba.

—Lamento… —comenzó, y después titubeó. Parecía alguien que hubiese ensayado un discurso y, en el momento de pronunciarlo, se quedase en blanco—. Quería decir que lamento haber dudado de tu capacidad para este trabajo. Pensaba que no darías la talla. Me equivoqué.

Eso fue todo. Como discurso no era muy bueno, pero lo valoré en su justa medida. Burbuja no era el tipo de persona con gran facilidad de palabra, ni tampoco alguien que reconoce sus errores.

—¿Por qué pensaste que no daría la talla?

—No lo sé… Era un pálpito. No se te veía muy resuelto allí, en el Sótano. Marc parecía infinitamente mejor que tú. —Debió de darse cuenta de que sus palabras no habían sonado demasiado bien y quiso arreglarlo—: No quiero decir mejor en todos los sentidos… Además, estaba la Prueba de Archivística, en el almacén: te dejaste todas las cosas que había en la lista, te tiraste de cabeza contra aquellos cables eléctricos… Y la serpiente… ¿De verdad la mataste a pisotones?

—Odio las serpientes.

—No entiendo cómo Tesla no te ha cortado el cuello todavía: adoraba a esa serpiente. Sólo le faltaba sacarla a pasear por el parque… —Burbuja sonrió y meneó la cabeza de un lado a otro—. A pisotones… Menudo chiflado… Pero, Dios, cómo me alegro: era un jodido bicho asqueroso…

Él se rió. Era la primera vez que yo le oía reír, y descubrí que Burbuja tenía una risa contagiosa, como la de un chaval que lo encuentra todo muy divertido.

Cuando dejó de reír, nos quedamos un rato en silencio. Se me ocurrió que era un buen momento para resolver una pequeña duda.

—¿Puedo hacerte una pregunta?

—Hazla si quieres. Es lo menos que te debo.

—La otra noche, en el piso de Acosta, dijiste que no podías ver la mira láser que nos apuntaba…

—¿Ésa es tu pregunta? Pensaba que sería algo más comprometido. No podía verla porque era de color rojo. —Puse cara de no entender. Burbuja emitió un suspiro de paciencia y añadió—: Soy daltónico, ¿lo comprendes ahora?

Daltónico. Claro. Tenía sentido. Recordé que las paredes del apartamento estaban pintadas de un suave color verde manzana. Pero, como es lógico, eso Burbuja tampoco podía saberlo: él sólo vería una gran superficie gris, en la cual un pequeño punto rojo sería absolutamente invisible.

—Vaya… ¿Y eso cómo se lleva?

Él sonrió de medio lado, como si mi pregunta le hubiera parecido divertida.

—Bien. No es como tener tres cabezas o agallas en vez de pulmones… Por desgracia, en el ejército no opinan igual.

—¿Fuiste militar?

—Lo intenté, pero no logré burlar los requisitos en las pruebas físicas: fui un idiota al pensar que podría mantener en secreto mi pequeño problema con los verdes y los rojos.

—Lo siento.

—No lo sientas —dejó aflorar una leve sonrisa, algo melancólica—. Tenía intención de derribar aviones de combate y seducir mujeres con mi uniforme… Qué estúpido…

—¿Por qué crees que ser buscador es mejor que aquello? —pregunté. Era una duda razonable; después de todo, había estado a punto de morir acribillado a balazos a causa de su trabajo.

—Por la búsqueda —contestó—. Eso es lo importante: la búsqueda. Siempre.

No entendí su respuesta. No aquella noche, sentado junto a él en el monovolumen, pero lo entendería más adelante, cuando pasara por todo lo que él había pasado. Lo que entonces no imaginaba era lo poco que me quedaba para llegar a ese punto.

Nuestro diálogo no dio más de sí. A pesar de que me habría gustado seguir indagando en su pasado, noté que él se mostraba cada vez menos comunicativo, que volvimos a quedarnos en silencio. Burbuja no era muy hablador cuando él era el tema de conversación.

El buscador sacó un cigarrillo.

—¿Tienes un mechero? —me preguntó.

—Lo siento, lo dejé en la pensión.

No quiso utilizar el del coche para no tener que encender el motor. Estaba a punto de desistir de fumarse el cigarrillo cuando apareció de nuevo la figura del vigilante de seguridad, doblando una de las esquinas del palacio. Pude reconocerlo por la visera rota de la gorra y la chaqueta a la que le faltaba un botón.

—Ese vigilante tiene un mechero —señalé.

—Espera aquí, vuelvo enseguida.

Salió del coche. Vi cómo intercambiaba unas palabras con el vigilante. Poco después regresó al asiento del copiloto.

—Mala suerte. Ese tipo no fuma.

—¿Cómo dices?

—Le he pedido fuego y me ha dicho que no fuma. Debes de haberlo confundido con otro.

Volví a fijarme en el vigilante. Estaba seguro de que era el mismo, a pesar de que en la distancia no podía verle bien la cara. Era la misma gorra, la misma chaqueta…

—Es raro… Juraría que ahora lleva la porra en otro lado.

—¿Estás seguro?

—Por completo. Tenía la porra en el lado derecho, lo recuerdo porque le estorbaba al sacarse el mechero del bolsillo. —Chasqueé la lengua y agité la cabeza—. Es el mismo uniforme, estoy seguro de ello, pero… ¿Le has visto la cara?

—Claro.

—¿Era joven? ¿Tenía acné?

—No. —La mirada de Burbuja se tornó recelosa—. Era mayor que yo, y tenía la cara completamente lisa, sin marcas. Muy blanca. Parecía un gusano. —Se quedó en silencio. Algo le inquietaba—. ¿Estás seguro de que llevaba el mismo uniforme? ¿Seguro sin el menor asomo de dudas?

Yo dije que sí. Le hablé del botón de la chaqueta que faltaba y de la gorra reparada con cinta adhesiva.

—¿Hay algún problema? —pregunté.

—No lo sé… —Abrió la puerta y se dispuso a salir del coche.

El guarda de seguridad había desaparecido de nuestra vista.

—¿Adónde vas?

—Sólo quiero echar un vistazo.

—Voy contigo.

No había nadie en el aparcamiento. Todo el movimiento se concentraba en la entrada principal del palacio, a bastantes metros del lugar en el que nos hallábamos.

—¿Recuerdas por dónde se fue el vigilante después de darte fuego? —me preguntó Burbuja.

—Torció por esta esquina.

Fuimos hacia esa dirección. Nos encontramos en uno de los laterales del palacio, tan vacío y oscuro como el lugar de donde habíamos venido. Burbuja oteaba a su alrededor, buscando algo. Las ramas de un seto cercano se agitaron.

Él se acercó con cuidado.

Un gato surgió de la oscuridad y se alejó corriendo por entre sus piernas, dándome un buen susto.

—¡Estúpido animal! —exclamé—. ¿Has visto cómo…?

Me callé. Burbuja estaba mirando el seto. Su rostro parecía tallado en piedra. Me acerqué a él y seguí la dirección de sus ojos para averiguar qué era lo que estaba mirando.

Era el mismo vigilante que me había prestado su mechero, no había ninguna duda, sólo que en esta ocasión no llevaba el uniforme puesto. Estaba tirado en el suelo, vestido únicamente con una camisa y unos calzoncillos negros. También le habían quitado los zapatos, aunque los habían dejado junto a él. Debieron de descalzarlo para poder quitarle los pantalones.

Su rostro brillaba como una gota de cera caída del cielo. Tenía los ojos muy abiertos, sin expresión, y la punta de la lengua le asomaba por entre los labios. Burbuja le tocó el cuello con los dedos.

Yo aguantaba la respiración.

—Este pobre diablo está muerto… —susurró.

Mi mente se quedó en blanco. Tuve la sensación de que todo mi cuerpo se había congelado.

Burbuja se incorporó y me miró.

—Tenemos un problema. Rápido, entra en el palacio y busca a Danny. Llévatela al coche.

—Pero ¿qué…?

—¿Qué es lo que no entiendes? ¡Hay que abortar la misión y salir de aquí! ¡Corre!

Fue como oír un disparo. Eché a correr hacia la fachada principal tan rápido como pude.

Llegué sin aliento a la entrada del palacio. Un hombre vestido con un traje de chaqueta, que llevaba una placa de la Fundación Gulbenkian en la solapa, me interceptó el paso.

—*Eu posso ajudá-lo?*

Jadeé intentando normalizar el ritmo de mi respiración.

—¿Llego tarde a la subasta?

—Ha empezado hace media hora… —respondió en un español cargado de acento—. ¿Me deja ver su pase?

Traté de comportarme con naturalidad. Milagrosamente, recordé que los pases eran válidos para dos personas.

—Vengo como acompañante. Mi pareja dijo que me esperaría en la puerta, pero no la encuentro. Debe de haber entrado.

—¿Cuál es el nombre de su pareja?

Le di el nombre de Danny. El hombre consultó una lista. Yo contuve la irrefrenable tentación de gritarle para que se diera prisa. Después de una eternidad, localizó el nombre que buscaba.

—Correcto. Puede pasar. Diríjase al salón comedor, por favor.

Balbucí un «*obrigado*» y me encaminé hacia el comedor todo lo deprisa que pude sin llamar la atención.

En el comedor habían dispuesto hileras de sillas mirando hacia un extremo en el cual había un atril de madera. Detrás del atril otro hombre vestido de traje dirigía la puja. A su lado pude ver la mesa móvil. Sobre ella había un cuadro que representaba un paisaje. Todas las sillas estaban ocupadas por hombres que pujaban discretamente por la pintura. En otro extremo de la sala había otra mesa en la que personal de la Fundación controlaba las pujas telefónicas.

Busqué a Danny entre los asistentes. La encontré en una de las últimas filas, sentada junto al pasillo. Había algunos asientos libres donde ella se encontraba. Discretamente, me dirigí hacia ella y me senté a su lado.

—¿Qué estás haciendo aquí? —me preguntó en un susurro—. Deberías estar en el coche.

—Tenemos que irnos.

La puja del cuadro terminó. En la sala se escuchó un discreto aplauso al que Danny se unió. El hombre del atril hizo una señal a alguien que estaba detrás de una cortina y la mesa empezó a descender.

—¿Qué es eso de que tenemos que irnos? ¿Estás loco?

El hombre del atril dijo algo en portugués que no entendí, después repitió sus palabras en inglés.

—Lote número ocho. Máscara de oro con incrustaciones de esmeraldas, probablemente de origen iranio, datada en torno a mediados del primer milenio antes de Cristo. También conocida como «Máscara de Muza»...

El hombre siguió exponiendo datos sobre la pieza mientras la mesa ascendía lentamente.

—Danny, vámonos.

—Ahora no, ya han subido la Máscara.

La mesa se detuvo. Había un gran bulto sobre ella cubierto por una sábana. Era bastante más voluminoso que una simple máscara. El hombre del atril miró hacia la mesa, desconcertado. Un leve murmullo empezó a escucharse a nuestro alrededor.

Algo se movía debajo de la sábana. El presentador de la subasta se mostraba nervioso, sin saber qué hacer. Los asistentes hablaban entre ellos y señalaban la sábana. Danny alargó el cuello para ver mejor.

—¿Qué diablos…?

El tipo del atril hizo una seña y dos chicas uniformadas se acercaron y retiraron la sábana.

Se oyeron varias exclamaciones de sorpresa y algunas risas nerviosas. La sala entera se llenó de un barullo de voces.

Sobre la mesa estaba Marc, maniatado y amordazado. Una venda le cubría los ojos y se agitaba como un pez fuera del agua.

De pronto se apagó la luz. La sala se quedó a oscuras y estalló el caos. Todo el mundo gritaba y varias personas se levantaron de sus asientos y se dirigieron hacia la salida. La voz del presentador trataba de hacerse oír por encima de aquella cacofonía de ruidos y exclamaciones, llamando a la calma.

Era difícil moverse a oscuras en medio del desorden. Varias personas nos empujaban. Alguien me golpeó en los riñones. Incluso un hombre me agarró del hombro y trató de apartarme de su camino.

—¿Qué está pasando? —oí que decía Danny.

Intentamos acercarnos hacia donde estaba Marc, pero la avalancha humana nos sacó del comedor. Todo el palacio estaba a oscuras. Algunos de los asistentes a la subasta corrían hacia el exterior y varios guardias de seguridad intentaban entrar en la sala. Danny y yo apretamos el paso en dirección a la salida, pero de pronto ella se detuvo en seco.

—Espera un momento: ¡la Máscara!

—¿Cómo dices?

—El que le haya hecho eso a Marc tiene la Máscara. Hay que impedir que salga del palacio.

—¿Cómo?

—Interceptándolo. Tratará de huir por la bodega, tal y como Marc iba a hacer.

Apreté los dientes. No sabía cuánto tardarían los guardias de seguridad en descubrir el cuerpo de su compañero, puede que ya lo hubiesen hecho. Si no salíamos de Venturosa de inmediato tendríamos serios problemas.

Ella me miró a los ojos.

—No podemos dejar que se lleven la Máscara. No podemos fracasar.

Me pasé las manos por la cara. Me temblaban. La salida estaba a unos pocos pasos. La gente corría a nuestro lado, en medio de la oscuridad. Aún nadie había reparado en nosotros, pero yo sabía que aquello no duraría mucho. Y Burbuja esperaba en el coche, a solas.

—Ve al coche —dije—. Ya sabes dónde está. Burbuja espera allí.

—¿Qué hace Burbuja...?

—¡Ahora no! ¡Ve al coche, él te lo explicará!

—¿Y tú?

—Yo voy a la bodega. Si alguno de los dos tiene que interceptar a alguien, mejor que lo haga el que no lleva un vestido de fiesta.

Danny aceptó mi apreciación.

—¿Y qué hacemos con Marc?

—¡No lo sé! —respondí apresurado. Sólo podía pensar en ir a toda prisa hacia la bodega—. ¡Improvisad! Se supone que se os da bien.

—Nos vemos en veinte minutos en la entrada al palacio de la carretera general. Si no estás allí, nos encontraremos en el nido —indicó.

Asentí con la cabeza y me dirigí hacia las escaleras que bajaban a los niveles inferiores. Danny se perdió entre un grupo de personas que salían precipitadamente a la calle.

El palacio seguía a oscuras. Tuve que andar a tientas, ayudándome con la luz de mi teléfono móvil para no tropezar.

Toda la actividad estaba concentrada en el piso principal, entre el comedor y la puerta de entrada, donde el personal de seguridad y los trabajadores de la Fundación intentaban poner orden en el caos. No me encontré a nadie durante mi descenso por las escaleras.

Atravesé algunos corredores y pude llegar hasta un almacén a oscuras. La mortecina luz de mi teléfono apenas me permitió distinguir bultos arrinconados junto a las paredes.

En cambio, sí pude ver con claridad un armazón metálico que atravesaba la estancia desde el suelo hasta el techo. Supuse que se trataría de los raíles por donde la mesa mecánica subía y bajaba desde el comedor.

Recordé que, según el plano que habíamos memorizado, el acceso a la bodega estaba en una pared a la derecha de aquel armazón. Mis ojos se habían ido acostumbrando a la oscuridad, así que fui capaz de avanzar con más rapidez.

Mi pie golpeó algo. Me agaché para ver de qué se trataba y encontré una de las máscaras. Ignoraba si era la auténtica o la falsa, y mucho menos podría averiguarlo estando a oscuras. La recogí y me la llevé: fuera cual fuese, dejarla en aquel lugar no era una buena idea.

La puerta de acceso a la bodega estaba abierta. Mi corazón empezó a golpear en el pecho con frenesí. Asomé la cabeza. Una escalera de piedra caracoleaba hacia un profundo espacio negro. Apunté la pantalla del móvil hacia el suelo y comencé a bajar, sujetándome a la pared con la mano.

Llegué a una puerta metálica, también abierta. Al atravesarla me encontré en la bodega. Era una inmensa estancia cuyos límites se difuminaban entre las sombras. Hacía frío y el aire olía a tierra húmeda. Los techos eran de piedra, abovedados. En algunos lugares elevados había ventanucos que al exterior se encontraban a ras del suelo. Débiles rayos de luz nocturna hacían que pudiera moverme sin necesidad de seguir gastando la batería del teléfono.

La bodega estaba repleta de grandes botelleros de madera, todos vacíos y tapizados por mantos de telas de araña cubiertos de polvo. Parecía que habían pasado décadas desde que alguien guardó una botella de vino en aquel lugar. Era como el escenario de una novela gótica.

Caminé despacio y sin hacer ruido hacia el otro extremo de la bodega. Según el plano del palacio, allí había otra escalera que comunicaba con el jardín. Era la vía de escape que Marc habría utilizado de no haberse torcido todo a última hora.

De pronto me detuve.

Había alguien más en la bodega.

Era una simple silueta. Se movía furtivamente, igual que yo. Estaba arrodillada frente a la puerta de acceso a la escalera del jardín. Pude oír sonidos metálicos: la silueta estaba intentando forzar la puerta.

Estaba seguro de no haber hecho ningún ruido, a pesar de ello la silueta dejó de manipular la cerradura y alzó la cabeza.

Se puso en pie y se volvió hacia mí.

Era un hombre muy alto, puede que midiese casi dos metros. Estaba vestido con el uniforme del vigilante muerto, pero no llevaba puesta la gorra. La piel de su rostro era blanca y a la luz de la luna parecía brillar como el plástico. Tenía los ojos muy grandes y negros y la nariz chata. Al verlo no pude evitar que se me viniera a la cabeza la imagen de una lombriz, o una medusa… Algo, en definitiva, blando y vivo.

El hombre reparó en la máscara que yo sujetaba en la mano. Su enorme boca se torció en una sonrisa sin labios.

—Te llevas el trofeo equivocado, buscador —dijo en español. Su voz tenía guturales resonancias extranjeras. Metió la mano en una bolsa que llevaba colgada del hombro y de ella sacó una máscara idéntica a la que yo tenía. Me la mostró con un gesto de triunfo—. Este punto es para Lilith, *lieve vriend*.

Entonces, antes de que yo pudiera reaccionar, se lanzó sobre mí y me arrojó al suelo. Me hundió el puño en el estómago y yo me quedé sin respiración. Después algo se estrelló contra mi nariz y un dolor roto me estalló en la cara. Luego una patada en las costillas. Quise gritar, pero sólo pude vomitar aire. El hombre se sentó a horcajadas sobre mi pecho y comenzó a descargar puñetazos en mi cabeza. Sentí como si me estuviesen apedreando.

Desesperado, traté de zafarme de mi atacante, pero sus piernas me atenazaban como grilletes. Notaba sabor a sangre y no podía respirar. El «Cara de Gusano» me dio un puñetazo en la boca y los labios se me partieron. Un trozo afilado de uno de mis incisivos se me metió por la garganta y empecé a toser.

El dolor era tan intenso que pensé que iba a perder el conocimiento. No tuve tanta suerte. En un movimiento reflejo, mis manos se cerraron alrededor de la Máscara falsa y concentré todas mis fuerzas en golpear a mi agresor en la cara con ella.

Le di de lleno. Sentí que una arista de la Máscara golpeaba contra algo fofo y la presión de las piernas del hombre se aflojó. Lo empujé hacia atrás y cayó al suelo. Pude ver que el Cara de Gusano se cubría uno de los ojos con las manos, y que de entre sus dedos brotaba sangre.

De pronto enseñó los dientes con odio. Unos dientes pequeños de roedor. Yo me incorporé y eché a correr. Él fue detrás de mí. La cara me ardía como si la hubiera metido en aceite hirviendo, notaba cómo la carne se me hinchaba en palpitaciones y uno de mis ojos sólo veía manchas. Sería absurdo tratar de escapar en aquellas condiciones, no llegaría lejos.

Escupí un gargajo teñido de sangre y me tiré de cabeza contra uno de los botelleros, que cayó sobre mi atacante, luego golpeó al que estaba a su lado, éste al siguiente… Uno tras otro, los botelleros empezaron a caer como enormes piezas de dominó hasta que el último impactó contra la puerta de la escalera del jardín y la desprendió de sus goznes.

El aire se había llenado de polvo. Los ojos me lloraban y no podía parar de toser. Cada vez que mi garganta se contraía era como si estuviese intentando tragar cuchillas de afeitar. Me había hecho una herida en la cabeza al tirar la estantería y un velo de sangre me caía por la frente y se me metía en los ojos.

Aun así, pude vislumbrar cómo el Cara de Gusano salía de debajo de uno de los botelleros arrastrándose con la ayuda de los codos. Se puso en pie, aturdido. Tenía un corte profundo sobre el párpado que no dejaba de sangrar. Anduvo unos pasos y pude ver que cojeaba.

El tipo reparó en que el acceso a la escalera estaba libre. Sin dirigirme otra mirada, corrió hacia la salida, recogió su bolsa y desapareció de mi vista, en dirección al jardín.

Escapaba.

Yo apreté los dientes y me puse en pie. Casi a ciegas, comencé a perseguirle. Podía oír sus pasos alejándose de mí. Subí la escalera y llegué al jardín. El aire fresco de la noche fue como una caricia sobre mi rostro hinchado y abierto en múltiples heridas. Cara de Gusano corría cada vez más rápido, perdiéndose en la noche.

Hice acopio de todas mis fuerzas para ir tras él. Apenas avancé un par de metros cuando alguien brotó de la nada y se arrojó contra mí. Mi cara se golpeó contra el suelo y grité de dolor.

—*Não se mova! Mãos na cabeça!*

Un hombre uniformado me encañonaba con una pistola.

La palabra «*polícia*» escrita sobre su uniforme no me resultó difícil de traducir.

Otro agente apareció a mi espalda y me esposó las manos con sus grilletes. Los dos me condujeron hacia un coche patrulla con las luces parpadeando que estaba aparcado a las puertas del palacio.

Al parecer, la noche para mí sólo acababa de empezar.

Ruksgevangenis (II)

*T*endido sobre su cama (sin deshacer, siempre sin deshacer), Joos Gel-
derohde esperaba. Era de madrugada y el pabellón estaba en
silencio. Sólo se oían los ronquidos de los otros presos. Incluso
Rupert, el onanista compulsivo, estaba sumido en un sueño profundo, dando así una tregua a sus genitales.

Gelderohde no sabía qué era lo que esperaba. Algo iba a suceder, pero ignoraba qué.

Aquella visita se lo había dicho: «Dentro de diez días, haga
el esfuerzo de pasar la noche en vela: le aseguro que le merecerá
la pena». El plazo expiraba en aquel momento.

Para entretener el tiempo, Gelderohde repasó una vez más
los puntos más importantes de aquella extraña entrevista. Por lo
general, no solía plantearse las motivaciones de aquellos que so-
licitaban sus servicios; la mayoría eran mafiosos u «hombres de
negocios» de oscuras fuentes de ingresos. No sabían de arte más
de lo que sabían sobre ética. Para ellos un Picasso, un Ghirlan-
daio o un Mondrian era algo con lo que especular o bien con lo
que blanquear dinero.

También había encargos originales, claro, aunque éstos eran
menos numerosos. En cierta ocasión, Gelderohde se llevó seis
acuarelas de Turner de la Tate Gallery de Londres para cierto
jeque árabe que tenía el capricho de abrir un museo de pintura

en su pequeño emirato. Ya tenía el edificio, diseñado por un arquitecto ganador del premio Pritzker, pero aún le faltaba material con el que llenarlo.

En resumen, Gelderohde estaba acostumbrado a aceptar encargos de lo más variopintos. Nunca le faltaba trabajo. Él era el mejor, y todo el mundo lo sabía.

No obstante, aquello era distinto. La visita que tuvo la audacia de contratarlo en la misma cárcel donde estaba preso no quería blanquear dinero ni llenar quiméricos museos. Sus intenciones eran mucho más extrañas.

Le había mostrado aquella lista. La «Lista de Bailey», la llamó. Gelderohde no había oído hablar nunca de ella. Un simple vistazo le bastó para memorizarla. No vio nada en aquel inconexo grupo de baratijas que mereciera el esfuerzo de sacar de la cárcel al mejor ladrón de arte del mundo. Todo aquel asunto más bien parecía el delirio de un loco.

Sin embargo, fuera quien fuese el loco que estaba detrás de eso, tenía el suficiente poder como para concertar una entrevista privada en una cárcel de máxima seguridad. No era cosa para tomársela a broma.

Por otro lado, estaba el asunto de los buscadores. Fue aquello lo que decidió a Gelderohde a aceptar aquel estrambótico encargo. Enfrentarse cara a cara con el Cuerpo de Buscadores era un reto demasiado interesante como para no aceptarlo.

Gelderohde se preguntaba si aquel estúpido viejo de ojos fríos seguiría al mando de la organización. Esperaba que sí. Lo deseaba con todas sus fuerzas. Poner en evidencia a sus «caballeros buscadores» sería una venganza dulce. Fría, como los ojos del viejo. Gelderohde estaba deseando ponerse a trabajar.

Echó un vistazo a su reloj. Eran las cuatro y media de la madrugada.

Se preguntó cuánto tiempo más tendría que esperar a lo que fuese que estaba a punto de ocurrir.

Y, al fin, ocurrió.

El aullido de las sirenas cortó el sueño de los prisioneros. Las luces de alarma clavadas en la parte superior de las paredes empezaron a parpadear en tonos anaranjados. Los presos del pabellón de Gelderohde se despertaron, confusos y maldiciendo. También Rupert, que lo primero que hizo fue meterse la mano dentro del pantalón.

Todos los presos de la cárcel de Termonde sabían lo que había que hacer cuando sonaba la alarma. La orden era tumbarse en el suelo boca abajo y con las manos apoyadas sobre la nuca. Gelderohde así lo hizo, pero antes se aseguró de tener en el bolsillo el chicle que la visita le había entregado durante la entrevista.

Esperó a que llegaran los celadores para ordenar a gritos que todos los reclusos permanecieran en el suelo. No obstante, los que aparecieron de pronto en el módulo fueron un grupo de presos de un pabellón vecino. A uno de ellos Gelderohde lo conocía de vista: era un eslavo que cumplía condena por asalto y asesinato en un domicilio. Se llamaba Mihai.

Mihai y sus compañeros irrumpieron en el módulo dando voces. Todos tenían acentos de Europa del Este. En la prisión formaban un grupo cerrado y muy peligroso. Se les conocía como «los moldavos», aunque sólo un par de ellos eran de ese país.

Gelderohde vio que los moldavos portaban armas rudimentarias: uno de ellos llevaba una barra de metal con clavos soldados en un extremo; otro, lo que parecía ser un peine con cuchillas de afeitar sujetas en un lado; un tercero llevaba puestas unas manoplas con púas... Todo eran artefactos caseros que podían fabricarse con materiales robados de los talleres de la prisión. El único que llevaba un arma de fuego era Mihai, que empuñaba una pistola del modelo que utilizaban los celadores. Gelderohde se preguntó de dónde la habría sacado.

Uno de los moldavos pasó por delante de las puertas de las celdas del módulo y empezó a abrirlas. Los reclusos estaban tan excitados que muchos salieron de allí a la carrera.

Mihai y los moldavos gritaban órdenes y consignas. Todo era bastante caótico.

—*¡Tenemos rehenes! ¡Tenemos rehenes!* —*gritaba uno de ellos.*

De modo que se trataba de un motín.

Un moldavo abrió la celda de Gelderohde. Rupert salió corriendo, sin sacarse la mano del pantalón. Gelderohde se puso en pie, parsimonioso.

—¿Qué ocurre?

—Tenemos cuatro guardias como rehenes en el comedor —respondió el moldavo—. Nos largamos de este agujero de mierda.

Gelderohde sintió curiosidad por saber de dónde habían sacado las armas los moldavos, y desde cuándo llevaban planeando aquel motín. Quería saber si sus nuevos socios estaban también metidos en el ajo. Sin embargo, decidió que, por el momento, tendría que quedarse con la duda: había cosas más urgentes por hacer.

En medio del caos, Gelderohde creyó entender que el plan de los moldavos era saltar el muro de la prisión mientras mantenían a los guardias a raya. En su opinión, era un plan estúpido. Por suerte, él tenía su propia vía de escape. El motín de Mihai y los suyos le serviría muy bien como maniobra de distracción. Empezó a creer que los moldavos sólo eran la pieza que alguien estaba sacrificando para que él mismo pudiera escapar.

Con calma, procurando no llamar demasiado la atención, Gelderohde se encaminó hacia los baños. Fue siguiendo los corredores por donde había menos movimiento. Probablemente, en algún lugar de la prisión, Mihai y sus compinches estuvieran librando una batalla campal contra los celadores. Él, en cambio, quería mantenerse al margen: ésa no era su guerra.

No había nadie en los baños. Gelderohde se metió en uno de los retretes y cerró el pestillo. Después sacó el chicle que la visita le había dado y le quitó el envoltorio. Lo manipuló hasta transformarlo en una bola pastosa.

Joos estaba familiarizado con la mayoría de los explosivos plásticos que se fabricaban; sin embargo, aquel que le habían *hecho llegar camuflado en forma de chicle no le resultaba familiar. La consistencia era similar al Semtex, pero despedía un intenso olor a pentrita. Gelderohde esperaba que funcionase según lo previsto.*

Con cuidado, colocó la bola de explosivo en un resquicio de la pared. Sabía que aquel muro comunicaba directamente con el exterior. A continuación, sacó de su bolsillo el detonador. Él mismo lo había fabricado escamoteando piezas del taller: un par de cables, una pila de doble A y el interruptor de una lamparilla corriente. Luego introdujo el extremo de los cables en el explosivo y luego los extendió a lo largo del suelo. Medían unos dos metros.

Gelderohde salió del retrete con el interruptor en la mano. Se parapetó detrás de una pared y puso en marcha el detonador. Al cabo de unos pocos segundos, una explosión retumbó en los baños, haciéndole daño en los oídos.

Volvió a meterse en el retrete, sin dejar de oír un molesto silbido dentro de su cabeza. Una sonrisa de satisfacción partió en dos su rostro anélido cuando contempló el agujero abierto en la pared. Tenía el tamaño justo para que un hombre delgado pudiera pasar a través de él, a rastras. Aquel explosivo era más potente de lo que había imaginado.

Reptó a través del boquete. Hacia la libertad.

Al verse en medio de la noche, empleó unos segundos en respirar un poco de vivificante aire fresco. Escuchó disparos y ruidos de sirenas de policía, y aquello le recordó que aún no estaba a salvo del todo.

El agujero por el que había salido de la cárcel se encontraba cerca de una carretera de tierra. Gelderohde corrió hacia ella. Tal y como esperaba, encontró una furgoneta aparcada, con el motor en marcha y las luces apagadas. A pesar de que la noche era oscura, el preso fugado pudo leer las letras del logotipo que figuraba en el vehículo.

VOYNICH.

Había varias de aquellas furgonetas circulando por la ciudad de Termonde (y muchas más aún circulando por varias ciudades del mundo). Se encargaban de transportar el servicio técnico de la red de Voynich. La gente solía fijarse en ellas tanto como se fijaban en un autobús de línea o en un furgón de correos.

Al acercarse a la furgoneta, la puerta del copiloto se abrió. Gelderohde se subió en ella. Había un hombre vestido con un mono de mantenimiento de Voynich, sentado tras el volante.

—¿Todo salió bien? ¿Nadie le sigue? —preguntó el hombre. Gelderohde negó con la cabeza.

El conductor puso en marcha el motor y la furgoneta se alejó de la prisión siguiendo la carretera secundaria.

—¿Dónde vamos ahora?

—Lo sabrá cuando lleguemos —respondió el conductor. Luego añadió—: No se preocupe. Ya es usted un hombre libre.

Gelderohde sonrió.

Se sentía impaciente por comenzar su trabajo.

TERCERA PARTE

La Lista de Bailey

1

Sospecha

Me trasladaron a una comisaría del centro y me adjudicaron un intérprete para que pudiera comprender cuál era mi situación. Tal y como sucedía en las películas, tenía derecho a disponer de un abogado de oficio y a hablar sólo en su presencia. Pedí un abogado y entonces me dijeron que no era necesario, que el mío ya había llamado por teléfono y que se dirigía hacia la comisaría.

Pensé que uno de los dos no había entendido bien: o yo o el intérprete. ¿A qué abogado se referían? Yo no tenía ninguno.

Me llevaron a una enfermería y allí hicieron algo para mejorar mi aspecto. Cuando terminaron conmigo tenía gasas y apósitos por todas partes. Me dieron unos calmantes que me quitaron el dolor, pero en la parte derecha de la cara me quedó una sensación de hinchazón, como si mi piel estuviera a punto de reventar. Después me metieron en una celda junto con un tipo que dormía profundamente tirado en el suelo y despedía un intenso olor a vino rancio.

No sé cuánto tiempo pasé en aquel lugar. Me habían quitado el teléfono y no llevaba reloj. No podía dejar de preguntarme qué habría sido del resto de los buscadores e imaginarme las más espantosas posibilidades. El efecto de los calmantes fue más fuerte que mi preocupación, y finalmente me quedé dormido, sentado en el banco de la celda y con la cabeza apoyada en la pared.

Al cabo de un rato me despertaron y me condujeron a una sala en la que sólo había una mesa de metal y dos sillas plegables. Yo estaba atontado por el efecto de las pastillas y tenía una profunda sensación de mareo.

Había un tipo esperando en la sala: un hombre de mediana edad, con la cabeza afeitada para disimular una avanzada calvicie, vestido con camisa y chaqueta. Me senté frente a él, con la mesa entre ambos, y el policía que me había llevado hasta allí nos dejó solos.

—¿Cómo se encuentra, señor Alfaro?

En principio, muy atontado como para darme cuenta de que el hombre se había dirigido a mí en mi idioma y por mi nombre, aunque yo no lo conocía de nada.

—Bien… Gracias. Un poco mareado… —respondí con voz renqueante.

—Puede hablar tranquilamente. En esta sala nadie nos escucha. Me llamo Urquijo y soy abogado, su abogado.

Parpadeé un par de veces, intentando quitarme la sensación de modorra.

—Yo no tengo ningún abogado.

—Usted no, pero el Cuerpo sí, ¿comprende? —Asentí pesadamente con la cabeza—. Bien. Van a dejarlo en libertad sin cargos, se lo aseguro, pero antes debemos repasar su versión de los hechos. Cuando le pregunten qué hacía en Venturosa, usted dirá que era el chófer de la señorita Ana Bernadó, la cual asistía a la subasta.

—No conozco a ninguna persona llamada así.

—Eso no importa. Usted se limitará a mencionar ese nombre, ¿lo ha entendido? —Volví a asentir con la cabeza—. Sigamos: luego dirá que, cuando se apagaron las luces, usted se desorientó y se perdió buscando una salida hasta que acabó en la bodega. Allí un desconocido cuya cara no recuerda se lanzó sobre usted y lo golpeó. Después encontró usted una salida hacia el jardín y allí fue donde lo detuvo la policía. Ésta es su historia, señor Alfaro. No añada nada, absolutamente nada más de su cosecha. Manténgase firme en esta versión y saldrá de aquí de inmediato.

—¿Por qué me han detenido?

—Porque la policía estaba nerviosa y vieron a un tipo aparecer de la nada, con la cara hecha puré y con pinta de huir de algo. Créame: se detiene a la gente por mucho menos. Además, han encontrado en la bodega del palacio, el lugar de donde usted apareció, una máscara como la que iba a ser subastada.

—Esa máscara es falsa.

—Eso yo no lo he oído, ni usted lo ha dicho jamás. Usted no ha visto esa máscara en su vida. Cuando alguien le mencione la palabra «máscara» usted pondrá cara de no saber ni siquiera qué significa ese término. —El abogado se inclinó hacia mí por encima de la mesa—. Por favor, señor Alfaro, céntrese solamente en la versión que le acabo de exponer. Fuera de eso, usted no sabe nada, no ha visto nada, no conoce a nadie ni tiene ni idea de por qué está aquí. ¿Ha quedado claro?

—Sí. No se preocupe. —El abogado se levantó para avisar al guardia—. Espere, ¿qué ha ocurrido con los otros?

Urquijo me miró con ojos de pez.

—¿Qué otros? No había nadie más en aquella subasta que usted conociera. Sólo la señorita Ana Bernadó.

—Sí. Entiendo.

El abogado llamó al policía que me había llevado a la sala. Luego vino un hombre vestido de paisano acompañado por un intérprete. Dijo ser inspector, o teniente o algún grado policial que soy incapaz de recordar. De hecho, ni siquiera sé cómo logré mantenerme despierto. El efecto de los calmantes aún no se había disipado del todo.

Me hicieron una serie de preguntas. Yo me mantuve firme en la versión que Urquijo y yo habíamos ensayado. La mayoría de las veces contesté con dos simples palabras: «no sé» o «ni idea». Al cabo de un rato dejaron de interrogarme y me devolvieron a la celda. El tipo que dormía la mona ya no estaba.

No pasé mucho más tiempo en aquel lugar. Un policía vino

a buscarme, me hizo firmar mi declaración y luego me devolvió mis cosas. Urquijo y yo salimos de la comisaría. Amanecía justo en aquel momento.

—Perfecto —me dijo el abogado—. Lo ha hecho usted muy bien. Libre sin cargos. Enhorabuena.

—Muchas gracias por su ayuda.

El abogado me estrechó la mano.

—Ha sido un placer. Espero que tardemos mucho en volver a vernos, o mejor, que no volvamos a vernos nunca más. Usted ya me entiende.

—¿Podría llevarme a mi pensión? No tengo coche, ni dinero, y ni siquiera sé dónde estoy.

—Es mejor que no nos vean juntos más que el tiempo imprescindible. Lo siento. Estoy seguro de que podrá arreglárselas.

Urquijo me hizo un gesto de despedida y se montó en su coche. Arrancó el motor y desapareció de mi vista.

Yo me quedé solo en medio de la calle, sin saber qué hacer.

Un claxon interrumpió mis tribulaciones. Al dirigir la vista hacia el lugar de donde provenía el sonido, encontré el ya conocido monovolumen de alquiler. Danny estaba al volante, con sus gafas de sol y su chaqueta negra de cuero.

Me alegré de verla. Eso quería decir que al menos uno de nosotros había salido bien parado de aquella desastrosa noche.

Entré en el coche. Ella me saludó, sin mirarme. Yo me sentía algo amedrentado.

—¿Estás bien? —me preguntó.

—Sí. Más o menos.

—No tienes aspecto de estarlo.

El espejo retrovisor me ofreció la imagen de mi cara hecha un puzle de vendas y apósitos. Además, tenía el labio hinchado y mi ojo izquierdo tenía el mismo color que algo muy pasado de fecha.

—¿Quieres que antes pasemos por un hospital? —me ofreció Danny.

—No, gracias. Me han curado en la gendarmería. No tengo nada roto… o al menos eso he creído entender.

—Es igual. Daremos un rodeo para acercarnos al lugar donde atendieron a Burbuja cuando lo del disparo.

Arrancó el coche y empezó a conducir en silencio; seguía sin mirarme.

—Danny, lo siento mucho.

—¿Qué es lo que sientes?

—Lo de mi detención.

—No te angusties por eso. A todos nos ha pasado alguna vez. Si no fuese así, no necesitaríamos tener en nómina a un abogado. —Ella me miró, al fin. Tenía una expresión preocupada—. Te han dado una buena paliza. ¿Te duele?

—No. Sólo me siento un poco atontado por los analgésicos.

—¿Quién te ha hecho eso?

Le conté todo lo que ocurrió después de que nos separásemos en el palacio.

—No debí haber dejado que fueras tú solo a la bodega.

—¿Qué ocurrió con los demás? —pregunté.

Danny me hizo un breve relato de lo sucedido. Tras separarnos, ella fue a reunirse con Burbuja en el coche. Tesla también estaba allí. Fue entonces cuando vieron aparecer a la policía. Decidieron que no podían hacer nada por Marc, y que lo mejor sería ir a esperarlo al nido.

La policía desató al chico y le hicieron algunas preguntas, pero no encontraron en él nada sospechoso así que lo dejaron marchar. Fue Marc el que vio cómo me llevaban detenido y dio el aviso al resto de los buscadores. Burbuja se puso en contacto con Madrid y, desde allí, Narváez envió a Urquijo de inmediato a Lisboa. Danny me dijo que todos estaban muy preocupados por mí.

—No he contado nada a la policía —aclaré.

—Estoy segura de ello. No era eso lo que nos preocupaba,

sino que te encontraras a salvo. —Ella se quedó un momento en silencio, luego, con una de sus sonrisas agridulces, me dijo—: Te has estrenado a lo grande: primero lo de Acosta, ahora esto… No creo que nadie se atreva a llamarte «novato» a partir de ahora.

Era la segunda vez que me decían algo así. Me sentí un poco mejor, aunque no demasiado. La sensación de fracaso era intensa aún.

—Ha sido un desastre, ¿verdad? —dije desanimado.

—No ha sido nuestra mejor actuación, desde luego, pero tampoco es el fin del mundo —respondió ella, aunque no parecía muy convencida de sus propias palabras—. Lo que me gustaría saber es quién es el bastardo que se llevó la Máscara.

—¿Alguna idea?

—Ninguna. Lo único que sabemos es que mató a uno de los vigilantes, sorprendió a Marc por la espalda, a ti casi te hace una cara nueva, y además tiene un macabro sentido del humor. —Aquella última frase me llamó la atención. Danny la justificó—: Mandarnos a Marc maniatado sobre la mesa fue una broma de mal gusto. Quizá, sea quien sea, le falte un tornillo. Eso no lo hace menos peligroso.

Danny me llevó al dispensario del barrio de Moscavide. El diagnóstico fue más aparatoso que grave; lo más serio del cuadro era la rotura del tabique nasal. Un amable médico me trató sin hacer preguntas. Dijo que en un par de días estaría mucho mejor, aunque me quedaría como recuerdo una nariz de boxeador. No me importó demasiado. Quizá me diera un aire peligroso.

Después Danny me llevó a mi pensión para que recogiera mis cosas. Según me explicó, Marc, Burbuja y nuestros compañeros regresaban en avión a Madrid. Ella y yo volveríamos por carretera.

Cargamos mi equipaje en el coche y nos pusimos en marcha.

—Te dejaré en tu casa —me dijo ella—. Trata de descansar. Te lo mereces. Mañana nos preocuparemos de rendirle cuentas a Narváez.

El resto del viaje fue un largo y profundo sueño.

Al día siguiente, durante una reunión en el Sótano, Narváez escuchó en silencio el informe de Burbuja. Mientras el buscador hablaba, el rostro del viejo parecía la ladera de un glaciar. Finalmente, él hizo su propio resumen del trabajo en Lisboa.

No estaba furioso, pero sí decepcionado. No tanto con sus «caballeros buscadores» como con él mismo. Le irritaba sobre todo que una misión en apariencia sencilla hubiera terminado con un buscador detenido, la pérdida de una cara falsificación y, como propina, un tiroteo en el centro de Lisboa. Nos conminó a no bajar la guardia la próxima vez. En cuanto a lo de Acosta, se hizo enteramente responsable de ello. No debió permitir que una misión sin mayor relevancia distrajera nuestros esfuerzos por recuperar la Máscara de Muza.

—Al menos la División de Patrimonio de la Guardia Civil pudo recuperar todas las piezas que Acosta se disponía a vender —dijo Tesla.

En ese momento me acordé de algo.

—Casi todas —dije—. Una de las piezas la tengo yo.

Expliqué cómo, sin darme cuenta, me había quedado con aquel extraño cilindro con forma de pez. Aún lo tenía entre las cosas que traje de Lisboa, guardado en mi equipaje. Con todo lo que había ocurrido después, lo había olvidado por completo.

—Qué raro. No se mencionaba nada parecido en la lista de piezas que buscaba la División de Patrimonio —dijo Narváez.

—Puede que Acosta dijera la verdad cuando aseguraba que era suya —señalé.

—Quizá. Pero ahora es nuestra —repuso Narváez—. Dásela a Alfa y Omega en cuanto tengas oportunidad. Que le echen un vistazo, a ver si ellos saben qué puede ser o de dónde viene. En cuanto al resto, aún tenemos varias cosas pendientes por hacer en nuestros archivos, así que no os faltará trabajo. Tenemos que esforzarnos por borrar lo antes posible el fracaso de Lisboa.

—Yo rastrearé *deepnet* con Hércules —dijo Tesla—. Es probable que la persona que se llevó la Máscara trate de venderla en el mercado negro. Quizá aún podamos recuperarla.

—Bien. Que Marc te ayude —ordenó Narváez.

Con esto dio por concluida la reunión. Los buscadores salieron de la sala mientras el viejo permanecía en su sitio. Justo cuando yo me disponía a regresar a mi cubículo, Narváez me pidió que me quedara.

Sentí una leve inquietud. Temía que fuera a amonestarme por llevarme la pieza de Acosta o por haberme dejado atrapar en Venturosa.

—Cierra la puerta y siéntate. Quiero hablar contigo en privado.

—¿Qué ocurre? ¿He hecho algo malo?

—No. Estoy satisfecho con tu trabajo. Has mostrado buen temple en tu primera misión. Lo que quiero es que me describas a la persona que te atacó en Venturosa. Dime todo lo que recuerdes.

Hice lo que me pidió. El suceso aún estaba fresco en mi memoria. Narváez me escuchó con atención. Cuando terminé de hablar, él asintió. Me dio la impresión de que estaba preocupado por algo.

—Es lo que me temía… —dijo para sí mismo—. Gelderohde.

—¿Quién?

—El hombre que se llevó la Máscara. —Narváez sacó una fotografía del bolsillo de su chaleco y me la enseñó—. ¿Era ésta su cara?

—Sí. ¿Sabes de quién se trata?

—Lo sé, por desgracia. Es Joos Gelderohde. Un criminal peligroso, especialista en robos de arte a alto nivel. Durante años fue un quebradero de cabeza para los cuerpos de seguridad de todo el mundo. Tuviste mucha suerte de escapar de él con sólo unas cuantas magulladuras. Otros como tú ahora no viven para contarlo.

Contemplé la fotografía con un temeroso respeto.

—¿Desde cuándo sabes que él estaba detrás de nuestros pasos?

—Nunca lo supe con certeza, pero lo sospechaba. Había oído que escapó de la cárcel belga de Termonde, hace un par de años. Temía que tarde o temprano nuestros caminos se cruzarían de nuevo.

—¿De nuevo?

—Sí. —Narváez frunció los labios—. Gelderohde y nosotros hacemos lo mismo, sólo que nuestros fines y nuestros medios difieren. En el Cuerpo sabíamos de las hazañas de Joos el Valón desde hacía tiempo, pero dado que nuestras actividades respectivas nunca habían entrado en conflicto, nos limitábamos a observar sus movimientos en silencio. Gelderohde no era nuestro problema, y nosotros no somos un cuerpo de policía.

—Entonces ¿qué fue lo que ocurrió?

Narváez suspiró.

—Mi conciencia me obligó a mover ficha. Hace unos cinco o seis años, supe que Gelderohde se disponía a dar un golpe en Sidney. Ni la policía australiana ni ninguna otra estaban al tanto de ello, sólo nosotros. Decidí dar el aviso a Interpol. Gelderohde fue detenido y enviado a prisión.

»La operación, sin embargo, fue una verdadera chapuza. Hubo una descoordinación absoluta entre Interpol y la AFP, la Policía Federal Australiana. Gelderohde mató a dos guardias de seguridad de la Galería de Arte de New South Wales y se llevó uno de sus cuadros de mayor valor. Casi logra escapar, pero finalmente fue detenido. El juicio se llevó de la peor forma posible, y durante el mismo se mencionó mi nombre como la fuente que había informado del robo. Incluso me vi obligado a declarar. Por suerte, logré mantener al Cuerpo al margen, pero Gelderohde ya sabía quién era el responsable de su detención.

—¿Crees que Gelderohde está llevando a cabo una especie de venganza? ¿Que por eso interfiere en nuestro trabajo?

—Es difícil seguir la lógica de un criminal, pero me inclino a interpretar sus actos de otra forma… Hay un par de detalles en todo este asunto que me intrigan. En primer lugar, la fuga de Gelderohde: estoy convencido de que contó con ayuda del exterior, pero no sé de quién. Y luego está lo de la Lista. A Gelderohde sólo le interesa la Lista de Bailey. Ojalá supiera por qué.

—Quizá estoy en un error…, pero da la sensación de que Gelderohde es sólo el instrumento de alguien.

La expresión de Narváez no se alteró, pero sus ojos brillaron con interés.

—¿Por qué dices eso, Tirso?

—Cuando me enfrenté con él en Venturosa mencionó un nombre…

—Lo sé. Lilith. Pero eso no indica nada. Pudo haber sido una especie de broma privada. —Yo no dije nada. Narváez se me quedó mirando con ojos escrutadores, como si fuese capaz de ver mis pensamientos—. Hay algo más, ¿verdad, Tirso? Algo te ronda por la cabeza.

—No es nada… Sólo una intuición, seguramente descabellada…

—El instinto es el arma más valiosa de un buscador. No temas utilizarlo. Te aseguro que esta conversación quedará entre nosotros.

—La forma en que Gelderohde saboteó nuestro trabajo en Lisboa… Era como si conociese nuestros planes de antemano. Incluso el detalle de amordazar a Marc sobre aquella mesa tiene todo el aspecto de ser una especie de mensaje dirigido a nosotros.

—Sí, entiendo lo que quieres decir. Quiso demostrarnos que era capaz de burlar nuestros planes y, además, aprovecharse de ellos.

—Exacto. Eso sólo puede significar una cosa: que los conoce. Y, en vista de ello, no puedo evitar preguntarme… ¿Puede alguien haber filtrado nuestros movimientos?

Narváez me respondió con otra pregunta:

—¿Quién estaba al corriente de vuestro plan para sacar la Máscara de Venturosa?

—Nadie que yo sepa. Sólo nosotros.

—Y, aquí en Madrid, nadie más que Enigma y yo. ¿Comprendes lo que eso significa, Tirso?

Lo comprendía demasiado bien, por desgracia.

—Que si Gelderohde conocía nuestros planes a causa de una filtración, esa filtración sólo pudo salir de un buscador. —Miré a Narváez de forma casi suplicante, esperando que rechazase mi teoría con desdén—. ¿Crees que me equivoco?

Él no respondió de inmediato. Antes de hacerlo se puso en pie, anunciando el final de nuestra conversación.

—Lo que creo es que no debes mencionarle esto a nadie. Absolutamente a nadie. Sólo a mí. —Narváez me miró a los ojos—. Concedamos a los detalles la importancia que poseen: exagerarlos nos convierte en paranoicos, minimizarlos nos hace irresponsables; no seamos ni lo uno ni lo otro.

—Entonces ¿qué quieres que haga?

—Sólo que mantengas los ojos bien abiertos y seas discreto. Si ves algo que te llame la atención o que te preocupe, házmelo saber. Sólo a mí y a nadie más.

—Debo actuar como si no ocurriese nada.

—Nadie te pide eso. Eres inteligente, así que puedes suponer lo improductivo que resultaría para nosotros crear un clima de desconfianza. —Narváez se abrochó el botón de la chaqueta y se dispuso a salir de la sala de reunión—. Intenta concentrarte en alguna ocupación mientras tanto… Por ejemplo, ¿por qué no le echas un vistazo a la Lista de Bailey? Quizá alguien nuevo pueda ofrecernos otro punto de vista que a los demás se nos haya pasado por alto.

Ahora que la veda de la sospecha había quedado abierta, era complicado ignorar la posibilidad de que un buscador estuviera entregado a un peligroso doble juego.

Intentaba no pensar demasiado en la conversación que había mantenido con Narváez. La idea de que cualquiera de mis compañeros fuera un traidor era difícil de asumir. Ni siquiera me atrevía a ponerle rostro.

Sin embargo, una cizañera voz interior se empeñaba en deslizar venenosas ideas en la trastienda de mi cerebro. De pronto me asaltó una idea sorprendente… ¿Y si Narváez sospechaba de mí?

Jugar a los detectives podía resultar divertido en algunas ocasiones. Ésta no era una de ellas. Decidí esforzarme por seguir el consejo de Narváez y no permitir que la sospecha ocupase mis pensamientos. Si uno de los buscadores ocultaba algo, tarde o temprano se traicionaría a sí mismo. Sólo tendría que estar atento por si ese momento llegaba.

Al pasar frente al Desguace, presencié una pelea entre Burbuja y Tesla. No me sorprendió: los dos buscadores no mantenían la mejor relación entre ellos, y era habitual que se enzarzasen en disputas, a menudo por motivos casi infantiles.

Me di cuenta de lo prudente que era el consejo de Narváez. ¿Qué ocurriría si a una relación ya de por sí tensa como la que existía entre Burbuja y Tesla se le añadía el factor de la sospecha? Las consecuencias serían terribles para la convivencia diaria, sobre todo en una labor como la nuestra, en la que tanto se depende de la confianza en el compañero. Empezar a recelar los unos de los otros sería tanto como enterrar una bomba de relojería en las entrañas del Sótano.

Quizá era ésa la baza que jugaba Gelderohde.

Mientras le daba vueltas a estos pensamientos, escuché que Burbuja llamaba a Tesla algo así como «retardado emocional» y salía airado del Desguace. Casi me doy de bruces con él. No me dijo nada y se metió en su despacho. Yo asomé la cabeza al interior del Desguace.

—¿Va todo bien? —pregunté. Tesla aporreaba las teclas de uno de sus ordenadores con expresión sombría. Casi podía ver salir humo de sus orejas.

—Capullo arrogante… —masculló. El buscador decidió desahogarse aprovechando que estaba allí—. Maldita sea, empiezo a estar harto de que descargue conmigo sus frustraciones. Yo no tengo la culpa de que lo de Lisboa saliese mal. Se supone que él era el responsable, ¿no?

Entré en el Desguace y cerré la puerta tras de mí. Tesla siguió despotricando contra Burbuja, farfullando las palabras entre dientes.

—Si tuviera tantas agallas como todo el mundo dice, no le echaría la culpa de su incompetencia a los demás. Un cobarde, eso es lo que es; un maldito cobarde. Tiembla de miedo cada vez que el viejo le pone alguna responsabilidad sobre los hombros. Tanto músculo y tanta pose, y su cerebro no es más que una masa atrofiada… Te aseguro que un día perderé la paciencia y… —Tesla apretó los labios y golpeó el teclado con el puño. Todos los cachivaches que había encima de la mesa temblaron, y un muñeco del Dr. Who, con una desproporcionada cabeza unida al cuerpo mediante un muelle, se cayó al suelo. Tesla emitió un largo y profundo suspiro y lo recogió con cuidado—. Aunque es probable que ese imbécil está en lo cierto al advertirme que tengo demasiada mierda en este lugar…

—A mí me gusta *Dr. Who*… —dije tímidamente. Tesla me dirigió una débil sonrisa de agradecimiento.

—No me hagas caso. Burbuja tiene la capacidad de sacarme de mis casillas, pero no hablaba en serio. Es un buen buscador…, supongo.

—¿A qué ha venido todo esto?

—Nada importante… Todos estamos con los nervios a flor de piel después de lo ocurrido en Lisboa. Estas cosas pasan. Ni si quiera recuerdo cómo hemos empezado a pelearnos.

No pude evitar solidarizarme con Tesla. Imaginé que, en el fondo, se sentía acomplejado por Burbuja. Algo similar a lo que me ocurría a mí con Marc.

—¿Burbuja te echa a ti la culpa de lo de Lisboa?

Tesla suspiró.

—No con esas palabras… Pero ha dicho que mi plan era una ridiculez, y que por eso todo salió tan mal.

—¿Antes de contarnos el plan lo compartiste con alguien más?

—No, ¿por qué habría de hacerlo? —Tesla volvió a centrar

su atención en el ordenador. Había logrado calmarse, pero aún estaba de mal humor—. Si tan ridículo le parecía, que hubiera aportado él otro distinto… Pero, claro, no fue capaz. Aquí siempre somos los mismos los que pensamos, y si las cosas salen bien, todos se llevan las felicitaciones, pero cuando algo se tuerce, nadie se hace responsable. Maldita sea… Ni siquiera fue idea mía…

—¿Cómo dices?

—El plan de Lisboa, ni siquiera se me ocurrió a mí.

—Entonces ¿de quién fue la idea?

—De los joyeros. —Yo le miré sorprendido—. Hablé con Alfa. Fue el mismo día que Narváez os encargó lo de Acosta. Quería preguntarle si había alguna forma de hacer que la Máscara falsa no pitase en un detector de metales. Empezamos a discutir maneras de colarla en el palacio, una cosa llevó a la otra y, en algún momento, a Alfa se le ocurrió lo de aprovechar la mesa que subía y bajaba. La idea fue suya.

—Así que los gemelos estaban al tanto de los detalles de nuestro plan.

—Y tanto que lo estaban. Ya te digo que la sugerencia salió de ellos.

Me resultó muy interesante aquella información. Eso aumentaba el círculo de posibles filtradores. Por otro lado, la persona a quien se le ocurriera el plan de Lisboa conocería mejor que nadie sus puntos débiles y sabría cómo aprovecharlos.

Decidí que comentaría aquello con Narváez en cuanto tuviera la oportunidad.

2

Inspiración

Estaba agotado cuando salí del Sótano y regresé a casa. Me senté en el sofá un momento y me quedé dormido. Cuando abrí los ojos y miré el reloj eran más de las seis.

Debí de soñar algo raro que hizo que, por algún motivo, al despertarme no dejara de pensar en aquella cita del *Cantar de los Cantares* que Acosta recitó en su apartamento.

«Como panal de miel destilan tus labios, néctar y leche hay bajo tu boca…»

Me dediqué a hacer otras cosas; sin embargo, aquel verso seguía pegado a mi cerebro como (panal de miel destilan tus labios) el estribillo de una canción que no puedes quitarte de la cabeza.

«Néctar y leche hay bajo tu boca…»

¿Cómo seguía?

Empezó a irritarme el no poder recordar el resto del poema. Harto de repetirme una y otra vez las mismas palabras, consulté la referencia bíblica en una página web.

Ahí estaba: «Y el olor de tus vestidos como el olor del Líbano. Huerto cerrado eres, amada mía. Fuente cerrada. Fuente sellada».

El capítulo cuarto del *Cantar de los Cantares*. Escrito por Salomón.

«Como panal de miel destilan tus labios.»

«Fuente cerrada.»

«Fuente sellada.»

¿Quién habría podido inspirar tales palabras a Salomón?

«Huerto cerrado eres, amada mía.»

«Fuente cerrada. Amada mía.»

«Fuente sellada.»

«Amada mía.»

Me resulta difícil explicar la tormenta de imágenes que de pronto estalló en mi cabeza. Lo que experimenté no fue el producto de una sucesión lógica de ideas, sino un alud de intuiciones, mezcladas con recuerdos, que me golpearon igual que una palmada en la frente.

De entre todos aquellos recuerdos, hubo uno especialmente vívido.

El cuadro de un niño a caballo. Un hombre, a mi lado, su cara apenas era una fotografía borrosa. El hombre me cogía de la mano. Y hablaba.

«La reina se enamoró de Salomón, el cual la engañó dedicándole hermosas palabras…»

Pero no era una reina de verdad. Era una bruja. Y su nombre era Lilith («Fuente cerrada. Fuente sellada»).

«De modo que Lilith decidió vengarse de Salomón robándole su tesoro más preciado.»

Shem Shemaforash.

Recuerdos olvidados (cerrados; sellados) que giraron en mi cabeza tan rápido, tan fuerte, que por un momento ni siquiera fui capaz de moverme. Me limité a quedarme quieto, mirando la pantalla del ordenador con ojos perdidos.

Logré poner en orden el caos de mis ideas y reaccioné. Aún guardaba por alguna parte la copia de la Lista de Bailey que Tesla me entregó días atrás. La encontré entre unos papeles y la leí, una vez más.

Akhbar Madjmu'a de La Rábida (Biblioteca del monasterio de
La Rábida, Palos de la Frontera, Huelva).

Corografía Toledana de Pedro Juan de Lastanosa (Biblioteca
privada del conde de Talayuela).

Chronicae Visigotorum de san Isidoro de Sevilla (Biblioteca del
monasterio de Hoces, Guadalajara).

Mesa de Al Makkara (Palacio de los marqueses de Miraflores,
Malpartida, Cáceres).

Lápida de Arjona (Cripta de la iglesia de San Juan Bautista de
Arjona, Jaén).

Llave-relicario de san Andrés (Cámara Santa de la catedral de
Oviedo).

~~*Patena de Canterbury*~~ (Pista falsa).

Máscara de Muza (Paradero desconocido).

Volvió a llamarme la atención el hecho de que Warren Bailey
tachase la Patena de Canterbury como de «pista falsa». Eso me
hizo pensar que si Bailey pensaba que la Patena era una pista
falsa, era lógico deducir que el resto de los objetos también serían pistas, aunque verdaderas.

Pero ¿pistas de qué? ¿Qué buscaban Bailey y LeZion?

Quizá la fuente cerrada. La fuente sellada… El secreto de
Lilith.

Empecé a ver aquella lista con una perspectiva nueva. Poco
a poco, a medida que mi cerebro empezaba a destilar (néctar y
leche) recuerdos, aquel grupo de piezas sin conexión empezó a
tener sentido para mí.

Empleé varias horas en informarme sobre los objetos, consultando diversas páginas web y algunos de mis propios libros.

El *Akhbar Madjmu'a* es una crónica bereber del siglo XI
en la que se relata la conquista árabe de la Península en el 711.
El ejemplar más antiguo que se conserva del *Akhbar Madjmu'a*
está en la Biblioteca de París, pero algunos expertos creen que éste
es la copia mutilada de otro anterior que estuvo en el monasterio de La Rábida, y que ahora se encuentra en paradero desconocido.

Numerosos historiadores ven en esta crónica una mezcla entre realidad y ficción. Lo que de ella resulta más interesante (o al menos a mí me lo pareció) es la detallada narración que se hace sobre las disputas entre Muza y Tariq a causa del reparto de los tesoros de los reyes visigodos. Según la crónica, de todos aquellos bienes el que más interés suscitaba a los dos caudillos musulmanes era «una mesa que habría sido de Salomón y que estaba en el tesoro de los reyes de Toledo». En el *Akhbar Madjmu'a* de París no se vuelve a mencionar la mesa, sin embargo hay quienes piensan que en el ejemplar de La Rábida había un pasaje que explicaba con detalle dónde la habían encontrado Tariq y Muza.

La mención a Muza me pareció muy sugestiva, pues suponía un nexo entre el *Akhbar Madjmu'a* y la Máscara que habíamos tratado de recuperar en Lisboa.

Otro libro mencionado en la Lista era la *Corografía Toledana* de Pedro Juan de Lastanosa. Fue el autor del primer mapa geodésico de España por triangulación. En el siglo XVI, por encargo del rey Felipe II, se cree que utilizó sus conocimientos para cartografiar una red de túneles subterráneos que había bajo la ciudad de Toledo y sus alrededores. Recopiló dichos mapas en la *Corografía Toledana*.

Estos subterráneos se conocían como «Las Cuevas de Hércules». Una antigua leyenda ibérica narra que fue el hijo de Zeus quien excavó aquellos túneles. Felipe II la conoció, seguramente, a través de su preceptor Juan Martínez Guijarro, arzobispo de Toledo, quien ha pasado a la Historia como cardenal Silíceo. Hombre de vasta cultura y estrechas miras, fanático antisemita; a él se deben, de hecho, los vergonzantes estatutos de *Limpieza de Sangre* que se aplicaron en España durante el reinado de la Casa de Austria.

Se cuenta que en 1546 el cardenal Silíceo envió a un grupo de hombres provistos de antorchas a explorar las Cuevas de Hércules. La expedición apareció días después. Sus componentes, demacrados y alucinados, relataron hechos tan espantosos que el cardenal ordenó tapiar el acceso a las Cuevas y borrar de la memoria su ubicación. El suceso es narrado por el historiador agustino Enrique Flórez, en su obra de 1721 *España Sagrada*.

También se habla de las Cuevas de Hércules en el tercer y último libro que aparecía en la Lista de Bailey, la *Chronicae Visigotorum* de san Isidoro de Sevilla. En este códice, fechado en el siglo VII, el santo obispo visigodo cuenta cómo el rey Suintila le encomendó la misión de buscar un escondite para un tesoro de valor incalculable que pertenecía a los monarcas de Toledo desde que el caudillo bárbaro Alarico se lo llevase del Templo de Júpiter en Roma, en el siglo V.

El susodicho tesoro era una mesa. Una mesa que perteneció al rey Salomón. La misma mesa citada en el *Akhbar Madjmu'a* y que provocó un enfrentamiento entre Muza y Tariq.

Isidoro ocultó la mesa en las Cuevas de Hércules, y, casi mil años después, Pedro Juan de Lastanosa recibió el encargo de cartografiar aquellas cuevas. Un encargo hecho por el rey Felipe II en persona quien, según contaban, se sentía fascinado por la figura del rey Salomón y todo lo relacionado con ella.

La Mesa. Todo comenzaba a girar alrededor de la Mesa.

Había, de hecho, una mesa entre los objetos de la Lista de Bailey: la Mesa de Al Makkara. Al Makkara era el nombre del cronista árabe que redactó la *Historia de las dinastías mahometanas*. Parte de su escrito es una réplica al *Akhbar Madjmu'a*, ya que Al Makkara defiende que la mesa que encontró Tariq en España no era la célebre Mesa de Salomón, sino un simple mueble de menores proporciones que los visigodos utilizaban a modo de altar. Para refrendar sus palabras, Al Makkara incluye en su texto una detallada descripción de la mesa falsa, la cual, no obstante, admite que pudo haber sido hecha a imagen de la verdadera.

Existía, al parecer, una mesa como la que Al Makkara describía y que acabó en manos de los marqueses de Miraflores. Dicha mesa estaría relacionada con otro de los objetos de la Lista de Bailey: la Lápida de Arjona.

La Lápida es una losa de piedra con símbolos grabados en ella, y hay quien piensa que puede tratarse de una reproducción de la mesa de Al Makkara o, quizá, incluso de la propia Mesa de Salomón.

Hubo dos objetos en la Lista cuya relación con la reliquia de Salomón fui incapaz de establecer. Uno de ellos era la Patena de Canterbury, pero dado que el propio Bailey la había desechado como intrascendente, imaginé que la Patena figuraría en la Lista por error.

Sobre la Llave-relicario de san Andrés no encontré nada ni recordé que mi padre la mencionase en sus historias. No obstante, dado que el resto de los objetos tenían a la Mesa de Salomón como nexo, ni por un instante dudé que la Llave-relicario también estaría relacionada con aquel tesoro.

Cuando terminé de establecer el hilo conductor de las piezas de la Lista, era ya de madrugada. Me encontraba agotado, sobre todo emocionalmente. Me había visto obligado a escarbar en recuerdos antiguos, tan enquistados en mi memoria que recuperarlos fue casi doloroso, como arrancar un viejo tumor. Rehacer por completo la historia que mi padre me contó a trozos en salas de museos hasta el día de su muerte me había dejado exhausto.

Sin embargo, el esfuerzo había merecido la pena. Para mí ya estaba claro lo que Ben LeZion perseguía. Sabía por qué había encargado a Warren Bailey encontrar aquellos objetos en España.

Ben LeZion buscaba la Mesa de Salomón.

El *Shem Shemaforash*. El Nombre de los Nombres.

Mi aspecto no debía de ser muy bueno cuando, al día siguiente, me presenté en el Sótano. Enigma se dio cuenta nada más verme.

—Menudas ojeras —comentó—. ¿Qué has estado haciendo toda la noche? ¡No, espera! No me lo digas. Hay cosas que prefiero no saber. Si hay alguna mujer, u hombre, en tu vida, no quiero que me lo cuentes. Soy muy celosa.

Deseaba poder compartir con alguien lo que había descubierto, pero no sabía quién sería la persona más adecuada. Tendría que ser alguien que me tomara en serio (lo cual era difícil) y, sobre todo, que fuera discreto. Eso descartaba a Enigma y a Burbuja.

También rechacé a Marc. Sólo por antipatía, lo reconozco.

Los gustos personales de Tesla me hacían pensar que se tomaría mi historia «demasiado» en serio, y yo necesitaba una segunda opinión que fuera juiciosa y objetiva.

Eso me dejaba una sola posibilidad: Danny.

La busqué por todo el Sótano. A veces era difícil encontrarla porque ella no tenía un despacho o algo similar. Solía deambular por ahí, a su aire. Le pregunté a Enigma si sabía dónde estaba.

—Prueba en la pecera, cariño. Juraría que la he visto ahí hace un momento.

Había que estar familiarizado con la nomenclatura personal de Enigma para entender sus indicaciones. Para ella, el despacho de Burbuja era «el submarino», la sala de reuniones «el congreso», nuestro cubículo «la guardería»... Y a menudo cambiaba los nombres a su capricho.

La «pecera» era como Enigma llamaba a la habitación donde estaban los archivos. No sé muy bien por qué, pero creo que tenía que ver con el hecho de que una de sus paredes era un gran panel de cristal.

Gran parte de los expedientes del CNB estaban informatizados, pero aún había una enorme cantidad de datos en papel que se guardaban en obsoletos armarios archivadores de metal. Todos estaban en la pecera. Y fue allí donde encontré a Danny.

Estaba buscando algo sobre una tabla del pintor renacentista Juan Inglés, en manos de un coleccionista polaco, y que los buscadores tenían un cierto interés en recuperar. Pensaba que podría ser una misión rutinaria, lo suficientemente simple como para hacer olvidar el fiasco de Lisboa, y quería proponérsela a Narváez. No obstante, no estaba muy entusiasmada por ello, de modo que no le importó que la interrumpiera.

—Me gustaría hablarte de algo… En privado.

—¿En privado? Menudo suspense. Está bien, habla. Aquí no nos molestarán. Nadie entra jamás en este cementerio de papeles.

Saqué la Lista de Bailey de mi bolsillo y le expliqué de la forma más clara posible lo que creía haber descubierto. Ella me escuchó sin interrumpirme, aunque por su expresión era difícil saber si me estaba tomando en serio o no.

—Así que… una mesa mágica —dijo cuando terminé mi exposición.

—No es exactamente una mesa mágica —respondí algo incómodo—. Es más bien un artefacto que oculta un secreto. El secreto del *Shem Shemaforash*.

—*Shem Shemaforash* —repitió ella, haciendo deslizar las palabras con delicadeza entre sus labios—. El Nombre de los Nombres.

—Entonces, ya sabes a lo que me refiero.

—En realidad no. Sólo estaba traduciendo el término a la manera literal. Es hebreo antiguo, ¿verdad? No me mires así: no hablo hebreo antiguo, pero estudié algo hace años y recuerdo cosas. ¿En qué consiste exactamente ese *Shem Shemaforash*?

—Es el verdadero nombre de Dios. En los escritos rabínicos se dice que el nombre de Dios era un secreto que nadie podía conocer, ya que el intelecto humano no es capaz de asimilarlo. El nombre de Dios es el *Logos*, la palabra de Creación y el motor del universo… ¿Conoces el comienzo del Evangelio de san Juan?

—Me temo que mi catequesis está algo oxidada. Yo estudié en un colegio público.

—«En principio era el Verbo» —recité yo—. «Y el Verbo era Dios. Y el Verbo estaba en Dios.» Ése es el *Logos*. El Verbo. El *Shem Shemaforash*. Aquel que lo conozca dominará las claves de todo conocimiento. Lilith, la reina de Saba, reveló a Salomón la fórmula jeroglífica del *Shem Shemaforash* y la talló sobre la superficie de una mesa.

—Que es la misma mesa que buscaba Warren Bailey en España...

Yo asentí. Danny permaneció en silencio. Yo contaba los segundos antes de que ella se echase a reír.

No hizo tal cosa. En vez de eso, me miró a los ojos y me preguntó:

—¿Tú lo crees? ¿Crees en la existencia de una mesa que otorga a su dueño el poder de la Creación?

—No —respondí con rotundidad—. Por supuesto que no. Nadie en su sano juicio creería algo así.

—Me alegra oírte decir eso, de verdad.

—Sin embargo, hay una cosa que sí creo: los reyes de Toledo custodiaban un tesoro que ellos *creían* que era la Mesa de Salomón. Estaban tan convencidos de ello que la ocultaron durante siglos para que nadie pudiera arrebatársela. También los musulmanes conocían la existencia de ese tesoro, y cuando conquistaron la Península se esforzaron por encontrarlo. Te diré lo que creo: la Mesa es real. Puede que sus poderes sean un simple mito, pero no la Mesa.

—No sé si me convence mucho tu razonamiento.

—¿Por qué? Es muy lógico. Piensa un poco: todo el mundo creía que la tumba de Tutankamón estaba maldita, hay gente que piensa que en el fresco de *La Última Cena* de Leonardo hay un secreto cabalístico, y otros dicen que la Sábana Santa de Turín es una radiografía del cuerpo de Cristo. Todas ellas son ideas discutibles, pero eso no impide que la tumba de Tutankamón, *La Última Cena* de Leonardo y la Sábana de Turín sean reales. ¿Por qué no iba a serlo esta Mesa?

Danny se mantuvo en silencio.

—Sabes ser muy persuasivo cuando quieres, novato... —me dijo por fin, sonriendo a medias—. Empiezo a creer que tienes razón, que Bailey estaba buscando esa reliquia para LeZion. Dime una cosa, ¿cómo es que sabes tanto de la Mesa de Salomón?

Le hablé a Danny de mi padre. Me costó menos de lo que había temido.

—Jamás hablamos de nada que no fueran leyendas como ésta. Creo que era de lo único de lo que mi padre era capaz de hablar conmigo. Conocía muchas... —La voz se me apagó y sentí algo extraño (¿nostalgia?, ¿resentimiento?, ¿orgullo?)—. Era un buen narrador.

—Sin duda tuvo un buen oyente...

—Si la Mesa existe, es probable que aún esté en alguna parte.

—Y aquí tenemos todas las pistas que nos ayudarán a encontrarla, tal y como LeZion pensaba. Sí, es un buen razonamiento, lo reconozco, pero si lo que pretendes insinuar es que nos embarquemos en una épica búsqueda del tesoro, me temo que estás yendo demasiado lejos.

—¿Por qué dices eso?

—No somos cazatesoros, Tirso. Buscamos arte expoliado, no leyendas.

—Recuperamos lo que nos pertenece —dije yo, repitiendo las palabras que en su día le dije a Narváez—. Creí que eso era lo que daba sentido a nuestro trabajo. Sea lo que sea. Esté donde esté. No existe nada que un buscador no pueda recuperar. Y esa Mesa nos pertenece. Fue una herencia de reyes, quienes la protegieron para que jamás fuese robada. Si alguien trata de hacerlo, ¿acaso no es nuestra misión impedirlo? Si nosotros no lo hacemos, nadie más lo hará.

—Narváez lloraría de orgullo si te escuchase ahora mismo. Por desgracia, yo no tengo una visión tan romántica de nuestro trabajo.

—Ya veo —dije yo sin poder ocultar mi decepción—. En fin... Dejaré que sigas mareando los archivos. Supongo que he dejado volar mi imaginación; por un momento pensé que éramos un cuerpo de élite. Al parecer, sólo somos rateros de antigüedades... Disculpa, en realidad somos rateros asalariados por el gobierno, así que supongo que eso nos convierte en algo aún más prosaico: somos funcionarios.

Le di la espalda y me dispuse a salir de la pecera. Entonces ella me agarró del brazo.

—Espera un momento… ¿Adónde vas?

—A mi cubículo, a rellenar un par de formularios antes de la hora del café… Y quizá envíe alguna solicitud para tomarme un día libre por asuntos propios. Ya sabes, la rutina de un caballero buscador.

De pronto Danny se rió. Fue una carcajada sorprendentemente franca. Ella no reía de esa forma a menudo.

—Dios, Tirso, no seas tan… —me miró ladeando un poco la cabeza—. Está bien, te ayudaré a encontrar alguna pista sobre esa dichosa Mesa. Madre mía, debo de estar igual de loca que tú…

3

Olympia

Danny puso sus propias condiciones para ayudarme. La primera de ellas era que debíamos mantener lo de la Mesa en secreto. Temía que el resto de los buscadores se burlaran de nosotros por dar pábulo a semejante leyenda. Sólo si éramos capaces de encontrar una prueba que demostrase que la Mesa era real, Danny estaría dispuesta a poner al corriente a nuestros compañeros sobre el asunto.

Yo puse una objeción, pues creía que debíamos intentar convencer a Tesla para que colaborase con nosotros.

—¿Tesla? —preguntó ella—. ¿Por qué él precisamente?

—Porque es el único que sabe manejar Hércules para rastrear la web y *deepnet*. Quizá en la red exista información sobre la Mesa que nos pueda ayudar. Necesitamos a alguien con su experiencia.

—No, me niego a contar con él, al menos por el momento. Me gusta Tesla, pero tiene una imaginación desbordante. No quiero alimentarla.

Entendí lo que quería decir. Visualicé a Tesla dejándose llevar por un exceso de entusiasmo y buscando en eBay un látigo y un sombrero Fedora a buen precio. Yo me estaba tomando aquel asunto en serio, y había logrado convencer a Danny para que también lo hiciera; a ninguno nos seducía la idea de que todo aquello degenerase en un pasatiempo adolescente.

No obstante, Danny estuvo de acuerdo en que alguien con maña para manejar Hércules nos serviría de ayuda. Por desgracia, su propuesta me pareció inaceptable.

—¿Marc? ¿Por qué Marc?

—Porque es el único que sabe utilizar Hércules aparte de Tesla. Creí que era eso lo que querías.

—Sí, pero… ¿Marc?

Dado que mi objeción era puramente visceral, me fue imposible defenderla. Al final claudiqué y acepté compartir con él lo que había descubierto en la Lista de Bailey. Aun así, mantuve la mezquina esperanza de que creyese que aquel asunto era una pérdida de tiempo y se negase a participar en él.

Me equivoqué por completo. A Marc le fascinó la historia de la Mesa de Salomón. A diferencia de Danny, él creyó desde el primer momento que Bailey estaba detrás de aquel artefacto y que era nuestra misión ineludible el encontrarlo antes de que lo hicieran otros.

Así fue como los tres —Danny, Marc y yo— empezamos a dar los primeros pasos para encontrar pruebas de aquella reliquia. Realizamos nuestra labor con discreción, intentando que nadie supiera nada de nuestra particular búsqueda.

Llevábamos ya más de una semana entretenidos con nuestras pesquisas cuando, un sábado por la mañana, nos reunimos en una agradable cafetería, cerca del Arqueológico. Ocupamos una mesa en el interior de un elegante pabellón de estilo *art nouveau* con vistas al paseo de Recoletos, en compañía de turistas adinerados y silenciosos camareros con chaquetilla blanca y pajarita.

—Ayer descubrí algo interesante gracias a Hércules —nos dijo Marc. Miró a Danny y le preguntó—: ¿Te suena de algo el nombre de Olympia Goldman?

—Estoy segura de que no, recordaría un nombre tan teatral. ¿Por qué me lo preguntas?

—Es pariente tuya. Una pariente lejana. ¿No sabías que aún quedaba una nieta de Ben LeZion con vida?

—No tengo demasiada información sobre esa rama de la familia.

—LeZion tuvo tres hijos —explicó Marc—. El mayor, Abner, murió en la Segunda Guerra Mundial, sin descendencia. Quedaron dos chicas: Edith y Rebecca.

—Edith era la mayor, lo sé —dijo Danny—. Ella fue la que se casó con un hijo de Warren Bailey. Edith era mi bisabuela.

—Exacto —dijo Marc—. Su hermana Rebecca se casó con uno de los administradores de LeZion, un tal Jonathan Goldman. Tuvieron dos hijas: Prudence y Olympia. Prudence murió de viruela siendo adolescente, pero Olympia aún vive.

—Debe de tener…, ¿cuántos? ¿Miles de años? —dije yo.

—Más de noventa. Se casó dos veces pero no tuvo hijos. En los años cincuenta vino a vivir a España y ahora está en una residencia de ancianos. Danny es su única pariente con vida. Pero lo más importante de todo es que ella conoció a Ben LeZion. Cuando era niña, pasaba largas temporadas en Chicago, en la mansión de su abuelo.

—¿Todo eso lo has averiguado gracias a Hércules? —pregunté.

—Te sorprendería saber de lo que es capaz esa maravilla si se utiliza bien. Hoy en día, todo está en la red. Absolutamente todo. Incluso puedo deciros en qué residencia está Olympia Goldman. Y se encuentra justo aquí, en Madrid.

—De acuerdo —dije yo—. Sabemos dónde encontrar a Olympia Goldman. Lo que no acabo de ver es en qué nos puede ayudar hablar con ella.

—Es evidente —respondió Danny—: si Olympia pasaba largas temporadas con LeZion, es probable que recuerde si su abuelo llegó a encontrar la Mesa. Se trata de una posibilidad que no nos habíamos planteado, pero que no podemos descartar.

—No sé si deberíamos fiarnos de la memoria de una nonagenaria.

—Merece la pena intentarlo. A veces es sorprendente la memoria a largo plazo de las personas de esa edad: son incapaces de recordar qué han tomado en el desayuno, pero podrían recitarte los nombres de todos sus compañeros del jardín de infancia.

—Además, es la pista más sólida que tenemos por el momento —añadió Marc.

Convinimos en visitar a Olympia Goldman en su residencia aquella misma tarde y hacerle unas preguntas. Con esta decisión dimos el encuentro por terminado.

La residencia Juan de Austria estaba en la calle del mismo nombre, en el centro de Madrid. Habíamos quedado en encontrarnos allí a las cinco. Cuando llegué, Danny me esperaba en la puerta. Marc no estaba allí.

—No va a venir —me informó Danny—. Le ha surgido un imprevisto.

—¿Qué clase de imprevisto?

—No me lo ha dicho. Me mandó un mensaje a la hora de comer. Eso es todo lo que sé… ¿Qué es eso que llevas ahí? —preguntó ella señalando un paquete que yo sujetaba en la mano.

—Una caja de bombones de menta. Me pareció un bonito detalle traerle algo a la pobre mujer.

Danny sonrió de medio lado.

—Adorable… —Sin añadir nada más, atravesó la puerta del edificio. Yo fui tras ella.

La residencia Juan de Austria no encajaba con el arquetipo de asilo de ancianos que yo tenía en mente, a pesar de que nunca había estado en ninguno. El lugar estaba en un moderno edificio de varias plantas que ocupaba toda una manzana de la calle. Al entrar, después de cruzar una puerta automática de cristal, nos encontramos con un amplio recibidor con suelos de mármol y paredes de madera cubiertas con enredaderas naturales. Grandes macetones con bambúes y pinturas de estilo vanguardista completaban la decoración. En un rincón había una pequeña fuente ornamental que llenaba el ambiente con un relajante borboteo acuático.

Aquel lugar tenía el aspecto de un hotel de gama alta para viajeros en edad crepuscular. Algunos ancianos estaban sentados en cómodos sillones de cuero blanco, leyendo periódicos; otros tomaban la merienda o jugaban a las cartas en una cafetería que había al fondo del recibidor. Todo tenía un aspecto pulcro y apacible. No parecía un mal sitio para disfrutar de una plácida jubilación.

Nos acercamos hacia un mostrador en el que dos mujeres jóvenes vestidas de blanco actuaban como recepcionistas. Danny se dirigió a una de ellas. Sobre el pecho llevaba prendida una tarjeta con su nombre: ELENA.

—Venimos a visitar a Olympia Goldman. Yo soy su sobrina.

—Claro. Llamó usted esta mañana, ¿verdad? Olympia está en el jardín en este momento. Yo les llevaré; síganme, por favor.

La mujer llamada Elena salió de detrás del mostrador y nos guió hasta un ascensor. Según nos explicó, la residencia contaba con un pequeño jardín cubierto en la azotea. A Olympia le gustaba pasar allí las tardes.

—Se pondrá muy contenta de verles —nos anunció—. La pobre no recibe visitas muy a menudo… ¿Dice usted que es su sobrina?

—En realidad, pariente lejana. Mi abuela era prima suya.

—Qué bien. ¿Hace mucho desde la última vez que habló con ella?

—Bastante. He estado viviendo en el extranjero —improvisó Danny.

—Entonces me temo que la encontrará un poco… —Elena titubeó—, apagada. Es natural; después de todo, son muchos años los que tiene…

—¿No se encuentra bien de salud?

—Oh, no, su salud es muy buena, al menos todo lo buena que puede esperarse en una mujer de su edad. El problema es que su cabeza… Digamos que ha sufrido un deterioro importante en los últimos años.

—¿Cómo de importante? —pregunté yo, temeroso de que

aquella visita no sirviera para nada por culpa del estado mental de Olympia.

—No se angustien. No ha perdido la cabeza ni nada parecido, y, en general, es capaz de mantener conversaciones coherentes la mayor parte del tiempo. Ocurre que a menudo confunde cosas, se evade, se muestra olvidadiza... No deben preocuparse si al principio no les reconoce.

—Nos hacemos cargo, por supuesto. Pobre tía Olympia —dijo Danny, no sin cierto cinismo.

Llegamos al último piso de la residencia. Seguimos a Elena a través de un tramo de escaleras y luego salimos a la azotea. Allí había un amplio invernadero atestado de flores y plantas colocadas de forma un tanto caótica. Desde los cristales se disfrutaba de una pintoresca vista de los tejados del centro de Madrid. A pesar de que la tarde era oscura y nublada, allí hacía un calor sofocante.

Encontramos a Olympia en el centro del invernadero. Estaba sentada en un banco de hierro, contemplando una pequeña fuente adornada con una estatua en forma de ninfa. Un débil chorro de agua caía por una caracola que la ninfa sostenía grácilmente entre sus brazos.

—Doña Olympia —saludó Elena con un exagerado tono de afabilidad—. Mire qué sorpresa: ha venido a visitarla su sobrina. Estará usted contenta.

La anciana nos dedicó una mirada ausente. Olympia Goldman era una pequeña mujer consumida por la edad. Tenía los ojos decolorados, muy grandes. La piel de su rostro era cerúlea y llena de manchas, al menos la parte que no estaba grotescamente cubierta de maquillaje: Olympia tenía los labios sepultados en carmín y los ojos rodeados de una sombra verdosa. El maquillaje estaba descuadrado, como si se lo hubiese aplicado a ciegas.

Sobre su cabeza apenas conservaba unos mechones de cabello lacio y mustio, teñidos de un color rubio encendido; le daban el aspecto de una vieja muñeca a la que hubieran arrancado el pelo a puñados. Llevaba puesto un vestido de flores que parecía sostenerse sobre un armazón de ramas y, encima de sus hombros, tenía una pashmina que me dio calor sólo de verla. La anciana despedía un olor muy intenso, una mezcla entre perfume barato y armario cerrado.

No mostró ninguna emoción al vernos, ni nos dedicó saludo alguno. Danny me quitó la caja de bombones y se acercó a la anciana.

—Hola, tía Olympia, soy Daniela, Daniela Bailey. Te he traído unos bombones.

—Qué detalle —dijo Elena—. ¿Ha visto, doña Olympia? Bombones, ¡con lo que a usted le gustan!

La anciana siguió sin decir nada. Tomó la caja de bombones con gesto lánguido y la depositó sobre su regazo. Elena nos miró con una expresión de disculpa.

—No se preocupen, es normal que actúe así… En fin, aquí les dejo con ella, yo tengo que atender la recepción.

Se marchó. Nos quedamos solos con Olympia en aquel invernadero. La anciana miraba hacia sus bombones y canturreaba algo para sí misma.

—¿Quieres que te abra los bombones, tía Olympia?

La anciana asintió. Danny retiró el precinto de la caja, la abrió y se la ofreció a su pariente. Ella cogió uno con dos dedos retorcidos como ramas y se lo llevó a la boca con avidez. Se lo comió casi de un bocado y luego se chupó las yemas de los dedos.

Durante varios segundos se dedicó a masticar el dulce con fruición, haciendo ruidos salivales. Luego tragó y cogió otro. Antes de metérselo en la boca, miró a Danny. En sus ojos había inquietud.

—¿Puedo comer otro, Pru? —preguntó con un tono infantil. Me llamó la atención que hablase en inglés.

—¿Pru? —dije yo a media voz.

—Prudence… —murmuró Danny—. Su hermana se llamaba Prudence. La que murió de viruela cuando era joven. Creo que piensa que yo soy su hermana.

—¿Puedo coger otro, por favor? —insistió de nuevo la anciana—. Sólo uno más, por favor, no se lo digas al abuelo; ya sabes que no quiere que tomemos dulces antes de cenar…

—Olympia, no soy Pru, soy Daniela. Soy bisnieta de tu tía Edith.

—¿Edith…? No… Tía Edith no está aquí… Está en España, ¿lo has olvidado, Pru? —Se quedó callada un rato, pensando—. Me gusta tía Edith, ella sí nos deja comer dulces… Oh, por favor, Pru: sólo uno más, prometo no decírselo al abuelo Ben.

—Vaya por Dios —me dijo Danny—. Se cree que está en Chicago, con LeZion.

—Esto no nos va a llevar a ninguna parte.

—Ya veremos. —Danny se sentó en el banco de hierro junto a la anciana y le acercó la caja de bombones—. Toma, Olympia, coge los que quieras. No se lo diremos al abuelo.

—¿Qué estás haciendo? —bisbiseé. Danny me hizo callar con una mirada. No tuve más remedio que dejarla hacer, por muy siniestro y poco ético que me pareciese su comportamiento.

Olympia cogió otro bombón con sus dedos de pájaro y se lo comió. Mientras masticaba, miró a Danny y le sonrió.

—¿Has visto al abuelo Ben, Olympia?

—Oh, no; está en su despacho, siempre está en su despacho, y no debemos ir a molestarlo. Se enfadará y gritará. No me gusta que grite. Me da miedo.

—¿Qué hace en el despacho? —preguntó Danny—. ¿Busca… cosas?

—Busca cosas, sí. Cosas bonitas. Las trae de España. —Cogió otro bombón—. ¿Recuerdas cuando nos enseñaba esas cosas bonitas, Pru? Las estatuas, los cuadros, y esas copas de oro, como de princesa… Qué bonitas eran aquellas copas de oro, ¿las recuerdas, Pru? Me pregunto si podríamos verlas ahora.

—¿Qué más cosas nos enseñaba, Olympia? ¿Quizá… una mesa? ¿Una mesa grande y… —Danny se calló, no sabía cómo describir la Mesa de Salomón—, llena de joyas, como las copas de princesa?

El rostro de Olympia se ensombreció.

—No, la mesa no —dijo malhumorada—. No quiero ver la mesa. No me gusta la mesa. La odio. El abuelo Ben siempre grita desde que empezó a buscar la mesa, y nunca sale de su despacho, ni nos enseña cosas bonitas.

—¿Has visto la mesa, Olympia? ¿La tiene el abuelo?

La anciana se encogió igual que una niña enfurruñada.

—No quiero ver la mesa. Ya te lo he dicho.

—No te daré más bombones si no me dices dónde está la mesa —amenazó Danny. Me pareció cruel, pero surtió efecto.

—Pero si ya sabes que el abuelo no la tiene —lloriqueó Olympia—. Por eso siempre está enfadado, porque no la encuentra. No me gusta que esté enfadado. No me gusta que siempre grite. Ojalá nunca le hubieran hablado de la mesa.

—¿Quién lo hizo, Olympia? ¿Quién le habló al abuelo de la mesa?

La anciana posó los ojos en la fuente. Al mirar la estatua de la ninfa ladeó la cabeza igual que un pajarillo.

—Las hadas… —dijo lentamente—. Las hadas y los demonios. Vinieron a casa y le contaron al abuelo lo de la mesa. Las hadas y los demonios…

—¿Hadas? ¿Qué hadas? —preguntó Danny.

La anciana se llevó un dedo tembloroso a sus labios pintarrajeados.

—Chisss… Es un secreto…

De pronto oímos un ruido, como si alguien hubiera descorchado una botella a lo lejos. Olympia se estremeció y la caja de bombones se cayó al suelo. En medio de la frente de la anciana apareció un pequeño agujero redondo, y de él comenzó a brotar una línea de sangre que goteó al llegar a la punta de su nariz.

—¡Olympia! —gritó Danny. Se acercó a la anciana y empezó a llamarla a voces por su nombre, como si se hubiera dormido. Me miró con los ojos velados por la angustia.

Tardé unos segundos en reaccionar. En cuanto me di cuenta de lo que había ocurrido eché a correr en dirección hacia el lugar de donde había venido el disparo. Llegué a la puerta del invernadero: estaba abierta y se oían pasos de alguien que corría por la escalera hacia el piso de abajo.

—¡Tirso! ¡Busca ayuda, deprisa! —gritó Danny a mi espalda.

Me asomé a la escalera. No vi a nadie. Alguien había cogido el ascensor justo unos segundos antes de que yo llegase. Apreté todos los botones de forma histérica sabiendo que no serviría para nada y, finalmente, golpeé la puerta del ascensor con los puños.

Regresé a la carrera al invernadero. Danny sujetaba con los brazos el cuerpo trémulo de la anciana. La sangre del agujero de la bala cubría su rostro igual que un viscoso sudario.

En el suelo, un montón de hormigas se congregaban alrededor de los restos pisoteados de la caja de bombones de menta.

Se formó un gran escándalo. Vino una ambulancia que lo único que pudo hacer fue llevarse el cadáver de la infeliz anciana metido en una bolsa de plástico. También acudió la policía. Nos hicieron muchas preguntas a Danny y a mí.

Comprobaron nuestra identidad. Repetimos una y otra vez lo que había ocurrido. La policía nos dijo que la bala había sido disparada desde la puerta del invernadero y que no habían encontrado el arma. El asesino entró y salió de la residencia sin ser molestado: tenía muy claro cuál era su objetivo.

La policía desconfiaba de nosotros, pero dado que no tenían ninguna forma de inculparnos, nos dejaron marchar. Se abriría una investigación y nos mantendrían al corriente. Nos pidieron que no abandonáramos el país, y aquello me dio muy mala espina.

Salimos de la comisaría y fuimos a mi casa. A los dos nos venía bien beber algo de alcohol, así que abrí un par de cervezas de la nevera.

—Narváez tendrá que saber esto. Creo que se acabó nuestro pequeño secreto —se lamentó Danny. Luego sacudió la cabeza con aire abatido—. Pobre mujer… Me siento tan culpable.

—No tienes por qué. Era imposible que pudiéramos prever algo así.

—¿Quién podría hacer una cosa semejante? ¿Y por qué?

Yo tenía una respuesta para eso: Gelderohde. Estaba seguro de que, de alguna forma, había seguido nuestros pasos y había matado a la anciana para que no pudiera hablarnos de la Mesa. Era la prueba que necesitaba para convencerme de que Gelderohde iba detrás de la reliquia de Salomón.

No compartí mis sospechas con Danny. No quise hacerlo sin antes hablar con Narváez. Por otro lado, había algo que me inquietaba: ¿cómo sabía Gelderohde que íbamos a reunirnos con Olympia? Era algo que sólo habíamos hablado Danny, Marc y yo.

Pero Marc no estuvo con nosotros en la residencia. A última hora había decidido no presentarse.

Como si ya supiera lo que iba a ocurrir.

Analizados con detalle, todos los comportamientos de Marc empezaron a parecerme sospechosos. En Lisboa dijo que no había visto a su atacante, y salió muy bien parado de su encuentro con Gelderohde, mientras que a mí casi me mata a golpes. Cuando le hablamos de la Mesa, nunca dudó de su existencia, mientras que lo normal hubiera sido mostrar cierto recelo ante una historia tan inverosímil. Y, por último, no se presentó al encuentro con Olympia, sin dar ninguna explicación por ello.

¿Podía ser Marc el filtrador que nos saboteaba o sólo me estaba dejando llevar por mi animadversión? Tenía que estar bien seguro de ello antes de lanzar una acusación seria. Por el momento no quería poner a Danny al tanto de mis sospechas.

—Es probable que la persona que disparó a Olympia sea la misma que nos atacó a Burbuja y a mí en Lisboa.

—¿Por qué crees que puede haber una relación?

En realidad sólo tenía una vaga idea: Acosta había citado el verso del *Cantar de los Cantares*, Gelderohde había mencionado a Lilith… Demasiado retorcido para ser una simple casualidad.

—No lo sé —respondí a Danny—. Intento buscarle un sentido, pero no es fácil… ¡Ojalá hubiera atrapado al tirador cuando salí tras él en la residencia!

—Salir corriendo tras esa persona fue algo muy…

—¿Heroico?

Ella sonrió.

—No: estúpido. Fuera quien fuese, estaba armado y tú no. ¿Qué pretendías hacer si lo atrapabas?

—Ya sabes… Ese tipo de cosas no se planean, sólo te dejas llevar por la inspiración. Como cuando fui tras de ti en Canterbury.

Ella entendió que bromeaba y volvió a sonreír. Le dio un trago a su cerveza, pero hizo un gesto de desagrado y dejó de lado la botella.

—¿No tienes algo más fuerte? —me preguntó.

Me dirigí a la cocina y saqué una botella de whisky de un armario. Se trataba de un pequeño recuerdo de mi estancia en Canterbury. Danny la miró con recelo.

—¿Irlandés?

Le quitó el tapón a la botella y le dio un trago largo. Luego me la pasó.

—¿Qué tiene de malo el whisky irlandés?

—Si Dios hubiera querido que bebiéramos whisky irlandés, habría impedido que los escoceses aprendieran a destilarlo.

—Dijo la mujer que aseguraba tener su catequesis algo oxidada.

Danny se rió. Como en ese momento le estaba dando otro trago a la botella, se le cayó un poco de whisky por la barbilla. Ella se lo limpió con el dorso de la mano.

—No eres como yo me había imaginado —me dijo de pronto, como si hubiera expresado un pensamiento en voz alta sin darse cuenta.

—¿Eso qué significa?

—Pensaba en Canterbury, cuando te di el anuncio de las pruebas de admisión. Tú tenías razón, Tirso: lo hice por lástima.

Me sentía responsable por tu despido y tenía mala conciencia. Pero estaba segura de que no volvería a verte.

Me senté a su lado y bebí otro trago de whisky.

—¿Y eso por qué?

—Pensé que ni siquiera responderías al anuncio. Y que, en el caso improbable de que lo hicieras, ni siquiera pasarías las pruebas.

—En eso no te equivocaste. No las superé.

—Lo sé… Por eso, cuando te vi en el Sótano estaba convencida de que no durarías ni una semana. Pero luego hiciste aquellas cosas en Lisboa… Sacar a Burbuja de casa de Acosta, perseguir al hombre que se llevó la Máscara… Y, por si eso no fuera suficiente, no sólo encuentras la relación entre los objetos de la Lista de Bailey sino que, además, me convences para que te ayude en la búsqueda de una especie de artilugio legendario. ¡A mí! —Danny me miró y sonrió. Fue apenas una sombra entre sus labios—. Tienes algo de luz, Tirso Alfaro, ¿lo sabías? Está dentro de ti… Me haces pensar en los primeros buscadores, aquellos que empezaron todo esto en tiempos del general Narváez. Aventureros e idealistas… Creo que tú podías haber sido uno de ellos.

—¿Porque soy un aventurero idealista?

—No. Es por lo que hiciste en Canterbury, por lo que acabas de hacer en la residencia: cuando no sabes cómo actuar, optas por perseguir lo inalcanzable. Ni siquiera tú mismo sabes por qué; sólo lo haces.

Me agradó lo que dijo. Era la primera vez que alguien encontraba un sentido en mis actos. Me habría gustado saber cómo interpretaba lo que hice a continuación, porque fue algo verdaderamente estúpido.

Me incliné hacia ella y la besé.

Más bien, sólo posé mis labios sobre los suyos, porque ella no me devolvió el beso. Noté un leve sabor a whisky irlandés. Fue como apurar la última gota de una botella vacía.

Apenas duró unos segundos. Me separé de ella y dejé caer la vista al suelo, avergonzado.

Ninguno de los dos dijo nada por un instante. El silencio empezó a asfixiarme, así que lo rompí para poder respirar.

—Lo siento. —Intenté sonreír—. Ha sido como echar a correr detrás de un hombre armado, ¿verdad?

—No. Ha sido… sorprendente.

La miré de reojo, con timidez.

—¿Te ha molestado?

—¿Por qué habría de hacerlo? A nadie le sienta mal un beso después de una mala tarde. —Ella me miró con afecto y me colocó un mechón de pelo detrás de la oreja—. Ha sido tentador, pero es mejor no ir más allá.

—¿Por qué?

Ella se levantó del sillón y se puso su chaqueta.

—Eres una buena persona, Tirso. —Danny me sonrió. Fue una sonrisa triste—. Lo malo es que yo no lo soy.

Después hizo un leve gesto de despedida con la mano y se marchó.

Se armó un pequeño revuelo en el Sótano cuando trascendió nuestra aventura en la residencia de Olympia Goldman. Narváez nos convocó a Danny, a Marc y a mí en la sala de reuniones para conocer toda la historia. Mientras nos escuchaba, sus ojos despedían un frío tan intenso que casi quemaban.

Las pocas veces que habló, lo hizo de forma pausada y directa, lo cual resultaba aterrador, pues daba la sensación de que en el momento más inesperado se desataría la tormenta de hielo y conoceríamos de primera mano la ira de Narváez. La «legendaria» ira de Narváez, que todos en el Cuerpo temían igual que una hecatombe.

Cuando terminamos de contar nuestra versión de los hechos, Narváez nos dijo:

—Habéis comprometido seriamente al Cuerpo Nacional de Policía al involucraros en un asesinato. Vuestra falta de disciplina es imperdonable. Podía esperar algo así de un par de novatos, pero de ti... —Fulminó a Danny con la mirada—. Tendré que hacer verdaderos milagros para mantener el nombre del Cuerpo lejos de este asunto. Tendré que pedir favores —sus labios se tensaron alrededor de sus dientes—, *favores* —repitió en un siseo. Yo estaba a punto de echarme a temblar—. ¿Sabéis lo que eso significa? ¿Sois conscientes de la cantidad de personas que desean tener una excusa para cerrar este lugar y acabar con nuestra organización? A diario tengo que luchar por nuestra supervivencia ante politicastros y funcionarios cortos de miras, *y vosotros no me lo ponéis nada fácil.*

Descargó su puño sobre la superficie de la mesa. Marc y yo nos sobresaltamos. Narváez respiró hondo y se acarició los párpados con las yemas de los dedos. Luego nos apuntó con el índice.

—Nunca más volváis a hacer algo así a mis espaldas. Nunca más. Ésta es la última vez que responderé por vosotros. ¿Ha quedado claro?

Yo sólo pude asentir con la cabeza. Marc estaba tan pálido que casi brillaba. Danny, en cambio, no parecía estar amedrentada en absoluto.

Narváez suspiró. Se sentó en la silla que había en la cabecera de la mesa, apoyando los codos en los reposabrazos y juntó las yemas de los dedos.

—Bien —dijo con una actitud mucho más calmada. Parecía que la tormenta de hielo se había alejado de pronto sin llegar a descargar toda su furia—. Ahora vamos a decidir qué hacemos con la Lista de Bailey.

Pulsó el botón de un intercomunicador y le pidió a Enigma que convocara al resto de los buscadores en la sala.

El giro fue tan brusco que tardé tiempo en darme cuenta, al menos de momento, nos habíamos librado de la legen del viejo. Sólo habíamos paladeado una pequeña mues

4

Markosías

Tenía muchas cosas de las que hablar con Narváez en privado, pero el viejo se metió en su despacho antes de que pudiera alcanzarlo.

Me dirigí hacia el cubículo. Marc ya estaba allí, trabajando con su ordenador. Tenía abierto el buscador de Voynich.

—Parece que por esta vez nos hemos librado —me dijo al verme—. Pensaba que el viejo se enfadaría tanto que nos pondría de patitas en la calle.

Se me ocurrieron varios calificativos para decirle a la cara. Las palabras «hipócrita» y «cobarde» se repetían varias veces.

Me contuve. No quería que Marc supiera que estaba el primero en mi lista de sospechosos. Me senté a mi mesa y, tratando de no parecer suspicaz, le pregunté:

—¿Por qué no acudiste ayer a la cita? Se suponía que íbamos a ir los tres a hablar con esa anciana.

—Oh, eso… Lo siento de veras. Mis padres vinieron a verme desde Barcelona, sin avisar. Tuve que ir a recogerlos al aeropuerto. —Me sonrió con complicidad—. ¿No es enervante cuando los padres hacen esas cosas?

Ni idea. Mi padre estaba muerto y mi madre llevaba semanas con la cabeza metida en algún agujero de la provincia de Toledo sin dar señales de vida. Para mí los padres tienen vicios mucho más enervantes que una visita de cortesía.

No me era posible comprobar si me estaba mintiendo o no. Opté por dejarlo correr, de momento.

—¿Qué estás haciendo? —le pregunté para cambiar de tema.

—Busco datos sobre esos marqueses de Miraflores. —Señaló la pantalla de su ordenador—. Fíjate, aquí hay algo curioso. Según esta página, Alfonso Quirós y Patiño, último marqués de Miraflores, fue un erudito en temas esotéricos.

—¿Por qué debería interesarnos lo que hiciera ese hombre?

—Alfonso Quirós y Patiño heredó el título de su padre en 1915 y lo ostentó hasta su muerte, en 1943. Según las fechas, éste debió de ser el marqués de Miraflores con el que Warren Bailey hizo tratos.

Le pedí que me indicara la página web que estaba consultando para poder echarle un vistazo (por fin había logrado hacerme con el control del dichoso buscador de Voynich). Descubrí que el marqués de Miraflores era un personaje bastante pintoresco.

Don Alfonso Quirós y Patiño fue el único heredero de un antiguo marquesado en decadencia. Sus particulares aficiones contribuyeron a agostar la fortuna familiar hasta que, tras su muerte, de su patrimonio sólo quedaban migajas. Eso a él ya no podía importarle, ya que nunca se casó y, por lo tanto, murió sin nadie a quien dejar sus bienes. O, en su caso, sus deudas. Imaginé que alguien como el marqués de Miraflores sería una jugosa presa para las piraterías de Warren Bailey, quien seguramente adquirió muchas de sus antigüedades a precio irrisorio, aprovechándose de la falta de dinero del infeliz marqués.

Según la página web que estaba consultando (un blog llamado *Periodismo de lo Oculto*, donde avistamientos extraterrestres compartían exclusiva con artículos sobre la presencia de vampiros entre nosotros), Miraflores fue seguidor de Mario Roso de Luna, el llamado «Mago de Logrosán»: un extravagante filósofo y ateneísta de la España alfonsina, que compartía tertulias con personajes como Miguel de Unamuno o Valle-Inclán.

Roso de Luna fue un ferviente seguidor de la teosofía. De hecho, realizó una completa traducción al español de las obras de Madame Blavatsky, fundadora de aquella extraña religión basada en el espiritismo y las doctrinas orientales. En la primera década del siglo XIX, el marqués de Miraflores conoció en persona a Roso de Luna y se convirtió en uno de sus discípulos aventajados.

Miraflores empleó gran parte de su vida en buscar por todo el mundo pruebas de la existencia de un conocimiento arcano y secreto el cual, según sus teorías, fue transmitido al hombre por entidades superiores. Un conocimiento que las civilizaciones antiguas dominaban pero que se perdió en las brumas de los siglos. En general, todo era jerga típica de ciertos programas de entretenimiento propios de la franja de medianoche. Nada, en fin, que me resultara digno de interés.

Según el blog *Periodismo de lo Oculto*, Miraflores murió en 1943. Como detalle curioso se mencionaba el hecho de que el marqués sufría de catalepsia, un mal que provoca en quienes lo sufren pérdidas de conciencia tan profundas que pueden llegar a ser confundidas con la muerte. El marqués tenía un miedo terrible a ser enterrado vivo, por lo que dispuso en su testamento que no se le sepultara bajo tierra y que su tumba pudiera ser abierta desde el interior. Hombre precavido dobla su valor.

Empecé a aburrirme de los hechos del marqués y de pelearme con el Voynich yendo de una página web a otra. No era el tipo de investigación que me gustaba realizar, así que decidí llevar a cabo la mía propia.

Apagué el ordenador y me levanté de la silla.

—¿Adónde vas? —me preguntó Marc.

—Fuera. Quiero comprobar algo.

—Recuerda lo que ha dicho Narváez. Nada de iniciativas personales.

—No es una iniciativa personal. Al contrario: se trata de algo que me encargó hace tiempo.

Descolgué mi abrigo del perchero y salí del cubículo. Supongo que dejé a Marc sumido en un montón de dudas.

Lo cual me provocaba una enorme satisfacción.

Primero me acerqué a mi casa. Allí recogí el cilindro con forma de pez que le arrebatamos a Acosta en Lisboa. Después me presenté en la platería de los gemelos, en la calle de Postas.

Era media mañana, así que la tienda estaba abierta. Al entrar encontré a uno de los gemelos atendiendo a una mujer que estaba comprando una pulsera. El gemelo llevaba un traje de chaqueta color azul claro y corbata amarilla. Ignoraba si se trataba de Alfa o de Omega.

El joyero me miró fugazmente de reojo, sin delatar si me reconocía o no. Terminó de atender a la clienta y cuando ésta se marchó se acercó a la puerta de la tienda para colocar el cartel de cerrado. Sólo cuando hubo hecho eso, me dirigió la palabra.

—Tirso, ¿verdad? —me dijo sin ningún saludo previo—. Hoy no esperábamos a ningún buscador. ¿Hay algún problema?

—No. Vengo por una pequeña consulta profesional.

Alfa (u Omega) me miró, inexpresivo.

—¿A título personal?

—Para el Cuerpo, por supuesto —respondí diciendo la verdad a medias.

—Bien, supongo que podremos dedicarte unos minutos. ¿De qué se trata?

Me pareció descortés preguntar con cuál de los dos hermanos estaba hablando, así que probé suerte dando un sutil rodeo.

—¿Tu hermano no está en la tienda?

—Abajo, en el taller —me miró y esbozó una pícara sonrisa bajo su bigote—. Soy Omega, por cierto.

—Oh, bien… Eso es… Bueno saberlo.

—Las corbatas.

—¿Cómo?

—Las corbatas. Yo prefiero los tonos claros, mi hermano se inclina más por los oscuros. Cuando te sientas confundido, fíjate en las corbatas.

—Gracias. Lo tendré en cuenta.

—«Vosotras, musas de ojos salvajes, cantad a los gemelos de Júpiter…»* En fin, ¿qué podemos hacer por ti?

Le entregué a Omega el cilindro en forma de pez que traía envuelto en una tela.

—¿Sabes lo que es esto?

Omega tomó el cilindro con cuidado. Lo acercó a una luz y lo examinó, haciéndolo girar lentamente entre sus dedos. Mientras lo hacía, murmuraba a media voz:

—Vaya, vaya…, ¿qué tenemos aquí? ¿Se trata de un pez dorado, como el del relato de Pushkin? Bien, podríamos echarlo al mar y quizá nos conceda un deseo, ¿no crees? Eso estaría bien… Sí… Muy bien… —Omega dio un par golpecitos con el cilindro sobre sus dientes frontales. Luego sacó un instrumento con forma de garfio del bolsillo de su chaqueta y rascó sobre la superficie del cilindro, con mucho cuidado. Por último, cogió una lupa de relojero que había sobre el mostrador de la mesa y se la encajó sobre el ojo derecho—. Es valioso. Muy valioso. Oro, sin duda. Los ojos son dos piezas de zafiro verde… «En campos de zafiro pace estrellas / tu palabra que culta se remonta»…** ¿Puedo preguntar de dónde ha salido esta chuchería?

Le conté cómo la habíamos recuperado en Lisboa.

—El hombre al que se la quitamos dijo que había comprado una serie de piezas que venían del yacimiento de Clunia —dije yo—. ¿Podría ser algo romano?

—¿Romano? No, es improbable… Estos detalles que adornan la cabeza del pez son más bien de factura oriental. Nos recuerda a algo… persa. Quizá sasánida… Te has dado cuenta de que el cilindro está hueco, ¿verdad?

—Sí. Suena como si tuviera algo dentro.

Había un pequeño orificio en uno de los extremos del cilindro y que hacía de boca para el pez. Omega utilizó una linterna del tamaño de un bolígrafo para tratar de ver el interior.

---

* Percy Shelley.
** Luis de Góngora.

—Se aprecian dos filamentos de metal... y algo más... No puedo verlo bien. Me temo que esta pieza requiere un análisis más exhaustivo. ¿Podrías dejárnosla un tiempo?

—Claro. Si descubres algo, házmelo saber. Narváez está interesado en saber qué es.

—*Patientia in regula nostra, prima virtus est...* Dile a Narváez que siga el consejo de san Benito y espere hasta que tengamos resultados. Esto puede llevarnos tiempo, nunca habíamos visto nada semejante. —Omega envolvió otra vez el cilindro en su tela—. ¿Podemos ayudarte en alguna otra cosa?

—Lo cierto es que sí. Me gustaría saber si has oído hablar de una pieza conocida como Llave-relicario de san Andrés.

—Los relicarios no son mi fuerte, eso es cosa de Alfa. Bajaremos a preguntarle, si no tienes prisa.

Seguí a Omega al taller de la joyería. Allí estaba Alfa, vestido con un traje negro y luciendo una corbata color vino. Oscura, por supuesto. En aquel momento, el Gemelo Oscuro inspeccionaba unas gemas que iba sacando de un maletín dividido en compartimentos.

Omega le explicó el motivo de mi visita.

—¡Ah, relicarios! —exclamó Alfa. Su bigote se ensanchó en una amplia sonrisa—. Mi pequeño placer culpable... ¿Te interesa el tema, Tirso? Puedo recomendarte unos cuantos libros.

—En realidad sólo estoy interesado en uno en concreto. Algo llamado Llave-relicario de san Andrés.

—Oh, sí... Es probable que sepa a qué te refieres... Veamos... Creo que tengo por aquí...

Salió un momento del taller y regresó con un pesado libro de tapas duras, parecido a esos volúmenes con los que mucha gente decora las mesas de sus cuartos de estar. El título estaba en alemán. Alfa colocó el libro sobre una mesa y empezó a pasar páginas repletas de ilustraciones y fotografías, todas de gran calidad. Daba la impresión de ser un libro muy técnico.

—Un colega de Berlín nos regaló este libro hace años. Es un precioso ejemplar que forma parte de una edición limitada hecha por la Universidad Humboldt... ¡Ajá, aquí está! «Llave-relicario de san Andrés...», ¿ésta es la pieza de la que hablas?

Giró el libro para que pudiera ver una enorme fotografía a doble página. En ella se veía una cruz hecha de algún metal plateado y decorada con esmaltes. En el centro había un hueco cuadrado cubierto por un cristal, tras el cual se atisbaba algo que parecía un pedacito de piedra colocado sobre una superficie de tela roja.

—No estoy seguro, es la primera vez que la veo... Pero esto no parece una llave...

—Así es, pero, como dijo Fedro, *non semper ea sunt quae videntur*.* En apariencia se trata de una cruz *stauroteca*, es decir, un relicario con forma de cruz que, a su vez, sirve para albergar una reliquia del *Lignum Crucis*.

—La Vera Cruz —añadió Omega.

—¿Aquí dentro hay un trozo de la Vera Cruz?

—*Bene curris, sed extra vium*... Perdón. Lo que quiero decir es...

—Sí, lo he entendido —dije yo. Empezaba a irritarme un poco la tendencia de los joyeros a escupir latinajos. Me parecía pedante—. «Discurres bien, pero por el camino equivocado.»

—Ah, entiendes el latín... —dijo Alfa, un poco molesto.

—Sólo un poco... Ya sabes: *quidquid latine doctum sit, altum videtur*.

Vi como Alfa se ruborizaba ligeramente.

—Sí, claro... Muy cierto, muy cierto... Esto... ¿Qué estábamos diciendo? ¡Ah, sí! La cruz. Veamos... Según este libro, la pieza pertenecía a la colección particular del rey Felipe II, el cual la donó al cabildo de la catedral de Oviedo en 1582. —El joyero señaló con el meñique el centro de la fotografía del relicario—. Esto de aquí que parece una piedra es en realidad un pedazo de madera fosilizado. Pertenece a una cruz, pero no a la que sirvió para ajusticiar a Cristo, sino a la cruz en forma de aspa en la que

* Las cosas no siempre son como las percibimos.

martirizaron a san Andrés. San Andrés era el santo patrón de la Casa de Borgoña, a la que pertenecían los ancestros de Felipe II, por eso el rey tenía tanta devoción por esta reliquia.

—Entiendo —dije—. Por casualidad, ¿no habrá algún tipo de relación entre este relicario y el rey Salomón?

—Es curioso que hagas esa pregunta. Hay una leyenda sobre esta pieza, tal y como se narra aquí. Fíjate en esta otra fotografía… —Le dio la vuelta a la página y me mostró una imagen del reverso de la cruz. Era totalmente liso, sin esmaltes, pero estaba decorado con una serie de símbolos geométricos grabados a buril—. La mayoría de los expertos piensan que estos símbolos son meros adornos; sin embargo, la leyenda dice que son fórmulas cabalísticas extraídas de un grimorio llamado *Lemegeton Clavicula Salomonis*. —Alfa me miró suspicaz—. Supongo que sabes lo que significa.

—*La Llave Menor de Salomón*.

—Eso es. Se trata de un libro de demonología que alcanzó una gran popularidad a finales del siglo XVI y principios del XVII. Un manual para convocar demonios. Siniestra idea, ¿no es así?

—*La Llave Menor de Salomón*… —repetí—. ¿Es por eso que a esta pieza la llaman «Llave-relicario»?

—No. Escucha, aún hay más: según parece, estos símbolos cabalísticos sirven como invocación a uno de los más poderosos demonios del Infierno: el Gran Duque Markosías.

—¿Gran Duque?

—Oh, claro, *sicut in caelo et in terra**… Al igual que en el Reino de los Cielos existen jerarquías angélicas, también en el Infierno hay jerarquías demoníacas… Al menos eso es lo que dice el grimorio.

—¿Qué más dice sobre ese Gran Duque Markosías?

—Comanda treinta legiones de demonios. La leyenda dice que, en realidad, él no fue un ángel caído sino que los ángeles malignos lo engañaron y lo arrastraron con ellos al Infierno. En

---

* Así en el cielo como en la tierra.

vez de regresar al Cielo, Markosías permaneció en el inframundo como una especie de espía divino. Las brujas y los hechiceros invocaban a Markosías para protegerse de demonios más malvados. Podía presentarse, o bien con la forma de un lobo alado, o bien como un gigante de piedra, capaz de aplastar a cualquier enemigo. Por este motivo también hacía las veces de demonio protector.

—¿Estos símbolos se supone que sirven para invocar a Markosías?

—Así es… Siempre según la leyenda, claro.

—¿Y qué hacen en una cruz? Creía que a los demonios no les gustan las cruces.

—Como ya te he dicho, Markosías no es un demonio común, se encuentra más bien a caballo entre el Cielo y el Infierno. Si el que lo invoca es malvado, Markosías hará cosas malvadas; si no, sus actos serán virtuosos. Se cree que fue el demonio al que invocó Salomón para tallar y acarrear las piedras que sirvieron para la construcción del Templo de Jerusalén. En *La Llave Menor de Salomón* a veces se refieren a él con el nombre de *Lapidem Unguibus*.

—«Garras de piedra»… —traduje, de forma automática—. «Terror de Terrores.»

—Sí, eso es: Terror de Terrores; así también lo denomina a veces. Veo que ya conocías la leyenda.

—Más o menos… ¿Por qué Terror de Terrores?

—Porque Markosías es implacable. Si el mago es capaz de invocarlo, quedará vinculado a él como su guardián y protector, matando a todo aquel que se atreva a desafiarlo. La leyenda dice que este relicario es la llave que ata la cadena mágica entre el demonio y el hechicero. Una llave-relicario.

—Y así el círculo se cierra… —musité parafraseando a Enigma—. ¿De qué época data este relicario?

—Es muy antiguo. Fíjate en el estilo de los esmaltes, la forma de la cruz… Algunos expertos dicen que puede tratarse de una pieza ostrogoda o bizantina; hay quien cree que puede ser incluso visigoda. Es difícil de decir: no se sabe de dónde lo sacó exactamente el rey Felipe II. Lo más probable es que fuese una antigua cruz procesional... ¿Tú qué opinas? —preguntó dirigiéndose a Omega.

—Eso parece, desde luego —dijo el joyero. Se colocó en la punta de la nariz unas gafas de montura azul celeste que guardaba en su bolsillo—. Con ese tamaño... Pero hay una cosa que me llama la atención... ¿Te has fijado en el diseño de los bordes? Son como relieves dentados... Nunca había visto nada parecido en una pieza ostrogoda o bizantina... Ni mucho menos visigoda.

Omega tenía razón. Los relieves dentados eran bien visibles en un dibujo esquemático que acompañaba a la fotografía.

—Sería interesante poder ver la pieza original —comenté. Recordé lo que la Lista de Bailey decía sobre ella—. Se guarda en la Cámara Santa de la catedral de Oviedo, ¿verdad?

—Se guardaba, querrás decir. Por desgracia, la pieza ya no existe —respondió Alfa.

—¿Cómo?

—En 1977 la Cámara Santa fue asaltada por ladrones. Se llevaron la Cruz de la Victoria, la Cruz de los Ángeles y la Llave-relicario. Una tragedia.

—Oh, sí... Lo recuerdo —dijo Omega—. Un triste capítulo en la historia del Cuerpo de Buscadores. Intentamos recuperar las piezas, pero los ladrones las desmontaron y vendieron las joyas por separado.

—La Cruz de los Ángeles y la de la Victoria pudieron ser reconstruidas —añadió Alfa—. Pero la Llave-relicario no corrió tanta suerte: se perdió para siempre. La fotografía que ves en este libro se tomó antes del robo.

Aquella revelación fue un duro golpe. Significaba que una de las pistas mencionadas por Bailey para llegar a la Mesa de Salomón ya no podía utilizarse. Empecé a temer que aquello hubiera colocado nuestra búsqueda en un callejón sin salida.

Se me ocurrió una posible solución.

—¿Podríais reproducirla? Me refiero a la llave. ¿Podríais reproducirla siguiendo estas fotos y estos dibujos como patrón, igual que hicisteis con la Máscara de Muza?

—Claro que podríamos —respondió Alfa—. Pero nos llevaría tiempo, y no sería barato.

—No tiene por qué ser una réplica exacta de la pieza original. No hace falta que tenga los mismos materiales, sólo que sea idéntica en la forma y los detalles.

Los dos joyeros se acariciaron el bigote con gesto de recelo. Su sincronización fue tan perfecta que me habría resultado gracioso de no haber tenido otras preocupaciones en la cabeza.

—Sería muy sencillo elaborar una réplica idéntica pero de menor calidad —dijo Omega—. La pregunta es: ¿para qué la necesita el Cuerpo Nacional de Buscadores? Siempre es Narváez quien nos encarga este tipo de trabajos.

—Hacedla para mí, como un encargo particular. Os pagaré por ello.

Omega resopló, haciendo temblar los pelos de su bigote.

—Jovencito, nuestros servicios no están en alquiler.

—Esa petición es improcedente —añadió Alfa.

—No entiendo por qué —repuse yo—. Regentáis un negocio. Si un cliente cualquiera os pidiera algo similar, lo haríais, siempre y cuando se os pagase por ello.

—Sí, pero es algo irregular… —dijo Alfa. Era el que parecía menos escandalizado de los dos, así que volqué mis esfuerzos en convencerlo a él primero.

Me costó varios ruegos y el tener que escuchar toda una retahíla de proverbios latinos pero, finalmente, Alfa dio su brazo a torcer. Supe aprovechar su afición por los relicarios para que se tomase mi encargo como un entretenimiento personal. Una vez que Alfa cedió, su hermano se vino abajo por causa de un genético efecto dominó.

El precio que pusieron los joyeros por su trabajo era disparatadamente alto. Iba a suponer un ataque en toda regla a mis escasos ahorros.

Sólo esperaba que el gasto mereciera la pena. De lo contrario mi aventura terminaría con una cuenta corriente en números rojos y un feo pisapapeles con forma de cruz relicario.

5

Santuario

Un par de días después de mi visita a los joyeros, Danny encontró información importante sobre el marqués de Miraflores entre los papeles de Warren Bailey.

Se trataba de una carta fechada en marzo de 1928, escrita por el propio Bailey y dirigida a Ben LeZion. Era una carta prolija en detalles. Bailey contaba cómo había descubierto que el marqués poseía una notable colección de antigüedades y que su precaria situación económica le obligaba a tener que venderlas a bajo coste. Era justo lo que yo sospechaba.

Más adelante, Bailey hablaba sobre las inquietudes esotéricas del marqués. Según él, Miraflores se hallaba inmerso en una investigación sobre el paradero de la Mesa de Salomón. Bailey relataba a LeZion la historia de aquella reliquia y añadía que, aunque en principio el interés de Miraflores por ella le pareció quimérico, empezó a creer que podía haber algo de cierto en la historia de la Mesa.

En los párrafos finales de su carta, Bailey mencionaba una serie de detalles muy interesantes. Escribía:

El Marqués no sabe a ciencia cierta dónde se oculta el objeto en cuestión, pero cree haber encontrado la clave para localizar su paradero. Se trata de un antiguo libro escrito por san Isidoro de Sevilla que se guarda en la biblioteca del monasterio de Hoces, en la provincia de Guadalajara. El marqués no posee el libro, pero sí ha sido capaz de transcribir las partes referidas a la Mesa en un diario que siempre lleva consigo.

Dado que yo he podido ganarme su confianza, el Marqués me mostró algunas páginas de ese diario. Reconozco que me sentí impactado por la naturaleza y la precisión de los datos que allí encontré. No me cabe duda, señor LeZion: la Mesa existe, y el Marqués sabe cómo encontrarla. Imagine por un momento, querido amigo, lo que supondría para usted, para nosotros, el poder hacernos con ese artefacto. No sólo uno de los mayores tesoros del patrimonio hispano, sino también de toda la Historia de la Humanidad. Su nombre y el mío serían célebres. Pues bien, esa posibilidad se encuentra al alcance de nuestra mano.

He intentado consultar el libro de san Isidoro en el monasterio de Hoces, pero los monjes no me lo han permitido. Al parecer, la biblioteca del monasterio ha sufrido algunos robos en los últimos meses y los monjes han restringido por completo el acceso a extraños. El marqués de Miraflores es una de las últimas personas que han tenido el privilegio de consultar la *Chronicae Visigotorum* de san Isidoro de Sevilla. Así es como se llama el códice.

La única manera de saber qué dice ese libro sobre la Mesa de Salomón es leyendo las anotaciones que Miraflores hizo en su diario; por desgracia, el Marqués jamás se separa de él. Ha desarrollado incluso una cierta paranoia y piensa que múltiples enemigos andan tras sus hallazgos con la intención de robarlos.

Tal es la obsesión que demuestra por no separarse nunca de su diario que en numerosas ocasiones me ha reconocido que está dispuesto a llevárselo a la tumba.

Cuando no lo lleva encima, el Marqués guarda su diario en un compartimento secreto de su escritorio. Como ya le he dicho, el Marqués confía ciegamente en mí, hasta el punto de llegar a revelarme cómo abrir dicho compartimento. Creo que con la excusa de negociar la compra de otras piezas de su colección de arte, podría dilatar mi estancia en su palacio el tiempo suficiente como para copiar los pasajes del diario más relevantes sin que él se dé cuenta. Está tan necesitado de nuestro dinero que recibirá con los brazos abiertos la posibilidad de vender más piezas de su propiedad. Cuanto más pago por ellas, más deposita en mí su confianza.

El Marqués acostumbra a salir temprano por las mañanas a recorrer sus tierras, y me consta que en esos momentos no lleva el diario consigo, pues teme extraviarlo. Podría aprovechar sus ausencias para colarme en sus aposentos y transcribir las páginas de su diario. Me llevaría tiempo, y quizá me vea obligado a comprar algunas de sus baratijas a un precio superior al que valen, pero creo sinceramente que merece la pena.

Si autoriza usted a que lleve a cabo mi plan, le agradecería que me respondiese lo antes posible. Le insisto una vez más, mi querido amigo, en que creo que estamos ante una oportunidad única que no debemos desaprovechar.

Aquella carta demostraba sin lugar a dudas que Bailey y su patrón andaban tras la Mesa. Danny no había encontrado la respuesta de LeZion entre sus papeles, pero era evidente que el magnate había dado su aprobación a las pesquisas hechas por su socio.

Danny tampoco pudo encontrar los extractos del diario del marqués de Miraflores que, supuestamente, Bailey había remitido a LeZion. Muchos de los papeles personales de LeZion se perdieron décadas antes de que Danny se hiciera con ellos.

Eso nos colocaba en un punto muerto: sin el diario o las transcripciones de Bailey, nos sería casi imposible interpretar cómo los objetos de la Lista podrían conducir hasta la Mesa. Tampoco podíamos consultar la fuente original del marqués, la *Chronicae Visigotorum* de san Isidoro: el monasterio de Hoces fue incendiado durante la Guerra Civil y los volúmenes de su biblioteca desaparecieron pasto de las llamas. El códice escrito por san Isidoro ya no existía. Fue un desengaño descubrir que aquella valiosa información estaba fuera de nuestro alcance.

Estuvimos discutiendo estos detalles en una reunión informal que mantuvimos en nuestro cubículo. Estábamos presentes

Danny, Marc, Tesla y yo. En definitiva, los buscadores que más interés habíamos mostrado en encontrar la Mesa.

En opinión de Danny, la investigación ya no daba mucho más de sí.

—Es triste, lo sé —dijo ella—. Pero sin ese diario o las transcripciones que hizo Bailey nos encontramos en un punto muerto.

—En realidad, sabemos dónde está el diario —comentó Tesla—. Lo pone en la carta: el marqués se lo llevó a la tumba… —Rubricó sus palabras con un suspiro de decepción.

Ninguno estábamos dispuestos a llevar nuestra búsqueda tan lejos como para cavar en fosas viejas.

—Un momento —advertí, recordando lo que había leído en el blog *Periodismo de lo Oculto*—, el marqués dispuso en su testamento que no quería ser enterrado en una fosa, sino en una cripta. Una cripta que, además, pudiera ser abierta con facilidad, ya que el marqués tenía miedo a ser enterrado vivo. Si pudiéramos averiguar dónde está esa cripta, cabe una pequeña posibilidad de hacernos con el diario.

—¿Vamos a saquear una tumba? —preguntó Marc.

—¿Por qué tanto remilgo? —dijo Tesla—. Arqueólogos de todo el mundo lo hacen a menudo y a nadie le parece mal. Tomémoslo como si fuese una especie de excavación.

—Pero si queremos hurgar en la cripta del marqués, para ello necesitaríamos permisos, consentimiento de los herederos…

—Un arqueólogo quizá, pero no un buscador —atajó Danny—. Además, lo primero que necesitamos no es permiso para abrir la cripta, sino saber dónde está.

Nos pusimos a ello, cada uno con nuestros medios.

Yo no pude encontrar nada que nos fuese de utilidad. Ni siquiera sabía por dónde empezar a buscar (como ya he mencionado antes, no tengo madera de investigador). Sin embargo, mis compañeros fueron más diligentes.

Las pesquisas de los otros buscadores redujeron a dos el número de posibles lugares de eterno descanso del marqués. En primer lugar, su propio palacio.

Los marqueses de Miraflores tenían su solar en tierras extremeñas. Allí uno de los antepasados de don Alfonso Quirós y Patiño había levantado un palacio a finales del siglo XVIII provisto de una capilla, en la cual cabía la posibilidad de que el último marqués hubiera sido enterrado.

Por otro lado, existía una costumbre secular entre los antepasados de don Alfonso que consistía en enterrar sus cuerpos en la cripta del convento de San Ildefonso, en Plasencia. Al parecer, los Miraflores fueron importantes benefactores de la comunidad de monjas concepcionistas que lo habitaba y, desde el siglo XVII, todos los marqueses recibían sepultura en su iglesia.

Don Alfonso de Quirós habría de encontrarse, o bien en el palacio, o bien en el convento. Tan sólo bastaba con ir allí y comprobarlo.

—Puede que sea difícil investigar en el convento, ya que pertenece a una orden de clausura —dijo Marc—. Sin embargo, entrar en el palacio no nos supondrá ningún problema.

—¿A quién pertenece ahora? —pregunté.

No era una cuestión fácil de responder. Según nos dijo Marc, don Alfonso Quirós dispuso en su testamento que el palacio fuera recibido en donación por las monjas de la Orden de las Hermanas Hospitalarias con el encargo de que lo habilitaran como asilo para pobres. Las monjas así lo hicieron hasta que, en la Guerra Civil, el edificio fue saqueado por milicianos y las monjas, expulsadas.

Tras la contienda el edificio quedó convertido en un cascarón vacío y ruinoso. Tal era su estado que las monjas hospitalarias no quisieron volver a hacerse cargo de él. Ya les resultaba caro mantener el edificio cuando lo administraban como hospital, así que las religiosas traspasaron la propiedad al gobierno civil de la provincia. Éste tampoco tenía claro qué uso darle. Cualquier rehabilitación costaría una fortuna, de modo que lo dejaron languidecer. Según Marc, en la actualidad existía un conflicto administrativo entre la Junta de Extremadura, la Diputación de Cáceres y el Ministerio de Cultura porque ninguno de estos organismos se ponía de acuerdo sobre a quién pertenece el palacio.

—¿Se pelean por él? —preguntó Danny.

—Todo lo contrario: ninguno lo quiere. Se pasan la pelota unos a otros. El edificio requiere una restauración total para poder ser utilizado y nadie quiere asumir el gasto que eso supondría. El viejo palacio está cerrado y abandonado. Cualquiera puede campar por él a sus anchas.

Decidimos que lo mejor sería ir a Plasencia e inspeccionar tanto el palacio como el convento. Si encontrábamos la tumba en cualquiera de esos dos lugares, decidiríamos qué hacer. En caso contrario, daríamos nuestra búsqueda de la Mesa por finalizada.

El siguiente paso fue informar a Narváez de nuestros movimientos. El viejo ya había dejado bien claro que no quería más sorpresas como la de Olympia Goldman.

En principio no puso ninguna objeción a que nos acercáramos a Plasencia a buscar indicios, sobre todo después de que le dijéramos que si no encontrábamos nada nos olvidaríamos del tema para siempre. Sospeché que, en el fondo, Narváez esperaba que regresásemos de Plasencia con las manos vacías para que aquel asunto de la Mesa dejara de ser una distracción.

El viejo nos impuso sus condiciones.

—Sólo quiero a dos de vosotros trabajando en esto —nos dijo—. No voy a permitir que todos mis buscadores empleen su tiempo en perseguir muertos. Tenemos trabajos mucho más importantes en los que centrarnos.

No permitió que los dos novatos nos encargásemos de ir a Plasencia sin la supervisión de un buscador veterano. Tesla se presentó voluntario para acompañarnos a Marc o a mí, pero Narváez lo descartó. A su modo de ver, Danny sería una opción más juiciosa. En eso yo le daba la razón.

—Danny irá a Plasencia y uno de vosotros dos, Tirso o Marc, la acompañará como sombra —ordenó el viejo—. Os concedo sólo un par de días, y creo que estoy siendo más que generoso con el plazo.

Narváez no quiso decidir quién iría con Danny. Se desentendió del tema y lo dejó a nuestra elección.

Marc insistió (demasiado, a mi juicio) en ser la sombra. Según nos dijo, nos lo debía por no haberse presentado a la cita el día que fuimos a ver a Olympia Goldman.

Danny aceptó que la acompañara. A mí me parecía un enorme riesgo, pero si vetaba a Marc habría tenido que explicar mis motivos, y Narváez me había obligado a prometer que guardaría el secreto sobre la existencia de un posible traidor en el Cuerpo.

No podía evitar que Marc fuese la sombra de Danny. Tan sólo podía esperar que ella se mantuviese alerta y que no ocurriera nada malo esta vez.

Marc y Danny fueron a Plasencia al día siguiente. Yo me quedé en Madrid, bregando a solas con una incómoda sensación de fatalismo.

Enigma, siempre intuitiva, se dio cuenta de que algo me bullía en la cabeza.

—Tienes muchas sombras en la cara —me dijo moviendo su mano alrededor de mi rostro, como si espantase moscas—. ¿Te afecta la soledad del despacho, cariño?

—Creo que hoy me he levantado con el pie izquierdo —dije yo, evasivo.

—Pues no sé si esto te animará: Narváez quiere hablar contigo. —Ella hizo una pausa dramática y luego añadió—: En el Santuario.

—¿Te refieres a su despacho?

—¿Acaso tenemos otro Santuario?

—Ay, Dios… —musité—. ¿Eso es bueno o es malo?

—No lo sé. Aunque seguro que es importante, de modo que yo no le haría esperar.

Era un buen consejo. Salí de inmediato de mi cubículo y me encaminé hacia la puerta del Santuario. Después de todo lo que había oído sobre aquel lugar, no podía evitar sentirme como alguien que está a punto de tirarse de cabeza a un agujero negro.

Llamé a la puerta. La voz firme del viejo me ordenó pasar.

Por primera vez desde que era un buscador, pude al fin contemplar con mis propios ojos los misterios del Santuario.

No había dragones, ataúdes ni instrumentos de tortura. Había, eso sí, una enorme bandera azul con un aspa blanca: la enseña escocesa. Estaba enmarcada tras un cristal y clavada a la pared, justo detrás del escritorio de Narváez.

No era el único símbolo escocés que adornaba aquella estancia. En otra pared, ocupando también un espacio destacado, había múltiples grabados y dibujos que representaban paisajes de las Tierras Altas: el castillo de Urquhart, el de Edimburgo, el Firth of Forth… y otros muchos lugares que no reconocí. En otra pared había una divisa escrita en un tablón de madera, con letras góticas. «*Nemo me impune lacessit*», se leía. «Nadie me ofende impunemente.»

Junto a la divisa había una gran cantidad de fotografías, y en muchas de ellas se veían grupos de hombres vestidos de uniforme militar. También vi un pedazo de tela, igualmente enmarcado, tejido a base de cuadros verdes y azules. Era un diseño idéntico al que Narváez solía lucir en sus pajaritas y sus chalecos.

Narváez estaba sentado tras su escritorio. Una gran mesa de madera oscura con el emblema del Cuerpo Nacional de Buscadores grabado en la parte frontal. El viejo me saludó y me pidió que me sentara, frente a él.

Mis ojos se escapaban continuamente hacia las fotografías, intentando reconocer a Narváez entre las personas que aparecían en ellas. Él se dio cuenta, pero pensó que el motivo de mi interés era la tela enmarcada.

—Te resulta familiar el diseño, ¿verdad? —me dijo señalándose la pajarita que llevaba puesta—. La Guardia Negra.

—¿Guardia Negra?

—*Black Watch*. Tercer Batallón del Regimiento Real Escocés. Es la división más antigua de los Highlanders. Su misión era y es la de defender las Tierras Altas, primero contra los ingleses, y luego para los ingleses. —La boca de Narváez se torció ligeramente, en una expresión amarga—. Nadie me ofende impunemente. Es su lema... Nunca antes habías estado en este despacho, ¿verdad, Tirso?

—No, es la primera vez.

—No pienses que tengo una malsana obsesión con lo escocés. —El viejo emitió un leve suspiro—. La nostalgia es un vicio que se acentúa con la edad, me temo.

—Nostalgia... ¿de qué? —me atreví a preguntar.

Él ignoró mi pregunta.

—Te he pedido que vengas a mi despacho porque quiero que me expliques si hay algún roce entre tú y Danny —me soltó.

Aquello me cogió por sorpresa.

—No. Ninguno —respondí de inmediato—. Todo va bien.

—Entiendo... En ese caso no me explico por qué no eres tú el que está con ella ahora mismo siendo su sombra en Plasencia.

Nueva sorpresa. Le recordé que él mismo había ordenado que sólo dos buscadores fueran a investigar sobre la tumba de Miraflores, y que Marc insistió en acompañar a Danny, lo que me obligó a mí a permanecer en el Sótano. Él me escuchó con su rostro frío e inexpresivo.

—Ya veo. Un error de cálculo —dijo después, más bien para sí mismo—. Estaba tan seguro de que tú irías con ella que no me pareció necesario indicarlo. Es una lástima.

—Lo siento, pero me temo que no entiendo...

—Danny no encontrará nada con Marc —me interrumpió él—. Nunca. El proyecto es tuyo. Y si ella, que por lo general suele ser bastante independiente, ha decidido embarcarse en él es porque de alguna forma has sido capaz de despertar su interés. Te digo esto porque quizá no te has parado a pensarlo. También me gustaría dejar claro que, si alguien de nosotros va a encontrar la Mesa de Salomón, ése llevará el apellido Alfaro.

Narváez calló y se quedó mirándome fijamente con sus ojos de hielo, esperando mi reacción.

—Yo… Pensaba que no estabas interesado en buscar la Mesa. Daba la impresión de que no creías en su existencia.

—Creer, no creer… ¿Importa eso en realidad? —Narváez se encogió de hombros—. La lírica no es una de mis aficiones, Tirso, pero una vez, en mi juventud, leí una frase de García Lorca que desde entonces no he sido capaz de olvidar: «Sólo el misterio nos hace vivir, sólo el misterio». ¿Qué te parece eso?

—Pienso que encierra una hermosa filosofía vital.

Narváez asintió, como si hubiera dado la respuesta correcta.

—Todo es misterio —dijo sin transmitir ninguna emoción en concreto, como si enunciara una verdad científica—. La búsqueda es lo único que da sentido a la vida: encontrar la respuesta al misterio.

—Ya veo… La Mesa es un misterio que hay que buscar.

Narváez hizo un gesto de negación con la cabeza.

—No. No lo entiendes. *Todo* es misterio —repitió—. El objetivo no es importante, sólo la búsqueda lo es. El afán de llegar al misterio es siempre más satisfactorio que cualquier cosa que se oculte tras él. Busca y hallarás. Ésa es la única verdad. —Debió de ver mi expresión de desconcierto, porque añadió—: No importa. Ya lo entenderás. Entonces te convertirás en un buscador de pleno derecho, y podremos darte un nombre.

—¿Un nombre?

—Eso es, igual que el resto de tus compañeros. Creo que tengo un buen nombre para ti, pero aún es pronto para que lo recibas. Antes me gustaría ver cómo acaba todo este asunto de la Mesa de Salomón.

Aprovechando que Narváez, por alguna insólita razón, se mostraba más comunicativo que de costumbre, quise hacerle una pregunta personal:

—¿Tú crees que podría existir algo así?

—Lo que más me preocupa de esa Mesa no es si existe o no, sino que un personaje como Gelderohde quiera hacerse con ella. Tengo el desagradable presentimiento de que tras Gelderohde hay alguien cuyas intenciones no son claras. Alguien que, además, ha corrompido a uno de mis buscadores. Eso convierte este problema en algo personal.

—*Nemo me impune lacessit* —dije yo sin poder evitarlo.

—Veo que lo vas entendiendo.

Quise aprovechar para hablarle a Narváez sobre mis sospechas a propósito de Marc, y también decirle que había descubierto que el plan de Lisboa fue una idea de los joyeros.

—Sobre lo del filtrador, hay un par de cosas que me gustaría contarte.

—Eso ya no tiene interés.

—¿Cómo dices?

—Puedes dejar de preocuparte por eso. Ya sé quién es el filtrador.

Lo dijo sin mostrar ninguna emoción, y sin que pareciera importarle el impacto que causaban en mí esas palabras. Llegué a pensar que no había interpretado bien lo que acababa de decir.

—Tú… ¿sabes quién de nosotros está colaborando con Gelderohde?

Narváez asintió lentamente. Yo me quedé callado, esperando que él me revelase la identidad del traidor, pero se mantuvo en silencio.

—Si sabes quién es, deberías decírnoslo.

—Te equivocas. Es un asunto de mi responsabilidad. Se trata de algo que debemos solucionar entre esa persona y yo.

—¿Solucionar? ¿Qué clase de solución puede haber para esto? Se trata de un traidor.

—Se trata de un fallo en nuestro sistema —me corrigió—, un fallo que debe solucionarse antes de que se convierta en un problema de magnitud superior. Como ya os he mencionado, hay muchas personas que están deseando que el Cuerpo de Buscadores cometa un error. Hablo de políticos: gentes que desconfían de aquellos organismos que no pueden controlar. Cada vez me cuesta más mantener intacta nuestra independencia.

—¿Crees que si trasciende que tenemos un filtrador lo utilizarán en nuestra contra?

—Estoy seguro de ello. Los funcionarios de primer nivel buscan carnaza y yo no estoy dispuesto a dársela. De momento, el único que conoce la identidad del filtrador soy yo, y dentro de poco esa persona estará al corriente de ello.

—Y después de eso, ¿qué ocurrirá?

—Extirparé el apéndice dañado y seguiremos con nuestra labor.

—Espera un momento: tú... ¿quieres darle la oportunidad de escapar...? —Él evitó mirarme a los ojos—. Se trata de eso, ¿verdad? Quieres que huya sin tener que castigarlo.

—Que sean los jueces quienes castiguen. Yo no lo soy. Lo único que me importa es mantener a salvo el Cuerpo.

—¡Esa persona nos puso en peligro! ¿Por qué se merece la oportunidad de escapar?

Narváez me fusiló con una de sus miradas de hielo. Entendí que él ya había tomado una decisión, y que yo no era quien para cuestionarla. No obstante, me sentía enfadado con él. Creía que estaba cometiendo un terrible error.

—Yo tengo claro qué es lo que debo hacer ahora, Tirso —me dijo—. Espero que tú también lo tengas, así que ocúpate de tus propias responsabilidades.

Sonó tajante, a final de discusión. Frustrado e iracundo, aparté mis ojos de los suyos y me levanté para marcharme.

—De acuerdo. Volveré a mi cubículo a seguir con mi trabajo.

—No me has entendido. Quiero que vayas a Plasencia y te unas a Danny y a Marc. Esto es una orden directa. Sal de aquí y cúmplela.

Aquella extraña conversación con Narváez me dejó en un estado de absoluta confusión. Sin embargo, no tenía tiempo para reflexiones; debía ir a Plasencia de inmediato.

Yo no tenía vehículo propio en Madrid, pero Enigma me ofreció una solución: el Cuerpo de Buscadores poseía dos coches en propiedad, en un aparcamiento del Arqueológico. Yo podía utilizar uno de ellos.

Enigma quería saber qué era lo que el viejo me había dicho en el Santuario, pero fui discreto. Aún estaba molesta conmigo por no haber querido darle detalles de la entrevista cuando me fui del Sótano.

Encontré los coches en el lugar indicado. Me decidí por utilizar el más sencillo, un Volkswagen Polo de tres puertas.

Lo único que yo sabía de los planes de Marc y Danny es que empezarían sus pesquisas en Plasencia. Opté por ir allí directamente y ponerme en contacto con ellos cuando llegara a la ciudad.

Después de un viaje sin más escalas que la imprescindible para repostar, llegué a Plasencia hacia la una de la tarde. Dejé el coche cerca de la catedral y llamé a Danny por teléfono. Una grabación me informó de que el número al que llamaba estaba apagado o fuera de cobertura. Probé suerte con Marc.

Al segundo intento, respondió a mi llamada. Le dije que estaba en Plasencia por orden de Narváez. Si la noticia le contrarió, supo disimularlo muy bien. Le pregunté si estaba con Danny.

—Ahora mismo no —me respondió él—. Creo que lo mejor es que nos veamos. ¿Puedes estar en la puerta de la catedral en quince minutos?

—¿Te refieres a la catedral antigua o a la nueva?

—En la Nueva. Junto a la fachada principal verás una fuente. Espérame ahí.

Me dirigí al lugar de la cita. Encontré la fuente mencionada por Marc en una pequeña plaza, frente a la hermosa portada plateresca de la catedral, y al abrigo de un grupo de naranjos. Marc tardó en aparecer justo el tiempo que necesité para fumar un cigarrillo.

Parecía tranquilo y relajado. Me saludó casi con efusividad. Como hacía frío nos metimos en un bar cercano. Yo le pregunté por Danny.

—Nos separamos —me contó—. Ella pensó que así ahorra-

367

ríamos tiempo: yo fui a investigar en el convento de San Ildefonso y ella fue al palacio. Quedamos en que el primero que terminase se pondría en contacto con el otro.

—¿Has hablado con ella desde entonces?

—Lo he intentado, pero su teléfono no tiene señal. Debe de estar en un sitio con mala cobertura. Estaba esperando a que ella se pusiera en contacto conmigo cuando tú has aparecido.

—¿Por qué no has tratado de ir a su encuentro?

—¿Cómo iba a hacerlo? El único coche que tenemos se lo ha llevado ella; además, sus instrucciones fueron precisas: esperar aquí sin moverme. Yo sólo soy su sombra, ¿recuerdas? Tengo que acatar lo que ella disponga. —Marc le dio un trago a la cerveza que se había pedido y luego me preguntó—: ¿Estás preocupado por algo?

Lo estaba, sí, pero por nada que fuera capaz de explicar racionalmente. Eludí responder a su pregunta.

—¿Encontraste algo en el convento?

—Nada. Alfonso Quirós no está enterrado allí. Por lo visto el marqués mantenía una cordial enemistad con las monjas y con el clero en general. Se negó a ser enterrado en un monasterio.

—Eso quiere decir que su tumba estará en el palacio.

—Yo apostaría por ello. Esperemos a ver qué nos dice Danny cuando regrese.

—Qué remedio…

Los dos teníamos hambre, así que nos fuimos a comer. El tiempo pasaba y Danny seguía sin dar señales de vida. La llamamos un par de veces, pero siempre nos respondía aquel irritante aviso pregrabado.

Después de comer ya no sabíamos qué hacer para seguir matando las horas. Yo estaba cada vez más taciturno y pensativo; por suerte, Marc era de aquellas personas a quienes incomodan los silencios, así que hablaba sin cesar por los dos.

Me llevó al convento de San Ildefonso para que pudiera ver por mí mismo que la tumba no estaba allí. Danny seguía sin ponerse en contacto con nosotros. Fuimos a visitar la catedral para entretener el tiempo, y después el Museo Diocesano en la Catedral Vieja. Aún sin noticias de Danny.

Atardeció. Se fue el sol y dio paso a un crepúsculo sombrío y neblinoso. Nada sobre Danny. Yo ya estaba francamente inquieto.

—Ha tenido que pasar algo —dije—. Lleva muchas horas sin dar señales de vida.

—Tienes razón. Es raro. —Marc me miró angustiado—. ¿Qué hacemos? ¿Avisamos a la policía o algo así?

—No. Nada de policía, no podemos arriesgarnos a que se organice otro follón como el de la última vez. Quizá no haya ocurrido nada grave.

—¿Entonces?

Era evidente que Marc no estaba dispuesto a tomar ninguna iniciativa, así que tuve que hacerlo yo.

—Iré al palacio, en mi coche. Si ha tenido un accidente o… o algo, puede que aún siga allí.

—Yo voy contigo.

—No. Tú quédate. Si no tienes noticias mías en un par de horas, intenta llamarme por teléfono, y si no doy señal, llama a Enigma o a Burbuja y cuéntales lo que ocurre. Alquilaremos una habitación en algún hostal para que puedas esperarnos.

—¿Si no vuelves en un par de horas? —preguntó él, asustado—. Madre mía…, ¿qué diablos crees que puede haberle ocurrido a Danny?

—No lo sé, pero si tienes algún plan mejor, estaré encantado de escucharlo.

No lo tenía, así que dimos con un hostal decente y alquilamos una habitación. Dejé allí a Marc y fui a buscar mi coche para dirigirme al palacio.

Eran sólo las seis de la tarde, pero todo estaba oscuro como una medianoche.

6

Malpartida

Ni Marc ni yo sabíamos cómo llegar al Palacio de Miraflores. En la recepción del hostal tampoco pudieron ayudarme, así que pregunté por algunos bares y restaurantes cercanos. Finalmente, en el mismo lugar donde habíamos comido pudieron darme información.

—Mire, es muy fácil —me dijo el camarero que atendía la barra—: tiene usted que salir de Plasencia en dirección a Cáceres. Luego, en cuanto se lo señalen, tome la carretera que va a Navalmoral de la Mata. La sigue hasta llegar a una desviación que pone «Malpartida»: tiene que cogerla... ¡Fíjese bien, no se confunda! Porque hay una que va a Malpartida de Plasencia, pero ésa no es, es la siguiente: Malpartida a secas. Tenga cuidado, que son dos pueblos distintos.

—¿Está muy lejos?

—Una media hora larga. Ahora: la carretera de Malpartida es un poco mala, eso sí, y a estas horas estará toda oscura, así que vaya con ojo... Aquí la llaman «Malparida», no le digo más...

—Gracias, tendré cuidado. El sitio que busco, ¿está en Malpartida?

—No, qué va... Está por ahí metido, en medio del monte, hacia el embalse de Valdelinares; yo no le sabría indicar dónde exactamente. Lo mejor es que cuando llegue a Malpartida pregunte por ahí. Hay un bar nada más entrar en el pueblo que digo yo que estará abierto. Dígale al dueño que le indique, porque es un pueblo pequeño y no creo que encuentre a mucha gente a quien preguntar.

Me fui hacia el coche. Siguiendo las indicaciones del camarero, pude encontrar la carretera de Malpartida sin dificultad.

Entendí por qué la gente de Plasencia la llamaba «Malparida»: la carretera era espantosa, apenas un camino de tierra aplastada, lleno de baches y pedruscos. El pequeño Volkswagen Polo que conducía se balanceaba de un lado a otro igual que una bañera en medio de un tifón. Al mal estado de la carretera había que unir la silenciosa negrura que me rodeaba. Puse la radio para tener un poco de sonido de ambiente. Sólo capté crujidos de estática y voces inconexas, así que la apagué.

Tras un puñado de agónicos kilómetros pude ver (más bien percibir) un deslavazado conjunto de casas tras un cartel que me indicaba que había llegado a Malpartida. En una explanada lucía un triste farol de luz enfermiza, junto a una puerta sobre la que había un mugriento cartel que anunciaba una marca de refrescos. Supuse que debía de ser el bar del que me hablaron.

Aparqué el coche y me dirigí a la puerta del bar. Pasé a través de una cortina de tiras de plástico y me encontré en el interior de un lugar que olía a serrín y madera vieja.

Había una barra, algunas mesas de formica y sillas de mimbre. En las paredes vi pegados carteles tan descoloridos que resultaban ilegibles, así como algunas fotografías de alineaciones de equipos de fútbol locales. En una esquina había una polvorienta máquina tragaperras, apagada, y un dispensador de frutos secos que estaba vacío.

Me acerqué a la barra. Tras ella se encontraba un hombre de edad indefinida, con un par de gruesas patillas que seguramente nadie había lucido por aquellos parajes desde la época de los bandoleros. A pesar de que yo era el único cliente del local, el hombre me dirigió una mirada no más amable que la que dedicaría a un perro callejero que se hubiera colado por la puerta.

Sonreí de la forma más amistosa que fui capaz.

—Buenas noches —saludé; pensé que lo adecuado sería pedir alguna consumición, para ganarme el afecto de los nativos—. ¿Me pone una cerveza, por favor?

Sin mediar palabra, el hombre sacó un botellín de un frigorífico, lo abrió y lo dejó caer frente a mí. Le di un trago. No era una cerveza buena. En absoluto.

—Estoy buscando un sitio... Quizá lo conozca como Sanatorio de las Hospitalarias. ¿Sabe a qué lugar me refiero?

El hombre asintió.

—Sí. El antiguo Palacio de Miraflores. —El hombre se colgó un cigarrillo sin filtro de la comisura de los labios y preguntó, entre dientes—: ¿Hay una fiesta ahí, o algo parecido? Es la segunda persona que entra preguntando por ese basurero. La primera fue una mujer que vino esta mañana.

Una mujer. Tenía que tratarse de Danny, sin duda.

—¿Ha vuelto a pasar por aquí a lo largo del día?

—No por el bar.

—¿Podría indicarme cómo llegar al palacio?

—Podría, pero no le recomiendo que vaya. A estas horas no se ve un carajo por el camino que conduce al lugar: si no va con cuidado se le puede encajar el coche en un agujero, y la cobertura es muy mala por esta zona.

Empecé a sentirme intranquilo. Tuve que hacer esfuerzos para expulsar de mi cabeza melodramáticas imágenes de Danny atrapada en el camino, quizá herida, sin poder comunicarse con nadie con su teléfono móvil...

—¿Está muy lejos el palacio?

—En coche, a un tiro de piedra. Detrás del bar hay un camino. Sígalo todo recto. No tiene pérdida. Aunque no sé qué espera ver allí. No es un sitio bonito. Es sólo un edificio en ruinas. Y a estas horas...

—¿Qué ocurre a estas horas?

—Nada. Pero no es la clase de sitio al que yo iría de noche, eso es todo.

—¿Por qué? ¿Hay fantasmas?

El hombre dejó escapar una sonrisa burlona.

—No lo sé. Lo que sí hay son podencos y mastines que se escapan de las rehalas de las fincas de caza. Esos bichejos se encuentran en un estado semisalvaje y se tiran al cuello de cualquier cosa que se les ponga delante.

—Le prometo que tendré cuidado.

—A mí no me prometa nada. Es su pellejo, no el mío; pero luego no diga que nadie le avisó.

Hice un gesto con la cabeza, pagué la cerveza y di media vuelta. Ya estaba saliendo por la cortina de tiras de plástico cuando el hombre de la barra me llamó.

—Espere. Si de verdad piensa ir a ese lugar, llévese esto: le hará falta. —Sacó una linterna de petaca de debajo del mostrador de la barra y me la dio—. Ya me la devolverá cuando regrese.

Le agradecí el gesto y salí del bar tan deprisa como pude para meterme en el coche. Enfilé hacia el camino que el tipo me había indicado. Era un camino infernal que serpenteaba a lo largo de una empinada ladera. Si aceleraba corría el riesgo de quedarme varado en una curva o incluso despeñarme por una loma.

Tras un tenso recorrido en el que hube de manejar el volante como si llevara una carga de dinamita, pude al fin distinguir la oscura y maciza silueta de un edificio. Detuve el coche y me bajé.

El palacio estaba en medio de una arboleda de aspecto salvaje. No había vallas, ni verjas, ni nada que mantuviese alejados a los visitantes. Sólo una ruina arquitectónica con aspecto de mausoleo. Se recortaba frente a un cielo negro y acribillado de estrellas, con aspecto de una vetusta mole que hubiera caído del espacio. A mi alrededor se escuchaban los cantos de los grillos y el susurro de las ramas de los árboles al moverse. Deseé que fuera por efecto del viento.

Me acerqué al palacio. Montones de árboles negros lo rodeaban como encapuchados asistentes a una ceremonia, contemplando el edificio como si fuera un antiguo altar.

Agradecí de corazón al hombre del bar el haberme prestado su linterna. Sin embargo, al encenderla su famélica luz, lejos de tranquilizarme, me puso aún más nervioso: el contraste entre luz y oscuridad hacía que esta última resultase aún más agobiante.

Hice enormes esfuerzos por mantener apagada mi imaginación, de lo contrario, corría el riesgo de ver fantasmas por todas partes.

El edificio no tenía buen aspecto. Quizá, muchas décadas atrás y bajo un sol amable, fue una bonita arquitectura de sobrias líneas neoclásicas; ahora, comido por la vegetación y las sombras, parecía algo deformado y grotesco que hubiera cavado una salida desde las profundidades de la tierra. La puerta de entrada de doble hoja, colocada sobre una escalera abalaustrada y recubierta de hiedras exangües, se abría como la boca de un ser que toma su primer aliento tras emerger de un agujero.

La tentación de marcharme era demasiado grande, pero entonces vi un coche aparcado junto a la puerta. No sabía si era el de Danny o no, pero, si lo era, eso significaba que ella aún estaba dentro del palacio.

Aquello no era una buena señal.

Avancé hacia la entrada del palacio. A cada paso que daba tenía la sensación de que el edificio se inclinaba vorazmente sobre mí. Subí la escalinata de acceso y me planté frente a la puerta, una oquedad sombría de la que emanaba un intenso olor a humedad y hojas muertas.

Entré con mucho cuidado.

Me encontré en un gran recibidor. Oí un aleteo sobre mi cabeza que me hizo encoger. Un ave nocturna salió volando por un ventanal sin cristales. Alumbré a mi alrededor y la linterna me mostró los jirones de un panorama desolador: las paredes estaban ennegrecidas y la suciedad se amontonaba en cada rincón. Había una enorme escalinata de madera que subía hacia el piso superior, pero estaba tronchada a la mitad, de modo que aquel acceso resultaba impracticable.

Di unos pasos al frente, apuntando con la luz hacia los impresionantes artesonados del techo.

En ese momento, el suelo desapareció bajo mis pies.

Caer desde una cierta altura no es una buena experiencia, pero resulta aún peor si se le añade el desagradable suspense de no saber cuándo llegará el suelo.

Por fortuna, la caída duró poco. El golpe fue doloroso pero no traumático. Algo se me encajó en mitad de la espalda provocándome un latigazo de dolor, pero comprobé aliviado que podía mover los brazos y las piernas.

Me puse en pie mientras tosía nubes de polvo y miasmas. Había aterrizado sobre una pila de cascotes y argamasa que supuse fueron alguna vez parte de la solada del piso superior. Localicé la linterna a mi lado. Se le había salido la pila pero, una vez que volví a colocarla en su sitio, el aparato se encendió sin problema. Suspiré aliviado.

Enfoqué a mi alrededor: estaba en un cuarto de paredes desconchadas, igual de sucio y miserable que el lugar del que venía. Podía haber sido un dormitorio, una cocina o una sala de calderas; no vi nada que me ayudase a averiguarlo.

Miré hacia el agujero por el que acababa de caer. Debía de estar a unos tres o cuatro metros de altura. Vi una cuerda que colgaba desde el agujero en el techo. Era de colores chillones, como las que se utilizan en escalada, y daba la impresión de llevar poco tiempo en aquel sitio.

Lo tomé como una señal de que Danny había pasado por allí. Tiré de la cuerda; estaba firmemente atada.

Frente a mí había una puerta que colgaba descoyuntada de una de sus jambas. La puerta daba a un pasillo ahogado en sombras.

Salí de allí midiendo cada uno de mis pasos con objeto de evitar nuevas caídas inesperadas. Al llegar al pasillo alumbré a ambos lados. A mi izquierda había una pared, a mi derecha el pasillo continuaba avanzando y giraba tras una esquina. Me dirigí hacia ese lado.

Por mi camino seguí encontrando montones de tierra y escombros. También había restos de mobiliario: sillas rotas, tablas de mesas, algunos viejos somieres de hierro… Pasé junto a una inquietante silla provista de correas podridas cuya función preferí no preguntarme.

Al doblar la esquina me encontré frente a lo que parecía ser un distribuidor. En el suelo, bajo capas de polvo y suciedad, se veían unas baldosas de granito rosa, y en las paredes había restos de artesonados de escayola con forma de guirnalda vegetal. Había varios marcos vacíos, muy altos, en algunos de los cuales aún quedaban pedazos afilados de espejo que me dieron un buen susto al reflejar mi imagen en movimiento.

Alumbré hacia el suelo. Vi huellas en el polvo que no eran mías y parecían recientes. Las seguí con el corazón acelerado. Las huellas llegaron hasta el comienzo de una escalera de madera.

La escalera partía de una puerta que había en el distribuidor, descendiendo a lo largo de un corredor de sillares cubiertos de musgo. Los dos o tres primeros escalones estaban intactos, pero el resto habían desaparecido dejando en su lugar una oquedad cuyo fondo no era apreciable a simple vista y de la cual emergía un olor a pozo.

Di unos pasos hacia atrás para inspeccionar la puerta desde la que partía la escalera. El dintel y las jambas estaban hechos de piedra, y en uno de los lados había dos goznes cubiertos de herrumbre. Me di cuenta de que había unas letras grabadas en el dintel:

> *Mi alma aguarda al Señor*
> *como un centinela a la aurora*

Junto al texto, un complicado escudo nobiliario.

Empecé a pensar que me encontraba en el acceso a una cripta. Volví a enfocar con la linterna a mi alrededor y aprecié algunos detalles que había pasado por alto, como las pequeñas benditeras de metal con forma de concha que había en las paredes, el montón de maderas desvencijadas que en realidad eran una pila de reclinatorios, las cruces con números romanos que había dibujadas en algunas partes del muro…

No estaba en un simple distribuidor; aquel lugar era una capilla.

O, al menos, lo que quedaba de ella.

Volví a la puerta con la escalera rota. Allá abajo, en algún lugar de aquella sima, podía estar la tumba del último marqués de Miraflores.

Y de pronto, de entre los muertos, me llegó una voz.

—¿Quién está ahí?

Confieso que mi primera reacción fue echar a correr todo lo lejos que el susto pudiera llevarme. Es probable que lo hubiera hecho de no ser porque en un momento de lucidez reconocí aquella voz.

—¡Danny! ¿Eres tú?

—Sí. Soy Danny. ¿Quién diablos…? Espera un momento: ¿Tirso?

Sonreí de puro alivio.

—¡Gracias a Dios! —Suspiré—. Me alegro de haberte encontrado.

—¿Qué haces aquí?

—No; primero responde tú a esa pregunta.

—Entré a investigar. Encontré la cripta y cuando bajé, la escalera se derrumbó. Llevo desde entonces atrapada aquí abajo.

Por su voz daba la impresión de que no había perdido la calma, aunque noté un cierto deje de angustia.

—¿Estás herida?

—No. La caída no fue muy alta, pero mi linterna se rompió, y mi móvil no tiene señal en este agujero. ¿Tú puedes hacer llamadas?

Miré mi teléfono. No había cobertura.

—Tampoco. Pero tranquila, creo que sé cómo ayudarte a salir. No te muevas de ahí, volveré en un segundo.

—Descuida, no pensaba ir a ninguna parte.

Volví hacia atrás sobre mis pasos hasta encontrar una escalera que llevaba al piso superior. Una vez allí, me dirigí hacia el agujero por el que había caído al entrar en el palacio y localicé la cuerda que Danny había dejado allí atada. La recogí y volví sobre mis pasos hasta la capilla.

—¡Danny, he traído una cuerda! —anuncié—. ¡Voy a atarla en alguna parte y...!

En aquel momento, algo gruñó a mis espaldas.

Me giré lentamente. A pocos metros de mí había un mastín sarnoso de color negro, grande como un jabalí. Con la cabeza gacha, el hocico arrugado y sus dientes, de los que rezumaban gruesos hilos de baba; me decía claramente que yo no era bienvenido en aquel lugar.

Emitía un gruñido espeluznante que sonaba como un montón de rocas agitándose en el fondo de un saco, y tenía el pelo grasiento y erizado. En medio de la cabeza tenía una costra repugnante.

Tragué saliva y me quedé quieto como una estatua.

De pronto el perro dio un salto hacia mí. Me cubrí la cara y el cuello con los brazos y me encogí como un ovillo. Sentí sus dientes engancharse a mi antebrazo igual que un cepo. El animal empezó a mover la cabeza de un lado a otro desgarrándome la carne. Yo grité y me agité intentando soltarme.

Pateé en el aire a ciegas y mis pies golpearon contra el costado del animal. Su boca se abrió para emitir un gañido de dolor, el tiempo suficiente como para que pudiera soltar mi brazo de su mandíbula. De inmediato, el perro volvió a morder, pero esta vez sólo enganchó la tela de mi abrigo.

Me quité la prenda y salí corriendo. Mal movimiento: el perro perdió el interés por mi abrigo y se lanzó tras de mí. De pronto sentí varios dientes clavándose en mi pantorrilla. La pernera del pantalón se empapó con mi propia sangre. Volví a gritar al tiempo que caía al suelo de bruces. Con la pierna libre golpeé al animal en el hocico. Tuve que hacerlo varias veces hasta que logré que aflojara la presión de su mordedura.

Me arrastré a ciegas buscando una vía de escape, dejando a mi paso un rastro rojo y viscoso. El perro volvió a lanzarse contra mí. Pude bloquearlo agarrando un pedazo de madera suelto de uno de los reclinatorios y encajándoselo al mastín entre los dientes.

Destrozó la madera a mordiscos, moviendo violentamente la cabeza de un lado a otro.

Tuve la certeza de que aquel animal iba a despedazarme.

Palpé la pared intentando ponerme de pie y sentí un corte en la palma de la mano. El perro ya se había aburrido de la madera y volvió a centrar su atención en mí. Me miró con ojos brillantes, rugió como un infierno abierto y se abalanzó hacia mi cuello. Un alud de colmillos imparable.

Mi mano se agarró a algo que estaba suelto en la pared. El instinto me hizo utilizar aquella cosa como protección. Cerré los ojos, adelanté los brazos y sentí cómo la mole peluda y maloliente del perro se desplomaba sobre mí.

Escuché un gemido roto, sonó como si alguien frotara dos planchas de goma una contra otra. Mi mano se hundió en algo blando y sentí que las patas del animal se agitaban en un espasmo. Un chorro de algo caliente y apestoso me cayó por la cara y el pecho. De pronto el mastín se había convertido en un peso muerto.

Abrí los ojos. En una mano tenía agarrado el extremo de un trozo de espejo de varios centímetros de largo; el otro extremo se hundía en la garganta del mastín, de la cual no dejaba de brotar sangre. El animal me miraba con los ojos en blanco, emitiendo un repulsivo gorgoteo. La lengua le colgaba de entre los dientes. Tembló, se agitó y, finalmente, dejó de respirar y se quedó inmóvil.

Mi cara se deformó en una expresión de infinito asco. Empujé al animal lejos de mí y me puse en pie. Tenía todo el cuerpo cubierto por la sangre tibia y pegajosa de aquel perro. Hasta mi boca tenía su sabor encajado en el paladar. También me sangraba la pierna y el brazo, en el lugar donde aquel odioso animal me había clavado los dientes.

Noté que el estómago se me revolvía y mi cuerpo se dobló en dos, en un acceso de arcadas.

Recuperé mi abrigo, convertido en harapo por el mastín, y me limpié como pude la sangre de la cara.

En ese momento distinguí la voz de Danny desde el fondo de la cripta.

—¡Tirso! ¿Qué está ocurriendo? ¿Estás bien?

No lo estaba en absoluto, pero le aseguré lo contrario. No quería preocuparla.

Recuperé la cuerda que había encontrado y la até a un lugar firme. Luego la descolgué por la entrada de la cripta. A cada rato, lanzaba inquietas miradas a mi espalda, temiendo que apareciese otro perro con ganas de terminar los restos que había dejado su compañero.

Con mucho cuidado, procedí a descender por la cuerda. Tuve que luchar contra el dolor de mis heridas y no fue nada fácil. Al fin mis pies tocaron suelo firme. Me temblaban los brazos y la pierna me palpitaba igual que una cosa viva.

—¿Danny? —llamé.

Ella brotó de la oscuridad.

—¿Qué te ha pasado? Estás cubierto de algo… baboso, y hueles fatal.

—Creo que acabo de cortarle el cuello al sabueso de los Baskerville.

Su cara mostró una expresión de preocupación.

—Por eso escuché gritos y ruidos de pelea… ¿Esto es sangre?

—Sí, pero sólo una parte es mía. El resto es de ese chucho bastardo.

—¿Estás bien? ¿Estás herido?

—Un par de mordiscos aquí y allá… Juraría que esa bestia

no tenía la rabia, pero no te imaginas las ganas que tengo de ir a un hospital a ponerme la vacuna… ¿Tú estás bien?

Sonrió débilmente.

—Mucho mejor que tú, desde luego. —Con su mano, me limpió la sangre de la mejilla—. Eres bueno haciendo entradas, Tirso Alfaro. Eres *muy* bueno.

El contacto de su mano sobre mi piel me resultó balsámico.

—Admito que lo del perro no estaba preparado…

Ella me sonrió.

—Gracias —dijo. Luego me dio un beso en la mejilla, cerca de la comisura de los labios. Luego hizo un gesto de repugnancia y escupió—. Aunque, si no te ofende, te diré que ahora mismo sabes fatal.

Me limpié la cara con el dorso de la mano.

—No me ofende. Es el sabor de los héroes.

Ella se rió. Era tan difícil hacerla reír de aquella forma que, por un segundo, fui capaz de olvidar lo penoso de la situación mientras escuchaba aquel sonido.

Le expliqué qué hacía en Plasencia y dónde había dejado a Marc. Después, ella me preguntó si había traído una linterna. Le di la que llevaba y ella iluminó el espacio a nuestro alrededor. Pude observar por primera vez el interior de la cripta en detalle.

Consistía en una amplia estancia de suelos y paredes de piedra pulida. La planta tenía forma octogonal y en cada pared había diferentes nichos. Sobre nuestras cabezas se alzaba una bóveda de ojivas de estilo neogótico, unida al suelo mediante columnillas adosadas al muro. El fuste de las columnillas estaba profusamente decorado con relieves. Pude distinguir elementos vegetales y representaciones antropomorfas.

—Al menos toda esta aventura no ha sido inútil —me dijo Danny—. La tumba del marqués está aquí, mira.

Alumbró una parte del muro. Había un nicho tapado por una losa con letras talladas y policromadas en dorado. Pude leer el nombre del marqués: Alfonso Quirós y Patiño, la fecha de su

nacimiento y de su muerte y, por último, un texto escrito en
verso:

Ven, de los dánaos honor, gloriosísimo Ulises,
De tu marcha refrena el ardor para oír nuestro canto
Porque nadie pasa en su negro bajel sin escuchar nuestra voz
Que fluye como la dulce miel por nuestros labios.
Aquel que la escucha se va contento, conociendo mil secretos.

—Qué extraño epitafio —comenté—. No parece un texto
sagrado.

—Es un fragmento de la *Odisea*. El canto XII: el encuentro
de Ulises con las sirenas.

Rocé la losa con los dedos.

—Ojalá hubiera alguna forma de quitar de aquí esta piedra.

—No es piedra, es metal. Mira —apuntó con la linterna al
borde de la losa—: la lápida no está soldada al nicho, y si te fijas
bien, se aprecia un pequeño espacio, como si estuviera montada
sobre un riel. Creo que es posible abrirla como si fuera un panel
corredizo.

Le recordé a Danny que a causa de su miedo a ser enterrado
vivo el marqués había estipulado que su tumba pudiera abrirse
desde el interior.

—En ese caso, puede que haya un mecanismo dentro del
nicho para abrir la losa —dijo ella—. Y si puede hacerse desde
el interior, supongo que también habrá otra manera de hacerlo
desde el exterior.

—¿Sugieres que empecemos a palpar las paredes buscando
un ladrillo falso o algo parecido? Eso nos llevaría horas, y yo
acabo de ser atacado por un perro que aún ignoro si tenía la
rabia.

Danny no se conmovió por mi preocupación. Siguió contemplando la inscripción del nicho, pensativa.

—Apliquemos un poco de imaginación… —dijo—. ¿No te
parece raro que, a modo de epitafio, el marqués utilice un texto

de la *Odisea*? Fíjate en el último verso: «Aquel que la escucha se va contento, conociendo mil secretos...». Se refiere a las sirenas, claro, y esos mil secretos...

—Podría referirse a los «mil secretos» del diario que se llevó a la tumba.

—Sí. Eso tiene lógica...

—La tendría si esto fuera un relato de Edgar Allan Poe, pero en la vida real nadie oculta mecanismos secretos tras un acertijo.

—¿Quieres lógica? Muy bien, yo te daré un pensamiento lógico: hablamos de un hombre que pasó su vida investigando el paradero de un artefacto legendario y que estaba dispuesto a ser enterrado con sus descubrimientos. Si aplico la lógica en este caso, obtengo que el marqués de Miraflores parece la clase de persona que indicaría cómo abrir su tumba mediante un acertijo basado en un texto de Homero.

No tuve más remedio que darle la razón.

—De acuerdo. Las sirenas nos revelarán mil secretos. Bien. ¿Qué significa eso?

—No lo sé —dijo Danny. Luego apuntó con la linterna hacia una de las columnillas de la pared, iluminando un relieve en el que se veía una mujer con dos colas de pez en vez de piernas—. Allí hay una sirena.

—Eso no es una sirena.

—Cuerpo de mujer, cola de pez... Yo diría que se le parece bastante.

Negué con la cabeza.

—No. Ésa es la sirena del cuento de Christian Andersen. Las sirenas de las que habla Homero en la *Odisea* tienen cabeza de mujer y cuerpo de pájaro. —Alumbré una figura que había en la base de una de las columnas y que tenía el aspecto que yo acababa de describir—. Esto es una sirena.

Danny me miró.

—Qué astuto...

—Gracias.

—Lo siento, pero me refería al marqués. Seguramente supuso que la mayoría de la gente pensaría en el tipo de sirena equivocada.

«Puede, pero yo no he caído en la trampa», me dije, con mi orgullo herido.

Danny se acercó hacia el relieve de la columnilla y lo presionó con un gesto de determinación.

La sirena se hundió unos centímetros. Sonó un chasquido que hizo eco por toda la cripta y, a nuestra espalda, oímos el sonido de algo metálico que se deslizaba. Nos volvimos casi al unísono, a tiempo para ver cómo la losa del nicho del marqués se abría poco a poco. Un espantoso olor a corrupción inundó la cripta, pero a nosotros nos pareció el aroma del triunfo.

Danny dejó escapar una exclamación de entusiasmo. Se acercó al nicho y alumbró el interior. Temí que tuviéramos que sacar los restos podridos del marqués para arrebatarle su diario de entre los dedos. No estaba seguro de estar preparado para algo así.

Por suerte, el diario estaba dentro de una caja de plata que el marqués había hecho colocar a sus pies. Lo único que contemplé de sus restos fue la visión espeluznante y fugaz de las suelas de sus zapatos, patéticamente inclinados formando una V.

Danny cogió la caja de plata. Estaba cerrada con llave.

—Tendremos que esperar a estar fuera para abrirla —dijo ella, decepcionada.

—Deja que intente impresionarte una vez más…

Metí la mano en mi bolsillo y saqué la *bumping key* que Burbuja me había dado en Lisboa. La llevaba siempre encima desde aquel día. Afortunadamente, la caja no era muy antigua y su cerradura era un simple modelo de tambor.

Ya dominaba el manejo de la *bumping key*, así que me resultó sencillo abrir la caja. Dentro había un pequeño libro con las tapas combadas, hinchado como un códice antiguo y adornado con cantos de metal ennegrecido.

Danny sonreía como si hubiera encontrado al amor de su vida.

—¡Tenemos el diario! —exclamó, y me abrazó con fuerza.

Yo me sentí como Ulises recién llegado a Ítaca, cubierto con la sangre de sus enemigos.

Salimos del palacio llevando con nosotros la recompensa a nuestras desventuras. Ahora mi principal objetivo era ir a un hospital a ponerme una vacuna contra la rabia y darme una buena ducha.

No necesariamente en ese orden.

Subimos cada uno en nuestros coches y tomamos el camino de regreso a Plasencia. Nos detuvimos en el primer dispensario que encontramos y pude satisfacer al menos una de mis necesidades.

Mientras yo era debidamente vacunado y tratado de mis heridas, Danny aprovechó para telefonear a Marc y darle novedades.

Cuando salí de la consulta, Danny me dijo que Marc no respondía al teléfono. El de ella se había quedado sin batería, así que probé a llamarlo yo.

Nada. Daba señal hasta que saltaba el buzón de voz. Me resultó muy extraño, pues había esperado que Marc estuviera ansioso por tener noticias nuestras.

Salimos del dispensario y nos dirigimos hacia el hostal donde habíamos alquilado la habitación.

Marc no estaba allí. Lo llamamos otra vez y, de nuevo, no respondió al teléfono.

Empecé a inquietarme. Pregunté al hombre que atendía la recepción del hostal si había dejado algún mensaje o, al menos, si lo había visto salir.

—Ah, sí, el otro chico que venía con usted —me dijo—. Se fue hace un buen rato. Dejó aquí la llave de la habitación.

—¿No dijo dónde iba ni dejó algún mensaje?

—No. Sólo me dio la llave y se marchó.

Aquello me enfureció. Le había dado a Marc instrucciones

muy simples, y entre ellas no figuraba la de desaparecer de pronto sin dejar rastro.

Iba a desfogar mi enfado con Danny cuando mi teléfono móvil empezó sonar.

—¿Es Marc? —preguntó ella.

—No —dije yo mirando la pantalla—. Es el número del Sótano.

Descolgué. Era Enigma quien llamaba.

No recuerdo cuáles fueron sus palabras exactas. Sólo la sensación de frío en mi interior cuando escuché la noticia.

Eso no he podido olvidarlo nunca, por más que lo he intentado.

Ruksgevangenis (III)

Gordon Cochrane miraba el atardecer. En su casa, a las afueras de Madrid, Cochrane tenía una habitación desde cuya ventana se obtenía un hermoso panorama de la sierra. Aquel cuarto tenía una función incierta (salvo, quizá, la de ser un buen lugar desde el que mirar el atardecer): por su mobiliario podía parecer un despacho, aunque Cochrane jamás lo usaba como tal. Él ya tenía una oficina en la cual, por cierto, pasaba mucho más tiempo que en su propio hogar.

Pero desde su oficina no se podía ver el atardecer. Ni siquiera entraba en ella la luz del sol.

No era Gordon Cochrane un hombre dado a las melancolías del crepúsculo. En la mayoría de las ocasiones, la puesta de sol no era para él más que un fenómeno atmosférico. Se aburrió pronto de aquel crepúsculo meloso y le dio la espalda a la ventana.

Sobre su mesa había una botella de cristal llena de whisky, y junto a ella, un vaso chato. Cochrane derramó parte del contenido de la botella sobre el vaso, deleitándose en la pequeña cascada ambarina que unía cristal con cristal.

Aquella visión le pareció más interesante que cualquier atardecer del mundo.

Cochrane bebió un pequeño sorbo del whisky. En su paladar recibió un latigazo escocés.

Pensó en atardeceres.

Sobre la sierra madrileña el crepúsculo era delicado como la miel. En las Tierras Altas, en cambio, los atardeceres eran rudos y primitivos, en los cuales la sombra de la noche caía sobre las montañas igual que el filo de un cuchillo mellado.

A veces lo echaba de menos; tanto, que ni todo el whisky del mundo podía ahogar la añoranza. Pero nacer en las Highlands te obligaba a llevar su tierra siempre bajo la piel; no es un recuerdo, es parte de tu cuerpo.

Cochrane intentó hacer un cálculo mental: ¿cuánto tiempo hacía que había abandonado Escocia? Cuarenta años. Tal vez más. Se asustó al darse cuenta de la cantidad de tiempo pasado. A menudo le costaba verse a sí mismo como un hombre mayor.

No se sentía demasiado lejano de aquel muchacho que desfilaba con su uniforme de camuflaje, luciendo con orgullo la boina verde con el penacho rojo de la Guardia Negra. Prendido a la boina, llevaba un pedazo de tela de cuadros azules y verdes y una delgada línea roja.

La delgada línea roja. La misma que sus predecesores defendieron en Balaclava, en 1854 (500 highlanders contra una carga rusa de 2.500 enemigos). «La delgada línea roja que culmina con una banda de acero.» El 93.º Regimiento. La Guardia Negra.

Gordon Cochrane habría dado media vida por volver a formar parte de ello.

Se sentía tan orgulloso desfilando con aquel pedazo de tela, siguiendo las notas de The Garb of Old Gaul.

El orgullo acabó por cegarlo. Tanto amor por la tierra que llevaba incrustada bajo la piel tuvo nefastas consecuencias. Cochrane, como muchos de su generación, soñaba con una Escocia independiente. Pero él, a diferencia de otros, se involucró demasiado por hacer ese sueño realidad.

Amargos recuerdos. Malas compañías. Un juicio militar demasiado contaminado por el ardor político. Cochrane estaba seguro de no haber hecho nada malo, pero en una época en la que el IRA defendía con sangre sus objetivos, la justicia militar britá-

nica no perdonaba fácilmente las veleidades independentistas. Cochrane fue expulsado. Ya no defendería más la delgada línea roja.

Tuvo que dejar su uniforme, su boina verde y su penacho rojo; pero no fue capaz de dejar el pedazo de tela de cuadros verdes y azules. Lo llevaba siempre sobre el pecho y cubriendo su cuello. Corazón y aliento: las dos cosas que habría dado por su tierra de Escocia.

Abandonar la Guardia Negra supuso un trauma para él. Tanto fue así, que decidió alejarse de todo cuanto le recordase lo que había perdido. Gordon Cochrane tenía familia en España. Valera era su apellido materno (su madre decía estar lejanamente emparentada con el célebre Éamon de Valera, artífice de la independencia de Irlanda, lo cual demostraba una vez más la fuerza irresistible de la herencia genética). Cochrane salió de Escocia y, aún joven, se trasladó a España, a empezar de cero.

La historia de cómo un antiguo guardia negra terminó por ser la cabeza del Cuerpo Nacional de Buscadores podía resultar inverosímil, pero a Cochrane le parecía un paso lógico: después de todo, la misión de un buscador es recuperar aquello que ha sido robado por extranjeros. Por eso mismo Cochrane perdió su carrera en la Guardia Negra: por querer recuperar lo que, a su juicio, un extranjero le había robado.

La patria, una obra de arte… ¿Qué importaba? Un expolio es un expolio, sea cual sea la magnitud de lo arrebatado. Ya que Cochrane no había podido recuperar su nación, al menos ayudaría a otros a recuperar su patrimonio.

Se entregó a ello con ardor. Empezando desde abajo, como un buscador de campo. Llegó a sentir tal pasión por lo que hacía que casi le hizo olvidar el resentimiento causado por su abrupta salida de la Guardia Negra. La búsqueda se convirtió en lo único importante.

Buscad y hallaréis…

En la búsqueda, Cochrane perdió su nombre (siempre se pierde algo durante la verdadera búsqueda). Dejó de ser Gordon

Cochrane para ser conocido con una simple palabra, sin apellidos, sin raíces, sin un pasado propio.

Narváez. Era el nombre del fundador del Cuerpo Nacional de Buscadores. Al antiguo guardia negra le gustaba llevar aquel nombre, pues simbolizaba que ahora su historia era la historia del Cuerpo. Su vida era la de un buscador.

Conoció a buenos hombres en aquella nueva vida. Algunos mejores que otros, pero todos igual de apasionados por lo que hacían. Inolvidables camaradas, como sus antiguos compañeros de la Guardia Negra. El Cuerpo Nacional de Buscadores también era un regimiento de batalla, a su manera, y también estaba repleto de idealistas.

De entre todos ellos había uno por el que Cochrane llegó a sentir un verdadero afecto. Era mucho más joven que él; tanto, que podía haber sido su hijo. Cochrane no tenía hijos propios, pero, si los hubiese tenido, le habría gustado que se parecieran a aquel buscador.

Trueno, era su nombre. Trueno. El propio Cochrane lo había bautizado así. Aquel buscador era fuerte, impredecible, a veces caótico. Era un nombre muy apropiado.

Cochrane bebió otro trago de whisky. Por un momento fue capaz de visualizar el rostro de Trueno con tanta nitidez como si se le hubiese aparecido un fantasma: alto, atractivo, con su pelo rubio oscuro y sus ojos marrones, siempre juveniles.

La genética a veces tiene raros caprichos, pensó Cochrane. No dejaba de ser llamativo que Trueno tuviera un hijo el cual apenas se le parecía físicamente. Sólo en algún gesto ocasional, como la forma de alisarse el pelo cuando estaba nervioso, o en cómo se pellizcaba el labio inferior cuando escuchaba a alguien con atención. En aquellos breves momentos, Tirso Alfaro delataba ser hijo de Trueno.

Tirso tenía la misma edad que tenía su padre cuando Cochrane lo conoció. El destino a veces repite los mismos patrones, quizá por falta de originalidad. No obstante, Cochrane recordaba a Trueno como un hombre mucho más espontáneo y más seguro de sí mismo. *Cochrane imaginaba que Tirso habría sacado más cosas de su madre que de su padre.*

Cochrane no la conocía, y Trueno no hablaba de ella a menudo. No hubo amor en aquella unión, sólo un accidente llamado Tirso.

Cochrane aún recordaba cómo Trueno le contó que había conocido a una joven profesora adjunta de universidad que le entró por los ojos. Los dos eran demasiado independientes como para querer otra cosa que sexo ocasional. Ambos adoraban su trabajo por encima de cualquier otra cosa.

Sin embargo, uno de los dos (puede que ambos) cometió un desliz y ella se quedó embarazada. Cochrane recordaba la historia en forma de fragmentos de conversaciones mantenidas con Trueno.

En aquellas conversaciones Trueno solía llamarle «viejo». Secretamente, a Cochrane le gustaba que, en privado, las personas por las cuales sentía aprecio le llamasen «viejo». A menudo los hijos solían dirigirse así a sus padres.

—¿Quieres saber algo gracioso, viejo? —le había dicho Trueno en cierta ocasión—. Voy a tener un hijo.

A Cochrane la noticia lo cogió desprevenido. Trueno en cambio no parecía preocupado ni angustiado. Para él, la paternidad era una especie de broma del destino, y Trueno siempre supo encajar una buena broma.

Serenamente, como si la cosa no tuviera importancia, Trueno le contó a Cochrane lo ocurrido. La profesora adjunta de brillante futuro estaba embarazada. No había ninguna duda sobre quién era el padre. Ella quería tener el niño y Trueno respetaba su decisión.

—¿Vas a dejar el Cuerpo? —preguntó Cochrane. Le habría parecido lo más lógico; incluso existía un protocolo habitual para casos semejantes. Si un buscador dejaba el Cuerpo por voluntad propia, se le destinaba a un cómodo puesto funcionarial en alguno de los múltiples organismos estatales.

Trueno le había mirado como si estuviese loco.

—¿Dejar el Cuerpo? ¿Por qué? Ésta es mi vida.

—No es vida para ningún padre.

—Lo sé, pero yo no voy a ser padre, sólo voy a tener un hijo. ¿Comprendes la diferencia?

Cochrane la comprendía bien. No juzgó a Trueno. Era su decisión y Cochrane no se consideraba digno de valorarla.

—¿La madre sabe a qué te dedicas?

—No. Ella piensa que soy piloto civil. Es mejor que siga siendo así.

—Pero tendrás que hacerte cargo de tus responsabilidades. Supongo que es lo mínimo que ella te exigirá.

—Se ve que no la conoces, viejo. Esa mujer no quiere nada de nadie, ni siquiera del padre de su hijo. —Trueno suspiró, y por un momento Cochrane creyó que se sentía decepcionado, aunque no estaba seguro de ello—. Le daré mi apellido, eso sí; me da igual que ella no quiera. No dormiría tranquilo pensando que a mi hijo pudieran llamarle «bastardo» en el patio del colegio, o algo así. Aparte de eso... En fin, ella ya me lo ha dejado claro: el niño es suyo.

Cochrane lo conocía demasiado bien como para saber que, a pesar de que intentaba disimularlo, algo le preocupaba. No fue hasta mucho después de aquella conversación cuando Cochrane supo lo que era.

Trueno no pudo evitar querer mantener un contacto con su hijo, aunque fuera mínimo. Y, con el tiempo, empezó a encariñarse del chiquillo.

—Creo que cometimos un error, viejo —le dijo un día en que Cochrane lo notó extrañamente triste. Era muy raro ver a Trueno bajo de ánimos, parecía que no existiera nada en esta vida capaz de superarlo—. Ese niño... está demasiado solo. No es justo para él. No es justo que tenga que pagar la torpeza de sus padres.

—¿Te preocupa que su madre no lo esté cuidando como es debido?

—No lo trata mal ni nada de eso, si es lo que me preguntas.

Pero ella no… Es decir, ella no es una madre. Es sólo una mujer que cuida de un niño. —A Trueno le faltaron las palabras. Siempre fue un hombre más de acción que de pensamiento—. No sabría cómo explicártelo. Pero ese pobre chiquillo ha tenido mala suerte.

Luego empezaba a hablar de su hijo, y la mirada se le iluminaba.

—Es listo el condenado, ¿sabes, viejo? Te observa con esos ojos enormes y… Te juro que ese chaval es muy inteligente. Y tiene esa cara redonda de niño, ¿sabes de lo que te hablo? Con esos mofletes, y esa nariz de botón… ¡Hace una cosa graciosísima cuando se ríe! Tendrías que verlo, en serio; te encantaría. Ese crío es fantástico; tiene algo.

Cochrane imaginaba que lo único que tenía el crío sólo Trueno podía apreciarlo: era aquello que hace que todo padre se derrita como un bloque de mantequilla al sol cuando habla de su hijo.

Cochrane empezaba a darse cuenta de lo mucho que Trueno acusaba la ausencia de su hijo. Se sentía culpable, cada vez menos centrado en su trabajo. Tenía terror por encontrarse cara a cara con el muchacho y, al mismo tiempo, no podía dejar de hablar de él. Era un hombre dividido. Cochrane estaba convencido de que no podría soportar mucho más tiempo aquella situación. No se equivocó.

—Voy a dejarlo —le dijo, al fin, un día—. El Cuerpo. Todo esto. Voy a dejarlo y a hacerme cargo de Tirso. A su madre no le importará, puede que incluso me lo agradezca. No puedo seguir así, viejo. No puedo dejar de pensar en él. Si no doy este paso, me acabaré volviendo loco.

Contrariando sus propias costumbres, Cochrane le dio su opinión:

—Creo que es lo mejor. Te ayudaré en todo lo que pueda, y siempre tendrás una puerta abierta si algún día deseas regresar.

—Gracias. Es muy importante para mí. —Trueno sonrió y, mirando a Cochrane con picardía, le hizo una confesión—:

¿Sabes qué, viejo? Le he contado al chico lo de la Mesa. Le encanta esa historia.

Como todo soñador (y Trueno lo era) el padre de Tirso tenía su propia quimera. Había oído hablar una vez sobre la leyenda de la Mesa de Salomón y creía firmemente en la existencia de esa reliquia. Cochrane no le ridiculizaba por ello; después de todo, él también había perseguido un imposible, y lo había hecho con tanto convencimiento que le acabó costando su vida en Escocia.

Cochrane sonrió cuando Trueno le hizo aquella confidencia.

—¿Quién sabe? Esa reliquia puede convertirse en el hallazgo de un padre y su hijo… —bromeó.

Lamentaría mucho perder a un buscador tan bueno como Trueno, pero, tal y como le había dicho, estaba convencido de que tomaba el camino correcto.

Ojalá todo hubiera salido según lo planeado.

Antes de dejar el Cuerpo, Trueno llevó a cabo una última misión. Era una misión peligrosa, sólo digna de los mejores hombres. Cochrane envió a Trueno junto con otro compañero a Sudamérica, a interceptar la venta de antigüedades expoliadas al líder de un cártel con ínfulas de coleccionista.

Trueno nunca volvió.

Hubo una delación. El buscador que lo acompañaba pudo escapar y regresar a España sano y salvo, pero de Trueno no se volvió a tener noticias. El cártel lo ejecutó. Cochrane perdió un buen amigo y Tirso, su última oportunidad para tener un padre. Y lo peor de todo es que jamás supo lo cerca que había estado de tener una vida diferente.

Maldita y sucia mala suerte.

Cochrane le prometió a Trueno que siempre tendría la puerta abierta si algún día quería regresar. Ya no estaba en condiciones de cumplir su promesa, no al menos con él, pero sí con su hijo, con Tirso.

Violando su propia disciplina, Cochrane aceptó al hijo de su camarada como buscador. Lo hizo porque se sintió gratamente impresionado por él, pero sería una mentira asegurar que Co-

chrane le habría dado la misma oportunidad a otro que no llevase el apellido de Trueno. Ignoraba si su viejo amigo lo habría
aprobado, pero estaba seguro de que, como mínimo, Trueno se
habría reído de lo lindo con aquella inesperada carambola del
destino.

Así era él: siempre dispuesto a encajar una buena broma.

Cochrane sabía que tarde o temprano Tirso tendría que saber la verdad sobre su padre. Por desgracia, ningún momento
parecía ser adecuado para revelarle algo así. Era una labor que
requería mayor delicadeza de la que Cochrane creía poseer.

Era un error seguir manteniéndolo en secreto. Cochrane decidió que no lo dilataría más. Hablaría con Tirso en cuanto regresara de Plasencia. Era la ocasión de zanjar el trabajo pendiente, por incómodo que éste resultara. Ese mismo día ya había
mantenido una difícil conversación con uno de sus buscadores.
Decirle a Tirso la verdad sobre su padre no tenía por qué ser
peor.

Cochrane se sintió muy cansado. Muy cansado y muy viejo.
Por primera vez en su vida dudó si tendría fuerzas suficientes
para soportar todo el peso que caía sobre sus hombros.

Pensó, con cierta amargura, que a su edad la mayoría de los
hombres disfrutan de una plácida y bien ganada jubilación. En
su caso era una aspiración utópica: un buscador no se jubila nunca. La búsqueda no tiene fin. Te persigue hasta después de muerto, cuando, tras el último suspiro, te preparas para perseguir el
Verdadero Misterio.

Ah, sí (suspiró): sólo el misterio nos hace vivir. Sólo el misterio.

El crepúsculo había terminado y Cochrane se vio a sí mismo
súbitamente envuelto en sombras. No recordaba cuánto hacía
que la última luz se había desvanecido.

Su bien entrenado oído percibió un ruido furtivo en algún
lugar de la casa. Sus músculos se pusieron en tensión. Cochrane
había estado esperando que sucediera algo, no sabía exactamente qué, pero su instinto le decía que el momento se aproximaba.

Identificó el ruido: eran pasos. Alguien se movía sigilosamen-te por el interior de la casa.

Cochrane abrió el cajón del escritorio tras el que estaba sen-tado. De su interior sacó una pistola: una Browning P-35, se-miautomática de 9 milímetros. La misma que utilizaba la Guar-dia Negra en su equipamiento. Las viejas costumbres son poderosas.

En silencio, Cochrane colocó la pistola sobre su regazo y qui-tó el seguro.

Esperó.

La puerta del despacho se abrió y el intruso apareció ante él.

Cochrane encendió una pequeña lámpara de mesa y se reve-ló ante el intruso. Bajo la luz enfermiza del flexo pudo contem-plar los rasgos de aquella visita no invitada.

Reconoció de inmediato su rostro lampiño y pálido. Esa ca-beza carnosa y blanda era difícil de olvidar: era como un gusano.

—Joos Gelderohde —dijo Cochrane—. No estoy en un error, ¿verdad?

El recién llegado sonrió mostrando los dientes. Su parecido a una criatura subterránea se acentuó hasta límites siniestros.

—También puede llamarme Joos el Valón, si lo prefiere. En cambio yo no estoy seguro de cómo debo dirigirme a usted... ¿Cochrane le parece bien? ¿O prefiere Narváez?

—Eso no tiene importancia ya que no vamos a mantener ninguna conversación.

—Lástima. Nunca digo que no a una buena charla... De acuerdo; que sea rápido, entonces.

Gelderohde dio un paso hacia delante.

—No se mueva.

—¿Por qué? ¿Estoy detenido?

—No soy policía. No voy a detenerlo, pero yo que usted no me movería de donde está. —Cochrane sacó la pistola de su re-gazo y apuntó a Gelderohde.

—Ya veo. Un poco desproporcionado, ¿no le parece? Me temo que estoy en desventaja. —Gelderohde extrajo un cuchillo

de cazador que llevaba envainado en su cinturón y lo mostró—. ¿Y ahora qué? ¿Nos lanzamos el uno sobre el otro y comprobamos quién de los dos es más rápido?

—Lo más juicioso por su parte sería dar media vuelta y salir de mi casa.

Gelderohde negó con la cabeza, con gesto abatido.

—Eso no será posible. Cuando tengo un objetivo me gusta cumplirlo.

—¿Y cuál es su objetivo? ¿Vengarse?

—¿De quién? ¿De usted? Oh, no. Ante todo, soy un hombre práctico. No suelo entretenerme en cuestiones personales cuando cumplo un encargo. No, señor Cochrane, Narváez o como demonios quiera que se llame; esto no es por lo de Sidney. Se ha convertido usted en un obstáculo para un proyecto que tratamos de llevar adelante entre mi asociado y yo, eso es todo.

—Si por «asociado» se refiere a uno de mis buscadores, creo que debe olvidarse de esa sociedad. Su topo ha sido descubierto. Acabo de hablar con dicha persona hace un rato y le he comunicado que estoy al tanto de su doble juego.

—Lo sé. Ya me lo ha dicho. Por eso estoy aquí. Pero no, no me refiero a ninguno de sus chiquillos. No tiene usted la menor idea de a quién se está enfrentando, ¿verdad? Mi socio tiene ojos y oídos en todas partes del mundo. Maneja un arma poderosa que lo hace prácticamente invencible: el dinero. Su ridículo Cuerpo de Buscadores es un David sin honda frente a un Goliat que lo supera en medios e inteligencia. Debieron haber seguido con sus robos de poca monta y no interponerse en nuestro camino. Quizá sus buscadores aún estén a tiempo de apartarse... Por desgracia, para usted ya es demasiado tarde. Lilith lo quiere fuera de juego.

—¿Quién es Lilith?

Gelderohde sonrió, burlón.

—La mujer con néctar y leche bajo su boca... ¿No conoce la historia? La bruja que construyó la Mesa para el rey Salomón.

—¿Todo esto es por una reliquia mitológica?

—No, amigo; es por el poder. El Nombre de los Nombres.

Gelderohde dio un par de pasos hacia Cochrane enarbolando su cuchillo.

—Le he dicho que no se mueva. No cometa el error de creer que no voy a matarlo.

—Sé que no lo hará.

—¿No me cree capaz?

—Al contrario, pero me temo que su honda está rota, mi pequeño y viejo David.

Gelderohde se acercó otro paso.

Cochrane disparó.

El cuerpo de Gelderohde convulsionó al tiempo que un agujero se abría en su pecho. Cayó hacia atrás y quedó tendido en el suelo, de espaldas.

Cochrane cerró los ojos y respiró hondo.

Lentamente, dejó la pistola sobre la mesa. Aún salía humo del cañón.

El cuerpo de Gelderohde yacía desmadejado en un rincón de sombras. Cochrane se puso en pie y se acercó hacia el cadáver. El rostro lívido lucía la misma palidez muerto que vivo.

Cochrane se inclinó sobre él. Apoyó los dedos sobre el cuello de Gelderohde, buscando el pulso.

De pronto, los ojos de Gelderohde se abrieron. Su mano se cerró alrededor del mango del cuchillo y antes de que Cochrane pudiera darse cuenta, Gelderohde levantó el brazo y le hundió la hoja en el cuello, justo debajo del ángulo de la mandíbula.

Cochrane escupió un esputo de sangre y emitió un gorjeo. Gelderohde lo empujó con los pies y el viejo trastabilló y cayó de espaldas. Con una mano se sujetaba la garganta. De entre sus dedos no cesaba de manar un torrente de sangre espesa.

Gelderohde agarró la muñeca de Cochrane y le obligó a colocar la palma de su mano sobre su pecho, encima del agujero abierto por la bala. Acercó su cara a la de Cochrane.

—Viejo idiota. ¿Puedes sentirlo? ¿Puedes tocarlo? Un simple chaleco de Kevlar bajo el jersey. ¿Crees que soy tan estúpido como para ir a la batalla sin un escudo?

Cochrane tosió un vómito de sangre. Gelderohde soltó su mano y el viejo se derrumbó sobre el suelo. Gelderohde permaneció en pie, junto a él, contemplando en silencio cómo la vida se le escapaba a chorros por la herida del cuello.

En los ojos de Gelderohde se percibía un goce morboso, como si contemplara arder a un insecto al cual ha prendido fuego con una lupa. Con ojos brillantes asistió a los últimos estertores de Cochrane hasta que el cuerpo del viejo dejó de agitarse, y sus ojos azules se convirtieron en dos cuentas muertas de cristal.

El viejo era duro. Tardó varios minutos en morir, sin embargo a Gelderohde el tiempo se le hizo corto.

Una vez que se aseguró de que Cochrane era un cadáver sin sangre, Gelderohde se acercó al escritorio y recogió la pistola con la que le había disparado. La sopesó durante unos segundos. Era un arma de calidad. Sería una pena dejarla abandonada.

Se guardó la pistola en la parte trasera del pantalón. Después, sin molestarse en dedicar una última mirada al cuerpo de Narváez, se marchó de allí.

Tenía ganas de comer algo. La visión de la sangre siempre había tenido el curioso efecto de abrirle el apetito.

CUARTA PARTE

La Mesa de Salomón

1
Coartadas

La muerte siempre es algo inoportuno. La de Narváez ocurrió en el peor momento posible. Siendo sincero, no llegué a conocer tanto al viejo como para sentir una gran tristeza por su pérdida; pero sí experimenté un enorme desamparo. Desde el momento en que lo conocí, Narváez se mostró como el sólido pilar de hielo que mantenía firmes los cimientos del Cuerpo. Daba la sensación de ser un hombre atemporal.

El hombre atemporal había sido encontrado muerto de una puñalada en el suelo de su casa. Yo ignoraba si había tenido tiempo de desenmascarar al infiltrado en el Cuerpo y, por si fuera poco, Marc seguía sin dar señales de vida.

Danny y yo regresamos a Madrid tan deprisa como pudimos. Quisimos ir directamente al Sótano, pero Enigma nos disuadió de ello. Todo era aún bastante confuso y lo mejor que podíamos hacer era intentar descansar aquella noche.

Al día siguiente, en la sala de reuniones del Sótano, el ambiente más que fúnebre era tenso, como si el aire estuviera surcado por cuerdas de piano. Había entre los buscadores una muda sensación de incertidumbre.

Urquijo, el abogado que me ayudó en Lisboa, ocupaba el puesto en la cabecera de la gran mesa ovalada que solía estar reservado para Narváez. Recuerdo que me pareció casi ofensivo.

Danny estaba a mi lado, mirando al abogado con expresión dura e imperturbable. Frente a nosotros, Tesla, pálido y tembloroso, jugueteaba con su llavero de *Star Wars*, haciéndolo girar entre sus dedos de forma tan espasmódica que por un momento temí que fuera a dislocárselos. Junto a él estaba Enigma, silenciosa y sombría.

De todos los buscadores, el que peor aspecto lucía era Burbuja. Tenía el semblante de una sombra pálida de ojos rojos, y sus hombros estaban hundidos, como si alguien hubiera colocado sobre ellos un peso intolerable.

Marc no estaba entre nosotros.

Urquijo nos miraba. Tenía los ojos saltones y secos, y daba la impresión de que nunca parpadeaba. Preguntó por Marc, pero dado que ninguno supimos qué responder, decidió empezar la reunión sin él.

Comenzó por transmitirnos un pésame carente de toda emoción. Luego, con voz átona, como si leyese un informe escrito, nos detalló las circunstancias de la muerte de Narváez.

Mientras Urquijo terminaba su exposición, Marc apareció de pronto en la sala de reuniones. Al encontrarnos allí a todos pareció muy sorprendido.

Se hizo el silencio. Marc se acercó hacia el grupo.

—¿Qué ocurre? —preguntó—. ¿Dónde está Narváez?

Urquijo respondió:

—Narváez ha muerto. Asesinado.

—¿Cómo…? —el color abandonó por completo el rostro de Marc—. Narváez… ¿muerto? No es posible…

—¿Dónde has estado todo este tiempo, Marc? —pregunté con la voz grave—. En Plasencia te dije que no te movieras del hostal hasta tener noticias de Danny o de mí, pero te largaste sin dejar rastro. Dime, Marc: *¿dónde diablos fuiste?*

Urquijo impidió que Marc respondiera la pregunta, tomando la palabra.

—Antes de que empecemos a hacer preguntas quiero que todos seáis conscientes de la situación: la muerte de Narváez ha sido un asesinato. Se ha abierto una investigación policial para esclarecer lo ocurrido.

Se formó un pequeño revuelo. Las palabras de Urquijo habían causado una gran inquietud.

—No podemos ser investigados —dijo Danny—. La policía no tiene potestad para ello. Nuestras actividades son secretas.

—Exacto. Y eso complica las cosas —corroboró Urquijo—. A partir de este momento, voy a actuar como vuestro abogado. La policía no hablará con vosotros. Se os mantendrá al margen en todo momento. Sin embargo, para que eso sea posible, es necesario que respondáis a todas mis preguntas. A efectos de la investigación, yo seré el único nexo entre el Cuerpo y la policía.

—Ni siquiera deberían saber que existimos —dijo Danny.

—Y no lo sabrán, pero, por desgracia, hay un problema. Un problema importante: ayer por la tarde, uno de vosotros acudió a casa de Narváez y habló con él en privado. Es imprescindible que me digáis quién fue.

Nadie dijo nada.

—¿Cómo estás tan seguro de eso? —preguntó Danny poco después.

—Porque él me lo dijo. Se puso en contacto conmigo por la mañana. —Urquijo suspiró y se masajeó los párpados con las yemas de los dedos—. Esto no es fácil, muchachos, pero tenéis que saberlo. Narváez me consultó sobre cuestiones legales que afectan a la expulsión de un miembro del Cuerpo.

—¿Quería echar a alguien? ¿A quién?

—No lo sé, Danny; él no me lo dijo. Tampoco conozco el motivo. Sólo pude averiguar de él que había concertado una cita esa misma tarde con el afectado para comunicárselo en persona.

De inmediato supe que se trataba del buscador infiltrado. No podía ser otra cosa.

—Al menos especificaría si era un buscador… o una buscadora —me atreví a decir.

—No. Fue muy vago al respecto. Me costó un enorme esfuerzo que compartiera conmigo los detalles más básicos. —Urquijo apoyó las manos sobre la superficie de la mesa y nos miró—. Necesito saber quién de vosotros fue ayer a casa de Narváez.

—¿Por qué? ¿Porque piensas que esa persona fue quien lo mató? —preguntó Danny, agresiva.

—No he dicho tal cosa.

—Eso espero, abogado —saltó Burbuja—. Porque si ésa es tu idea, o la de la policía, más vale que busques en otra dirección.

Habló casi entre dientes. Llegué a pensar que se arrojaría sobre Urquijo en un arranque de ira. Quizá el letrado tuvo el mismo temor, porque levantó las palmas de las manos en actitud conciliadora.

—No tenéis por qué ser tan hostiles. Soy vuestro abogado, no vuestro enemigo. Siempre me he esforzado por ayudaros, y esta vez no será diferente; pero si alguno de vosotros vio ayer a Narváez, es mejor que me lo diga ahora.

La única respuesta que recibió Urquijo fue un silencio de plomo. Dejó pasar el tiempo hasta que, finalmente, suspiró con aire derrotado.

—Está bien. Como queráis. Al menos espero saber dónde estuvisteis cada uno de vosotros ayer por la tarde.

—¿Por qué no empezamos por Marc? —dije yo de inmediato—. Estoy deseando saber por qué salió huyendo de Plasencia cuando tenía instrucciones precisas de no moverse de donde estaba.

—No salí huyendo —balbució él—. Obedecía el mensaje que Burbuja me envió.

El aludido reaccionó al escuchar su nombre.

—¿De qué mensaje estás hablando?

—El que recibí ayer a media tarde. Mirad.

Nos enseñó su teléfono móvil. Había un mensaje de texto enviado desde el número de teléfono de Burbuja. «Hay problemas», decía. «Ven de inmediato al Sótano. Estés donde estés. No respondas llamadas de nadie. B.»

—¡Maldita sea! ¡Yo nunca te envié eso! —exclamó Burbuja. Y después mirándonos a todos—: ¡Es la verdad!

—Es tu número el que figura en el remitente —dijo Tesla.

—¿Estás insinuando que miento?

Tesla se echó hacia atrás en actitud defensiva.

—No, no… Sólo digo que… es tu número. Eso es todo.

Se hizo un breve silencio. Tuve la impresión de que las miradas concentradas sobre Burbuja se habían tornado recelosas. El abogado tomó la palabra.

—Aclararemos más tarde lo de ese mensaje. ¿Qué hiciste después de leerlo, Marc?

—Seguir sus instrucciones, por supuesto.

—¿Cómo regresaste a Madrid? No tenías coche —dije yo.

—Pude alquilar uno. Me pareció importante obedecer una orden directa de Burbuja.

—Yo no envié ese mensaje —insistió el buscador—. No me importa qué número aparezca ahí; yo no lo mandé.

Urquijo le hizo un gesto y siguió preguntando a Marc:

—¿En ningún momento se te ocurrió llamar a Burbuja para hablar con él?

—No. Era el protocolo que seguíamos en Lisboa: si cualquiera de nosotros recibía un mensaje con órdenes directas, se limitaba a obedecerlas, nada de llamadas. Pensé que este caso sería idéntico. Sí que traté de llamar a Tirso y a Danny, pero sus teléfonos estaban fuera de cobertura.

—De acuerdo, entonces regresaste a Madrid. ¿Qué hiciste luego?

—Vine aquí directamente. Era ya muy tarde y no había nadie. Entonces decidí llamar a Burbuja, pero no respondió.

—¿Tenías una llamada de Marc en tu teléfono? —preguntó Urquijo dirigiéndose a Burbuja.

—Por el amor de Dios, tenía llamadas de todo el mundo —respondió él, irritado—. Todo el que se había enterado de la muerte de Narváez me llamó docenas de veces a lo largo de la noche. Dejé de responder al teléfono cuando creí que la cabeza me iba a estallar si recibía un solo pésame más.

—Marc, ¿cómo es que tú no sabías que Narváez había muerto? —preguntó Danny.

—Yo tampoco respondí a ninguna llamada. Era lo que ordenaba el mensaje que recibí. Cuando vi que no había nadie en el Sótano decidí apagar el móvil e irme a casa. Supuse que si había ocurrido algo importante me enteraría al día siguiente.

Yo escrutaba la cara de Marc asimilando su versión de los hechos, pero sin creer ni una sola palabra de aquella sarta de inconsistencias. Estaba convencido de que mentía. Tuve ganas de ponerme en pie y gritárselo a la cara, delante de todo el mundo.

No se me ocurrió pensar que fuera Burbuja quien estuviera faltando a la verdad. Creí desde el primer momento que aquel mensaje no había sido enviado desde su número de teléfono. Un grave error por mi parte. No he dejado de preguntarme desde entonces si las cosas hubieran ocurrido de forma diferente de haberme cuestionado aquella certeza a tiempo.

—De acuerdo —dijo Urquijo—. Tenemos un mensaje que nadie envió, pero que, al parecer, salió de un número de teléfono en concreto: el tuyo, Burbuja. ¿Podrías decirme dónde estuviste ayer por la tarde?

Burbuja apretó los labios. Parecía que iba a negarse a responder, pero al fin dijo:

—Aquí, en el Sótano. Estuve practicando tiro en la galería.

—¿Tú solo?

—No. Tes estaba conmigo.

—¿Es eso cierto?

Tesla se encogió en su asiento. Hacía girar su llavero histéricamente entre sus dedos. Nos miró a todos, como acorralado. Luego miró a Burbuja.

—Sí. Sí. Estuve con él. Todo el rato.

—¿Hasta qué hora, más o menos?

—Yo… No lo recuerdo.

—¡Maldita sea! ¿Cómo que no lo recuerdas? —exclamó Burbuja—. Te pregunté la hora al menos decenas de veces porque yo no llevaba reloj. Eran casi las nueve cuando salimos de aquí.

—Claro… Sí… Las nueve. Exacto. Lo había olvidado.

—¿Había alguien más en el Sótano? —preguntó Urquijo.

—Nadie —respondió Burbuja—. Yo vine a media tarde. Como era viernes, Enigma se había ido a su casa después de comer. El viejo… Narváez tampoco estaba. Me encontré a Tesla trabajando en el Desguace y le pregunté si quería practicar algo de tiro conmigo. Gastamos unas diez o doce dianas, todavía deben de estar en la galería.

Enigma añadió que, aunque ella no los hubiera visto, aparecerían en la grabación de la cámara de seguridad de la galería. Allí incluso quedaría reflejado el tiempo que estuvieron los dos entrenando puntería.

—Me ayudaría mucho poder ver esas grabaciones —dijo Urquijo.

—Yo tengo el acceso a las cámaras de seguridad —respondió Tesla—. Te sacaré una copia de inmediato.

—¿Por qué tengo la sensación de que estamos siendo interrogados como si fuéramos sospechosos de algo? —quiso saber Burbuja.

—Porque es así. Estoy siendo sincero. Esto es un interrogatorio. Lo hago yo para impedir que tenga que hacerlo la policía. La diferencia está en que mi objetivo no es atraparos. Si descubro alguna incoherencia en vuestras declaraciones, no la usaré contra vosotros, sino que buscaré la manera de justificarla. Os recuerdo que soy vuestro abogado. —Nos miró uno a uno con sus ojos saltones—. ¿Queréis que os mantenga lejos de la tormenta? Entonces tendréis que confiar en mí. Al menos hacedlo por el viejo. Él se dejó la piel por vosotros y yo pienso hacer lo mismo.

Urquijo quiso hablar con cada uno de nosotros en privado. Yo fui uno de los últimos en entrevistarse con él.

La charla tuvo lugar en la sala de reuniones. Nos sentamos frente a frente. El abogado me preguntó, sin rodeos, dónde había pasado la tarde del día anterior. Yo le resumí mis movimientos.

—Danny me ha contado que tú no deberías haber ido a Plasencia con Marc y con ella —me dijo. En Lisboa aún no me tuteaba y, en cambio, en esta ocasión sí. No sabía si eso era una buena o una mala señal—. ¿Cómo es que decidiste presentarte allí de pronto?

—No fue decisión mía. Narváez me lo ordenó.

—¿Hablaste con él en privado ayer por la mañana? —Yo no lo negué—. ¿Te comentó algo en aquella conversación que creas que pueda ser… importante?

Me miró con aquellos ojos secos y gruesos. Era como ser interrogado por un pez muerto.

—Nada que yo pueda recordar.

No quise hablarle del traidor. No me atreví. Mi confianza en aquel abogado, del que yo apenas sabía nada más que su nombre, habría tenido que ser mucho mayor para ser totalmente sincero con él. Por un segundo incluso llegué a dudar si todo aquel interrogatorio no sería un mero despiste. ¿Quién podía asegurarme que Urquijo no era el topo infiltrado? El propio Narváez no había querido compartir con él todo lo que sabía, y yo no quería ser más imprudente que el viejo.

Puede que fuera una mala decisión. En cualquier caso, no tuve mucho tiempo para sopesar mis opciones.

—De acuerdo —dijo el abogado—. Entonces, cuando llegaste a Plasencia, fuiste al encuentro de Marc. ¿No viste a Danny?

Le conté cómo habían transcurrido las cosas de forma somera. El abogado tomaba alguna nota de vez en cuando sin mirarme.

—¿A qué hora llegaste a Plasencia?

—Alrededor de la una.

—¿Cuánto tiempo tardaste en llegar?

—Algo más de dos horas. Sólo me detuve una vez para echar gasolina.

—Entiendo. De modo que unas dos horas… —Urquijo escribió algo en una libreta—. Así que a la una te encontraste con Marc. ¿Cuánto tiempo estuvisteis juntos?

—Bastante. Unas cinco o seis horas. Luego, pasadas las seis, fui a Malpartida en busca de Danny.

—¿A qué hora te encontraste con ella?

—No lo sé con exactitud —dije algo irritado—. No tuve tiempo de mirar el reloj mientras me atacaba un perro salvaje. Debí de llegar al palacio entre las siete y las ocho. Cuando Danny y yo regresamos a Plasencia eran más de las once de la noche.

—Ya veo… ¿Y cuánto tiempo estuvo Danny atrapada en el palacio hasta que tú llegaste?

—No lo sé. Horas. Supongo que esa pregunta podrá responderla ella mejor que yo.

—Sí, pero es a ti a quien se la estoy haciendo.

—Muy bien, está claro que quiere llegar a alguna parte. Si me dijera adónde en concreto, tal vez podríamos ahorrarnos mucho tiempo.

—Lo único que pretendo es buscar la manera de cubriros las espaldas a todos: Tesla y Burbuja están cubiertos toda la tarde; tú también: primero por Marc y luego por Danny. Con Enigma no he tenido tanta suerte: según ella, estuvo sola en casa desde las tres. Marc estuvo desaparecido desde las seis de la tarde de ayer hasta esta mañana. Y Danny…

—Danny estuvo en un agujero desde que dejó a Marc por la mañana hasta que yo la encontré.

—Eso parece. Por desgracia, el agujero no puede confirmarlo. Ella dice que entró en el palacio a las once de la mañana y que estuvo atrapada allí hasta que tú llegaste.

—El camarero de un bar de Malpartida la vio llegar por la mañana.

—Exacto: al bar, pero no al palacio. —Urquijo entrelazó los dedos por encima de la mesa y me miró a los ojos—. Quizá ella se acercó a Malpartida, entró en el bar y luego, en vez de seguir hacia el palacio, fue a otro sitio. Habría tardado dos horas en llegar a Madrid. Pudo haber estado aquí sobre las dos y haberse marchado hacia las cinco, quizá incluso a las seis. Habría llegado al palacio a tiempo para que tú la encontraras.

La hipótesis me pareció tan ridícula que no supe si enfadarme o reírme de ella.

—¿Por qué diablos iba ella a hacer algo tan absurdo?

—Tres horas en Madrid. Tiempo suficiente para encontrarse con Narváez en su casa.

—Eso es una estupidez… —escupí yo con desprecio. El abogado no alteró su expresión.

—Al igual que tus compañeros, piensas que quiero tenderos algún tipo de trampa. No es así, Tirso. Mi obligación es saber lo que tengo entre manos. Si nadie puede decirme lo que hizo Danny aquellas horas que estuvo sola, mi labor ahora es encontrar desesperadamente la forma de demostrar que le fue imposible regresar a Madrid durante ese tiempo.

—Guarde sus esfuerzos para Marc. Los necesitará mucho más que con ella, ¿o acaso creyó esa estúpida historia del mensaje de texto?

—La historia de Marc es tan creíble, o no, como la de Danny, una buscadora ampliamente entrenada en hacer frente a situaciones difíciles, que se pasa más de seis horas en una cripta sin encontrar ninguna forma de salir de ella.

No se me ocurrió nada que objetar, y aquello me irritó mucho.

—¿Hemos terminado ya o hay más preguntas?

Urquijo me miró en silencio unos instantes antes de responder.

—No. Puedes marcharte. Por favor, dile a Tesla de mi parte que necesito las grabaciones de la cámara de seguridad lo antes posible.

Salí de allí sin decir una palabra. Mi alegría de perder de vista los ojos inexpresivos del abogado fue inmensa.

Aquel maquiavélico picapleitos había logrado aguijonearme la cabeza con sus sospechas. Por más que insistiera una y otra vez que actuaba de esa forma por el bien del Cuerpo, yo no estaba tan seguro.

Yo tenía muy claro que el único que ocultaba algo era Marc. Me aferraba a esa idea con todas mis fuerzas.

En el fondo yo sabía que el motivo por el que sólo sospechaba de Marc era visceral. Por otro lado, tampoco quería desarrollar una insana paranoia hacia cuantos me rodeaban. Marc era la opción más sencilla. La más cómoda. No quería plantearme ninguna otra posibilidad.

Fui a buscar a Tesla para darle el recado de Urquijo. Lo encontré en el Desguace. Estaba sentado frente a los monitores que controlaban las cámaras de seguridad del Sótano. Por la expresión de su cara, parecía que algo no marchaba bien.

Sus dedos danzaban sobre el teclado de un ordenador que había junto a él. Miraba la pantalla y maldecía entre dientes.

—¿Ocurre algo malo? —pregunté.

—No… O sí… No lo sé… Oh, mierda… —Su mano recorría el teclado como una araña nerviosa, y en la pantalla no dejaban de aparecer mensajes de error—. Mierda, mierda, mierda… Esto no es bueno. No es bueno en absoluto…

—¿Sabes que estás empezando a preocuparme?

—Si vas a preocuparte, déjame que te dé un buen motivo: la grabación de ayer de las cámaras de seguridad no está.

—¿Cómo que no está?

—Ha desaparecido. Ni rastro. Borrada. —Saltó otro mensaje de error en la pantalla. Tesla le dio un golpe al teclado y se echó hacia atrás, sobre el respaldo de su silla. Con la otra mano apretaba convulsivamente su llavero de la *Estrella de la Muerte*—. ¡Maldita sea! No entiendo cómo ha podido ocurrir.

—Urquijo me ha dicho que necesita esa grabación.

—Pues no la va a tener: alguien la ha borrado.

—¿No puedes recuperarla de alguna manera?

—Eso es lo que estoy intentando, pero es imposible. La grabación no está.

—¿Cómo puede desaparecer de repente? No tiene sentido.

—Ya sé que no lo tiene. Se supone que estos archivos se mantienen en la memoria de forma automática. Para que desaparezcan, alguien tiene que haberlos borrado.

—¿Eso se puede hacer?

—Es tan fácil como eliminar un simple archivo de un ordenador. Ni siquiera se necesita una contraseña. —Tesla se cubrió la cara con las manos, en un gesto de agotamiento—. Joder... ¿Por qué no le pondría una contraseña? El viejo me lo pidió hace meses...

—Está bien, no te angusties ahora por eso. Urquijo tendrá que fastidiarse, ¿y qué?

Tesla suspiró.

—Tengo que decirte algo importante...

Me resultó extraño el tono con el que pronunció aquellas palabras.

—¿De qué se trata?

Tesla se puso muy nervioso de pronto. Se levantó de la silla y cerró la puerta del Desguace.

—Le he mentido.

—¿A quién?

—A Urquijo, le he mentido. Le he dicho que pasé la tarde en la galería de tiro con Burbuja y no es verdad.

Estaba muy pálido. Parecía tan asustado como un niño. Por un momento me dio incluso lástima.

—Tesla, ¿por qué lo has hecho? Si estuviste en otro lugar, tenías que habérselo dicho. Esto puede causarte problemas.

—No, no lo entiendes; sí que estuve en la galería de tiro, pero estuve yo solo. Burbuja no apareció en ningún momento.

—Pero... ¿por qué has dicho lo contrario?

—Él me lo pidió —respondió Tesla, hablando casi en susurros—. Esta mañana. Antes de que llegara Urquijo. Habló conmigo a solas y me dijo que, si alguien me lo preguntaba, debía responder que estuve con él toda la tarde practicando tiro.

—¿Por qué aceptaste mentir por él?

—¡Prácticamente me amenazó, Tirso! Yo… Odio enfrentarme a él. A veces me asusta… Se le va la cabeza, ¿sabes? No te imaginas de lo que es capaz cuando se enfada.

Pensé en Lisboa. En cómo Burbuja le había partido la nariz a Acosta sin mostrar ningún reparo. Acosta, con el pecho cubierto de sangre y ovillado en el sofá de su apartamento, había mirado a Burbuja con el mismo temor que Tesla lucía ahora en sus propios ojos.

—Si Burbuja mintió, debes decírselo a Urquijo.

Tesla negó nerviosamente con la cabeza.

—No me atrevo. Él sabrá que se lo he dicho yo. Pero, en cambio, si tú…

La insinuación me horrorizó.

—De ningún modo. No voy a hacer de delator. Esto es algo entre Burbuja y tú.

—Está bien. Pensaba que podría contar con tu ayuda, pero como quieras. Yo no te he dicho nada. —Estaba visiblemente molesto. Volvió a sentarse delante de los monitores—. Pero deja que te dé un consejo: mantente alejado de ese bastardo. Narváez confiaba en él ciegamente y fíjate cómo ha acabado. La sangre Bailey es una sangre podrida.

—¿Qué quieres decir?

—Sólo lo que digo, nada más.

Adoptó una actitud huraña, dándome la espalda y actuando como si yo no estuviera. Pensé que lo mejor era dejarlo solo.

Al salir del Desguace, mis firmes sospechas hacia Marc estaban empezando a tambalearse.

2

Crisopas

Narváez fue enterrado en la intimidad, casi en secreto. Urquijo nos comunicó que el cuerpo sería inhumado en algún lugar de Escocia, siguiendo instrucciones del propio Narváez. Me pareció muy sorprendente.

Después del día en que el abogado nos interrogó, no volvimos a verlo aparecer por el Sótano. Los demás sí que ocupábamos nuestro puesto, como de costumbre, aunque el ambiente era de inactividad. Alguien había dado un fuerte golpe en la cabeza del Cuerpo de Buscadores y aún nos encontrábamos aturdidos.

Mantuvimos una reunión para elaborar un plan básico de trabajo, aunque no tuvo mucho éxito. La ausencia de alguien que llevase las riendas y tomase las decisiones nos lastraba demasiado. Desaparecido Narváez, no existía ninguna jerarquía en el Cuerpo, y nadie se atrevía a dar un paso adelante para ocupar el vacío del viejo.

La única decisión que se tomó fue la de entregarme a mí el diario del marqués de Miraflores para que lo investigase. El principal motivo era que nadie quería hacerlo, y parecía haber un tácito acuerdo en considerar que cualquier asunto relacionado con la Mesa de Salomón era de mi incumbencia. Yo acepté el encargo con más resignación que entusiasmo.

Concluimos aquella reunión bastante alicaídos. Luego, cada

uno se retiró a un rincón del Sótano, no tanto a trabajar como a esperar cualquier acontecimiento que pudiera sacarnos del coma.

A finales de aquella misma semana, Urquijo volvió al Sótano y nos convocó a una reunión. Por lo inesperado de su llegada, todos supusimos que iba a comunicarnos alguna novedad sobre la muerte de Narváez. No obstante, nos equivocábamos.

—Por el momento, todo sigue igual —nos dijo el abogado—. La razón por la que quiero hablar con vosotros es otra. He recibido algunas llamadas… Personas importantes… Hay una cierta inquietud por saber qué va a ser de vosotros. Los que pagan vuestros sueldos necesitan que alguien se haga cargo de la labor de enlace. Quieren un interlocutor.

—Pensábamos que eras tú quien se encargaba de eso —dijo Burbuja.

—Yo soy una solución provisional: soy vuestro abogado, no un buscador. No tengo potestad para encargarme de esto y, si me permitís añadirlo, tampoco tengo la intención de hacerlo.

—Me parece lógico —dijo Danny—. Es evidente que necesitamos un nuevo director para seguir operando.

—Así es —corroboró el abogado—. Por suerte, a medida que los documentos personales de Narváez van saliendo a la luz, estamos descubriendo que él ya había previsto esta contingencia. Dejó por escrito una recomendación sobre quién debía sucederle.

—¿De quién se trata?

—Narváez quería que fueses tú, Burbuja.

El rostro del buscador se quedó blanco. Parecía que acabaran de comunicarle su sentencia de muerte.

Sus labios temblaron.

—No… Yo no quiero hacerlo… Debe de haber alguien más…

—No hay nadie más. Narváez te quería a ti.

Burbuja nos miró, desesperado, como un náufrago esperando que alguien le arroje un salvavidas desde la cubierta del barco.

—Vosotros no queréis que sea yo, ¿verdad…? Sabéis que no es una buena idea.

—No tengas miedo, cariño —dijo Enigma, cogiéndole la mano—. Lo harás muy bien: el viejo confiaba en ti.

Él se soltó de la mano de Enigma como si le quemara al contacto con su piel.

—¡Es una locura! —exclamó—. El viejo se equivocaba. No lo haré. Me niego. Tendréis que buscar a otro.

Urquijo puso un gesto grave.

—Nadie puede obligarte a aceptar el puesto, pero te aconsejo vivamente que al menos te tomes tu tiempo para pensarlo. Vuestra situación no es fácil. Las personas que ahora mismo tienen la capacidad de decidir sobre vuestro futuro no entienden por qué deben seguir gastando dinero en un organismo cuya función no tienen nada clara. En este caso específico, el secretismo que os rodea no os favorece en absoluto.

—No obstante, debe de haber un protocolo a seguir para sustituir a Narváez —dijo Danny—. Si el viejo no hubiese dejado ninguna recomendación, ¿qué habría sucedido?

—En ese caso, se os habría impuesto a alguien desde arriba.

Enigma tomó la palabra:

—Puede que me equivoque, pero si el viejo nombró personalmente a un sucesor, sospecho que lo hizo para evitar que otros tomasen esa decisión. Siempre le preocupó mucho que manos ajenas hurgasen en nuestros asuntos.

—Tienes razón. Narváez temía a los políticos y lo que ellos pudieran hacer con el Cuerpo —corroboró Danny. Y luego, dirigiéndose a Burbuja—: Tienes que aceptar.

Le miraba fijamente con una expresión de insólita dulzura. La expresión de Burbuja era como la de un muchacho asustado. Los ojos de todos nosotros le apuntaban como los cañones de un pelotón de fusilamiento.

Los labios del buscador volvieron a temblar. Yo nunca pensé que pudiera llegar a verlo tan aterrorizado.

De pronto se puso en pie. Con pulso inseguro se abrochó el botón de la chaqueta.

Miró a Danny a los ojos.

—Lo siento, pequeñita… No puedo hacerlo. Simplemente… no puedo.

Como huyendo de algo, Burbuja dio media vuelta y abandonó la sala.

Todos nos quedamos callados durante un buen rato. Urquijo suspiró y movió lentamente la cabeza de un lado a otro.

Danny se puso en pie.

—Hablaré con él. Aceptará, os lo aseguro.

Dicho esto, se marchó detrás de Burbuja.

Se hizo un nuevo silencio. Urquijo suspiró y comenzó a recoger sus papeles.

—Espero que así sea. La situación se complicará mucho si Burbuja no quiere tomar las riendas. Esto puede paralizar por completo vuestro trabajo…, o algo peor.

—¿No hay ninguna alternativa? —preguntó Tesla.

—Lo averiguaré. Hasta entonces, os aconsejo que tratéis de convencerlo. Me pondré en contacto con vosotros si hay alguna novedad.

El abogado se marchó. Ninguno de los que quedábamos en la sala parecíamos tener muy claro qué hacer o qué decir a continuación.

—No aceptará —dijo Tesla de pronto—. Es un cobarde, siempre lo he sabido. No es nada sin el viejo. Nos dejará tirados. Y ¿sabéis qué? Me alegro. Antes prefiero largarme de aquí que ponerme a sus órdenes.

—No seas mezquino, Tes —le recriminó Enigma con dureza—. Está asustado, y me parece normal. A ninguno de nosotros nos gustaría encontrarnos ahora mismo en su piel.

Tesla actuó como si no la hubiera escuchado.

—Mierda de situación… —masculló entre dientes. Golpeó el borde de la mesa con las manos y se marchó.

Marc nos miró, confuso. Pareció que iba a decir algo, pero, en vez de eso, se levantó de su asiento discretamente y salió de la sala, con la cabeza gacha.

Enigma y yo nos quedamos solos. Ensimismada, jugueteaba

con un mechón de su pelo. No parecía tener intención de irse a ninguna parte.

—¿En qué piensas? —le pregunté.

—En el amor. En la vida. En la muerte… ¡Hay tantas cosas en las que pensar! —Suspiró con aire filosófico—. Pero, sobre todo, pienso en que si Danny no le convence, vamos a tener un problema.

—¿Crees que será capaz?

—Oh, sí; él la adora. Hay pocas cosas que le negaría.

Dado que la propia existencia del Cuerpo estaba en peligro, asumo que puede parecer muy egoísta por mi parte el que, en aquel momento, me sintiese celoso.

Danny aún me atraía, a pesar de lo poco que yo parecía interesarle a ella. Sin embargo, siempre pensé que al menos había una pequeña esperanza para nosotros. Las palabras de Enigma la habían hecho desaparecer.

Danny y Burbuja. Tenía que haberlo supuesto, sobre todo después de escucharlos en Lisboa.

Enigma me habló.

—¿Qué te ocurre, cielo? ¿Por qué estás tan serio de pronto?

—Nada. Estoy preocupado, como todos.

—No: nosotros estamos preocupados; tú estás triste. Son dos sentimientos diferentes. Dime qué te pasa.

Podría haberme marchado en ese momento. Habría sido lo mejor. La situación era demasiado seria como para darle importancia a mi pequeño orgullo herido. Pero era difícil eludir a Enigma: sus ojos de elfo veían demasiado.

—Danny. Ella me gustaba.

—Lo sé. Esas cosas se notan… O, al menos, yo las noto. Aun así, sigo sin ver dónde está el problema.

—Que no soy yo el que la llama «pequeñita», ni detrás del que corre cuando está asustado.

Enigma arqueó las cejas.

—Claro que no: tú no eres su hermano.

—¿Su qué?

—Su hermano. Ellos son hermanos, ¿no lo sabías? Burbuja es el mayor, y Danny la pequeña. Una historia triste: su madre los abandonó, y su padre se suicidó poco después. Desde entonces sólo se han tenido el uno al otro. Están muy unidos.

Olvidé mi orgullo, mis celos y hasta olvidé la difícil situación del Cuerpo de Buscadores. De pronto lo olvidé todo en el momento en que una idea estalló en mi cerebro cuando Enigma me reveló que Burbuja era hermano de Danny.

La misma sangre. Sangre Bailey. Sangre podrida.

Me puse en pie, sorprendiendo a Enigma.

—¿Dónde está la Patena de Canterbury?

—¿Qué…? Espera un momento, ¿no hablábamos de tus profundos sentimientos? Tenía muy buenos consejos para darte. Soy muy inteligente en temas emocionales.

—Seguro que sí, pero más tarde —dije apresuradamente—. Tengo que ver la Patena. Necesito comprobar algo.

Ella suspiró.

—Y luego soy yo la incomprensible… ¿Para qué quieres ver ahora esa reliquia?

—Creo que acabo de darme cuenta de que no es una pista falsa, y lo más importante: sé cómo leerla.

—¿De veras? Eso me encantaría verlo; por desgracia, la Patena no está aquí: la tienen los gemelos.

—Fantástico. Me marcho. Si alguien te pregunta, di que estoy en la tienda de los joyeros.

—¡Espera! No seas iluso: ellos no te van a enseñar una pieza en depósito sólo porque tú se la pidas. Hace falta una orden expresa de Narváez para eso.

—¿A cuál te refieres? ¿Al que fue asesinado o al que está en su despacho suplicando para que elijan a otro?

—De acuerdo, puede que estemos ante un vacío legal. Pero, aun así, a ti jamás te darán acceso a una pieza en depósito. Tendrás que ir con algún veterano para intentar convencerlos.

Yo la miré.

—¿Tú podrías…?

Ella agitó su mano con un gesto brusco.

—Cállate de una vez y vámonos. Creí que no me lo ibas a pedir nunca.

Salimos del Sótano sin dar explicaciones a nadie (las ventajas de la temporal ausencia de autoridad) y, poco después, llegamos al local de los joyeros.

Encontramos a uno de ellos colocando una serie de anillos en un mostrador, sobre un lienzo de raso negro. Lo primero que hice fue fijarme en su corbata: era azul celeste, de modo que se trataba de Omega.

Su frente se arrugó al verme aparecer por la puerta, pero en cuanto sus ojos se posaron sobre Enigma, una luz pareció inundar toda su expresión. Salió de detrás del mostrador y se dirigió hacia ella, sonriendo con todo el bigote.

—¡Enigma! ¡Qué grata visita, delicada novia inviolada del Tiempo y el Sosiego!

—¿No es increíble? Seguro que es la única joyería de Madrid en la que me reciben con versos de Keats… Me alegro de verte, Omega.

—La alegría es mutua. Últimamente parece que sólo hablamos por teléfono. Nos gustaría verte más a menudo por nuestra pequeña Lacedemonia.*

—Ya me conoces: soy más contemplativa que activa. ¿Cómo va todo por aquí?

—Aún seguimos anonadados por la muerte de Narváez. —Omega bajó la mirada y puso cara circunspecta—. Qué terrible tragedia. *Acta est fabula,*** como dijo César Augusto. ¿Habéis tenido alguna novedad sobre las pesquisas? Nadie nos in-

* Ciudad del Peloponeso en la que, según la mitología clásica, nacieron y vivieron los gemelos Cástor y Pólux.

** La historia ha terminado.

422

forma de nada... Tenemos la desagradable sensación de que Urquijo nos deja de lado.

—Abogados. Ya sabes...

—Sí. Carne del Octavo Círculo. No nos hagas hablar...

Yo emití una leve tosecilla para llamar la atención de Enigma. Quería recordarle el motivo por el que estábamos en la tienda antes de que Omega se perdiera en un laberinto de citas y proverbios.

Ella captó la señal, y preguntó a Omega si sería posible inspeccionar la Patena de Canterbury. El joyero se mostró reticente pero aceptó consultarlo con su hermano en consideración a Enigma.

Nos dirigimos hacia el taller. Alfa (luciendo una corbata negra) estaba elaborando algún tipo de pieza sobre un banco de trabajo. Tenía puestas unas graciosas gafas cuyas lentes parecían dos pequeños telescopios. Se las quitó al vernos y, al igual que había hecho su hermano, dio la bienvenida a Enigma con exagerada ceremonia. Parecía que los dos pequeños joyeros estaban platónicamente enamorados de mi acompañante. Luego me saludó a mí con mucho menos ardor.

—Si venís por lo del cilindro en forma de pez, me temo que aún no hemos hecho ningún avance con eso —nos informó—. Últimamente hemos estado ocupados con algunos encargos particulares. —Tuve la sensación de que me dirigía una mirada de reproche.

Enigma volvió a mencionar la Patena. Alfa, como antes su hermano, se resistió a mostrárnosla al principio. Me di cuenta entonces de que si hubiera ido con otro buscador, o yo solo, los gemelos jamás habrían aceptado sacar la pieza; sin embargo, los dos hermanos se dejaron convencer por Enigma de forma casi impúdica.

Alfa nos pidió que esperásemos en el taller mientras él iba a por la Patena. Yo pregunté si era algo habitual que los gemelos custodiasen las piezas recuperadas por el Cuerpo.

—Narváez lo prefería así —respondió Omega—. Cuando el

Cuerpo de Buscadores recupera una pieza, comienza un delicado proceso que consiste en preparar al público y al mundo académico para que a nadie extrañe que la pieza original estuviera en nuestro poder. Esto puede llevar su tiempo, a veces incluso años. Es mejor que las guardemos aquí y no en el Arqueológico para evitar que algún trabajador del museo las encuentre por accidente. Eso malograría toda la operación.

—¿Aquí están seguras?

—Por supuesto. Tenemos una cámara acorazada. No olvides que esto es una joyería: todos los meses recibimos pedidos de gemas que vienen de todas partes del mundo. Diamantes de Holanda y Sudáfrica, esmeraldas de Brasil, rubíes y zafiros de China y Sri Lanka… Como los grifos de Apolo, estamos acostumbrados a custodiar tesoros en nuestra pequeña tienda.

Alfa apareció de nuevo con la Patena. La depositó con mucha delicadeza sobre una mesa que, previamente, Omega había cubierto con un paño de color negro.

—Con cuidado… ¡Con cuidado…! —exclamó Alfa mientras le echábamos una mano—. No debe sufrir el más mínimo desperfecto.

De nuevo podía ver la Patena de Canterbury con mis propios ojos. Tuve una sensación extraña, como de ciclo que se cierra. El brillo verde intenso de la pieza, fogueado por destellos rojizos, seguía llamándome la atención por su exquisita técnica.

—Muy bien, Enigma, aquí la tienes —dijo Alfa—. ¿Ahora qué?

—No lo sé, pero sospecho que, como dijo Howard Carter ante la tumba de Tutankamón, vamos a ver cosas maravillosas. —Ella me guiñó el ojo con aire divertido—. Tirso nos tiene algo preparado.

Los joyeros observaron de forma inquisitiva.

—Es preciosa… —comenté yo, reflexivo—. Parece un simple plato grande con un color bonito, pero hay mucho más en esta pieza de lo que se muestra a la vista. Quienes la hicieron fueron verdaderos maestros en su oficio.

—Espero que no hayamos sacado este trasto sólo para que nos digas lo bonito que es —me advirtió Omega.

—No; se trata de algo más sorprendente. ¿Recordáis las palabras que estaban grabadas sobre la Máscara de Muza? Aquella cita del Corán, la que alteraba el texto original… «Yo te revelaré signos claros que sólo los perversos podrán negarte.» Ahora ya sé por qué alteraron el texto.

—¿Por qué? —preguntó Omega.

—Os lo mostraré, pero para eso necesito dos esmeraldas. A ser posible, de buen tamaño.

Alfa frunció el ceño.

—Nadie dijo nada de esmeraldas.

—Es necesario… o, al menos, dos gemas que sean similares a las que estaban encajadas en el hueco de los ojos de la Máscara de Muza.

—No comprendemos nada. ¿Qué tiene que ver la Máscara de Muza con todo esto?

—Mucho —respondí yo—. «Yo te revelaré signos claros que sólo los perversos podrán negarte…» Eso es lo que hace la Máscara: mostrar lo que está oculto. En realidad, la pieza en sí no sirve de nada, lo importante son las esmeraldas. Es como dijo uno de vosotros cuando reconoció que se había probado la Máscara: todo se ve de color verde. De eso se trata, de verlo todo de color verde…

Enigma me echó una mano.

—Vamos, muchachos, no me digáis que no sentís un poquito de curiosidad.

Alfa suspiró y se encogió de hombros. Miró a su hermano y éste asintió con la cabeza. Después salió del taller y, al rato, apareció con un delgado maletín de color negro.

Lo abrió. El interior del maletín estaba compartimentado en pequeños espacios cuadrados y dentro de cada uno de ellos había gemas suficientes para pagar el rescate de un príncipe.

—Ahora mismo no disponemos de esmeraldas tan grandes

como las que había en la Máscara —dijo Alfa—. Sin embargo, es probable que esto te sirva para tus propósitos.

Escogió dos piedras del tamaño de una moneda, talladas en forma de cabujón. Eran verdes y transparentes, con un brillo muy vistoso.

—¿Qué clase de piedra es ésta? —preguntó Enigma.

—Crisopas. Una calcedonia con pequeñas cantidades de níquel que le dan esta tintura verde. Según el capítulo veinte del Apocalipsis, es una de las doce piedras que componen los cimientos de la Jerusalén Celestial.

—Alejandro Magno llevaba siempre una crisopa antes de ir a la batalla. *Audaces fortuna iuvat...* —completó Omega—. No es una esmeralda, pero resultan muy parecidas. De hecho, son más difíciles de encontrar. —Me entregó las dos gemas—. ¿Crees que te servirán?

—Compruébalo tú mismo: póntelas en los ojos.

—¿Qué?

—Hazme caso, póntelas delante de los ojos y mira hacia la Patena a través de ellas. Luego dime lo que ves.

Omega se acercó hacia la Patena, receloso. Yo asentí con la cabeza. El joyero, con evidente gesto de duda, se colocó las gemas como si fueran las lentes de unas gafas y contempló la Patena, tal y como le había indicado.

De pronto lanzó una exclamación de sorpresa.

—¡Cielo santo! ¡Lo veo! —Se quitó las crisopas de los ojos y, con cara de asombro, añadió—: Aquí, en la Patena...

—¿Qué dices? —preguntó Alfa—. No hay nada.

—¡Claro que sí! Pero sólo se ve a través de las piedras... Observa. —Omega le dio las gemas a su hermano y éste inspeccionó la Patena con ellas. De inmediato empezó a emitir expresiones de entusiasmo.

—¡Es verdad! ¡Es verdad! ¡Mirad todos!

—¿Puedo...? —pregunté tímidamente.

—¡Por supuesto que sí, querido Tirso! Toma. Fíjate. Apenas puedo creerlo...

Por fin tuve la ocasión de comprobar personalmente que mi intuición había sido correcta. Observé la superficie de la Patena utilizando las crisopas como filtro y pude contemplar aquello que había sorprendido tanto a los joyeros.

La capa verde de esmalte desapareció ante mis ojos, neutralizada por el color de las gemas. En su lugar, y con toda claridad, podían leerse unas palabras escritas en caligrafía árabe con tono rojo encendido. Debajo de las palabras se apreciaba el dibujo de la planta de un edificio. Aparté las piedras de los ojos y los símbolos desaparecieron.

Un truco asombrosamente sencillo y, al mismo tiempo, muy ingenioso.

Enigma, que estaba impaciente por tener su turno, prácticamente me arrancó las gemas de las manos y las utilizó para echar un vistazo a la Patena.

—¡Ver para creer! —exclamó—. ¡Es como un juguete que tenía yo de pequeña! Se colocaba un pedazo de celofán rojo sobre un papel pintado con el mismo color y se veían dibujos.

—En realidad se trata de un truco muy antiguo; ya aparece en los tratados de óptica de Ptolomeo, por eso los musulmanes también lo conocían —indiqué—. Resulta extraordinario que los que hicieron esta pieza fueran capaces de aplicarlo de una forma tan ingeniosa… Por eso la Patena emite destellos de color rojo.

—Increíble. Pensaba que estas cosas sólo ocurrían en las novelas —dijo Enigma—. No me explico cómo es posible que Warren Bailey no se diera cuenta, él pensaba que la Patena era una pista falsa.

—Ahí está lo más paradójico del caso: gracias a que Bailey pensaba que la pista era falsa, pude yo llegar a la conclusión de que no lo era.

—No lo entiendo.

—¿Conoces un test llamado «Cartas de Ishihara»? Es una prueba muy curiosa… Consiste en una serie de tarjetas donde aparecen círculos y puntos rojos y verdes, los cuales a su vez se combinan formando diseños. Sirve para diagnosticar el daltonismo. Un daltónico puede ver los puntos, pero no los diseños. El truco de la Patena me recuerda a ese test, porque demuestra que alguien que sufra de daltonismo no puede ver el secreto que oculta la pieza.

»Bailey seguramente utilizó la Máscara de forma correcta, o puede que un método similar, como hemos hecho nosotros, pero no vio nada… Me temo que le fue imposible: Bailey era daltónico.

—¿Cómo sabes eso? —preguntó Enigma.

—No estaba seguro, pero era una suposición lógica: Burbuja es daltónico, no distingue el color rojo. El daltonismo es hereditario, y se transmite sobre todo a través del cromosoma masculino. Cuando me enteré de que Burbuja es hermano de Danny y, por lo tanto, descendiente de Warren Bailey, pensé que había muchas posibilidades de que hubiera heredado de él su defecto de visión.

—Y así el círculo se cierra —añadió Enigma—. Cariño, eso ha sido muy impresionante. ¡Es tan raro ver a un hombre haciendo un alarde de ingenio!

Sonrió y me acarició la mejilla con la punta de su dedo índice. El contacto recorrió mi cabeza como una descarga eléctrica e hizo temblar mi espina dorsal.

Alfa se había vuelto a colocar las crisopas en los ojos e inspeccionaba el dibujo oculto de la Patena.

—Hay un mensaje escrito en árabe alrededor del plano que aparece dibujado…

—¿Puedes leerlo? —preguntó su hermano.

—Sí. Sólo son dos sencillas frases: «Bajo el monasterio se guarda el Nombre de los Nombres». Y luego: «alrededor de Tulaytula».

El corazón empezó a palpitarme con fuerza en el pecho. Si eso significaba lo que yo creía, mi hallazgo era mucho más trascendente de lo que había imaginado en un principio.

—¿Qué es Tulaytula? —pregunté.

—Así es como los musulmanes llamaron a la ciudad de Toledo —respondió Alfa—. Lo que no entiendo es a qué se refiere con «el Nombre de los Nombres». También estoy intrigado por este plano… Es una especie de edificio. Puede que el monasterio al que hace referencia el texto.

Enigma iba a decir algo, pero yo me apresuré a hablar antes de que ella lo hiciese.

—Muy extraño, en efecto. Haremos una copia del plano y del texto y nos la llevaremos al Sótano. Quizá a alguno de los otros buscadores les sugiera algo.

Enigma me miró con extrañeza. Por suerte, no dijo nada.

Copiamos a mano de la manera más fiel posible los caracteres de la Patena, ya que resultaba imposible fotografiarlos. Después dimos las gracias a los joyeros por su ayuda y salimos de la tienda.

Ya en la calle, Enigma no pudo resistirse.

—¿Por qué no les has contado a los joyeros nada sobre la Mesa de Salomón? Tú sabes tan bien como yo qué significa eso del Nombre de los Nombres.

Buena pregunta. Quizá porque aquel nefasto asunto del filtrador, unido a la muerte de Narváez, me había vuelto exageradamente desconfiado. Hasta que no tuviera claro quién vendía nuestros secretos, me parecía prudente no airearlos demasiado.

—Sólo intento hacer lo que a Narváez le habría parecido correcto —respondí escueto.

—¿También tendrás secretos para mí, después de todo lo que hemos pasado juntos?

—No podría ni aunque quisiera.

—Sabias palabras. Se ve que empiezas a conocerme. Ahora que estamos lejos de oídos indiscretos, dime: ¿qué es exactamente lo que hemos encontrado en esa Patena?

—No estoy seguro. Sólo tengo una teoría algo descabellada.

—Ésas son mis favoritas. Habla.

—Según la crónica del *Akhbar Madjmu'a*, Muza averiguó el lugar en el que los reyes visigodos escondieron la Mesa. Pretendió quedársela, pero cuando los rumores sobre el hallazgo llegaron a oídos del califa, Muza fue obligado a regresar a Damasco a dar explicaciones. La crónica dice que Muza se negó a contarle al califa lo que sabía y que por eso fue condenado a no regresar a España y, posteriormente, asesinado. Lo que yo pienso es que quizá, antes de morir, Muza fue capaz de ocultar el paradero de la Mesa a los hombres del califa y hacérselo llegar a su hijo, Abdelaziz, a quien dejó al cargo del gobierno de Al-Ándalus. Es probable que Muza utilizara la Máscara y la Patena como instrumentos para transmitirle a su hijo el lugar donde se ocultaba la Mesa de Salomón.

—Como una X en un mapa… ¡Qué fascinante! Según la Patena, la Mesa se encuentra debajo de un monasterio de Toledo. Sin duda el mismo monasterio cuya planta aparece dibujada sobre la pieza. ¿No te parece demasiado fácil?

—¿Por qué no habría de serlo? Si Muza quería transmitir a su hijo la localización de la Mesa, intentaría hacerlo de la forma más clara posible. Lo importante era ocultar el mensaje, no el mensaje en sí.

—Bien. Suponemos que la Mesa está debajo de un monasterio cerca de Toledo, pero no nos dice en cuál.

—No, la Mesa no —repuse yo—. Las Cuevas de Hércules. Recuerda la leyenda: los reyes visigodos escondieron la Mesa en las Cuevas de Hércules. Sospecho que lo que señala la Patena es el acceso a dicho lugar.

—En Toledo hay unas Cuevas de Hércules, pero no tienen nada de legendarias, se trata de un simple depósito de abastecimiento hidráulico de época romana. Además, se encuentran justo *debajo* de Toledo, a la altura del callejón de San Ginés. La Patena dice que la entrada de las cuevas está en algún lugar de los alrededores de la ciudad.

—Bajo un monasterio, sí —completé yo—. Si pudiera saber cuál es…

—¿Todo esto no debería estar mencionado en aquel diario que Danny y tú encontrasteis?

Respondí que no. Apenas había tenido tiempo ni ganas de analizar el diario más que de forma somera, pero estaba seguro de que el marqués ni siquiera había llegado a descubrir que, combinando la Máscara de Muza y la Patena de Canterbury, podía hallarse una pista importante.

No obstante, aún tenía pendiente estudiar su diario en profundidad. A causa de todo lo que había ocurrido después de mi regreso de Plasencia, había ido dejando esa tarea de lado. Estaba claro que era el momento de retomarla. Enigma coincidió conmigo.

—No deberías demorarlo más tiempo. Aún tienes el diario, ¿verdad?

—Lo guardo en mi casa.

—Entonces ve allí ahora mismo y ponte a trabajar. Yo iré al Sótano y me encargaré de explicarles a los demás lo que hemos descubierto.

De pronto me sentí desanimado.

—¿Qué sentido tiene, en realidad? Narváez no está, Burbuja no quiere ocupar su puesto… No hay nadie que nos diga qué debemos hacer o cómo debemos actuar.

—Ahora mismo yo te estoy diciendo lo que debes hacer, cariño, y te sugiero que me obedezcas. No sé cómo de desagradable puedo ser cuando me enfado, pero estoy segura de que no quieres descubrirlo. —Enigma apretó los labios en una expresión decidida—. Estoy cansada de llorar a los muertos. Harta de esta sensación de derrota que parece habernos anulado. No es productivo. *No es divertido*. Sea cual sea la situación, es hora de que empecemos a comportarnos como buscadores. Así que no me repliques y ponte a buscar.

Imposible llevarle la contraria.

—¿Sabes? Quizá Narváez se equivocó de buscador al nombrar a su sustituto —dije sin tener muy claro si hablaba en serio o no. Ella se rió.

—Oh, no, cielo; te aseguro que no se equivocó. El Cuerpo de Buscadores se hundiría en el caos si yo tuviera que dirigirlo.

Mi estilo no es estar al frente de las cosas. —De pronto dejó de caminar y se quedó unos instantes pensativa—. ¿Conoces esa expresión que dice que detrás de alguien siempre hay una gran mujer? Bien: yo soy esa gran mujer.

Dicho esto, elevó su barbilla al sol y levantó la mano con gesto majestuoso para llamar a un taxi.

3

Bruno

Fui directamente a casa para estudiar en profundidad el diario del marqués de Miraflores. Me vino bien poder alejarme de la atmósfera plomiza y enrarecida del Sótano.

Hasta el momento, sólo había hojeado algunas páginas. Sumergirse en la lectura del diario no era una tarea fácil y requería una gran concentración. Aquel libro había estado décadas metido en una húmeda cripta junto a un cuerpo en descomposición: muchas de sus páginas habían sido devoradas por gusanos o bien convertidas en borrones.

Tampoco fue sencillo descifrar algo en las páginas que estaban menos dañadas: el marqués de Miraflores tenía una endiablada caligrafía. En más de una ocasión tuve que ayudarme de una lupa para poder distinguir palabras en aquel enzarzado conjunto de letras.

Pasé muchas horas escudriñando, deduciendo y tomando notas. Acabé con un molesto dolor en la cabeza y en las pupilas, pero el esfuerzo no había sido del todo en vano.

Por lo que pude ver, el marqués no se había limitado a transcribir pasajes de la *Chronicae Visigotorum* de san Isidoro, también había volcado en las páginas de aquel diario toda una vida de investigaciones sobre el paraje de la Mesa de Salomón. Aquel pobre hombre había estado obsesionado con la idea de encon-

433

trarla. Viajó por muchos lugares y visitó numerosas bibliotecas siguiendo pistas, a menudo falsas.

Fue curioso observar que, al principio, Miraflores descartó la posibilidad de que la Mesa estuviera en Toledo. Él pensaba que los visigodos nunca llegaron a traerla a España porque sus enemigos, los merovingios, se la arrebataron en la batalla de Vouillé en el año 507. Una antigua leyenda occitana decía que el rey visigodo Alarico II había llevado la Mesa a la batalla para que sus poderes dieran la victoria a sus ejércitos. Según los occitanos, el estúpido monarca perdió la batalla, el reino y la reliquia. Un fracaso absoluto.

Miraflores pensaba que el rey merovingio Clodoveo se llevó la Mesa y la ocultó en la fortaleza de Rasez, en Carcasona. El marqués llegó a viajar al lugar, y dijo haber investigado un pozo en el cual los nativos pensaban que había un fabuloso tesoro de época goda. Miraflores sólo encontró polvo y tierra mojada.

El fracaso le hizo seguir otras hipótesis. Una de ellas le llevó a los caballeros templarios. No pude evitar una mueca al leer aquello, me parecía extraño que los templarios no estuvieran involucrados en un misterio esotérico y milenario como aquél. Los Pobres Caballeros de Cristo eran como el perejil de lo oculto: estaban en todas las salsas.

Por lo visto, Miraflores acabó abandonando la tesis templaria. En una de las páginas de su diario, tachó varios párrafos referidos a la Orden y luego, en mayúscula, añadió, con letra furiosa: «MENTIRA. JAMÁS TUVIERON LA MENOR IDEA DE LA EXISTENCIA DE LA MESA. ¡MENTIRA!».

¿Qué ocurrió para que el marqués descartase la hipótesis templaria de manera tan tajante? Muy sencillo: el hallazgo de la pista definitiva. La *Chronicae Visigotorum* de san Isidoro de Sevilla.

San Isidoro nació en Cartegana hacia el año 560. Las actas del VIII Concilio de Toledo del año 688 lo describen como «extraordinario doctor, último ornamento de la Iglesia católica, el hombre más erudito de su época».

Quizá aquellas palabras eran un tanto exageradas, pero de lo que no cabe duda es de que Isidoro fue, probablemente, el diletante más concienzudo de su tiempo. Como pensador no valía mucho (sus escritos teóricos son más bien copias y readaptaciones de obras anteriores a las suyas), pero como compilador no tenía rival. Atesoró y reunió gran parte del saber de la Antigüedad clásica en decenas de volúmenes para que éste no se perdiera. Su contemporáneo Braulio, obispo de Zaragoza, llegó a decir de él que era el hombre escogido por Dios para salvar a Hispania de la marea bárbara que amenazaba con ahogar sus raíces romanas.

Sus *Etimologías*, una vasta compilación de todos los saberes de su época, son sin duda una de las obras más importantes escritas tras la caída del Imperio romano. Además, son la causa de que en 1999 el papa Juan Pablo II nombrase a Isidoro santo patrón de internet, ya que se le considera el creador de la primera base de datos de la Historia. Todo un visionario.

Según el diario de Miraflores, san Isidoro era un profundo conocedor de los misterios que rodeaban a la Mesa de Salomón, por eso los reyes de Toledo pensaron que él era la persona idónea para ocultarla y mantenerla a salvo.

Contaba el marqués que durante una visita al monasterio cisterciense de Hoces, en Guadalajara, encontró un vetusto libro arrinconado en la biblioteca monástica. Los monjes pensaban que el manuscrito era un códice de época mozárabe, de un autor desconocido que había firmado con el nombre de Isidoro de Sevilla. El título del libro era *Chronicae Visigotorum*: Crónica de los Visigodos. Miraflores estaba convencido de que el manuscrito pudo haber sido escrito por el propio santo hispalense.

Se sabía de la existencia de una *Historia de los godos, vándalos y suevos* escrita por el santo en torno al siglo VI, pero el marqués creía haber encontrado un libro diferente. Según él, la *Chronicae Visigotorum* era un apéndice a la *Historia de los godos, vándalos y suevos* del cual nadie había sabido hasta entonces.

Los monjes de Hoces no dejaron que Miraflores se llevara el libro, de modo que el marqués pasó largas temporadas en el monasterio estudiando y transcribiendo el códice que había encontrado.

Me resultó emocionante darme cuenta de que la historia recogida en el códice de san Isidoro coincidía en varios puntos con la leyenda que mi padre me había contado de niño.

A principios del siglo VII, el rey visigodo Suintila encargó a san Isidoro que ocultara la Mesa. El obispo decidió guardarla en una cámara bajo tierra a la que se accedía después de haber atravesado tres estancias. Llamó a este lugar «Cuevas de Hércules», pero Miraflores, en su diario, añadió con enorme frustración que el libro de san Isidoro no especificaba en qué lugar exactamente se encontraban dichas cuevas.

«Es creencia extendida en varias leyendas —escribió Miraflores— que el santo obispo Isidoro, uno de los hombres más sabios y piadosos de su época, fue capaz de valerse de la magia de la Mesa para mantener alejados a quienes sólo la deseaban para satisfacer sus oscuras ambiciones. El poder de Dios es lo que custodia el tesoro de Salomón.»

Arqueé las cejas, incrédulo. El asunto empezaba a tornarse extravagante.

San Isidoro dejó escrito que, quien osara adentrarse en las cuevas en pos de la Mesa, sólo hallaría la ruina de Hispania. Yo conocía la leyenda del rey don Rodrigo y lo que, según mi padre, el monarca encontró en aquellos pasadizos. El imaginativo marqués de Miraflores estaba convencido de que la leyenda era real, y que don Rodrigo fue víctima de la ira divina.

Me preguntaba cómo iba a explicarle todo aquello a los otros buscadores sin que pensaran que estaba borracho.

Según el códice, para llegar a la Mesa había que atravesar tres cámaras subterráneas a las que san Isidoro denominaba como «Sala de Oración», «Sala de Ceremonias» y «Sala del Cofre». La Mesa se encontraba en una cuarta cámara denominada «Sala de los Guardianes».

Sobre las tres primeras cámaras, el códice no proporcionaba información de ningún tipo. Había más referencias a la llamada «Sala de los Guardianes», pero lo que san Isidoro había escrito sobre ella era bastante turbador:

> He aquí el corazón del Sheol [«Sheol» es el nombre que se le da al Infierno en el Antiguo Testamento]. Cerrado por Markosías, el Terror de Terrores, Garras de Piedra. Invocado por la Llave, cautivo por la Llave. Sólo la Llave abre el camino al Nombre de los Nombres. Y es la Llave lo que despierta al Constructor. Que la sangre y la ruina caigan sobre el portador de la Llave del Protocletos, pues no habrá paz en este mundo ni el otro para quien invoque al Constructor.

No conocía el significado de la palabra «Protocletos», pero me pareció griego. Tras consultarlo descubrí que su traducción literal es «el primer llamado». También averigüé que es el apelativo con el que la Iglesia se refiere a san Andrés ya que, según la tradición, fue el primer discípulo llamado por Cristo.

La Llave del Protocletos es la Llave de san Andrés. En la Lista de Bailey figuraba un objeto llamado de forma casi idéntica. Al parecer, según san Isidoro, esa llave es imprescindible para «abrir el camino al Nombre de los Nombres», es decir, para llegar hasta la Mesa. Por desgracia, y siempre según el texto, utilizar la llave también acarreaba trágicas consecuencias para su portador.

Las cosas se ponían interesantes.

La última parte del diario resultaba casi ilegible y, además, faltaban páginas. Esperaba que no se hubiera perdido ninguna información valiosa. El último extracto de la *Chronicae Visigotorum* que pude descifrar decía así:

> Al final del camino no hay riqueza. No hay sabiduría. Dolor y locura nada más. Guárdese el hombre inquieto de anhelar un poder que no le corresponde. Para él sólo la desgracia, el Terror de Terrores.
>
> Que a Dios regrese lo que a Dios pertenece.

Cerré el diario y me quedé varios minutos en silencio, mirando hacia la oscuridad.

Me preguntaba por qué de pronto estaba inquieto, si aquello no era más que una leyenda inverosímil.

Hablé con Danny en el Sótano para explicarle lo que había encontrado en el diario del marqués de Miraflores. Cuando terminé, aproveché para deslizar discretamente la pregunta cuya respuesta estábamos todos esperando.

—¿Sabemos ya qué es lo que va a hacer tu hermano?

—Todavía no. —Danny me miró de reojo, mientras pasaba las páginas del diario—. Mi hermano… De modo que alguien te lo ha contado al fin.

—No sabía que fuera un secreto.

—Y no lo es, pero me resulta gracioso que no lo supieras. La mayoría de la gente se da cuenta enseguida; dicen que nos parecemos.

En efecto, había un cierto aire de familia entre los dos. Sobre todo en la forma de disparar medias sonrisas tan plagadas de matices.

—Si no era un secreto, ¿por qué no me lo dijiste?

—Nunca me lo preguntaste… Tampoco veo que tú vayas informando a todo el mundo de que tu madre es Alicia Jordán, la mujer que escribió la mitad de los manuales que aparecían en nuestras bibliografías de la asignatura de Historia Medieval.

—Eso es diferente. No es un parentesco del que me sienta orgulloso. Además, no me gusta demasiado hablar sobre mí mismo.

—En eso nos parecemos.

—Sin embargo —insistí—, alguno de los dos podía habérmelo dicho. Llegué a pensar que… —Me callé. No me pareció buena idea terminar esa frase, temí que me hiciera quedar como un idiota.

—¿Qué llegaste a pensar?

—Nada. Olvídalo. Ahora me parece ridículo.

Ella sonrió con sorna.

—¿Habías elaborado en tu mente algún tipo de sórdido relato incestuoso?

—Yo no sabía que era tu hermano.

—¿Y si no lo hubiera sido? ¿Te habría importado?

—No entiendo a qué viene esa pregunta.

—Simple curiosidad. El otro día, en tu casa, cuando me besaste, no parecía que ese detalle te preocupara demasiado.

Me sorprendió que sacara aquello a relucir. No habíamos hablado de ello desde entonces.

—No se me ocurrió pensarlo. —Me encogí de hombros—. Me apetecía besarte y lo hice. Quedó claro que tú y yo no pensábamos de la misma manera. Creía que eso ya era agua pasada.

Danny dejó escapar una risita. Le pregunté qué era lo que encontraba tan gracioso.

—Me resulta llamativo que un hombre capaz de llegar tan lejos por una reliquia de leyenda, se rinda con tanta facilidad a la hora de perseguir objetivos más tangibles.

—¿Qué quieres decir con eso?

—Nada en concreto. —Me miró a los ojos y me devolvió el diario.

—¿Puedo hacerte una pregunta?

—Adelante.

—¿Cómo es eso de trabajar con tu hermano?

—Horrible.

—¿Tan mal os lleváis?

—Al contrario, ése es el problema. La noche en que os dispararon en Lisboa… A veces tengo pesadillas en las que Burbuja no tiene tanta suerte y la bala le atraviesa la cabeza. En este trabajo el peligro es algo real. Preocuparte por tu propia seguridad es duro, pero sabes que en cierto modo eso puedes controlarlo. Sin embargo, cuando alguien a quien aprecias está sometido al mismo riesgo y lo único que puedes hacer por él es desear que no le pase nada malo… —Danny inclinó la cabeza—. Es difícil convivir con eso día a día.

—Sí. Creo que lo entiendo.

—Lo siento, Tirso, pero me temo que no. —Entonces Danny me miró a los ojos—. Querer a un buscador es difícil. Sentir cariño por dos me resultaría imposible de soportar. Con Bruno no he podido escoger, pero no caeré en el mismo error con otra persona si puedo evitarlo. —Ella me sonrió con tristeza—. ¿Lo entiendes ahora?

Yo asentí en silencio.

—Me alegro. No quiero que pienses que no te aprecio, porque no es así. Pero sólo eso. Nada más.

—Sólo otra pregunta. —Danny se mostró recelosa—. ¿El verdadero nombre de Burbuja es… Bruno?

—Si… ¿Por qué te llama tanto la atención?

—Por nada en especial, pero… Bruno Bailey, Burbuja el Buscador, señor Burgos cuando va de incógnito, ¿qué le pasa a tu hermano con la letra B? ¿Es algún tipo de obsesión?

Danny dejó escapar una risa y se marchó de mi lado sin responder.

No había mucho que hacer en el Sótano aquella mañana. Aunque todos los buscadores estuvieran satisfechos por el hallazgo de la Patena, nadie se atrevía a tomar ninguna iniciativa al respecto. Todos seguían esperando a que Burbuja desvelase el color de su fumata.

Él, por su parte, ni siquiera se había dignado a aparecer por el Sótano; y ni su propia hermana sabía dónde podía estar en esos momentos. Así pues, nos encontrábamos sumidos en un incómodo compás de espera, sin nada que hacer salvo ocupar espacio.

Como no quería matar las horas en el cubículo en compañía de Marc, decidí subir al museo y darme una vuelta por las salas. Las obras de remodelación estaban casi terminadas y gran parte de la colección ya estaba colocada en sus expositores. Me pareció un buen momento para curiosear a mis anchas, antes de que se llenara de visitantes. La fecha de reapertura no se había establecido aún, pero no parecía muy lejana.

Reconozco que experimentaba un cierto placer dejándome ver entre los trabajadores del Arqueológico con mi flamante pase azul prendido del pecho. Era divertido sentir sus curiosas miradas sobre la espalda y observar cómo desaparecían a tu paso de forma discreta. Te hacía sentir importante.

El museo había quedado muy bien. Todavía se percibía el olor a madera pulida y a pintura. Por fin daba la sensación de ser un lugar moderno e importante. Disfruté mucho de mi paseo, contemplando casi a solas los tesoros que albergaban las relucientes vitrinas. Sentí un gran orgullo al pensar que muchas de aquellas piezas estaban allí gracias al Cuerpo Nacional de Buscadores.

Al llegar a la sala dedicada al arte íbero, me encontré con alguien más. No se trataba de uno de los habituales operarios que salían corriendo ante la visión de un pase azul; era Burbuja.

El buscador estaba frente al gran expositor que albergaba la Dama de Elche. Contemplaba a su Dama en silencio, con los brazos cruzados sobre el pecho, como si mantuviera con ella una muda conversación.

Ni siquiera me miró cuando escuchó mis pasos. Estuve a punto de irme y dejarlo a solas pero, en vez de eso, me acerqué a su lado y me puse a contemplar a la Dama en su compañía, tratando de escuchar lo que fuera que ella le estaba diciendo con sus ojos milenarios.

Pensé que Burbuja me recibiría a disgusto. No fue así. Se limitó a quedarse en silencio, mirando a su amor imposible.

—¿Qué haces aquí? —me preguntó, al cabo de un rato, sin apartar la vista de la Dama.

—Sólo soy un visitante más… ¿Y tú?

Se quedó en silencio. Creí que no iba a responderme.

—Pensar —dijo al fin—. A menudo vengo aquí a hacerlo.

Me gusta pensar mirándola a los ojos. Da la sensación de que conoce todas las respuestas.

—Entiendo… Una lástima que las piedras no puedan hablar, ¿verdad?

—Puede. De todas formas, no estoy seguro de que me gustara lo que fuera a decirme.

—Si yo fuese ella, lo tendría muy claro.

—¿Ah, sí?

—Sólo una palabra: acepta.

Burbuja hizo una mueca. Luego volvimos a quedarnos inmersos en un silencio contemplativo. Al cabo de un breve tiempo, escuché a Burbuja respirar hondo.

—¿Recuerdas lo que te conté sobre cómo cuatro buscadores rescataron a la Dama? La hazaña más importante del Cuerpo.

—Lo recuerdo. Y también recuerdo que dijiste que habrías dado cualquier cosa por ser uno de ellos.

Él asintió.

—Así es… —Volvió la cabeza hacia donde yo estaba—. Enigma me contó cómo averiguaste que la Patena de Canterbury ocultaba un mensaje en clave. ¿De verdad lo supiste gracias a que yo soy daltónico?

—Eso ayudó bastante, sí.

—En fin… Me alegro que por una vez esa mierda haya servido para algo —murmuró—. El viejo acertó: tienes instinto. Respóndeme a una pregunta: ¿crees en serio que en algún lugar hay oculta una reliquia que perteneció al rey Salomón?

—Creo que, al menos, vale la pena intentar encontrarla. —Rocé con una mano el pedestal sobre el que descansaba la Dama—. Piensa en aquellos cuatro buscadores. Ellos no dudaron. No se preguntaron si sería posible recuperar un tesoro custodiado por decenas de enemigos, en medio de un país ocupado, sin ayuda, sin medios… Lo hicieron. Quizá, si lo hubieran pensado con algo de cabeza, se habrían quedado en casa. —Burbuja adoptó una expresión interrogante—. Lo que hacemos es tan inverosímil… No es práctico. No es lógico. Tú mismo me lo dijiste, aquí, en este lugar: nadie nos lo agradecerá, nadie nos ayudará, ni siquiera nos creerán si tratamos de contarlo. Pero, aun así, lo hacemos. ¿Por qué? Es un misterio…

—Sólo el misterio nos hace vivir… —dijo Burbuja, como si pensara en voz alta—. Sólo el misterio.

La piel se me erizó al recordar a Narváez diciendo aquellas mismas palabras. Fue como sentir fantasmas a mi espalda.

—¿Sabes una cosa? —pregunté—. Creo que ningún buen buscador debe pensar demasiado. Si lo hiciera, no buscaría jamás. Es más cómodo quedarse quieto. Pensando.

Burbuja se quedó en silencio, asimilando mis palabras. Luego se refugió en los ojos de la Dama.

—Aquellos cuatro buscadores encontraron algo grande… —musitó.

—Pero tú no eras uno de ellos. Puede que ahora tengas esa oportunidad…, o puede que no. Si lo piensas demasiado, no lo sabrás nunca.

Miré a Burbuja. Él seguía con los ojos fijos en la Dama.

Suspiró. Cerró los ojos y agachó la cabeza. Después dio media vuelta y empezó a caminar fuera de la sala, con decisión.

—¿Adónde vas?

—Al Sótano —respondió él sin detenerse—. Voy a ponerme al mando.

Mis labios se relajaron en una amplia sonrisa. Antes de ir tras los pasos de nuestro nuevo Narváez dediqué un vistazo fugaz a la Dama.

—Gracias… —susurré.

Si había alguna expresión en sus ojos de piedra, yo fui incapaz de interpretarla.

4

Pesadilla

—No quiero que me felicite nadie —nos dijo Burbuja, mirándonos desde la cabecera de la mesa de la sala de reuniones—. Ni quiero que me deseéis suerte, ni palmaditas en la espalda ni nada de esa mierda. Para mí esto no es una buena noticia. De modo que hagamos como que esto es algo normal, y pongámonos a trabajar.

A pesar de sus reticencias, Burbuja parecía adaptarse bien a su papel de Suprema Autoridad. Su envidiable forma física ayudaba bastante a infundir respeto. Quizá él creyera que carecía de aptitudes para el mando, pero al menos presencia sí que tenía.

Burbuja nos comunicó su intención de ponernos a buscar la Mesa de Salomón. Si a alguien le pareció una decisión sorprendente, no lo demostró. Tampoco se escuchó ninguna objeción.

—Enigma, ¿tienes la copia del mensaje que aparecía en la Patena de Canterbury?

Ella sacó un folio en el que estaban dibujados los caracteres en árabe, su traducción y el plano del edificio. Todos los buscadores ya habían tenido oportunidad de verlo pero, aún así, volvieron a pasarlo de mano en mano para echarle otro vistazo.

—¿Se supone que esto es una indicación para llegar hasta la Mesa? —preguntó Marc.

—Hasta el momento, la única que tenemos —respondí.

Después, a indicación de Burbuja, hice un resumen de lo que había descubierto leyendo el diario de Miraflores.

—La conclusión es —dijo Danny, dirigiéndose a mí— que si existe algo que nos pueda ayudar a encontrar la entrada de las Cuevas de Hércules, y, por lo tanto, a tu Mesa, es el mensaje de la Patena, ¿no es así?

No sé en qué momento me convertí en el Único y Absoluto Experto sobre la Mesa de Salomón, pero por la actitud de mis compañeros parecía que ya me habían otorgado aquel título sin consultarme. Ya nadie hablaba de la Mesa de Salomón. Era «mi» Mesa.

—No del todo. Si recordáis, en la Lista de Bailey se citaba un libro llamado *Corografía Toledana* escrito por Pedro Juan de Lastanosa. Según su diario, Miraflores pensaba que Lastanosa había logrado cartografiar el interior de las cuevas, con todas sus entradas y salidas.

—¿Podemos consultar ese libro en alguna parte? —preguntó Burbuja.

—Por desgracia, no —respondió Tesla—. Lo he investigado. El libro estuvo en una colección privada hasta 1950, cuando se quemó en un incendio.

—Entonces, no nos queda nada más que la pista de la Patena.

—Es una buena pista —dijo Danny—. Tan sólo tenemos que averiguar a qué edificio pertenece esta planta. Sabemos dos cosas: es un monasterio y está cerca de Toledo.

Marc contempló el dibujo de la Patena.

—Si aceptamos que esto fue hecho en tiempos de Muza, este dibujo tiene unos mil trescientos años de antigüedad. Puede que el monasterio al que se refiere ni siquiera exista ya… ¿Tenéis idea de la cantidad de iglesias y monasterios que se han construido y derribado o cambiado de nombre en los últimos mil años cerca de Toledo? —Marc negó con la cabeza—. No podemos buscar a ciegas; debemos identificar a qué sitio pertenece esta planta.

—¿Alguna sugerencia? —preguntó Burbuja.

—Así no vamos a llegar a ninguna parte —saltó Tesla. Cogió el dibujo de encima de la mesa—. Trae eso acá. Voy a intentar salvaros el día.

Se levantó de su asiento y salió de la sala.

—¡Eh...! ¿Adónde vas? —preguntó Danny.

—A mi taller —respondió él, asomando la cabeza por la puerta—. A hacer algo de magia informática. Venid si queréis, puede que aprendáis algo.

Seguimos a Tesla hasta el Desguace. Aunque el espacio era amplio, había tal cantidad de trastos y cables que apenas cabíamos sin rozar pilas y pilas de cosas que mantenían un precario equilibrio.

—No toquéis nada, por favor —nos dijo Tesla—. Acabo de hacer limpieza y está todo ordenado.

—¿En serio? —preguntó Danny, apartando con la punta del pie una bolsa vacía de Doritos.

Tesla se había sentado frente a uno de los ordenadores de sobremesa, el que era más grande y tenía mayor cantidad de elementos conectados a él. Parecía la clase de máquina desde la que se podría controlar un transbordador espacial.

El buscador escaneó el dibujo de la Patena. Cuando apareció en la pantalla del ordenador, abrió un acceso directo del escritorio. Tenía un icono con la forma del logotipo de Voynich (la estrella roja y azul) rodeado por un marco, como si fuera un cuadro.

Marc lo reconoció.

—¿Para qué necesitas Icon? —preguntó.

—Sólo como base. Al programa original le he añadido un algoritmo de búsqueda de imágenes por comparación. Funciona como Hércules, pero con archivos «.jpg» y «.png». Tengo previsto modificarlo para añadir más formatos.

—¿Y para qué diablos nos puede servir eso? —preguntó Burbuja.

Tesla apretó los labios. Quizá se debatía entre sus ganas de responder algo grosero y el respeto debido a su nuevo jefe.

Habría sido interesante descubrir el resultado de aquella lucha interior, pero Marc respondió a la pregunta de Burbuja.

—Si he comprendido bien —comenzó a explicar—, Tesla va a utilizar Icon, el programa de tratamiento de imagen de Voynich, como medio para comparar el plano que aparecía en la Patena con otras imágenes de la red.

—Gracias, chico —dijo Tesla malhumorado—. Es un alivio ver que al menos uno de nosotros vive en el siglo XXI… En efecto, voy a buscar en la red imágenes que se parezcan a este plano. Si tenemos suerte, quizá averigüemos a qué edificio pertenece apenas unos segundos después de que le dé a este botón.

Unió acción a la palabra. La pantalla del ordenador se dividió en dos: a la izquierda se veía la imagen escaneada del plano, y a la derecha empezaron a sucederse a gran velocidad multitud de fotografías. Cada cierto tiempo, una de aquellas imágenes se iluminaba y una versión en miniatura de ella se volcaba en una carpeta del escritorio.

—Ya ha terminado —anunció Tesla, apenas un minuto después—. Aquí tengo el resultado: ochenta y tres coincidencias.

—¿Tantas? —pregunté.

—Tranquilo. Voy a perfilar un poco los parámetros de búsqueda. —Alteró unas cifras en una ventana de la pantalla y luego volvió a activar el programa—. Bien. Lo hemos reducido a unas veinte… Si eliminamos aquellas imágenes que no pertenecen a una planta arquitectónica, las que corresponden a edificios que no se encuentran en Toledo… El resultado final es el siguiente. —Tesla aumentó el tamaño de uno de los archivos de imagen—. Esto es lo más parecido. La iglesia de Santa María de Melque, en la localidad de San Martín de Montalbán. Ésa es la puerta de las Cuevas de Hércules.

De vuelta a la sala de reuniones, Burbuja comparaba el plano de la Patena con la copia de la planta de Santa María de Melque que Tesla había imprimido de su ordenador.

—No son exactamente iguales… —comentó.

Estaba en lo cierto. La iglesia de Santa María de Melque tenía planta de cruz griega, con dos pequeños espacios a ambos lados del presbiterio. El plano de la Patena era, en esencia, muy similar, pero había muchos más elementos alrededor del perfil en forma de cruz, como si perteneciera a un edificio más grande.

—Aun así, no cabe duda de que son del mismo lugar —dijo Danny, que contemplaba las imágenes por encima del hombro de su hermano—. Fíjate en el ábside: con forma de herradura al interior y cuadrado al exterior, y tiene el mismo número de vanos, y colocados en los mismos sitios.

—En ese caso, ¿por qué la planta de la Patena parece tener más elementos?

—Porque la iglesia de Melque era mucho más grande en el siglo VIII, cuando se dibujó el plano de la Patena —respondí yo a desgana—. De hecho, en origen no era una iglesia sino un monasterio.

—¿Estás seguro? —preguntó Danny—. Yo tenía entendido que la iglesia de Santa María de Melque era un templo mozárabe.

Estaba mucho más seguro de lo que me habría gustado: aquella dichosa iglesia había sido estudiada por mi madre desde los cimientos hasta el último sillar de sus muros. Fue el tema de su tesis doctoral (la cual hube de leer a conciencia por orden suya) y la base de dos o tres de sus libros sobre arqueología visigoda.

Sí, la conocía muy bien. Mi madre había pasado en esa iglesia más tiempo del que pasó conmigo en toda su vida. Yo incluso le tenía cierta inquina, como a un hermano mayor que se lleva todos los mimos.

—No es mozárabe —dije yo—. Y si la doctora Alicia Jordán te oyera decir eso, se lanzaría sobre ti igual que una leona enfurecida. Ha empleado años de su vida en defender la tesis de que el templo fue construido entre los siglos VII y VIII. Por cierto, ella jura que era un monasterio.

—De acuerdo… —terció Burbuja—. Un antiguo monasterio que, además, se encuentra a las afueras de Toledo. Parece que es justo lo que estábamos buscando. Tirso, tú pareces conocer bien este edificio: ¿crees que existe la posibilidad de que el acceso a las Cuevas de Hércules esté allí?

—Quizá. Algunos expertos afirman que pudieron existir pasadizos subterráneos bajo el templo.

Empezamos a debatir si sería conveniente acercarse a la iglesia para investigar. Marc y Tesla querían ir cuanto antes. Danny y Burbuja, en cambio, dudaban. Enigma, según su costumbre en aquellas reuniones, se mantenía en un discreto segundo plano.

No pude dejar de pensar que cuando el viejo estaba al mando no era habitual aquel intercambio de puntos de vista. Narváez siempre parecía tener claros nuestros planes. Por el contrario, Burbuja se resistía a tomar decisiones si no estaba seguro de contar con el apoyo de todos los buscadores. Era una forma muy lenta de actuar. Incluso algo enervante.

Después de muchos titubeos, nuestro nuevo director se inclinó por ir a la iglesia de Melque. Preguntó varias veces si a todo el mundo le parecía una buena idea. Creo que todos aceptaron más por hartazgo que por convencimiento. Llevábamos demasiado tiempo dándole vueltas a lo mismo.

Burbuja pidió voluntarios para ir a Melque.

—Creo que deberíamos tomarnos las cosas con un poco de calma —dije yo—. No estoy seguro de que sea práctico que todos nos presentemos en Melque. Puede que no haya nada en la iglesia.

—¿Qué es lo que propones, entonces? —preguntó Marc.

—Mi madre ha escrito varios libros sobre esa iglesia. Me gustaría repasarlos con detalle.

—No me gusta la idea de quedarme de brazos cruzados mientras tú te dedicas a leer libros.

—No, esperad —dijo Burbuja—. Creo que la sugerencia de Tirso es buena. Podemos hacer dos grupos de trabajo: uno de ellos irá a la iglesia a investigar sobre el terreno y el otro recopilará toda la información bibliográfica posible. De ese modo ampliaríamos nuestro campo de actuación.

—De acuerdo —convino Danny—. ¿Quién irá a Melque y quién se quedará en casa leyendo libros?

A esas alturas conocía lo bastante a mis compañeros como para saber que ninguno querría perderse un buen trabajo de campo con fascinantes posibilidades. Todos quisieron formar parte del grupo que iría a Melque. Yo fui el único que se prestó voluntario a quedarse en el Sótano leyendo libros. Enigma también permanecería en Madrid. Ella nunca hacía trabajos de campo si podía evitarlo; se sentía más a gusto en la comodidad de su escritorio.

Más tarde, en el cubículo, Marc me comentó que le parecía extraño que yo no hubiera insistido en formar parte del grupo que se desplazaría a Melque. Pensó que yo sería el más interesado de todos en ir a la iglesia cuanto antes.

—Alguien tiene que quedarse —respondí—. Si no me hubiera prestado voluntario, seguramente aún estaríamos discutiendo.

—No te preocupes. No te perderás nada. En cuanto localicemos la entrada a las cuevas regresaremos a buscarte.

—Pareces muy seguro de que vais a tener éxito.

—Por supuesto, ¿acaso tú no?

Dije que sí. Pero mentí.

Yo «sabía» que no iban a encontrar nada.

Por eso era tan importante que todos fuesen a Melque mientras yo me quedaba en el Sótano.

Creo que pocas personas conocen tan en profundidad los trabajos publicados por mi madre como yo, a excepción, quizá, de aquellos colegas de profesión que escudriñan cada uno de sus escritos tratando de hallar la forma de desacreditar sus hipótesis. Hasta el día de hoy, ninguno ha tenido esa suerte.

La tesis doctoral que mi madre publicó sobre la iglesia de Santa María de Melque es, con toda seguridad, el estudio más detallado y sólido que se ha hecho sobre ese edificio. Si ella me conociese a mí la mitad de bien que a ese lugar, sería la mejor madre de todo el universo.

Si la humanidad cayese en un estado de oscurantismo e ignorancia y comenzase a quemar pilas de libros en las calles, como en tiempos de la Inquisición, es muy probable que yo alimentara esas hogueras con todos los ejemplares que pudiera encontrar de la tesis doctoral de mi madre. Lo haría silbando una alegre canción.

No sólo por el hecho de que, durante toda mi infancia, aquel libro me hizo sentirme menos querido que un montón de piedras perdidas en medio de la meseta toledana; además, mi madre me había obligado a leerla y a comentarla para, según ella, reforzar mi educación. Huelga señalar que en los detalles de esa educación que a ella le aburrían se mostraba por completo indiferente.

Así pues, puedo decir sin ninguna modestia —muy a mi pesar— que, salvo la doctora Alicia Jordán, no creo que haya mucha gente que sepa tanto de la iglesia de Santa María de Melque como yo.

Por esa misma razón estaba tan seguro de que era imposible entrar a las Cuevas de Hércules desde aquel lugar.

Según mi madre, la iglesia de Santa María de Melque fue construida en fechas muy tempranas. Las pruebas de radiocarbono realizadas sobre muestras de esparto halladas en el edificio inducían a mi madre a afinar la fecha de construcción entre el 668 y el 711.

Mi santa madre repartía estopa sin misericordia entre todos aquellos que proponían fechas de construcción posteriores. Descartaba por completo la tesis mozárabe esgrimiendo que los conquistadores musulmanes prohibían la construcción de templos cristianos en todo su territorio y que, además, una orden del sultán Mohamed I fechada en el 855 ordenaba derribar todas las iglesias de construcción reciente, lo cual habría afectado a la de Santa María de Melque.

Su tesis decía que el templo se levantó sobre una antigua quinta de época romana. La iglesia perteneció a un importante cenobio de eremitas, hoy en gran parte oculto bajo tierra. La comunidad debió de ser muy numerosa. Ella pensaba que incluso llegaron a contar con su propia presa de agua.

Lo que quedaba de aquel conjunto monástico era un templo de recia construcción, levantado a base de grandes sillares y cubierto con bóvedas de herradura, algo inusual para la época en que fue construido y que demostraba que los arquitectos visigodos fueron, sin lugar a dudas, aventajados discípulos de sus abuelos romanos.

Las piedras estaban magníficamente talladas, los simétricos arcos de herradura eran un alarde de virtuosismo, y su elegante planta con forma de cruz griega, encabezada por un ábside en forma de arco, ligaba el templo a las fabulosas arquitecturas que en Oriente levantaban los artistas del Imperio bizantino. Hoy en día, Santa María de Melque es una ruina, pero una ruina imponente. Testimonio de más de mil años de antigüedad sobre unos hombres, los visigodos, que si bien fueron incapaces de forjar un reino duradero, rubricaron con piedra el manifiesto que los declara como los constructores más osados que hubo en Occidente tras la caída del Imperio romano.

En sus escritos, mi madre defendía que bajo la planta de la iglesia existen pasillos y corredores, muchos de los cuales serían de época romana; y que los monjes los utilizaron como vías de escape ante la invasión árabe.

Ese detalle refuerza, en apariencia, la idea de que la iglesia pudo haberse construido sobre la entrada de las Cuevas de Hércules. Sin embargo, en su tesis doctoral, mi madre dice algo interesante:

> Nada más entrar en el templo, concretamente en el muro sur, puede observarse un orificio de buen tamaño y forma cuadrada. Se piensa que en aquel orificio pudo haber un tope o soporte, cuya función fue la de sostener un enorme bloque de

piedra. Bajo ese muro se encontraría una de las galerías subterráneas ya mencionadas. Los monjes, ante cualquier amenaza, podrían retirar el tope del orificio, liberando el peso del bloque de piedra, el cual sellaría para siempre el acceso a los pasadizos subterráneos.

Recientes pruebas han demostrado que esta tesis es más que probable. Mediante el uso de geo-radar se ha podido comprobar que, en efecto, bajo el muro sur del templo hay un gigantesco bloque de piedra tallada que cierra el acceso a un corredor. La satisfacción que produce este hallazgo contrasta con la enorme contrariedad que supone el saber que resultaría del todo imposible retirar ese bloque sin dañar la estructura del templo; por lo tanto, el pasadizo subterráneo queda inaccesible para siempre. Los monjes de Santa María de Melque fueron muy hábiles a la hora de preservar sus secretos.

Aquel pasadizo subterráneo bien pudo haber sido la entrada a las Cuevas de Hércules mencionadas por san Isidoro. Por desgracia, lo que mi madre demostraba sin lugar a discusión era que el paso estaba cerrado, quién sabe desde hacía cuánto tiempo.

Por lo tanto, no había forma de llegar hasta la Mesa de Salomón.

Al menos, no desde la iglesia de Melque.

Yo lo sabía, pero el resto de los buscadores no. Iba a dejar que lo descubrieran por su cuenta. Mientras lo hacían, yo no tenía ninguna intención de quedarme en el Sótano leyendo libros que ya conocía de memoria.

Yo iba entrar en las Cuevas de Hércules. Solo.

A pesar de que el acceso desde Melque estaba cerrado, la pista de la Patena tenía para mí una importancia trascendental, porque me indicó la forma de poder llegar a los subterráneos de la iglesia sorteando el enorme bloque de piedra que los sellaba.

En definitiva: yo conocía otro acceso a las cuevas, y mis compañeros no. Era una ventaja que pensaba utilizar.

Odiaba tener que actuar a sus espaldas, pero me convencí a mí mismo de que era lo mejor que podía hacer. A veces resultaba fácil olvidar que uno de los buscadores era un traidor, pero la idea nunca dejó de estar presente en mi cabeza.

Creí estar seguro de que era Marc, pero había llegado a dudarlo. No sabía de quién sospechar y, en el fondo, no quería hacerlo de nadie; pero eso no me iba a impedir tomar unas precauciones básicas.

Que el traidor acompañase al resto de los buscadores a Melque. Que pensase que habíamos encontrado el acceso a las cuevas y que vendiese aquella información al mejor postor, si ésa era su repugnante intención. Él y sus socios, fueran quienes fuesen, iban a llevarse una sorpresa.

Mientras tanto, yo tenía claro mi plan: utilizaría por mi cuenta el acceso que sólo yo creía conocer para introducirme en las cuevas y encontrar la Mesa.

Después de todo, era «mi» Mesa.

¿Mi plan era descabellado? Sin duda. ¿Peligroso? Estoy seguro. Pero ni por un momento dudé en llevarlo a cabo.

Sería mi venganza, y en mi nombre, la de todo el Cuerpo de Buscadores, por el fracaso de la operación de Lisboa.

Encontrase o no una Mesa milagrosa. Eso ya no me importaba demasiado. Lo único que guiaba mis actos era volver a poner en alto la dignidad de los buscadores.

Me pareció un bonito motivo por el que correr un riesgo.

Tuve pesadillas esa noche. Quizá por culpa de mi mala conciencia. Hacía mucho viento y las ráfagas golpeaban en los cristales de la ventana de mi dormitorio, como alguien llamando en medio de la noche.

Fueron pesadillas extrañas formadas por imágenes inconexas. En una de ellas me encontraba en el Sótano. Estaba oscuro, salvo por un resquicio de luz pálida que salía del despacho de Narváez. Yo entraba en él, aunque no deseaba hacerlo, pues sabía lo que iba a encontrar: al director del CNB muerto, con la cabeza sobre su escritorio, en medio de un charco de sangre.

Al abrir la puerta el cadáver no estaba allí. Encima de la mesa había un cofre verde que brillaba como si estuviese cubierto de esmeraldas. Algo me obligaba a abrir el cofre, aunque sabía que no era una buena idea.

Me acercaba dando pasos lentos. Tocaba la superficie del cofre, que estaba fría bajo mis dedos. De pronto oía una voz. A veces me parecía la de Danny, otras la de Marc, otras la de Burbuja… En realidad sonaba parecida a la de cualquiera de mis compañeros buscadores.

«Que a Dios regrese lo que a Dios pertenece.»

«Abres el cofre y mueres. Y así el círculo se cierra.»

Abría la tapa del cofre y, de pronto, un alfanje sarraceno brotaba de la oscuridad, empuñado por manos de fantasma, y se dirigía directo a mi cuello. Sentí el acero sobre mi piel con tanto realismo que grité.

Me desperté empapado en sudor. Jadeaba igual que un perro.

Pensé que aún soñaba, porque todavía sentía el filo de una espada sobre mi garganta.

—No se mueva, señor Alfaro.

La voz, cargada de un gutural acento, llegó a mí de entre las sombras. Ante mis ojos se materializó una cara blanda y redonda como una bola de cera.

Cerré los ojos y los volví a abrir, esperando despertar de una vez de mis pesadillas. Pero no fue posible: aquello era real.

La hoja del cuchillo se hundió un poco más en mi cuello y sentí algo húmedo deslizarse sobre mi piel, demasiado denso como para tratarse de sudor. Volví la cabeza hacia la cara que me contemplaba con ojos saltones.

—No tengo intención de degollarlo, todavía —dijo la aparición—. Levántese. En silencio. La hora del descanso ha terminado. Es tiempo de conversar.

Salí de la cama temblando.

—¿Tiene miedo?

—Tiemblo de frío, estoy empapado en sudor.

La cara sonrió. Tenía una boca grotescamente ancha y sin labios, como un tajo en medio de una masa de carne fofa.

—Buena respuesta, pero plagiada. Es lo mismo que dijo el general Miramón a los soldados que lo fusilaron en Querétaro, junto al emperador Maximiliano. —Aquella boca enorme amplió su sonrisa—. Tengo la impresión de que voy a disfrutar mucho conversando con usted.

Me puse de pie frente al intruso.

—¿Quién es usted?

—Decepcionante. Muy decepcionante. Creí haberle dejado un fuerte recuerdo en Lisboa. Usted, desde luego, lo hizo. —Se señaló el párpado, donde tenía una pequeña cicatriz.

Era el lugar donde yo lo había golpeado con la falsa Máscara de Muza.

—Gelderohde.

—Por fin. Ahora salgamos de su dormitorio. No es mi intención darle a esta entrevista un matiz tan íntimo. Usted delante, *alstublieft*. —Me empujó apoyando en mi espalda la punta del cuchillo de caza que tenía en la mano.

Caminé despacio hacia el cuarto de estar. El miedo me impedía pensar con claridad. Recuerdo que miré hacia todas las ventanas y hacia la puerta de entrada, preguntándome cómo habría hecho aquel hombre para colarse en mi casa.

—No se moleste en intentar descubrir cómo he entrado —dijo Gelderohde, interpretando mis miradas—. No lo sabrá nunca. Me gusta mantener a salvo mis pequeños secretos profesionales. Soy muy bueno en lo que hago, señor Alfaro. Si aún no lo sabe, pronto no le quedarán dudas al respecto. Ahora tome asiento, por favor.

Encendió una pequeña lámpara de mesa que había sobre un escritorio. Con la cabeza, me señaló una silla. Me senté. Él se colocó frente a mí, manteniendo siempre a la vista su cuchillo.

No podía apartar la vista de aquel cuchillo. Era como si su hoja brillante y ancha fuese lo único que había en la habitación. Parte de su filo tenía perfil de sierra, y era largo como la palma de una mano. Parecía ligero como una pluma. Capaz de cortarme el cuello como si mi carne fuese gelatina.

—¿Le gusta mi cuchillo? —preguntó Gelderohde—. Sí, le gusta; veo que no puede dejar de mirarlo. Lo entiendo. Yo también encuentro algo hipnótico en el destello de un arma blanca… Las prefiero a las armas de fuego. No tengo buena puntería, lo admito, pero creo que usted ya lo sabe.

—¿Por qué dice eso?

—Lisboa. ¿No lo recuerda? El piso de Acosta.

—Fue usted el que nos disparó…

—*Ja*. Estaba justo en la ventana del edificio de enfrente. ¡Estúpido Acosta! Nunca me fío de un hispano. —Gelderohde apoyó la punta del cuchillo sobre mi cuello, justo debajo de la mandíbula—. No crea ni por un momento que no pude haberle matado en Lisboa, señor Alfaro. Ustedes dos eran como ratones en una caja de zapatos. Tuvieron la suerte de que mi primera intención era que salieran de aquel piso lo antes posible.

—¿Y ahora? ¿También tendré suerte?

—Eso depende de usted… Pero volvamos a Lisboa: alguien me informó de que pensaban hacerle una visita a Acosta. Pude parapetarme a tiempo en mi puesto de vigilancia. Yo disparé, ustedes salieron corriendo… ¿Sabe qué hice después? Fui tranquilamente al piso de Acosta a recuperar lo que aquel sucio latino tenía que haberme vendido, tal y como acordamos. Fue una desagradable sorpresa descubrir que la mercancía no estaba allí. Muy desagradable. —Gelderohde pasó lentamente el filo del cuchillo por mi mentón, como si quisiera afeitarme—. Mi primer pensamiento: el hispano me ha engañado. Lo busqué y mantuve una charla con él. No hacía más que chillar, y chillar, y chillar; jurando por todo lo sagrado que él no se había llevado nada de aquel piso. —Gelderohde bordeó mis labios con la punta del cuchillo—. Aún seguía chillando cuando la lengua se le

457

cayó entre los pies. Hizo un ruido..., como un pez que salta sobre la cubierta de un barco. Pero el pez que yo buscaba... No, ése no estaba allí. Después me di cuenta de que podía haberme ahorrado mucho tiempo si se me hubiera ocurrido preguntarle a mi contacto infiltrado en el Cuerpo de Buscadores. Tonto de mí. A veces me dejo llevar. De modo que eso fue lo que hice. Mi contacto me dio un nombre: Tirso Alfaro, y ahora aquí estamos de nuevo. Cara a cara, usted y yo. Así que voy a preguntarle lo mismo que le pregunté a Acosta, antes de que se le comiera la lengua el gato: ¿dónde está la Pila de Kerbala?

Un escalofrío de terror me recorrió el cuerpo, porque yo no tenía ni idea de qué me estaba hablando y temí cómo de violenta podía ser su reacción si lo admitía en voz alta; Gelderohde estaba convencido de que, fuera lo que fuese lo que buscaba, yo lo tenía.

Lo único que se me ocurrió fue intentar ganar tiempo, aunque ignoraba con qué propósito.

—La Pila de Kerbala...

—Sí. Creo que eso es lo que he dicho.

—¿Por qué está tan seguro de que la tengo yo? Los miembros del Cuerpo no guardamos personalmente las piezas recuperadas.

—Sé que ésta sí, mi contacto me lo ha confirmado. Sabe que usted se la quedó.

Mi mente funcionaba a ritmo frenético, tratando de discernir a qué pieza se estaba refiriendo Gelderohde. Si, según él, yo la tenía, pensé que debía de tratarse de algo relacionado con la Mesa de Salomón.

—Puedo dársela, pero no le servirá de nada —improvisé—. La pista para encontrar las Cuevas de Hércules no está en esa pieza.

Gelderohde me miró desconcertado.

—¿Las cuevas...? Pobre tonto buscador. *Arme dwaas en dom...* Sobre eso, ya tengo todo lo que necesito. La Mesa será mía en cuestión de horas, pero usted me hace perder el tiempo, y no imagina lo mucho que eso me irrita. —Clavó la punta de su cuchillo en mi garganta, justo al lado del hueso de la nuez. Sentí un pinchazo y un hilo de sangre descender por mi cuello. Gelderohde hizo girar el cuchillo, como si quisiera atornillarlo. Yo apreté los dientes—. ¿Dónde está la Pila de Kerbala? Es la última vez que se lo pregunto.

Hundió más la hoja en mi garganta. Pensé que no iba a detenerse.

—¡En el baño! —boqueé—. ¡Está en cuarto de baño!

Gelderohde se detuvo. Me sonrió beatíficamente.

—Bien… *Heel goed…* Celebro que haya decidido cooperar. —Apartó la hoja del cuchillo de mi garganta y me apuntó al pecho—. En pie. Hora de una pausa para ir al servicio.

Obedecí. Al llegar al umbral de la puerta del cuarto de baño, Gelderohde me ordenó que me detuviera.

—¿Dónde está?

Dije el primer lugar que vieron mis ojos.

—Dentro de la cisterna del retrete.

Una loca idea se me pasó por la cabeza: si lograba utilizar la tapa de la cisterna para golpear con ella a Gelderohde, quizá tendría una posibilidad de desarmarlo. Pero eso requería que actuara con rapidez, y mis manos temblaban demasiado en aquel momento.

—Ah, muy astuto… Es un buen escondite, sí.

Di un paso hacia el retrete, pero Gelderohde me detuvo.

—No, no, señor Alfaro, ¿me toma por tonto? La Pila de Kerbala puede utilizarse como un arma si se sabe la manera… Si no le importa, yo mismo la cogeré. Usted quédese aquí, en la puerta, donde yo pueda verle.

Hice tal y como él me pidió. Pasó a mi lado y, maniobrando con la mano que no sostenía el cuchillo, desplazó hacia un lado la cubierta de la cisterna.

Tenía que hacer algo pronto si no quería sufrir la reacción de Gelderohde cuando en aquel escondite sólo encontrara un montón de agua y un cubo azul de desinfectante.

Actué de la única manera que me pareció posible: agarré el picaporte de la puerta y la cerré. Lo último que vi fue su cara de gusano deformada por la sorpresa.

Me quedé en el pasillo agarrando el picaporte con las dos manos, utilizando todas mis fuerzas. Gelderohde empezó a golpear la puerta al otro lado.

—*Damn idioot!* ¿Qué cree que está haciendo? —gritó—. ¿Se cree muy inteligente? ¡No puede mantenerme aquí encerrado!

—¡Puedo mientras siga sujetando la puerta!

Gelderohde se puso a maldecir a gritos en un idioma que yo no entendí, al tiempo que hacía temblar la puerta a golpes.

—¡Estúpido! ¡Me basta con hacer más fuerza que usted desde este lado! ¿No se da cuenta? —bramó.

Cada vez estaba más furioso. Eso era bueno: cuanto más furioso estuviese, más fuerza haría para intentar abrir la puerta. Giré el picaporte para liberar el pestillo, procurando en todo momento tenerlo bien sujeto. De inmediato, Gelderohde empezó a tirar desde el interior del baño.

Empleé todas mis fuerzas en mantener la puerta en la jamba evitando que el picaporte se girase para que el pestillo siguiera descorrido. Gelderohde daba tirones desde el otro lado, sin dejar de insultarme a voces.

Mis manos estaban húmedas por el sudor, y el picaporte se me resbalaba. Esperé el momento en que Gelderohde dio un tirón fuerte y lo solté.

La puerta se abrió de golpe. Vi cómo Gelderohde tropezaba por la inercia de su propia fuerza. Los pies se le resbalaron y cayó de espaldas, golpeándose la cabeza contra el borde del lavabo. Dejó una repugnante mancha sanguinolenta con algún pedazo de cuero cabelludo pegado.

Y lo más importante de todo: el cuchillo se le cayó de las manos.

Salté sobre el arma y la cogí. Antes de que Gelderohde pudiera ponerse en pie, apreté la hoja afilada contra su cuello.

—Si se mueve, le abro la garganta —siseé. No estaba seguro

en absoluto de si sería capaz de hacerlo, pero traté de sonar convincente.

Gelderohde se quedó quieto, jadeando. Desde el fondo de las cuencas de sus ojos, sus pupilas me aguijoneaban con odio. Dijo algo en su idioma que sonó como una maldición demoníaca.

Bajo su nuca se estaba formando un charco de sangre espesa. El golpe que se había dado contra el lavabo había sido bastante fuerte. Lo último que yo deseaba en aquel momento era que se quedase inconsciente en mi cuarto de baño.

—Póngase en pie.

Con gran trabajo por su parte, logró incorporarse. Se llevó la mano a la parte trasera de la cabeza, donde tenía una herida que no dejaba de sangrar.

—La Pila no estaba —me dijo con inmenso odio—. Me mintió.

—¡Claro que mentí! ¡Ni siquiera sé de qué está hablando!

—Vuelve a mentir… —Su mirada se quedó perdida por un segundo y las piernas le fallaron. Tuvo que agarrarse a la cortina de la ducha para no caer al suelo otra vez—. Necesito un médico. Si me desmayo…

—Si se desmaya, cerraré la puerta del baño y lo dejaré dentro hasta que se desangre o hasta que venga la policía. Yo me quedaré al otro lado de la puerta sujetando este cuchillo. Y ahora no crea que miento.

Gelderohde me miró, entornando los ojos. Hizo un desesperado intento por golpearme, pero pude retroceder a tiempo sin dejar de sostener el cuchillo apuntando a su estómago.

—Eso no es una buena idea —dije—. En una pelea, la ventaja suele ser para el que tiene el arma en la mano.

La boca de Gelderohde se curvó en una sonrisa rota.

—Los leones del viejo David… Si él hubiera sido la mitad de astuto que usted, aún estaría vivo. *Verdomme gelukkig…* —Apretó los dientes con furia—. Esto no es el final, señor Alfaro. La próxima vez que nos encontremos no dejaré que me sorprenda.

Sus ojos dirigieron una mirada fugaz hacia la puerta del baño. Antes de que yo imaginase lo que iba a hacer, Gelderohde salió corriendo al pasillo. Me pilló por sorpresa y reaccioné con demasiada lentitud para detenerlo. Salí tras él, pero fue más rápido que yo. Abrió la puerta de mi piso y huyó por las escaleras hasta la calle.

No le seguí. De momento me consideraba muy afortunado por haber salido con vida de aquel encuentro, y no tenía ningún interés en embarcarme en una persecución en pijama, en mitad de la noche, por Madrid.

Cerré la puerta y me quedé un rato con la espalda apoyada sobre ella. Dejé caer el cuchillo al suelo y, después, yo mismo empecé a deslizarme hacia abajo hasta quedar sentado.

Todo el cuerpo me temblaba, y sentía como una bola de acero bloqueándome el estómago. Mis ojos se quedaron clavados, inexpresivos, en una pecera de cristal llena de plantas que había sobre una repisa.

Una pecera de cristal.

Unas palabras de Gelderohde sonaron como un eco en un rincón de mi cabeza.

«Hizo un ruido… como un pez al saltar sobre la cubierta de un barco… Pero el pez que yo buscaba no estaba allí…»

El pez que yo buscaba…

Caí en la cuenta de qué era aquello que Gelderohde llamaba «la Pila de Kerbala», y sabía exactamente dónde encontrar aquel objeto.

5

Jerez

A primera hora de la mañana, acarreando bajo mis párpados el peso de unas profundas ojeras, me presenté en la joyería de la calle de Postas.

Alfa y Omega estaban dentro, aún abriendo el establecimiento. Alfa con una corbata color vino tino y Omega con otra de tono marfileño. Los gemelos se sorprendieron mucho al verme.

—Tirso —dijo Omega—. Vemos que sigues la máxima cervantina: el que no despierta con el sol, no goza del día.

—He venido por un asunto urgente. Tenemos que hablar.

—Bendita casualidad, entonces. Nosotros también teníamos intención de hablar contigo.

—¿Qué ocurre?

—Aquel encargo que nos hiciste, ya lo hemos terminado. ¿Es por eso que querías vernos?

—No, pero me alegro de que esté listo. Lo que yo quería era hablaros sobre el cilindro que os traje hace días.

—Ah, sí, el cilindro —dijo Alfa—. Muy interesante pieza, sin duda alguna. Hemos hecho unos cuantos descubrimientos de interés sobre ese objeto.

—¿Aún lo tenéis?

—Sí, naturalmente.

Contuve un suspiro de alivio.

Alfa y Omega retrasaron la apertura al público de su establecimiento mientras me atendían. Los tres fuimos a su taller. En primer lugar, los gemelos me entregaron la réplica de la Llave-relicario de san Andrés. Era una copia bastante buena.

—Nos hemos ceñido al presupuesto acordado —dijo Alfa—. Como verás, los materiales no son de la mejor calidad, pero hemos puesto mucho cuidado en respetar todos los detalles de la pieza modelo. Incluso estas pestañas irregulares que hay a su alrededor.

—Lo achacamos a un defecto de fábrica —añadió Omega—, pero si están en el original, la réplica también debe tenerlas. Esperamos que estés satisfecho con el resultado, aunque ignoramos para qué puedes necesitar algo así.

—Espero descubrirlo en breve —respondí mientras me guardaba la llave en la mochila que tenía colgada al hombro—. ¿Queréis que os pague ahora mismo?

—Por favor, aquí somos todos caballeros —repuso Alfa con dignidad—. Suponemos que no llevarás tanto dinero encima. Puedes abonarnos la cantidad más tarde. En metálico, si no te es mucha molestia.

—«El obrero merece su salario…» —citó Omega.

—San Lucas. Capítulo diez —completó su hermano.

—Amén —rematé yo—. Gracias. En cuanto al cilindro… ¿Alguien ha intentado hacerse con él desde que os lo entregué?

—No. Le habría sido imposible de todas formas. Está a buen recaudo en nuestra cámara acorazada —dijo Omega—. ¿Hay algo que te preocupa, querido Tirso? Te notamos un tanto inquieto… «Con el ánimo solícito y turbado, como se ve en el mar la inquieta boya, miraba Albano el campo que fue Troya…»

Corté de golpe aquel recitativo, antes de que se multiplicara como «siete cabezas de cerviz más alta, temblando el eco al silbo temeroso». También Lope de Vega. El mal de los gemelos se contagiaba.

—He descubierto que ese cilindro podría ser más importante de lo que pensábamos en un principio.

Omega se acarició el bigote.

—Eso no nos sorprende… Es una pieza muy curiosa, ¿sabes? Muy curiosa. ¿Sigues sin tener idea de cuándo o dónde pudo haber sido fabricada?

—No, pero quizá haya averiguado su nombre —respondí—: la Pila de Kerbala.

Alfa chasqueó los dedos con entusiasmo.

—¡Kerbala! —exclamó con la expresión de un Arquímedes saliendo en cueros de su bañera—. ¡Irak! ¡Lo sabía! ¿Te lo dije o no te lo dije, ceguezuelo hermano?

Omega agitó el mostacho, fastidiado.

—Nunca dije que no pudiera provenir de Oriente Medio, sólo que no me parecía probable.

—¿Ese nombre os dice algo?

—El lugar, sí: Kerbala —respondió Alfa—. Es una ciudad que se encuentra cerca del lago Razazah, en pleno centro de Irak.

—De modo que la pieza es árabe.

—Ésa es mi teoría. El cilindro posee unos detalles en su factura que me traen a la mente ciertas técnicas propias de la orfebrería sasánida.

—Tú lo has llamado «pila» —añadió Omega—. Es en cierto modo providencial que hayas empleado ese término.

—¿Por qué?

—Te lo enseñaremos. Creo que te resultará… sorprendente.

Alfa salió del taller y, al rato, regresó portando un estuche de metal. De su interior sacó el cilindro con forma de pez al que Gelderohde había llamado «Pila de Kerbala».

Uno de los joyeros puso un soporte encima de la mesa, tenía la forma de un aro provisto de tres patas. Después, introdujo el cilindro en el aro para que se mantuviese firme en posición vertical. El pequeño agujero que había en un extremo del cilindro, y del cual brotaban los dos filamentos de metal, quedó apuntando hacia arriba.

Omega señaló el agujero con la punta de un bolígrafo mientras su hermano buscaba algo por los armarios y cajones del taller.

—¿Ves estos filamentos? —me preguntó—. Son de cobre. Se encuentran en muy buen estado, por lo que sospechamos que no llevan colocados aquí mucho tiempo. Suponemos que sustituyen a otros dos que estaban en peores condiciones.

—¿Por qué?

—Es una intuición. Ahora lo entenderás… —Omega se sacó del bolsillo una linterna muy delgada y alumbró el agujero del cilindro—. No creo que puedas verlo bien, pero hay algo en el interior de la pieza. Creemos que se trata de pequeños discos de metal apilados. Si agitas el cilindro con fuerza, se oye un leve tintineo. Aún no hemos tenido oportunidad de radiografiar la pieza, pero teníamos previsto hacerlo.

Alfa puso sobre la mesa una botella de jerez.

—Un poco temprano para tomar alcohol, ¿no os parece? —comenté.

—Guarda tus copas de cristal teñido en grana y los vasos divinos de Baltasar —dijo Alfa—. Esto no es para beber. De hecho, el sabor del jerez nos resulta aborrecible. Guardamos esta botella desde hace seis o siete navidades.

—¿Entonces?

—Un experimento.

Alfa descorchó la botella. Después encajó un pequeño embudo en el agujero del cilindro y vertió en su interior, con mucho cuidado, un chorro de jerez. Para llevar a cabo esa operación se había puesto unos guantes de látex.

Terminó de verter el líquido y luego quitó el embudo del cilindro.

—Listo. Creo que será cantidad suficiente para que el experimento sea seguro.

—O eso esperamos… —añadió Omega.

—¿Y ahora qué? —pregunté.

—Ahora, Tirso, toca los filamentos de cobre. Los dos a la vez.

Me acerqué hacia la mesa. Vi cómo los gemelos retrocedían un paso al unísono. No me resultó tranquilizador.

Con los dedos índice y pulgar, sujeté los filamentos que brotaban del cilindro.

Sentí una descarga eléctrica. Dejé escapar un quejido, aparté las manos de los filamentos de cobre y me las llevé al pecho. Los gemelos me miraban como niños que acaban de hacer una travesura.

—¿Qué diablos ha sido eso? —pregunté.

—Lo sentiste, ¿verdad? —dijo Omega—. Y eso que sólo hemos vertido una pequeña cantidad de jerez en el interior. Imagínate qué habría ocurrido si el cilindro hubiera estado lleno hasta el borde.

—Pero ¿qué…?

—Déjanos ilustrarte —intervino Alfa—. En 1936, unos operarios del Departamento Estatal Iraquí del Ferrocarril descubrieron unas vasijas cerca de Bagdad. Se dataron en torno al siglo III antes de Cristo. Más tarde, en 1939, el arqueólogo Wilhelm König aseguró que, después de haberlas sometido a un profundo estudio, había podido comprobar que aquellas vasijas eran… pilas eléctricas.

—Más bien baterías —terció Omega—. Capaces de producir electricidad si se les añadía el electrolito adecuado. En 1940 Willard Grey, ingeniero de la General Electric Company, puso a prueba la hipótesis de König vertiendo en el interior de las vasijas una pequeña cantidad de sulfato de cobre. Las vasijas produjeron descargas de uno a dos voltios de potencia. Grey aseguró que podría haberse obtenido el mismo resultado utilizando vino corriente como electrolito.

Alfa señaló el cilindro en forma de pez.

—Pensamos que este objeto puede tratarse de algo similar. Funciona con el mismo principio que una pila voltaica. Y, como has podido comprobar, es capaz de generar fuertes descargas.

—Lo que yo he sentido eran algo más que un par de voltios. ¿Cómo es posible?

—Aún no lo sabemos, pero las implicaciones… ¡son fascinantes! —respondió Alfa—. ¿Qué hay en el interior de este cilindro? ¿Cómo es capaz de generar descargas más poderosas que las vasijas descubiertas en Bagdad? Quizá, quienes lo fabricaron conocían aquella tecnología antigua y fueron capaces de mejorarla... ¿Quién sabe?

—Me resulta muy difícil creer que hace más de dos mil años se utilizaran pilas eléctricas —repuse a pesar de haber comprobado por mí mismo la eficacia del artefacto—. ¿Qué tipo de aparatos podían haber alimentado?

—Quizá ninguno —respondió Alfa—. Una batería como ésta puede tener otros usos aparte de los electrónicos: pudo haber servido como simple trucaje para imitar experiencias místicas, o puede que como herramienta para galvanizar objetos de plata y darles una pátina dorada. En cualquiera de ambos casos, me inclino a pensar en un posible fin religioso.

Recordé que Gelderohde había dicho que la Pila de Kerbala podía ser utilizada como arma.

—¿Qué potencia creéis que puede alcanzar?

—Aún no lo hemos medido —dijo Omega—, pero quizá mucha. Sin duda es un artefacto fascinante. Ojalá tuviésemos más información sobre quién la hizo y para qué. Podríamos estar ante un hallazgo único en el mundo.

En eso estaba de acuerdo. Un hallazgo, además, por el que habían estado a punto de degollarme en mi propia cama.

Empecé a temer por la seguridad de los joyeros. Gelderohde no tardaría en descubrir que ellos custodiaban la pieza: o bien lo deduciría por su cuenta, o bien su aliado en el Cuerpo acabaría por revelárselo.

Aquel cilindro parecía ser muy importante para él. Lo suficiente como para asaltar mi casa en mitad de la noche y amenazarme de muerte. Quizá los joyeros estaban convencidos de que, en su poder, la Pila estaba a salvo. Yo, que ya estaba familiarizado con los métodos de Gelderohde, no estaba tan seguro.

Sólo se me ocurría una manera de mantener a Cara de Gusano lejos de la Pila: él ya se había convencido de que yo no la tenía en mi poder. No volvería a buscarla en el mismo lugar.

Custodiar personalmente la Pila de Kerbala empezaba a parecerme la única forma de evitar que fuese robada.

Tendría que llevármela. El problema era que no sabía cómo hacerlo sin que los joyeros se dieran cuenta.

Aún estaba tratando de encontrar la manera cuando Alfa, consultando su reloj, dijo:

—Si no os importa, creo que subiré a abrir la tienda. Por muy fascinante que sea esta reunión, no debemos descuidar la base de nuestro sustento.

Alfa salió del taller, dejándonos solos a Omega y a mí. El gemelo de las corbatas luminosas vació de jerez la Pila y la guardó de nuevo en su estuche de metal.

Tenía que pensar algo antes de que se llevase el estuche al interior de la cámara acorazada.

—¿Podrías hacerme un favor? —dije de pronto. Omega me miró—. Me gustaría ver de nuevo aquel libro en el que estaban las fotografías de la Llave-relicario de san Andrés. Sólo... Sólo quiero comparar las diferencias entre la réplica que os he comprado y el modelo. Para hacerme a la idea, ya sabes...

El bigote de Omega se frunció. Me pareció que dudaba.

—¿Sopesando la calidad de tu adquisición? —dijo al fin—. De acuerdo, me parece justo. Espera aquí un momento mientras voy a buscarlo.

Omega salió del taller. En cuanto estuve solo abrí el estuche de metal y saqué la Pila de su interior. No esperé a que Omega regresara; salí de allí casi a la carrera.

Alfa estaba en la tienda, limpiando con un trapo los expositores.

—¿Ya te marchas, querido Tirso?

—*Tempus fugit*. Ya sabes —dije sin detenerme. Abrí la puerta de la calle pero, antes de salir, me asaltó un súbito remordimiento de conciencia. Volví la cabeza para dirigirme al joyero—. Volveré en cuanto pueda. Lo juro.

Él me miró desconcertado.

—Bien... Celebro oír eso, muchacho...

Salí de la tienda a paso rápido. Cuando estuve a una cierta distancia, eché a correr sin disimulo.

Al verme entrar en el Sótano, Enigma dejó escapar una expresión de espanto.

—*Quel dommage!* ¡Tienes un aspecto horrible! Jadeante, sudoroso, y encima parece que te has cortado varias veces al afeitarte… ¿Qué es esa repugnante herida de tu cuello?

—¿Ha llamado alguno de los gemelos preguntando por mí? —pregunté.

—No, no te ha llamado nadie. Y buenos días a ti también, por cierto. Deberías cuidar un poco más tu aspecto, ya no sólo por la dignidad de este Cuerpo, sino, al menos, por tratar de alegrarme un poco la vista por las mañanas. —Enigma arrugó la nariz—. ¿Es jerez ese olor que sale de tu mochila?

—Necesito las llaves de uno de los coches.

—Por supuesto, ¿por qué iba a tener algún reparo en dejar un coche a alguien que parece haberse tomado demasiado en serio la hora feliz del bar de la esquina?

—Puedo explicar lo del olor a jerez.

—Y espero que también puedas explicar lo de esa costrosa mochila, tus pantalones arrugados y la sudadera que viajó en el tiempo desde los años ochenta hasta tu guardarropa. —Enigma apoyó la barbilla en la mano y me miró—. Cariño, si quieres que te dé un coche, tendrás que ser más persuasivo. Te sugiero que empieces por decirme para qué lo necesitas.

—Tengo que ir fuera.

—¿No me digas? Jamás se me habría ocurrido. ¿Adónde, exactamente?

—No puedo decírtelo.

Enigma torció el gesto.

—¿Sabes? Según la normativa, no puedo negarle un coche a un buscador si me lo pide, pero no imaginas cómo hiere mis sentimientos que no confíes en mí. —Sacó unas llaves de un cajón de su mesa y me las dio, con un gesto de infinito desprecio—. Toma. Sea cual sea el sitio al que vayas, te aconsejo que antes de ir te cambies de ropa.

Cogí las llaves. Había sido más fácil de lo que esperaba. Iba a marcharme cuando sentí a mis espaldas la mirada dolida de Enigma. Me volví, apoyé el cuerpo sobre la superficie de su mesa y le di un beso en la mejilla.

—Ten cuidado, ¿de acuerdo? —dije.

Después volví a dirigirme hacia el ascensor a toda prisa.

—Al menos podrías dejar que te acompañe, ¡voy a aburrirme mucho aquí sola!

—Créeme, no quieres venir conmigo —dije sin detenerme.

—Pero… ¿adónde vas?

Me metí en el ascensor e introduje el pase azul en la ranura para activarlo.

—Voy a ver a mi madre.

Justo después de decir eso, las puertas del ascensor se cerraron.

Poco más de una hora y media después de salir del museo, llegué a San Martín de Montalbán, un pequeño pueblo a poca distancia de Toledo. Desde allí recorrí unos cinco kilómetros a través de una estrecha carretera rural. Llegué a una desviación en la que encontré dos señales que apuntaban a direcciones opuestas: a la derecha, la iglesia de Santa María de Melque; a la izquierda, el castillo de Montalbán.

Tomé la dirección de la izquierda.

El castillo de Montalbán fue una antigua fortaleza árabe que estuvo bajo control de la Orden de los Caballeros Templarios entre los siglos XIII y XIV.

Más tarde, en el siglo XV, los reyes de Castilla lo cedieron a don Álvaro de Luna, imprescindible valido de Juan II. A partir de entonces la fortaleza fue heredada por sucesivas generaciones de nobles castellanos, los cuales lo mimaron y atendieron hasta que, por una cuestión de comodidad, cambiaron sus pétreos corredores por palacetes urbanos carentes de foso y patio de justas, pero con calefacción central y grifos de agua caliente.

Siglos después de su abandono, el castillo de Montalbán es un baluarte olvidado sobre una loma. El paso del tiempo ha roído sus muros igual que las termitas devoran la madera.

A lo largo de su amplia extensión se encuentran murallas, atalayas, barbacanas y aspilleras masacradas por la ruina. Lleno de agujeros como un gigante acribillado a cañonazos, el poderoso recinto antaño custodiado por recios soldados castellanos, ahora ha dejado su defensa en manos de alacranes y culebras de campo.

Conduje el coche hasta lo alto de un escarpe donde se alzaba el castillo, resguardado por una muralla de perfil poligonal. La suspensión del vehículo se vio puesta a prueba por un camino de tierra sin asfaltar en continua pendiente. Por fin llegué a las puertas de la muralla exterior. Desde aquella altura contemplé una imponente vista de águila sobre el valle del río Torcón, el cual sirve de foso al castillo en tres de sus lados.

Una verja impedía el paso hacia el recinto. Tras ella se observaba una cierta actividad. Hombres y mujeres, casi todos ellos muy jóvenes, deambulaban por el interior de la muralla.

Salí del coche y un joven larguirucho y de aspecto desaliñado se acercó. Llevaba puestas unas gafas de pasta y, con una mano, se sujetaba a la cabeza un sombrero de pescador para que no se le volara con el viento.

—Buenos días —saludó afable—. ¿Tienes cita para ver el castillo?

—No, no tengo cita.

—Para visitar el castillo hay que concertar una cita llamando a un número de teléfono —aclaró el muchacho—. Lo siento, pero si no tienes cita no te puedo dejar entrar.

—Vengo a ver a la doctora Alicia Jordán.

—Oh, vaya… Creo que ahora está muy ocupada en una de

las catas. Nos ha pedido que no la interrumpamos salvo que sea para algo importante... ¿Eres amigo suyo?

—Soy su hijo —respondí de mala gana.

El muchacho me miró sorprendido.

—¿Estás seguro? —repuso. Sin duda era la pregunta más estúpida que pudo formular. Debía de ser un estudiante de último curso en prácticas.

—Más de lo que me gustaría.

—Bueno... Le diré que estás aquí. Quizá tengas que esperar un poco a que termine...

—Dile de mi parte que no voy a esperar. Que quiero verla ahora. Y que hasta las hembras de chimpancé prestan un mínimo de atención a sus crías cuando éstas las necesitan.

El chico esbozó una sonrisa nerviosa, como si yo hubiera hecho un chiste que no entendía. La sonrisa se le congeló en los labios al ver la expresión de mi cara. Dio media vuelta balbuciendo algo y se alejó de allí.

Yo hundí mis manos en los bolsillos y resoplé con gesto de mal humor.

Unos minutos después vi aparecer a mi madre a lo lejos.

Por la expresión de su rostro pude ver que no se alegraba de verme.

—Tirso, por amor de Dios, ¿qué haces aquí? Podías haberme avisado de tu llegada, me has cogido en el peor momento posible: estoy hasta arriba de trabajo. ¿Y qué es esa historia de los chimpancés que le has contado a mi becario? Bastante poco espabilados me los traen como para que encima tú me los confundas más, hijo.

—Iluso de mí. Pensaba que después de pasar semanas sin noticias mías tendrías más ganas de verme.

—No has venido hasta aquí sólo para regañarme porque no te llamo, ¿verdad?

—Por suerte para ti, no. Por favor, ¿puedes abrir esta maldita verja? Me gustaría poder mantener una charla con mi madre sin sentir que lo hago metido en una jaula.

—Esto es un lugar de trabajo, no un centro comercial. La gente ajena a la excavación no debería andar entrando y saliendo así como así.

—Tranquila, sólo tendrás que dejar pasar a tu propio hijo. No creo que nadie te lo eche en cara. Quizá te sorprenda, pero la gente incluso lo vería normal.

—No empecemos, Tirso, por favor. No estoy de humor.

Vaya novedad. Nunca lo estaba.

—Perfecto. Yo tampoco.

Dudó un momento, pero al fin me franqueó el paso. Caminamos por el interior del recinto, atravesando la zona por donde los arqueólogos estaban realizando sus labores. Con afán de crear un ambiente lo más grato posible, le pregunté a mi madre por la excavación.

—Avanzamos, pero no tan rápido como me gustaría —respondió ella—. Creí que sería un proyecto sencillo, pero no lo es en absoluto. Los patrocinadores me están volviendo loca.

—¿Patrocinadores? Creí que era un proyecto universitario.

—No, el capital es privado. Siempre pensé que trabajar en esas condiciones sería estupendo, pero me equivocaba. Tengo un administrador que es peor que una rata. Controla cada céntimo que gasto y todo le parece un derroche. Si hubiera conocido estas condiciones antes, me habría negado a participar.

—¿Quién paga todo esto?

—En su mayor parte, los dueños del castillo: la casa ducal de Osuna, a través de una fundación. Tengo la certeza de que han montado todo este tinglado sólo para desgravar impuestos. No les importan los resultados, lo único que les preocupa es que no les salga caro... Es una locura. Como ir de caza con una escopeta sin cartuchos. Te aseguro que hay noches que no he podido pegar ojo de la tensión.

Empecé a sentirme culpable por mi hostilidad inicial. Yo tenía mis preocupaciones, por supuesto, pero, al parecer, ella también tenía las suyas.

—Podías haberme llamado si tenías problemas... —dije yo.

—¿Para qué? Son cosas mías, tú no puedes solucionarlas.

—Pero te habría escuchado, al menos.

—Ya me conoces, hijo: no soy de las que disfruta quejándose.

Nos metimos dentro de las ruinas de una de las torres del castillo, apartados de la zona principal de la excavación. En aquel lugar podríamos hablar sin que nadie nos escuchase. Ella se apoyó contra un muro y se cruzó de brazos.

—Está bien, Tirso, ya estamos en un lugar privado. ¿Puedo saber a qué has venido?

Tomé aire. ¿Por dónde empezar? ¿Por el robo de la Patena en Canterbury? ¿Por el cuerpo de élite que recupera obras de arte? ¿El tesoro oculto del rey Salomón? Me di cuenta de que habría sido conveniente ir a esa charla con un guión preestablecido.

Decidí que lo mejor sería ir directamente al grano.

—Me dijiste que el propósito de esta excavación era encontrar galerías subterráneas que comunicasen el castillo con la iglesia de Santa María de Melque, ¿estoy en lo cierto?

—Sí. Te lo conté en Madrid, el día que regresaste de Inglaterra.

—Me gustaría saber si has logrado hacer algún avance sobre eso.

—Es una pregunta interesante... Pero ¿no podías habérmela hecho por teléfono?

—Por favor, sólo responde.

Ella suspiró.

—Está bien. Siempre me ha gustado que mostraras interés por mis trabajos. Veamos: el proyecto empezó con el descubrimiento casual del arranque de una galería, bajo los cimientos de la torre caballera. Hemos excavado a partir de ese punto y, por el momento, el desarrollo es prometedor.

—¿En qué sentido?

—Hemos descubierto que la galería se bifurca en una serie de corredores más pequeños. Cuatro en total: uno de ellos está cegado por un derrumbamiento, otro conduce al exterior, al otro lado del río Torcón. Los otros dos aún no los hemos explorado, pero creo que uno de ellos también termina al otro lado del río.

—¿Y el otro?

—Ése es el más interesante de los cuatro. Es muy largo, y gran parte de sus muros están hechos con sillares con marcas de cantero. Parece muy elaborado para ser un simple corredor de escape en caso de asedio.

—¿Qué clase de marcas de cantero?

—Sólo una, que se repite varias veces. Eso no es tan extraño, porque todo el castillo está cuajado de ellas. La que aparece en ese corredor es la estrella de David.

—No es la estrella de David —dije yo, intentando disimular el impacto que me causaba aquel dato—. Es el sello de Salomón.

Mi madre hizo un gesto de indiferencia.

—Sí, claro, es el mismo símbolo, da igual cómo prefieras llamarlo… —Ella me miró intrigada—. ¿A qué viene ahora este repentino interés por mi excavación?

—Me parece que has encontrado lo que estabas buscando. Esa galería comunica con el subsuelo de la iglesia de Melque.

—Bien. No creas que no agradezco tu apoyo, hijo, aunque me sorprende que estés tan convencido.

—¿Has podido explorar ya la galería?

—No. Ni siquiera sé si podré hacerlo —respondió, y luego emitió un suspiro de frustración—. La gente se piensa que estas cosas son sencillas: encuentras un túnel, coges una linterna y, hala, ¡a explorarlo!… No, las cosas no funcionan así. Hay que comprobar el estado del subsuelo, tomar medidas de seguridad, obtener permisos… Todo eso conlleva un enorme gasto de tiempo y de dinero. Y yo no tengo ninguna de las dos cosas. Mucho me temo que a los patrocinadores del proyecto les importa un comino lo que haya al final de esa galería, y no quieren que la excavación se les vaya de las manos. Como ya te he mencionado, sólo les importan sus declaraciones de la renta. Cada día que pasa me pregunto si no será el último antes de que nos cierren el grifo y nos manden a casa.

—Eso no suena nada bien.

—Lo sé, hijo, lo sé.

—Pienso que alguien debería explorar esa galería.

—Estoy completamente de acuerdo contigo.

—Fantástico, yo lo haré.

Mi madre hizo un gesto con la cabeza, como si hubiera recibido una pequeña descarga eléctrica.

—¿Qué?

—Yo exploraré esa galería. Lo haré discretamente, sin que nadie se entere. Lo único que necesito es que me facilites el paso.

De pronto se quedó sin habla. Supongo que a su cabeza acudió tal avalancha de inconvenientes que, por un momento, no supo cuál expresar primero.

Optó por agachar la cabeza y suspirar.

—Tirso, hijo, no sé si me estás tomando el pelo o es que has perdido el juicio. ¿De verdad pretendes que me tome en serio lo que acabas de decir?

—Dame una razón por la cual no puedas dejarme entrar en la galería.

—¡No, no lo voy razonar! Me niego. Suponía que eras un chico con cabeza, y de pronto apareces aquí, sin avisar, con un aspecto terrible, además, y me pides que te dé permiso para meterte a hurtadillas en mi excavación. ¿Te parece eso razonable?

—¿Y si te dijera que, en cierto modo, se trata de una labor para el gobierno?

—Ya está bien, Tirso, por favor.

Mal enfoque, lo reconozco. Técnicamente era cierto, pero incluso a mí me sonaba estúpido. Intenté empezar de nuevo antes de que ella se enfadara lo suficiente como para zanjar la discusión.

—Escucha… Sólo préstame atención un momento, ¿de

acuerdo? Como si te lo estuviera pidiendo ahora por primera vez. Necesito entrar en esa galería. No es un capricho. Realmente lo necesito. Y pienso que tienes la obligación de dejar que lo haga.

—¿Obligación? ¿Obligación por qué?

—Porque sabes que nunca te he pedido nada sin un buen motivo; porque, de hecho, sabes que jamás te he pedido nada si he podido evitarlo. Porque soy tu hijo y me lo debes.

—¿Que te lo debo?

—¡Sí, me lo debes! Si quieres puedo explicarte por qué, pero creo que tú lo sabes muy bien, y yo no quiero hacerte eso. Después de todo, eres mi madre. Puede que te parezca raro, pero no me gusta hacerte daño. Así que tienes dos opciones: o escuchar cómo me desahogo contigo, aquí y ahora, por toda la mierda que he tenido que aguantar de ti desde que vine al mundo por accidente, o dejar las cosas como están, cerrar los ojos y decir: «Está bien, hijo; entra en esa cueva si es lo que realmente quieres».

Cuando terminé de hablar me sentía tan mal como si acabara de abofetearla, pero, al mismo tiempo, fue una experiencia liberadora en muchos sentidos. Era la primera vez en toda mi vida que le hablaba de esa forma.

Tras un tenso silencio, ella respondió:

—Está bien; entra en esa… cueva, si es lo que realmente quieres.

Yo inspiré. Ella miraba hacia el suelo. Parecía avergonzada.

—Mejor dejar las cosas como están, ¿verdad…? —me atreví a decir.

—¿No es eso lo que quieres?

—Yo sólo quiero entrar en esa galería.

Ella asintió. Me dio la sensación de que se sentía aliviada. Luego me miró a los ojos, y fue como verse reflejado en un espejo.

—Tirso…

—¿Sí?

Parecía que tenía algo en mente. Abrió la boca, pero no dijo nada. Al final, cerró los ojos y movió lentamente la cabeza de un lado a otro.

—Nada… —Mi madre respiró hondo y se incorporó—. Ven conmigo. Te explicaré cómo puedes entrar en la galería sin que nadie se dé cuenta.

6

Fortaleza

Mi madre me mostró el lugar desde el que arrancaba la galería. Había varios estudiantes universitarios a nuestro alrededor, de modo que tuvo que hacerlo de forma discreta.

De una gran zanja partían unas escaleras irregulares de piedra, que los arqueólogos habían apuntalado con estructuras de metal. La escalera descendía hasta un recinto abovedado subterráneo. Un reducido grupo de arqueólogos con cascos de obra se encontraban por allí.

Mi madre me señaló un arco bastante grande que daba a un corredor. Se había colocado un rudimentario sistema de lámparas para poder iluminar su recorrido.

El corredor descendía unos cuantos metros hasta llegar a una estancia circular cubierta por una tosca bóveda de aristas. De ella partían otros cuatro túneles. Tres de ellos estaban excavados en la roca viva. El cuarto arrancaba desde un vano cuidadosamente adintelado y en sus paredes podían verse sillares de granito tallados. Tal y como había dicho mi madre, varios de ellos estaban marcados con signos con la forma de dos triángulos superpuestos componiendo una estrella de seis puntas. El túnel avanzaba hacia una impenetrable oscuridad.

Mi madre y yo nos detuvimos frente al acceso adintelado.

—Éste es el corredor —me dijo ella, después de apartarnos

hacia un rincón para que nadie pudiera escucharnos—. Estaba cerrado por una verja de hierro que se encontraba en tan mal estado que se desplomó cuando intentamos manipularla. Puedes ver los restos aquí, en el suelo.

—Da la impresión de que el túnel sigue descendiendo.

—Eso creo yo. No sé lo que habrá más allá de donde alcanza la vista, y espero que no sea peligroso… No me gusta nada tener que hacer esto. Al menos podrías decirme por qué tienes tanto interés en explorarlo.

—Si encuentro lo que espero, te prometo que tendrás todas las explicaciones que pueda darte.

Ella suspiró.

—Debo de estar loca… Bien, escúchame: terminamos los trabajos a las seis, cuando empieza a irse el sol. A esa hora todo el equipo regresa a Toledo, donde tenemos los alojamientos. En la excavación sólo se queda un guardia de seguridad que se encarga de vigilar el yacimiento durante la noche. Tendrás que esperar a las seis y media, como mínimo, para colarte aquí; ni un minuto antes.

—¿Cómo haré para entrar en el yacimiento?

—Te lo enseñaré. Sígueme.

Cogió una potente linterna de una caja de herramientas y luego se metió por un pequeño túnel que se encontraba a la derecha de la galería más grande. Era uno de los que estaba abierto en la roca viva, sin sillares.

La seguí con cuidado por aquel corredor. Después de caminar unos minutos llegamos a una abertura a través de la cual entraba la luz del sol. No era más ancha que un hombre, y algo más baja. Mi madre salió por aquella abertura y yo fui tras ella.

Aparecimos en el exterior, al pie de una ladera. Debíamos de estar cerca de un río, pues podía percibir el sonido del agua al correr. Eché un vistazo a mi espalda. Sobre la ladera pude ver la silueta del castillo.

—Ya está —dijo—. Así es como podrás entrar y salir del

yacimiento. Éste es uno de los túneles que se abrieron en la Edad Media para evacuar el castillo en caso de asedio.

Observé que el acceso se encontraba en un lugar bastante oculto, al abrigo de una formación rocosa a la cual sólo podía llegarse a pie. Para un caminante cualquiera habría sido fácil pasar por alto aquel acceso si no hubiera sabido dónde buscarlo.

Volvimos a recorrer el túnel de evacuación en sentido inverso y regresamos al castillo. Mi madre me acompañó fuera de la excavación.

—Ten mucho cuidado, Tirso, por favor —me pidió, antes de abrirme la verja de salida.

—Descuida. No tocaré nada del yacimiento; nadie se enterará de que he estado aquí.

—No. Quiero decir que *tú* tengas cuidado. Ese corredor puede ser seguro, o bien puede derrumbarse en cuanto des un solo paso. Prométeme que, ante la menor señal de peligro, darás media vuelta y te marcharás.

Lo hice, aunque no estaba seguro de poder cumplir esa promesa. Después mi madre me ofreció la mejilla para que le diera un beso. Ella no besaba nunca.

—Gracias —dije una vez cumplido el ritual—. Por dejarme entrar.

—Ya puedes dármelas. Esto es una patada a mi ética profesional. —Ella torció el gesto con expresión resignada—. Supongo que yo también debería darte las gracias, en cierto modo…

—¿Por qué?

—Por no destapar la caja de los truenos, supongo… Aunque ha sido un chantaje emocional de lo más rastrero. No te creí capaz de algo así.

—Yo tampoco, la verdad. Por lo visto, los lazos familiares me importan menos que satisfacer una ambición personal. Me pregunto de quién lo habré aprendido.

—No seas cruel, Tirso. Ya tienes lo que querías.

—Lo siento. No era mi intención convertir esto en una charla familiar. Como ya te he dicho, sólo pretendo entrar en esa galería.

Ella suspiró.

—No te disculpes. Supongo que tienes derecho a decirme algunas cosas a la cara… Por suerte, no eres alguien a quien le guste demasiado el melodrama.

—¿Cómo estás tan segura de eso?

—Porque yo lo odio, y tú y yo nos parecemos mucho.

Me impactó escuchar aquella frase. Y mucho más viniendo de ella. Según su modo de pensar, podía considerarse un halago. Creo que era el primero que me hacía en mucho tiempo. Me vi en la obligación de devolvérselo.

Tomé aire profundamente, como si fuera a subir una cuesta muy empinada.

—¿Quieres que te diga algo?

—No estoy segura, pero ya que hemos llegado a este punto, adelante.

—Siempre he pensado que no sólo no eres consciente de lo mucho que hiciste mal conmigo, sino que tampoco tienes idea de las cosas que hiciste bien.

Quizá no era el mejor cumplido que se le puede hacer a una madre, de hecho puede que ni siquiera fuese un cumplido, pero fue el único que pude decir con sinceridad.

Ella sonrió con sarcasmo.

—De modo que hice algo bien. Vaya, hijo, no sabes cuánto agradezco tus palabras. ¿Puedo saber cuáles fueron esas cosas buenas?

Me encogí de hombros.

—No lo sé… Pero alguna debe de haber, de lo contrario yo ahora tendría tantos traumas que ni siquiera podría levantarme de la cama por las mañanas. —Apoyé la mano en su hombro, con afecto. Lo sentí muy huesudo y pequeño—. Puedes indagar al respecto. Siempre has sido una buena investigadora.

Me despedí. Ella cerró la verja y regresó a su yacimiento.

La sombra del castillo de Montalbán creció alimentada por el atardecer. En el horizonte, el pequeño sol de invierno parecía sumergirse en las profundidades de la tierra.

Igual que estaba a punto de hacer yo.

Había apagado mi teléfono móvil. Quizá los gemelos ya habían descubierto el hurto de la Pila de Kerbala y todo el Cuerpo de Buscadores estaba tratando de localizarme. Si era así, yo no quería saberlo. No quería pensar en nada que no fuese la inmediata labor que me aguardaba.

Después de dejar a mi madre, me había acercado hasta Toledo para hacer tiempo mientras llegaba la hora de colarme en el castillo. No sabía lo que me esperaba más allá del umbral de aquel oscuro túnel, así que compré un par de cosas que pensé que podían resultar de utilidad.

Me hice con una linterna bien potente y cara. También compré una brújula, una navaja, un garfio y una cuerda de escalada. Con el poco dinero que me quedaba, compré un paquete de chicles y una botella de agua. Metí todas esas cosas en mi mochila, junto con la reproducción de la Llave-relicario de san Andrés, el diario de Miraflores y la Pila de Kerbala. Luego volví al coche y me dirigí de nuevo al castillo de Montalbán.

Aparqué en un campo, cerca de la entrada que me había indicado mi madre, y allí esperé hasta que la luz hubiera desaparecido por completo.

Cuando vi asomar las primeras estrellas en el cielo, salí del coche y me encaminé hacia la entrada del túnel de evacuación.

Encendí la linterna y me introduje en las entrañas del castillo.

Apenas di unos cuantos pasos, tropecé con una gran piedra que había en medio del túnel. Estaba seguro de que no estaba allí aquella mañana, cuando pasé por aquel lugar con mi madre. Iluminé la piedra con la linterna y vi que había algo encima.

Era un pequeño bote de zumo de uva, con su pajita pegada y envuelta en plástico.

Había una nota debajo, sujeta con un canto. La leí: «He pensado que quizá te entre sed».

Estaba firmada por una A. De Alicia.

Estuve a punto de echarme a reír. No sabía si aquello era una torpe y tardía muestra de cariño, consecuencia de nuestro reciente encuentro, o una broma surgida de un extraño sentido del humor. Conociendo a mi madre, me inclinaba más por lo segundo. Metí el zumo en mi mochila y seguí adelante.

Llegué al interior del castillo. Me encontraba en aquella estancia circular de la que partían cuatro túneles, entre ellos, el que yo había utilizado para entrar en la fortaleza. Todo a mi alrededor estaba oscuro como un infierno, y el aire desprendía un sofocante olor a tierra y humedad.

Con ayuda de la linterna, localicé la entrada a la galería de sillares, aquella que estaba adornada con las marcas en forma de estrella de seis puntas. Estaba justo enfrente de mí.

Salí del túnel de evacuación moviéndome con mucho sigilo.

De pronto, oí un ruido a mi lado.

Antes de poder hacer nada para evitarlo, un brazo me agarró del cuello y una mano me tapó la boca. La linterna se me cayó de las manos. Alguien me arrastró hasta ponerme de espaldas a un muro. Percibí sombras moviéndose a mi alrededor.

—No hagas ningún ruido, ni mucho menos trates de escapar —me dijo alguien al oído.

Reconocí la voz de inmediato.

La mano que cubría mi boca se apartó. Alguien recogió mi linterna del suelo y apuntó hacia donde nos encontrábamos mi captor y yo, iluminando el rostro de Burbuja.

El buscador me miraba con expresión de roca. Aún me agarraba por el cuello y no parecía tener intención de soltarme.

—¿Es él? —preguntó alguien a su espalda. Me pareció que era la voz de Danny.

—Sí, es él —respondió Burbuja. Luego se dirigió a mí—: Vas

a tener que explicarme muchas cosas, novato. Y espero que me guste lo que me cuentes, porque no te imaginas lo cabreado que estoy en este momento.

—De acuerdo, de acuerdo… Pero me será más fácil si me sueltas.

—Aún no he decidido si voy a retorcerte tu maldito cuello o sólo a darte una paliza.

—Suéltalo, Burbuja —dijo Danny—. Déjale que se explique.

Burbuja me liberó. Yo me quedé acorralado contra el muro, frotándome el cuello dolorido.

Había otro par de linternas encendidas. Pude ver que no sólo Danny y Burbuja estaban allí. También los acompañaban Marc y Tesla. Fantástico: había logrado que casi todo el Cuerpo de Buscadores se organizara para darme caza. Por un momento casi me sentí halagado.

—¿Cómo me habéis encontrado? —pregunté.

—Novato estúpido —escupió Burbuja. Me inquietó mucho ver que para él había vuelto a convertirme en «el novato»—. Todos los coches del Cuerpo tienen rastreadores por satélite. La próxima vez que quieras robarnos y huir con el botín, no lo hagas con uno de nuestros vehículos, maldito imbécil.

—Yo no he robado nada, ni tampoco estaba huyendo con ningún botín.

—Eso no es lo que dicen Alfa y Omega.

Danny me miró con los brazos cruzados. Su expresión no era nada amable.

—¿Por qué lo has hecho, Tirso?

—Puedo explicarlo…

—Más te vale que empieces a hacerlo ya —amenazó Burbuja.

Tesla chistó. Parecía estar muy nervioso.

—Por favor, bajad la voz. Pueden oírnos.

—De acuerdo, encontrasteis el coche —dije yo—, pero ¿cómo sabíais que iba a venir al castillo? ¿Y cómo demonios habéis entrado?

—No somos nosotros quienes tenemos por qué explicarte nada a ti, sino más bien al contrario —dijo Danny—. Hasta donde yo sé, has robado una pieza de nuestro depósito, has huido con uno de nuestros coches y has pretendido llegar hasta la Mesa de Salomón tú solo, sin decirnos una palabra. No sé qué historia vas a contarnos, pero espero que lo hagas ya y, sobre todo, que sea buena. Muy buena.

Su comportamiento era hostil. Se sentía traicionada, lo cual me pareció lógico. Yo habría imaginado cosas terribles de haber estado en su lugar.

Había llegado el momento de contar parte de la verdad.

Empecé relatando el asalto de Gelderohde a mi casa, pero no hablé de su cómplice infiltrado en el Cuerpo. Cabía la posibilidad de que ese cómplice me estuviese escuchando en aquel preciso momento, y me pareció mejor que se confiara pensando que yo no sabía de su existencia.

Lo que dije fue que Gelderohde admitió tener un sistema para anticiparse a nuestros movimientos, pero que no me reveló cuál era. Cuando me preguntaron por qué me llevé la Pila de Kerbala y fui yo solo a buscar la Mesa, respondí una verdad a medias y dije que no quería desvelar mis planes por miedo a que Gelderohde los descubriera.

Los buscadores me escuchaban en silencio, sin manifestar ninguna reacción. Me era difícil saber si mi relato les estaba pareciendo convincente.

Cuando terminé de hablar, mis compañeros intercambiaron miradas entre ellos.

—¿Y bien? ¿Qué os parece? —dijo Burbuja.

—Yo le creo —respondió Marc.

Habría preferido tener un apoyo con más peso dentro del grupo, pero era un buen comienzo.

—No sé qué pensar… —repuso Tesla—. Si está mintiendo, podía haberse inventado decenas de historias mejores que ésta.

—No miente —intervino Danny. Al hacerlo, me miró a los ojos—. Dice la verdad… o, al menos, en gran parte.

—¿Cómo lo sabes? —preguntó Burbuja.

—Porque encaja con lo que ha hecho: el robo en el taller de los gemelos fue tan chapucero que sólo podía ser improvisado. Y habría que ser muy estúpido para volver al Sótano después de llevarlo a cabo. Tirso no es estúpido. Además, le dijo a Enigma dónde pensaba ir con nuestro coche.

—¿Lo hice? —pregunté.

—Le dijiste que ibas a ver a tu madre. Por eso sabíamos que tarde o temprano aparecerías por el castillo; Marc recordó que la doctora Alicia Jordán estaba dirigiendo aquí una excavación. —Danny miró a su hermano—. Hay algo que no está contando: está claro que quería mantenernos al margen; lo que no entiendo es por qué.

—Ya os lo he dicho, por seguridad.

—¿Desde cuándo sabías que la entrada a las cuevas era impracticable en Santa María de Melque?

—No se me ocurrió justo hasta ayer por la noche, lo juro —mentí.

—Eso es difícil de creer. Hemos estado allí, hemos visto que no hay ningún acceso subterráneo en ninguna parte, entonces Marc ha recordado la tesis doctoral sobre la iglesia que escribió tu madre. La consultamos y comprobamos que ella descubrió hace tiempo que había una galería bajo el templo, pero que estaba cerrada por un bloque de piedra.

—Cierto, pero yo no caí en la cuenta de ese detalle hasta ayer, cuando llegué a mi casa y consulté la tesis. Pensaba decíroslo esta misma mañana.

—Y, en vez de eso, viniste a buscar la Mesa por tu cuenta —dijo Burbuja.

—El ataque de Gelderohde hizo que cambiara mis planes. Por algo que dijo, me dio a entender que él ya sabía cómo acceder a las Cuevas de Hércules. Pensé que no tenía tiempo que perder.

—¿Te das cuenta de lo imprudente que has sido? —repuso Burbuja, furioso—. ¡Tú solo no puedes tomar esta clase de iniciativas! ¡Soy responsable de tu maldito cuello! ¡Si te lo partes aquí abajo, la culpa recae sobre mí, no sobre ti!

—Por Dios, ¿es necesario levantar la voz de esa forma? —dijo Tesla, angustiado—. El guardia de seguridad va a oírnos.

—¿Cómo habéis entrado en el castillo? —quise saber.

—Por cualquiera de los cientos de agujeros que hay en esta ruina —respondió Burbuja—. La única vigilancia que hay aquí es un tipo que no se mueve de la puerta principal.

—¿Y cómo supisteis que me encontraríais aquí abajo?

—Puede que seas listo, pero aún te falta mucho para ser un profesional, novato. Has dejado rastros por todas partes. El coche era sólo uno de ellos.

Al parecer, Danny había hecho discretamente algunas preguntas a los estudiantes que trabajaban en la excavación. Varios de ellos le dijeron que nos habían visto a mi madre y a mí inspeccionar las galerías, e incluso habían escuchado parte de nuestra conversación.

Ninguno de los buscadores era tan simple como para no ser capaz de deducir el hilo de mis razonamientos, de modo que supusieron que yo estaba buscando un acceso subterráneo a las Cuevas de Hércules que partiera desde el castillo, no desde Melque.

Para ellos, colarse en un castillo en ruinas resultaba mucho más fácil que para mí. Tenían más experiencia y muchos más recursos. Lo hicieron en cuanto la excavación quedó vacía de arqueólogos. Luego se dirigieron hacia las galerías subterráneas y, simplemente, esperaron a que yo apareciera. Un juego de niños.

—¿Cuál es la galería por la que pensabas entrar? —me preguntó Danny. Yo señalé la de los sillares tallados.

—Creo que he oído algo —anunció Tesla.

—Estás paranoico. Te digo que ese guardia no va a moverse de donde está —repuso Burbuja.

—No, yo también lo he oído… —dijo Marc. Luego nos miró—. Puede que sea el guardia o puede que sólo sea el viento, pero, de todas formas, no me parece buena idea que sigamos aquí mucho más tiempo. Estamos tentando a la suerte.

Burbuja apretó las mandíbulas.

—Hablaremos sobre lo que voy a hacer contigo cuando regresemos al Sótano —me advirtió—. Ahora tenemos una galería que explorar.

—No vamos a meternos ahí…, ¿verdad? —Tesla nos miró a todos. Al ver que nadie le respondía, empezó a mostrarse inquieto—. ¡No sabemos lo que puede haber ahí dentro!

—Yo sí lo sé —dijo Burbuja—: trabajo.

Acto seguido, cogió una linterna y se introdujo en la galería. El resto de nosotros lo seguimos. Tesla soltó un exabrupto. Dudó unos segundos antes de ir tras nuestros pasos.

7

Diezmados

El camino descendía en una pendiente cada vez más acusada. Había que caminar con cuidado para no resbalar con la tierra del suelo. A nuestro alrededor, la oscuridad era densa como la brea, llena de ecos extraños.

Anduvimos en silencio, poniendo mucha cautela en nuestros pasos. Gracias a las linternas pudimos ver que el corredor tenía forma de medio cañón, y tanto el muro como la cubierta estaban hechos de sillares tapizados por polvo y moho. Pequeñas criaturas se deslizaban por entre las junturas de la roca cuando alumbrábamos el camino. La mayoría eran insectos, pero en más de una ocasión creí atisbar formas peludas con ojillos brillantes.

La galería se iba ensanchando a medida que avanzábamos o, más bien, que descendíamos. La talla de los sillares se volvía más tosca y en algunos tramos del muro no se apreciaba más que roca viva. La temperatura descendía al tiempo que aumentaba la sensación de humedad.

En un momento dado eché un vistazo a mi reloj. Habían pasado casi veinte minutos desde que entramos en la galería. Los sillares habían desaparecido y habíamos empezado a atravesar lo que parecía ser una gruta bastante amplia. Apunté con la linterna hacia el techo y vi algunas estalactitas, así como diminutas sombras aleteantes que pendían de las oquedades de la roca.

Burbuja se detuvo, parando la marcha.

—¿Qué ocurre? —preguntó Danny.

—Llevamos un buen rato descendiendo. Me gustaría estar seguro de que vamos en la dirección correcta.

—Hemos seguido la única ruta posible —señaló Marc—. Yo no he visto ninguna bifurcación.

—Yo tampoco, pero me inquieta que aquí ya no haya sillares. Esto parece la galería de una cueva natural. Me gustaría encontrar algún indicio de que esto sigue siendo lo que san Isidoro llamaba Cuevas de Hércules.

Apuntamos nuestras linternas hacia las paredes de roca y el suelo buscando algo que pudiéramos interpretar como una señal.

Escuchamos la voz de Marc brotando por entre las sombras:

—Echadle un vistazo a esto. Creo que puede ser interesante.

Tenía una rodilla en tierra y apuntaba con su linterna a algo que había en el suelo; era una losa de piedra pulida. En la losa había grabada una estrella de seis puntas y, a su alrededor, un texto escrito en latín. Marc lo leyó en voz alta.

—«*Hoc signaverum Salomonis et fons sapientia…*» Éste es el Sello de Salomón y la fuente de la sabiduría. —Volvió la cabeza para poder leer la otra parte del texto—. «*Iter usque ad extremum spiritus…*» El camino hacia el… ¿fin del espíritu?

—El camino hacia el último aliento… La muerte —señalé yo—. Es una frase hecha, no se puede traducir de forma literal. El texto completo dice: «Éste es el Sello de Salomón, fuente de sabiduría y camino hacia la muerte». Toda una bienvenida.

—¿Se parece esto a la señal que buscabas? —preguntó Danny.

No pude ver la expresión de Burbuja en la oscuridad, pero su voz sonó cortante al responder.

—Sigamos adelante.

Reanudamos la marcha a través de la gruta, muy atentos a nuestro alrededor por si encontrábamos más detalles de interés. Comprobamos que aparecían en el suelo losas similares a la que habíamos visto, todas con el mismo símbolo y la misma inscripción. Parecían encontrarse a una distancia regular unas de otras.

Al cabo de un rato nos topamos con un muro hecho de sillares que nos bloqueaba el paso. En el centro del muro había un vano de unos dos metros de alto, rematado por un arco de herradura. A ambos lados del vano, dos pequeños soportes de piedra. El vano estaba cerrado por una puerta de madera.

Nos detuvimos frente a la puerta y la alumbramos con nuestras linternas.

—Estos soportes de piedra debían de ser para colocar lámparas o antorchas —dije yo—. Y esta puerta podría ser el acceso a la primera de las tres cámaras que se mencionan en la *Chronicae Visigotorum*.

—Hay una forma sencilla de averiguarlo —respondió Burbuja. A continuación, le dio una patada a la puerta de madera, haciéndola crujir. Yo me sobresalté.

—¿Qué haces? No puedes dañar este entorno. Tiene cientos de años de antigüedad.

—Tengo una noticia para ti: no somos arqueólogos, y tenemos prisa.

Fui el único que puso reparos. Burbuja siguió pateando la puerta hasta que los listones de madera podrida se partieron en pedazos y se desprendieron de sus goznes.

Al traspasar la puerta nos encontramos en el interior de una sala redonda y abovedada. Daba la impresión de ser una estructura encajada en medio de la gruta. Las paredes de roca habían sido cubiertas con una capa de mampostería irregular y la bóveda de ladrillo estaba llena de huecos a través de los cuales se veía el techo de la cueva natural.

La sala tenía tres accesos: uno de ellos era por el cual acabábamos de entrar; otro, justo frente a nosotros, comunicaba de nuevo con la gruta, y un tercero, situado en un lateral, conducía hacia un angosto corredor.

Contemplamos asombrados el panorama que desvelaban los haces de nuestras linternas. La sala no era muy amplia. Cabíamos los cinco, pero sin demasiada holgura. Al iluminar las paredes nos dimos cuenta de que había restos de pinturas murales, deterioradas en gran parte por efecto de la humedad.

El estilo de las pinturas era muy esquemático y plano. La policromía era variada, aunque los colores lucían apagados y, en muchos lugares, indistinguibles. Todos los colores eran puros, sin matices: naranjas, rojos, verdes, amarillos…; parecía que el artista hubiera querido utilizar cada gama cromática a su disposición.

Era difícil distinguir un tema en concreto en aquellas pinturas. Se veían figuras humanas, todas iguales, con ojos inexpresivos y manos enormes. Algunas montaban a caballo, otras llevaban armas en la mano… Me dio la impresión de estar contemplando una escena de batalla. Las figuras estaban colocadas sobre un fondo a base de franjas multicolores.

Con la linterna iluminé una de las figuras. Se trataba de un hombre embozado que llevaba en la mano un estandarte, y en el estandarte había dibujada una media luna.

—Increíble… —murmuré.

Marc, a mi lado, emitió un silbido de admiración.

—¡Si la gente supiera lo que hay aquí…! ¿De qué época serán estas pinturas? El estilo recuerda al de los beatos mozárabes.

—No es eso lo que me llama atención —dije yo—. Este lugar… Es tal y como cuenta la leyenda: el rey visigodo don Rodrigo quiso utilizar la Mesa contra sus enemigos, pero al bajar a las cuevas encontró una sala como ésta, adornada con pinturas de una batalla. Y en el centro… —Apunté con la luz hacia una especie de columna rota que había en mitad de la sala. Sobre la columna se veía un objeto cubierto de polvo y telarañas—. Mirad.

—¿Qué es eso? —preguntó Marc.

Yo levanté aquella cosa para mostrarla; era un alfanje. Un alfanje mellado y retorcido por efecto de la oxidación, pero su hoja curva era inconfundible.

—La Ruina de Hispania —respondí.

Dejé caer el alfanje sobre la columna y me dirigí hacia el angosto túnel lateral. Caminé un pequeño trecho a través de él hasta que encontré lo que estaba buscando.

Llamé a mis compañeros y apunté con la linterna a aquello que quería que vieran: una pesada puerta de madera con herrajes. La hoja estaba cubierta por decenas de candados, tan grandes como un puño, todos ellos abiertos, al igual que la puerta.

—Un candado por cada rey de Toledo —dije—. Todos colocaron uno después de ser ungidos, para mantener la Mesa a salvo. Eso dice la leyenda. —Apunté con la linterna hacia las profundidades del túnel—. Estoy seguro de que este corredor lleva directamente a Santa María de Melque.

—Parece como si eso te inquietara… —dijo Danny.

—No… Pero me preguntaba… Si la leyenda no mentía sobre este detalle, ¿qué más cosas coincidirán con la realidad?

Por un momento todos nos quedamos en silencio. Por entre las luces de las linternas pude observar sus rostros, cuajados de sombras, que me miraban con gesto grave.

—¿Debemos creer que el rey don Rodrigo vino aquí, encontró un alfanje y, después de ello, los musulmanes atacaron su reino? —preguntó Danny.

—El marqués de Miraflores dejó escrito que san Isidoro fue capaz de utilizar la Mesa para… —empecé a decir.

Burbuja me interrumpió:

—Es suficiente. Dejemos las leyendas para otro momento.

Era difícil hacerlo. Estábamos viviendo una.

—No entiendo por qué los visigodos abrieron dos túneles y sólo uno lo cerraron con candados —observó Marc.

—Yo tampoco, pero me atrevería a decir que el túnel del castillo fue abierto tras la caída del reino de Toledo, cuando la entrada de la iglesia de Santa María de Melque fue cegada —respondí.

Regresamos a la sala circular. Tesla alumbró la columna que había en el centro.

—No creo que esto sea un alfanje —dijo, aunque me dio la impresión de no estar muy convencido—. Podría ser cualquier otro tipo de arma: un bracamarte, o un cuytelo… Esto pueden haberlo dejado aquí hace mil años o hace cien, no hay modo de saberlo.

—Sea como fuere, este lugar es extraordinario —repuso Marc, alumbrando a su alrededor—. Fijaos en la bóveda, en las pinturas… ¿Acarrearon todo el material desde la superficie? Es increíble… Si realmente se trata de una construcción de época visigoda, estamos ante un descubrimiento histórico. Sólo por esto ya ha merecido la pena venir aquí.

—Sí, pero esto no es lo que queremos, ni tampoco Gelderohde —señalé—. Será mejor que sigamos adelante.

Tesla señaló hacia el túnel donde había encontrado la puerta con los candados.

—¿Estás seguro de que ese camino va hacia Melque? —me preguntó.

—No lo estoy, pero lo supongo. En algún punto el acceso del castillo y el de la iglesia deben encontrarse y, atendiendo a la leyenda, éste podría ser ese punto.

—Bien, tú eres el que conoce el cuento: dinos por dónde seguir.

—Por aquí —dije mostrando la tercera salida de la sala—. Sigamos por la gruta, por el camino que marcan las losas con el sello de Salomón. La Sala de Oración no debe de estar lejos.

—De acuerdo —dijo Danny—. Sólo espero que al meternos aquí no hallamos vuelto a desencadenar la «Ruina de Hispania».

—Tranquila, no creo que a estas alturas nadie nos eche toda la culpa de eso —respondí.

Salimos de la sala circular y volvimos a la gruta natural. Encontramos otra losa con el sello a tan sólo unos pasos, indicándonos que íbamos por el camino correcto. En silencio, seguimos avanzando por la única vía que se abría ante nosotros hasta que volvimos a toparnos con otro muro cerrado por otra puerta de madera.

Sobre la puerta había un sillar con una inscripción grabada en él: LOCUS ORATIONIBUS. Sala de Oración.

El corazón se me aceleró en el pecho.

—Aquí lo tenemos. El primer obstáculo en el camino —dije.

—No estará aquí por mucho tiempo —replicó Burbuja, dispuesto a derribar la puerta a patadas otra vez.

Danny le detuvo.

—Espera. Tirso tiene razón. Actuemos como buscadores, no como expoliadores.

Sacó una ganzúa de su bolsillo y la utilizó para forzar la cerradura de la puerta.

—Mi método es más rápido… —comentó Burbuja.

Atravesamos la puerta, esperando encontrarnos en el interior de otra sala como la que habíamos dejado atrás, pero no fue así: seguíamos estando en la gruta.

Avancé unos pasos cuando, de pronto, oí un grito a mi espalda.

—¡Cuidado! —Danny me agarró del brazo y tiró de mí hacia atrás.

Con la linterna iluminó a mis pies: el suelo desaparecía de forma abrupta en el borde de un abismo.

—Gracias —dije yo, asustado—. Eso ha estado cerca.

—Mira por dónde pisas, ¿de acuerdo?

—¿Dónde diablos nos hemos metido? —preguntó Tesla.

Apuntamos con las linternas a nuestro alrededor y contemplamos el impactante espectáculo que se presentaba ante nuestros ojos.

La gruta se ensanchaba hasta conformar una caverna natural de proporciones catedralicias, con gigantescas estalagmitas y estalactitas a modo de pilares y columnas. Estábamos al borde de un profundo abismo cuyo fondo no éramos capaces de distinguir.

Las dimensiones de aquella caverna eran inconmensurables en aquella oscuridad, rota tan sólo por los haces de nuestras linternas y por los destellos de mica que parpadeaban sobre las formaciones rocosas.

Lo más impresionante se encontraba más allá del borde en el que estábamos. Sobre el abismo, colgando de una cubierta que no alcanzábamos a ver, había una hilera de gigantescas campanas. Cada una de ellas tendría el tamaño de un coche grande y pendían del extremo de gruesas cadenas de hierro.

La campana más cercana a nosotros estaba situada a una distancia de varios metros del borde del abismo. La siguiente pendía justo detrás, también a una distancia considerable. Había un total de tres campanas entre el lugar donde nos hallábamos y un saliente rocoso bastante amplio que estaba justo al otro lado de la caverna. La visión de aquellas moles de bronce flotando en la oscuridad nos dejó sin habla.

Tesla fue el primero en romper el silencio.

—Pero… ¿qué es esto?

—La Sala de Oración —respondí.

—¿Y todas estas campanas? ¡En mi vida había visto una cosa igual!

—Mirad. Aquí hay una inscripción.

Danny alumbraba sobre una lápida que estaba sujeta al muro de roca. Nos acercamos. Sobre la lápida había grabado uno de los sellos de Salomón y una frase en latín:

SIGUE LA SENDA DE LAS CAMPANAS

—¿Qué significa eso? —preguntó Marc.

—No lo sé. Quizá la forma de llegar al otro lado del foso —respondí.

Burbuja se asomó al borde del abismo e iluminó el fondo con la linterna.

—Escuchad… ¿Lo oís?

Nos quedamos en silencio, oteando en la oscuridad.

—Sí… —dijo Marc—. Suena como el eco de un goteo. Puede que estemos en algún tipo de acuífero subterráneo.

—Las Cuevas de Hércules… —dijo Burbuja con sorna—. Esto no lo construyó ningún hijo de Zeus. Los visigodos aprovecharon una formación natural para esconder aquí su Mesa.

—¿Cómo se supone que vamos a continuar? —preguntó Danny.

—Yo tengo una cuerda y un garfio de escalada —respondí—. Quizá podríamos descolgarnos con ella hasta el fondo del precipicio y…

Danny negó con la cabeza.

—Me temo que ésa no es la idea. Las campanas están aquí por algún motivo, y la inscripción señala que debe seguirse su senda.

—En ese caso, yo sólo veo una manera —terció Burbuja—. Hay una campana detrás de la otra, en fila. Utilicémoslas para llegar al otro lado.

—¿Has perdido la cabeza? —saltó Tesla—. ¡Si nos caemos podemos matarnos! Tiene que haber otra forma más sencilla de pasar.

—No, no tiene por qué haberla —dije yo—. Los visigodos no querían que fuese fácil llegar hasta la Mesa. Se trata de obstaculizar el camino. Es probable que yo también esté perdiendo el juicio, pero creo que la idea de Burbuja tiene sentido.

—¡La distancia es demasiado grande para, simplemente, ir saltando de una campana a otra! —insistió Tesla.

—¿Quién ha dicho nada de saltar? —repuso Burbuja—. Podemos balancearlas con nuestro peso hasta que estén lo suficientemente cerca la una de la otra y…

—¡No! —cortó Tesla. Estaba tan pálido que su rostro casi era visible sin necesidad de linterna—. ¡Es una locura! ¿Y si las campanas no soportan nuestro peso?

—Hay cuatro cadenas de hierro sujetándolas. Aguantarán —respondió Burbuja—. Y si no aguantan… Bien, entonces nos caeremos, pero eso no va a ocurrir.

—¿Cómo lo sabes?

—Porque tengo mucha suerte.

Tesla apretó las mandíbulas y negó con la cabeza.

—Cabrón perturbado —dijo entre dientes—. Vas a hacerlo, ¿verdad? Te da igual lo que pensemos los demás: estás deseando ponerte a dar brincos como un puñetero mono. De acuerdo, mátate si quieres. Yo no voy a seguirte.

—Hoy no estás de suerte, Tes. Vendrás con nosotros porque yo lo ordeno. No olvides quién está ahora al mando.

—¿Y si me niego?

Entre las sombras, pude ver cómo Tesla miraba desafiante a Burbuja. Fue un vano intento por su parte de mostrarse firme ante su superior. Burbuja le sostuvo la mirada sin ningún esfuerzo y, aun a oscuras, parecía mucho más grande y más fuerte que Tesla.

—¿Vas a negarte?

El cuerpo de Tesla tembló, como el de un pájaro muerto de frío. Apartó los ojos de Burbuja y los posó en nosotros, desesperado, buscando ayuda por nuestra parte. Al no encontrar más que oscuridad, sus hombros se hundieron.

—Vas a llevarnos a la ruina, ¿lo sabes? —masculló—. Tú y tu falta de cabeza. Nos llevarás al desastre. Han puesto sobre tus hombros un cargo que te va muy grande. Los demás estáis demasiado ciegos como para daros cuenta.

Creí que iba a dar media vuelta y a abandonarnos, pero no lo hizo. Se quedó quieto, con la vista en el suelo. Un hombre débil incapaz de tomar una decisión drástica.

En ese momento, Burbuja hizo algo inesperado. Se acercó al buscador y puso la mano sobre su hombro.

—Te prometo que todo saldrá bien. Ven conmigo, Tesla. Te necesitaré al otro lado.

Tesla dibujó entre sus labios una sonrisa amarga. No pudo mantenerla por mucho tiempo.

—¿Acaso tengo elección…?

Estoy convencido de que un grupo de personas más prudentes jamás habría hecho lo que nosotros estábamos a punto de hacer. Pero nosotros no éramos personas prudentes. Narváez ya lo dijo en una ocasión: todo buen buscador se distingue por tener más osadía que juicio.

Le entregué a Burbuja la cuerda y el garfio que compré en Toledo. Él unió los dos objetos con un nudo fuerte. Después se acercó todo lo que pudo al borde del precipicio. Hizo girar el garfio sobre su cabeza y lo lanzó hacia las cadenas de la campana que estaba más cerca. Después de un par de intentos, logró sujetar la cuerda a una de las cuatro cadenas que sostenían la campana.

—Ayudadme a tirar. Tenemos que acercarla a nosotros todo lo que nos sea posible.

Los cuatro sujetamos la cuerda con fuerza. Antes de empezar a tirar, Burbuja nos dio las últimas instrucciones:

—A mi señal, saltad todos a la campana y agarraos a las cadenas. Debemos movernos de un lado a otro al mismo tiempo para balancear la campana y acercarla a la siguiente. ¡Que nadie salte hasta que yo lo diga...! ¿Todos listos? Adelante, tirad de la cuerda a la de tres: una, dos... ¡tres!

Obedecimos la orden en perfecta sincronización. Al principio la campana no se movió, pero, tras un par de intentos, empezó a agitarse soltando pequeños montones de tierra y polvo que cayeron hacia el abismo. Igual que una bestia al despertarse, la campana empezó a moverse poco a poco hacia nosotros. Descubrimos que era más liviana de lo que parecía.

—¡Tirad! ¡Tirad! ¡Un poco más! —decía Burbuja. La campana se iba acercando hacia el precipicio—. ¡Atentos a mi señal! —El corazón me golpeaba frenético en el pecho, y cada latido hacía temblar todos mis músculos en tensión. La campana se acercó hasta tocar el extremo del precipicio.

—¡Saltad! —ordenó Burbuja.

Fue como recibir una descarga eléctrica. Mis músculos se movieron sin esperar a que mi cerebro se lo ordenase. En un segundo eterno, aguanté la respiración y di un brinco hacia la campana. Sostuve la cadena entre mis manos como si mi vida dependiera de ello, lo cual no dejaba de ser cierto. Mis compañeros se apiñaron a mi alrededor. De uno de ellos recibí un fuerte codazo en la cara.

Los cinco habíamos logrado subirnos a la campana.

Liberada de nuestra cuerda, la mole de bronce se balanceó hacia el lado contrario. Sentí un cosquilleo en el estómago y una sensación de mareo cuando el mundo empezó a moverse a mi alrededor. No pude evitar cerrar los ojos. Escuché la voz de Burbuja.

—¡Moveos! ¡De izquierda a derecha! ¡Balancead este trasto!

Tratamos de acompasar nuestros movimientos y la campana se movió con más rapidez.

De pronto la superficie de bronce tembló como sacudida por un terremoto y oímos un sonido rotundo y potente que hizo eco por toda la caverna.

La campana estaba sonando.

Tuve miedo. Era un sonido que parecía brotar de las entrañas de la tierra, antiguo y tremendo como un titán. También percibimos un sonido más débil, como de piedra al agrietarse, y luego un chapoteo bajo nuestros pies.

La campana volvió a sonar, aún con más potencia. El bronce tembló y los pies me resbalaron. Yo me agarré a la cadena con todas mis fuerzas.

—¡Nos acercamos a la siguiente campana! —exclamó Burbuja—. ¡Cuando diga vuestro nombre, saltad!

Un nuevo golpe de bronce. Burbuja gritó el nombre de Danny, quien saltó y pudo agarrarse a la cadena. Después tocó el turno de Tesla, que también fue capaz de saltar sin dificultad.

—¡Tirso!

Otra vez la sensación de que mi cuerpo se movía por impulso. Mis piernas se flexionaron y salí despedido hacia delante, casi a ciegas. Choqué contra Tesla, que me agarró de la chaqueta. Burbuja gritó el nombre de Marc.

Yo lo miré. Estaba pálido e inmóvil. La campana volvió a sonar y de pronto todos oímos un crujido espantoso. Una enorme estalactita se había partido en su base y se precipitaba hacia el abismo igual que una flecha inmensa. Otros pedazos de roca caían junto a ella.

—¡El techo se está derrumbando! —gritó Danny.

—¡Salta, Marc! ¡Salta de una vez! —ordenó Burbuja.

Marc saltó. Fue un buen salto y nosotros lo sujetamos por los brazos apenas hubo tocado la campana. Después Burbuja lo imitó, con movimientos ágiles, aparentando ser ligero igual que una mota de polvo.

Por fin estábamos todos. Sólo había una campana más, y, finalmente, el otro lado del abismo.

—¡Vamos! ¡Empezad a mover esto! —exclamó Burbuja.

De nuevo nos inclinamos de un lado a otro para hacer balancear nuestro precario soporte.

Empezó a mecerse lentamente cuando, de pronto, la campana que habíamos dejado libre se abalanzó hacia la nuestra haciendo sonar el aire a su paso. Las dos moles broncíneas chocaron. Todo tembló a mi alrededor y un sonido infernal colmó la caverna de ecos brutales. Alguien a mi lado gritó, o puede que fuera yo. Parecía que la tierra entera se derrumbaba sobre nuestras cabezas en medio de aldabonazos de Juicio Final. El techo de la caverna se desprendió a pedazos. Una roca me golpeó en el hombro al caer y la cabeza se me llenó de tierra.

A nuestro alrededor se despeñó una lluvia de estalactitas.

Nuestra base se balanceaba sin parar. Perdí la noción del espacio. Las campanas volvieron a chocar y vi cómo Danny se soltaba de la cadena con el golpe. Gritó. Pensé que se iba a despeñar, pero Burbuja pudo sujetarla a tiempo.

—¡Saltad! ¡Saltad! ¡Maldita sea! ¡Esto se viene abajo! —gritó alguien.

Golpeamos la campana que estaba al otro lado y la brutal sacudida estuvo a punto de hacerme caer. Salté sin esperar ninguna orden, ahogado por un básico instinto de supervivencia. Por un momento sentí que caía al vacío hasta que me di un fuerte golpe contra una superficie de bronce. Histérico, intenté agarrarme a algo, pero la cubierta combada y húmeda de la campana no me proporcionó ningún asidero. Resbalaba lenta pero inexorablemente hacia el abismo.

Alguien me agarró del cuello, otra mano me sujetó por el pelo y una tercera me atenazó la muñeca, haciéndome daño. Tiraron de mí y me incorporé. Al fin pude abrazarme a la cadena como un náufrago se agarra a un salvavidas. A mi lado estaban Marc, Danny y Burbuja. Las campanas no cesaban de sonar y la gruta parecía estar al borde del colapso.

—¡¿Estás bien!? —me gritó Marc.

Yo asentí, aturdido. El vaivén de la campana donde nos encontrábamos ahora era monstruoso. Miré a mi espalda: Tesla aún seguía sobre la segunda campana.

—¡Salta ya, Tes! ¡Salta de una vez! —gritó Burbuja.

Tesla parecía aterrorizado. Las dos moles se acercaron y el buscador aprovechó ese momento para saltar. Justo al mismo tiempo, los bronces chocaron haciendo estremecer de nuevo la gruta. Un alud de piedras se desplomó sobre nosotros. Una roca del tamaño de una cabeza golpeó a Tesla y entorpeció su salto.

Al igual que yo antes, Tesla cayó de bruces sobre la superficie curva de la campana. Trató de agarrarse a algo con movimientos desesperados. Intentamos sujetarlo, pero el badajo de nuestra campana golpeó contra la pared de bronce haciéndola temblar y tuvimos que agarrarnos a la cadena para no despeñarnos.

La otra campana se acercó hacia nosotros. Tesla intentó subir, pero fue demasiado tarde. La campana golpeó contra su espalda. Abrió la boca para dejar escapar un aullido de dolor y sus manos se soltaron de la superficie de bronce. Las campanas se separaron.

Y Tesla cayó.

—¡Tes! —gritó Burbuja—. ¡No! ¡No!

Le creí capaz de saltar detrás del buscador si Danny no le hubiera tenido sujeto. Las campanas volvieron a impactar entre sí y más pedazos de piedra cayeron sobre nuestras cabezas.

—¡Tenemos que salir de aquí antes de que el techo nos aplaste! —dijo Marc.

La campana en la que nos encontrábamos se acercó al fin al otro lado del abismo, lo suficiente como para que pudiéramos saltar. Tampoco en esta ocasión esperamos ninguna señal para hacerlo. Preocupado cada uno de nosotros por su propia seguridad, lo único que deseábamos era salir de aquel infernal balancín.

Me impulsé con todas mis fuerzas hacia delante. Cuando mis pies al fin tocaron tierra firme creí estar soñando. Miré a mi alrededor: Danny y Burbuja estaban junto a mí. Marc, en cambio, no había calculado bien la distancia y se sujetaba al borde del precipicio con medio cuerpo colgando sobre el vacío. Corrimos a ayudarlo a subir y pudimos ponerlo a salvo justo antes de que la campana golpease el lugar donde estaba.

Justo antes de que le ocurriera igual que a Tesla.

El estruendo de las tres campanas al sonar retumbaba en nuestras cabezas. La caverna parecía estar a punto de derrumbarse sobre nosotros. Sin pensar, echamos a correr a ciegas, esquivando los cascotes de roca que caían a nuestro alrededor. Parecíamos estar huyendo del fin del mundo.

Por fin alguien encendió una linterna y pudimos ver ante nosotros un muro de piedras talladas con un vano, esta vez sin puerta de madera. Nos lanzamos a través de aquel hueco y aparecimos en un corredor hecho con sillares.

Detrás de nosotros, las campanas seguían tañendo y la tempestad de piedra arreciaba. Me quedé tirado en el suelo, cubriéndome la cabeza con las manos.

No sé durante cuánto tiempo permanecí de esa forma. Sólo que no me atreví a moverme hasta que, poco a poco, escuché cómo los golpes broncíneos iban descendiendo en intensidad e intervalo.

Hasta que las campanas dejaron de sonar.

Burbuja echó a correr hacia el saliente de piedra del que habíamos venido. Marc, Danny y yo fuimos tras él.

Al volver a atravesar el vano del muro de piedra, vimos que las campanas aún se mecían lentamente por efecto de la inercia, pero ya no producían ningún sonido. Con las campanas dormidas, el silencio y la quietud regresaban paulatinamente a aquel rincón del subsuelo.

Burbuja se asomó al saliente de piedra y miró hacia abajo.

—¡Tesla! —gritó—. ¡Tes! —llamó al buscador a gritos varias veces.

Nadie respondió.

Burbuja cerró los ojos y agachó la cabeza. Se dejó caer en el suelo, sentado, y se cubrió la cara con las manos.

Danny se acercó a él. Le puso una mano sobre el hombro y él se inclinó hacia ella, buscando su contacto.

—Ha sido culpa mía.

—Fue un accidente.

—Le prometí que no le ocurriría nada… Se lo prometí. —Burbuja miró a su hermana con una expresión de desamparo inmenso en sus ojos—. ¿Qué voy a hacer ahora?

Me resultó muy doloroso verlo así. Yo sentía una tristeza que me embotaba cualquier pensamiento. Ni siquiera me atrevía a imaginar cómo se sentiría él, que además estaba convencido de haber sido responsable de su muerte.

—Tendrás que ponerte en pie y seguir adelante —dijo Danny—. Y nosotros te seguiremos.

—¿Para qué? ¿Para llevaros al desastre, como he hecho con Tesla? Dios… Él tenía razón…

—Yo no pienso ir al desastre —intervine—. Voy a buscar la Mesa de Salomón. Ése es mi objetivo. Buscar es *nuestro* objetivo.

Burbuja no dijo nada. Miraba con ojos ausentes hacia la oscuridad del abismo.

Aquella actitud me irritó.

—Te crees responsable de lo ocurrido. Bien, déjame que te

diga algo: lo eres. Pero ¿quieres saber lo que pienso? ¡Hiciste lo que debías obligando a Tesla a saltar por esas campanas! Ésa es la carga de un líder. ¿Te gustaría que lo hubiera hecho otro? ¡Lo comprendo! Pero la realidad, la maldita realidad, ¡es que no hay otro! ¡Sólo estás tú! ¿Entiendes? ¡Sólo estás tú, te guste o no! ¡Ten el valor de asumirlo de una jodida vez!

Burbuja me miró. Yo me agaché junto a él.

—Por favor, Bruno, ponte de pie. Soy tu maldita sombra, y no puedo hacer nada hasta que tú lo ordenes.

El buscador miró a su hermana, que asintió. Después, como si su cuerpo estuviese hecho de plomo, se incorporó.

—No es posible volver atrás. Habrá que seguir el camino hasta donde nos lleve —dijo con voz grave, después de pasarse la mano por la cara y mirarnos uno a uno.

A continuación, se dirigió hacia la puerta que había detrás de nosotros. Marc lo siguió.

Danny se acercó a mí. Me abrazó con fuerza, uniendo su cara a la mía.

—Tuve mucha suerte al encontrarte en Canterbury.

Yo hice acopio de todas mis fuerzas para devolverle la más tenue de las sonrisas. Aun así, me pareció un triunfo ser capaz de hacerlo en aquel momento.

—Dada mi situación actual, todavía no sé si puedo decir lo mismo. —Mi sonrisa murió, desfallecida—. ¿Estás bien?

—No. —Sus ojos tristes se volvieron hacia el precipicio—. Voy a echarle de menos. Tesla era un buen hombre. No se merecía acabar así.

Yo no pude evitar pensar en que aquél había sido sólo el primer obstáculo ingeniado por san Isidoro para proteger la Mesa.

Aún quedaban otras dos salas. Poco podía saber yo entonces que en la siguiente perderíamos a otros dos miembros del grupo.

Dejamos atrás la Sala de Oración y continuamos a través de un pequeño corredor que partía de la gigantesca caverna. Aquella nueva vía no formaba parte de la gruta natural si no que había sido excavada por la mano del hombre.

Las paredes del corredor estaban recubiertas con ladrillos y la cubierta era de roca viva. Gracias a las linternas, pudimos ver restos de enfoscado sobre el muro. En el suelo encontramos otra de aquellas losas grabadas.

Marchábamos en silencio, sin hablar entre nosotros, temiendo lo que pudiéramos encontrarnos al dar el siguiente paso.

Burbuja y Marc, que iban por delante, se detuvieron. Habían encontrado otro muro cerrado con una puerta de madera. Sobre la puerta, dos palabras talladas sobre el dintel: LOCUS CAEREMONIARUM.

El acceso a la Sala de Ceremonias.

El cierre de la puerta estaba oxidado y las vigas, podridas. Apenas bastó con empujarla con algo de fuerza para que se desmoronase.

Entramos en una estancia circular, de tamaño y estructura parecidos a aquella en la que habíamos encontrado el alfanje. Un fabuloso tesoro se desplegaba ante nuestros asombrados ojos.

Los expertos en arte visigodo habrían llorado de emoción de haber podido contemplar lo que nosotros: decenas de coronas cubiertas de piedras preciosas y de esmaltes. Todas las coronas tenían forma de *kamelakion* griego, similares a las que conformaban el Tesoro de Guarrazar del Museo Arqueológico, aunque al lado de aquella colección, dicho tesoro parecía tan pobre como los restos de un saqueo.

Algunas coronas eran de un palmo de alto, adornadas con extraordinarios esmaltes, brillantes piedras de colores, grandes como huevos de codorniz; hiladas de perlas en la base y el remate... Todo un catálogo de orfebrería visigoda.

Otras eran más sencillas: simples diademas de oro sin adornos, o con muy pocos. También las había de plata, bronce y otros materiales más corrientes.

Todas las coronas colgaban del techo sujetas por cadenas. Estalactitas de metales nobles y piedras preciosas que despedían destellos a la luz de nuestras linternas. En el corazón de las Cuevas de Hércules habíamos encontrado una versión del Jardín de las Hespérides en la cual las manzanas de oro tenían el aspecto de coronas reales.

Al principio no fuimos capaces más que de lanzar suspiros de asombro. Recorríamos con nuestras linternas aquel museo subterráneo, deleitándonos con el brillo casi místico de las coronas. Casi podía oírse el titilar de la luz sobre las piedras preciosas.

Burbuja fue el primero en romper aquel atónito silencio.

—Bien. Me alegro de que no sean campanas.

En un extremo de la sala pude ver una puerta de piedra, cerrada. Sobre la puerta había grabado un sello de Salomón, como el que aparecía en las losas de la cueva. Mucho me temía que tendríamos que encontrar la manera de abrir esa puerta si queríamos seguir adelante.

Inspeccioné las paredes con mi linterna. En el muro no había pinturas ni adornos, sólo unos extraños agujeros que, por alguna razón, me parecieron inquietantes.

Vi que Marc levantaba la mano hacia una de las coronas. Se lo impedí, llevado por un presentimiento.

—Espera. No toques nada. Al menos hasta que no estemos seguros de que podemos hacerlo.

Marc apartó la mano y, lentamente, la colocó detrás de la espalda.

—Imagino que tendremos que abrir eso —dijo Danny iluminando la puerta de piedra—. También podríamos olvidarnos de la Mesa, coger este tesoro y donarlo al Arqueológico. Nadie volvería a plantearse jamás la utilidad del Cuerpo de Buscadores. A Urquijo le dará un colapso si nos ve aparecer con todo esto.

Deambulando por aquella cámara, localicé otra lápida con una inscripción, como la que había en la sala de las campanas. Traté de leer el texto pero no pude.

—¿Alguno de vosotros es capaz de leer alfabeto griego? —pregunté.

Marc negó con la cabeza. Danny señaló a su hermano.

—Burbuja puede.

—¿En serio?

—Cuando entraste en el Cuerpo te dije que hablaba una lengua muerta. Es el griego clásico —respondió él con voz átona. Aún parecía estar aturdido por la caída de Tesla.

—Necesito que traduzcas esto.

Se pasó la mano por la cara y respiró hondo, haciendo acopio de fuerzas. Luego se acercó a la lápida y empezó a leer en voz alta:

—«*Agios o Theos. Agios iskyros. Agios athanatos, eleison imas.*» La última frase está en latín.

—«Debe orarse en el orden correcto» —traduje—. ¿Qué significan las frases escritas en griego?

—«Santo Dios. Santo Fuerte. Santo Inmortal, ten misericordia de nosotros.» Es una doxología oriental: el *Trisagios*. Se rezaba en griego en las ceremonias cristianas primitivas hasta que se tradujo al latín con la forma del *Sanctus*. En la liturgia hispana se siguió empleando la fórmula griega durante mucho tiempo. Es normal que los visigodos lo utilizasen así. —Observé a Burbuja con admiración. No esperaba un conocimiento semejante por su parte—. ¿A qué viene ese cara de asombro? Te dije que tenía dos licenciaturas y un doctorado.

La explicación de Burbuja fue una gran aportación, pero seguíamos sin saber qué relación existía entre el *Trisagios* y las coronas.

Al inspeccionarlas con más atención, nos dimos cuenta de que cada corona tenía adornos colgantes en forma de letras, similares a los de la Corona Votiva de Recesvinto del Tesoro de Guarrazar. Marc descubrió que las letras formaban palabras si se leían en el orden correcto.

—Fijaos en ésta —nos dijo Marc, alumbrando una corona hecha de bronce y decorada con gemas verdes—. Se lee «*Deus*»…

Y en esta otra también. Pero en ésta se lee «*Fortis*», y en esta otra, «*Immortalis*». Es la traducción al latín de los tres versos del *Trisagios*.

Marc estaba en lo cierto. Todas las coronas estaban adornadas con la fórmula latina del *Trisagios*. Los tres versos se repetían una y otra vez en las diferentes piezas.

Reparé en que las cadenas de las cuales pendían las coronas no estaban clavadas en el techo, sino que se introducían en pequeños agujeros.

—Creo que son resortes —dije—. Las coronas: son resortes. Si tiramos de ellas hacia abajo, es probable que activemos algún tipo de mecanismo… «Hay que orar en el orden correcto», eso es lo que dice la lápida. Sospecho que si tiramos de las tres coronas adecuadas, en el orden de la doxología, la puerta se abrirá.

Pensé que alguien pondría alguna objeción a mi hipótesis, pero nadie lo hizo. El hecho de estar sumidos en una gruta bajo un manto de oro y piedras preciosas nos hacía considerar hasta la más inverosímil de las posibilidades.

—De acuerdo —convino Danny—. Conocemos el orden: *Deus. Fortis. Immortalis.* Si sólo hubiera tres coronas, sería sencillo. Pero fijaos: hay más de una en la que se puede leer *Deus*, y lo mismo ocurre con las demás. ¿Cómo saber cuál es la correcta? Necesitamos alguna otra pauta.

Traté de pensar con la lógica de un visigodo del siglo VII, lo cual, como puede imaginarse, no era nada fácil.

Teníamos un comienzo: sabíamos —o creíamos saber— que la primera corona que había que activar era la que estaba adornada con la palabra *Deus* (el *Agios o Theos* de la doxología griega). Al hacer un recuento descubrí que había tres coronas que tenían aquella inscripción. Las tres eran diferentes, pero no había manera de saber cuál era la correcta.

—Quizá valga cualquiera —sugirió Marc—. Probemos con todas, a ver qué ocurre.

—No creo que sea buena idea —repuse pensando en los ominosos agujeros que tachonaban las paredes. Seguí observando las tres coronas, que estaban todas juntas, devanándome los sesos por encontrar un indicio.

Una de las coronas era dorada y estaba adornada con bolas redondas y blancas, puede que fuesen perlas. La segunda corona era de un metal grisáceo parecido al hierro y tenía engastadas piedras verdes que me parecieron esmeraldas, o algún tipo de gema similar. La última corona era de plata y tenía relieves grabados a buril con formas vegetales.

Una de ellas era la corona del Dios Santo. Sólo una.

Marc alumbró la segunda corona.

—¿Creéis que estas piedras pueden ser esmeraldas?

—No lo sé —respondió Danny—. En este momento me gustaría poder tener a mano a los gemelos. Ellos lo sabrían. ¿Por qué lo preguntas?

—Es una idea que se me ha venido a la cabeza…, en Stanford cursé una asignatura de semiótica. Recuerdo que nos enseñaron que el berilo era una piedra sagrada, porque, según el libro de Ezequiel, era el material con el que estaba hecho el trono de Dios. La esmeralda es un tipo de berilo, de modo que, si eso fuesen esmeraldas…

—Una alusión al Dios Santo a través del material con el que está forjado su trono celestial —dije—. Me parece un razonamiento bastante débil… Pero, por desgracia, no tenemos otro.

Nos quedamos mirando la corona como si fuese una bomba a punto de explotar.

Finalmente, Burbuja dio un paso adelante, agarró la corona con las manos y tiró de ella con fuerza.

Yo cerré los ojos, esperando algún tipo de cataclismo.

Se escuchó un fuerte chasquido procedente del interior de la gruta. Luego algo tembló y, de pronto, la puerta de piedra se alzó unos centímetros del suelo.

Mi profundo suspiro de alivio se unió al de mis tres compañeros.

—Buen trabajo, Marc —dijo Danny—. Ya tenemos una pauta.

Yo esperaba que no hubiese sido un simple golpe de suerte.

El siguiente verso de la doxología era *Agios iskyros*: Dios Fuerte, cuya traducción en latín era *Deus Fortis*. Había cuatro coronas que lucían aquella inscripción. Dos eran de oro, con esmaltes rojos y azules. Una tercera era de plata y estaba decorada con perlas y joyas brillantes de color azul oscuro. La cuarta era una simple corona de bronce, sin adornos.

—Marc, ¿recuerdas algo más de tus clases de semiótica que nos pueda ser de utilidad? —pregunté. Él negó con la cabeza.

—Dios Fuerte… —musitó—. Alguna de estas coronas tiene que estar hecha con un material que aluda a la fuerza de Dios, pero no se me ocurre cuál puede ser.

—Una de ellas es de bronce. El bronce era un metal sagrado en muchas de las culturas de la Antigüedad, y servía para hacer armas —dijo Burbuja—. Yo probaría con ésa.

Era una deducción lógica, pero, por algún motivo, yo no acababa de verlo tan claro. Dado que no se me ocurría ninguna objeción, no dije nada mientras Burbuja levantaba las manos hacia la corona de bronce.

Justo cuando estaba a punto de tirar de ella, Danny le detuvo.

—¡Espera! Espera un momento… Acabo de acordarme de algo: en el tesoro de la catedral de Munich hay una escultura que representa a san Jorge luchando contra el diablo. Su armadura está hecha de zafiros.

—Sí —dijo Marc de pronto—. Ahora lo recuerdo. El zafiro. En la visión de Ezequiel, el brillo del zafiro es la fuerza luminosa del Reino de Dios… La corona de bronce no es la correcta; debemos tirar de la que está adornada con piedras azules.

—Hay dos decoradas de esa forma —advirtió Burbuja.

—Sí, pero en una de ellas el azul es de esmalte, mientras que en la otra hay gemas de ese color; puede que sean zafiros. —Marc no esperó a contar con nuestro permiso. Se acercó a la tercera corona y tiró de ella.

De nuevo volvió a escucharse aquel ruido mecánico. La puerta de piedra se elevó un poco más, pero aún no era suficiente para que pudiéramos atravesarla, ni siquiera a rastras.

Tendríamos que activar la tercera y definitiva corona.

El último verso de la doxología correspondía a la fórmula latina *Immortalis*. Dios Inmortal. Había tres coronas con aquella palabra.

La primera era de oro y estaba decorada con relieves en forma de vid y cruces patadas. La segunda corona era un simple aro de metal descolorido; a su alrededor tenía piedras rojizas engastadas en forma de cabujón (Danny las identificó como granates). La tercera y última estaba adornada con esmaltes verdes y gemas transparentes.

—Dios Inmortal… —dije yo—. Ésta parece clara: una de las coronas tiene uvas, que es un símbolo eucarístico, y cruces. Ambas son imágenes de Cristo, que nos lleva a la Vida Eterna.

Mis compañeros estuvieron de acuerdo conmigo. Nuestro éxito en los dos intentos anteriores nos había vuelto confiados, de modo que no tardamos mucho en decidirnos.

Burbuja asió la corona decorada con relieves y tiró de ella.

Esperé a escuchar el familiar sonido del resorte. En vez de eso, lo que llegó a mis oídos fue un golpe muy fuerte, como de una piedra pesada cayendo al otro lado de los muros. A éste le siguieron otros ruidos, parecidos a chirridos y roces; como si un montón de alimañas estuviesen arañando las paredes de la gruta desde el otro lado.

Aquello no me gustó nada.

Percibí a mis espaldas un extraño sonido, como si alguien soltase una bocanada de aire a través de un tubo. Me giré a tiempo para ver cómo algo salía disparado de uno de los agujeros de la pared. Escuché un grito de dolor. Me volví y vi a Burbuja apretando la mano contra la parte interior de su rodilla, donde tenía clavado un virote de madera grueso como un pulgar.

—¡Al suelo! ¡Todos al suelo! —grité de inmediato.

Empujé a Danny y a Marc, que los tenía a mi lado. Al mismo tiempo que mi cara golpeaba contra la tierra, los muros que nos rodeaban empezaron a escupir decenas de malignos aguijones.

Sentí un pinchazo en el hombro. Luego una lluvia de virotes de madera que rebotaban en las paredes, saliendo de todas partes como un enjambre de insectos. Apenas duró unos segundos pero fueron angustiosos, como los que transcurren durante una caída.

Los agujeros de la pared dejaron de disparar proyectiles. Aun así, permanecí un tiempo en el suelo, boca abajo, cubriéndome la cabeza con las manos y respirando polvo y miedo.

Cuando hube recuperado mi ritmo cardíaco, me atreví a levantar el cuello y mirar a mi alrededor.

—¿Estáis todos bien? —pregunté.

—¡Maldita sea! ¿Qué ha sido eso? —exclamó Marc.

—La penalización por equivocarse de corona.

Me llevé la mano al hombro con una mueca de dolor. Uno de los virotes había logrado atravesar la gruesa ropa que llevaba puesta, aunque sin causarme una herida muy profunda.

Me aseguré de que mis compañeros hubieran tenido igual suerte que yo. Marc y Danny parecían intactos. Burbuja, en cambio, era el que se había llevado la peor parte.

Vi que a lo largo de su pierna tenía clavados al menos tres virotes. Uno de ellos encajado en la parte interna de la rodilla y otros dos en el muslo derecho. También tenía una herida bastante fea en la mejilla, que sangraba sin cesar. Al parecer, la trampa estaba diseñada para que aquel que tirase de la corona incorrecta recibiese la mayor cantidad de proyectiles. Lo que resultaba un milagro era que el resto hubiéramos podido tirarnos al suelo antes de sufrir males mayores. Supuse que después de siglos sin funcionar, el diabólico mecanismo de aquella sala habría perdido efectividad.

Burbuja estaba tirado en el suelo, conteniendo un gesto de dolor. Nos acercamos a él. Ninguno nos atrevíamos a tocar los virotes que tenía clavados en la pierna, pues carecíamos de los más básicos elementos para realizar siquiera unos primeros auxilios.

—Mierda. Esto no es bueno… No es nada bueno —dijo

Burbuja, apretando los dientes, mientras contemplaba su pierna asaetada.

—No te muevas —le ordenó Danny—. Voy a intentar hacerte un torniquete. —Se quitó su chaqueta y con ayuda de mi navaja la cortó en tiras. Después las ató alrededor de la pierna de su hermano a la altura de la ingle.

—No me atrevo a sacarte los virotes. Podría hacer un destrozo.

—Habrá que intentarlo, de lo contrario las heridas se podrían infectar. Las puntas de los virotes no están abiertas —dijo Burbuja.

Los tres nos miramos asustados, sin saber qué hacer. Entonces él apretó las mandíbulas, agarró uno de los virotes del muslo y tiró de él. Luego hizo lo mismo con el otro. No emitió ningún quejido, pero su rostro se contrajo de forma penosa.

Rápidamente, Danny colocó dos improvisados apósitos sobre las redondas heridas de la pierna de su hermano, que a continuación intentó extraerse el proyectil de la rodilla.

Yo empecé a sentir mareos.

—No puedo… —jadeó Burbuja—. Este hijo de perra está bien agarrado.

—Tenemos que sacarte de aquí y llevarte a un médico —dijo Danny—. Por el amor de Dios… ¿Por qué siempre tienes que ser tú el que acabe sangrando?

Él dejó aflorar una sonrisa cadavérica.

—Porque soy el más valiente, pequeñita… —Intentó incorporarse, pero no fue capaz. Un latigazo de dolor se reflejó en su rostro—. Debéis seguir adelante y buscar una salida. Yo no puedo andar.

—Te cargaremos —dije yo, pero él negó con la cabeza.

—Sería un estorbo. Es importante que os deis prisa, y conmigo a cuestas eso sería imposible.

—Todavía tenemos que salir de esta sala —advirtió Marc—. Hay dos coronas, y una de ellas abre la puerta.

Yo tenía la impresión de que un fallo más sería fatal. Era imprescindible que escogiésemos con cuidado: una de las coronas nos abría el paso, la otra nos convertía en blancos indefensos.

—Estúpido —dije, dándome un golpe en la frente—. Un idiota sin cabeza, eso es lo que soy. Piedras. La clave está en las piedras. Las esmeraldas representan a Dios, los zafiros a la Fuerza...

—¿Y la inmortalidad? —preguntó Marc.

—Los granates. En la Edad Media, los hombres llevaban amuletos de granate a las batallas, pues creían que así mantendrían lejos el peligro de muerte. Los granates son la piedra de la inmortalidad.

Marc hizo ademán de acercarse a una de las coronas para tirar de ella, pero yo se lo impedí.

—Me encargaré yo —dije—. La idea ha sido mía. Es justo que yo asuma las consecuencias.

Antes de que nadie pudiera impedírmelo, agarré la corona con decisión. Tuve que ponerme de puntillas para poder alcanzarla, lo cual me costó más de lo que creía debido al temblor que sentía en las piernas.

Cerré los ojos, contuve la respiración y tiré de ella.

No fue necesario un gran esfuerzo por mi parte. Primero mostró una débil resistencia, luego escuché un chasquido, un fuerte sonido de ensamblaje y, finalmente, la puerta de piedra se levantó lo suficiente como para que pudiéramos atravesarla.

Respiré hondo y di un paso atrás.

—Buen trabajo —reconoció Burbuja—. Pero podías haberte acordado de lo de los granates la primera vez.

No le reproché sus palabras.

Marc y yo nos dirigimos hacia la salida. Danny no nos siguió.

—Continuad vosotros. Yo me quedo con Burbuja.

—Estaré bien.

—No es negociable. No voy a dejarte solo y herido.

Burbuja protestó, pero fue inútil. Danny no estaba dispuesta a cambiar de parecer, lo cual me pareció lógico. Dado que a su hermano no le sobraba el tiempo, preferimos no discutir inútilmente sobre la cuestión y seguir avanzando.

Sólo nos quedaba una sala por atravesar y ya habíamos perdido a más de la mitad del grupo por el camino.

8

Invocación

Al traspasar la puerta de piedra, y después de recorrer un breve trecho, entramos en una segunda sala. Era redonda y en esta ocasión no había coronas ni tesoros de ningún tipo.

Lo único que había en su interior era un pedestal hecho de piedra, sencillo, sin más adornos que una breve inscripción tallada. Sobre el pedestal había una pequeña caja decorada con esmaltes que formaban diseños en forma de flor de seis pétalos. La caja no tenía cierre ni pestillo alguno.

Era una simple caja solitaria en el centro de una sala vacía.

Me acerqué a leer la inscripción tallada en el pedestal: LOCUS CAPSAE.

Sala del Cofre.

Detrás del pedestal había una puerta de hierro en cuyo centro se veía un enorme cerrojo. El único lugar de esa habitación en el que podía esconderse una llave era en el interior de la caja de esmaltes. No había que ser un genio para suponerlo.

Parecía muy sencillo.

—¿Cuál es el siguiente paso? —preguntó Marc.

—Creo que es evidente —respondí—: hay una puerta con un cerrojo y un cofre. Opino que en primer lugar deberíamos abrir el cofre y comprobar si guarda una llave en su interior.

Ninguno de los dos quiso tomar la iniciativa. Marc, al igual que yo, desconfiaba de que la solución fuese tan simple.

Permanecimos en silencio, contemplando el cofre a la luz de nuestras linternas. Un objeto agorero que parecía flotar entre las sombras.

Marc se acercó a él y lo empujó un poco con la mano. El cofre se movió. No parecía pesado.

—Maldita sea, es sólo una caja —espetó—. ¿Qué mal puede causar? No hay agujeros en las paredes, ni campanas colgantes, ni ningún mecanismo enrevesado que haga que broten estacas del suelo o algo parecido… Sólo es una maldita caja…

—Bien. En ese caso, ábrela.

Marc no se movió.

La luz de su linterna llenaba su cara de sombras. Pude ver cómo apretaba los labios, en un gesto de decisión.

—No tengo miedo de una caja…

Dirigió las manos hacia el cofre hasta que sus dedos lo rozaron.

—¡Espera! —exclamé. El gesto de Marc quedó congelado.

—¿Prefieres hacerlo tú?

No respondí. Quise hacerlo, pero no fui capaz.

Marc y yo permanecimos frente a frente, separados por el pedestal de piedra, sin poder apartar los ojos del cofre. Éramos como dos cazadores atrapados en la guarida de una bestia dormida, una bestia que podía despertar en cualquier momento.

Pensé que era una situación ridícula: dos hombres adultos que habíamos pasado por toda clase de peligros, paralizados de miedo ante un objeto aparentemente inofensivo. Bastaba con dar un paso al frente y abrirlo. Yo mismo estaba dispuesto a hacerlo.

Pero no podía.

Me paralizaba un miedo irracional y extraño: el miedo de un niño a los monstruos ocultos en su armario. Estaba seguro de que encontraría cosas terribles en aquel cofre. Me veía a mí mismo abriendo la caja y descubriendo en su interior un nido de serpientes venenosas, enredadas como una maraña, viscosas, brillantes, palpitando igual que un corazón arrancado. Serpientes que saltarían hacia mis ojos, que graparían mi cara con mordiscos empapados de veneno.

Cerré los ojos y me estremecí. No podía quitarme aquella imagen de la cabeza. Me pregunté si Marc estaría luchando contra visiones similares.

Su voz me sacó de mis pensamientos.

—¡Por todos los…! —masculló. Antes de que pudiera detenerlo, se acercó al pedestal y abrió el cofre con un gesto brusco.

Puede que las sombras me engañaran. Puede que la luz de mi linterna confundiese mis sentidos o que mi imaginación me jugase una mala pasada, pero habría sido capaz de jurar que, durante el tiempo que dura un latido, la cara de Marc reflejó la más pura expresión de terror.

Sólo durante un segundo.

Aquella expresión fugaz desapareció, si es que alguna vez llegó a existir. En su lugar, Marc se quedó mirando el interior de la caja en silencio, sin que su rostro manifestase ningún tipo de emoción. Sólo me pareció que estaba algo más pálido, pero bien pudo ser un efecto de la escasez de luz.

—¿Marc…? —pregunté—. ¿Hay algo ahí…?

Me acerqué a él. Alumbré el interior del cofre con la linterna y vi una llave grande como la palma de una mano.

No había nada más.

En la parte interna de la tapa descubrí que había una palabra escrita con fragmentos de esmalte. Sólo una palabra.

Moris.

Latín. «Tú mueres.»

Había una certeza siniestra en aquel mensaje. Una orden que había estado oculta durante siglos en las entrañas de la tierra, esperando a que alguien posara sus ojos sobre ella.

Tú mueres. Y eso es todo.

Por un momento, un breve y angustioso momento, esperé que el techo se derrumbase sobre nuestras cabezas, que algún tipo de niebla ponzoñosa brotase del fondo del cofre o, simplemente, que Marc cayese al suelo fulminado por efecto de quién sabe qué clase de brujería milenaria.

Nada de eso ocurrió.

Marc me miró y sonrió. Ensuciada por las tinieblas, aquella sonrisa me pareció cualquier cosa menos alegre. Parecía que le hubiera costado un enorme esfuerzo colocarla entre sus labios.

—Me esperaba algo más espectacular. —Agarró la llave y la sacó del cofre—. Sigamos adelante.

Se dirigió hacia la puerta e introdujo la llave en la cerradura. Yo eché una última mirada de recelo hacia el cofre. Las letras de esmalte rojo titilaron un segundo antes de desaparecer en las sombras.

Moris. No hay marcha atrás. Tú mueres.

Un escalofrío recorrió mi espalda, introducido en mi cuerpo desde lo más profundo de la tierra, bajo mis pies.

Marc logró hacer girar la llave en su cerradura.

Tuvimos que empujar los dos al mismo tiempo para que la puerta se abriese. Sus goznes estaban cubiertos de una tumefacta capa de óxido.

Dejamos atrás la Sala del Cofre y aparecimos en otro tramo de gruta natural. Ante nosotros se extendía un camino oscuro.

Al otro lado de esa oscuridad nos aguardaba la última etapa de nuestra búsqueda.

Aquel nuevo tramo de gruta se ensanchaba a cada paso. A medida que nos acercábamos a lo que fuera que hubiese al final, empezamos a percibir un olor extraño.

Las paredes y el techo de la gruta desaparecieron de nuestra vista y nos encontramos rodeados de una oscuridad absoluta. Al mover las linternas, cuya luz se encontraba ya muy debilitada, sólo alcanzamos a atisbar formas y siluetas difusas a nuestro alrededor.

Marc trastabilló y escuché un chapoteo.

—¿Qué diablos…? —dijo. Iluminó a sus pies y vi una especie de conducto pequeño excavado en el suelo de la gruta. Estaba lleno de una sustancia líquida y avanzaba en línea recta hacia lo profundo, más allá de donde alcanzábamos a vislumbrar con las linternas.

—¿Qué es esto? —pregunté.

Marc mojó los dedos en aquel líquido. Lo olió, después lo probó con la punta de la lengua y, por último, escupió hacia un lado.

—Sabe como a gasolina.

—¿Podría ser petróleo?

—No lo sé, pero sea lo que sea no está aquí por casualidad. Fíjate: sólo está dentro de este conducto, y es demasiado recto como para tratarse de una formación natural… Se me está ocurriendo algo; ¿tienes un mechero?

Le dejé el mío. Marc lo encendió y lo acercó con cuidado hacia el conducto. El líquido que había en su interior prendió con un sonido de flama y ante nuestros ojos brotó una línea de fuego que avanzó a lo largo del túnel, iluminando el camino a seguir.

—El camino de baldosas amarillas… —dijo Marc—. Veamos si hay alguna Ciudad de Esmeralda al final.

Seguimos la señal en llamas. Las linternas ya no eran necesarias, de modo que las apagamos. Aceleramos al paso a medida que íbamos avanzando junto a aquel camino de fuego. En el trayecto empezaron a aparecer bifurcaciones y cuevas secundarias, pero nosotros no nos apartábamos de la ruta marcada por la línea ardiente.

El conducto se dividió en dos tramos y las llamas avanzaron en direcciones opuestas. Empezó a formarse un círculo de fuego que iluminó la caverna en la que nos encontrábamos.

Cada sombra disuelta nos mostró algo extraordinario. Nos detuvimos en seco, conteniendo el aliento, golpeados por aquella visión.

Las proporciones de aquella caverna eran inmensas. Estalactitas tan gigantescas que habrían requerido dos hombres para rodearlas pendían de la cubierta como blasones de piedra. El fuego que ardía dentro de los múltiples conductos repartidos por el interior confería al espacio de una luz temblorosa y cambiante, igual que el interior de la nave de una catedral llena de vitrales.

Rodeando la caverna pude ver cuatro estatuas colosales. Sus cabezas tocaban la cubierta de la gruta y sus espaldas estaban apoyadas contra las paredes, como si sobre ellas descansara todo el peso de aquella estancia.

Nunca en mi vida había visto unas figuras semejantes. Representaban extrañas criaturas hechas de bloques de piedra sin tallar, cuya forma recordaba vagamente a la de un ser humano. Sus rostros eran deformes y grotescos. Sus bocas, abiertas en un eterno grito, mostraban una hilera de dientes irregulares, y de ellas brotaban lenguas bífidas. Las caras no tenían ojos sino muescas de diferentes tamaños. Las cuatro titánicas criaturas se inclinaban con aspecto voraz hacia el centro de la caverna, con los brazos levantados a la altura de sus cabezas y extendidos hacia delante, como si cada estatua quisiera sujetar las manos de la que tenía enfrente. Las estatuas estaban unidas a las paredes de la caverna mediante gruesas cadenas atadas a sus muñecas, que pendían bajo sus brazos formando una diagonal.

En el centro de aquel espacio, bajo la mirada de los cuatro gigantes, se alzaba una formación rocosa en forma de pirámide, con escalones tallados sobre su superficie. En lo alto de aquella pirámide había una verja de metal, y tras la verja se encontraba el tesoro que tanto habíamos anhelado encontrar.

Por fin pudimos contemplar con nuestros propios ojos el aspecto de la Mesa de Salomón.

La Mesa estaba colocada sobre un pedestal de piedra blanca y pulida. A la distancia a la que me encontraba era difícil calcular sus dimensiones, aunque recuerdo que pensé que era mucho más pequeña de lo que había esperado. A simple vista no debía medir más de medio metro de alto.

Toda la pieza estaba hecha de un metal que brillaba como el oro. No tenía patas sino cuatro pequeñas estatuas que representaban sendos bueyes colocados de espaldas, formando una cruz. Encima de los cuernos de los bueyes descansaba una tabla de forma ovalada, hecha con algún tipo de piedra negra y resplandeciente parecida a la obsidiana. Sobre la superficie de la mesa, rodeando el borde, había una serie de remates en forma de esfera, también dorados.

Contemplarla fue una experiencia imposible de describir. Un objeto que había viajado miles de años en el tiempo para encontrarse con nosotros. Mágico o no, poderoso o no, la sola idea de su existencia ya era un milagro; pero lo era aún más que los buscadores hubiéramos sido capaces de encontrarla.

De todos los pensamientos que estallaron en mi cabeza cuando contemplé aquel objeto, sólo hay uno que recuerdo con claridad. Fue para mi padre.

Le daba las gracias por haberme contado aquella historia. Él me regaló aquella búsqueda, y la búsqueda ya había terminado.

Era el único lazo que nos había unido. El lazo se había roto en el momento en que pude contemplar la Mesa con mis propios ojos. De él ya no me quedaba nada. No volvería a quedarme nada más que una completa ausencia.

Ahora sé que lo único que encontré al final de aquella búsqueda fue una pérdida. Quizá así es como debe ser: una búsqueda no termina en hallazgo porque una búsqueda no termina jamás. Porque, en realidad, un buscador no necesita encontrar nada; sólo la búsqueda es importante.

Eso es lo que da sentido a nuestras vidas.

Me di cuenta entonces de que yo era un buscador. Siempre lo había sido.

Y me sentía orgulloso de serlo.

Marc empezó a dar brincos y a aullar de júbilo. Yo compartía su euforia, aunque en el fondo me sentía extrañamente melancólico.

No nos permitimos celebrar el éxito durante mucho tiempo. Aún teníamos que encontrar una salida para poder llevar a Burbuja al exterior.

—Quizá haya una salida secreta, o algo así —dijo Marc—. Los que excavaron esta sala tuvieron que colocar una ruta de salida rápida. Puede que si rodeamos esas enormes estatuas... Por cierto, ¿qué diablos se supone que representan?

—De diablos se trata, precisamente. *Lapidem Unguibus...* Garras de Piedra —respondí—. Creo que son imágenes del demonio Markosías, a quien san Isidoro llama «Terror de Terrores». Según él, custodian la Mesa.

En el momento en que dije aquellas palabras vimos a alguien aparecer por detrás del altar de piedra.

Marc y yo nos quedamos paralizados, como si un espectro se hubiese materializado ante nosotros.

Resulta un símil muy apropiado, ya que aquel hombre tenía un inquietante parecido con un fantasma: su rostro pálido y lleno de sombras no habría resultado fuera de lugar en el fondo de un ataúd; y, de hecho, en aquel lugar era justo donde a mí me habría gustado que estuviera. Yo ya conocía a aquel fantasma. La última vez que nos encontramos fue en mi casa, cuando apareció en mitad de la noche interrumpiendo mis pesadillas.

Era Joos Gelderohde.

A la luz del fuego su rostro de gusano parecía una máscara del Infierno. Gelderohde nos apuntaba con una pistola y sonreía. Era una sonrisa espantosa.

—«Terror de Terrores»... Así es, señor Alfaro. Pero ha cometido usted un error. Ningún demonio custodia este tesoro. Ahora es mío, y soy yo quien lo vigila.

—¿Qué hace este hombre aquí? —preguntó Marc, desconcertado.

—Adelantarme. Siempre me adelanto. Mi socio me dijo que tenía usted planeado llevarse mi Mesa, señor Alfaro. Será mejor que se olvide de ello.

Yo apreté los dientes, furioso.

—Su socio… —dije—. Maldita sea. ¡Quién es! ¡Dígalo de una vez! ¿Dónde está?

—Donde siempre estuvo, amigo mío: justo a su lado.

Gelderohde ensanchó su sonrisa. Yo miré a Marc.

Él dio un paso atrás, temeroso.

—¿Qué…? ¿De qué va esto?

Una ira roja y palpitante me nubló el juicio. Igual que cuando, en la Prueba de Disonancia, Marc puso en duda la profesión de mi padre; sólo que en esta ocasión Narváez no estaba para contenerme. Me arrojé sobre él y le descargué mi puño en su cara. Cogido por sorpresa, Marc cayó al suelo sentado, mirándome con los ojos muy abiertos.

—¡Nos vendiste, hijo de puta! ¡Eras su cómplice!

—¿Qué estás diciendo? ¡Miente! ¡No sé de qué diablos estáis hablando!

—¡Cállate!

Iba a golpearlo otra vez, pero Gelderohde me clavó la punta de la pistola en el pecho.

—Basta, señor Alfaro. Todo esto no es necesario.

Gelderohde movió el cañón de su arma hacia la cara de Marc. Luego disparó.

Moris.

Tú mueres.

El tiro resonó por las paredes de la cueva, multiplicado cientos de veces. *Bang.* La cara de Marc expresó una mezcla de miedo y sorpresa. (*Bang*). En su frente apareció un agujero rojo y oscuro (*bang*) del que salió disparado un esputo de sangre que me salpicó en la mejilla (*bang*). Marc cayó desplomado de espaldas y sus ojos muertos quedaron abiertos *(bang…)* contemplando eternamente un cielo de estalactitas de piedra.

Bajo su cabeza se formó un charco de sangre que ensució las suelas de mis zapatos, mientras el eco del disparo moría entre las estatuas colosales de los gigantes.

Sentí congelarse mi rostro. Di un paso atrás, horrorizado. Después miré a Gelderohde.

—Dios mío… ¿Qué es lo que ha hecho?

—Ahorrarle un esfuerzo. Los servicios de mi socio ya no me son necesarios. Y ahora que hemos resuelto lo intrascendente, señor Alfaro, pasemos a lo que realmente importa.

El cañón de la pistola de Gelderohde me apuntaba al pecho, como una diabólica serpiente de metal con las mandíbulas abiertas, a punto de escupir su veneno.

—Parece contrariado por la pérdida de su compañero, ¿puedo preguntar por qué? Creí que se alegraría de que recibiese el justo pago a su… *verraad*.

—Yo no quería matarlo.

—Una injustificable muestra de debilidad. ¿Acaso olvida todo lo que este hombre hizo? Me comunicó sus planes en Lisboa, gracias a lo cual pude desbaratarlos; me reveló que pensaban hablar con Olympia Goldman, por lo que no me dejó otra alternativa que matarla… Murió igual que él, de un disparo en la frente. A mí me parece que eso es justicia poética. Debería usted agradecérmelo.

Cerré los ojos, asqueado.

—¿Por qué todo esto?

—Ah, secretos del futuro, amigo mío, secretos del futuro… —dijo él, burlón—. Estoy cerrando un círculo. Un círculo abierto por Warren Bailey y Ben LeZion hace décadas. Yo sé que para usted y los suyos eran dos ladrones, dos criminales. Nada más lejos, créame; se lo dice un profesional. Bailey y LeZion fueron simples aficionados. Abrieron un huevo que no pudieron comerse. —Gelderohde emitió una desagradable risita—. Yo he terminado lo que empezaron. La Mesa es mía… o casi.

—¿Casi?

—Como ya le dije en su domicilio, desde hace tiempo tengo todo lo necesario para llegar hasta la reliquia. Tenía las cartas de Bailey en las que transcribía a LeZion, palabra por palabra, el contenido del diario de Miraflores. Gracias a mi socio, recientemente fallecido, confirmé que las Cuevas de Hércules estaban bajo la iglesia de Santa María de Melque. Por cierto, fue usted muy inteligente, señor Alfaro; *gefeliciteerd*. —Gelderohde hizo una grotesca reverencia—. En cuanto supe aquel detalle, tuve todas las cartas en mi mano. De hecho, poseo un triunfo vital que me otorga ventaja sobre el Cuerpo de Buscadores para llegar hasta aquí.

Gelderohde metió la mano en una bolsa de cuero que llevaba colgada del hombro. De ella sacó un libro con aspecto antiguo. Lo levantó ante mis ojos para que pudiera ver el título.

—La *Corografía Toledana* de Lastanosa —dije a media voz.

—Exacto —dijo él, y guardó de nuevo el libro—. No es la original, claro. Ésa ardió en un incendio, como ya sabe; se trata de una edición de 1845, idéntica al estudio primitivo. Es un libro extraordinario; Lastanosa fue capaz de cartografiar las Cuevas de Hércules casi al milímetro: cada galería, cada túnel, cada entrada y cada salida… Perfecto en todos los detalles. Hace mucho tiempo que sé la forma de entrar y salir de este lugar sin necesidad de atravesar esas ridículas trampas de feria.

—En ese caso, ¿por qué aún no se ha llevado la Mesa?

Gelderohde emitió un siseo y chasqueó los dedos.

—*Een slag van pech*… Creí tener todo lo que me hacía falta, pero me equivoqué. Hay un objeto, uno solo, que necesito; y ese objeto lo tiene usted.

—Ahora lo entiendo: la Pila de Kerbala.

—*Nee!* Olvídese de esa Pila. También la necesito, sí; pero no ahora, y no para esto. La Pila es muy importante para mí, pero no tiene ninguna relación con la Mesa.

—Entonces ¿para qué sirve?

—Le seré sincero, señor Alfaro; no lo sé. Lo ignoro por completo. Sólo sé que mis nuevos jefes quieren ese artefacto a toda costa.

Me sorprendió descubrir por primera vez que Gelderohde actuaba por encargo de alguien. Al parecer, Narváez estaba en lo cierto al sospechar que Gelderohde era un instrumento de otra persona. Una mente oscura de la que hasta ahora no sabíamos nada.

—¿De qué nuevos jefes está hablando?

Gelderohde me mostró una de sus sonrisas sin dientes.

—Qué curioso es usted, amigo mío… ¿No lo supone? ¡Lilith, por supuesto! Secretos del futuro, ya se lo he dicho… ¿Estas palabras no tienen sentido para usted? No importa. Creo que estoy hablando demasiado… ¿Por dónde iba? Ah, sí: cuando fui a su domicilio, aún no sabía que me faltaba algo para conseguir la Mesa. Lo he descubierto hoy, cuando mi socio, de cuerpo presente, habló conmigo y me dijo dos cosas muy interesantes: una, que usted había robado la Pila a los joyeros del Cuerpo de Buscadores; y dos, que también se había llevado cierta réplica de un objeto que les encargó hace días.

»Según mi socio, los buscadores estaban convencidos de que planeaba usted hacerse con la Mesa por su cuenta… ¡Qué travieso! En ese momento me percaté de que si usted iba a hacer eso era porque pensaba que ya tenía todo lo necesario para poder llevar a cabo esa labor: la Pila de Kerbala y la réplica que le hicieron los joyeros. Yo sé que la Pila no es útil aquí, por lo tanto deduje que aquello que me faltaba y que usted tenía era… —Gelderohde se calló y me miró, incitándome a completar la frase.

—La Llave-relicario de san Andrés…

—¡Sí! ¡Justo eso! Qué inteligente es usted, señor Alfaro. La Llave-relicario. ¿Recuerda lo que dijo san Isidoro sobre esta sala? Seguro que lo sabe, porque tiene usted el diario de Miraflores. Vamos. Responda. —Me encañonó el pecho con la pistola.

—La llave invoca al constructor —dije entre dientes.

—Al Constructor. En mayúscula. Markosías, el diablo arquitecto, el guardián de la Mesa. *Ja*… Ignoro lo que aquel obispo retorcido ideó para esta sala en concreto, pero es evidente que no puede accederse a la Mesa sin esa llave. Como usted mismo puede ver, la reliquia está detrás de una especie de barrera. Sé que la llave fue robada hace años, pero usted tiene una réplica hecha por dos expertos.

—Si quiere la llave, tendrá que matarme.

—Claro que voy a matarle, señor Alfaro, pensaba que eso era evidente. Pero le estoy dando la oportunidad de vivir el tiempo justo para hacer Historia, para tocar la Mesa de Salomón con sus propias manos. ¿Que por qué lo hago? Porque le respeto, amigo mío. *Ja, het is waar!* Ha llegado usted muy lejos y yo tengo una debilidad: admiro a las personas capaces de usar su intelecto… ¡Es una virtud tan rara en el género humano! Aquellos que hemos sido agraciados con una inteligencia superior a veces nos sentimos demasiado solos, demasiado incomprendidos. Usted no merece morir sin antes haber rozado el premio de su búsqueda. Sé que no me lo agradecerá, pero no me importa. Lo hago como mera satisfacción personal.

—¿Qué se supone entonces que va a pasar ahora?

—Se lo diré: ahora dejará la llave en el suelo, a sus pies. Yo la cogeré y juntos subiremos por el altar donde se encuentra la Mesa y buscaremos el cerrojo adecuado. Cuando la Mesa esté a nuestro alcance, dejaré que la toque, que la sienta, y después le dispararé, justo aquí. —Se señaló la frente con la pistola—. No sentirá nada. Será una muerte rápida. Lo último que verán sus ojos será el recipiente que alberga *de Naam van de Naamen*, el Nombre de los Nombres. ¡Qué sublime manera de morir! Casi le envidio, señor Alfaro…

Durante un segundo, las llamas que iluminaban la gruta mostraron sus ojos. Brillaban con la expresión de un loco.

No tenía más opciones que obedecer sus desquiciados planes. Si intentaba salir corriendo tendría una bala alojada en el cuerpo antes de que diera un paso. Tampoco podía pedir ayuda, esperando vanamente que Danny y Burbuja pudieran oírme; estaban demasiado lejos.

Así pues, muy despacio, abrí mi mochila y saqué de ella la llave que los gemelos me habían fabricado. La puse en el suelo y la acerqué hacia Gelderohde empujándola con el pie, mientras él no apartaba de mí la pistola.

La cogió con una sonrisa de satisfacción.

—Magnífica pieza... Muy hermosa. Obra de manos muy expertas, sin duda. Créame: entiendo de esto. —Se guardó la llave en su bolsa de cuero y luego señaló hacia el altar de piedra con la punta de su arma—. Perfecto. Ahora, adelante. Voy detrás de usted.

Empecé a subir los peldaños del altar, sintiendo a mis espaldas el ojo oscuro del cañón de la pistola. A medida que nos íbamos acercando hacia lo alto, las grotescas estatuas de los demonios de piedra parecían mucho más amenazadoras.

Mi instinto de buscador parpadeaba como una luz de alarma. No era debido a la pistola que me apuntaba, ni al hecho de que no volvería a bajar de aquel altar con vida.

Era a causa de la mirada de piedra de los gigantes. Provocaban en mí un desasosiego irracional, superior al miedo a la propia muerte. Temor por lo salvajemente antiguo. Lo oscuro. Lo inmarcesible.

Llegamos al fin a la cumbre del altar. Por primera vez tenía la Mesa de Salomón a sólo unos pasos de distancia. Era un poco más grande de lo que parecía desde lejos, pero no mucho más. Pude observar algunos detalles que antes me resultaban indistinguibles, como los símbolos geométricos y letras hebraicas que adornaban su superficie. Quizá en ellas se encontraba el secreto del *Shem Shemaforash*. Yo no lo sabría nunca.

Había esperado que un objeto que poseía poderes casi divinos refulgiese con un brillo especial o transmitiese algún tipo de sensación electrizante. Nada de eso sucedía. La Mesa de Salomón no me inspiraba más fascinación que aquellas coronas de la Sala de Ceremonias, ni menos respeto que las gigantescas estatuas que acechaban sobre nuestras cabezas.

Si aquel objeto tenía algo de magia, ésta se encontraba bien oculta.

No podíamos alcanzar la Mesa porque una cerca de metal dorado la rodeaba por completo. En una parte de la cerca había un pequeño pedestal de piedra sobre cuya superficie se apreciaba un hueco que tenía el mismo perfil que el de la Llave-relicario de san Andrés. En el interior de aquella oquedad se veían una serie de muescas de formas irregulares. Coincidían con las pestañas de metal que rodeaban la Llave-relicario, aquellas que tanto habían confundido a los joyeros sobre su función. Ahora ya estaba clara.

Eran los dientes de la llave.

Todo era tan evidente que resultaba imposible no desconfiar: bastaba con introducir el relicario en el hueco correspondiente y… esperar.

Gelderohde tuvo el mismo pensamiento que yo.

—He aquí la cerradura —dijo contemplando el pedestal—. Y las muescas coinciden con las de la llave. Qué asombrosamente sencillo… Voy a concederle otro privilegio, ya que su vida transcurre por sus últimos momentos. —Gelderohde me tendió la llave—. Puede hacer los honores, señor Alfaro.

Las estatuas de los gigantes nos contemplaban desde lo alto. Vigilando.

Parecían estar deseosos de que algún infeliz introdujese la llave en el pedestal.

—Si quiere la Mesa, tendrá que conseguirla usted.

—Como quiera. Entonces, hágase a un lado.

Di unos pasos atrás. Gelderohde inspeccionó el relicario con cuidado. Lo colocó sobre el hueco del pedestal y apoyó la mano sobre él.

—En el umbral de este momento histórico, permítame decirle que, cuando tenga que narrarlo, haré justicia de la solemnidad del instante.

Presionó el relicario con la palma de la mano.

De pronto, bajo nuestros pies, algo tembló. Se oyó un chasquido, seguido de una serie de golpes encadenados que parecían venir de todas partes a nuestro alrededor. Algo retumbó entonces sobre nuestras cabezas.

Alcé la vista y vi que las cadenas que ataban a los gigantes se estremecían.

Percibí el peligro como si fuera un aroma intenso. Gelderohde no pareció percatarse de ello. Con una mirada de avidez, contemplaba cómo la verja metálica que rodeaba la Mesa empezaba a descender.

Se escuchó otro estruendo, y el ruido de piedras al entrechocar. Gelderohde alargó la mano hacia la Mesa.

La caverna tembló, un bramido espantoso resonó por toda la concavidad. Miré al frente y vi cómo la cadena de uno de los gigantes se desprendía de la pared de la caverna. En el extremo de la cadena había colgada una gigantesca piedra, que se balanceó hacia nosotros cortando el aire a su paso.

Me aparté de un salto, pero para Gelderohde fue demasiado tarde. Una expresión de sorpresa demudó su rostro antes de que la gigantesca mole lo arrasara con un movimiento pendular e implacable. Escuché un grito inhumano que fue interrumpido bruscamente. La piedra destrozó el cuerpo de Gelderohde y lo levantó en el aire. Cayó a plomo sobre las escaleras del pedestal y llegó rebotando hasta suelo, en medio de un espeluznante resonar de huesos partidos.

Aquella enorme bola pétrea no detuvo su marcha. Golpeó el vientre del gigante que estaba frente a él, desprendiendo un alud de rocas. El gigante tembló. Otra piedra colgada de una cadena caía desde la pared y volvía a dirigirse hacia el altar. Después otra, y otra… Cada una de las cadenas que pendían de los brazos de los gigantes se desprendió del muro y convirtió la gruta en un titánico baile de péndulos mortales.

Me oí gritar, justo antes de apartarme para evitar que otra de aquellas piedras no me aplastase igual que a Gelderohde. Cuando pasó a mi lado, el aire rugió como una bestia.

La piedra golpeó la Mesa, que salió disparada. Yo empecé a bajar las escaleras del altar a trompicones mientras los péndulos rocosos golpeaban contra los gigantes y contra las paredes de la caverna, haciendo que todo se derrumbase a mi alrededor.

Una enorme estalactita se desprendió del techo, cayó sobre el altar y empezó a rodar por las escaleras, justo detrás de mí. Corrí hasta el límite de mis fuerzas para que aquella columna cavernaria no me aplastase como si fuera un rodillo. La oía repicar sobre los escalones, cada vez más cerca. Desesperado, me protegí la cabeza con los brazos y salté a un lado. Caí no sé desde qué altura, pero la suerte estuvo de mi lado y aterricé sobre el cuerpo destrozado de Gelderohde.

Me puse en pie. Entonces pude ver fugazmente el espantoso despojo de carne y huesos rotos que antes había sido su rostro. No tuve tiempo para horrorizarme: la caverna entera se estaba derrumbando, golpeada por los péndulos de piedra. Una de las cabezas de los gigantes cayó a solo unos pocos centímetros de mí. Levantó una polvareda que me cegó. Tropecé y caí al suelo. Una roca me impactó en la espalda. Grité de dolor.

Abrí los ojos. Delante de mí estaba la Mesa de Salomón, penosamente abollada en el lugar donde la piedra la había golpeado. Sin pensar en lo que hacía, cogí la Mesa y eché a correr a ciegas.

Vi a lo lejos una pequeña abertura. Me dirigí hacia ella para ponerme a salvo, y entonces escuché un crujido apocalíptico, como si toda la bóveda de la caverna se hubiera partido en dos. Por un momento pensé que el Infierno se abría ante mí, y que no era de fuego y azufre sino una tempestad de garras de piedra.

El polvo se me metía en los ojos. Apenas podía ver nada. Sólo corría.

Volví a escuchar otro bramido de rocas al partirse. Tenía la impresión de que todo el universo temblaba a mi alrededor. Di un paso y tropecé. Caí al suelo de bruces soltando la Mesa de Salomón, que rodó delante de mí. Algo cayó y me golpeó en la cabeza tan fuerte que casi perdí el conocimiento.

Haciendo acopio de todas mis fuerzas, me incorporé. Agarré la Mesa y me impulsé hacia la abertura, que estaba a tan sólo unos pasos de mí.

Fue como tirarme de cabeza hacia el corazón del Infierno.

9

Revelación

No sé cuánto tiempo permanecí tirado en el suelo, hecho un ovillo y con la cabeza envuelta entre mis brazos, mientras cerca de mí el mundo parecía colapsar. Me pareció una eternidad.

Cada vez que el suelo temblaba o se oía el impacto de una roca, mi cuerpo se estremecía como en un estertor, y yo contenía el aliento preguntándome si alguna vez volvería a respirar. Tenía tanto miedo que llegué a pensar que si moría aplastado por una roca, dejar atrás mi aterrado y dolorido cuerpo no sería algo tan malo. Después de aquella experiencia aún soy incapaz de entrar en un espacio subterráneo sin sentir una incómoda opresión en el estómago.

El estruendo de la galería viniéndose abajo fue remitiendo poco a poco hasta desaparecer por completo. Cuando me sentí con el suficiente valor, empecé a moverme.

Todo mi cuerpo era un catálogo de dolores: lacerantes, palpitantes, sordos, leves, intensos… En la frente sentía una fuerte quemazón. Me llevé la mano allí, con cuidado, y palpé piel desgarrada y carne blanda al aire. Al mirarme los dedos después, los encontré cubiertos de sangre.

Pude ponerme en pie y chequear que todas mis articulaciones estaban en funcionamiento. Luego probé a encender mi linterna. Funcionaba.

Encontré junto a mí la Mesa de Salomón, que había logrado rescatar, no sé cómo, del reciente cataclismo. Lejos de su pedestal lo cierto era que no lucía un aspecto demasiado imponente. Estaba abollada por varias partes y cubierta de polvo.

No tenía tiempo de preguntarme si el secreto del *Shem Shemaforash* estaría o no a mi alcance. Lo primero era concentrarse en encontrar una salida. No quería acarrear con la Mesa, así que la dejé a un lado con la esperanza de recuperarla más tarde.

Iluminé a mi alrededor para ver en qué lugar me encontraba. Era una simple cueva angosta y oscura, como la garganta de una ballena. El final se perdía en la oscuridad. Avancé unos pasos y mi pie se hundió en un charco.

Al apuntar hacia abajo con la linterna vi que había una acumulación de agua en el suelo, formando un estanque de al menos un par de metros de diámetro. El agua que lo alimentaba se filtraba por la pared en forma de hilos. Me vi reflejado sobre la superficie del estanque y me di cuenta de que tenía una profunda brecha en la frente, cubierta de sangre. Casi habría jurado que podía verme el hueso del cráneo, aunque no sé si aquello fue más bien sugestión.

Ahora me explicaba por qué me dolía tanto. Me limpié la herida lo mejor que pude con ayuda de varios pañuelos de papel empapados en agua. Cada vez que la rozaba sentía como si me marcasen con un hierro al rojo vivo.

Sin poder hacer mucho más, decidí seguir explorando en busca de una salida.

Encontré una especie de corredor con nichos horadados. La mayoría estaban vacíos u ocupados por una tupida cortina de telas de araña. Deseé con todas mis fuerzas que sus moradoras fuesen demasiado tímidas para mostrarse.

Había unos diez o doce nichos. En tres de ellos vi unas panzudas vasijas de cerámica. Dos estaban intactas, pero una tenía una enorme brecha de la que rezumaba una sustancia espesa y ambarina.

Me acerqué a ella. Aquella sustancia despedía un olor familiar. La toqué con cuidado con la punta de mi dedo índice y la sentí pegajosa. Después me atreví a llevarme el dedo a la punta de la lengua.

Sabía a miel.

No acertaba a explicarme por qué alguien enterraría en aquel lugar unas vasijas llenas de miel. Movido por la curiosidad, cogí el recipiente para estudiarlo más de cerca. Al hacerlo, sentí el contacto de unas temblorosas patas entre mis dedos. Di un respingo y dejé caer la vasija al suelo, que se hizo añicos.

Moví los fragmentos con el pie. En su interior no sólo había una enorme cantidad de miel, sino también algo redondo y grande, cubierto del pegajoso dulce. Lo iluminé con la linterna para ver de qué se trataba.

Dejé escapar una exclamación de asco y retrocedí de un brinco.

Era una cabeza. Una cabeza momificada y cubierta de miel. Con toda claridad se apreciaban sus párpados cerrados, su boca carente de labios y formada por un óvalo de dientes estrechos y apretados, y los dos agujeros que Dios sabe cuánto tiempo atrás debieron de ser una nariz. La cabeza aún conservaba su cabello, apelmazado en forma de pegotes melosos sobre el cráneo.

Me pregunté si en las otras vasijas encontraría el mismo contenido repulsivo. No tenía intención alguna de comprobarlo, así que me alejé de allí. El haz de mi linterna se cruzó con un nicho más grande con forma de arcosolio. Vi que había un objeto dentro, pero no se trataba de ninguna vasija provista de inquietantes sorpresas en su interior.

Lo que había era un cilindro de medio brazo de longitud. Estaba hecho de metal ennegrecido y tenía algo grabado en su superficie. Lo cogí preguntándome si sería algo parecido a la Pila de Kerbala, que aún llevaba en mi mochila.

Al examinarlo vi que uno de los extremos del cilindro podía desprenderse. Lo quité. Había algo enrollado en el interior que despedía un intenso olor a moho. No me atreví a sacarlo y volví a colocar la tapa de aquel cilindro, el cual parecía funcionar como un estuche. Alumbré su superficie y vi que los motivos grabados sobre él eran letras. Al leerlas distinguí palabras en latín.

Urbs Hominum Sanctorum.

La Ciudad de los Hombres Santos.

Tras dudarlo un poco, finalmente decidí sacar el rollo que había dentro del estuche. Tenía unos cinco centímetros de diámetro. El material con el que estaba hecho me pareció pergamino. No lo desenrollé, pero pude ver que estaba cubierto de una caligrafía apretada, a base de caracteres que yo no conocía. No se parecían al alfabeto latino, ni al griego, ni a ningún otro que yo conociera.

Tenía la sensación de que podía tratarse de algo importante. Volví a meter el pergamino en el estuche, lo cerré y lo guardé dentro de mi mochila. Ya que tanto sacrificio había costado explorar aquellas cuevas, pensaba llevarme de ellas cualquier cosa que pudiera justificar el esfuerzo.

Justo cuando estaba cerrando la cremallera de mi mochila, oí un ruido.

Eran pasos.

Se acercaban a mí. Vislumbré el brillo de una linterna reflejándose en las paredes de la gruta. Me puse en pie, en actitud defensiva.

De pronto escuché una voz.

—¿Hay alguien ahí?

Había dejado de estar solo.

Reconocí la voz, pero me pareció que mis sentidos me estaban jugando una mala pasada. Permanecí quieto, como un animal asustado, esperando que en cualquier momento surgiese un fantasma ante mis ojos.

No tardó mucho en ocurrir.

Vi a Tesla.

Era él, no había duda. Su camiseta con el símbolo de Linterna Verde se le pegaba al cuerpo huesudo como un trapo recién sacado del agua; exactamente igual que sus pantalones. Estaba cubierto de grumos de polvo y tierra, como un muerto recién salido de la fosa. Llegué a pensar que era justo eso lo que estaba contemplando.

Tesla llevaba una linterna. Me alumbró con ella, cegándome momentáneamente.

—¡Tirso...! ¿Eres tú?

Apresuró el paso hacia mí. Cojeaba un poco al andar. Me agarró por los hombros y una sonrisa pletórica se abrió en su rostro. Yo estaba tan anonadado que no fui capaz de articular palabra.

—¡Gracias a Dios! ¡Pensé que estaría aquí perdido para siempre! ¿Dónde están los demás? ¿Burbuja, y Danny...? ¿Y qué ha sido esa especie de terremoto que ha hecho temblar las paredes? ¿Estáis todos bien? ¡Tienes una herida en la frente!

Dijo todo aquello de forma atropellada, empalmando el final de una frase con el principio de otra, y sacudiéndome los hombros de vez en cuando.

Por fin, fui capaz de pronunciar unas palabras.

—Estás vivo... Tú... ¡Estás vivo!

—Sí, lo estoy, pero de milagro.

—Te vimos caer desde aquella campana... ¡Creíamos que habías muerto!

—Tuve un inmenso golpe de suerte. Un inmenso, increíble e inaudito golpe de suerte. Había un lago en el fondo. Caí al agua de cabeza, por eso estoy tan mojado.

—Un lago...

—Sí, un acuífero o algo parecido, no lo sé, pero gracias a Dios, a la suerte o a cualquier tipo de bendita fuerza universal, estaba justo ahí. Podía haberme partido la cabeza contra una roca, pero no fue así.

—¿Qué ocurrió?

—No me rompí el cuello, pero casi me ahogo. Pude salir

nadando hasta una orilla, desorientado, sin tener ni idea de dónde estaba. Os llamé a gritos, pero no me oísteis.

—Nosotros también te llamamos.

—Tampoco os oí... ¿Sabes qué profundidad tenía aquella maldita sima? Yo no tengo ni idea, pero te aseguro que caí durante un buen rato... Y ni siquiera sé cuánto tiempo tardé en salir de aquel acuífero, luchando por no hundirme hasta el fondo. Creí que no iba a contarlo... Luego, cuando salí, descubrí que el contenido de mi mochila estaba intacto y casi seco. Jamás en mi vida me he alegrado tanto de haber gastado un poco más de dinero en una mochila impermeable... —Sonrió de forma nerviosa, casi histérica—. Dios... ¡No puedes hacerte la idea de cuánto me alegro de verte!

—Yo también, de verdad... ¿Cómo has llegado hasta aquí?

—Había un montón de túneles y galerías allí abajo, a orillas de ese acuífero. Empecé a seguirlas al azar, intentando encontrar una salida... Puede que no fuera lo más juicioso, pero estaba muerto de miedo, lo admito; habría hecho cualquier cosa con tal de salir de aquel atolladero.

»No sé cuánto tiempo he estado dando vueltas. Mi jodido reloj de cien euros no es sumergible, ¿te lo puedes creer? —Volvió a emitir aquella risita nerviosa—. De pronto sentí que toda la gruta temblaba, como si fuera un maldito terremoto. Eché a correr. Luego aquello paró. Seguí caminando hacia delante y te oí... ¡Bendito sea! Cuando te he visto creí que el corazón me iba a estallar de alegría... ¿Dónde están los demás? Tenemos que salir de este asqueroso agujero. Necesito ver el sol, respirar aire puro... Dios. De verdad que lo necesito.

Le resumí todo lo ocurrido desde que nos separamos. Todo el entusiasmo que había sentido al verme se esfumó poco a poco a medida que iba conociendo los detalles de mi relato. Especialmente al conocer lo ocurrido con Marc, a quien Gelderohde había señalado como traidor con un agujero de bala. El signo de Caín.

—¿Burbuja y Danny siguen en esa sala llena de coronas? —me preguntó cuando terminé la narración.

—Espero que sí. Ojalá no se haya derrumbado igual que la gruta donde estaba la Mesa de Salomón.

—La Mesa… ¿La encontraste?

—Sí. Pude llevármela antes de que fuera aplastada por una piedra.

—Me gustaría verla. Quiero comprobar si ha merecido la pena jugarse el cuello por esa cosa.

Era una petición razonable. Conduje a Tesla hasta el lugar donde había dejado la reliquia. Al verla, no pareció impresionado.

—¿Esto es todo? —se preguntó—. ¿He pasado por un infierno por… *esto*? —Le dio una patada a la Mesa, que se volcó de forma inofensiva. Tesla parecía estar muy enfadado—. ¡Maldita sea! ¡Ni siquiera es más grande que mi jodida mesita de noche! —Dejó caer los hombros abatido y, tras una pausa, me miró—. Salgamos de aquí, Tirso, por favor. De veras necesito salir de aquí.

—Lo haremos, te lo prometo. Creo que tengo una idea, pero debemos volver a la gruta donde estaba la Mesa.

—¿Para qué?

—Para recuperar la *Corografía Toledana* del cuerpo de Gelderohde. Es un mapa de las Cuevas de Hércules. Él lo utilizó para entrar sin tener que atravesar las salas con trampas.

—Fantástico. Vamos allá, entonces.

Salimos de la gruta en la que nos encontrábamos. Yo esperaba que los restos de Gelderohde no estuviesen ahora debajo de un enorme pedrusco.

La gruta de la Mesa se había convertido en algo parecido a un campo lunar tras una lluvia de asteroides. De las enormes estatuas de Markosías no quedaban más que muñones de piedra, y todo el perímetro estaba cubierto de rocas desprendidas, algunas tan grandes como menhires. Aún permanecían encendidas algunas llamas desperdigadas en los conductos de combustible que rodeaban la gruta, lo que contribuía a dotar el lugar de un aspecto aún más apocalíptico. Lo único que permanecía intacto era el altar de piedra donde había estado la Mesa de Salomón.

No tardamos mucho tiempo en encontrar el cadáver de Gelderohde. Cualquier parecido de aquellos restos con un ser humano completo era una mera coincidencia. Los golpes lo habían masacrado, colocando sus huesos en formas imposibles y desagradables. Su rostro era un cráter deformado, como la imagen de una pesadilla monstruosa.

Haciendo grandes esfuerzos para no mirarlo, busqué dentro de la bolsa que aún colgaba de su hombro. Encontré el tomo de la *Corografía Toledana*, así como los restos de algo que quizá fue una linterna. No había nada más.

—Mira —escuché a Tesla—, aquí hay una pistola.

—Es la que tenía Gelderohde.

—Me la llevaré, puede que la necesitemos.

Iba a decirle que no me parecía una buena idea cuando, de pronto, Tesla dejó escapar una exclamación de disgusto. Había encontrado el cuerpo de Marc.

Seguía en el mismo lugar donde cayó muerto a mis pies. Me quedé contemplando aquellos patéticos restos durante un instante. Pensaba que allí permanecerían hasta que la tierra los devorase. Era una triste tumba. Incluso para un traidor.

Me di cuenta de que no sentía odio. Ya no. Marc en vida fue un triunfador: inteligente, carismático, atractivo… Tenía todos los rasgos para haber disfrutado de una existencia envidiable. Había desperdiciado todo aquello por motivos que ya nadie jamás sabría. En pago, lo único que había obtenido era una bala en la cabeza y la tumba más inhóspita que nadie pudiera imaginar.

Sentí una enorme pena por él.

—Terrible, ¿verdad? —dijo Tesla como si me hubiera leído el pensamiento. Yo asentí, silencioso—. Un traidor… Nunca lo hubiera pensado.

—Hizo muy bien su papel, pero al final fue Gelderohde quien lo engañó. Es triste que haya terminado así.

—Puede que lo mereciera —dijo Tesla, haciendo gala de una frialdad que me sorprendió—. Me siento engañado. Ninguno de nosotros fue capaz de verlo.

—Narváez sí. Él lo descubrió. El día que lo mataron fue con Marc con quien habló, por eso se marchó de Plasencia sin decirnos nada.

—Valiente hipócrita… —escupió Tesla—. Puede que incluso fuese él quien lo mató. Quién sabe. Y el muy desgraciado tuvo la sangre fría de volver al Sótano al día siguiente, aun después de que el viejo le diese la oportunidad de escapar sin delatarlo.

Me volví hacia Tesla y lo miré fijamente.

«…después de que el viejo le diese la oportunidad de escapar sin delatarlo.»

Sentí una ola de frío en el interior de mi pecho.

—¿Cómo… lo… sabías? —pregunté. Lentamente. Separando mucho las palabras. Tesla me devolvió la mirada, sin responder. Yo di un paso atrás—. Eso me lo dijo a mí Narváez en su despacho, el mismo día que murió. Nadie más sabía que él pensaba dejar que el traidor escapase del Cuerpo sin delatarlo. Pero tú lo sabías… *¿Cómo lo sabías, Tesla?*

Él dejó escapar una sonrisa temblorosa.

—¿Qué…? Oh… El viejo me lo comentó, claro. También habló conmigo.

Yo negué con la cabeza.

—Estás mintiendo… —Las ideas empezaron a brillar en mi cerebro, como naipes de una baraja que van descubriéndose uno a uno. Cada idea me llevaba a otra, y ésta a otra diferente, siguiendo un hilo lógico, tan firme que no me explicaba cómo nadie lo había visto hasta entonces—. Mientes… como cuando dijiste que habías pasado aquella tarde en la galería de tiro, y que Burbuja no estaba contigo. Eso no es verdad, Tesla. Tú no podías haber estado allí sin Burbuja. El día que ingresé en el Cuerpo, Enigma me dijo que la única llave de la galería de tiro la guardaba Burbuja, por seguridad. Si tú estuviste ahí aquel día, él tenía que haberte acompañado, de lo contrario no habrías podido entrar.

Di otro paso atrás, sin dejar de mirarle. La sonrisa de Tesla se amplió hasta perder todo asomo de expresión.

—¡Qué tontería...! ¿Por qué iba yo a decir que no estuvo conmigo si no es verdad?

—Porque tú le enviaste el mensaje a Marc. Aquel mensaje que recibió en Plasencia y que hizo que nos dejara a Danny y a mí. No fue Burbuja, fuiste tú.

—Has debido de recibir un buen golpe en la cabeza, chico —dijo él. Ya no sonreía—. Marc nos enseñó aquel mensaje: claramente provenía del móvil de Burbuja.

—No. No provenía de su teléfono, sino de su tarjeta SIM. Tú tienes una copia de todas nuestras tarjetas telefónicas, me lo dijiste antes de la misión en Lisboa. Usaste la de Burbuja para mandar un mensaje a Marc. Luego me dijiste que Burbuja no había estado contigo y borraste las grabaciones de las cámaras de seguridad para que nadie pudiera comprobar que mentías. Hiciste todo esto para que las sospechas recayeran en uno de los dos, no te importaba en cuál... Sólo que nadie pensara en ti.

—¿Sospechas de qué? Dios mío, Tirso, estás paranoico.

—Tú eras el buscador con el que Narváez se entrevistó aquella tarde. Eras tú a quien iba a expulsar del Cuerpo, por eso sabías que el viejo daría al traidor la oportunidad de escapar. —Miré a Tesla a los ojos, y en ellos no encontré nada más que miedo—. ¿Cómo nadie pudo darse cuenta antes? Desde los monitores de tu despacho puedes controlar cualquier conversación que tenga lugar en el Sótano, salvo el despacho de Narváez, que no está vigilado. Gracias a eso podías pasarle a Gelderohde toda la información que necesitaba. Tú saboteaste la misión en Lisboa. Tú eras el único, además de Marc, que sabía manejar Hércules. De ese modo averiguaste que Marc lo había utilizado para encontrar a Olympia Goldman, y luego se lo dijiste a Gelderohde, que la mató. *Tú eres el traidor.*

Tesla permaneció en silencio. Dio un paso hacia mí. Yo me eché hacia atrás.

—No piensas lo que estás diciendo. Si yo soy el traidor, ¿por qué Gelderohde te dijo que era Marc?

—No lo sé… Quizá sólo pretendía engañarme, por si salía de aquí con vida. De ese modo te mantendría lejos de nuestras sospechas y podrías seguir espiando para él. Pero yo fui un estúpido. Un maldito estúpido. Tendría que haberme dado cuenta de que Gelderohde estaba mintiendo. En Lisboa, el traidor le informó de que pensábamos ir al apartamento de Acosta, y eso Marc no lo sabía, pero tú sí. —Levanté los ojos hacia Tesla—. Sólo voy a hacerte una pregunta: ¿mataste tú al viejo?

Los labios de Tesla temblaron. Yo me mantenía en un estado de asombrosa calma, acorralándolo con la mirada.

—Yo no he matado a nadie…

—¿Cómo sé que no es otra mentira? No eres más que un sucio cobarde. Un traidor.

—¡Cállate! ¡Deja de decir eso! ¿Quién te crees que eres? ¡Sólo un maldito novato!

—Yo soy un novato, pero tú eres un traidor y un asesino. Y si salgo de aquí, te juro que me aseguraré de que todo el mundo lo sepa.

—¡No he matado a nadie! —gritó él, fuera de sí. Sacó de su bolsillo la pistola de Gelderohde y levantó el cañón hacia mí, como si fuese el arma quien lo manejase a él y no al revés—. ¡Ellos lo hicieron! ¡Ellos y Gelderohde! ¡Ese belga psicópata! Les dije que el viejo me había descubierto… Yo iba a dejarlo. No quería seguir. Ya tenía todo el dinero que necesitaba. Pero ellos tenían otros planes. No querían dejar que me saliera de su juego tan fácilmente… ¡Maldita sea! Si hubiera podido hacerlo, lo habría impedido. Nadie tenía por qué morir. Nadie. Tú tampoco.

Las dos últimas palabras me asustaron. Levanté las manos lentamente.

—¿Qué vas a hacer, Tesla?

—No lo sé… ¡No lo sé! ¡Déjame pensar! ¡Sólo cierra la maldita boca y dame un jodido minuto —cerró los ojos y apretó los dientes, como si estuviera haciendo un gran esfuerzo— para pensar!

—Baja el arma.

—¿Es que no puedes callarte ni una sola vez?

—Tesla, baja el arma.

Di un paso hacia él.

—¡Aléjate!

—Tú no quieres dispararme. Esto ha llegado demasiado lejos.

—¡Maldita sea, Tirso! ¡Quédate en tu puto sitio! ¡Te lo advierto!

—Tes, por favor…

En ese momento, Tesla apretó el gatillo.

La pistola no produjo ningún disparo. Puede que alguno de los golpes recibidos la hubiese encasquillado, por suerte para mí, ya que aquello me salvó la vida.

Al ver que el arma no funcionaba, me arrojé sobre Tesla para intentar arrebatársela. Los dos caímos al suelo, forcejeando. Tesla tenía el arma bien sujeta. Con una mano, agarró una piedra grande del suelo y me golpeó en la cabeza. Yo grité y solté la pistola por un segundo. Tesla me dio una patada en las costillas y volvió a golpearme con la piedra.

En ese momento oí un disparo.

La pistola había vuelto a funcionar.

Eché a correr tan rápido como pude. Volví a oír un disparo y a mis pies saltó una lasca de piedra. Tesla había errado el tiro por muy poco. Me refugié detrás de una enorme roca y me quedé allí, con la espalda pegada a la pared, jadeando.

—¡Maldita sea, Tirso! —oí gritar a Tesla—. ¿Por qué has tenido que complicarlo todo? ¡Era tan fácil mantener la puta boca cerrada!

Me estaba enfrentando con un hombre acorralado y aún mucho más asustado que yo, capaz de cualquier cosa. Era imposible prever cómo iba a reaccionar, pero estaba seguro de que el tiempo de los razonamientos había expirado.

Cogí un canto rodado del suelo y lo arrojé a un lado, lejos de mí. Tesla disparó hacia el lugar donde había caído, y yo aproveché ese momento para salir de detrás de la roca y parapetarme en un escondite más seguro.

La gruta estaba casi a oscuras y Tesla sólo disponía de su linterna para localizarme. Confiaba en que aquello me diera una cierta ventaja.

—¡Sal de donde estés, Tirso!

Lo maldije entre dientes. ¿Por qué diablos no se limitaba a escapar y a dejarme en paz? Entonces me di cuenta del motivo: yo aún tenía en mi mochila la *Corografía Toledana*, y Tesla necesitaba ese libro para encontrar la salida de las cuevas.

Si aspiraba a volver a ver la luz del sol en algún momento, tenía que encontrar la manera de neutralizar al traidor. Hacerlo sería una tarea casi imposible mientras fuese él quien estuviese armado.

—¡Tesla! —dije a la oscuridad—. ¡No tienes por qué hacerme daño! ¡Si lo que quieres es la *Corografía*, te la daré! ¡Sólo suelta el arma!

—¡No dejaré que salgas vivo de aquí! ¡Sabes demasiadas cosas! ¡Si ellos se enteran de que te he dejado escapar, seré yo el que sufra las consecuencias!

—¡Gelderohde está muerto, Tesla! ¡Estás solo!

—No entiendes nada, ¿verdad, estúpido novato? ¡Gelderohde era un jodido títere! ¡Igual que yo! Ellos lo sacaron de la cárcel para que recuperase la Mesa. Ellos me pagan. ¡Y me pagan mucho más dinero del que jamás podría atesorar en toda mi vida!

—¿Quiénes son ellos, Tes?

—Lo ven todo y lo oyen todo. Están en todas partes. Por todo el mundo. —Tesla emitió una risa histérica. Ese sonido me pareció escalofriante. Algo se había desconectado dentro de la cabeza del buscador—. ¡Secretos del futuro, Tirso!

—Por el amor de Dios, Tes… Te lo repito: ¡llévate el libro! ¡Llévate la Mesa, si quieres! ¡Sólo deja que me marche!

Se oyó otro disparo. La bala impactó muy cerca de donde yo estaba oculto.

—¡Basta de charla, Tirso! ¡Tú te lo has buscado! ¡Todos os lo habéis buscado! ¿Piensas que voy a arriesgarme a que salgas de este agujero y abras tu puta boca? ¡No necesito hacer intercambios contigo! ¡Te volaré la cabeza y luego me llevaré el puñetero libro! —Tesla dio un disparo al aire—. ¡Después iré a por Burbuja y… *bang*! ¡Será mi venganza por obligarme a cruzar ese maldito foso! ¡Me llevaré la Mesa y seré jodidamente rico! ¿Me oyes? ¡Ellos me pagarán una fortuna por ese trasto! ¡Se acabó para siempre el Cuerpo Nacional de Buscadores! ¡Me espera una dorada jubilación!

Rubricó sus palabras con una risa histérica, tan desacompasada como sus desvaríos. Mis esperanzas de intentar razonar con él se esfumaron.

Desesperado, abrí mi mochila y palpé a tientas en su interior buscando la navaja que traía conmigo. Era una defensa muy pobre frente a una pistola, pero no tenía otra cosa.

Mis dedos se toparon con un objeto en forma de cilindro. Algo que había olvidado por completo que traía conmigo.

Empecé a ver una posibilidad para salir de aquel atolladero.

Al fin encontré la navaja. La agarré y la tiré con fuerza lo más lejos de mí que fui capaz. Hizo mucho ruido al impactar contra el suelo y engañó a Tesla. El buscador disparó un par de veces hacia el lugar donde había caído la navaja. Yo salí corriendo de mi refugio y, amparado por la oscuridad, comencé a subir los peldaños del altar de la Mesa.

Al llegar a la cima, me acurruqué detrás del pedestal que había servido de cerrojo para la Llave-relicario de san Andrés. Al hacerlo, le di sin querer una patada a un montón de piedras que se despeñaron por los escalones del altar. Cerré los ojos y mascullé un exabrupto, maldiciendo mi torpeza.

—¡Ya sé dónde estás! —exclamó Tesla. El haz de su linterna recorrió el altar, pasando muy cerca de mí—. ¡Estúpido! ¡Sólo tengo que subir ahí y cazarte!

Escuché cómo se acercaba al altar y comenzaba a ascender por él, sin dejar de dedicarme inconexas amenazas.

Tenía que actuar con rapidez y, por si fuera poco, a oscuras. Traté de no dejarme llevar por el pánico. Del interior de mi mochila saqué el paquete de chicles que compré en Toledo. Me metí varios en la boca y empecé a masticarlos con frenesí.

Notaba la voz de Tesla cada vez más cerca.

Metí la mano en la mochila y extraje de ella la Pila de Kerbala. Aún la llevaba conmigo desde que la saqué del taller de los gemelos. Palpé por sus extremos hasta encontrar la parte con los filamentos de cobre y el pequeño agujero.

De repente, oí a Tesla resbalar en uno de los escalones. Eso me daba un par de segundos extra.

Volví a hurgar en la mochila y al fin encontré el último elemento que necesitaba.

Saqué el bote de zumo de uvas que mi madre me había dejado en la entrada del castillo. Con las manos temblorosas, despegué la pajita de plástico de su superficie. Se me resbaló entre los dedos y cayó.

—No, no, no, no… Por favor, no… —murmuré desesperado. Podía escuchar a Tesla a sólo unos pasos de mí.

—¡Voy a tu encuentro, Tirso! ¡Será mejor que no te muevas de donde estás!

Frenético, empecé a palpar el suelo. Sólo tocaba tierra y piedras. De pronto mis dedos rozaron la pajita de plástico. Sentí tanto alivio que estuve a punto de llorar de alegría. Agarré la pajita y abrí su envoltorio con los dientes, luego la clavé en el bote de zumo. Un leve olor a uvas llegó hasta mi nariz.

Tesla alcanzó la cima del altar y empezó a rodearlo, buscándome.

Tenía los ojos llorosos y los latidos me golpeaban en la cabeza como si quisieran hacerme estallar el cráneo. Traté de introducir la pajita del bote de zumo en el agujero de la Pila. No pude hacerlo al primer intento. Al segundo, el pedazo de plástico se introdujo sin dificultad en el cilindro. Estrujé el bote de zumo haciendo que todo el líquido se vertiese dentro de la Pila.

La luz de la linterna de Tesla me iluminó de lleno.

—¡Aquí estás!

Me saqué el chicle de la boca y lo pegué en el cilindro para taponar el agujero. Al mismo tiempo que Tesla me apuntaba a la cabeza con la pistola, yo me levanté de un salto y le incrusté los filamentos de cobre de la Pila de Kerbala en el cuello, justo encima de la nuez.

Tesla chilló de dolor y su cuerpo empezó a convulsionar. La descarga que recibió debió de ser mucho más fuerte que la que yo experimenté en el taller de los gemelos, dado que el contenido del bote de zumo me había permitido llenar la pila hasta el borde.

Vio cómo sus ojos se abrían hasta parecer dos grotescas canicas blancas. Los dientes se le encajaron produciendo un chasquido de hueso roto. Al hacerlo, Tesla se mordió la lengua y vi caer entre sus dientes un diminuto fragmento carnoso. Dos gruesos hilos de baba sanguinolenta se derramaron por la comisura de los labios.

Me asusté. Yo no quería causarle un daño irreversible, sólo dejarlo fuera de combate. Aparté la Pila de su cuello antes de que fuese tarde. Tesla, aturdido y tembloroso, dio un par de pasos atrás.

Por desgracia para él, fueron demasiados.

Su pie derecho flotó durante un segundo en el vacío, más allá del borde del último peldaño del altar. Si Tesla no hubiera estado aún temblando por efecto de la descarga, es probable que hubiera sido capaz de mantener el equilibrio. En vez de eso, su cuerpo se inclinó hacia atrás y, agitando los brazos en un movimiento de molinillo, cayó de espaldas por la escalera del altar antes de que yo pudiera sujetarlo.

No vi cómo rebotaba entre los peldaños, pero sí cómo la linterna que llevaba en la mano hacía girar su luz igual que un foco que ha perdido el control. Escuché cómo su superficie de plástico se hacía añicos y luego un desagradable sonido de rama seca cuando el cuello de Tesla se partió.

Después, ya no escuché nada más.

Empleé un buen rato en recuperar el ritmo de mi respiración. Luego, con mucho cuidado, quité el chicle de la Pila de Kerbala y volqué el cilindro hasta que todo el zumo de uva se vació de su interior. A continuación, bajé los peldaños del altar, casi reptando como una lagartija. Al fin mis pies tocaron suelo firme. Vi la linterna de Tesla tirada junto a la escalera. La carcasa estaba rota, pero el foco seguía intacto y aún daba luz.

La recogí. Con ella iluminé el cuerpo de Tesla, que parecía un fardo desmadejado. Su cabeza estaba torcida de forma antinatural y sus ojos, muy abiertos y secos, estaban clavados en la oscuridad, en una eterna expresión de sorpresa. Tenía el mentón cubierto por una espesa mezcla de sangre y saliva.

No dediqué a Tesla más tiempo del necesario para comprobar que estaba muerto. No sentí nada. Ni siquiera desprecio. Fue como contemplar los restos de aquel perro salvaje que me atacó en el Palacio de Miraflores.

Me aparté de él y deambulé por la gruta hasta que localicé los restos de Marc.

Los contemplé en silencio y mis ojos se humedecieron.

No lloré por él, lo admito. De aquellas lágrimas, Marc no era la causa. Fueron sólo la vía de escape de toda la tensión, todo el miedo y toda la angustia insoportable que los últimos acontecimientos habían provocado en mí. Después de haber visto morir a tres personas ante mis ojos, de haber provocado la muerte de una de ellas y de haber estado mi propia vida en peligro tantas veces en tan poco tiempo; sin saber aún si mis otros dos compañeros estarían bien, o incluso si yo mismo llegaría a salir de aquellas cuevas alguna vez; aquel llanto fue la manera que tuvo mi alma de limpiar de traumas mi memoria y de darme fuerzas para continuar.

No lloraba por Marc, pero quise dedicarle mis lágrimas. Era el mínimo homenaje que merecía un buscador caído.

Regresé a la Sala de Ceremonias. Rezaba para que Danny y Burbuja se encontraran a salvo, sobre todo este último.

No pude evitar un estremecimiento cuando pasé junto al agorero cofre que de forma tan certera había señalado el destino de Marc (*Moris. Tú mueres*). Ni siquiera me atreví a mirarlo.

Llegué por fin al lugar donde había dejado a los dos buscadores que aún quedaban con vida. Cuando Danny me vio aparecer, casi se arrojó sobre mí. La angustia se veía reflejada en su rostro.

—¡Tirso! Al fin… ¿Qué ha ocurrido? ¡Hemos sentido una especie de terremoto!

Un inmenso alivio me inundó al comprobar que ella estaba bien, pero fue una sensación breve.

—¿Cómo está Burbuja?

Nada bien, según pude observar. Tenía la pierna empapada en sangre, cubierta de vendajes improvisados hechos con jirones de prendas de vestir. Su cara tenía un color grisáceo, como si estuviera hecha de plomo. Apenas visible gracias a la luz de las linternas, no tenía mejor pinta que un cadáver. De hecho, por tal lo hubiese tomado de no ser por su frente anegada en sudor y su respiración agitada.

Al verme, aún fue capaz de esbozar una sonrisa apagada.

—¿Cómo ha ido el paseo, novato? Por cómo ha temblado el suelo, da la sensación de que habéis tocado algo que no debíais.

Me acerqué a él y me di cuenta de que tenía mucha fiebre. Eso era malo. Muy malo.

—¿Dónde está Marc? —me preguntó Danny.

El estado de Burbuja no permitía entretenerse en relatos. En vez de contestar a Danny, saqué de mi mochila la *Corografía Toledana*.

—Aquí hay un mapa de las cuevas. Nos indicará cómo encontrar rápidamente una salida. —Le pasé el libro—. ¿Puedes interpretarlo?

Ella echó un vistazo a las páginas.

—No estoy segura… Necesitaría una brújula o algo parecido.

—Tengo una en la mochila. La compré en Toledo.

—Dadme eso —ordenó Burbuja—. Si hay que leer un mapa, mejor que lo haga alguien que sepa.

Nos arrebató el libro y yo le entregué la brújula. Estudió el libro durante unos minutos. De vez en cuando se frotaba los ojos, como si le costara concentrarse.

—¿Sabes dónde estamos? —pregunté.

—Creo que sí. Es un mapa bastante bueno… Si no estoy equivocado, hay una galería cerca que lleva al exterior. ¿Podéis ayudarme a caminar?

Entre los dos lo levantamos del suelo. Burbuja era grande, pero pesaba menos de lo que yo había imaginado.

—Démonos prisa —nos dijo—. No quiero preocupar a nadie, pero reconozco que no me encuentro en mi mejor momento.

—Tú intenta mantenerte consciente, ¿de acuerdo? —le sugerí—. Vamos a salir de aquí. Te lo aseguro.

Con gran trabajo, Burbuja comenzó a caminar.

—Tirso, ¿dónde está Marc? ¿Por qué no está contigo? —volvió a preguntar Danny.

Ni siquiera sabía cómo empezar a responder a aquella cuestión. En lo único que podía pensar era en el ardor febril que despedía el cuerpo de Burbuja, y en si seríamos lo suficientemente rápidos para llevarlo a un hospital antes de que fuera tarde.

Miré a Danny. No fui capaz de decir nada, sólo de negar con la cabeza.

En ese momento, Burbuja emitió un quejido de dolor al apoyarse sin querer en su pierna acribillada.

Danny volvió a centrar su preocupación en su hermano. Con gran trabajo de los dos, lo ayudamos a avanzar poco a poco, paso a paso.

Yo sabía que tendría que contarles todo lo ocurrido, pero no en ese momento; no hasta que hubiéramos hecho todo lo posible por impedir que otro buscador se quedara para siempre enterrado en aquel pozo de sombras; con su cuerpo haciendo compañía a las cabezas momificadas en miel, a los traidores y a los criminales; a los mártires y a las reliquias.

Mis compañeros sabrían toda la verdad a su debido tiempo. Cuando sobre nosotros no hubiese un firmamento de piedra. En algún lugar donde la luz del sol pudiera convertir mis palabras en un relato insólito del pasado; no entonces, cuando todavía era imposible asegurar quiénes de nosotros seguirían con vida para poder escucharlo.

Con aquella firme decisión en mi ánimo, emprendí junto con mis colegas buscadores el camino hacia un lugar seguro.

Faro

El Museo Arqueológico Nacional de Madrid celebró su reapertura en una ceremonia que copó las portadas de todos los medios de comunicación. No sólo por el hecho de que el fin de una obra pública ya supone de por sí una noticia reseñable, ni siquiera por la expectación que había provocado tan esperada reforma.

Lo que más llamó la atención de aquel acontecimiento fue la presentación ante el público de la nueva y mejorada colección de arte visigodo del reino de Toledo. Colección que todo el mundo académico coincidía en calificar como única en su género.

Al acto de inauguración del museo acudieron medios de comunicación de todo el mundo, una ristra de jefazos con imponentes coches oficiales e incluso algún que otro experto en el campo de la arqueología. No se reparó en gastos.

Todos sin excepción querían ver la nueva pieza estrella del museo. El objeto que situaba al Arqueológico Nacional como uno de los depósitos de patrimonio más importantes del globo, una parada obligatoria en la ya de por sí dilatada oferta cultural madrileña.

«Un objeto legendario —decían las reseñas—… Una pieza de incalculable valor histórico… Un tesoro que se creyó perdido durante siglos…»

La Mesa de Salomón.

Toda una sala se habilitó para exhibir aquella extraordinaria reliquia. Colocada en un falso altar hecho de madera conglomerada, iluminada por elegantes luces cenitales que dotaban a la pieza de un halo de misterio y magnificencia. La sala, por cierto, se bautizó con el nombre de «Sala Narváez».

Un más que justo tributo, aunque la inmensa mayoría de los que visitaban aquella sala ignoraban a quién estaba dedicado.

La Mesa había sido restaurada con minuciosidad, y su pulida superficie arrancaba destellos de las luces artificiales que parecían más bien enigmáticos ecos del pasado. Sin embargo, una prudencial elevación sobre la vista del visitante disimulaba su reducido tamaño (reducido, al menos, para un objeto que, se supone, encierra en su interior el secreto del Motor de la Creación). Y también es preciso señalar que una hábil colocación mantenía en discreto segundo plano la parte penosamente abollada de la pieza.

Yo llegué al acto cuando ya había empezado. El motivo de mi retraso fue hacer una llamada telefónica que había estado demorando desde que salí milagrosamente con vida de las Cuevas de Hércules.

Secretos del Futuro.

Esas tres palabras me obsesionaban. Eran el nombre de un enemigo. Un enemigo que había sacado a Gelderohde de su madriguera y corrompido la mente de Tesla hasta destrozarla por completo.

Estaba aún en mi casa, vestido de punta en blanco para asistir a la reinauguración del Arqueológico. En una mano tenía mi teléfono móvil y en la otra una tarjeta de visita donde aparecía escrito el número de Silvia.

Por la otra cara de la tarjeta había un logotipo con forma de estrella achatada. Debajo de él, un nombre: Voynich Inc. Y al final, en caracteres más pequeños, una divisa.

Secrets from Future.

Secretos del Futuro.

Marqué el teléfono de Silvia y, al cabo de muchas señales, escuché su voz. Nos saludamos. Ella estaba contenta de que la hubiese llamado.

—¡Tirso! ¡Cuánto tiempo! No sabes lo que me alegra saber de ti. ¿Qué hay de nuevo?

No supe qué responder a esa pregunta. Ni siquiera tenía claro por qué había hecho esa llamada.

—Hola, Silvia… ¿Te llamo en buen momento?

—Para ti siempre es un buen momento, aunque, si te soy sincera, ahora me pillas un poco ocupada. Estoy haciendo las maletas.

—¿Te vas de viaje?

—Más o menos. Me mudo temporalmente por motivos laborales. Voy a California para ocupar un puesto en la sede de la empresa para la que trabajo… La malvada multinacional, ¿recuerdas?

Sí. Lo recordaba demasiado bien. Voynich. Secretos del Futuro. Ocurría que ahora la expresión «malvada multinacional» ya no me parecía tan simpática.

—Bien… Eso es… Muy bueno. Me alegro por ti.

—Lamento que no podamos vernos antes. Me habría gustado mucho.

—A mí también.

Hice una pausa que provocó un silencio incómodo.

—¿Hay algo que pueda hacer por ti antes de irme, Tirso?

Seguramente no. De pronto aquella llamada me pareció una idea ridícula. No sé bien qué era exactamente lo que había pretendido con ella… ¿Preguntarle a Silvia si su empresa estaba detrás de un complot para recuperar una reliquia bíblica? ¿Si era posible que entre los planes de Voynich figurase socavar un cuerpo secreto de recuperadores de patrimonio robado? Todo era tan absurdo que estuve a punto de colgar el teléfono sin más.

No obstante…

—¿Cuál será tu trabajo en California? ¿Algo importante?

—Sí, eso parece. Estoy muy orgullosa de mí misma, ¿sabes?

Al parecer es un proyecto empresarial en el que están involucradas personas que trabajan para Voynich en todo el mundo. Es una suerte que me hayan escogido para formar parte de ello.

—Me alegro por ti… ¿De qué va ese proyecto exactamente?

—No quieras saberlo. Es largo, técnico y aburrido… Pero me pagarán un montón de pasta. Es algo llamado «Proyecto Lilith».

El corazón me dio un vuelco. Casi se me cae el teléfono de la mano.

—¿Has dicho «Proyecto Lilith»?

—Sí, es un poco teatral, ya lo sé. Pero así son estos americanos. Les encanta ponerles nombres estrafalarios a todo.

—¿Sabes, Silvia? De verdad que me gustaría mucho que nos pudiéramos ver y que me hablases con detalle de ese nuevo trabajo tuyo. ¿No podríamos quedar, aunque sólo sea para tomar algo rápido?

—Oh, lo siento mucho, Tirso, pero es que me marcho mañana a primera hora y aún lo tengo todo por hacer. Pero nos mantendremos en contacto, ¿de acuerdo? Te enviaré mis señas… Y ya sabes que siempre tendrás un alojamiento gratis en California. Quizá incluso pueda enseñarte las instalaciones de Voynich. Dicen que son algo digno de ver.

—Estoy seguro de ello… Secretos del Futuro, ¿no es eso?

—¿Cómo dices?

—No me hagas caso. Espero que te vaya muy bien en tu nuevo destino. Mantenme al corriente, ¿vale?

—Desde luego… Por cierto, ¿cómo te fue en aquella entrevista de trabajo? ¿Te contrataron?

—Te lo contaré con calma cuando volvamos a vernos.

—Eso es una promesa.

Nos despedimos. Colgué el teléfono. Las manos me temblaban.

Eché un vistazo al reloj y vi que se me estaba haciendo tarde. Salí de mi casa y me encaminé hacia el museo lo más rápido que pude.

Con mi invitación exclusiva logré acceder al museo y me dirigí a la nueva Sala Narváez, en la cual el nuevo director del Arqueológico ofrecía un florido discurso a los asistentes.

Apenas fui capaz de atender a sus palabras. No hacía más que mirar la Mesa, en la parte en que estaba más dañada. Me preguntaba, con morboso interés, qué habría ocurrido si la roca que provocó aquel desperfecto hubiera caído justo encima de mi cabeza. Aún tenía pesadillas en las que la cubierta de la gruta donde la encontré me aplastaba igual que a un insecto.

Salvo por aquel detalle, el resto de las secuelas que el hallazgo dejó en mí eran todas físicas. Ninguna visible a excepción de la cicatriz, bastante fea, que atravesaba mi frente de lado a lado, dándome un leve aspecto como de paciente de una lobotomía que alguien dejó sin terminar. Yo había intentado cubrírmela dejándome crecer el flequillo, pero el costurón era visible a pesar de todo.

En su discurso, el director del museo daba las gracias a la doctora Alicia Jordán por haber descubierto el acceso a la cueva subterránea en la cual su equipo había hallado la Mesa de Salomón, junto con otra serie de valiosísimos tesoros visigodos.

Un aplauso prorrumpió en la sala. Vi cómo mi madre aparecía junto al director del museo y explicaba el proceso mediante el cual su equipo había encontrado la Mesa.

Estaba muy guapa, y se la veía radiante. Durante una fracción de segundo, mis ojos se encontraron con los suyos. Tuvo la modestia suficiente de apartar la mirada.

Al terminar su breve exposición, los asistentes aplaudieron de nuevo. Finalizados los discursos, un grupo de camareros vestidos de etiqueta se materializaron entre el público con bandejas de canapés. Fueron mejor recibidos que los oradores.

Los invitados presentes en el acto se dispersaron para contemplar libremente las novedades del museo. Como es lógico, la mayoría de ellos se concentraron alrededor de la pieza estrella.

Me sentí un poco perdido, enfundado en un traje negro, con una fina corbata aprisionándome el cuello. Miré a mi alrededor buscando alguna cara conocida cuando encontré una visión mucho más atractiva que cualquiera de las piezas expuestas.

Enigma lucía un vestido color azul que descendía por su cuerpo como un telón tras el cual se ocultaban cosas fascinantes. La tela de aquel vestido vaporeaba a su alrededor como un velo de agua.

Al verme, ella sonrió y se acercó a mí.

—El señor Tirso Alfaro, supongo —me dijo—. Casi no te reconozco con este traje. Estás muy guapo.

—Gracias. Tú también.

—Dime algo que yo no sepa, cariño. A ver, deja que te vea… —Me inspeccionó de arriba abajo y luego se puso a trastear con el nudo de mi corbata—. Qué desastre… ¿Es que no sabes lo que es el WIP?

—¿Cómo dices?

—Un hombre de mundo, como supongo que ya lo eres tú, conoce al menos tres formas distintas de hacerse el nudo de la corbata: Windsor, Italiano y Pratt. WIP. El que tú llevas sería feo hasta para atar un saco de patatas. Deja que te ayude.

Me desanudó la corbata y luego volvió a colocarla con una serie de ágiles giros y vueltas, como un experto marinero atando una botavara. Yo me ruboricé, sin saber por qué. Al terminar, ella contempló su obra con aire de aprobación.

—Eso es. —Me guiñó un ojo y me dio un toquecito con el dedo en la punta de mi nariz—. Ahora ya puedo permitir que te vean en mi compañía.

Enigma enlazó su brazo con el mío y nos acercamos a la Mesa. Mi madre estaba junto a ella, rodeada de personas ávidas por conocer detalles de aquel tesoro por boca de su descubridora.

No pude evitar que a mis labios aflorase una sonrisa.

—Es muy atractiva. Posee un cierto carisma… —me dijo Enigma—. Y tienes sus mismos ojos.

—Sí, eso dice la gente.

—¿No quieres ir a hablar con ella?

—Mejor no, se moriría de vergüenza. Sabe que está soltando una sarta de embustes.

—No fue idea suya. Prácticamente la obligaron a servir de tapadera.

—Cierto, y lo odia. Se siente culpable por atribuirse un mérito que no le pertenece.

La escuchamos durante unos minutos. En aquel momento relataba el emocionante instante en que sus ojos se toparon con la Mesa de Salomón por primera vez. Tenía gancho para captar la atención de su público.

—¿Estás seguro de que no quieres saludarla al menos? —volvió a preguntar Enigma.

—Seguro. —Yo la miré—. Ya estoy con la mujer con la que quiero hablar ahora mismo.

—Qué mono. Sabes que adoro las galanterías. —Un camarero con una bandeja de aperitivos pasó junto a nosotros—. También adoro los rollitos de salmón ahumado y, por desgracia, no veo ninguno. Así pues, voy a embarcarme en la épica búsqueda de la Mesa del Salmón. —Dejó escapar una carcajada cristalina—. Lo siento, no he podido evitarlo. Llevaba mucho tiempo esperando el momento oportuno para poder decirlo.

—No creo que haya ningún momento oportuno para un chiste tan malo.

—Qué poco sentido del humor. —Ella se inclinó sobre mi oreja, adoptando un aire de confidencia. Con el tono de un personaje de Jane Austen, me dijo—: No mire ahora, señor Alfaro, pero creo que los hermanos Bailey se dirigen hacia nosotros.

—Ya veo.

—Seguro que a ellos sí les hace gracia mi ingenioso juego de palabras.

Yo no apostaría por ello, pero me abstuve de decírselo.

Si Enigma estaba radiante aquella velada, el aspecto de Danny no tenía nada que envidiar. Un elegante vestido negro que se adaptaba a sus formas perfectamente y combinaba con el color de su pelo y sus ojos, hacía de ella la etapa inevitable de cualquier mirada. A su lado, Burbuja era el acompañante perfecto. Resultaban la versión masculina y femenina de un mismo atractivo. Los genes Bailey eran de gran calidad.

Burbuja se había recuperado bien de sus heridas, a pesar de que fueron un serio reto para su entrenado organismo. Lograron extraerle el virote encajado en la rodilla, pero no se pudo evitar la infección. Pasó un tiempo en el hospital librando una silenciosa batalla contra enemigos microscópicos. Aún no sé si fue suerte o fuerza de voluntad, pero el buscador salió airoso de aquella lucha. Tuvo que caminar con muletas durante mucho tiempo y la agilidad de su pierna se vio seriamente dañada. A veces se le apreciaba una leve cojera al caminar, que Burbuja trataba de disimular con grandes esfuerzos y sometiéndose a un duro entrenamiento.

Nos saludamos. Los cuatro intercambiamos algunas frases manidas sobre lo espléndido de aquel acto. Por suerte, Enigma no hizo su chiste sobre salmones.

Aunque se le veía satisfecho, Burbuja tenía un motivo de queja. La Dama, su querida Dama, había sido trasladada a una sala más pequeña del museo para hacer sitio a la Mesa y la nueva colección de arte visigodo. El buscador aún no había digerido del todo aquella afrenta.

Los cuatro contemplamos la Mesa en silencio durante unos momentos.

—Muy pequeña para ser un objeto con poderes divinos —dijo Danny—. ¿Creéis que de verdad es ésta la Mesa de la que hablan las leyendas?

—No lo sé —respondió Enigma—. Tampoco me importa demasiado. Sea lo que sea, nosotros la hemos encontrado. Eso me hace sentir bien. No quiero poderes divinos que me otorguen todas las respuestas del universo… Si las tuviera, ¿qué me quedaría por buscar? Sería muy aburrido.

Yo asentí en silencio. No podía estar más de acuerdo con sus palabras.

Volvimos a quedarnos callados, mirando la Mesa. No sé qué

clase de pensamientos estaría suscitando entre mis compañeros; quizá ellos se acordaban de Tesla, de quien apenas se hablaba en voz alta, como si hubiese caído sobre él una maldición que lo condenaba al olvido.

Yo, mientras contemplaba la Mesa de Salomón, pensaba en Marc.

Todo lo que me había ocurrido en las Cuevas de Hércules podría haber alimentado las pesadillas de cualquiera durante décadas y, a pesar de ello, sólo había un recuerdo de aquel suceso que me hacía despertar en mitad de la noche. Sólo uno.

Moris.

Tú mueres.

Marc fue el primero en leer aquella palabra, y, de nosotros dos, fue el único en morir. Nunca sabré si aquello fue fruto del azar o de algo más siniestro. Tampoco quiero saberlo. Ocurre que, muy a menudo, aún tengo una pesadilla recurrente en la que soy yo, y no Marc, quien abre ese cofre, y que es mi cuerpo el que queda aplastado por las rocas en las profundidades de las Cuevas de Hércules.

¿Cómo era aquella frase que me dijo Narváez una vez?

Sólo el misterio nos hace vivir. Sólo el misterio.

Mejor no revelar el misterio. Sin misterio no puede existir la búsqueda, y sin la búsqueda, todo sería muy aburrido, tal y como Enigma había asegurado.

—Está bien, buscadores —dijo Burbuja, sacándonos de nuestro ensimismamiento—. No olvidemos que esta fiesta no es para nosotros. Tenemos trabajo que hacer.

—¿Ahora? —preguntó Danny.

—Ahora. Hay algo importante que debo deciros. Vayamos al Sótano.

Mis compañeros y yo nos escabullimos discretamente de las salas abiertas al público. En aquel momento vi, en un extremo, la imagen repetida de Alfa y Omega.

—¿Podéis disculparme un momento? —dije—. Debo hablar con alguien.

—Te esperamos abajo. No tardes —respondió Burbuja.

Me apreté el nudo de la corbata con decisión y atravesé la sala en dirección a los gemelos. Estaba algo nervioso. No había vuelto a verlos en persona desde que salí a la carrera de su tienda.

Los gemelos estaban contemplando las coronas, expuestas en una gran vitrina. Me coloqué detrás de ellos y emití una tosecilla para llamar su atención. Se volvieron hacia mí casi al mismo tiempo, perfectamente sincronizados.

—Vaya, pero si es Tirso Alfaro… —dijo uno de ellos. Miré a su pecho: corbata negra. Era Alfa.

—Tal parece, en efecto —añadió su hermano—. En palabras de Cicerón: *Ecce confitentem reum.** Quizá deberíamos vigilar nuestras carteras…

Supongo que me lo merecía.

—Sólo quería pediros disculpas personalmente. Os aseguro que no era mi intención robaros, y que sólo actué pensando en vuestra propia seguridad, teniendo en cuenta que un criminal estaba dispuesto a cualquier cosa con tal de hacerse con la Pila de Kerbala.

—Sí; Burbuja ya nos lo explicó todo… —dijo Omega—. *Exitus acta probat,*** supongo. Aceptamos tus disculpas. Después de todo, pagaste religiosamente nuestro encargo y nos devolviste la Pila.

—Además de ese interesante estuche de pergamino —completó Alfa. Se refería al objeto que encontré en las cuevas, en aquella gruta donde estaban las cabezas momificadas en vasijas de miel.

Les pregunté si habían podido averiguar algo sobre él.

—Poca cosa, la verdad —respondió Omega—. El estuche es de plata dorada, con un relieve hecho en batido. La técnica parece propia del mundo godo. El rollo de pergamino que había en el interior tiene alrededor de metro y medio de longitud y

* He aquí el reo confeso.
** El fin justifica los medios.

está cubierto de una escritura muy extraña. No hemos podido identificarla.

—Hemos mandado una muestra a un conocido nuestro del CNRS,* experto paleógrafo. Por desgracia, no suele ser de los que responden de inmediato. Habrá que esperar.

—Qué remedio —dije yo—. Por cierto, ¿qué fue del cilindro con forma de pez? ¿Aún lo guardáis vosotros?

—Sí, desde que nos lo devolviste. Si lo necesitas de nuevo, te sugiero que esta vez nos lo pidas.

—No lo necesito de momento. Me basta con saber que está a buen recaudo... Creo que es una pieza mucho más importante de lo que pensamos, pero aún no sé para qué.

—Esperamos que lo descubras pronto, muchacho —dijo Alfa—. La experiencia nos ha demostrado que tus descubrimientos suelen ser bastante espectaculares.

Omega levantó la copa de cava que tenía en la mano.

—Entretanto, y como dijo el gran Horacio: *Nunc est bibendum!*** Brindaremos por el éxito del Cuerpo Nacional de Buscadores. Y también por ti, querido Tirso.

—No permitamos que de pequeña pelea nazca un grande rencor —dijo Alfa.

—*Libro del Buen Amor*, de Juan Ruiz, Arcipreste de Hita —apostilló su hermano.

Recibí el homenaje agradecido y luego los dejé intercambiando citas, proverbios y latinajos, como si fuera un juego al que ya estaban acostumbrados. No por primera vez, pensé que de niños debieron de ser muy originales. Los imaginaba igual de pequeños, con el pelo desgreñado y llevando diminutas corbatas de diferente color.

Me dirigí hacia el Sótano. Encontré al resto de los buscadores en la sala de reuniones. Burbuja ocupaba su puesto en la ca-

* Centre National de la Recherche Scientifique. Organismo francés equivalente al CSIC español.
** Ahora, bebamos.

becera de la mesa y junto a él estaba Urquijo. Me sorprendió encontrarlo allí.

—¿Ya estamos todos? Estupendo —dijo el abogado al verme. Yo me senté—. En primer lugar, quería daros la enhorabuena en nombre de vuestros superiores. Vuestro reciente hallazgo ha puesto de muy buen humor a gente importante. Sospecho que nadie volverá a cuestionarse la utilidad del Cuerpo de Buscadores durante mucho tiempo.

—Y ahora llega la parte negativa… —añadió Burbuja. Noté el tono sarcástico de su voz. Urquijo pareció algo turbado.

—Bien… Yo no lo expresaría de ese modo, pero… —dijo el abogado.

—¿Qué ocurre? —pregunté.

—Digamos que el haber recuperado un tesoro tan importante ha asegurado vuestra supervivencia, pero al mismo tiempo ha suscitado mucho interés en vosotros. A las personas encargadas de otorgaros un presupuesto les gustaría mantener un control más directo sobre vuestras actividades.

—Déjate de prolegómenos, abogado. La cosa es mucho más sencilla —cortó Burbuja, y luego nos miró—. Me van a sustituir.

—¿Qué? —dijo Danny—. No pueden hacer eso. Fue Narváez quien te recomendó para el puesto.

—Correcto, pero la Administración no está obligada a seguir sus directrices —indicó el abogado.

—Sobre todo ahora que el viejo no puede protestar —añadió Burbuja—. No importa, pequeñita. No voy a oponer resistencia. Todos sabéis que nunca quise esto. Lo que necesitamos es alguien que posea dotes de mando, y yo no soy esa persona.

Hicimos un tibio amago de protesta. Creo que nos ofendía más la injerencia externa que el hecho de que Burbuja fuese reemplazado. Él estaba en lo cierto: no era un buen director. Era demasiado dubitativo y le costaba mucho tomar decisiones. En definitiva, un excelente soldado, pero un mediocre general.

Puede que el cambio en la cabecera de la mesa fuera para

mejor, aunque nos habría gustado tener voz y voto sobre aquel asunto.

—¿Quién va a sustituirte? —pregunté.

Fue Urquijo quien respondió.

—Aún no está decidido, pero ya se manejan varios candidatos. En unos días lo sabréis.

Sus palabras fueron recibidas con un denso silencio.

—Nada de caras largas —dijo Burbuja—. Debéis alegraros por mí. Es la mejor noticia que podían haberme dado.

No puedo hablar por los demás, pero, en mi caso, no me sentía triste sino inquieto. Esperaba que nuestro nuevo director fuese la mitad de eficaz de lo que lo había sido Narváez.

Dimos por finalizada la reunión. Urquijo nos animó a regresar al museo y disfrutar del acto. Después de todo, dijo, indirectamente podía considerarse como una celebración en nuestro honor.

Danny y Enigma fueron las primeras en salir, acompañadas de Urquijo. Yo iba a ir detrás de ellos cuando Burbuja me llamó.

—Espera un momento, Tirso. Quiero hablar contigo en privado.

—¿Qué ocurre?

—Nada malo, novato, no empieces a temblar —respondió. Aún me llamaba «novato» de vez en cuando, pero ya sin intención peyorativa. O al menos eso creía—. Antes de que vuelva a ser un simple agente de campo, hay una última decisión que quiero tomar. Con carácter oficial, ya sabes.

—¿De qué se trata?

Burbuja se sacó un sobre del bolsillo interior de su chaqueta y lo puso encima de la mesa.

—Voy a darte un nombre.

Miré el sobre, excitado. Me daba vergüenza admitirlo, pero el hecho de que Narváez muriese sin llegar a darme un nombre de buscador me había causado una enorme decepción. Últimamente me había resignado a aceptar mi humillante falta de alias, pero el seguir llamándome Tirso en un mundo plagado de Enigmas, Burbujas, Alfas y Omegas me hacía sentir desplazado, como si aún me faltara algo para dejar de ser un simple novato.

—¿Está... aquí dentro?

Burbuja asintió. Me sentí absurdamente temeroso de abrir el sobre. ¿Y si mi nuevo nombre no me gustaba?

Lo cogí y miré a Burbuja.

—¿Lo has escogido tú?

—Más o menos. Antes de morir, el viejo ya tenía pensados unos cuantos nombres para darte; éste era uno de ellos. Si te soy sincero, no es el que él estaba inclinado a escoger, pero a mí me parece el más adecuado.

Yo seguía dilatando el momento de abrir el sobre.

—¿Qué nombre quería darme?

—Narváez quería llamarte Trueno.

—¿Trueno? —repetí torciendo el gesto—. ¿Por qué?

Burbuja chasqueó con la lengua, impaciente.

—¿Quieres abrir el maldito sobre de una vez? Me gustaría volver arriba y disfrutar de la tarde libre.

Obedecí. Con un leve temblor en la mano, saqué un papel del interior del sobre. En él Burbuja había escrito a mano una palabra, justo debajo de un logotipo impreso del Cuerpo de Buscadores.

FARO

Yo fruncí el ceño.

—¿No te gusta? —preguntó Burbuja.

—Sí... —dije yo, inseguro—. No está mal... Se parece bastante a mi apellido.

—Cierto. No se me había ocurrido. Aunque yo creo que te sienta muy bien... *Faro*... Es la luz que guía a los barcos en la oscuridad. Todo buscador necesita un faro, puede que tú seas el nuestro.

Tal y como él lo justificaba, no sonaba mal del todo. De hecho, sonaba muy bien. Faro. Lo repetí mentalmente. Empezaba a gustarme.

—Faro… Sí, creo que puedo acostumbrarme a ese nombre.

Él se levantó de su silla y me dio una palmada en el hombro, satisfecho.

—Perfecto. Ahora ya eres todo un buscador.

—¿Eso quiere decir que dejarás de llamarme «novato»?

Él me miró y sonrió, de medio lado. Un rasgo muy familiar.

—Ya veremos, Faro. Ya veremos.

Se marchó y me dejó a solas.

Yo permanecí un buen rato contemplando mi nuevo nombre escrito en aquel papel. Levanté la mirada y me encontré con el gran logotipo del CNB hecho de metal que adornaba la pared de la sala.

La columna partida, la llama, la mano y la corona. Seguía sin saber qué significado tenían aquellos símbolos. Del mismo modo que aún ignoraba muchas cosas sobre la extraña aventura que acababa de vivir en el Cuerpo de Buscadores.

Seguía sin saber qué o quién era Lilith, cuál era el siniestro papel jugado por Voynich en aquella historia, por qué Gelderohde había tenido tanto empeño en recuperar la Pila de Kerbala, o qué era aquel extraño pergamino que encontré en las entrañas de la tierra, rodeado de cabezas muertas embalsamadas en miel.

Tantos enigmas aún por resolver… Es bueno saber que aún hay preguntas sin respuesta. Te hace tener objetivos. Te hace estar vivo.

«Sólo el misterio nos hace vivir…»

Sólo el misterio.

El giro que dio mi vida después de aquel día fue extraordinario. Podría contártelo, si quieres; es una buena historia.

Puede que no sea la mejor que conozco, pero es la única que nunca voy a olvidar.

Nota del autor

Gran parte de los hechos narrados en esta historia son ficticios. Otros tienen una base real. Hacer una relación de unos y otros creo que resultaría gratuito. Sea pues el lector, o la lectora, quien decida qué es real y qué producto de mi imaginación. Quizá se sorprenda al averiguarlo.

No obstante, sí me gustaría señalar que, por desgracia, el llamado «Expolio legal» del patrimonio artístico español es muy real. Todos los datos que se han aportado en este relato al respecto son, en esencia, veraces.

Las cajas de embalar llenas con los sillares de monasterios medievales y perdidas en puertos extranjeros, los claustros castellanos que adornan inverosímiles ciudades caribeñas en nuevos continentes, los tesoros que fueron mutilados o desperdigados para ocupar espacio en lejanos museos o en fincas particulares… Todo ello es una triste realidad sobre la que, modestamente, creo que se debe reflexionar. Al respecto, muchos académicos españoles han escrito ensayos de mayor valor analítico que el de este modesto relato. Me parece especialmente recomendable la obra de José Miguel Merino de Cáceres y María José Martínez Ruiz, cuyo ensayo *La destrucción del patrimonio artístico español: W. R. Hearst, el Gran Acaparador*, me ha servido a menudo como fuente de información para escribir esta novela.

A un nivel más personal, me gustaría trasladar mi agradecimiento a todas las personas que leyeron los sucesivos manuscritos de esta obra. Su paciencia y sinceridad han sido inmensas. El valor de sus sugerencias, enorme. Gran parte de las virtudes que pueda tener esta novela se debe sin duda a estas personas. Los errores son todos míos.

Muchas gracias a Marta Betés. Gracias a Rodrigo Carretero (a quien, por cierto, se debe la inclusión del personaje de L. R. Hubbard, consecuencia de una apuesta perdida en Australia. Él ya sabe de lo que hablo). Gracias a Carlos Moreno y a su hermana Marta. Gracias a Isaac Pozo. Gracias a Bárbara San Martín. Gracias a Ignacio Yrizar. Gracias a Víctor López Patiño. Gracias a Javier Banzo. Gracias a todos ellos. De verdad que lo merecen.

Un agradecimiento especial a mi hermana Carla. Su opinión es tanto más valiosa por cuanto que ella, como escritora, habla un lenguaje que muchos desearíamos dominar: el del lector. Sin ella es muy probable que esta novela no hubiera visto nunca la luz.

En una época en la que las vías para que un autor publique su novela son cada vez más numerosas, la figura de un buen editor es, a mi juicio, más imprescindible que nunca. Un buen editor es paciente, intuitivo, sincero y posee un sexto sentido para encarrilar una historia. Al menos eso es lo que pienso desde que conozco a Alberto Marcos, a quien doy las gracias por lo mucho que me ha ayudado en este proceso creativo. Todo escritor necesitaría un editor como Alberto.

Por último, un recuerdo: cuando tenía diez años, mi madrina Teresa me regaló un libro que había pertenecido a mi abuela Mercedes. Era *Diez negritos*, de Agatha Christie. Fue el primer libro que recuerdo haber leído del tirón. Siempre he pensado que aquél fue el primer paso que me ha traído hasta aquí. Gracias, madrina.

Y a todos vosotros, gracias por llegar hasta esta página. Espero que al menos haya sido un viaje divertido.

L. M. M.

Índice

Shem Shemaforash 11

PRIMERA PARTE
LA PATENA DE CANTERBURY

1. Verdugo 23
2. Danny 33
3. Malabarismos 44
4. Contraseña 59
5. Voynich 76
6. Archivística 95
7. Dónut 120
Ruksgevangenis (I) 136

SEGUNDA PARTE
LA MÁSCARA DE MUZA

1. Caballeros 147
2. Enigma 161
3. LeZion 181
4. Disonancias 195
5. Gemelos 213
6. Sombras 234

7. Acosta 252
8. Venturosa 264
Ruksgevangenis (II) 290

TERCERA PARTE

LA LISTA DE BAILEY

1. Sospecha 299
2. Inspiración 313
3. Olympia 324
4. Markosías 343
5. Santuario 355
6. Malpartida 370
Ruksgevangenis (III) 387

CUARTA PARTE

LA MESA DE SALOMÓN

1. Coartadas 403
2. Crisopas 416
3. Bruno 433
4. Pesadilla 444
5. Jerez 463
6. Fortaleza 480
7. Diezmados 491
8. Invocación 519
9. Revelación 536

Faro 557

NOTA DEL AUTOR 573